Stephen Lawhead
Merlin

SERIE PIPER

Zu diesem Buch

Prinz Merlin ist die Frucht der Liebe zwischen der weisen Königstochter Charis und dem ermordeten Barden Taliesin. Zu einem tapferen und ungewöhnlichen jungen Mann herangewachsen, entfaltet Merlin mehr und mehr seine magischen Kräfte und seine Gabe der Weissagung. Bei einem Überfall plündernder Sachsen rettet der Prinz mutig das Leben seines Stiefvaters und wird von ihm zum Mitregenten ernannt. Merlin gewinnt die Gunst der schönen Waldprinzessin Ganieda. Doch das Glück der beiden währt nur kurz: Ganieda wird bei einem Überfall der Sachsen getötet. Merlin massakriert die Mörder, verzichtet auf den Thron und zieht sich in die Wälder zurück. Der Kampf um den Thron und die Liebe zu derselben Frau entfacht zwischen den Brüdern Aurelius und Uther, genannt Pendragon, ein tödliches Drama, das Aurelius in der Hochzeitsnacht das Leben kostet. Und Merlins Leben bekommt einen neuen Sinn, als er ein bedrohtes Kind retten kann: Artus, der später an Merlins Statt König von Britannien werden wird.

Stephen Lawhead, geboren 1951, ist als Autor von Fantasy- und Science-fiction-Romanen international bekannt. In Deutschland erzielte er seinen Durchbruch mit dem »Pendragon«-Zyklus, der die Bände »Taliesin«, »Merlin«, »Artus« und »Pendragon« umfaßt. Zuletzt erschienen auf deutsch die ersten zwei Bände seiner Drachenkönigs-Saga: »In der Halle des Drachenkönigs« und »Die Kriegsherren des Nin«.

Stephen Lawhead

Merlin

Magier und Krieger

Die Pendragon-Saga

Aus dem Englischen von
Frieder Peterssen

Piper München Zürich

Von Stephen Lawhead liegt in der Serie Piper außerdem vor:
Taliesin (2611)

Ungekürzte Taschenbuchausgabe
1. Auflage Oktober 1997
2. Auflage Oktober 1998

Titel der englischen Originalausgabe:
»Merlin. Book II of the Pendragon-Cycle«, Lion Publishing, Oxford 1988

Umschlag: Büro Hamburg
Simone Leitenberger, Susanne Schmitt, Annette Hartwig
Umschlagabbildung: Geoff Taylor
Foto Umschlagrückseite: Jerry Bauer
Satz: Uhl + Massopust, Aalen
Druck und Bindung: Clausen & Bosse, Leck
Printed in Germany ISBN 3-492-22612-4

BRITANNIA
PIKTLAND
Vallum Hadriani
Luguvallium
Eboracum
Diganhwy
Deva
Caer Seiont
Caer Dyvi
Maridunum
Caer Legionis
Londinium
MOR HAFREN
Ynys Witrin
Caer Cam
LLYONESSE
ÄRMELKANAL
GALLIA

In memoriam James L. Johnson

Zehn goldene Ringe gibt es und neun goldene
Torques der Kriegsführer von einst;
Acht fürstliche Tugenden und sieben Sünden,
für die man eine Seele verkauft;
Sechs ist die Summe von Himmel und Erde,
aller Dinge, sanft und kühn;
Fünf ist die Zahl der Schiffe, die segelten
von Atlantis, verloren und kalt;
Vier Könige der Westlande wurden gerettet,
drei Königreiche besitzen sie nun;
Zwei kamen zusammen in Liebe und Furcht,
in der Festung von Llyonesse;
Eine Welt gibt es, einen Gott und eine Geburt,
von den Sternen der Druiden geweissagt.

Prolog

Sie wollten Artus umbringen. Ist das zu glauben? Und sie hätten ihn umgebracht, wenn ich dem nicht Einhalt geboten hätte. Solche Anmaßung! Solche Dummheit!

Nicht daß Uther jemals einem Gelehrten hätte das Wasser reichen können. Von Ygerna jedoch hätte ich mehr erwartet; sie besaß zumindest die Schläue ihres Volkes. Aber sie hatte Angst. Ja, sie fürchtete sich vor den Flüsterstimmen, vor ihrer hohen Stellung, vor Uther und wollte ihm unbedingt zu Gefallen sein. Sie war noch so jung.

Artus mußte also gerettet werden, und das kostete mich nicht wenig. Ich hatte von dem düsteren Vorhaben erfahren und mir vorgenommen, Uther möglichst frühzeitig Vorhaltungen zu machen. Natürlich stritt er alles ab.

»Hältst du mich denn für wahnsinnig?« schrie er. Er schrie immer. »Das Kind könnte ein Knabe sein«, fuhr er fort und unterdrückte dabei ein listiges Lächeln. »Es könnte sehr wohl mein Erbe sein, über den wir hier reden!«

Uther ist Krieger und hat darum etwas Ehrliches; Stahl lügt nicht. Zu seinem Glück war er in die richtige Zeit geboren worden. Nie hätte er einen anständigen Beamten, geschweige denn einen Statthalter abgegeben – er kann nicht gut lügen. Als Hochkönig herrschte er mit dem Schwert in der einen und dem Knüppel in der anderen Hand: das Schwert für die Sachsen und den Knüppel für die kleinen Könige unter ihm.

Ygerna war auf ihre Weise genauso schlimm. Sie sagte nichts, sondern rang ihre langen weißen Hände und knüllte ihren seidenen Umhang zusammen. Dabei starrte sie mich mit ihren großen dunklen Augen an, die Uther in Bann geschlagen hatten. Ihr Leib hatte eben angefangen, runder zu werden; sie mochte höchstens im vierten oder fünften Monat schwanger sein.

Dennoch war sie schwanger genug, um sich die schmutzige Arbeit, die vor ihnen lag, noch einmal zu überlegen. Ich glaube nicht, daß eine Mutter ihr eigenes Kind umbringen oder daneben stehen und zusehen kann, wie es geschieht. Bei Uther war ich mir da nicht so sicher … mit seinem starken Arm und unsteten Blick. Der Pendragon von Britannien. Zu allem fähig – und das war gut so, wenn es um die Fürsten ging –, war er nicht der Mann, der vor einer Tat zurückgeschreckt wäre.

Draußen donnerten die Wellen gegen die schwarzen Felsen, und die weißen Möwen kreischten. Ygerna fuhr sich mit den Fingerspitzen einer Hand über ihren Leib, und da wußte ich, daß sie auf die Stimme der Vernunft hören würde. Ygerna würde auf meiner Seite stehen.

Darum spielte es keine Rolle, was Uther sagte oder nicht sagte, zugab oder nicht zugab. Ich würde meinen Willen bekommen …

Meinen Willen? Wirklich? War es jemals mein Wille? Das wäre der Überlegung wert.

Ach, aber ich eile den Dingen voraus. Das tue ich immer. Das soll Artus' Geschichte werden. Aber zu Artus gehört mehr als nur seine Geburt. Um ihn zu begreifen, muß man das Land begreifen. Dieses Land, die Insel der Mächtigen.

Und man muß mich begreifen, denn ich bin der Mann, der ihn geschaffen hat.

Erstes Buch

Der König

I

Gar viele Jahre sind vergangen, seit ich in dieser Welt erwachte. Zu viele Jahre voller Finsternis und Tod, Seuchen, Krieg und Bösem. Ja, sehr viel Bösem.

Doch einst war das Leben hell, so hell wie der Sonnenschein auf dem Meer und das Leuchten des Mondes auf dem Wasser, so hell wie das Feuer im Herd, so hell wie der rotgoldene Torques um den Hals meines Großvaters Elphin. Hell, sage ich euch, und voll von allem Guten.

Ich weiß, daß jeder Mensch sich an etwas von ähnlich goldenem Schein zu Beginn seines Lebens erinnert, aber meine Erinnerungen sind darum nicht weniger wirklich oder wahr.

Merlin ... ein merkwürdiger Name. Vielleicht. Zweifellos hätte mein Vater für seinen Sohn einen anderen Namen ausgewählt. Doch meiner Mutter ist der Fehlgriff zu verzeihen. Merlin – Myrddin beim Volk meines Vaters – paßt zu mir. Trotzdem hat jeder Mensch zwei Namen: denjenigen, den er bekommt, und denjenigen, den er sich erringt.

Emrys lautet der Name, den ich mir unter den Menschen errungen habe, und er gehört mir.

Emrys der Unsterbliche ... Emrys der Göttliche ... Emrys Wledig, der König und Seher seines Volkes. Ambrosius heiße ich bei den Lateinisch Sprechenden und Embries bei den Leuten in Südbritannien und Lloegres.

Doch bei den Kymren der Bergfeste im Westen heiße ich Myrddin Emrys. Und da sie das Volk meines Vaters waren, fühle auch ich mich ihnen zugehörig. Obschon meine Mutter mich vor langer Zeit lehrte, wie töricht dieses Gefühl ist, tröstet es mich – ebenso wie es, vermute ich, meinen Vater getröstet haben muß, wenn ihn Zweifel überkamen.

Und da in der Welt viel Böses herrscht, herrscht auch viel Zweifel. Und der ist nicht der geringste unter den Dienern des bösen Feindes. Und es gibt so viele andere ...

Nun gut, nun gut, nur fort, du Rauner. Welche Schätze aus deinem geplünderten Vorrat wirst du uns darbieten?

Ich ergreife meinen Stab, schüre die Glut und sehe wieder die Bilder aus meiner frühesten Erinnerung: Ynys Avallach, Avallachs Insel. Das war die Wohnstatt meines Großvaters, König Avallachs, des Fischerkönigs, und das erste Zuhause, das ich kannte. Dort in den polierten Hallen seines Palasts tat ich die ersten Stolperschritte.

Seht, dort liegen die weißblühenden Apfelhaine, die salzigen Marschen und der spiegelglatte See unter dem drohenden Fels, das weißgekalkte Heiligtum auf dem nahegelegenen Hügel. Und dort liegt der Fischerkönig selbst, dunkelhaarig und mit buschigen Brauen wie ein Sommergewitter, auf seiner mit roter Seide ausgeschlagenen Bahre: Avallach war für ein dreijähriges Kind ein furchterregender Anblick, dabei jedoch so gütig, wie sein Herz es ihm erlaubte.

Und dort steht meine Mutter Charis, schlank und groß, von so königlicher Haltung, daß sie alle Brautwerber beschämt, und von einer Anmut, die über bloße Schönheit hinausgeht. Die goldhaarige Tochter des Sonnengotts Lleu, die Dame vom See, die Herrin von Avallon, die Königin des Feenvolks: so wird sie von den Menschen genannt, und das nicht zu Unrecht. Ihre Namen und Titel werden mit der Zeit gleich den meinen immer zahlloser.

Ich war – das wußte ich – der einzige Schatz im Leben meiner Mutter; das hat sie nie zu verbergen gesucht. Der gute Priester Dafyd tat mir kund, daß ich ein vom Lebendigen Gott geliebtes Kind sei, und seine Geschichten über Jesus, Gottes Sohn, entfachten in meiner Seele schon früh eine Sehnsucht nach dem Paradies. Ähnlich lehrte Hafgan, der weise und wahrhaftige Oberdruide, auf seine Art ein treuergebener Diener, mich die Freude am Wissen und weckte in mir einen Durst danach, den ich nie zu stillen vermocht habe.

Wenn auf der Welt Mangel herrschte, so erfuhr ich davon nichts. Auch lernte ich weder Angst noch Gefahr kennen. Die Tage meiner Kindheit waren mit Frieden und Fülle gesegnet. Vor Ynys Avallach zumindest machten die Zeit und die Geschehnisse in der großen Welt halt, sie blieben fern; ihre Wirren waren nur als ein verhaltenes Rauschen zu hören – sanft wie das Klagen der *Bhean Sidhe*, der kleinen dunklen Menschen, des Hügelvolks, zwischen den Steinkreisen auf den ferngelegenen

Hügelspitzen; weit entfernt wie das Brausen eines Wintergewitters über dem Gipfel des mächtigen Yr Widdfa im felsigen Norden.

Wirren gab es in der Tat, man lasse sich da nicht täuschen. Doch in jenen sonnensüßen Tagen meiner frühesten Erinnerung lebten wir wie die Götter einer älteren Zeit: über den Querelen der schlichteren Wesen um uns herum und von ihnen unberührt. Wir waren das Feenvolk, verzauberte Wesen von den Westlanden, die auf der Insel aus Glas wohnten. Diejenigen, die unsere Wasserwelt zwischen Marsch und See mit uns teilten, schätzten uns sehr – und noch mehr fürchteten sie uns.

Das hatte seine Vorteile. Es diente dazu, Fremde in sicherer Entfernung zu halten. Wir waren nicht stark in dem Sinne, wie die Menschen Stärke achten. Daher diente das Gespinst aus Fabeln, das sich um uns rankte, uns anstelle von Waffengewalt.

Wenn dir dies im Zeitalter von Vernunft und Macht als etwas schwächlich und wirkungslos erscheint, dann muß ich dir sagen, daß es dies nicht war. In jenen Zeiten war das Leben der Menschen von Anschauungen durchwirkt, die so alt wie die Angst selbst waren, und diese Anschauungen ließen sich weder leicht verändern noch leicht aufgeben.

Doch sieh nur! Da steht Avallach an einem taubenetzten Morgen vor mir, die Hand wie üblich gegen seine Seite gepreßt, und lächelt, wie er stets gelächelt hat, wenn er mich erblickte, und sagt: »Komm, kleiner Falke, die Fische rufen nach uns – sie sind unglücklich. Nehmen wir das Boot und sehen wir, ob wir ein paar von ihnen befreien können.«

Und Hand in Hand schreiten wir den Pfad zum See hinunter, um zu fischen. Avallach zieht das Ruder durch, während der kleine Merlin sich mit beiden kleinen Händen fest an die Bordwand klammert. Avallach singt, er lacht, er erzählt mir traurige Geschichten vom untergegangenen Atlantis, und ich lausche ihm mit ganzem Herzen, wie es nur ein Kind vermag.

Die Sonne steigt hoch über den See, und ich blicke zurück zum schilfbewachsenen Ufer, wo meine Mutter steht und auf mich wartet. Sie winkt uns zu, und Avallach wendet das Boot und rudert zu ihr hin. Wir kehren in den Palast zurück. Obgleich sie nie darüber spricht, weiß ich, daß sie unruhig wird, wenn ich ihrem Blick zu lang entschwinde.

Damals wußte ich nicht, warum; nun weiß ich es.

Doch für ein dreijähriges Kind ist das Leben ein berauschender Taumel voller Vergnügungen; es wirbelt durch ein Weltall, zu benommen von all dem Reichtum, um mehr davon zu begreifen oder auch nur zu erfahren als ein paar wild herausgerissene Stücke – doch so und nicht anders wird die Welt ja immer begriffen und erfahren: als ein Überfluß an Wundern, die es gleich zu bestaunen gilt. Klein und zerbrechlich, wie ich war, tauchte ich doch tief und ganz in die tolle Flut der Empfindungen und brach am Ende eines jeden Tages trunken vor Leben und erschöpft bis ins kleinste Fingerglied zusammen.

Ynys Avallach war zwar meine ganze Welt, doch hatte ich darin jegliche Freiheit. Kein Winkel war zu klein, keine Ecke zu entlegen, als daß ich sie nicht gekannt und mir zu eigen gemacht hätte. Die Ställe, die Küchen, der Empfangssaal, die Gemächer, die Galerie, die Säulenhalle, die Gärten, ich spazierte herum, wo es mir beliebte. Und wäre ich der König gewesen, ich hätte nicht mehr Achtung gebieten können. Denn jeder kindischen Laune von mir wurde von meiner Umgebung widerspruchslos unterwürfig entsprochen.

So lernte ich schon früh das Wesen und den Gebrauch der Macht kennen. Großes Licht, du weißt, daß ich nie um meinetwillen danach gestrebt habe! Die Macht wurde mir dargeboten, und ich nahm sie. Was ist daran zu tadeln?

Zu jener Zeit jedoch faßte man die Macht anders auf. Richtig und Falsch waren das, was sich die Menschen in ihrem Kopf und ihrem Herzen darunter vorstellten. Bisweilen zu Recht, häufiger zu Unrecht. Es gab keine Richter im Land, keine Maßregeln, auf welche die Menschen hätten zeigen und dabei sagen können: »Seht ihr, das ist recht!« Gerechtigkeit war, was vom Stahl in des Königs Hand ausging.

Man tut gut daran, dies nie zu vergessen.

Doch diese Gedanken über Recht und Gerechtigkeit kamen später, viel später. Erst galt es zu leben, ein Fundament zu legen, auf dem sich ein menschliches Dasein errichten ließ.

Die Insel der Mächtigen lag damals inmitten eines Meeres der Unordnung. Könige und Fürsten gierten nach Stellung und Macht. Habe ich Könige gesagt? Es gab mehr Könige als Schafe, mehr Fürsten als Krähen auf einem Schlachtfeld, mehr ehrgeizige, engstirnige Menschen als Lachse zur Laichzeit; und alle Fürsten und Fürstlein, Führer und Könige, alle emporgekommenen Würdenträger mit römischen Titeln versuchten, sich aus dem geifernden Maul der niederrauschenden Nacht zu schnappen, was sie konnten. Sie dachten, sie könnten, wenn die Finsternis endgültig kommen würde, in ihrer Höhle sitzen und sich brüsten und großtun und in ihrem Glück schwelgen.

Wie viele von ihnen sind statt dessen daran erstickt?

Wie ich sagte, herrschte damals Unordnung, und die Seele kann sich ebenso verwirren wie Herz und Verstand. Das Wichtigste in meinen ersten Lebensjahren waren die tiefe Liebe und der tiefe Friede, die mich umhüllten. Schon damals wußte ich, daß dies etwas Außergewöhnliches war, aber Kinder nehmen das Außergewöhnliche mit derselben unbeschwerten Bereitwilligkeit hin wie das reizlose Alltägliche.

War ich mir über die Dinge im klaren, die mich von den übrigen Menschen abhoben? Wußte ich, daß ich anders war? Aus jener längst vergangenen Zeit ragt in meiner Erinnerung ein Zwischenfall heraus. Einmal kam mir während meines täglichen Unterrichts bei Blaise, meinem Lehrer und Freund, eine Frage in den Sinn.

»Blaise«, sagte ich, »warum ist Hafgan so alt?« Wir saßen im Apfelhain am Fuß des Felsens und beobachteten, wie die Wolken westwärts eilten. Ich dürfte wohl nicht mehr als fünf Lenze gezählt haben.

»Du hältst ihn für alt?«

»Er muß sehr alt sein, wenn er so viel weiß.«

»O ja, Hafgan hat ein langes Leben hinter sich und viel erlebt. Er ist sehr weise.«

»So weise möchte ich eines Tages auch werden.«

»Warum?« fragte er und hielt den Kopf schräg.

»Um Bescheid zu wissen«, antwortete ich, »um über alles Bescheid zu wissen.«

»Und was würdest du tun, wenn du über alles Bescheid wüßtest?«

»Ich würde König werden und es allen sagen.«

König, jawohl. Schon damals hegte ich den Gedanken, König zu werden. Ich glaube nicht, daß zu diesem Zeitpunkt jemals jemand davon zu mir gesprochen hatte, aber ich spürte bereits, welchen Verlauf mein Leben nehmen würde.

Noch heute kann ich Blaise' Antwort so deutlich hören, als würde er jetzt mit mir reden: »Königsein ist etwas Großes, Falke. Etwas wirklich Großes. Aber es gibt eine Art Macht, der sich sogar Könige beugen müssen. Wenn du diese findest, dann wird dein Name für immer im Gedächtnis der Menschen lodern, ob du nun einen goldenen Torques oder Bettlerlumpen trägst.«

Natürlich verstand ich damals nichts von dem, was er mir sagte, aber ich merkte es mir.

So kam es, daß mir die Frage des Alters noch frisch im Sinn war, als gleich am Tag darauf Großvater Elphin zu einem seiner häufigen Besuche kam. Die Reisenden waren erst am Absitzen und bei den Begrüßungen, als ich auf den Oberdruiden zumarschierte, der Herrn Elphin wie üblich begleitete. Ich zupfte ihn an seinem Gewand und fragte: »Sag mir, wie alt du bist, Hafgan.«

»Was glaubst du, wie alt ich bin, Myrddin Bach?« Ich kann seine rauchgrauen Augen noch vor Freude blitzen sehen, obwohl er selten lächelte.

»So alt wie die Eiche auf dem Hügel des Heiligtums«, verkündete ich wichtigtuerisch.

Da lachte er, und die übrigen hielten inne, um uns anzusehen. Er nahm mich an der Hand und führte mich ein Stück weg. »Nein«, sagte er. »So alt bin ich nicht. Aber nach Menschenmaß bin ich alt. Doch was bedeutet das für dich? Du wirst so alt werden wie die älteste Eiche auf der Insel der Mächtigen, wenn nicht viel älter.« Er drückte mir fest die Hand. »Dir ist viel gegeben«, sagte er voll Ernst, »und wie Dafyd mir laut seinem Buch sagt, wird viel von dir verlangt werden.«

»Werde ich wirklich so alt wie eine Eiche werden?«

Hafgan zog die Schultern hoch und schüttelte den Kopf. »Wer vermag das zu sagen, Kleiner?«

Es ist Hafgan sehr zugute zu halten, daß er, obzwar er wußte, wer ich war, mich nie mit diesem Wissen belastete oder den Erwartungen, die sicherlich daran geknüpft waren. Zweifellos hatte er mit jemandem gleich mir schon einmal viele Erfahrungen gesammelt: Ich nehme an, daß er an meinem Vater gelernt hat, wie man ein Wunderkind hochpäppelt. Ach, Hafgan, wenn du mich jetzt sehen könntest!

Nach diesem Besuch, der in meiner Erinnerung nichts Besonderes hat, fing ich an, mich weiter weg von zu Hause zu bewegen – zumindest fing ich an, regelmäßig die Sommerlande zu besuchen, und dementsprechend erweiterte sich meine Sicht auf die Welt. Wir nannten sie die Sommerlande, weil mein Vater Taliesin das Land so genannt hatte, das Avallach seinem Volk geschenkt hatte.

Großvater Elphin und Großmutter Rhonwyn freuten sich stets, mich zu sehen. Sie verzogen mich auf meinen Besuchen nach Strich und Faden und machten Monate der harten Anstrengungen meiner Mutter zunichte. Charis beklagte sich nie, machte nie eine Anspielung auf die Nachgiebigkeit der beiden, sondern ließ sie mir gegenüber gewähren. Dazu gehörte schließlich auch der Kampfunterricht, den mir Herrn Elphins Schlachtenführer erteilte, ein Brocken von Mann namens Cuall. Er focht mit mir und einigen der jüngeren Knaben, obwohl er sich auch um die Kriegerschar zu kümmern hatte.

Cuall war derjenige, der mir mein erstes Schwert aus Eschenholz schnitt; und auch meinen ersten Speer. Das Schwert war dünn und leicht und nicht länger als mein Arm, doch für mich war es eine unbesiegbare Klinge. Mit dieser Holzwaffe brachte er mir Stoß und Gegenstoß bei und den raschen Hieb mit der Rückhand; und den Speer lehrte er mich mit jeder Hand, und auf jedem Fuß stehend, zielsicher zu schleudern. Er lehrte mich, auf ein Pferd aufzusitzen und es mit meinen Knien zu lenken und wie man im Notfall das unglückliche Tier als Schild benutzt.

In meinem sechsten Lebensjahr verbrachte ich den ganzen Sommer bei Großvater Elphin – und Hafgan und Cuall hätten sich beinahe um mich geschlagen. Außer ihnen sah ich den Sommer über fast niemanden. Meine Mutter kam und blieb ein paar Tage lang, und erst war ich enttäuscht, sie zu sehen, weil ich dachte, sie wolle mich wieder mit nach Hause nehmen. Aber sie wollte nur sehen, wie es mir ging.

Sobald sie sich vergewissert hatte, daß meine Erziehung dort richtig und notwendig war – wie Hafgan und Cuall beide betonten –, kehrte sie nach Ynys Avallach zurück, und ich blieb in Caer Cam. Damit bildete sich ein Muster heraus, das sich einige

Jahre lang wiederholte: Den Winter verbrachte ich in Ynys Avallach bei Dafyd und Blaise, den Sommer in Caer Cam bei Hafgan und Cuall.

Herrn Elphins Festung war eine ganz andere Welt als Avallachs Palast: Diese kündete von den kühlen Höhen geistiger Verfeinerung und andersweltlicher Anmut, jene von der erdverbundenen Wirklichkeit von Stein, Schweiß und Stahl. »Im Kopf und im Arm«, wie Cuall es einmal treffend ausdrückte.

»Herr?«

»Im Kopf und im Arm, Junge«, wiederholte er, »da hast du's, und da muß es ein Krieger haben.«

»Wird denn aus mir ein Krieger?«

»Wenn es nur in meinen Kräften steht, dann wird das wahrhaftig aus dir«, erwiderte er und stützte sich mit seinen kräftigen Unterarmen auf das Heft seines langen Schwerts. »Ja, du hast Lleus Art an dir: so flink wie Wasser und so leichtfüßig wie eine Katze; bald bin ich mit meiner Kunst bei dir am Ende. Das einzige, was dir noch fehlt, sind Muskeln auf deinen Knochen, Bursche, und so, wie du aussiehst, sind die bloß eine Frage der Zeit.«

Über seine Worte freute ich mich und wußte, daß er recht hatte. Ich war viel flinker als die anderen Knaben. Ich konnte mich gegen Knaben, die doppelt so alt waren wie ich, wacker halten und zwei von meiner eigenen Größe spielend abwehren. Die Leichtigkeit, mit der mein Körper sich allem anpaßte, was ich ihm abverlangte, kam einigen unheimlich, mir aber ganz natürlich vor. Daß nicht jedermann so geschickt Geist und Körper bewegen und miteinander in Einklang bringen konnte, war mir etwas Neues. Und obgleich ich mich schäme, es zuzugeben, trug ich mein Können mit unerträglichem Dünkel zur Schau.

Demut kommt, wenn sie überhaupt kommt, fast immer zu spät.

Ich erfuhr also früh zwei Dinge: Ich würde lange leben, und ich würde ein Kriegerkönig werden. Das dritte, Blaise' Gewand des Ansehens, würde mir noch entdeckt werden oder nicht; ich sah keinen Grund, danach zu trachten, und dachte darum nicht mehr daran.

Doch ein Krieger wollte ich unbedingt werden. Hätte ich nur die geringste Ahnung gehabt, wie schwer dieses Ziel auf meiner

Mutter lastete, hätte ich meine Begeisterung vielleicht etwas gezügelt, zumindest in ihrem Beisein. Aber ich strebte blind und töricht danach und redete beinahe von nichts anderem.

Keiner mühte sich mehr oder genoß seine Mühen mehr als ich. Unter den Knaben im Knabenhaus war ich als erster wach und vor Sonnenaufgang draußen auf dem Hof, um mich im Schwertkampf zu schulen, zu reiten oder Speer zu werfen, mit dem Schild zu üben oder zu ringen ... Auf alles stürzte ich mich mit dem Tatendrang eines Eiferers. Und der Sommer verging im weißglühenden Feuer knabenhafter Begeisterung; ich betete, daß es ewig so weitergehen möge.

Nichtsdestoweniger ging der Sommer zu Ende, und ich kehrte mit Blaise und einem Geleit von Kriegern nach Ynys Avallach zurück. Ich erinnere mich, daß ich durch helle Herbsttage ritt, an Feldern mit der reifen Ernte vorbeikam, an gedeihenden Weilern, wo wir herzlich begrüßt und verköstigt wurden.

Meine Mutter war außer sich vor Freude, mich endlich wieder zu Hause zu haben, aber ich spürte auch eine Traurigkeit an ihr. Und ich bemerkte, daß ihre Augen jeder meiner Bewegungen folgten und auf meinem Gesicht ruhen blieben. Hatte ich mich in den vergangenen Monaten in Caer Cam denn verändert?

»Du wächst so schnell, mein kleiner Falke«, sagte sie zu mir. »Bald wirst du aus diesem Nest fliegen.«

»Von hier gehe ich nie weg. Wo soll ich denn hin?« fragte ich sie aufrichtig verwirrt. Der Gedanke fortzugehen war mir nie in den Sinn gekommen.

Charis zuckte leichthin die Achseln: »Ach, du wirst schon irgendwo einen Ort finden und ihn dir zu eigen machen. Das mußt du, verstehst du, wenn du der Herr des Sommers werden willst.«

Daran dachte sie also. »Ist das kein wirklicher Ort, Mutter?«

Sie lächelte ein wenig traurig und schüttelte den Kopf. »Nein – das heißt noch nicht. Es liegt an dir, meine Seele, das Sommerreich zu schaffen.«

»Ich habe gedacht, die Sommerlande ...«

»Nein.« Wieder schüttelte sie den Kopf, aber die Traurigkeit war vergangen, und ich sah das Licht der Vision in ihren Augen aufscheinen. »Die Sommerlande sind nicht das Königreich, auch wenn dein Vater es vielleicht so gemeint hat. Das Sommerreich ist dort, wo der Sommerkönig residiert. Es wartet nur darauf, daß du es einforderst, Falke.«

Dann redeten wir über das Sommerreich, aber auf andere Weise. Das Königreich war nicht länger ein Märchen, das eine Mutter ihrem Kind erzählt; es hatte sich verändert. Von dieser Zeit an dachte ich daran als an ein Reich, das in gewisser Weise vorhanden war und nur darauf wartete, ins Dasein gerufen zu werden. Und zum erstenmal begriff ich, daß mein Schicksal wie das meines Vaters Faden für Faden in seine Vision von jenem goldenen Land verwoben war.

In jenem Herbst nahm ich meine Unterweisung bei Dafyd wieder auf, dem Priester im Heiligtum. Ich las in seinen heiligen Schriften, so schlecht zusammengebunden und verblaßt sie auch waren, und wir sprachen über das, was ich las. Und zugleich setzte ich meinen Unterricht bei Blaise fort, der mich die Künste der Druiden lehrte. Ich konnte mir nicht vorstellen, eines von beiden aufzugeben, und setzte in den folgenden Jahren Geist und Seele an meinen Unterricht, wie ich Körper und Herz jeden Sommer in Caer Cam an meine Waffen setzte.

Ich gebe zu, daß es nicht leicht war; ich fühlte mich oft in alle Richtungen gezogen, trotz der verschiedenen Versuche meiner Lehrer, dies zu verhindern. Nie hatte ein Knabe aufmerksamere Lehrer. Dennoch ist eine solche Zerrissenheit wohl unvermeidlich, wenn jemand so vieles so dringend will. Meine Lehrer waren sich meines Unbehagens bewußt und verspürten es selbst.

»Du brauchst dich nicht so anzutreiben, Myrddin«, sagte Blaise an einem regnerischen, elenden Winterabend zu mir, als ich dasaß und mich mit einem langen Gedicht abmühte, das die Schlacht der Bäume hieß. »Es gibt auch noch andere Dinge, als Barde zu werden. Sieh dich um, nicht alle sind es.«

»Mein Vater Taliesin war einer. Hafgan sagt, daß er der größte Barde war, der jemals gelebt hat.«

»Das glaubt er also.«

»Du glaubst es nicht?«

Er lachte. »Wer könnte dem Oberdruiden widersprechen?«

»Du hast meine Frage nicht beantwortet, Blaise.«

»Na schön.« Er hielt inne und dachte lange nach, ehe er antwortete. »Ja, dein Vater war der größte Barde unter uns; und darüber hinaus war er mein Bruder und Freund. Doch«, er streckte mahnend einen Finger empor, »Taliesin war ...« Wieder folgte eine lange Pause. Dann hob er leicht die Schultern und drückte sich darum, zu sagen, was er dachte. »Aber nicht jeder kann werden, was er war, oder tun, was er tat.«

»Aus mir wird eine Barde. Ich werde mich noch mehr anstrengen, Blaise. Ich verspreche es.«

Er schüttelte den Kopf und seufzte. »Es geht nicht darum, sich mehr anzustrengen, Falke.«

»Was soll ich denn tun?« jammerte ich. »Sag's mir doch nur.«

Seine Augen waren sanft vor Mitleid. Er versuchte mir zu helfen, so gut er es verstand. »Deine Gaben sind andere, Merlin. Du kannst nicht dein Vater werden.«

Wenn seine Worte in diesem Augenblick auch nicht auf mich wirkten, so fielen sie mir doch viele Male wieder ein.

»Aus mir wird ein Barde, Blaise.«

Ich bin Merlin, und ich bin unsterblich. Eine Laune der Geburt? Ein Geschenk meiner Mutter? Das Vermächtnis meines Vaters? Ich weiß nicht, wie es kommt, aber ich weiß, daß es wahr ist. Auch kenne ich die Quelle der Worte nicht, die meinen Sinn erfüllen und von meinen Lippen wie Feuertropfen auf das Reisig in die Herzen der Menschen fallen.

Die Worte, die Bilder: was ist, was war und was sein wird ... ich brauche nur hinzusehen. Eine Schale mit schwarzem Eichenwasser, die glimmende Feuersglut, Rauch, Wolken, die Gesichter der Menschen selbst – ich brauche nur hinzusehen, und die Nebelschwaden werden dünner, und ich schaue ein wenig die zerschlissenen Pfade der Zeit entlang.

Hat es je eine Zeit wie diese gegeben?

Niemals! Und darin liegt ihre Herrlichkeit und ihr Schrecken gleichermaßen. Wenn die Menschen wüßten, was ihnen droht – und zwar noch dem niedersten von ihnen –, sie würden erbeben, sie würden in Ohnmacht sinken, sie würden sich den Kopf bedecken und sich den Mund mit ihren Mänteln zustopfen, um nicht zu schreien. Es ist ihnen Segen und Fluch, daß sie es nicht wissen. Aber ich weiß es. Ich, Merlin, habe es immer gewußt.

II

»Der Knabe hat Augen wie ein Raubvogel«, sagte Maximus, während er seine Hand auf meinem Kopf ruhen ließ und in mein Gesicht hinabblickte. Er mußte es wissen; seine Augen hatten ebenfalls etwas Raubvogelhaftes. »Ich glaube, ich habe noch bei keinem Menschen jemals eine solche Augenfarbe gesehen – wie Gelbgold.« Sein Lächeln war scharf wie ein Schwert. »Sag mir, Merlinus, was siehst du mit deinen goldenen Augen?«

Eine seltsame Frage an einen Siebenjährigen. Doch im Geiste erstand vor mir ein Bild:

Ein Schwert – nicht das breite, kurze *Gladius* der Legionäre, sondern die lange, spitz zulaufende, gleich einem Blitz sirrende Schneide der Kelten. Das Heft war aus schöner Bronze und in Silber gefaßt, mit einem großen Amethyst von kaiserlichem Purpur am Knauf. In den Edelstein war wild und stolz der Legionsadler geschnitten; in seinem dunklen Herzen fing er den Sonnenschein ein und glühte von einem tiefen, steten Feuer.

»Ich sehe ein Schwert«, erwiderte ich. »Das Heft ist aus Silber und trägt einen purpurnen Juwel, der wie ein Adler geschnitzt ist. Es ist ein Kaiserschwert.«

Sowohl Maximus als auch Herr Elphin – der Vater meines Vaters, der neben mir stand – sahen mich erstaunt an, als hätte ich eine große und schrecklich geheimnisvolle Prophezeiung getan. Doch ich hatte ihnen nur gesagt, was ich sah.

Magnus Maximus, der Befehlshaber der Legionen in Britannien, sah mich nachdenklich an. »Was siehst du noch, mein Junge?»

Ich schloß die Augen. »Ich sehe einen Kreis von Königen; sie stehen wie Steine in einem Steinkreis. In ihrer Mitte kniet eine Frau und hält Britanniens Schwert in ihren Händen. Sie spricht, aber keiner hört sie. Keiner lauscht ihr. Ich sehe, wie die Schneide rostet und in Vergessenheit gerät.«

Obschon die Römer immer auf Vorzeichen begierig waren, hatte er, glaube ich, keine derartige Antwort von mir erwartet.

Er starrte mich einen Moment lang an; ich spürte, wie seine Finger auf meinem Haar erschlafften, dann wandte er sich jäh ab. »König Elphin! Du siehst so rüstig aus wie je. Wie ich sehe, hat dieses sanfte Land dich nicht verweichlicht.« Er und mein Großvater gingen untergehakt davon: zwei alte Freunde, die einander begegnet waren und sich als ihresgleichen erkannt hatten.

Am Morgen seiner Ankunft befanden wir uns gerade in Caer Cam. Ich war dabei, ein Pony abzurichten, das Elphin mir geschenkt hatte, und versuchte verzweifelt, das listige Wesen ans Halfter zu gewöhnen, damit ich es ein paar Tage später nach Hause reiten könnte. Das kleine schwarzweiß gefleckte Tier glich eher einer Ziege als einem Pferd, und was als ein einfacher Versuch mit einem Zaumzeug aus einem geflochtenen Strick angefangen hatte, wuchs sich bald zu einem umfassenden Kampf zwischen unseren Willen aus, wobei meiner die meisten Schläge abbekam.

Die Sonne sank tiefer, und aus dem Tal stieg der Abendnebel auf. Waldtauben flatterten zu ihren Nestern, und Schwalben glitten durch die stille, lichterfüllte Luft. Da hörte ich es: ein Geräusch, das mich dazu brachte, mucksmäuschenstill stehenzubleiben und zu lauschen: ein rhythmisches Dröhnen in der Erde, ein tiefes, hallendes Grollen, das übers Land wogte.

Cuall, der Schlachtenführer meines Großvaters, beobachtete mich und wurde unruhig. »Was ist denn, Myrddin Bach? Was hast du?« Myrddin Bach nannte er mich: kleiner Falke.

Ich gab keine Antwort, sondern wandte mein Gesicht gen Osten, ließ mein geflochtenes Stück Leder fallen, rannte auf den Schutzwall zu und rief: »Schnell! Schnell! Er kommt!«

Wenn man mich gefragt hätte, wer kommt, hätte ich darauf nicht antworten können. Aber sobald ich über die zugespitzten Pfähle lugte, wußte ich, daß bald jemand von großer Bedeutung eintreffen würde, denn als wir das Tal entlang blickten, konnten wir in der Ferne die lange, sich windende Doppelreihe einer Kolonne von Männern sehen, die sich gen Nordwesten bewegte. Das Grollen, das ich gehört hatte, war der Donnerklang ihrer Marschtrommeln und das gleichmäßige Stampfen ihrer Füße auf dem alten, harten Weg.

Ich sah das schwächer werdende Sonnenlicht hell auf ihren

Schilden scheinen und die Feldzeichen mit den Adlern ihnen vorausgehen. Am dämmrigen Himmel folgte dem Ende der Kolonne eine Staubwolke; dort polterten die Wagen mit dem Proviant. Die beiden Reihen mußten tausend Mann stark sein oder mehr. Cuall bedurfte nur eines Blickes und schickte einen von seiner Kriegerschar eilends zu Herrn Elphin.

»Das ist Macsen«, bestätigte Elphin, sobald er zu uns gestoßen war.

»Das habe ich mir gedacht«, entgegnete Cuall rätselhaft.

»Es ist lange her«, sagte mein Großvater. »Wir müssen ihm ein Willkommen bereiten.«

»Glaubst du, daß er den Umweg zu uns macht?«

»Natürlich. Es wird bald dunkel, und er braucht einen Platz zum Schlafen. Ich will ihm ein Geleit entgegenschicken.«

»Darum kümmere ich mich«, erbot Cuall sich und schritt durch den Caer davon. Großvater und ich wandten uns wieder der Beobachtung des Talweges zu.

»Ist er ein König?« fragte ich, obwohl ich wußte, daß er einer sein mußte, da ich niemals jemanden kennengelernt hatte, der mit einer solch riesigen Kriegerschar gereist war.

»Ein König? Nein, Myrddin Bach. Er ist der *Dux Britanniarum* und nur dem Kaiser Gratian selbst verantwortlich.«

Ich suchte in meinem dürftigen Latein ... *Dux* ... »Herzog?«

»Gleich einem Schlachtenführer«, erklärte Elphin, »aber viel mächtiger; er befehligt sämtliche römischen Streitkräfte auf der Insel der Mächtigen. Einige behaupten, daß er eines Tages selbst Kaiser werden wird, obwohl ich – nach dem, was ich von Kaisern gesehen habe – sagen muß, daß ein Dux mit einer Kohorte im Rücken mehr Macht hat, wenn es darauf ankommt.«

Kurz nachdem Cuall und zehn von Elphins Kriegern ausgeritten waren, kam ein Trupp von etwa dreißig Mann zurück. Die Fremden sahen in meinen Augen wahrhaftig merkwürdig aus: große Männer mit dicken Gliedmaßen in Brustpanzern aus Metall oder gehärtetem Leder, die kurze, gedrungene Schwerter und häßliche Speere mit Eisenspitzen trugen; ihre Beine waren mit roter Wolle umwickelt, die auf der Mitte des Oberschenkels an die Riemen ihrer schweren, genagelten Sandalen gebunden waren.

Die Reiter donnerten den gewundenen Pfad bis zu den Toren

des Caers herauf, und ich rannte ihnen durch den Schutzwall entgegen. Die Holztore flogen auf und die Pferde mit ihren eisenbeschlagenen Hufen galoppierten in das Burgdorf. Zwischen zwei Standartenträgern ritt Maximus; sein prächtiger roter Umhang war fleckig und staubig, sein sonnengebräuntes Gesicht war dunkel wie eine Walnuß, auf seinem Kinn lag der Schatten kurzer Bartstoppeln.

Er brachte sein Pferd zum Stehen und saß ab, während Elphin ihm zur Begrüßung entgegenging. Sie umarmten einander wie Freunde, die sich lange nicht gesehen hatten, und mir wurde klar, daß mein Großvater ein Mann von einigem Ansehen war. Als ich ihn so neben dem mächtigen Fremden stehen sah, schlug mein Herz höher. Er war nicht länger mein Großvater, sondern ein König aus eigenem Recht.

Während die anderen Reiter in die Burg kamen, wandte Elphin sich mir zu und winkte mich zu sich. Ich stand steif da, während der Dux Britanniarum mich mit seinen scharfen, schwarzen Augen, die stechend wie Speerspitzen waren, eingehend musterte. »Heil, Merlinus«, sagte er mit vor Müdigkeit und Straßenstaub heiserer Stimme, »ich grüße dich im Namen unserer Mutter Rom.«

Dann nahm Maximus meine Hand in seine, und als er sie wieder losließ, sah ich eine goldene Siegesmünze darin glänzen.

Das war meine erste Begegnung mit Magnus Maximus. Und dort, bei seiner Ankunft, hatte ich meine erste Prophezeiung getan.

In jener Nacht wurde gefeiert. Schließlich kommt nicht jeden Tag ein Dux Britanniarum zu Besuch. Die Trinkhörner machten im Saal die Runde, und mir wurde ganz schwindelig von dem Versuch, sie immer wieder nachzufüllen. Durch die hölzerne Halle, die vom Rauch der Braten dunkel und laut vom Schwatzen der Krieger und Soldaten war, die einander mit Lügen über ihre Heldentaten im Bett und auf dem Schlachtfeld unterhielten, streifte ich mit einem Krug Met in der Hand umher, um die leeren Hörner, Schalen und Becher nachzufüllen. Ich schätzte mich höchst glücklich, an einem Kriegerschmaus teilnehmen zu dürfen – wenn auch nur als Schankknabe.

Als später die Fackeln und Talglampen herabgebrannt waren, zog Hafgan, der Oberbarde meines Großvaters, seine Harfe hervor und sang das Lied von den Drei Schrecklichen Plagen. Das löste große Stürme von Heiterkeit aus. Und ich lachte mit den übrigen, froh darüber, in dieser feierlichen Nacht zu den Männern zu gehören und nicht mit den anderen hinunter zum Knabenhaus geschickt worden zu sein.

Was für eine Nacht! Verschwenderisch und lärmig und vielfältig. Da begriff ich, daß das schönste Ding, was ein Mann sein kann, ein König mit einem großen Saal voller furchtloser Gesellen ist, und ich gelobte, daß dieses Ding eines Tages mein sein würde.

Während Maximus sich bei Herrn Elphin aufhielt, sprach ich nicht wieder mit ihm, obwohl er und mein Großvater sich am nächsten Tag ausgiebig beredeten, ehe der Herzog aufbrach und zu seinen Truppen im Tal zurückkehrte. Ich habe gesagt, daß ich nicht mit ihm sprach, aber als Maximus das Pferd gebracht wurde und er sich in den Sattel schwang, erblickte er mich, hob langsam seine Hand und berührte mit dem Handrücken seine Stirn. Das ist ein Zeichen der Ehrerbietung und Achtung – eine ungewöhnliche Geste einem Kind gegenüber. Außer mir sah sie keiner und sollte es auch nicht.

Er sagte meinem Großvater Lebewohl – sie umarmten einander wie Vettern – und ritt mit seinen Hauptleuten davon. Von der Erdböschung vor den Palisaden aus sah ich zu, wie die Kolonne Aufstellung nahm und kurz darauf durch das Tal des Cam zog, der Adlerstandarte nach.

Ich sah Maximus nie wieder. Und es sollte viele, viele Jahre dauern, ehe ich das Schwert zu Gesicht bekam und mir klarwurde, daß ich an jenem Tag sein Schwert erblickt hatte. Darum hatte Maximus mich so angestarrt. Und darum grüßte er mich.

Und so fängt es an:

Erst ist ein Schwert da, Britanniens Schwert. Und das Schwert *ist* Britannien.

III

Im Frühling meines elften Jahres reiste ich mit Blaise und Hafgan nach Gwynedd und Yr Widdfa, der Schneeregion im bergigen Nordwesten. Es war eine lange und mühselige, aber notwendige Reise, denn Hafgan kehrte heim zum Sterben.

Er erzählte niemandem davon, da er die Aussicht, Abschied von seinem Volk nehmen zu müssen, unsagbar traurig fand. Das Abschiednehmen, nicht das Sterben störte ihn. Hafgan hatte vor langer Zeit seinen Frieden mit Gott geschlossen und wußte, daß der Tod die schmale Tür zu einem anderen, höheren Leben war. Und obwohl es ihm tiefen Kummer bereitete, seinen Angehörigen Lebewohl sagen zu müssen, sehnte er sich doch danach, vor seinem Tod das Land seiner Jugend wiederzusehen. Darum war die Reise notwendig.

Elphin bestand darauf, ein Geleit mitzuschicken; andernfalls hätte Avallach mit Sicherheit dafür gesorgt. Wäre es nach Hafgan gegangen, hätte er auf diese Ehre verzichtet. Aber er gab nach, da die Krieger nicht seinetwegen mit uns ritten.

Das Geleit bestand aus neun Mann, so daß wir insgesamt zwölf waren, als wir uns an jenem Tag nach Beltane auf den Weg machten, dem Feiertag, der den Frühlingsanfang bezeichnet. Hafgan und das Geleit waren nach Ynys Avallach gekommen, wo Blaise und ich begierig auf unseren Aufbruch warteten. Am Morgen unserer Abreise stand ich früh auf, zog mir meine Tunika und meine Hose an und rannte in den Hof hinunter. Dort fand ich meine Mutter in Reitkleidung vor, einschließlich kurzem Umhang und langen Reitstiefeln; ihr Haar war geflochten und in das weiße Lederband der Stierarena gebunden.

Sie hielt die Zügel eines nebelgrauen Hengstes in der Hand, und mein erster Gedanke war, daß das Roß für mich bestimmt sein mußte. Hafgan stand neben ihr, und sie unterhielten sich leise miteinander, während sie auf die anderen warteten. Ich begrüßte sie und meinte, daß ich statt dessen lieber mein schwarzweißes Pony gehabt hätte.

»Statt dessen? Was meinst du denn damit?« fragte Charis.

»Statt des Hengstes natürlich.« Ich betonte, daß ich das Pony mochte und auf ihm reiten wollte.

Meine Mutter lachte und sagte: »Du bist nicht der einzige Mensch, der je ein Bein über einen Pferderücken geschwungen hat.«

Erst da fiel mir ihre Kleidung auf. »Du willst auch mit?«

»Es wird Zeit, daß ich den Ort kennenlerne, wo dein Vater aufgewachsen ist«, erklärte sie, »und außerdem hat Hafgan mich darum gebeten, und ich kann mir nichts vorstellen, was ich lieber täte. Wir haben gerade davon gesprochen, daß wir in Dyfed Rast machen wollen. Ich möchte Maelwys und Pendaran gern wiedersehen, und dir könnte ich zeigen, wo du geboren worden bist. Würde dir das gefallen?«

Ob es mir gefiel oder nicht, sie war entschlossen mitzukommen und tat es auch. Mein Kriegerspiel litt, anders als ich befürchtet hatte, darunter nicht – meine Mutter konnte es mit den Unbilden der Reise mehr als aufnehmen. Ihretwegen ritten wir nicht gemächlicher oder vorsichtiger, und da die vertraute Landschaft in ihrem Gedächtnis tausend Erinnerungen an meinen Vater wachrief, fielen ihr lebhaft die ersten Tage ihres gemeinsamen Lebens in allen Einzelheiten wieder ein. Ich lauschte ihr und vergaß darüber ganz, den wilden Feldherrn zu spielen.

Wir überquerten das funkelnde Mor Hafren und kamen nach Caer Legionis, der Feste der Legionen. Die riesengroße Festung war wie so viele andere im Land seit langem verlassen und verfallen und stand als leere Ruine da, gemieden von der nahegelegenen Stadt, die sich noch immer eines römischen Beamten rühmte. Eine römische Stadt hatte ich noch nie erblickt und konnte in ihren geraden Straßen und ihren viel zu dicht aneinandergedrängten Häusern keinen Vorteil erkennen. Außer dem eindrucksvollen Schauspiel eines Forums und einer Arena, erregte in mir das, was ich von der Stadt sah, wenig Hoffnung auf eine Verbesserung des Lebens. Eine Stadt ist etwas Unnatürliches.

Die Landschaft dahinter bot einen hübschen Anblick: sanfte, luftige Hügel und gewundene Täler mit steinumrandeten Bächen; weite Grasflächen, die ideal für Rinder- und Schafherden waren sowie für die festen kleinen Pferde mit sicherem Schritt, die hier gezüchtet und auf Pferdemärkten bis nach Londinium und Eboracum verkauft wurden.

In Maridunum, wohin meine Eltern nach ihrer Heirat geflohen waren und wo ich zur Welt gekommen war, wurden wir herzlich und begeistert empfangen. König Pendaran betrachtete sich als eine Art Großvater meiner Mutter und meiner selbst und war außer sich vor Freude, uns zu sehen. Er packte mich innig an beiden Armen und sprach: »Dich habe ich gehalten, mein Junge, als du nicht größer als ein Kohlkopf warst.« Sein weißer Haarkranz war vom Wind zerzaust, und der Mann schien unmittelbar in Gefahr, weggeblasen zu werden. Das sollte der furchteinflößende Rotschwert sein, von dem ich gehört hatte?

Sein ältester Sohn Maelwys herrschte jedoch über Dyfed und verkündete unter Pendarans beifälligem Kichern ein Fest zu Ehren unserer Ankunft, und die Herren unter ihm bevölkerten in jener Nacht mit ihrem Gefolge den Saal.

Die Fürsten der Demeten und Siluren waren im Lande seit langem ansässig und mächtig. Sie hatten ihre Unabhängigkeit wütend behauptet, obwohl Rom sich seit dreihundert Jahren in ihre Angelegenheiten einmischte. Das war ihnen dadurch gelungen, daß sie schon früh vorteilhafte Bündnisse mit den Herrscherhäusern in Rom eingegangen waren, gut und klug geheiratet und ihre Macht dazu eingesetzt hatten, den Kaiser und seine Günstlinge in sicherer Entfernung zu halten. Sie hatten es zugelassen, daß das Römische Reich über sie hinweggespült war wie über einen Fels im Meer; doch während die Flut jetzt zurückwich, stand der Fels unverändert da.

Wohlhabend und stolz auf ihren Wohlstand haftete ihnen nicht die geringste Spur Eitelkeit an, die so oft von Reichtümern ausgeht. Als einfache Menschen, die an den Bräuchen ihres Volkes festhielten und dem Wechsel widerstanden, hatten sie den wahren keltischen Geist ihrer Väter bewahrt. Ein paar von ihnen mochten in den ausgedehnten Villen nach römischem Vorbild leben oder den Titel eines Beamten führen; der eine oder andere mochte bequem den Purpur getragen haben, doch die Augen, die mich in jener Nacht im Saal anblickten, sahen die Welt seit den Tagen von Bran dem Gesegneten kaum verändert, der ihrer Aussage nach seinen Stamm genau auf diesen Hügeln angesiedelt hatte.

Meine Mutter und ich saßen an der Hochtafel, umgeben von Fürsten und Führern, und ich begann zu verstehen, warum mein Volk bei der großen Verschwörung verloren hatte, als die Barbaren den Limes überrannt und Siedlungen bis nach Eboracum im Süden und entlang beider Küsten angegriffen hatten. Elphin und die Kymren gediehen in den Sommerlanden zwar, waren jedoch ein Volk, das von seiner Vergangenheit abgeschnitten war – für die Kelten eine Art lebende Tote. Und was hatte erst das Volk meiner Mutter verloren, als Atlantis untergegangen war?

Nach einem langen, lebhaften Mahl sang Blaise und erhielt für sein Lied von Maelwys ein goldenes Armband. Dann ertönte der Ruf, daß Hafgan singen solle. Bescheiden nahm er die Harfe entgegen, begab sich auf den freien Platz zwischen den Tischen und stimmte müßig die Saiten.

Da fiel sein Blick auf mich, er ließ vom Stimmen ab und winkte mir. Ich stand auf und ging zu ihm. Er drückte mir die Harfe in die Hand, und ich dachte, ich sollte ihn begleiten. »Was willst du singen, Oberbarde?« fragte ich.

»Was du möchtest, kleiner Bruder. Was immer du wählst, wird in diesem Saal willkommen sein.«

Noch immer dachte ich, daß ich ihn begleiten sollte. Ich schlug in die Saiten und überlegte. Die Vögel von Rhiannon? Lleu und Levelys? »Wie wäre es mit dem Traum von Arianrhod?« fragte ich.

Er nickte, hob den Kopf, trat zur Seite und ließ mich allein in der Mitte des Platzes zurück. Entsetzt und verwirrt starrte ich ihm nach. Er senkte nur den Kopf und kehrte an seinen Platz zur Linken von Maelwys zurück. Er hatte etwas noch nie Dagewesenes getan: Der Erzdruide, der Oberbarde der Insel der Mächtigen, hatte seine Harfe mir, einem unerprobten Knaben, überlassen.

Mir blieb keine Zeit, die Bedeutung seines Tuns zu bedenken – aller Augen waren auf mich gerichtet, der Saal still. Ich schluckte und nahm meine flüchtigen Gedanken zusammen. Ich konnte mich an kein Wort der Sage erinnern, und die mit Perlen eingelegte Harfe hätte in meinen tastenden Händen ebensogut ein Schild aus Ochsenhaut sein können.

Ich schloß die Augen, holte tief Luft, zwang meine Finger, über die widerspenstigen Saiten zu gleiten, und öffnete meinen

Mund ganz in der Erwartung, mir und Hafgan vor den versammelten Herren Schande zu machen, wenn mir die Worte nicht einfielen.

Zu meiner großen Erleichterung und Überraschung kamen mir die Worte des Lieds wieder in den Sinn, sobald meine Zunge sich zu bewegen anfing. Ich sang anfangs zittrig, aber dann mit wachsendem Selbstvertrauen, als ich sah, wie mein Lied sich auf den Gesichtern meiner Zuhörer spiegelte.

Die Sage ist lang, und ich hätte eine andere ausgewählt, hätte ich gewußt, daß ich sie würde singen müssen, aber als ich geendet hatte, schien die Versammlung noch einmal so lang schweigend dazusitzen. Ich konnte das leise Flackern der Fackeln und das Knistern der Flammen in der Feuergrube hören, und ich war mir all der dunklen Augen der Demeten und Siluren, die auf mir ruhten, bewußt.

Ich drehte mich zu meiner Mutter um und sah auf ihrem Gesicht einen merkwürdigen Ausdruck von Enthobenheit und ihre Augen glänzen ... vor Tränen?

Langsam erwachte der Saal wieder zum Leben – wie aus einem tiefen Zauber. Ich wagte nicht, noch einmal zu singen, und keiner forderte mich dazu auf. Maelwys stand auf und kam auf mich zu. So daß es alle Anwesenden hören konnten, sprach er: »Ich habe nie einen Barden so gut und wahrhaftig singen hören außer einen. Einst kam jener Barde in dieses Haus, und nachdem ich ihn hatte singen hören, schenkte ich ihm meinen Goldtorques. Er nahm ihn nicht, sondern schenkte mir statt dessen – den Namen, den ich heute trage.« Er lächelte. »Dieser Barde war dein Vater Taliesin.«

Er führte seine Hand zu seinem Hals und nahm seinen Torques ab. »Jetzt biete ich den Torques dir an. Nimm ihn, wenn du möchtest, für dein Lied und zum Gedenken an den, dessen Platz du heute nacht eingenommen hast.«

Ich wußte nicht, was ich davon halten sollte. »Da mein Vater dein großzügiges Geschenk nicht angenommen hat, wäre es nicht recht, wenn ich es nähme.«

»Dann sage mir, was du anzunehmen bereit bist, und ich gebe es dir.« Die Herren von Dyfed beobachteten mich gespannt.

Ich sah mich hilfesuchend nach meiner Mutter um und hoffte, einen Gesichtsausdruck oder eine Geste von ihr zu empfangen, die mir sagen würden, was ich tun sollte. Aber sie starrte mich nur mit dem gleichen Erstaunen wie die übrigen an. »Deine Güte«, hub ich an, »ist für mein Volk wichtiger als Ländereien oder Gold. Darum bleibe ich in deiner Schuld, Herr Maelwys.«

Voller Zufriedenheit lächelte er, umarmte mich und kehrte auf seinen Platz an der Tafel zurück. Ich reichte die Harfe Hafgan und ging rasch aus dem Saal, zum Bersten voller Gedanken und Empfindungen, die ich zu halten und sinnvoll zu ordnen versuchte.

Eine Weile später entdeckte Hafgan mich im dunklen Hof stehen und schaudern, denn die Nacht war kalt und ich hatte meinen Umhang vergessen. Er nahm mich unter sein Gewand, und so standen wir lange ohne ein Wort da.

»Was bedeutet es, Hafgan?« fragte ich schließlich. »Sage es mir, wenn du kannst.«

Ich dachte, daß er mir nicht antworten würde. Ohne von der Betrachtung des sternenübersäten Himmels zu lassen, sagte Hafgan: »Einst stand ich in einem Steinkreis und sah am Firmament ein großes und schreckliches Zeichen: Vom Himmel ergoß sich, einem mächtigen Feuer gleich, ein Sternenregen.

Diese Sterne haben deinen Weg zu uns erhellt, Myrddin Emrys.« Über meine Reaktion lächelte er: Emrys ist der Beiname des Göttlichen. »Erstaune nicht, daß ich dich Emrys nenne, denn von nun an werden die Menschen dich zu erkennen beginnen.«

»Das ist dein Werk, Hafgan«, erwiderte ich mit vorwurfsvoll gespannter Stimme, denn ob seiner Worte spürte ich, wie die Fröhlichkeit meiner Kindheit mir entschlüpfte, und bekam einen Aschegeschmack im Mund.

»Nein«, entgegnete er sanft, »ich habe nur getan, was von mir verlangt ward, nur, was mir zu tun gegeben ward.«

Ich schauderte, doch diesmal nicht vor Kälte. »Ich begreife gar nichts«, sagte ich kläglich.

»Vielleicht nicht, aber du wirst es bald. Im Augenblick genügt es, daß du hinnimmst, was ich dir sage.«

»Was wird geschehen, Hafgan? Weißt du es?«

»Nur zum Teil. Doch sorge dich nicht. Dir wird alles zu seiner Zeit klarwerden. Die Weisheit wird gegeben, wenn die Weisheit gebraucht wird, der Mut, wenn der Mut gebraucht wird. Alle

Dinge werden zu ihrer Zeit gegeben.« Er verfiel wieder in Schweigen, und ich betrachtete gemeinsam mit ihm das Firmament, in der Hoffnung, etwas zu sehen, daß auf den Sturm in meiner Seele antworten würde. Doch ich erblickte nur kaltfunkelnde Gestirne auf ihren fernen Bahnen, und ich hörte den Nachtwind um die gekachelten Giebel der Villa sirren und spürte die Leere von einem, der abgeschnitten worden ist und allein.

Dann begaben wir uns hinein, und ich schlief in dem Bett, in dem ich geboren worden war.

Über das, was sich in Maelwys' Saal zugetragen hatte, wurde nicht mehr gesprochen – zumindest nicht in meinem Beisein. Ich zweifle nicht daran, daß andere darüber redeten, wenn überhaupt von etwas anderem. Für mich war es eine Gnade, nicht darauf antworten zu müssen.

Drei Tage später brachen wir von Maridunum auf. Maelwys hätte uns begleitet, doch Angelegenheiten seines Hofes hielten ihn ab. Wie einige andere auch hatte er einen Brauch der Könige von einst wiederaufgenommen: seine Länder mit Hügelfesten zu umgeben und mit seinem Gefolge durch sein Reich zu ziehen und der Reihe nach in jeder Hügelfeste hofzuhalten.

Er sagte uns Lebewohl und wollte von uns nichts anderes als das Versprechen hören, daß wir auf unserem Rückweg Maridunum einen Besuch abstatten würden. So zogen wir wieder los, Richtung Norden, auf der alten Römerstraße durch die ansteigenden Heidehügel.

Wir sahen Adler und Rotwild, Wildschweine und Füchse in Hülle und Fülle, ein paar Wölfe an hochgelegenen Stellen und einmal einen schwarzen Bären. Einige von den Kriegern hatten Jagdhunde mitgenommen, und diese wurden losgehetzt, so daß es uns des Abends nicht an frischem Fleisch mangelte. Die Tage wurden wärmer; doch obwohl die Sonne hell strahlte und es kaum regnete, blieb es in den hochgelegenen Gegenden kühl. Die kalte Nacht wurde von einem knisternden Feuer ferngehalten, und ein Tag im Sattel sorgte für gesunden Schlaf.

Wie soll ich meine Ankunft in Caer Dyvi beschreiben? Es war nicht mein Zuhause. Ich hatte gewiß einen Blick auf die zerklüfteten Hügel und baumbestandenen Täler geworfen. Doch das Gefühl heimzukehren war so stark, daß ich vor Freude sang und halsbrecherisch den Klippenweg zu der verfallenen Ansiedlung hinaufritt.

Wir näherten uns auf der Meerseite von Süden. Blaise hatte mir auf dem Weg den Ort bis in die Einzelheiten beschrieben, und ich hatte meinen Großvater so oft darüber reden hören, daß ich das Gefühl hatte, den Ort so gut zu kennen wie jemand, der dort geboren war. Das war ein Teil. Der andere Teil mag Hafgans Vergnügen daran gewesen sein, seine Heimat wiederzusehen, obwohl dieses Wiedersehen für ihn, wie auch für Blaise, durch Traurigkeit getrübt war.

Ich spürte an dem Ort nichts Kummervolles. Hoch oben auf dem Vorgebirge mit Blick über die Flußmündung und das Meer im Westen, umgeben von dichten Forsten im Osten und hohen, felsigen Hügeln im Norden, schien er ein zu friedlicher Hafen – wie auf seine Weise Ynys Avallach –, um Kummer zu bergen, und das trotz der unglücklichen Geschehnisse, die sich hier ereignet hatten. Tatsächlich zeugte der kieferlose Schädel, den ich halb in dem langen Gras vergraben liegen sah, von der düsteren Verzweiflung in den letzten Stunden von Caer Dyvi. Unser Kriegergeleit war still; die Männer erboten den Geistern der Gefallenen ihre Achtung und kehrten nach einer kurzen Runde zu den Pferden zurück.

Der Caer war natürlich unbewohnt, aber das übrige Gerippe von Elphins großem Saal und Teile der Holzpalisade über dem Graben standen noch, wie auch die Wände und Grundmauern einiger Getreidespeicher. Ich war überrascht, wie klein es wirkte. Vermutlich war ich an Caer Cam und Ynys Avallach gewöhnt. Aber daß es eine sichere und angenehme Siedlung gewesen sein mußte, daran zweifelte ich nicht.

Charis schlenderte durch die grasüberwucherten Ruinen und war tief in ihren eigenen Gedanken versunken. Ich hatte nicht den Mut, sie dabei zu stören und zu fragen, woran sie dachte. Ich wußte, daß es mit meinem Vater zu tun hatte. Zweifellos erinnerte sie sich an etwas, was er ihr über seine Jugend dort erzählt hatte; sie stellte ihn sich dort vor, spürte seine Gegenwart.

Auch Hafgan wünschte, allein zu sein, das war recht deutlich zu sehen. Darum stapfte ich Blaise nach, der sich hier und da umsah, lauschte, als er sein einstiges Zuhause fand. Er erzählte mir Geschichten, die ich nie zuvor vernommen hatte, Kleinigkeiten über Vorfälle, die sich hier und da im Dorf ereignet hatten.

»Warum ist denn nie jemand zurückgekehrt?« fragte ich. Die Landschaft wirkte vollkommen sicher und friedlich.

Blaise seufzte und schüttelte den Kopf. »Ach, unter uns war kein einziger, der sich nicht danach gesehnt hätte, zurückzukehren – und keiner mehr als Herr Elphin.«

»Warum also nicht?«

»Das ist nicht leicht zu erklären.« Er hielt inne. »Du mußt begreifen, daß das ganze Gebiet hier vom Feind überrannt worden war. Nicht allein Caer Dyvi, sondern auch der Limes, die Garnisonen in Caer Seiont, Luguvalium, Eboracum, alles. Nie haben Männer sich besser oder mutiger geschlagen, aber die Feinde waren zu viele. Zu bleiben hätte den sicheren Tod bedeutet.

Das Land war zwei Jahre lang nicht mehr sicher, und bis man gefahrlos wieder hätte zurückkehren können ... nun ja, da hatten wir ein neues Leben im Süden begonnen. War es schon schwierig gewesen, aus dem Land unserer Väter zu fliehen, und das war es wirklich, so war zurückzukehren beinahe unmöglich.« Er blickte sich liebevoll im Caer um. »Nein, laß die Asche ruhen. Jemand wird diese Mauern eines Tages wieder aufrichten, aber nicht wir.«

Wir schwiegen eine Weile, dann seufzte Blaise wieder und meinte zu mir: »Möchtest du sehen, wo Hafgan deinen Vater lehrte?« Und noch ehe ich antworten konnte, lief er schon los.

Auf einem alten, jetzt von Brennesseln und Kletten überwucherten Weg gingen wir vom Dorf in den Wald und kamen zu einer kleinen Lichtung, die Taliesins Baumstube gewesen war. In der Mitte der Lichtung stand ein Eichenstumpf. »Hier saß Hafgan mit dem Stab über dem Schoß«, sagte Blaise, setzte sich auf den Stumpf und legte sich seinen eigenen Stab über den Schoß. »Taliesin saß zu seinen Füßen.« Er bot mir den Platz zu seinen Füßen an, und ich setzte mich vor ihn hin.

Blaise nickte bedächtig, runzelte erinnerungsschwer die Stirn und zog die Mundwinkel nach unten. »Viele, viele Male kam ich hierher und fand sie so vor. Ach«, seufzte er, »das scheint jetzt so lange her zu sein.«

»Hatte mein Vater hier seine erste Erscheinung?«

»Jawohl, und an den Tag erinnere ich mich noch genau. Damals war Cormach Oberdruide, und er war nach Caer Dyvi gekommen. Er wußte, daß er bald sterben würde und sagte es uns auch – ich gebe zu, daß ich vor seiner nüchternen Ankündigung erschrocken bin, aber Cormach war ein unverblümter Mensch. Er sagte, er würde sterben und wolle den Knaben Taliesin ein letztes Mal sehen, ehe er zu den Vorfahren gehen würde.« Blaise lächelte rasch und fuhr sich mit der Hand durch sein langes dunkles Haar. »Er schickte mich fort, um zum Abendessen Kohl zu kochen.«

Es entstand eine lange Pause, und ich saß mit den Armen um die Knie da und lauschte den gleichen Waldgeräuschen, die mein Vater stets gehört hatte: dem Zwitschern von Waldfinken, Drosseln und Eichelhähern; dem leisen, verstohlenen Rascheln im wintertrockenen Unterholz und dem sanften Rauschen des Laubs; dem Knarzen und Knacken schwankender Äste.

»Ich stand am Herd, als sie zurückkamen«, fuhr Blaise schließlich fort. »Taliesin war ungewöhnlich still und fahrig in seinen Bewegungen; er sprach auch merkwürdig – als würde er den Klang der Worte beim Sprechen neu erschaffen. Ich weiß noch, daß ich das gleiche Gefühl hatte, als ich das erste Mal von den Samen der Weisheit kostete. Aber wie bei allem übertraf Taliesin die übrigen auch hierbei.

Hafgan erzählte mir, daß er gefürchtet hatte, Taliesin sei tot, so reglos lag der Knabe da, als sie ihn fanden. Cormach machte sich Vorwürfe, den Jungen zu sehr gedrängt zu haben...« Er brach jäh ab und sah mich sonderbar an.

»Wozu gedrängt?« fragte ich und kannte bereits die Antwort, die er mir geben würde.

»Auf den Pfaden der Anderswelt zu wandeln.«

»Die Zukunft zu sehen, meinst du.«

Wieder jenes ungestüme Abschätzen und das langsame zustimmende Nicken. »Sie dachten, daß er etwas sehen könnte, was sie nicht sehen konnten.«

»Er suchte nach mir.«

Diesmal blickte Blaise nicht weg. »Das tat er, Myrddin Bach. Das taten wir alle.«

Wieder machte sich das Schweigen des Waldes breit, und wir saßen da und sahen einander an. Blaise suchte nach einem Rat für das, was er tun wollte, und ich war es zufrieden, ihn nicht zu drängen, sondern seinem Urteil zu vertrauen. Wie lange wir dort saßen, weiß ich nicht, aber nach einer Weile griff er mit der Hand in den Beutel an seinem Gürtel und holte drei feuergeröstete Haselnüsse heraus. »Hier sind sie, Myrddin, wenn du sie möchtest.«

Ich betrachtete sie und hätte nach ihnen gegriffen, hätte mich nicht etwas zurückgehalten – ein vorsichtiger Gedanke: Warte, die Zeit für Erscheinungen ist noch nicht da. »Danke, Blaise«, sagte ich zu ihm. »Ich weiß, daß du sie mir nicht angeboten hättest, wenn du mich nicht für bereit gehalten hättest. Aber das ist nicht mein Weg.«

Er nickte und steckte die Haselnüsse wieder in seinen Beutel. »Nie aus Neugier«, sagte er. »Zweifellos hast du dich klug entschieden, Falke. Ich lobe dich.« Er stand auf. »Gehen wir jetzt zum Caer zurück.«

In jener Nacht schliefen wir in dem verfallenen Caer, und kurz vor Sonnenaufgang regnete es, ein leises Plätschern fallender Tropfen, Tränen eines niedrigen, kummerbeladenen Himmels. Wir sattelten unsere Pferde und ritten den Fluß Dyvi entlang landein zu dem Druidenhain in Garth Greggyn, wo wir Hafgan ein paar Tage lang lassen wollten, damit er sich mit seinen Druidenbrüdern treffen konnte.

Auf dem Weg kamen wir an Gwyddnos Lachswehr vorbei oder an dem, was davon noch übrig war, denn die Reusen waren längst fort. Ein paar von den Pfählen standen jedoch noch; geschwärzte Klumpen im Wasser. Wir hielten an, um zu sehen, wo – in gewisser Weise – unser aller Leben angefangen hatte.

Keiner sagte etwas. Es war beinahe so, als würden wir vor einem Heiligtum stehen. Denn hier war das Kind Taliesin in einem Sack aus Seehundfell aus dem Wehr gefischt worden. Der Wehrteich gab eine gute Furt ab, und als wir den Fluß durchquerten, mußte ich einfach an jenen inzwischen fernen Morgen denken, an dem der ahnungslose Elphin auf der verzweifelten Suche nach Lachsen – und einem Wechsel seines Glücks – statt dessen einen Säugling aus dem Wasser gezogen hatte.

Wir überquerten den Dyvi und ritten durch die rauhen Hügel weiter in ein älteres, wilderes Land.

IV

Nachdem wir in Garth Greggyn schon zwei Tage gelagert hatten, kamen am dritten endlich die Druiden. Ich hatte fast erwartet, die Versammlung würde plötzlich da sein – wie Reisende aus der Anderswelt in früheren Zeiten –, obwohl ich es besser wußte. Die Krieger warteten im Tal unterhalb des heiligen Hains und waren froh darüber, weil sie wie die meisten Menschen Druiden in größerer Zahl als eine Bedrohung ansahen, der man lieber aus dem Weg ging.

Das ist etwas Sonderbares. Einen Barden am Hof zu haben trug einem Herren hohes Ansehen ein, und gewiß hatte jeder König, der einen fand und halten konnte, großen Vorteil davon. Im übrigen wurde die Kunst des Harfners vor allen anderen geachtet, sogar vor der des Kriegers und des Schmieds; bemitleidenswert die Feier, auf der kein Druide sang, und Winter ohne einen Barden, der Geschichten erzählte, waren unendlich, unerträglich.

Dennoch brauchten sich nur drei Druiden in einem Hain zu versammeln, und die Menschen fingen an, hinter vorgehaltener Hand zu flüstern und das Zeichen gegen das Böse zu machen – als ob der gleiche Barde, der beim Feiern ihrer Freude Flügel verlieh, die harte Winterzeit zu vertreiben half und ihrer Königswahl erst Geltung verschuf, zu einem furchterregenden Wesen würde, sobald er sich mit seinen Brüdern zusammentat.

Doch wie ich bereits sagte, bewahren die Herzen der Menschen die Erinnerung noch lange, nachdem ihr Verstand schon vergessen hat. Und ich wundere mich nicht darüber, daß die Herzen der Menschen noch beben, wenn sie die Bruderschaft im Hain versammelt sehen, weil sie sich an eine ältere Zeit erinnern, in der die goldene Sichel ein Leben zum Blutopfer für Cernunnos, den Herrn des Waldes, oder die Große Mutter forderte. Die Furcht hat ein langes Gedächtnis, sage ich euch, wenn auch nicht immer ein kluges.

Nachdem Hafgan am dritten Tag gefrühstückt hatte, stand er

auf und blickte zu dem Hain auf dem Hügel empor. Dann sagte er zu Charis gewandt: »Herrin, kommst du jetzt mit mir?«

Ich staunte. Zu einem anderen Zeitpunkt hätte Blaise die Einladung des Oberdruiden womöglich in Frage gestellt, aber jetzt schien eine Zeit für noch nie Dagewesenes angebrochen zu sein. Er sagte nichts, und wir vier machten uns an den langen Aufstieg den Hang zum heiligen Hain hinan.

Es war ein dicht gewachsener, alter Eichenhain mit ein paar Nußbäumen, Eschen und Stechpalmen dazwischen. Die Eichen und Nußbäume waren bei weitestem die ältesten: Vor der Ankunft der Römer waren sie stämmige, tiefwurzelnde Jünglinge gewesen, die, behaupten einige, von Mathonwy, dem ersten Barden auf der Insel der Mächtigen, gepflanzt worden sein sollen.

Voll tiefer Schatten und dunkel, von einem Hauch unwägbarer Geheimnisse erfüllt, der von den dickgerippten Stämmen und den gewundenen Ästen und sogar vom Boden ausging, wirkte der heilige Druidenhain wie eine Welt für sich.

In der Mitte des Hains stand ein kleiner Steinkreis. Sobald ich den Fuß in den Steinkreis gesetzt hatte, spürte ich die alte Macht wie einen unsichtbaren Strom um den Hügel fließen, der einen Strudel in der ewigquellenden Flut bildete. Das Gefühl, von wirbelnden Kräften umgeben zu sein, losgerissen und auf den erbarmungslosen Wellen dieses unsichtbaren Flusses fortgetragen zu werden, verschlug mir beinahe den Atem; ich mühte mich ab, aufrecht dagegen anzugehen, mein Körper prickelte bei jedem Schritt.

Die anderen spürten nichts dergleichen oder ließen jedenfalls nichts davon erkennen und sprachen nicht darüber. Dies war natürlich der Grund, aus welchem der Hügel überhaupt ausgewählt worden war, doch trotzdem fragte ich mich, warum Hafgan und Blaise die Kraft, die um und über sie strömte, nicht zu bemerken schienen.

Hafgan nahm seinen Platz auf dem Sitz in der Mitte des Kreises ein – der nichts weiter war als eine Steinplatte, die von zwei anderen, kleineren Platten getragen wurde – und wartete dort auf die anderen. Blaise markierte eine Reihe von Stellen auf dem Boden und steckte dort dann aufrecht einen Stock hinein. Der Schatten der Sonne hatte den zweiten Punkt auf dem Boden noch nicht überschritten, als die ersten Druiden auftauchten. Sie begrüßten Hafgan und Blaise und betrachteten mich und meine Mutter höflich, aber kühl, während sie mit den beiden Druiden Neuigkeiten austauschten.

Bis Mittag waren alle im Hain vereint. Hafgan schlug mit seinem Ebereschenstab dreimal gegen den Stein in der Mitte und erklärte die Versammlung für vollständig. Die insgesamt dreißig Barden stellten sich zu ihm in den Ring, und jüngere Filidh und Schüler schritten mit Waschschüsseln und Bechern voll Heidewasser sowie Beuteln voller Haselnüsse den Kreis ab.

Ich wurde in den Kreis aufgenommen. Charis stand ein kleines Stück weg außerhalb des Rings und sah mit ernster, angespannter Miene zu. Da kam mir in den Sinn, daß sie vielleicht wußte, was geschehen würde. Hatte Hafgan es ihr gesagt? War sie deshalb eingeladen worden, mit uns zu kommen?

»Meine Brüder«, sprach Hafgan, den Stab hoch emporgehoben, »ich grüße euch im Namen des Großen Lichts, dessen Ankunft in alter Zeit in diesem heiligen Kreis geweissagt wurde.« Bei diesen Worten rutschten einige der Brüder unruhig hin und her. Ihre Bewegung entging Hafgan nicht, denn er senkte seinen Stab und fragte: »Ihr stört euch an meinem Gruß? Warum?«

Keiner sagte etwas. »Sagt es mir, denn ich möchte es wissen«, sprach der Oberdruide. Seine Worte waren eine Herausforderung; ruhig, sanft, aber mit einer Macht gesprochen, die sich nicht leugnen ließ. »Hen Dallpen?«

Der Angesprochene machte eine schwache Handbewegung, als würde er seine Unschuld beteuern wollen. »Es schien mir sonderbar, an unserer heiligsten Stelle einen fremden Gott anzurufen.« Hilfesuchend blickte er die neben sich an. »Vielleicht gibt es unter uns noch ein paar, die ebenso denken.«

»Wenn ja«, sagte Hafgan ausdruckslos, »dann sollen sie jetzt sprechen.«

Mehrere andere drückten ihre Zustimmung zu Hen Dallpen aus, und noch mehr nickten schweigend, doch jeder einzelne spürte den Druck von Hafgans Herausforderung. Was hatte er vor?

»Wie lange haben wir auf diesen Tag gewartet, Brüder? Wie lange?« Seine grauen Augen schweiften über die Gesichter der um ihn Versammelten. »Zu lange, scheint es, denn ihr habt vergessen, warum wir überhaupt hierherkommen.«

»Aber nein, Bruder, das haben wir nicht. Wir wissen, warum wir uns hier versammeln. Doch warum strafst du uns so ungerecht?« Hen Dallpen führte jetzt kühner das Wort.

»Wie denn ungerecht? Ist es nicht das Recht des Oberdruiden, die unter ihm zu belehren?«

»Dann belehre uns, weiser Bruder. Wir wollen dich hören.« Die Stimme kam von dem Druiden neben Blaise.

Hafgan hob seinen Stab, wandte sein Gesicht gen Himmel und entrang dabei seiner Kehle ein leises Stöhnen. Das sonderbare Geräusch schwebte in die Stille des Hains davon, und Hafgan blickte die Umstehenden an. »Von alters her haben wir nach Wissen gestrebt, um die Wahrheit aller Dinge kennenzulernen. Ist es nicht so?«

»So ist es«, pflichteten ihm die versammelten Druiden bei.

»Wie können wir nun die Wahrheit nur so langsam erkennen, wenn sie jetzt vor unserem Angesicht verkündet wird?«

»Wir kennen viele Wahrheiten, Meister. Welche Wahrheit wird heute verkündet?« fragte Hen Dallpen.

»Die endgültige Wahrheit, Hen Dallpen«, erwiderte Hafgan sanft. »Und sie lautet: Das Große Licht der Welt ist von seinem hohen Thron herabgestiegen und ruft die Menschen auf, es in Geist und Tat zu verehren.«

»Weiser Bruder, kennen wir das Große Licht, von dem du sprichst?«

»Ja. Es ist Jesus, den die Römer Christus nennen.« Da erhob sich ein Raunen. Hafgans Augen schweiften über die Versammlung; viele blickten unbehaglich weg. »Warum erschreckt sein Name euch?«

»Erschreckt uns?« fragte Hen Dallpen. »Gewiß täuschst du dich, weiser Führer. Wir fürchten uns nicht vor diesem fremden Menschengott. Doch genausowenig sehen wir einen Grund, ihn hier zu verehren.«

»Oder ihn überhaupt zu verehren!« erklärte ein anderer. »Vor allem, weil die Priester dieses Christus gegen uns sprechen, uns vor unserem eigenen Volk verhöhnen, unsere Kunst und unser Ansehen schmälern, während sie dabei versuchen, die Gelehrte Bruderschaft auszulöschen.«

»Sie verstehen nichts, Drem«, warf Blaise sanft ein. »Sie sind unwissend, doch das ändert nichts an der Wahrheit. Es ist so, wie Hafgan sagt, das Große Licht ist gekommen und wird unter uns verkündet.«

»Ist *er* deshalb da?« Der Drem Genannte drehte sich wütend zu mir um. Ich sah noch weitere düstere Blicke und begriff den Grund dafür, daß wir so kühl empfangen worden waren.

»Es ist sein Recht, hier zu sein«, sagte Hafgan. »Er ist der Sohn des größten Barden, der je geatmet hat.«

»Taliesin hat sich gegen uns gewandt! Er hat die Bruderschaft verlassen, um diesem Jesus zu folgen, und jetzt willst du anscheinend, daß wir übrigen das gleiche tun. Sollen wir unsere alten Götter aufgeben und hinter einem fremden Gott herlaufen, nur weil Taliesin es getan hat?«

»Nicht, weil Taliesin es getan hat, Bruder«, erwiderte Blaise, seinen Ärger im Zaum haltend, »sondern weil es richtig ist! Er, der unter uns am weitesten fortgeschritten war, erkannte die Wahrheit einer Sache, wenn er sie sah. Das allein spricht schon für die Richtigkeit.«

»Gut gesprochen, Blaise.« Hafgan winkte mir, mich neben ihn in den Kreis zu stellen. Blaise nickte mir ermutigend zu. Da trat ich zaudernd vor. Hafgan legte mir eine Hand auf die Schulter und reckte seinen Stock in die Luft. »Vor euch steht der, auf dessen Kommen wir lange gewartet haben, der Meister, der die Kriegsscharen gegen die Finsternis anführen wird. Das erkläre ich, Hafgan, der Erzdruide der Gemeinschaft von Garth Greggyn!«

Diese Ankündigung wurde mit Schweigen aufgenommen. Sogar ich stellte die Klugheit einer solchen Ankündigung in Frage, denn viele der Bruderschaft pflegten unglücklich Wunden, die sie aus den Händen christlicher Priester empfangen hatten, und andere waren ganz offen mißtrauisch. Doch die Worte waren gesprochen und ließen sich nicht mehr zurücknehmen. Ich stand da, innerlich bebend, und das nicht allein aus Angst, sondern auch wegen der Weiterungen, die in den Worten des Erzdruiden steckten: der Meister ... die Kriegsscharen anführen ... Finsternis ...

»Er ist noch ein Knabe«, schalt Hen Dallpen.

»Soll er vielleicht als Erwachsener ins Leben getreten sein wie

Manawyddan?« fragte der Druide neben Blaise. Unter der Gelehrten Bruderschaft gab es wenigstens ein paar Verbündete.

»Woher sollen wir wissen, daß er Taliesins Sohn ist? Wer kann seine Geburt bezeugen?« fragte einer der Skeptiker. »Warst du dabei, Indeg? Oder du, Blaise? Und du, weiser Führer, warst du dabei? Na?«

»Ich war es.« Die Stimme überraschte alle, denn inzwischen hatten sie vergessen, daß meine Mutter zuschaute. »Ich war dabei«, wiederholte sie und trat vor. Ja, deshalb war sie mitgekommen, nicht nur, um zu sehen, wie ihr Sohn bei der Gelehrten Bruderschaft ausgerufen wurde, sondern um beizuspringen, falls die Dinge nicht fortschritten, wie sie sollten. Das war, wie Hafgan vorhergesehen hatte, der Fall.

Von jetzt an, hatte Hafgan gesagt, werden die Menschen beginnen, dich zu erkennen. Dieser schlaue Fuchs hatte vorgehabt, es schön anfangen zu lassen.

»Ich habe ihn ausgetragen und zur Welt kommen sehen.« Meine Mutter trat in den heiligen Kreis und stellte sich neben mich. Da stand ich also, mit Hafgan auf der einen und meiner Mutter auf der anderen Seite, umgeben von unglücklichen Druiden, und spürte, wie mich die merkwürdige Kraft des Hains umströmte. Daher überrascht vielleicht nicht, daß ich etwas tat, dessen ich mir selber kaum bewußt war und dessen ich mich jetzt nur voller Staunen erinnern kann.

Die Druiden starrten uns ohne Überzeugung an. »... ein Kind, das ohne Atem oder Leben geboren worden ist. Taliesin sang seinem reglosen Körper Leben ein ...«, sagte Charis gerade.

Ich spürte die Luft um mich erschauern, von der Macht des Hains pochen. Die Steine in dem heiligen Kreis schienen die Farbe von Grau zu Blau zu wechseln, während um uns herum sich eine Wand aus funkelndem Glas bildete, das aus der kräftigen, aufgeladenen Luft gesponnen war; die Feindseligkeit der Druiden mir gegenüber hatte im Verein mit meiner Anwesenheit die schlafenden Kräfte des Erdinnern geweckt, des Energiezentrums, auf dem der Hügel stand.

Ich sah Wesen aus der Anderswelt in dem Steinkreis umhergehen. Eines von ihnen war groß und schön, sein Gesicht und sein Gewand funkelten von einem leuchtenden Glanz, der wie

Sonnenstrahlen auf dem Wasser tanzte. Es kam auf mich zu und deutete auf den Druidensitz, auf dem Hafgan gesessen hatte. Ich hatte noch nie einen Ahnen gesehen, aber da ein Teil von mir erwartet hatte, ihn zu sehen, war ich nicht überrascht. Natürlich merkte das sonst niemand; noch gab ich etwas von dem Wunder zu erkennen, welches sich um uns herum vollzog.

Das Wesen deutete auf die Steinplatte, die auf dem Kraftstrudel des Hügels ruhte. Ich drehte mich um, damit ich den Stein sehen konnte, der jetzt wie alle übrigen blau war und schwach schimmerte. Ich stieg auf den Stein und hörte die Druiden hinter mir laut ausatmen, denn nur der Oberdruide darf den Stein berühren – doch niemals mit seinen Füßen!

Doch ich stand auf dem Stein, und er hob sich empor. Der Strudel war so stark aufgeladen, daß er den Stein mit mir darauf hoch in die Luft drückte. Von dieser luftigen Plattform aus begann ich zu sprechen, oder besser gesagt: Der Ahne sprach durch mich, denn die Worte waren nicht meine eigenen.

»Diener der Wahrheit! Laßt das Jammern und hört mich an! Fürwahr, ihr seid glücklich unter den Menschen, denn heute werdet ihr Zeugen der Erfüllung, die zu sehen viele gelebt haben und sehnsuchtsvoll gestorben sind.

Warum seid ihr verwundert, daß der Weiseste euch im Namen Jesu grüßt, der sich selbst den Weg und die Wahrheit nannte? Wie kommt es, daß ihr, die ihr die Wahrheit auf allen Wegen sucht, jetzt ihr gegenüber blind seid?

Glaubt ihr denn, wenn ihr einen Stein schweben seht?« Ich sah, daß sie nicht glaubten, obwohl viele in Ehrfurcht und Staunen versetzt waren. »Vielleicht glaubt ihr, wenn *alle* Steine zu tanzen beginnen?«

In diesem Augenblick dachte ich tatsächlich, daß ich dergleichen zu vollbringen vermochte, daß ich nur in die Hände klatschen, zu rufen oder irgendein Zeichen zu machen brauchte, und die Steine würden sich vom Boden lösen und in einem wirbelnden Tanz durch die flimmernde Luft kreisen.

Ich war mir dessen sicher, klatschte also in die Hände und stieß einen lauten Schrei aus – der ganz und gar nicht wie meine Stimme klang, denn der Schrei hallte über das Land, in den Tälern und Schluchten um uns herum wider und brachte die Steine des Zauberkreises zum Beben.

Dann begannen die stehenden Steine nacheinander emporzusteigen.

Einer nach dem anderen rissen sie sich aus ihren Verankerungen wie Zähne, die sich aus dem Kiefer schälen, der sie hält, schwebten dreckspritzend empor und standen in der Luft. Und als sie alle in der Luft standen, fingen die alten Steine sich in schnellem Tanz zu drehen an.

Voll Schrecken und Staunen sahen die Druiden zu, einige schrien vor Entsetzen auf. Ich dachte bei mir, daß es ein schöner Anblick sei – die schweren blauen Steine, die wie in einem Traum in der gleißenden Luft wirbelten und kreisten.

Vielleicht war es ja ein Traum. Wenn ja, dann einer, den wir alle gemeinsam mit weit aufgerissenen Augen und ungläubig offenstehenden Mündern teilten.

Einmal, zweimal und noch einmal kreisten die Steine auf ihrer Bahn. Von meinem Platz auf dem Druidensitz aus hörte ich meine eigene Stimme dröhnen, hoch und seltsam, zum Tanz der Steine in der Luft ein Lied oder ein Lachen anstimmen.

Wieder klatschte ich in die Hände, und sofort sackten die großen Steine zu Boden. Die Erde erbebte unter ihnen, und es erhob sich eine Staubwolke. Als sie sich verzog, sahen wir, daß einige der Steine wieder in ihre Löcher zurückgefallen waren; die meisten lagen jedoch, wo sie hingeplumpst waren. Einige waren zersprungen und zerborsten, und der Ring war zerstört.

Der Stein, auf dem ich stand, lag wieder auf seinem Platz, und ich trat herunter. Blaise, dessen Gesicht von dem Wunder dessen, was er erlebt hatte, leuchtete, eilte auf mich zu und hätte mich umfaßt, wenn Hafgan ihn nicht zurückgehalten hätte. »Berühre ihn nicht«, sagte er, »bis das *Awen* vorüber ist.«

Blaise trat zurück, erblickte den Druidensitz und schnellte seinen Finger vor. »Für alle, die an dem zweifeln, was wir heute erlebt haben, laßt dies ein Zeichen der Wahrheit dessen sein, was wir gesehen haben.«

Ich sah auf die Stelle, auf die er zeigte, und erblickte meine Fußabdrücke, die tief in den Stein des Druidensitzes gegraben waren.

Also wurde an jenem Tag unter der Gelehrten Bruderschaft das Große Licht verkündet. Einige glaubten daran. Andere nicht.

Und obzwar keiner die Macht dessen, was er gesehen hatte, leugnen konnte, schrieben einige das Wunder lieber einer anderen Quelle zu.

»Es ist Lleu, der Sonnengott!« sagten manche. »Mathonwy!« andere. »Wer sonst hat solche Macht?«

Am Ende riß Hafgan die Geduld. »Ihr nennt mich weiser Führer«, sagte er bitter, »weigert euch jedoch, mir zu folgen, wohin ich euch führe. Na schön, von diesem Tag an mag jeder folgen, wem er will. Ich will nicht länger der Oberste solch kleingeistiger und unwissender Männer sein!«

Damit hob er seinen Stab mit beiden Händen empor und brach ihn über seinem Knie. Dann drehte er sich um und schritt aus der Versammlung. Die Gelehrte Bruderschaft war aufgelöst.

Wir folgten Hafgan aus dem Hain – Blaise, Charis, ich und zwei, drei andere – und kehrten in das Tal zurück, wo die Kriegerschar wartete. Sogleich brachen wir unser Lager ab und ritten gen Süden zum Yr Widdfa. Hafgan wollte den großen Berg noch einmal sehen und uns zeigen, wo er geboren war.

Nachdem wir von Garth Greggyn fort waren, war er noch eine Weile verärgert, aber das ging schnell vorbei, und er wirkte bald freudig und zufriedener, als ich ihn je erlebt hatte – beim Reiten sang, lachte, redete er lange und fröhlich mit meiner Mutter – ein Mann, der von einer ermüdenden Last oder von einem zehrenden Schmerz befreit war. Auch Blaise fiel die Veränderung auf, und er erklärte sie mir. »Er war in seinem Herzen lange tief gespalten. Ich glaube, er wollte die Entscheidung vorhin erzwingen, und da sie nun gefallen ist, kann er frei seiner Wege ziehen.«

»Gespalten?«

»Zwischen Jesus und den alten Göttern«, entgegnete Blaise. »Als Oberdruide mußte er die Bedeutung der alten Götter unseres Volkes hochhalten, obwohl ihm das seit der Zeit, als er das Große Licht entdeckte, verhaßt war.« Ich muß die Stirn gerunzelt oder mein mangelndes Verständnis gezeigt haben, denn Blaise fügte hinzu: »Du mußt das begreifen, Myrddin Bach, nicht alle werden dem Licht folgen. Daran kannst weder du noch sonst jemand etwas ändern.« Er schüttelte den Kopf. »Auch wenn Tote aus ihren Gräbern auferstehen und Steine in der Luft tanzen, werden sie sich trotzdem verweigern. Es gibt keinen Sinn, aber so ist es nun einmal.«

Ich glaubte ihm nicht ganz. Ich dachte, er würde mir die Wahrheit erzählen, wie er sie sah, und achtete seine Einsicht; aber in meinem tiefsten Herzen dachte ich, daß, wenn die Menschen nicht glaubten, dies nur daran lag, daß man es ihnen besser erklären mußte. Es gibt einen Weg, alle Menschen zum Sehen zu bringen, dachte ich bei mir, und den werde ich finden.

Zwei Tage später saßen wir auf einem hohen Hügel. Der Wind zauste das karge Gras und seufzte zwischen den kahlen Felsen, und wir betrachteten die kalte, weißbekrönte, einsame Pracht des Yr Widdfa, des Herrn des Schnees, der Festung des Winters.

In diesem abgeschiedenen Land voll drohender Hügel und dunkler Täler glaubt man leicht an Dinge, die im Feuerschein geflüstert werden, an Sagen und Fetzen von Sagen, die die Menschen seit über hundert Generationen an ihre Kinder weitergegeben haben: einäugige Riesen in Sälen aus Stein; Göttinnen, die sich in Eulen verwandeln, um auf stillen, sanften Flügeln durch die Nacht zu geistern; Wassernixen, die die Ahnungslosen in einen verzückten Tod unter den Wellen locken; verzauberte Hügel, wo gefangene Helden jahrhundertelang schlafen; unsichtbare Inseln, wo Götter im Zwielicht eines nie endenden Sommers tollen...

Zwischen den hohlen Hügeln fiel es leicht, das Unglaubliche zu glauben.

Auf der Hügelkuppe saßen wir ab und nahmen ein Mahl zu uns; dann ruhten wir. Mir war nicht nach schlafen, und ich beschloß, ins Tal zu gehen und am Bach die Wasserkrüge und -schläuche zu füllen. Es war kein beschwerlicher Weg und auch nicht weit, darum achtete ich nicht besonders auf die Merkmale der Landschaft – obwohl das auch nichts geholfen hätte.

Mit den Schläuchen und Krügen beladen, die mir an Stricken um den Hals und die Schultern baumelten, stolperte und rutschte ich den Hügel hinab. Mitten im Tal erstreckte sich zwischen dichtem Schwarzdorn- und Holundergebüsch ein schnellströmender Bach. Ich schlug mich zum Wasser durch und begann, die Schläuche zu füllen.

Ich kann nicht sagen, wieviel Zeit ich damit zubrachte, doch lange kann es nicht gewesen sein. Doch als ich die gefüllten

Behältnisse auflas und mich umsah, konnte ich den Hügel nicht mehr sehen: Vom Yr Widdfa war dichter, grauer Nebel herniedergesunken und hüllte die höhergelegenen Hügel in eine Masse wie verfilzte Wolle ein.

Ich war besorgt, hatte aber keine Angst. Schließlich stand der Hügel ja gleich vor mir. Ich brauchte nur einen Fuß vor den anderen zu setzen und wieder bis zur Spitze zurückzugehen, wo die anderen warteten. Ich vergeudete keine Zeit, sondern machte mich gleich auf den Weg, falls die anderen aufwachten und sich Sorgen machten, weil ich fehlte und das Tal von Nebel erfüllt war.

Rasch fand ich den Pfad, den ich hügelab genommen hatte, und begann mit dem Aufstieg. Ich ging lange, kam der Kuppe aber nicht näher. Ich blieb stehen und starrte in die wogende Weiße, doch sosehr ich es auch versuchte, vermochte ich nicht zu erkennen, wo auf dem Hügel ich mich befand.

Ich rief ... und hörte, wie mein Schrei von dem dichten, feuchten Dunst geschluckt wurde.

Was sollte ich tun?

Es ließ sich nicht sagen, wie lange der Dunst anhalten würde. Ich hätte tagelang auf den Hügelpfaden wandern können, ohne je meinen Weg zu finden. Noch schlimmer hätte ich über einen Felsen auf dem Pfad stolpern und mir ein Bein brechen oder über eine Klippe in den Tod stürzen können. Ich setzte mich hin, um nachzudenken.

Es schien klar, daß ich im Kreis gegangen war, und während ich dasaß, schien es genauso klar, daß der Nebel sich festsetzen würde. Ich hatte keine bessere Wahl, als von neuem loszuziehen, da ich mich nicht damit anfreunden konnte, allein eine naßkalte Nacht zu verbringen, an einen Felsen am Hügelhang geklammert. Also lief ich wieder los, doch diesmal langsam und mich vergewissernd, daß jeder Schritt hügelan führte. So mußte ich schließlich unser Lager auf der Hügelkuppe erreichen, selbst wenn ich einen halben Tag dazu brauchte.

Und so erreichte ich schließlich die Hügelkuppe – und entdeckte, daß unser Lager verlassen und niemand da war. Ich ließ die Wasserschläuche fallen und sah mich um. Der Dunst war nicht so dicht wie im Tal, darum konnte ich mit einiger Mühe einen vollständigen Überblick über die Hügelkuppe gewinnen.

Die anderen waren verschwunden. Es war keine Spur von ihnen übrig.

Seltsam. Und erschreckend.

Ich rief immer wieder, hörte aber keinen Antwortruf. Ich ging zu der Stelle zurück, wo wir unser Mahl eingenommen hatten, weil ich dachte, daß ich wenigstens ein kleines Zeichen unseres Daseins entdecken würde. Aber sosehr ich es auch versuchte, ich konnte die Stelle nicht finden. Es war kein Krümel und kein Brösel da, der darauf hingewiesen hätte, wo wir gewesen waren; kein einziger Hufabdruck, kein geknickter Grashalm ...

Ich war auf den falschen Hügel gestiegen! In meiner blinden Hast, dem Nebel zu entkommen, hatte ich mich verirrt und mußte nun warten, bis der Nebel sich verzog und ich sehen konnte, wo und wie ich mich verirrt hatte. In der Zwischenzeit blieb mir keine andere Wahl, als das zu tun, was ich gleich hätte tun sollen – zu bleiben, wo ich war.

Meine Wangen brannten vor Scham über meine Dummheit. Ich vermochte einen Steinkreis in der Luft zum Tanzen zu bringen, konnte aber nicht auf einen einfachen Hügel hinauffinden, ohne mich zu verirren. Es war völlig aberwitzig.

V

Ich fand ein Nest zwischen den Felsen, wickelte mich in meinen Umhang und richtete mich aufs Warten ein, wobei mir völlig klar war, daß ich vielleicht die Nacht dort verbringen mußte. Doch daran mochte ich nicht denken. Würden die zerklüfteten Hügel ein weiteres Opfer fordern?

Auch daran mochte ich nicht denken.

Als der dichter werdende Nebel später durch die Dämmerung dunkler wurde und ich mit den Armen um die Knie dasaß und mich bemühte, keine Angst zu haben, hörte ich ein fernes Scheppern, das helle Klirren eines Pferdes – einer aus der Kriegerschar war auf dem Weg zu mir. Ich sprang auf und rief. Das Geräusch hörte auf, und ich vernahm es nicht wieder, obwohl ich ganz still dastand und lauschte.

»Seid ihr da? Blaise! Wer ist da?«

Meine Worte fielen zu Boden, und es kam keine Antwort. Ich holte mir einen der Wasserschläuche und kehrte elend in meine Koje zwischen den Felsen zurück. Ich zog meinen Umhang enger um meine Schultern und fragte mich, wie lange die Wölfe brauchen würden, um mich zu finden.

Ich muß eingeschlafen sein, denn ich träumte, und in meinem Traum sah ich einen großen, hageren Mann in einem Raum sitzen, der mit seltsamen Mustern bemalt war. Die Hände des Mannes lagen flach vor ihm auf dem Tisch ausgestreckt, und die Augen in seinem langen, verwelkten Gesicht waren eingesunken und geschlossen. Sein Haar war nicht geschnitten und fiel ihm wie ein Netz aus Spinnweben auf die Schultern. Er trug ein prächtiges, tiefblaues Gewand und eine Silberbrosche, die mit winzigen Mondsteinen eingelegt war.

Dieser Mann war nicht allein. Es war noch jemand im Raum. Diese zweite Person konnte ich nicht sehen, aber ich wußte, wie man es in einem Traum einfach weiß, daß sie bei ihm war. Ach ja, diese andere Person war eine Frau. Auch das wußte ich, noch ehe ich sah, wie sie ihre Finger langsam über den Tisch ausstreckte und sie in die des Mannes schlang. Da öffnete er die Augen, denn ich sah darin das Funkeln des Kerzenlichts. Seine Augen waren Brunnen voll Dunkelheit... Dunkelheit und Tod.

Ich schauderte und erwachte.

Ein ungewöhnlicher Traum, doch noch während ich ihn um mich spürte, wußte ich, daß er für einen wirklichen Ort stand und daß der Mann und die Hand der Frau, die ich gesehen hatte, wirklich waren.

Ich blinzelte und blickte mich um.

Die Nacht war hereingebrochen und die Dunkelheit vollkommen. Es kam ein Wind auf und wirbelte durch den Nebel, und wieder vernahm ich das helle, klirrende Geräusch. Diesmal rief ich nicht, sondern blieb still zwischen den Felsen hocken. Das Geräusch kam näher, doch bei dem Nebel ließ sich nicht sagen, wie nah es wirklich war. Ich wartete.

Bald sah ich in der Dunkelheit einen helleren Fleck durch die dicke, feuchte Luft auf mich zuschwanken. Das Licht wurde klarer, kräftiger, teilte sich in zwei glühende Kugeln wie Katzenaugen. Das Klirren kam von den näher schwimmenden Lichtern.

Erst als sie fast über mir waren, blieben die Lichter stehen. Ich machte keinen Mucks, aber sie wußten, wo sie mich finden konnten – durch den Geruch, denke ich, denn Dunkelheit und Dunst verdüsterten alles.

Es waren vier, zwei pro Fackel – dunkelhäutige Männer in rauhen Lederwämsern und Kilts. Ihre Körper waren muskulös und gedrungen. Zwei von ihnen trugen riesige Armbänder aus Eisen und eisenbewehrte Speere. Alle hatten sie Bronzeschwerter am Gürtel hängen. Doch ich fürchtete mich vor ihren Waffen nicht, denn obwohl sie ausgewachsen waren, war keiner größer als ich, ein Knabe, der erst zwölf Lenze zählte.

Ihre Augen waren dunkel und listig wie die von Wieseln. Und als sie mich durch den Nebel hindurch anstarrten, huschten Schatten über ihre Gesichter. Die Fackelträger hielten ihre Feuerbrände hoch, und die zwei anderen traten gemeinsam vor und stellten sich über mich; beim Gehen klirrten sie hell. Ich sah hin und erkannte unmittelbar unterhalb des Knies des vordersten Fremden eine Kette mit Messingglöckchen. Er ging einen Augenblick in die Hocke und starrte mich lang mit funkelnden dunklen Augen an. Er drückte mir einen Finger auf die Brust, tastete Fleisch und Knochen ab und grunzte. Dann sah er meinen silbernen Torques und streichelte mit der Hand darüber.

Einen Augenblick später erhob er sich wieder und bellte ein Wort über seine Schulter. Die anderen hinter ihm traten auseinander, und ich sah noch eine Gestalt aus dem Nebel auftauchen. Langsam stand ich auf, ließ die Hände locker baumeln und wartete, bis der Neue sich vor mich hinstellte. Er war kleiner als die übrigen, benahm sich jedoch ganz wie ein Anführer. Er trug seine Macht wie eine zweite Haut, und für mich bestand kein Zweifel, daß er bei seinem Volk hochgestellt war.

Er winkte einen der Fackelträger herbei, um mich richtig sehen zu können. In dem flackernden Licht sah ich, daß dieser Anführer eine Frau war.

Auch sie betrachtete meinen Torques, berührte jedoch weder diesen noch mich. Sie wandte sich an den mit den Glöckchen und stieß ein kurzes, scharfes Bellen aus, woraufhin er und der neben ihm mich an den Armen faßten und wir loszogen.

Ich wurde eher getragen als gezerrt, denn meine Füße berührten kaum den Boden. Wir stiegen den Hügel hinab und erreichten das Tal, wateten durch den Bach und folgten eine Weile lang dem Geräusch des fließenden Wassers, ehe wir wieder bergan stiegen. Der Hang war nicht steil und wurde schließlich zu einem schmalen Pfad oder einer Schlucht zwischen zwei schroffen Hügeln.

Dieser Pfad führte weit, und wir gingen lange, eine Fackel vor mir, eine hinter mir; meine Begleiter zu beiden Seiten stießen mich nicht, noch lockerten sie ihren Griff. Eine Flucht war zwar unmöglich, aber ich hätte auch gar nicht gewußt, wohin, selbst wenn ich unseren Weg im Nebel gesehen hätte.

Schließlich führte der Pfad bergan, und wir begannen einen steilen Aufstieg. Er war jedoch kurz, und bald stand ich vor einer runden, fellbedeckten Öffnung im Hang. Die Anführerin ging hinein, und mir wurde bedeutet, ihr zu folgen. Ich trat durch die Öffnung und befand mich in einer großen Hügelbehausung aus Holz und Häuten. Von draußen mit Erde und Torf bedeckt wirkte das Rath, wie es genannt wird, bei Tageslicht wie irgendeiner der zahllosen Hügel in der Umgebung.

Drinnen befanden sich fünfzehn oder mehr Menschen, die in

Gruppen auf mit Vliesen und Fellen bedeckten Graslagern um das Feuer hockten – Männer, Frauen, Kinder und ein paar magere Hunde, die so aussahen, als würden sie es vorziehen, mit einem Wolfsrudel durch die Berge zu laufen. Alle von ihnen, Tiere wie Menschen, starrten mich an, während ich unsicher in ihrer Mitte stand.

Die Anführerin winkte mich vor, und ich wurde vor eine alte Frau gebracht, die nicht kräftiger als das Mädchen war, aber weißhaarig und verrunzelt wie eine Dörrpflaume. Ihre schwarzen Augen waren so scharf wie die Hornnadel in ihrer Hand, und sie sah mich einen Moment lang mit offener Neugier an, streckte die Hand nach meinem Bein aus, zwickte und tätschelte es. Mit ihrem Abschätzen zufrieden, nickte sie der Anführerin zu, die ihren Kopf zur Seite warf, und ich wurde zu einem Lager geführt und darauf gestoßen.

Sobald ich im Rath war, schienen die Hügelmenschen das Interesse an mir zu verlieren. Ich wurde in Ruhe gelassen und konnte meine Fänger beobachten. Sie warfen nur gelegentlich einen Blick in meine Richtung, und ein Hund schnüffelte an meinen Händen und Beinen. Ich saß auf dem Fellager und versuchte zu sehen, was ich über diese Leute herausfinden konnte.

Außer der Anführerin und der alten Frau gab es acht Männer und vier Frauen; zwischen ihnen verstreut saßen fünf nackte Kinder, deren Alter sich unmöglich bestimmen ließ – denn für mich sahen die Erwachsenen wie Kinder aus! Alle Erwachsenen trugen auf ihren Wangen waidbefleckte Narben – *Fhain*-Male, wie ich erfahren sollte. Unterschiedliche Spiralen, die durch das Einstreuen des blauen Pulvers in die frischen Schnittwunden für immer gefärbt wurden. Menschen aus demselben *Fhain* – das Wort bedeutet Familie, Stamm oder Klan – trugen die gleichen Male.

Ich zerbrach mir den Kopf, wer sie sein mochten. Keine Pikten – obwohl sie Waid benutzten, waren sie zu klein für die bemalten Menschen, die mich bei meiner Entdeckung sowieso sofort getötet hätten. Sie gehörten auch zu keinem Bergstamm, von dem ich wußte. Ihre Sitte, unter der Erde zu wohnen, zeichnete sie als nördlichen Stamm aus, doch wenn das stimmte, dann waren sie sehr weit südlich von ihren geliebten Hochmooren.

Das, so schloß ich, konnten nur die *Bhean Sidhe*, das verzauberte Hügelvolk, sein, die sowohl ob ihrer dunklen Bräuche und Zauberei gefürchtet als um ihr Gold beneidet wurden. Die *Bhean Sidhe*, hieß es, besaßen große, bösartige Kräfte und noch größere Goldschätze; beides würde dazu benutzt, die Großmenschen zu quälen, die sie mit Freuden ihren rohen Götzenbildern opferten, wann immer sie sie zu fassen bekamen. Und ich war ihr Gefangener.

Der Klan legte sich zur Nacht hin, und alle schliefen einer um den anderen ein. Ich tat so, als würde ich auch schlafen, blieb jedoch wach, fluchtbereit. Als – dem Schnarchen nach zu urteilen – schließlich alle friedlich und fest schlummerten, stand ich auf, kroch von meinem Lager zum Eingang und in die Nacht hinaus.

Der Nebel hatte sich geklärt, und die Nacht flammte vor Sternen, kalt und hell; der Mond war bereits aufgegangen. Die umliegenden Hügel hoben sich vor dem tiefblauen Himmel als feste, wogende Masse ab. Ich atmete die Bergluft ein und blickte zu den Sternen empor. Hier entschwand jeder ernsthafte Gedanke an Flucht. Ich brauchte nur in die pechschwarze Nacht zu blicken, um zu wissen, daß in solcher Dunkelheit davonzulaufen, ein Unglück heraufbeschworen hätte. Und selbst wenn ich mich dazu entschlossen hätte, vernahm ich doch jetzt im Wind Wolfsgeheul.

Da kam mir, daß meine Fänger sich deshalb nicht die Mühe gegeben hatten, mich zu fesseln. Wenn ich töricht genug sein sollte, die Wölfe herauszufordern, dann sollte es eben sein; ich hätte mein Schicksal verdient.

Doch als ich so zu den Sternen aufblickte, hörte ich das Rascheln der Eingangsklappe und sah jemanden aus dem Rath auftauchen. Da ich mich nicht rührte, stellte sich meine Gesellschaft, in der ich die Anführerin erkannte, neben mich. Sie legte mir leicht die Hand auf den Arm, sowohl um sich zu vergewissern, daß ich noch da war, als auch, um mich daran zu erinnern, daß ich ihr Gefangener war.

Lange standen wir so eng nebeneinander, daß ich die Hitze ihres Körpers spüren konnte. Keiner von uns sagte etwas; wir hatten keine Worte. Doch etwas an ihrer Berührung ließ mich verstehen, daß die Leute etwas mit mir im Sinn hatten. Wenn ich auch nicht gerade ein Ehrengast war, ging meine Anwesenheit doch über die eines seltsamen Fremden hinaus.

Nach einer Weile drehte sie sich um und zog mich mit sich in den Rath. Ich kehrte zu meinem Lager zurück, sie zu dem ihren. Dann schloß ich die Augen und betete, daß ich bald wieder mit meinem Volk vereint sein würde.

Was die Hügelbewohner mit mir wollten, fand ich bald nach Sonnenaufgang heraus, als Vrisa, die Anführerin des Fhains der *Amsaradh* – so nannten sie sich selbst: es bedeutet soviel wie Volk des Raubvogels oder Falken-Klan –, mich zu ihrer heiligen Stelle auf einem nahegelegenen Hügel führte. Der Hügel war der höchste in der Umgebung, und es bedurfte einiger Anstrengung, um ihn zu erklimmen, aber als ich oben ankam, erblickte ich einen Menhir, einen einzelnen aufrecht stehenden Stein, der mit blauen Spiralen und den Darstellungen verschiedener Vögel und Tiere bemalt war, vor allem Falken und Wölfen.

An ihrem Gürtel trug Vrisa ein langes Messer mit flacher Klinge, das glatt wie ein Spiegel poliert und geschliffen war. Der Mann mit den Glöckchen – Elac, wie ich später erfuhr – hielt den ganzen Weg den Hügel hinan meinen Arm fest umklammert, und zwei von den anderen trugen Speere. Der ganze Fhain machte den Weg den Hügel hinauf und versammelte sich um uns, als wir neben dem Menhir zum Stehen kamen; dabei summten die Leute leise wie der Wind im trockenen Laub.

Sie holten ein geflochtenes Lederseil heraus und fesselten mir fest die Hände. Sie nahmen mir den Mantel weg und hießen mich auf der Sonnenseite des Steins hinlegen. Sie hatten vor, mich ihren Göttern darzubringen; daran bestand kein Zweifel, und den Knochen nach zu urteilen, die auf dem Hügel verstreut lagen, war ich nicht ihr erstes Opfer.

Doch auch wenn dies manchem prahlerisch vorkommen mag, hatte ich doch größere Angst, von meinem Volk verlassen zu werden, als daß mir das Herz aus dem lebendigen Leib geschnitten würde. In diesen Menschen steckte kein Haß, kein Falsch und keine Arglist. Sie wollten mir nicht im geringsten schaden. Und betrachteten das Opfer meines Lebens fürwahr nicht als großen Schaden. Ihrem Denken nach wäre meine Seele schlicht in einen anderen Körper geschlüpft, und ich wäre neu geboren worden oder in die Anderswelt eingegangen und hätte dort bei den Ahnen im Paradies gelebt, ohne Nacht noch Winter. So oder so wurde ich glücklich geschätzt.

Daß ich sterben mußte, um in den Genuß des einen oder anderen Vorteils zu gelangen, ließ sich nicht ändern und bekümmerte sie folglich nicht besonders. Und da es eine Reise war, die jeder früher oder später anzutreten hatte, nahmen sie an, daß es mich nicht weiter stören würde.

Ich lag also auf dem Boden und wartete, während die Sonne sich langsam ihren Weg über die Hügel bahnte. Das würde das Zeichen sein: Wenn die ersten Strahlen der Morgensonne auf den Menhir fielen, würde Vrisa mit ihrem Messer zustoßen. Ich tat, was jeder Christ getan hätte, und betete um ein rasches Ende.

Vielleicht war das Messer schlecht gearbeitet. Vielleicht war es alt und hätte längst weggeworfen worden sein sollen. Doch als die Sonne auf den Menhir fiel, stieß der summende Chor einen mächtigen Schrei aus. Vrisas Messer blitzte auf und sauste herunter, schnell wie der Stoß einer Schlange.

Ich drückte die Augen zu und hörte im gleichen Augenblick einen Schrei.

Als ich die Augen aufschlug, sah ich Vrisa ihr Handgelenk umklammern; ihr Gesicht war bleich vor Schmerz, sie bleckte die Zähne, als sie einen weiteren Schrei unterdrückte. Der Griff des Messers lag am Boden, seine Schneide war in funkelnde Splitter zerborsten, gleich gelben Glasscherben.

Elac, dem die Augen aus dem Kopf quollen, umklammerte seinen Speer so fest, daß ihm das Blut aus den Händen schoß. Andere bissen sich in die Handrücken, einige lagen ausgestreckt auf dem Boden und wimmerten.

Ich rollte mich zum Sitzen hoch. Die weise Frau des Klans, die *Gern-y-fhain*, schob sich durch die anderen und stellte sich mit ausgestreckten Händen über mich. Dabei starrte sie in die aufgehende Sonne und brummte in ihrer singenden Sprache. Dann machte sie eine Handbewegung und fauchte den umstehenden Männern einen Befehl zu. Zwei von ihnen kamen zaudernd zu mir her – das letzte auf der Welt, was sie freiwillig getan hätten –, knoteten das geflochtene Seil auf und banden mich los.

Jetzt wird es Menschen geben, die behaupten, ich hätte das Messer durch Magie zerbrochen. Ich habe sogar schon zu hören bekommen, daß es kein Wunder gewesen sei, weil, wie jedermann wisse, Bronze einem verzauberten Wesen wie mir nicht schaden könne.

Nun, ich war überrascht und fühlte mich nicht das kleinste bißchen verzaubert. Außerdem hatte ich die Geheimnisse der alten Kunst noch gar nicht erlernt. Ich sage euch einfach, was geschah. Glaubt, was ihr mögt. Doch als Vrisas Opfermesser durch die Luft auf mein Herz zublitzte, erschien eine Hand – eine Wolkenhand, nannte Elac es. Das Messer stieß gegen diese geheimnisvolle Wolkenhand und zerbarst.

Vrisas Gelenk schwoll bereits an. Die Kraft ihres Stoßes und der Aufprall des zersplitternden Messers hätten ihr beinahe das Gelenk gebrochen, das arme Mädchen. Ich nenne sie jetzt Mädchen, denn ich erfuhr bald, daß sie nur einen oder zwei Sommer mehr zählte als ich damals und doch schon Anführerin des Hügelvolks war. Gern-y-fhain, die weise Frau mit den Augen scharf wie Flintstein und dem runzeligen Gesicht eines nußbraunen Apfels war ihre Großmutter.

Gern-y-fhain brauchte nicht lange, um ein so machtvolles Zeichen zu erkennen. Sie trat vor, half mir auf und schaute mir forschend ins Gesicht. Die Sonne war jetzt aufgegangen, und meine Augen füllten sich mit dem frischen Morgenlicht; sie musterte mich und wandte sich aufgeregt plappernd an die anderen. Sie glotzten, aber Vrisa trat langsam vor, führte eine Hand an mein Gesicht, zog meine Wange mit dem Daumen herunter und starrte mir in die Augen.

Ein Licht des Wiedererkennens breitete sich über ihrem Gesicht aus; sie strahlte und vergaß das schmerzende Handgelenk einen Moment lang. Sie forderte die anderen auf, selbst zu sehen, und ich wurde einer schmerzlosen Prüfung unterzogen, indem der gesamte Klan der Reihe nach meine Augen begutachtete.

Als sie sich alle überzeugt hatten, daß ich tatsächlich die goldenen Augen eines Falken besaß, legte mir Gern-y-fhain die Hände auf den Kopf und brachte dem Sonnengott Lugh ein Dankgebet dafür dar, daß er mich geschickt hatte.

Der Klan hatte das Bedürfnis nach einem mächtigen Opfer verspürt, um eine besonders schlimme Pechsträhne abzuwenden, die ihn seit drei Sommern verfolgte: schlechtes Weidegras und noch schlechtere Geburten bei den Schafen, zwei Kinder waren an Fieber gestorben, und Nolos Bruder war von einem Eber getötet worden. Ihre Aussichten auf mehr Glück waren entschieden gestiegen, als Elac auf dem Rückweg von einer glücklosen Jagd mich im Nebel von dem Hügel rufen hörte. Sie dachten, ihre Gebete seien erhört worden.

Elac stieg auf den Hügel und überprüfte, daß ich da war, dann eilte er zum Rath, erzählte den anderen, was er gefunden hatte, und nachdem sie gemeinsam darüber gegrübelt hatten, beschlossen sie, mich zu holen und am nächsten Morgen zu opfern. Das zersprungene Messer verlieh dem Ganzen jedoch ein anderes Ansehen, und sie kamen zu dem Schluß, daß ich ein Geschenk der Götter sein mußte... unglücklicherweise zwar in Gestalt eines Knaben von den Großmenschen, aber dennoch ein Geschenk.

Ich will nicht, daß es klingt, als wären sie wie zurückgebliebene Kinder gewesen, obwohl kindlich in vieler Hinsicht das richtige Wort für sie ist. Doch zurückgeblieben waren sie keineswegs. Sie waren im Gegenteil wunderbar gescheit, verfügten über ein scharfes, genaues Gedächtnis und einen riesigen Vorrat an angeborenem Wissen.

Doch die Stärke ihres Glaubens war derart, daß sie ihr Leben führten, ohne irgend etwas in Frage zu stellen, auf ihre »Eltern« vertrauend, die Erdgöttin und ihren Gatten, den Sonnengott Lugh; diese schenkten ihnen Regen und Sonne, Wild zum Jagen, Gras als Weidegrund für ihre Schafe, die Dinge, die sie zum Leben brauchten.

So war für sie in jedem Moment alles möglich. Der Himmel hätte sich plötzlich in Stein verwandeln können, oder Flüsse in Silber und Berge in Gold. Unter den Hügeln hätten im Schlaf zusammengerollt Drachen liegen können, oder in den tiefen Berghöhlen Riesen träumen. Ein Mensch konnte ein Mensch oder ein Gott sein oder beides zugleich. In ihrer Mitte konnte eine Hand auftauchen und ein Messer zerschmettern, während es auf das Herz ihres so dringend benötigten Opfers herabstieß. Und auch das hieß es hinnehmen.

Konnten sie deshalb als zurückgeblieben gelten?

Mit einem Glauben wie diesem erstaunt es kaum, daß sie, sobald sie die Wahrheit erfahren hatten, diese einen langen weiten Weg trugen.

VI

Ich dachte, daß ich freigelassen würde, sobald wir wieder im Rath wären. Doch da hatte ich mich getäuscht, denn als lebendes Geschenk war ich noch wertvoller. Sie hatten nicht die geringste Absicht, mich ziehen zu lassen. Vielleicht würden sie mich gehen lassen, wenn der Zweck, zu dem ich ihnen gesandt worden war, erfüllt war. Doch bis dahin? Es war nicht einmal daran zu denken.

Dies wurde mir unmißverständlich zu verstehen gegeben, als ich noch am selben Tag das Rath zu verlassen versuchte. Ich saß neben dem Eingang zum Rath und als gerade niemand schaute, stand ich einfach auf und ging den Hügel hinunter. Ich kam gerade zehn Schritt weit, bis Nolo die Hunde rief. Fauchend und böse knurrend umringten sie mich, bis ich an meinen Platz neben dem Eingang zurückkehrte.

Die Tage schlichen dahin, und mit jedem Augenblick wurde mein Herz schwerer. Meine Leute steckten irgendwo in diesen Hügeln, suchten mich, machten sich um mich Sorgen. Damals hatte ich noch nicht die Fähigkeit, sie sehen zu können, aber über die Trennung hinweg vermochte ich ihre Unruhe zu spüren und wußte um ihren Jammer. Des Nachts auf meinem Lager weinte ich beißende Tränen ob des Kummers, den ich meiner Mutter bereitete, und ob des Grams, den mein Fehlen bedeutete.

Großes Licht, rief ich, hilf mir bitte! Gib ihnen den Frieden, daß sie mich unverletzt wissen. Gib ihnen die Geduld zu warten und den Mut, das Warten zu ertragen. Gib ihnen die Kraft, daß sie nicht ermatten.

Dieses Gebet wurde für mich eine recht lange Zeit über zur tröstlichen Litanei. Oft unter Tränen gesprochen, fürwahr. Nach beinahe vier Tagen umsichtigen Nachdenkens nahm Gern-y-fhain mich am Arm, setzte mich zu ihren Füßen auf einen Felsen und begann zu mir zu sprechen. Von dem, was sie sagte, begriff ich nichts, aber ich lauschte ihr aufmerksam und begann bald die Melodie ihrer Worte zu erkennen. Ab und zu nickte ich, um ihr zu zeigen, daß ich mir Mühe gab.

Sie verzog ihr Gesicht und machte eine Geste, die das Rath und alles und jeden darin einschloß. »Fhain«, sagte sie und wiederholte es mehrmals, bis ich es ihr nachtat.

»Fhain«, sagte ich lächelnd. Das Lächeln wirkte Wunder, denn die Hügelleute sind fröhliche Menschen, und ein Lächeln weist für sie auf eine Seele im Einklang mit dem Leben, und da liegen sie gar nicht falsch.

»Gern-y-fhain«, sagte sie dann und deutete mit dem Daumen auf ihre Brust.

»Gern-y-fhain«, wiederholte ich. Dann deutete ich mir selber mit dem Daumen auf die Brust und sagte: »Myrddin.« Ich benutzte die kymrische Form des Namens, weil ich dachte, sie liege ihrer Sprache am nächsten. »Myrddin.«

Sie nickte und wiederholte den Namen ein paarmal, höchst erfreut darüber, ein so williges und begabtes Geschenk zu besitzen. Dann deutete sie der Reihe nach auf alle übrigen Angehörigen des Klans, die ihren jeweiligen Aufgaben nachgingen: Vrisa, Elac, Nolo, Teirn, Beona, Rhylla und andere. Ich tat mein Bestes, mit ihr Schritt zu halten, doch als sie dazu überging, andere Dinge zu benennen – die Erde, den Himmel, die Berge, die Wolken, den Fluß, den Felsen –, fiel ich zurück.

Damit war mein erster Unterricht in der Sprache des Hügelvolks beendet. Er wurde zu einer Gewohnheit, die noch viele Monate lang fortdauern sollte: Ich begann meinen Tag, indem ich mich neben Gern-y-fhain setzte, wie einst neben Blaise oder Dafyd, und meine Lektionen lernte.

Vrisa übernahm es, mir ihre Kultur beizubringen. Zunächst einmal wurden mir meine Kleider weggenommen und durch Häute und Felle ersetzt. Das beunruhigte mich, bis ich sah, daß sie meine Sachen sorgfältig in einen besonderen Korb legte, der an einen Stützpfeiler im Rath gebunden war. Es würde vielleicht noch dauern, bis ich wieder gehen durfte, aber dann so, wie ich gekommen war. Sie führte mich wieder hinaus, unablässig schwatzend und mich ab und zu anlächelnd, wobei sie ihre Zähne zeigte, als wollte sie sagen: »Willkommen, Schatz der Großmenschen. Du gehörst jetzt zum Fhain.«

Es machte ihr Freude, daß ich ihren Namen sagte und sie meinen lehrte. Tatsächlich brüllten sie vor Entzücken, als ich schließlich in der Lage war, ihnen zu sagen, daß mein Name

»Falke« bedeutete. Dies bestätigte ihren Glauben, daß meine Ankunft von ihren Eltern bestimmt worden war. Hungrig beobachteten sie meine Fortschritte; jede Kleinigkeit von mir erfreute sie ungeheuer. Es machte ihnen unendliche Freude, sich abends am Feuer gegenseitig zu erzählen, was ich getan hatte. Erst meinte ich, das liege an meinem Rang als Geschenk; später erfuhr ich, daß sie mit allen Kindern so umgingen.

Bei ihnen wurden Kinder besonders wertgeschätzt. Der Beweis dafür war der, daß in ihrer Sprache »Kind« und »Schatz« das gleiche waren: *Eurn*. Dieses Wort bedeutete beides.

Sie sahen ihre Kinder an, wie andere hohe Gäste ansehen mögen – als Kostbarkeiten, die Achtung und Ehrerbietung verdienen, deren bloße Gegenwart ein Grund zum Entzücken ist und eine große Freude, die es so oft wie möglich zu genießen und zu feiern gilt. Und obwohl ich ihren Maßstäben nach zwar schon fast erwachsen war, fehlte mir doch die rechte Erziehung, und ich mußte daher als Kind betrachtet werden, bis ich mit den Sitten weit genug vertraut war, um zu den Erwachsenen zu zählen. Das brachte eine interessante Zeit der Anpassung mit sich, denn in den ersten Monaten verbrachte ich genausoviel Zeit mit den Kleinen wie mit den Großen.

Der Sommer ging rasch vorbei. Die Zeit raste, weil ich eifrig bemüht war, ihre Sprache zu lernen, um ihnen meine Sorge über meine Angehörigen mitteilen zu können und den Grund zu erfahren, aus dem sie mich festhielten. In einer frischen Herbstnacht kurz nach Lughnasadh ergab sich die Gelegenheit. Wie so manches Mal saßen wir unter den Sternen auf dem Hügel vor einem Feuer im Freien. Elac und Nolo – der erste und der zweite Gatte von Vrisa – und ein paar andere waren an diesem Tag zum Jagen fort gewesen und fingen nach dem Essen an, von ihren Erlebnissen zu erzählen.

In völliger Unschuld meinte Elac zu mir: »Wir haben in dem krummen Tal Großmenschen gesehen. Sie haben immer noch nach ihrem Kind-Schatz gesucht.«

»Immer noch?« fragte ich ihn. »Ihr wißt das schon länger?«

Er lächelte und nickte. Auch Nolo nickte und sagte: »Wir haben sie alle schon oft gesehen.«

»Warum habt ihr mir das nicht gesagt?« fragte ich und versuchte dabei, ruhig zu bleiben.

»Myrrdin gehört jetzt zum Fhain. Du bist ein Fhain-Bruder. Wir ziehen bald fort; die Großmenschen werden zu suchen aufhören und weggehen.«

»Wir ziehen fort?« Bei diesem Gedanken legte sich mein Ärger. Ich fragte Vrisa: »Was meint Elac damit? Wo gehen wir hin?«

»Der Schnee kommt bald. Wir gehen in den Crannog, Fhain-Bruder.«

»Wann?« Ich spürte die Verzweiflung wie Übelkeit in mir aufsteigen.

Vrisa zuckte die Achseln. »Bald. Vor dem Schnee.«

Das ergab Sinn, und ich hätte es wissen müssen. Die Hügelleute lebten nie lang an einem Fleck; das wußte ich, hatte aber nicht bedacht, daß sie bald in ihr Winterquartier aufbrechen würden – einen Crannog in einem hohlen Hügel im Norden.

»Ihr müßt mich zu ihnen bringen«, sagte ich zu Vrisa. »Ich muß sie sehen.«

Vrisa runzelte die Stirn und drehte sich zu Gern-y-fhain um, die leicht den Kopf schüttelte. »Das ist unmöglich«, erwiderte sie. »Die Großmenschen würden Kind-Schatz vom Fhain borgen.« Sie hatten kein richtiges Wort für stehlen, »borgen« war das ähnlichste, und sie waren sehr findige Borger.

»Ich habe zu den Großmenschen gehört, ehe ich ein Fhain-Bruder geworden bin«, versetzte ich. »Ich muß Lebwohl sagen.«

Das verwirrte sie. Sie hatten keinen Begriff vom Abschiednehmen oder Lebwohl – selbst der Tod war für sie keine richtige Trennung, da der Tote nur auf eine Reise ging, wie man etwa jagen geht, und jeden Augenblick zurückkommen konnte, womöglich in einer anderen Gestalt, aber im wesentlichen derselbe. »Was bedeutet Leb-woll«, fragte Vrisa. »Das kenne ich nicht.«

»Ich muß ihnen sagen, daß sie zu suchen aufhören sollen«, erklärte ich, »daß sie in ihr Land zurückgehen und das krumme Tal verlassen sollen.«

»Ist nicht nötig, Myrddin-Schatz«, meinte Elac fröhlich. »Die Großmenschen werden bald zu suchen aufhören. Sie werden bald fortgehen.«

»Nein«, sagte ich und stand auf. »Sie sind meine Fhain-Brüder, meine Verwandten. Sie werden nie aufhören, nach ihrem Kind-Schatz zu suchen. *Nie*!«

Ihr Zeitbegriff war ebenfalls unklar. Die Vorstellung fortwährenden, ununterbrochenen Tuns verstanden sie nicht. Vrisa schüttelte bloß schwach den Kopf. »Das kenne ich nicht. Du gehörst jetzt zum Fhain. Du bist ein Geschenk an die Falkenmenschen, Myrddin-Schatz, ein Geschenk von den Eltern.«

Ich stimmte zu, blieb aber beharrlich. »Ich bin ein Geschenk, stimmt. Aber ich muß meinen Fhain-Brüdern dafür danken, daß sie mich zu einem Falkenmenschen haben werden lassen.«

Das war ihnen begreiflich, denn wer hätte nicht ein Falkenmensch werden wollen? So eine große und eindrucksvolle Ehre mußte naturgemäß ungeheuren Dank nach sich ziehen, den der Empfänger pflichtgemäß abzustatten hatte. Ja, es leuchtete ihnen ein, daß ich meinen ehemaligen Brüdern danken wollte.

Sie betrachteten dies sogar als Zeichen meiner wachsenden Reife. »Das ist gut, Myrddin-Bruder. Du wirst den Eltern morgen danken.«

»Und den Fhain-Brüdern«, beharrte ich.

»Wie willst du ihnen danken?« fragte Vrisa argwöhnisch. Sie witterte eine mögliche List und kniff wachsam die Augen zusammen.

Meine Antwort mußte unschuldig klingen, oder sie hätte sich gegen mein Vorhaben gestellt. »Ich werde ihnen meine Kleider zurückgeben.«

Auch das leuchtete ihnen vollkommen ein. Für Menschen, die nicht weben konnten, keine Webstühle hatten, war Stoff selten und äußerst wertvoll. Es tat ihr vielleicht leid, daß der Stoff-Schatz verschwinden sollte, aber sie konnte sehr wohl verstehen, warum ich ihn zurückgeben wollte – und warum meine ehemaligen Verwandten, wenn sie mich schon nicht zurückhaben konnten, wenigstens meine Kleider wiederbekommen wollten.

»Elac«, sagte sie schließlich, »bringt morgen Myrddin-Schatz zum Feuerring der Großmenschen.«

Ich lächelte. Es hatte keinen Zweck, noch mehr erreichen zu wollen; mehr hätte ich im Augenblick wohl nicht bekommen. »Danke, Vrisa-Führerin. Danke, Fhain-Brüder.«

Sie lächelten alle zurück und fingen an, wohlwollend auf mich einzureden, und ich machte mich daran, zu überlegen, wie ich am besten entkommen konnte.

In dem krummen Tal waren vier von ihnen. Schon aus der Ferne konnte ich erkennen, daß es meine Leute waren, Männer aus der Kriegerschar, die uns begleitet hatte. Sie hatten ihr Lager an einem Fluß aufgeschlagen, und das funkelnde Licht ihres Feuers spiegelte sich im fließenden Wasser. Allem Anschein nach schliefen sie noch, da die Sonne noch nicht hinter den Hügeln im Osten aufgestiegen war.

Wartend lagen wir auf einem Felsvorsprung. »Ich gehe jetzt zu meinen Fhain-Brüdern hinab«, sagte ich zu Elac.

»Wir gehen mit dir.« Er deutete auf Nolo und Teirn.

»Nein, ich gehe allein.« Ich versuchte so streng wie Gern-y-fhain zu klingen.

Er betrachtete mich verschlagen und schüttelte den Kopf. »Die Anführerin Vrisa sagt, daß du nicht zurückkommst.«

Tatsächlich hatte ich genau das vorgehabt. Elac stellte sich neben mich und legte mir eine Hand auf die Schulter. »Wir gehen mit dir, Myrddin-Bruder, damit die Großmenschen den Kind-Schatz nicht wiederborgen.«

Jetzt erkannte ich es ganz klar, allerdings etwas zu spät. Wenn wir alle gemeinsam hinuntergegangen wären, wäre es zum Kampf gekommen. Elphins Krieger hätten es nie zugelassen, daß die Bergmenschen mich wieder mit fortgenommen hätten. Sie hätten mich zu retten versucht, und bei dem Versuch wären sie wahrscheinlich umgekommen – von Pfeilen durchbohrt, ehe sie ihre Schwerter hätten ziehen können. Bei dem Scharmützel wäre vielleicht auch der eine oder andere von den Bergmenschen getötet worden. Nein, das durfte ich nicht geschehen lassen. Meine Freiheit war nicht so wichtig wie das Leben von Menschen, die ich meine Freunde nannte.

Was sollte ich also tun?

»Nein«, ich verschränkte die Arme über der Brust und setzte mich hin. »Ich gehe nicht.«

»Warum denn, Myrddin-Schatz?« Elac starrte mich verwundert an.

»Geh.« Er setzte sich neben mich.

Nolo runzelte die Stirn und streckte mir eine Hand entgegen. »Anführerin sagt, daß Männer mit dir gehen müssen. Den Großmenschen darf man mit Kind-Schatz nicht trauen, Myrddin-Bruder.«

»Meine Brüder von den Großmenschen werden nicht verstehen. Sie werden die Fhain-Brüder töten, wenn sie euch sehen, weil sie ihrem Fhain-Bruder helfen wollen.«

Das ging Elac in den Kopf. Er nickte finster. Er wußte genau, wie undankbar das Großvolk sein konnte.

»Falken-Fhain fürchtet sich überhaupt nicht vor dem Großvolk«, prahlte Nolo.

»Ja, aber ich will nicht, daß Fhain-Brüder getötet werden. Das würde Myrddin-Bruder sehr traurig machen. Den Fhain traurig machen. Geh du, Elac. Bring die Kleider zu meinen Brüdern bei den Großmenschen.« Ich deutete auf das Kleiderbündel neben mir.

Er dachte darüber nach und erklärte sich einverstanden. Ich faltete meinen Umhang, meine Hose und mein Hemd so ordentlich, wie ich konnte, zusammen und überlegte dabei angestrengt, wie ich eine Botschaft übermitteln konnte, die nicht falsch zu deuten war. Am Ende nahm ich meinen Gürtel aus ungegerbtem Leder ab und band ihn um den Packen.

Die Kleider würden meine Leute zwar erkennen, aber ich brauchte noch ein Zeichen, das auf meine Unversehrtheit hindeutete. Ich sah mich um. »Teirn«, streckte ich die Hand aus, »ich brauche einen Pfeil.«

Ein Griffel und ein Pergament wären mir lieber gewesen, aber diese Dinge waren den Bergmenschen genauso fremd wie Pfeffer und Wohlgerüche. Sie vertrauten der Schrift nicht und bewiesen damit bemerkenswerte Klugheit.

Teirn zog einen Pfeil heraus. Die Geschosse der Bergmenschen sind kurze Rohre mit Spitzen aus Flintstein und mit Rabenfedern; sie sind unfehlbar und tödlich, denn die Treffsicherheit der Bergmenschen ist sagenhaft. Die Stämme der Großmenschen im Norden haben gelernt, sich vor den zerbrechlich wirkenden Pfeilen und den untrüglichen Händen, die den Bogen spannen, in acht zu nehmen.

Ich bückte mich zu dem Bündel hinab, nahm den Pfeil, brach ihn in der Mitte entzwei und steckte die beiden Teile unter den Ledergürtel. Dann fiel mir noch ein, die silberne Wolfskopfbrosche vom Umhang zu nehmen. Schließlich reichte ich das Bündel Elac. »Da, bring es ins Lager der Großmenschen.«

Erst schaute er auf das Bündel, dann auf das Lager unten.

»Lugh-Sonne geht auf«, sagte ich zu ihm. »Bring es hinunter, ehe meine Brüder aufwachen.«

Er zog den Kopf ein. »Sie werden mich nicht sehen.« Damit kroch er über den Felsvorsprung und war verschwunden. Gleich darauf sahen wir ihn auf das Lager zurennen. Mit der Verstohlenheit und Stille eines Schattens schlich Elac sich in das schlafende Lager und legte das Bündel mit der für ihn typischen Kühnheit einem der ruhenden Krieger neben den Kopf.

In Windeseile war er wieder auf dem Felsvorsprung, und gleich danach kehrten wir zum Rath zurück.

Ich konnte nur hoffen, daß der Umstand, daß meine Kleider ordentlich zusammengefaltet in ihrem Lager hinterlegt waren, irgendwie darauf hinweisen würde, daß ich lebte und vom Vorhandensein des Suchtrupps wußte, mich ihm aber nicht selbst nähern konnte. Es war natürlich gut möglich, daß meine Botschaft falsch verstanden würde, aber ich vertraute auf den Großen Gott und hoffte, daß ich die Lage nicht verschlimmert hatte.

An jenem Tag änderte sich etwas in mir. Denn dadurch, daß ich meine Kleider aufgegeben hatte, war es, als hätte ich auch den Gedanken an ein Entkommen aufgegeben. Merkwürdigerweise war ich danach zufriedener damit, bleiben zu müssen. Und obwohl ich immer noch ab und zu Heimweh bekam, fing ich vielleicht selbst zu denken an, daß mein Aufenthalt bei den Falkenmenschen einem Zweck diente. Nach diesem Tag hegte ich keine Fluchtpläne mehr und nahm meine Gefangenschaft schließlich hin.

Das Suchkommando sah ich nicht wieder. Nach den Samhain-Feuern brach der Fhain zu seinen Wintergründen im Norden auf. Es leuchtete mir nicht ein, daß sie im Sommer nach Süden zogen und im Winter nach Norden, aber so war es nun einmal.

Zu dieser Zeit wußte ich noch nicht, daß bestimmte Gegenden im Norden ebenso mild sein können wie der Süden. Doch bald erlebte ich, daß nicht alle Gebiete nördlich des Limes braches, steiniges, windzerzaustes Ödland sind, wie die meisten Leute glauben. Es gibt Ecken, die so üppig und angenehm gedeihen wie die schönsten Flecken in ganz Britannien. Zu einem dieser Orte kamen wir auf unseren zottigen Ponys, unsere zähen kleinen Schafe vor uns hertreibend.

Ein Crannog unterscheidet sich nicht sehr von einem Rath, abgesehen davon, daß er tatsächlich in das Innere eines Hügels gegraben ist. Außerdem ist er größer; das mußte er sein, denn wir teilten ihn uns an den kältesten Tagen mit unseren Ponys und Schafen. Im Idealfall in einem abgeschiedenen Tal gelegen, sieht der Crannog in den Augen von Großmenschen wie ein Hügel unter vielen aus. Die Schafe und Ponys hatten dort gutes Weideland, und es gab einen Bach, der in eine nahegelegene Flußmündung am Meer strömte.

Der Crannog war dunkel und warm, und obwohl der Winterwind heulte, wenn er des Nachts zwischen den Felsen und Spalten nach Stellen suchte, die er mit seinen kalten Fingern erreichen konnte, lagen wir in unsere Felle und Vliese gehüllt ums Feuer und lauschten Gern-y-fhain, wie sie von alten Zeiten erzählte, ehe die Römer mit ihren Schwertern kamen und ihre Straßen und Kastelle bauten, ehe der Blutdurst über die Menschen kam und sie dazu brachte, einander zu bekriegen, ehe die Großmenschen auf die Insel der Mächtigen kamen.

Hört nur, sagte sie dann, ich erzähle euch von Urzeiten, als die Welt neugeschaffen war und die Prytanen ungehindert umherstreiften und es reichlich Nahrung zu finden gab und unsere Eltern über alle ihre Kinder-Schätze lächelten, als der Große Schnee hoch oben im Norden eingesperrt war und nicht die Erstgeborenen der Mutter beeinträchtigte …

Und sie fing an, ihre Sage vorzutragen, indem sie mit ihrem Tonfall die jahrhundertealten Erinnerungen ihres Volkes wiedergab und die Verbindung zu einer unendlich fernen Vergangenheit herstellte. Es ließ sich nicht sagen, wie alt die Sage war, denn die Bergmenschen sprachen von allen Geschehnissen auf die gleiche unmittelbare Weise. Was eine Gern beschrieb, konnte vor zehntausend Sommern oder erst gestern passiert sein. Es galt ihnen fürwahr alles gleich.

Der Mond nahm zu und wieder ab, und dann noch einmal, und eines Tages begann es kurz vor der Abenddämmerung zu schneien. Elac, Nolo und ich gingen mit den Hunden ins Tal hinab, um die Herde wieder in den Crannog zu treiben. Wir hatten gerade damit angefangen, als ich Nolo rufen hörte. Ich drehte mich um und sah ihn das Tal hinunter zeigen: Dort tauchten im wirbelnden Schnee Reiter auf.

Elac machte eine glättende Handbewegung, und ich sah Nolo einen Pfeil auf seinen Bogen legen, sich ducken und ... verschwinden. Er wurde einfach unsichtbar, wurde zu einem weiteren Fels oder einem Grasflecken am Bach. Auch ich duckte mich so, wie sie es mir beigebracht hatten, und fragte mich, ob man mich ebensogut für einen Stein halten mochte. Die Hunde bellten, und Elac brachte sie mit einem Pfiff sofort zum Schweigen.

Auf klapprigen, verhungert wirkenden Gäulen kamen drei von den Großmenschen herangetrabt. Ihr Anführer sagte etwas, Elac antwortete, und sie fingen in einer sehr entstellten Form der Sprache des Bergvolks zu reden an. »Wir wollen um den Zauber des Bergvolks bitten«, erklärte der Reiter in stockenden, gebrochenen Worten.

»Warum?« fragte Elac ruhig.

»Die zweite Frau unseres Führers stirbt. Sie hat das Fieber und behält kein Essen bei sich.« Er blickte Elac zweifelnd an. »Wird eure weise Frau zu uns kommen?«

»Ich werde sie fragen.« Achselzuckend fügte er hinzu: »Aber vermutlich wird sie es nicht der Mühe wert finden, eine Frau der Großmenschen durch ihren Zauber zu heilen.«

»Unser Anführer sagt, daß er euch vier goldene Armbänder schenkt, wenn die Gern kommt.«

Verächtlich runzelte Elac die Stirn, als wollte er sagen: »Solcher Tand ist für uns wie Pferdeäpfel.« Doch ich wußte, daß die Pyrtanen das Gold der Großmenschen schätzten und es zu erlangen suchten, wo sie nur konnten. »Ich will sie fragen«, entgegnete er. »Geht jetzt.«

»Wir warten.«

»Nein. Ihr geht jetzt«, beharrte Elac. Er wollte nicht, daß die Großmenschen sahen, in welchem Hügel unser Crannog war.

»Es geht um unseren Anführer!« versetzte der Reiter.

Wieder zuckte Elac die Achseln. Er wandte sich ab und tat so, als würde er wieder zu seiner Schafherde zurückkehren. Die Reiter flüsterten einen Moment miteinander, dann sagte ihr Sprecher: »Wann? Wann sagst du es ihr?«

»Wenn die Großmenschen zurück zu ihren Hütten gehen.«

Die Reiter wandten ihre Pferde und ritten fort. Elac wartete, bis sie weg waren, und winkte uns dann herbei. Nolo steckte den Pfeil wieder in den Köcher, und wir trieben die Schafe zusammen und in den Crannog zurück. Die anderen hatten ihre Pferde bereits eingeholt, daher verlor Elac keine Zeit, um mit Gern zu sprechen.

»Die Frau des Anführers der Großmenschen liegt im Fieber«, sagte er. »Vier goldene Armbänder, wenn du sie heilst.«

»Dann muß sie starkes Fieber haben«, entgegnete Gern. »Aber ich werde zu ihr gehen.« Und sogleich stand sie auf und begab sich aus dem Crannog. Nolo, Elac, Vrisa und ich folgten ihr.

Bis wir zur Siedlung der Großmenschen an der Flußmündung gelangten, war es beinahe dunkel. Das Haus des Anführers stand auf Holzpfählen inmitten einer Handvoll kleinerer Behausungen, die unmittelbar am Ufer der stinkenden Schlammpfützen errichtet worden waren. Vrisa, Elac und Nolo begleiteten Gern; ich war dabei, um die Ponys zu halten, aber sobald wir da waren, sah Gern sich um und bedeutete mir, sie in das Haus des Anführers zu begleiten.

Über dem Eingang hing eine schmutzige Tierhaut. Auf einen Pfiff von Elac hin wurde diese Türklappe zurückgeschlagen, und der Mann, der zu uns ins Tal gekommen war, winkte uns hinein. Die runde Holzhütte bestand aus einem einzigen großen Raum mit einem Herdstein in der Mitte. Durch das dürftig gedeckte Dach und die schlecht ausgefüllten Ritzen im Mauergeflecht fegte der Wind herein, so daß der Raum feucht und kalt war. Auf dem Boden lagen zertrampelte Muschel- und Austernschalen, Fischgräten und -schuppen. Der Anführer saß am rußigen Feuer aus getrocknetem Dung, neben ihm zwei Frauen, von denen jede ein dreckiges, plärrendes Kind an den Busen drückte. Der Anführer knurrte und deutete auf eine Frau, die auf einem Schilflager voller Pelze ruhte.

Als Gern die Frau sah, schnalzte sie. Sie war noch jung, doch die zweifelhafte Ehre, für den Anführer Kinder zu gebären, hatte sie vor der Zeit altern lassen. Und jetzt lag sie glühend vor Fieber im Bett, mit eingefallenen Augen, zitternden Gliedern, einer Haut so fahl und gelb wie das Vlies unter ihrem Kopf. Sie lag im Sterben. Sogar ich, der damals noch nichts von der Heilkunst verstand, konnte sehen, daß sie die Nacht nicht überstehen würde.

»Narren!« murmelte Gern leise vor sich hin. »Sie bitten zu spät um den Zauber.«

»Vier Armbänder«, erinnerte Elac sie.

Gern seufzte und hockte sich neben die Frau, betrachtete sie lang und tauchte dann den Finger in den Beutel an ihrem Gürtel. Sie holte ein Tiegelchen mit Salbe heraus, die sie der kranken Frau auf die Stirn aufzutragen begann. Die Frau schauderte und schlug die Augen auf. Ich konnte den Todesblick in ihnen sehen, obwohl sie unter Gerns Berührung ein wenig aufzuleben schien. Gern redete sanft auf sie ein; mit den tröstlichen Worten der Heilerin linderte sie die Macht des Fiebers.

Gern griff wieder in ihren Beutel, zog ihre Hand heraus und streckte sie mir hin. Sie ließ ein Stück getrocknetes Zeug – Borkenfetzen, Wurzeln, Blätter, Gras, Samen – in meine offene Hand fallen und nickte mit dem Kopf in Richtung des Eisenkessels, der an einer Kette vom Dachbalken herab über dem Feuer hing. Ich begriff, daß ich die Mischung in den Kessel geben sollte, und tat es. Ich goß Wasser in den Topf und wartete, bis es kochte. Dann gab Gern mir ein Zeichen, es ihr zu bringen. Unter dem üblen Gemurmel des Anführers schöpfte ich eine Kelle voll.

Gern hob den Kopf der Frau an und gab ihr zu trinken. Die Frau lächelte schwach, als sie sich wieder hinlegte. Wenige Augenblicke später schloß sie die Augen und schlief ein. Dann stellte Gern sich vor den Anführer.

»Wird sie am Leben bleiben?« fragte dieser, als würde er über einen seiner Hunde sprechen.

»Das wird sie«, erwiderte Gern-y-fhain. »Sieh zu, daß sie es warm hat und den Trank zu sich nimmt.«

Der Anführer knurrte und nahm einen seiner Armreifen ab. Er reichte das goldene Ding einem seiner Leute, der es vorsichtig in Gerns offene Hand fallen ließ, um sie nicht zu berühren. Die Beleidigung blieb nicht unbemerkt. Elac versteifte sich. Nolo hatte bereits einen Pfeil in der Hand.

Doch Gern blickte auf den Armreif und wog ihn in der Hand. Vermutlich war viel Zinn und recht wenig Gold darin. »Du hast *vier* Armreifen versprochen.«

»Vier? Nimm, was du bekommst, und hinaus mit euch!« blaffte er mit seinen dürftigen Kenntnissen. »Von deinen Lügen will ich nichts hören!«

Die Bergmenschen zogen ihre Waffen.

Gern hob eine Hand hoch. Elac und Nolo erstarrten. »Der Anführer meint, er kann Gern-y-fhain betrügen?« Sie sprach freundlich, aber die Drohung war unverkennbar. Sie vollführte eine seltsame Handbewegung in der Luft und ließ etwas fallen. Das Feuer sprühte plötzlich stiebende helle Funken.

Die Frauen kreischten und warfen sich die Hände vors Gesicht. Glühend vor Wut besann sich der Anführer rasch eines Besseren. Schimpfend nahm er drei weitere goldene Armreifen ab und warf sie in die flammende Glut zu seinen Füßen.

Blitzschnell griff Gern in das Feuer und klaubte zum Erstaunen der Großmenschen die Armreifen heraus. Das Gold verschwand in einer Falte ihres Gewands, und erhobenen Hauptes drehte sie sich um und schritt aus der Hütte. Wir folgten ihr, stiegen auf unsere Ponys und kehrten im Zwielicht des Winters in unseren Crannog zurück.

Zwei Tage später trieben Elac und Nolo die Schafe wieder zum Weiden ins Tal. Dort befanden sie sich, als die Großmenschen über sie herfielen: die drei Reiter von früher und der Anführer dazu. Ich war auf halbem Weg den Hügel hinab, als ich die Reiter auf meine Fhain-Brüder zustieben und die Schafe auseinandertreiben sah. Ich blieb stehen und kauerte mich zu einer reglosen Gestalt zusammen, so daß ich sofort mit der Landschaft verschmolz.

Als die Reiter stehenblieben, rannte ich los.

»Gebt das Gold wieder her!« rief der Anführer.

Schon hatte Elac sein Messer in der Hand. Nolos Bogen war straff gespannt. Die Großmenschen waren nicht unvorbereitet. Jeder hatte ein Kurzschwert und einen kleinen, gutgearbeiteten Schild aus Holz und Ochsenhaut in der Hand. Über die Waffen wunderte ich mich. Wie waren diese Leute zu ihnen gekommen? Durch Handel mit den Skoten?

»Gib es wieder her, Dieb!«

Elac verstand das Wort vielleicht nicht, aber den Tonfall kannte er. Er spannte die Muskeln an, sprungbereit zum Kampf. Wären die Bergmenschen auf ihren Ponys gesessen, wären sie für die Halunken vor ihnen nahezu unbesiegbar gewesen. Doch es stand vier gegen zwei, und die zwei waren zu Fuß.

Der Anführer der Großmenschen wollte sein Gold wiederhaben oder die Köpfe derer, die es besaßen, auf spitzen Pfählen vor seinem Haus. Vielleicht beides. Während ich alles beobachtete, spürte ich die Luft um mich schneller werden, so wie an dem

Tag, als die Steine getanzt hatten. Ich wußte, daß etwas geschehen würde, doch hatte ich keine Ahnung, was das sein könnte.

In dem Augenblick jedoch, als ich zwischen Elac und den Anführer trat, merkte ich, daß die Großmenschen es ebenfalls spürten.

»Warum seid ihr hierhergekommen?« versuchte ich Gern-y-fhains unantastbare Autorität nachzuahmen.

Die Großmenschen zuckten zusammen, als wäre ich mit einemmal aus dem Gras zu ihren Füßen aufgesprungen. Der Anführer packte sein Schwert fester und fauchte: »Die Frau ist tot und liegt kalt im Schlamm. Ich will mein Gold wieder.«

»Geh zurück«, erwiderte ich. »Wenn du vorhast, dich an denen zu rächen, die dir geholfen haben, dann verdienst du, was dir widerfahren wird. Kehre um; hier ist nichts für dich zu holen.«

In seinem dummen Gesicht blitzte eine wilde, häßliche Freude auf. »Ich kriege das Gold und deine freche Zunge dazu, du Hundling!«

»Du bist gewarnt worden«, versetzte ich und schaute dann die anderen an. »Ihr seid alle gewarnt worden.« Sie waren nicht so mutig wie ihr Anführer oder aber nicht so dumm. Sie murmelten etwas und machten mit den Händen Zeichen gegen das Böse.

Der Anführer riß den Mund zu einem groben Lachen auf. »Ich nehme dich wie einen Hering aus, Knabe, und erdrossele dich mit deinen eigenen Gedärmen!« prahlte er und hielt das Schwert in Höhe meiner Kehle.

Elac spannte sich an, zum Zuschlagen bereit. Ich hielt ihn mit einer Hand zurück. Die Schwertschneide, die vor angetrocknetem Blut schwarz war, kam näher. Ich richtete meine Augen auf die lange, zerfressene Eisenklinge und stellte mir die Hitze vor, die es geschmiedet hatte, stellte es mir rotglühend von der Schmiedeesse vor.

Die Schwertspitze fing zu leuchten an – erst düster, aber schnell heller werdend, bis sich die Glut die Schneide entlang zum Heft hin ausbreitete.

Der Anführer hielt die Waffe, so lange er konnte, und verbrannte sich ob seiner Sturheit schwer die Hand. Sein Schrei hallte durch das Tal. »Tötet ihn!« rief er. Die rote Narbe auf seiner Handfläche warf bereits Blasen. »Tötet ihn!«

Seine Männer rührten sich nicht, denn auch ihre Waffen waren zu heiß zum Halten geworden, und so wurde auch das Eisen ihrer Gürtelschnallen, Messer und Armreifen unangenehm warm.

Die Pferde tänzelten nervös und rollten ihre Augen, daß das Weiße zu sehen war. »Packt euch und stört uns nicht wieder!« sagte ich ruhig, obwohl mein Herz wild pochte.

Einer der Männer wendete sein Pferd und wollte wegreiten, doch sein Führer war ein dickschädeliger Mensch. »Bleib!« Sein Gesicht war dunkel vor Wut und Enttäuschung. »Du!« brüllte er mich an. »Ich bring dich um! Ich ...«

Ich hatte noch nie einen Menschen gesehen, der sich so vom Haß fortreißen ließ. Und obschon ich es inzwischen zwei-, dreimal erlebt habe, wußte ich damals noch nicht, daß es einen umbringen konnte.

Der Anführer würgte, und die Worte blieben ihm wie Fischgräten in der Kehle stecken. Er keuchte, häßlich röchelnd. Er umkrallte seinen Hals, seine Augen traten hervor, und er kippte aus dem Sattel. Als er den Boden berührte, war er tot.

Die Männer starrten ihren gestürzten Anführer nur kurz an, dann wandten sie die Pferde und flohen dorthin zurück, woher sie gekommen waren. Ihren Befehlshaber ließen sie, wo er lag.

Als sie weg waren, blickte Elac mir lange in die Augen. Er sagte nichts, aber die Fragen lagen dort. Wer bist du? Was bist du?

»Wir setzen ihn wieder auf sein Pferd und schicken ihn zu den Seinen«, sagte ich zu ihm.

Unter einigen Mühen hoben wir drei den Leichnam hoch und legten ihn über den Sattel, wobei wir die Hand- und Fußgelenke zusammenbanden, damit er nicht herunterrutschte. Wir drehten das Pferd in die entsprechende Richtung und gaben dem unglücklichen Tier einen Klaps auf den Leib, daß es den anderen hinterhertrottete.

Ich sprach leise ein Gebet für den Mann – es war mir nicht gegeben, ihn zu verabscheuen. Wir blickten den Pferden nach, bis sie außer Sichtweite waren, und kehrten dann zum Crannog zurück. Ob ihres Eifers, das Geschehene erzählen zu wollen, rannten Elac und Nolo voraus.

Vrisa und Gern-y-fhain sahen mich wissend an, als sie vernahmen, was vorgefallen war. Gern-y-fhain hob die Hände über meinem Kopf und sang mir ein Siegeslied. Vrisa zeigte mir ihre Wertschätzung auf andere Weise. Sie legte ihre Arme um mich und küßte mich. An jenem Abend saß sie beim Essen neben mir, und sie gab mir aus ihrer Schüssel.

VII

Über den Nordlanden brach der Schnee herein. Kalte, graue Tage mit wenig Licht und lange, schwarze Nächte mit heulendem Wind hindurch saß ich zu Gern-y-fhains Füßen neben dem Torffeuer, und sie lehrte mich ihre Kunst – die alte Kunst von Erde und Luft, Feuer und Wasser, die die Menschen in ihrer Unwissenheit Zauberei nennen. Ich habe eine schnelle Auffassungsgabe, und Gern-y-fhain war eine gute Lehrerin, auf ihre Weise so geschickt wie Dafyd und Blaise auf die ihre.

Zu dieser Zeit begann ich zu *sehen*. Es fing mit dem Torffeuer an, das so schön loderte, ganz freudig rot und golden. Nicht alle Gernen besitzen diese Gabe, doch Gern-y-fhain konnte ins Feuer blicken und dort die Umrisse von Dingen erkennen. Und sobald sie die Fähigkeit in mir erweckt hatte, saßen wir stundenlang gemeinsam da und starrten ins Feuer. Danach fragte sie mich, was ich gesehen hatte, und ich erzählte es ihr.

Bald merkte ich, daß mein Blick klarer war als der ihre.

Sobald ich geschickter geworden war, konnte ich fast alle Bilder aufrufen, die ich wollte. Und eines Nachts erblickte ich meine Mutter. Dieses Ereignis war gleichermaßen angenehm und unerwartet. Ich starrte in die Flammen, leerte meinen Geist, damit die Bilder kommen konnten, während ich zugleich nach ihnen ausgriff – etwas, das schwieriger beschrieben als getan ist. Gern-y-fhain verglich es damit, daß man Wasser aus einem Bach leitet oder scheue, im Winter geborene Fohlen von den Hügeln lockt.

Als ich in jener Nacht in die Flammen starrte, sah ich vor mir die Umrisse einer Frau flackern, und ich sog sie ein, hielt sie fest – so wie man eine Hand um eine Kerzenflamme hält –, brachte sie dazu, Gestalt anzunehmen, zwang sie zum Bleiben. Es war Charis, die neben einem Feuerbecken voll glühender Holzkohle in einer Kammer saß. In dem Moment, als ich sie wahrnahm, hob sie den Kopf und sah sich um, als hätte jemand sie beim Namen genannt. Vielleicht tat ich es; ich weiß es nicht.

Das Bild war stark, und an ihrer frohen Miene konnte ich erkennen, daß sie in Frieden war – und das war nur möglich, überlegte ich, wenn meine Nachricht so verstanden worden war, wie ich es beabsichtigt hatte. Wenigstens war sie vor Sorge um mich nicht krank.

Während ich sie beobachtete, ging die Tür hinter ihr auf. Sie drehte sich auf ihrem Stuhl um. Der Besucher kam näher, und sie lächelte. Ich vermochte nicht zu sehen, wer es war, aber sie streckte ihm die Hand entgegen...

Eine Hand in der ihren, legte er ihr die andere auf die Schulter und setzte sich auf die Armlehne des Stuhls. Sie wandte ihren Kopf zu der Hand auf ihrer Schulter und fuhr mit ihren Lippen darüber. Da wußte ich, wer es war: Maelwys.

Das brachte mich so aus der Fassung, daß ich das Bild verlor. Es löste sich wieder in den Flammen auf und war weg. Ich blieb mit pochendem Kopf und einer Frage zurück: Was hatte das zu bedeuten?

Daß Maelwys bei meiner Mutter war, entsetzte mich nicht – das war nur folgerichtig. Es leuchtete mir in der Tat vollkommen ein, daß sie den Winter über nach Maridunum zurückgekehrt war, während die Suche nach mir weiterging. Es lag vielmehr an der Zuneigung zu einem anderen, die bisher allein mir vorbehalten gewesen war. Auch dies war nur folgerichtig, doch darum für mich nicht leichter zu ertragen.

Es hat stets etwas Demütigendes, wenn man entdeckt, wie unbedeutend man selbst innerhalb des großen Ganzen dasteht.

Mehrere Tage lang zerbrach ich mir den Kopf über das, was ich gesehen hatte, dann ließ ich es sein. Das Wichtigste war, daß für meine Mutter gesorgt war und daß sie sich meinetwegen nicht zu sehr grämte.

Ich sah andere Dinge, andere Orte. Jetzt erkannte ich immer häufiger, was ich sah: Blaise, der in seinen Umhang gehüllt auf einem Hügel saß und zum Nachthimmel emporstarrte; den Priester und meinen Großvater Avallach, wie sie über ein Schachbrett gebeugt zusammenhockten; Elphin, der ein neues Schwert abzog. Dann wußte ich wieder nicht, was ich sah: ein schmales, felsiges Tal, in dem aus einer Hügelflanke ein Quell sprudelte; ein Mädchen mit rabenschwarzem Haar, das eine Binsenfackel mit Riet anzündete; einen lärmigen, vor Rauch dunklen Saal voller finsterer, betrunkener Männer und knurrender Hunde …

Stets hatte es dasselbe Ende: Das Bild löste sich in den Flammen auf, verblaßte in der roten Hitze und der weißen Asche. Ich hatte keine Ahnung, ob das, was ich sah, geschah, schon geschehen war oder noch geschehen sollte. Doch das würde kommen. Das würde rechtzeitig kommen.

In jenen dunklen Wintertagen lehrte mich Gern-y-fhain noch mehr. Sie freute sich, daß sie jemanden hatte, dem sie die Dinge erzählen konnte, die sie ein Leben lang aufbewahrt hatte, ich freute mich, diesen reichen Schatz ausgraben zu dürfen. Sie muß gewußt haben, daß ihr Werk nicht von Dauer sein würde, daß ich eines Tages fortgehen und alles mitnehmen würde. Dennoch war sie freigebig. Vielleicht wußte sie auch um den Wert, den ich eines Tages dem Wissen beimessen würde, das sie mir schenkte.

Als der Frühling wieder auf der Insel der Mächtigen Einzug hielt, wanderte der Fhain abermals gen Süden. Er suchte sich einen anderen Rath und hoffte auf bessere Weidegründe als im Vorjahr.

Unser Sommerplatz lag nicht weit vom Limes – dort, wo die Berge versteckte Täler einhüllen und Siedlungen selten sind. Als ich mit Teirn auf die Jagd ging, sah ich in diesem Sommer zweimal Truppen die alten Gratwege entlangmarschieren. Wir kauerten uns hinter unsere Ponys und sahen sie vorbeieilen. Ich spürte den Aufruhr in jenen besorgten Seelen; wie Turbulenzen in der Luft fühlte ich das grollende, brennende Chaos in ihnen.

Dies war nicht der einzige Hinweis, den ich auf die großen und schrecklichen Ereignisse bekam, die in der Welt der Menschen auf ihren vorgeschriebenen Bahnen geschahen … Ich hörte auch die *Stimmen*.

Damit fing es an, kurz nachdem ich die Truppen zum zweitenmal gesehen hatte. Wir kehrten gerade mit unserer Tagesbeute zum Rath zurück, und ich hatte haltgemacht, um die Ponys an einem Bach zu tränken. Die Sonne stand niedrig, der Himmel flammte gelb. Ich ließ die Arme über dem Nacken meines Ponys sinken – wir waren beide verschwitzt und müde. In dem Tal wehte kein Lüftchen, und die dicken Bremsen waren lästig. Ich ruhte mich einfach aus und beobachtete, wie das Sonnenlicht auf dem sich kräuselnden Wasser tanzte, als sich das Gebrumm der Fliegen mit einemmal in Worte zu verwandeln schien.

»... es ihnen beibringen ... näher am Ziel denn je ... vielleicht noch ein paar Jahre ... im Südosten ... Lindum und Luguvallium sind auf unserer Seite ... warte, Constantius. Ich werde nicht ewig dasein ...«

Die Worte erklangen leise. Ein bloßes Flüstern im Wind – aber es wehte keiner. Die Luft war tot.

Ich blickte zu Teirn hinüber, ob er es auch gehört hatte. Aber er blieb am Ufer hocken und schöpfte sich Wasser in den Mund. Wenn er etwas gehört hatte, ließ er es sich nicht anmerken.

»... sechshundert, mehr nicht ... Befehle, mein Freund, Befehle ... Kaiser! ... höheren Tribut ... dieses Jahr, Mithras steh uns bei! ... uns ausbluten? ... hier ist das Siegel, nimm es ... dann also abgemacht ... kann sich nicht abwenden ... Ave, Imperator!«

Die Worte kamen stockend und fetzenweise, es waren viele verschiedene Stimmen, die einander in einem wirren Gebrabbel überschnitten. Aber es waren Stimmen, und für mich bestand kein Zweifel, daß sie irgendwo, ob nah oder fern, gesprochen worden waren. Obwohl das, was ich hörte, keinen Sinn ergab, erkannte ich an dem Tonfall, daß etwas Entscheidendes im Gange war.

In jener Nacht grübelte ich lange darüber nach, und auch später noch: Was hatte es zu bedeuten? Was konnte es bedeuten?

Doch das sollte ich leider erst sehr viel später herausfinden.

Nicht, daß ich etwas daran hätte ändern können. Ich gehörte jetzt ziemlich fest zum Falken-Fhain. Ich hatte vollkommen das Weglaufen vergessen – und war so weit, daß ich wie Gern-y-fhain glaubte, daß mein Bleiben bei den Bergmenschen sein sollte. Vielleicht war ich nicht das Geschenk, für das sie mich hielten, aber sie waren eines für mich, denn ich lernte vieles, was mir für den Rest meines Lebens gut zustatten kam.

Darum ist es kein leichtes, meinen Aufenthalt beim Volk der Falken zu beschreiben. Selbst für mich erweisen sich die Worte, die ich spreche, als hohl, als zerbrochene Scherben neben der lebhaften Wirklichkeit, die in meinem Herzen lebt. Allein die Farben: Herbstfarn, der wie Kupfer vom Feuer glänzt; und im

Frühling ganze Hügelflanken in kaiserlichem Purpur; Grüntöne so zart und frisch wie die Morgendämmerung der Schöpfung, so reich wie Gottes Vorstellung von Grün; die tausendfach wechselnden Blautöne von Himmel und Meer und Bächen; das unvergleichliche Weiß des frisch gefallenen Schnees; das Grau einer tiefhängenden Gewitterwolke, das glänzende Schwarz des sanften Flügels der Nacht...

Und mehr: sonnenhelle Tage voll unendlich viel Licht und Freude; sternenhelle Nächte voll tiefem, tiefem Schlummer; Jahreszeiten voll Güte und Gerechtigkeit, von denen sich jeglicher Augenblick mit anmutigem Ebenmaß in die Seele eingrub; die langsame Erde, die sich durch ihren unaufhaltsamen Kreislauf von Geburt und Wiedergeburt bewegte, ihrem Glauben an den Schöpfer lebte und ihr altes, ehrsames Versprechen hielt.

Großes Licht, stärker als damals hätte ich dich nicht lieben können.

Denn ich sah und verstand. Ich sah die Ordnung der Schöpfung. Ich verstand den Rhythmus des Lebens. Die Bergmenschen lebten nahe der Ordnung; sie spürten den Rhythmus in ihrem Blut. Sie brauchten ihn nicht zu verstehen – sie waren ein Teil davon wie er ein Teil von ihnen –, doch durch sie lernte ich, ihn zu spüren; durch sie wurde auch ich ein Teil davon.

Meine Klansleute, meine Brüder! Was ich euch schulde, werde ich euch niemals vergelten können, doch wißt, daß ich euch niemals vergessen habe, und solange die Menschen den alten Geschichten lauschen und sich ihrer erinnern, solange Worte eine Bedeutung haben, werdet ihr leben, wie ihr in meinem Herzen lebt.

Ich blieb noch ein Jahr bei den Falkenmenschen, noch einen Winter, einen Frühling, einen Sommer, noch ein Beltane und ein Lughnasadh, doch dann wußte ich, daß die Zeit für mich reif war, zu den Meinen zurückzukehren. Als die Tage kürzer wurden, begann ich unruhig zu werden: Ich bekam ein leichtes Flattern im Magen, wenn ich gen Süden blickte, ein leichtes Stechen im Herzen, wenn ich an daheim dachte, das Prickeln der Erwartung, daß in fernen Höfen die zukünftige Grundlage meines Lebens gestaltet wurde, daß irgendwo jemand darauf wartete, daß ich auftauchte.

Schweigend ertrug ich diese verschiedenen Empfindungen,

aber Gern-y-fhain wußte Bescheid. Sie erkannte, daß mir nur noch wenig Zeit blieb, und eines Abends nach dem Mahl rief sie mich nach draußen. Ich nahm sie am Arm, und wir spazierten schweigend den Hügel hinan, um uns in den Steinkreis zu stellen. Sie blinzelte zum dämmerigen Himmel empor und dann mich an. »Myrddin-Bruder, du bist jetzt ein Mann.«

Ich wartete ab, was sie zu sagen hatte.

»Du wirst den Fhain verlassen.«

Ich nickte. »Bald.«

Sie lächelte so süß und traurig, daß mein Herz von der Zärtlichkeit darin durchbohrt wurde. »Geh deinen Weg, Schatz meines Herzens.«

Mir stiegen Tränen in die Augen, und meine Kehle war wie zugeschnürt. »Ohne dein Lied in meinen Ohren kann ich nicht gehen, Gern-y-fhain.«

Das freute sie. »Ich werde dich heimsingen, Myrddin-Schatz. Es wird ein besonderes Lied.« Sie begann noch in jener Nacht, es zu verfassen.

Am nächsten Tag kam Vrisa zu mir. Sie und Gern-y-fhain hatten miteinander geredet, und sie wollte mir sagen, daß sie Verständnis hatte. »Du würdest einen guten Gatten abgeben, Myrddin-Bruder. Ich bin eine gute Gattin.«

Das stimmte. Sie wäre jedem Mann eine gute Frau gewesen. »Ich danke dir, Vrisa-Schwester. Aber...« Ich wandte meinen Blick den Hügeln im Süden zu.

»Mußt wohl zum Rath deiner Großmenschen zurück«, seufzte sie. Dann nahm sie meine Hand, hob sie hoch, küßte sie und legte sie sich auf den Busen. Unter der Wärme ihres weichen Fleisches konnte ich ihren Herzschlag hören.

»Wir sind lebendig, Myrddin-Bruder. Wir sind keine Himmelsmenschen oder Ahnen, die kein Leben in sich haben. Wir bestehen aus Blut und Knochen und Geist – die Erstgeborenen aus dem Kinder-Schatz der Mutter...« Sie nickte feierlich und umschloß meine Hand mit ihren beiden. »Das weißt du nun.«

Daran hatte ich fürwahr nie gezweifelt. Sie war so schön, ja, so lebendig, so sehr ein Teil ihrer Welt, daß ich versucht war, zu bleiben und ihr Gatte zu werden. Gut möglich, daß ich es sogar getan hätte, aber der Weg lag vor mir, und ich konnte mich bereits darauf sehen.

Ich küßte sie. Sie lächelte und wischte sich eine Locke schwarzes Haar aus dem Gesicht. »Ich werde dich immer in meinem Herzen tragen, Vrisa-Schwester.«

Drei Nächte später feierten wir Samhain, die Nacht des Friedensfeuers, und dankten unseren Eltern, Himmel und Erde, für die Segnungen eines guten Jahres. Als der Mond über den Hügeln stand, entzündete Gern-y-fhain den Holzstoß im Steinkreis, und auf den Hügelspitzen im Umkreis sah ich weitere Feuer. Wir aßen Lammbraten, Knoblauch und wilde Zwiebeln, es wurde viel geschwatzt und gelacht, und dann sang ich ein Lied in meiner Sprache, das ihnen gefiel, obwohl sie nichts davon verstanden. Ich wollte ihnen etwas von mir dalassen.

Als ich geendet hatte, stand Gern-y-fhain auf und schritt in Richtung der Sonne dreimal langsam um das Feuer. Dann blieb sie vor mir stehen und streckte ihre Hände über meinem Kopf aus. »Höre, Volk des Falken, dies ist das Trennungslied für Myrddin-Bruder.«

Sie reckte ihre Hände dem Mond entgegen und hub zu singen an. Die Melodie war die alte, unveränderliche Weise der Hügel, doch die Worte waren zu meinen Ehren neu verfaßt und erzählten mein Leben beim Fhain nach. Von allem sang sie: der Nacht, in der ich zu ihnen gekommen war, und meinem Opfergang; meinem Bemühen um ihre Sprache; unseren gemeinsamen Unterrichtsstunden am Feuer; dem Zwischenfall mit den Großmenschen; dem Hüten der Schafe, den Geburten der Lämmer, dem Jagen, dem Essen, dem täglichen Leben.

Als sie endete, saßen alle in stiller Hochachtung da. Ich erhob mich und umarmte sie, und dann kamen sie alle einer nach dem anderen, um mir Lebwohl zu sagen – jeder nahm meine Hände und küßte sie zum Segen. Teirn schenkte mir einen Speer, den er geschnitzt hatte, und Nolo einen neuen Bogen und einen Köcher mit Pfeilen. »Nimm dies, Myrddin-Bruder«, sagte er, »du wirst es auf deinem Weg brauchen.«

»Ich danke dir, Fhain-Bruder Nolo. Ich nehme es freudig an.«

Als nächster kam Elac. »Myrddin-Bruder, da du so groß wie ein Berg bist« – tatsächlich war ich in der Zeit bei ihnen gewachsen und überragte sie nun alle turmhoch – »wirst du im Winter frieren. Nimm diesen Umhang.« Er legte mir ein schönes Wolfsfell um die Schultern.

»Ich danke dir, Fhain-Bruder Elac. Stolz werde ich das Fell tragen.«

Zuletzt kam Vrisa. Sie nahm meine Hände und küßte sie. »Du bist jetzt ein Mann, Myrddin-Bruder«, sagte sie sanft. »Du wirst Gold für eine Frau brauchen.« Sie nahm zwei Goldreifen von ihrem Arm und steckte mir je eines über jedes Handgelenk. Dann umarmte sie mich fest.

Wenn sie mich zu bleiben gebeten hätte, dann wäre ich geblieben. Doch die Sache war geregelt; sie und die anderen Frauen schlüpften zwischen den stehenden Steinen davon, und kurz darauf gingen die Männer zu ihnen, damit ihre glühende Liebe wieder ein fruchtbares Jahr bringen würde. Ich kehrte mit Gern-y-fhain in den Rath zurück. Sie bot mir einen Segensbecher voll Heidekrautbier an, den ich trank. Dann legten wir uns schlafen.

Schweren Herzens verließ ich am nächsten Morgen meine Familie der Hügelmenschen. Sie standen vor dem Rath und winkten mir nach, und während ich den Hügel hinabritt, rannten die Hunde und Kinder neben meinem schwarzen Pony her. Als ich an den Bach im Tal kam, blieben die Hunde und die Kinder stehen, denn das Wasser durften sie nicht überqueren. Ich warf einen Blick zurück und sah, daß der Fhain verschwunden war. Übrig waren nur noch die Hügelkuppe und der graue, sonnenlose Himmel darüber.

Ich war wieder in der Welt der Großmenschen.

VIII

Ich ritt nach Süden und dann nach Osten in der Hoffnung, auf die alte Römerstraße zu treffen, die sich, soweit ich wußte, nördlich des Limes bis nach Arderydd oder noch weiter erstreckte. Sie würde mich nach Deva, der Legionsstadt im Norden, führen und zu den Bergen von Gwynedd und der Stelle, wo ich meine Leute zuletzt gesehen hatte. Mir fiel nichts Besseres ein, als zu den Hügeln und Tälern um den Yr Widdfa zurückzukehren, wo ich die Männer nach mir hatte suchen sehen. Ich zweifelte nie daran, daß ich dort jemanden finden würde. Ich war mir dessen gewiß, wie ich mir sicher war, daß die Sonne im Osten aufgeht. Sie würden suchen, bis sie ein Zeichen oder eine Nachricht hätten, daß ich tot war; sofern nicht, würden sie ewig nach mir suchen.

Ich brauchte ihnen bloß über den Weg zu laufen. Die Zeit wurde jedoch knapp; bald würde es einen Wettereinbruch geben, und die Sucher würden für die Winterzeit nach Hause zurückkehren. Schon waren die Tage kühl und das Sonnenlicht schwach. Wenn ich sie nicht bald fand, würde ich den ganzen Weg nach Maridunum reiten müssen. Für einen allein eine höchst schwierige und gefährliche Unternehmung.

Dadurch, daß ich von vor Sonnenaufgang bis weit nach Sonnenuntergang reiste, gelang es mir, das weite, öde Land recht schnell zu durchqueren. Im Laufe des Jahres war der Fhain recht weit nach Norden gezogen. Wie weit nach Norden, wurde mir erst klar, als ich den großen Wald von Celyddon schwarz vor mir am Horizont aufragen sah. Offenbar hatten wir den Wald vor einem Jahr im Westen umgangen, als wir ins Winterquartier gezogen waren. Und obwohl der schnellste Weg gen Süden durch das dunkle Herz des Forsts führte, widerstrebte es mir, ihn einzuschlagen.

Doch ob des nahenden Winters stand die Zeit nicht auf meiner Seite. So bog ich mit dem Speer in der Hand und schußbereitem Bogen in den Wald ein und hoffte, ihn in drei bis vier Tagen zu durchqueren.

Der erste Tag und die erste Nacht verliefen ereignislos. Ich ritt die vor Herbstfarben flammenden Wege entlang und genoß die glühenden Rot- und die Gelbtöne, die im schwächer werdenden Licht schimmerten. Außer dem Klappern und Rascheln der Hufe meines Ponys im trockenen Laub und einem gelegentlichen Vogelkreischen oder Meckern eines Eichhörnchens vernahm ich nichts. Zwischen den großen Baumgruppen aus Eichen und Eschen, deren eisendunkle Stämme altehrwürdig aussahen und grüne Moosbärte trugen, den ausladenden Ulmen und Ebereschen, den schlanken Fichten und massigen Eiben herrschte eine Stille, die uns bei jedem Schritt zu verstehen gab, daß wir Eindringlinge waren.

Der zweite Tag begann mit einem Nebel, der zu einem weinerlichen, dichten Regen wurde und mich bald bis auf die Knochen durchnäßt hatte. Frierend und naß setzte ich meinen elenden Weg fort, bis ich zu einer farnüberwachsenen Lichtung an einem reißenden Bach kam. Während ich dasaß und überlegte, wo ich übersetzen sollte, hörte der Regen auf, und die Wolkendecke wurde so dünn, daß die Sonne als blaßweiße Scheibe durchschien. Ich glitt vom Rücken des Ponys, führte es durch den stechenden Farn ans Ufer und tränkte es.

Die Lichtung mit dem Stückchen Himmel darüber muß wohl einladend gewirkt haben, denn ich fing an, mich aus meiner durchnäßten Kleidung zu schälen und sie in Erwartung der Sonne auf den Steinen am Bach auszubreiten. Ich wurde nicht enttäuscht.

Doch sobald die Wolken aufrissen, hörte ich es im Unterholz krachen. Instinktiv nahm ich die Haltung ein, um nicht gesehen zu werden. Der Lärm wurde lauter, kam unmittelbar auf mich zu, und natürlich erkannte ich das Geräusch: es war ein Eber in voller Flucht mit einem Jäger gleich dahinter.

Einen Augenblick später brach kein Dutzend Schritt bachaufwärts ein riesiger alter Eber durchs Gebüsch. Das Fell des Ungetüms war von Narben übersät, die sich als weiße Flecken von den schwarzen Borsten abhoben. Und als Schlachtenführer, der es war, hielt das furchterregende Tier auf seiner hemmungslosen, rücksichtslosen Flucht nicht an, sondern stürzte sich mitten ins Wasser, raste gischtsprühend hindurch und verschwand auf der anderen Seite im Wald.

Gleich kam der Reiter hinterher. In dem Augenblick, als das Pferd aus dem Unterholz auftauchte und zum Ufer vorsprang, brach die Sonne durch die schnell zerstiebenden Wolken, und wie ein Speer vom Himmel schoß ein Lichtstrahl herab und beleuchtete einen ungewöhnlichen Anblick: ein Roß so grau wie der Morgennebel – ein edles Tier, langbeinig und anmutig, dem Anschein nach eher ein Hirsch als ein Pferd, dessen weiße Mähne flatterte und dessen Nüstern den Geruch des Ebers schnupperten; und eine schlanke, kühne Reiterin, deren Augen von der Erregung der Jagd weit aufgerissen waren und deren mitternachtschwarzes Haar offen wehte. Die Sonne fiel auf die glänzenden Schuppen einer silbernen Brustplatte und auf einen schlanken Arm mit einem silbernen Eberspeer, der in ihrer Hand so zerbrechlich wirkte wie ein gefrorener Mondstrahl.

Sofort war mir klar, daß dies das Mädchen mit dem rabenschwarzen Haar war, das ich im Feuer gesehen hatte.

Einen Herzschlag später zweifelte ich, ob ich sie überhaupt gesehen hatte, denn das Pferd setzte so leichtfüßig über den Bach wie ein auffliegender Vogel. Roß und Reiterin kamen am gegenüberliegenden Ufer auf und verschwanden im Gebüsch, dem Eber dicht auf den Fersen.

Hätte ich nicht den Lärm der fortgesetzten Hatz gehört, wäre mir alles vielleicht nur wie ein Traum vorgekommen. Und während das Knacken und Dröhnen der Jagd sich im Wald verlor, raffte ich meine Kleidung zusammen, warf sie mir wieder über, führte mein Pony über den Bach und ritt hinterher.

Der Spur ließ sich ziemlich leicht folgen. Trotzdem bewegten sie sich überraschend schnell, denn ich erhaschte keinen Blick von Jägerin oder Wild, bis ich in einem grasüberwachsenen Graben im düsteren Wald beinahe über sie gestolpert wäre.

Der riesige Eber lag zusammengebrochen auf dem Bauch, denn der schlanke Schaft war durch seinen massigen Schulterbuckel bis in seine Brust gedrungen, wo das Klingenblatt ihm das Herz gespalten hatte. Die großen Hauer waren geschwungen und gelb, die schlauen Äuglein funkelten hell vor Blutrunst. Das Mädchen saß noch immer auf ihrem Grauschimmel, der triumphierend schnob und mit einem zarten Vorderhuf im Boden scharrte.

Erst drehte sie sich nicht zu mir um, obwohl ich sicherlich ein fürchterliches Getöse gemacht hatte, als ich blind durch das Eibendickicht gebrochen war. Ihre Aufmerksamkeit wurde ganz von ihrer Beute in Anspruch genommen. Die Trophäe war eines Meisters würdig, da bestand kein Zweifel. Fürwahr, ich habe Eber in allen Größen erlebt, und ich habe auch erfahrene Speerträger angesichts eines angreifenden Keilers erzittern sehen. Doch nie habe ich ein solches Ungetüm noch eine so kühl auftretende Maid angetroffen.

War es Kühnheit oder Hochmut?

Der glitzernde Jubel in ihrem Auge, ihr hochgerecktes Kinn, ihre königliche Haltung... in jedem edlen Zug ihrer Gestalt lag Macht. Ich befand mich in der Gegenwart einer Frau – so jung sie auch sein mochte, denn mehr als fünfzehn Lenze konnte sie nicht zählen –, die alles wagte, vor nichts zitterte, keine Niederlage zuließ.

Erst als sie den Anblick ihrer Beute tief in sich aufgesogen hatte, ließ sie sich dazu herab, mich wahrzunehmen. »Du störst, Fremder.« Nach dem Singsang der Hügelleute klang mir ihre Sprache seltsam in den Ohren; aber ich verstand sie, denn sie ähnelte stark der Sprache von Llyonesse.

Ich neigte den Kopf und nahm ihr Schelten hin. »Vergib mir, ich bin tatsächlich ein Fremder.«

»Das«, unterstrich sie, »ist nicht dein Fehler.«

Sie schwang ein Bein über ihr Roß und glitt zu Boden. Dann schritt sie zu dem Eber hinüber und blickte ihn erfreut an. »Der hat sich gut geschlagen.«

»Das erstaunt mich nicht. Wie er aussieht, haben viele versucht, ihn zu erlegen, und sind daran gescheitert.«

Das gefiel ihr. »Ich bin nicht gescheitert.« Aus reiner Freude stieß sie ein wildes Kriegsgeheul aus. Der Schrei schallte durch den Wald und verklang. Dann wandte sie sich mir zu. »Was tust du hier?« Ihr Auftreten wollte besagen, daß der gesamte Wald ihr gehörte.

»Wie du siehst, bin ich ein Reisender.«

»Wie ich sehe, bist du ein schmutziger Knabe in stinkenden Wolfsfellen.« Sie rümpfte gebieterisch die Nase. »Mir siehst du nicht wie ein Reisender aus.«

»Vertraue darauf, daß ich einer bin.«

»Ich glaube dir.« Mit einemmal drehte sie sich um, setzte einen

Stiefel auf den Schulterbuckel des Keilers, riß heftig an dem Speer und zog ihn heraus. Von dem silbernen Schaft tropfte dunkelrotes Blut. Das betrachtete sie einen Moment lang und wischte den Speer dann am Fell des Untiers ab.

»Das Fell wird einen schönen Siegespreis abgeben«, meinte ich und trat näher.

Sie richtete den Speer auf mich. »Deines auch, Wolfsjunge.«

»Haben hier alle so schlechte Manieren wie du?«

Sie lachte, ein leichtes Zwitschern in der Luft. »Ich bin gewarnt.« Ihr Tonfall strafte ihre Worte Lügen. Sie steckte den Speer wieder in die Halterung am Sattel. »Willst du wie ein Klotz stehenbleiben, oder willst du mir helfen, meine Beute heimzubringen?«

Wahrhaftig, ich sah keinen Weg, das Ungetüm vor uns ohne einen Karren heimzubringen oder ihn auf einen Karren zu hieven ohne die Hilfe von einem halben Dutzend kräftiger Männer. Das Gewicht konnte sicherlich kein Pferd tragen. Doch das Mädchen ließ sich nicht abschrecken. Sie zog hinter ihrem Sattel eine Axt hervor und wies mich an, ein paar von den schlanken Birken zu fällen, die jenseits der Mulde wuchsen, wo wir standen.

Ich tat, wie mir geheißen, und gemeinsam hackten wir die Zweige von den Bäumen und banden die glatten Stämme mit Stricken aus ungegerbtem Leder zusammen, so daß sie eine ungefüge Trage bildeten. Die Arbeit ging rasch und für mich angenehm vonstatten, denn so hatte ich die Gelegenheit, ihren anmutigen Körper in Bewegung zu betrachten.

Während ich die Bäume fällte, hatte sie ihre silberne Brustplatte abgenommen und arbeitete jetzt in einem leichten Reithemd und einem karierten Kilt neben mir, wie ihn viele der Stämme in den fernen Hügeln trugen. Ihre Stiefel waren aus weichem Rehleder, und um den Hals und die Handgelenke trug sie schmale Silberbänder mit blauen Steinen darin. Langgliedrig und schlank, mit einer Haut so zart und weich wie Milch machte sie sich dennoch so heftig an die Arbeit, daß ich annahm, sie würde sich auf alles stürzen, was zufällig ihre Aufmerksamkeit erregte.

Bei unserer Arbeit redeten wir kaum, sondern genossen die Aufgabe, die wir zu bewältigen hatten, und den Rhythmus von zwei Menschen, die Hand in Hand arbeiten. Nachdem die Streben der Trage befestigt waren, kam der schwierige Teil: das riesige Aas darauf zu rollen. Ich führte mein schwarzes Bergpony neben den Keiler, und wir schlangen ein Stück Lederriemen um seine Vorderbeine. Dann benutzten wir einen der übrigen Stämme als Hebel und rollten und zerrten den riesigen Kadaver in die richtige Lage.

Keuchend und schwitzend schoben wir das tote Gewicht mit unserer ganzen Kraft auf die Trage, von wo es herunter und mir aufs Bein rutschte. Das Mädchen lachte und sprang mir zu Hilfe. Als sie sich über mich beugte, sog ich ihren warmen weiblichen Duft und den Geruch der leichten aromatischen Öle ein, die sie als Parfüm benutzte. Die Berührung ihrer Finger auf meiner Haut war wie das Tanzen einer Flamme auf meinem Fleisch.

Ich kämpfte mich unter dem Keiler frei, und wir fuhren mit unserer mühseligen Aufgabe fort. Eine Weile später hatten wir das Monstrum endlich festgebunden. Dann blickten wir einander kurz an, rot vor Stolz und Erschöpfung, schweißtriefend. »Nach einer Jagd«, sagte sie zu mir, und in ihren Augen wie Kornblumen funkelte Spott, »gehe ich für gewöhnlich schwimmen.« Sie hielt inne und musterte mich von oben bis unten. »Du könntest ebenfalls ein Bad vertragen, aber ...«, sie hob nachdenklich die Hand hoch, »es wird spät.«

Fürwahr, bei der Aussicht, mit dieser schönen jungen Frau ein Bad zu nehmen, lief mir ein Schauer durch die Lenden. Ich fand es noch nicht so spät, doch sie ging weg, ohne meine Erwiderung abzuwarten, stieg auf ihr Pferd und ritt ein paar Schritte, ehe sie sich zu mir umwandte. »Na, du hast dir wohl ein Stück Brot am Feuer und ein Lager im Stall verdient. Folge mir lieber, Wolfsjunge.«

Einer zweiten Einladung bedurfte ich nicht und hätte vermutlich auch gar keine bekommen. Also nahm ich meine Zügel und folgte ihr. Den Eber nach Hause zu schaffen war alles andere als leicht – ihn über die Furt zu bringen war am schwierigsten. Doch als die Sonne die Hügel im Westen berührte, kamen wir in Sichtweite einer großen Siedlung – mindestens zwanzig recht ansehnliche Holzgebäude, die sich an das Ufer eines tiefen Bergsees schmiegten. An einem Ende des Sees stand auf einem Hügel ein Schloß, das aus einem großen Saal, Stall, Küche, Speicher und Tempel bestand – alles aus Holz.

Durch die Bäume ritten wir zu der Ansiedlung hinab, und die Leute rannten uns zur Begrüßung entgegen. Als sie den Keiler erblickten, schrien sie und priesen die Dame laut, was sie so artig und bescheiden aufnahm, daß ich ihre edle Abkunft erkannt hatte. Hier herrschte ihr Vater, und das waren die Untertanen und seine geliebte Tochter. Denn beliebt war sie, das konnte ich an den Gesichtern der Menschen um uns erkennen – sie war ihr Schatz.

Ich hingegen wurde wesentlich kühler empfangen. Diejenigen, die mich überhaupt bemerkten, runzelten die Stirn, einige deuteten unhöflich auf mich. Es gefiel ihnen nicht, an der Seite des Mädchens ein schmutziges Findelkind zu sehen. Tatsächlich hätte es nur geringen Ansporns bedurft, und sie hätten die Steine zu ihren Füßen aufgehoben und mich davongetrieben.

Machte ich ihnen einen Vorwurf daraus? Nein, keineswegs.

Ich kam mir eindeutig zu unwürdig vor, neben ihr zu reiten. Und wenn ich mich durch die Augen dieser Leute betrachtete ... Ja, neben ihrer schönen Dame kam auf einem zotteligen Pony ein zotteliger Knabe dahergetrabt, der in Leder und Wolfsfell gekleidet war und aussah, als würde er gerade frisch aus den Ödlanden im Norden kommen, was auch stimmte; ich sah fremdartig und wenig vertrauenswürdig aus.

Doch das Mädchen schien dies nicht zu stören; sie nahm das Unbehagen nicht zur Kenntnis. Ich blickte hierhin und dorthin und bekam immer mehr das Gefühl, daß es ein Fehler gewesen war, mitzukommen, und daß ich besser im Wald geblieben wäre. Wir ritten durch die Ansiedlung auf dem Kies am See entlang und zum Burghügel hinauf. Die Dörfler kamen nicht mit, sondern blieben in ehrfürchtiger Entfernung zurück.

»Was ist das für ein Ort hier?« fragte ich, als wir absaßen. Diener eilten auf uns zu.

»Das ist meines Vaters Haus«, erklärte das Mädchen.

»Und wer mag dein Vater sein?«

»Das wirst du früh genug sehen. Da kommt er.«

Ich drehte mich in die Richtung um, in die sie blickte, und sah mit mächtigen, verschlingenden Schritten einen Riesen auf mich zukommen. Er war so groß wie zwei von den Bergmenschen, sogar größer als Avallach, und außerdem breit gebaut, mit stattlichen Schultern, einer massigen Brust und Gliedmaßen wie Eibenstämmen. Er hatte langes braunes Haar, das er streng zurückgekämmt und in einem goldenen Ring zusammengefaßt trug. Seine weichen Stiefel reichten ihm bis zu den Knien, sein Kilt hatte das grünrote Karomuster des Nordens. Ihm auf den Fersen tollten zwei riesengroße schwarze Wolfshunde.

»Mein Vater«, sagte das Mädchen und rannte ihm entgegen. Er fing sie auf und hob sie in einer furchterregenden Umarmung vom Boden. Ich verzog das Gesicht, weil ich fürchtete, ihre Rippen brechen zu hören. Doch er setzte sie behende wieder ab.

Der Riese warf einen Blick auf den Keiler; seine Augen wurden rund, er riß den Mund auf und lachte, daß die Holzbalken seines Hauses wackelten und es von den waldigen Hügeln widerhallte. »Gut gemacht, Mädchen!« Er klatschte in seine tellergroßen Hände. »Gut gemacht, mein liebes Kind.«

Er küßte sie und wandte sich plötzlich mir zu. »Und wer magst du sein, Junge?«

»Er hat mir mit dem Eber geholfen, Vater«, erklärte das Mädchen. »Ich habe ihm gesagt, daß er für seine Mühe ein Nachtmahl und ein Lager erhält.«

»Es war keine Mühe«, piepste ich.

»So ist das also«, sagte der Mann, bisher weder erfreut noch mißgestimmt, sein Urteil zurückhaltend. »Hast du denn einen Namen?«

»Merlin«, erwiderte ich. Das Wort klang mir fremd in den Ohren. »Myrddin ap Taliesin bei meinem Volk.«

»Du gehörst also zu jemandem, wie?« Spottete er meiner? »Warum bist du dann nicht bei deinem Volk?«

»Ich bin von Bergmenschen aufgegriffen worden und konnte erst jetzt entkommen«, entgegnete ich in der Hoffnung, daß mir die Antwort weitere Erklärungen ersparen würde. »Meine Leute leben im Süden. Ich reise jetzt zu ihnen.«

»Wo im Süden?«

»In den Sommerlanden und Llyonesse.«

Der Mann runzelte die Stirn. »Sieh da. Ich kann mich nicht erinnern, je von diesen Orten gehört zu haben – wenn es sie überhaupt gibt. Wie heißen deine Leute denn?«

»Kymren.«

»Von denen habe ich zumindest gehört.« Er nickte und betrachtete meinen silbernen Torques und die goldenen Armreifen, die mir Vrisa geschenkt hatte. »Ist das deines Vaters Volk?«

»Jawohl. Mein Großvater ist Herr Elphin ap Gwyddno Garanhir, einst König von Gwynedd.«

»Einst?«

»Er büßte sein Land bei der Großen Verschwörung ein und zog nach Süden.«

Der turmhohe Mann seufzte mitfühlend. »Eine schlimme Zeit war das. Ja, aber er hat noch Glück gehabt – viele Menschen haben mehr verloren.« Seine Stimme polterte wie Wagenräder auf einer Holzbrücke. »Dein Vater ist also ein Fürst.«

»Mein Vater starb kurz nach meiner Geburt.«

»Und deine Mutter? Sie hast du nicht erwähnt.«

Es war merkwürdig. Bisher hatte ich auf meine Abstammung nicht geachtet. Aber ich hatte ja auch noch nie von einer Königstochter eine Einladung bekommen. »Meine Mutter ist Charis, eine Prinzessin von Llyonesse. Mein Großvater ist König Avallach von Ynys Avallach.«

Er nickte anerkennend, zog die Augen jedoch zusammen. Er schien mich zu wiegen, vielleicht zu berechnen, wie weit er mich in den See werfen konnte und wie hoch das Wasser spritzen würde. Schließlich sagte er: »Königliches Blut also von beiden Seiten. Das ist gut.« Seine Augen glitten an mir vorbei zu seiner Tochter und dann auf den Eberkadaver, den seine Männer an Ort und Stelle ausweideten. »Seht euch das an! Habt ihr ein schöneres Stück Beute gesehen? Morgen um diese Zeit schmausen wir davon.«

Daraufhin machte der bemerkenswerte Mann kehrt und schritt in den großen Saal zurück. Die Hunde trotteten ihm hinterdrein. »Mein Vater mag dich, Wolfsjunge. Du bist hier willkommen.«

»Tatsächlich?«

»Wenn ich es sage.«

»Du weißt alles über mich, und ich kenne noch nicht einmal deinen Namen – oder den deines Vaters oder wo ich bin oder ...«

Sie lächelte listig. »So neugierig.«

»Wo ich herkomme, gebietet es die Höflichkeit.«

»Du scheinst von nirgends und überall zu kommen. Aber«,

sagte sie und neigte herrisch den Kopf, »ich heiße Ganieda. Mein Vater heißt Custennin, König von Goddeu in Celyddon.«

»Ich grüße euch beide.«

»Wir grüßen dich, Myrddin ap Taliesin«, erwiderte sie artig. »Möchtest du hereinkommen?«

»Das möchte ich.« Ich neigte meinen Kopf. Sie lachte, und ihr Lachen klang wie flüssiges Silber in der Abendluft. Dann hakte sie sich bei mir unter und zog mich mit. Beinahe wäre mir das Herz zersprungen.

In jener Nacht schlief ich in einem Schlafgemach neben Custennins großem Saal auf Gänsedaunen. Ich teilte mir den Raum mit einigen von des Königs Männern, die höflich zu mir waren, aber mich nicht besonders behandelten. Am nächsten Morgen standen sie auf und gingen ihren jeweiligen Tätigkeiten nach, und ich begab mich in den großen Saal, der jetzt bis auf die Diener leer war, die die Speisereste der vergangenen Nacht wegputzten und auf dem Boden frisches Schilfrohr ausbreiteten.

Keiner nahm Notiz von mir, daher schlenderte ich in den Hof hinaus, setzte mich auf den Brunnenrand und schöpfte mir mit einem Ledereimer einen Trunk. Das Wasser war eiskalt und süß, und beim Trinken dachte ich an die Reise, die an diesem Tag noch vor mir lag, und fand die Aussicht darauf ein Gutteil weniger erfreulich als noch am Tag zuvor.

Die Kelle lag noch an meinen Lippen, als ich auf meinem Nacken kalte Finger spürte. Ich zog die Schultern ein und wand mich. Ganieda lachte und entwischte aus meiner Reichweite. »Du mußt sehr müde gewesen sein, so lang im Bett zu bleiben«, sagte sie, »du bist ein Reisender, der es so eilig hat.«

»Du hast recht, Ganieda.« Der Geschmack ihres Namens auf meiner Zunge gefiel mir. Sie trug ihre blaue Tunika und den Kilt wie am Tag zuvor, hatte sich jetzt aber wegen der Morgenkühle einen langen Mantel mit Pelzbesatz umgelegt. An ihrem Hals und ihren Handgelenken gleißte das Silber, und ihr schwarzes Haar war gestrählt worden, daß es glänzte. »Ich habe zum erstenmal seit vielen Tagen gut geschlafen, und darum habe ich zu lang geschlafen.«

»Offensichtlich bist du erschöpft«, meinte sie ganz sachlich. »In diesem Fall kannst du unmöglich heute weiterziehen. Reise morgen, wenn du ausgeruhter bist. Das ist viel einleuchtender.«

Schüchtern trat sie vor, obwohl sie eigentlich nichts Schüchternes an sich hatte. »Ich habe nachgedacht«, sprach sie voll Ernst – nicht zu ernst, wohlgemerkt, denn Feierlichkeit lag nicht in ihrer Natur. »Was für hübsche Augen! Deine Augen, Myrddin...«

»Ja?« Ich spürte, wie mir die Farbe ins Gesicht schoß.

»Sie sind golden – Wolfsaugen, Falkenaugen... Dergleichen habe ich bei einem Menschen nie gesehen.«

»Du schmeichelst mir, edle Dame«, erwiderte ich steif. Hatte sie darüber nachgedacht?

Sie setzte sich neben mich auf den Steinrand. »Ziehst du sehr weit?«

»Ziemlich.« Ich nickte bedächtig.

»Wie weit?«

»So weit, wie du nur denken kannst.«

»Oh.« Sie verfiel in Schweigen, das Kinn in der Hand, den Ellbogen aufs Knie gestützt.

»Wäre es ein Unterschied, wenn mein Weg nicht so weit führte?«

Ganieda zuckte die Achseln. »Vielleicht... irgendwie.«

Ich lachte. »Ganieda, sag mir, was du im Sinn hast. Worüber hast du nachgedacht? Ich tändele hier mit dir, während ich mein Pferd satteln und Celyddon Lebwohl sagen sollte.« Der Schluß des Satzes blieb mir im Hals stecken. Ganieda verzog das Gesicht.

»Du kennst den Weg durch den Wald nicht. Du brauchst jemanden, der ihn dir weist.«

»Bisher habe ich meinen Weg auch ohne Führer gefunden. Ich habe dich ohne Führer gefunden.«

»Glück gehabt«, sagte sie schwermütig. »Mein Vater behauptet, daß es gefährlich ist, zu sehr auf sein Glück zu vertrauen.«

»Da gebe ich ihm recht.«

»Schön. Dann bleibst du also?«

»So gern ich es würde, ich kann nicht.«

Ihr Antlitz umwölkte sich, und ich schwöre, das Sonnenlicht verfinsterte sich. »Warum nicht?«

»Ich habe noch einen weiten Weg vor mir«, entgegnete ich. »Der Winter ist nicht mehr fern, und das Wetter wird nicht halten. Wenn ich nicht auf einem hohen Gebirge erfrieren will, muß ich schnell machen.«

»Ist es so wichtig, daß du nach Hause gehst?« fragte sie düster.

»Das ist es.«

Ich erzählte ihr, wie es gekommen war, daß ich durch den Wald zog.

Ganieda war beeindruckt. Ich erzählte ihr viel mehr, als ich vorgehabt hatte, und ich hätte weitergeredet, um sie nur neben mir sitzen zu haben. Aber als ich ihr gerade erklärte, wie die Bergmenschen mit den Jahreszeiten weiterwanderten, kam ein Pferd den Hang heran auf uns zugaloppiert.

Ganieda sprang auf und rannte dem Reiter entgegen, der sich aus dem Sattel schwang und sie küßte. Ich stand langsam auf. Die Enttäuschung höhlte mich aus wie einen Kürbis, der Neid fuhr mir wie ein Messer durch die Eingeweide.

Der Fremde hatte die Hand locker um ihre Schulter gelegt, als sie auf mich zukamen. Ich war krank vor Eifersucht.

»Myrddin, mein Freund«, sagte sie – zumindest wurde ich als Freund anerkannt, was meine Stellung leicht zu verbessern schien – »begrüße meinen ...«

Ich betrachtete das Wiesel, das Ganiedas Zuneigung geraubt hatte. Er war kein besonderer Anblick – ein feister, zu groß gewachsener junger Mann, der durch große, arglose Augen auf die Welt blickte. Seine langen Beine endeten in großen, platten Füßen. Alles in allem war er ein annehmbarer Kerl und meiner Einschätzung nach höchstens vier oder fünf Jahre älter als ich.

Obwohl er mir also an Größe, Gewicht und Reichweite überlegen war, hätte ich es freudig und ohne Zaudern mit ihm aufgenommen, wenn Ganieda der Preis gewesen wäre. Doch der Kampf war bereits vorbei, und er hatte sie gewonnen. Ich konnte nur noch töricht lächeln und mir das Herz vom Neid zerfressen lassen.

Diese Gedanken gingen mir durch den Kopf, als Ganieda ihren Satz beendete und sagte: »... mein Bruder, Gwendolau.«

Ihr Bruder! Ich hätte ihn küssen mögen.

Was für ein stattlicher, kluger Kerl. O glückliche Welt, die mit solchen Männern gesegnet ist! Sogleich stieg er enorm in meiner Achtung, und ich ergriff nach alter Weise zum Gruß seinen Arm. »Gwendolau, ich grüße dich als Bruder und Freund.«

Er lächelte sonnig. »Ich bin dein Diener, Myrddin Wylt.« Er

lachte und schnippte mit einem Finger gegen den Rand meines Wolfsfells.

Merlin der Wilde … sein spöttelnder Titel verursachte mir eine Gänsehaut. Ich hörte daraus das Echo von etwas Düsterem und Dunklem. Das unheimliche Gefühl verfolgte mich wie ein Pfeil im nächtlichen Wald, als er mir auf die Schulter klopfte.

Ganieda erzählte ihm: »Myrddin reist bald nach Süden. Sein Volk lebt dort. Er hat bei den *Bhean Sidhe* im Norden gelebt …«

»Wirklich?« Gwendolau musterte mich neugierig. »Das erklärt zumindest dein Wolfsfell. Doch wie hast du es geschafft, am Leben zu bleiben?«

»Mein Gott war mit mir«, meinte ich. »Ich wurde gut behandelt.«

Das nahm Gwendolau mit einem gutmütigen Nicken auf. Dann wechselte er das Thema und warf seiner Schwester einen Blick zu. »Ist Vater da?«

»Er ist ganz früh ausgeritten, wollte aber bis Sonnenuntergang wieder da sein. Du sollst auf ihn warten.«

»Ach!« Er machte ein zerstreutes Gesicht, dann zuckte er die Achseln. »Na, dann ist nichts zu machen. Wenigstens kann ich ruhen, bis er zurückkommt. Myrddin, ich wünsche dir einen guten Tag. Ich lege mich zu Bett.« Er ging zu seinem Pferd zurück und führte das Tier nach dem scharfen Ritt über den Hof in den Stall.

»Ist er weit geritten?«

»Ja. An der Westgrenze unseres Landes gibt es Scherereien. Gwendolau hat die Siedlungen in der Gegend gewarnt.«

»Was für Scherereien?«

»Ja, gibt es denn mehr als eine Art davon?«

»Für Plünderer ist es schon spät im Jahr.«

»Nicht für die Skoten. Sie kommen über die Meerengen. Dazu brauchen sie nicht einmal einen ganzen Tag. Und dann rudern sie in ihren Lederbooten den Annan hinauf mitten in den Wald. Außerdem ist es einleuchtender, im Herbst auf Raubzüge zu gehen, wenn die Ernte eingebracht ist.«

Ihre Worte rissen mich in die Welt der Schwerter und scharfen Auseinandersetzungen zurück. Ich schauderte bei dem Gedanken an heißes Blut auf kaltem Eisen. Ich blickte auf den See hinab, der in seinen Tiefen den blauen Himmel spiegelte, und sah dort das Bild eines mächtigen Mannes mit einem Kriegshelm und einem Brustpanzer aus Stahl, dessen Kehle eine schwarze Wunde war.

Ich erkannte den Mann und schauderte wieder.

»Wenn dir kalt ist, können wir zum Feuer hineingehen.«

»Nein, Ganieda, mir ist nicht kalt.« Ich schüttelte den Kopf, um das verstörende Bild zu vertreiben. »Wenn du mit mir zum Stall gehst, breche ich jetzt auf.«

Sie runzelte die Stirn, und in diesem Augenblick klatschte ihr ein Regentropfen auf die Wange. Sie streckte den Arm aus, und es platschte ein weiterer auf ihre Handfläche. »Es regnet«, stellte sie triumphierend fest. »Im Regen kannst du nicht reiten. Außerdem braten wir heute abend den Eber, und da du ihn mit heimgebracht hast, muß du ihn auch mit essen.«

Eigentlich stand nur eine einzige dunkle Wolke über uns, aber der Gedanke an die kalte, nasse Straße vor mir war gerade in diesem Moment nicht verlockend. Ich wollte nicht fortgehen, also ließ ich mich zum Bleiben überreden. Ganieda zog mich in den Saal zurück, um einen Eintopf mit Fleisch, Rüben und Roggenbrot zu essen.

Sie wich mir den ganzen Tag lang nicht von der Seite, sondern zog mich in Spiele und Musik hinein – sie hatten ein Schachbrett mit geschnitzten Figuren, und Ganieda besaß eine Leier und konnte beides sehr geschickt spielen –, als wollte sie mich meine Reise vergessen machen.

Der Tag raste dahin wie ein Hirsch auf der Flucht, und als ich durch die Tür zum Saal hinausblickte, glühte der Himmel im Westen, und die Sonne umrandete die Hügel durch die grauen Wolken hindurch wie Bernstein. Mein Pferd braucht einen Tag Ruhe, sagte ich mir. Es ist nicht schlimm, hier einen Tag lang zu verweilen.

Doch länger nicht, beschloß ich – ein wenig spät, muß ich zugeben, denn erst als ich die Sonne untergehen sah, wurde mir klar, daß meine Unentschlossenheit mich einen Tag gekostet hatte. Einen angenehmen Tag zwar, aber doch einen Tag.

Mit dem Sonnenuntergang kam König Custennin von seinem Tagwerk zurück. Frisch aus dem Sattel stürmte er in den Saal, mit fliegendem Haar und Umhang. Ganieda rannte zu ihm, und er nahm sie in seine riesigen Arme und wirbelte sie herum.

Sie war ganz eindeutig sein ein und alles, und warum auch nicht? Da es im Haus anscheinend keine weitere Dame gab, war Ganieda Custennins einzige Freude. Allein sie zu sehen, heiterte ihn auf wie ein kräftiger Trunk.

Einen Augenblick später erschien Gwendolau in einer karmesinroten Seidentunika mit einem breiten schwarzen Gürtel. Seine Hose war schwarzblau kariert, und so auch der Umhang, den er von einer großen silbernen Spiralfibel zusammengehalten trug. Sein Torques war aus Silber. Er wirkte ganz der Prinz, der er war.

Während Ganieda sich wieder zu mir gesellte, traten Custennin und Gwendolau beiseite, um ihre Geschäfte zu bereden. Die Köpfe zusammengesteckt, stirnrunzelnd und mit verschränkten Armen, plauderten sie eine Weile angeregt in einer Ecke neben dem Herd, wo der Eber briet und über den Flammen zischte.

Auf die Ankunft ihres Herrn hin begannen die Männer in den Saal zu strömen. Die meisten waren mit Custennin unterwegs gewesen, aber die Nachricht vom Festmahl hatte sich verbreitet, und es waren auch viele aus dem Dorf eingeladen. Als sie hereinkamen, brachen der König und sein Sohn ihr Gespräch ab, und der Herr ging, seine Gäste persönlich zu begrüßen und sie alle herzlich zu umarmen. Hier ist ein Mann, dachte ich, der seine Freunde zu schätzen weiß. Wieviel Leidenschaft mußte er da seinen Feinden entgegenbringen?

»Es ist schlimmer, als ich dachte«, vertraute Ganieda mir an.

»Woher weißt du das?« Ich beobachtete den König, wie er seine Gäste begrüßte, scherzte, lachte, Methörner von Hand zu Hand reichte – der frohe König hieß alte Freunde willkommen und wirkte dabei kaum übermäßig besorgt.

»Ich weiß es einfach«, flüsterte Ganieda vertraulich. »Er hat nichts von seinem Ausritt erzählt und ist gleich auf Gwendolau zugegangen, ohne seinen Becher zu leeren. Sogar jetzt trinkt er nicht – siehst du das? Er gibt das Horn weiter, nippt jedoch nie daran. Ja, die Neuigkeiten sind schlimm. Heute nacht wird ein Rat einberufen werden.«

Es war, wie Ganieda sagte, und während ich meine Aufmerksamkeit auf das Schauspiel vor mir richtete, spürte auch ich unterschwellig Besorgtheit durch den Saal strömen. Die Männer lachten und schwatzten, aber zu laut und zu herzhaft.

Wo bin ich hineingeraten? fragte ich mich. Warum bin ich überhaupt hier?

Und ich begann an jene zu denken, die weit fort im Süden meiner harrten. Es war falsch, daß ich hier verweilte.

Doch was denn? Beim Falken-Fhain war ich drei Jahre lang geblieben und hatte keinen so starken Drang verspürt wie nun. Jetzt war es allerdings anders. Jetzt blieb ich, so argwöhnte ich, aus einem rein selbstischen Grund: ich blieb, weil ich in Ganiedas Nähe sein wollte. Ohne es klar auszusprechen, machte Ganieda deutlich, daß auch sie wollte, daß ich blieb.

Ach, Ganieda, ich erinnere mich nur zu gut daran.

Wir schmausten in Herrn Custennins hölzernem Saal, der vor Lichtern und Lachen strahlte, erfüllt von dem rauchigen Geruch des bratenden Fleisches, den hellen Fackeln, den glänzenden Augen und Schmuckstücken, den goldumränderten Hörnern, die zwischen den versammelten Herren von Goddeu die Runde machten, dem Beispiel ihres Königs zum Trotz, der keinen Tropfen anrührte. Da Ganieda mich vorgewarnt hatte, beobachtete ich die Vorgänge aufmerksam, und ich war dabei nicht der einzige. Auch Gwendolau sah genau hin – nüchtern und gespannt saß er auf seinem Platz an der Hochtafel.

Als das Mahl beendet war und die Anführer nach einem Lied verlangten, ergriff Ganieda ihre Leier und sang. Das kam mir merkwürdig vor – nicht daß sie sang, denn ihre Stimme war schön anzuhören, sondern daß ein Mann von Custennins Reichtum nicht einen oder zwei Barden unterhielt. Er hätte sich leicht ein halbes Dutzend halten können, um ihn und den Mut seiner Krieger zu preisen.

Als ihr Lied geendet hatte, kam Ganieda zu mir und zupfte mich am Ärmel. »Gehen wir fort von hier.«

»Ich möchte sehen, was geschieht.«

»Nein, es geht uns nichts an. Fort mit uns.« Sie meinte natürlich, daß es mich nichts anging.

»Bitte«, sagte ich, »nur bis ich weiß, was vorgeht. Wenn es hier im Norden Scherereien gibt, dann müssen die Menschen dort, wo ich hingehe, vielleicht davon erfahren.«

Sie nickte und setzte sich neben mich. »Es wird nichts Erfreuliches werden.« Ihr Ton war so hart wie die Fliesen unter unseren Füßen.

Fast gleich darauf erhob Custennin sich und breitete die Arme aus. »Verwandte und Freunde«, rief er, »ihr seid heute abend hierher an meinen Tisch gekommen, um zu essen und zu trinken, und das ist gut so. Es ziemt sich für einen König, seinem Volk zu geben, mit ihm in Friedenszeiten zu teilen und ihm in Kriegszeiten zu Hilfe zu eilen.« Einige von den Männern neben ihm hämmerten mit ihren Bechern und Messergriffen auf die Holzbretter und grölten zustimmend. Ich bemerkte, daß Gwendolau von der Hochtafel verschwunden war.

»Auch geziemt es sich für einen König, streng mit seinen Feinden zu verfahren. Wenn unseren Vorvätern Gefahr drohte, verteidigten sie ihr Land und ihr Volk. Ein Mann, der es seinem Feind gestattet, frech in seinem Land herumzulaufen, seine Leute zu töten, seine Ernte und seine Habe zu zerstören – der Mann ist seinen Namen nicht wert.«

»Hört! Hört!« riefen die Anführer. »Wie wahr!«

»Und jeder Mann, der sich gegen die Seinen wendet, ist ebenso ein Feind wie der Seewolf, der auf seinem Kriegsschiff kommt.« Der ganze Saal wurde still. Das Feuer knisterte im Herd, und draußen stöhnte der anschwellende Wind. Die Falle war fast zugeschnappt, doch die Hauptleute merkten es nicht.

»Loeter!« rief der König. »Stimmt das nicht?«

Ich suchte den Saal nach dem Angesprochenen ab und entdeckte ihn – das war nicht schwer, denn kaum war des Mannes Name des Königs Lippen entflogen, als die neben ihm von ihm abrückten. »Mein Herr, es stimmt«, erwiderte der Mann namens Loeter, ein schmalgesichtiger Brocken mit einem Bauch wie eine Sau. Er blickte sich unbehaglich um.

»Und wie, Loeter, bestrafen wir diejenigen, die Verrat an ihrem eigenen Volk üben?«

Aller Augen waren nun auf Loeter gerichtet, der zu schwitzen angefangen hatte. »Wir verstoßen sie, Herr.«

»Wir töten sie, Loeter, nicht wahr?«

»Ja, Herr.«

Custennin nickte ernst und blickte seine Hauptleute an. »Ihr habt den Mann mit eigenem Mund sein Urteil sprechen hören. Es sei.«

»Was ist das für ein Wahnsinn?« rief Loeter und sprang auf, die Hand am Messer. »Klagst du mich an?«

»Ich klage dich nicht an, Loeter. Du klagst dich selber an.«

»Wie denn? Ich habe nichts verbrochen.«

Zornig starrte Custennin ihn an. »Nichts? Dann sag mir, woher das Gold an deinem Arm stammt.«

»Es gehört mir«, knurrte Loeter.

»Wie bist du daran gekommen?« wollte Custennin wissen. »Antworte mir wahrheitsgemäß.«

»Es war ein Geschenk, Herr.«

»Ein Geschenk war es also. O ja, das stimmt wahrhaftig: ein Geschenk von den Skoten! Den gleichen, die jetzt in unseren Grenzen lagern und noch einen Raubzug aushecken.«

Im Saal erhob sich ein häßliches Raunen. Ganieda zupfte wieder an mir. »Gehen wir jetzt.«

Doch es war zu spät. Loeter erkannte, daß die Dinge gegen ihn standen, und versuchte, betrunken wie er war, davonzukommen, indem er seine Freunde zu Hilfe rief. »Urbgen! Gwys! Kommt, diese Lügen hören wir uns nicht an!« Er schritt von der Hochtafel zur Tür des Saals, doch allein.

»Du hast dich mit den Skoten eingelassen. Sie haben dir Gold dafür gegeben, daß du den Mund hältst. Deine Gier hat uns alle geschwächt, Loeter. Du paßt nicht länger in die Gesellschaft ehrenwerter Menschen.«

»Ich habe ihnen nichts gegeben!«

»Du hast sie sicher landen lassen! Du hast ihnen Schutz gegeben, wo kein Schutz hätte sein dürfen!« brüllte Custennin. »Säuglinge schlafen heute nacht ohne ihre Mütter, Loeter. Frauen weinen um ihre Männer. Holzhäuser schwelen, und die Asche wird kalt, wo einst unsere Herdfeuer loderten. Wie viele von unserem Volk werden deinetwegen noch sterben!«

»Ich kann nichts dafür!« schrie der Schurke, noch immer auf dem Weg zur Tür.

»Wer denn dann? Antworte mir, Loeter!«

»Ich habe keine Schuld«, jammerte er. »Das lasse ich nicht über mein Haupt kommen.«

»Du hast unsere Landsleute verkauft, Loeter. Menschen unter meinem Schutz liegen heute nacht im dunklen Saal des Todes.« Custennin hob seine Hand und zeigte mit einem langen Schwert auf den Schuldigen. »Ich sage, du sollst zu ihnen, Loeter, und das wirst du, oder ich bin nicht länger König von Goddeu.«

Loeter wich zur Tür zurück. »Nein! Sie wollten nur jagen. Ich schwöre es, sie wollten nur jagen! Ich wollte das Gold dir bringen …«

»Genug! Ich will nicht hören, wie du dich noch weiter Lügen strafst.« Custennin stieg auf den Tisch und ging, das Schwert in der Hand, auf ihn zu.

Loeter drehte sich um und schoß zur Tür. Dort stand Gwendolau mit den beiden Wolfshunden und Männern zu beiden Seiten.

»Tötet mich nicht!« kreischte Loeter. Er drehte sich wieder zu Custennin um und ging auf ihn zu. »Ich bitte dich, mein Herr, töte mich nicht!«

»Dein Tod wird schmerzloser sein als der aller, die dir heute vorangingen. Ich habe nicht die Nerven, mit dir zu tun, was die Seewölfe mit ihren Gefangenen tun.«

Loeter stieß einen entsetzlichen Schrei aus und fiel vor seinem König auf die Knie. Er weinte jämmerlich und schändlich. Alle sahen in stillem Schrecken zu. »Ich bitte dich, Herr. Schone mich … schone mich … schicke mich fort.«

Das schien Custennin zu erwägen. Er blickte auf den kriechenden Wurm hinab und wandte sich dann wieder den Anwesenden zu. »Was sagt ihr, Brüder? Schonen wir sein elendes Leben?«

Noch ehe er die Worte ausgesprochen hatte, stand Loeter, das Messer in der Hand, auf den Füßen. Während das Messer dem Rücken des Königs entgegenblitzte, ertönte ein wildes Fauchen. Etwas flatterte durch die Luft. Ein schwarzer Blitz raste auf ihn zu …

Loeter stieß einen kurzen Schrei aus, ehe ihm die Hunde die Kehle zerfleischten.

Der Verräter schlug tot zu Boden, doch die Hunde ließen nicht von ihm ab, bis Gwendolau ihnen die Hände auf die Halsbänder legte und sie wegzerrte. Aus ihren Mäulern troff Blut.

Custennin starrte auf den verstümmelten Leichnam. »Das hat dir dein Gold gebracht, Loeter«, sprach er traurig. »Nun frage ich dich: Hat es gelohnt?«

Er machte eine Handbewegung. Die Männer an der Tür kamen und zerrten den Leichnam aus dem Saal.

Ich drehte mich zu Ganieda um, die neben mir vor sich hin starrte. Im Fackellicht wirkten ihre Augen hart und wild. »Er ist besser davongekommen, als er es verdient hat«, sagte sie leise und fügte dann zu mir gewandt hinzu: »Es mußte sein, Myrddin. Verrat muß bestraft werden. Ein König hat keine andere Wahl.«

IX

»Eine schändliche Geschichte«, sagte Custennin, »und nichts, was sich für einen Gast unter meinem Dach zu sehen geziemt. Verzeihe mir, Junge, da war nichts zu machen.«

»Das verstehe ich«, erwiderte ich. »Du brauchst mich nicht um Verzeihung zu bitten.«

Der Riese klopfte mir mit einer seiner Pranken auf die Schulter. »Du besitzt selbst die Anmut eines Königs. Ja, dein königliches Blut scheint durch. Stimmt es, daß du die letzten drei Jahre bei den Bergmenschen gelebt hast?«

»Es stimmt.«

»Warum?« wunderte er sich wirklich verwirrt. »Ein schlauer Bursche wie du müßte doch viele Gelegenheiten zur Flucht gefunden haben.«

»Ach, fliehen hätte ich können, wenn ich es gewollt hätte. Aber es war mein Wille, zu bleiben.«

»Du wolltest bleiben?«

»Erst nicht«, entgegnete ich, »aber schließlich erkannte ich, daß ein Zweck dahintersteckte.«

»Was für ein Zweck denn?«

Ich mußte zugeben, daß ich es nicht wußte, noch nicht. »Vielleicht komme ich eines Tages dahinter. Ich weiß nur, daß mir die Zeit bei ihnen nicht leid tut. Ich habe viel gelernt.«

Da schüttelte er den Kopf. So war Custennin: ein Mann, der die Dinge klar sah oder aber gar nicht; der gleich zur Tat schritt, wo es nötig war – wie etwa bei den Scherereien mit seinem ungeratenen Anführer Loeter; der sich den Dingen stellte und seine Rechnungen ehrlich und pünktlich beglich. Er war ein König, dem immer an der Achtung seines Volkes lag, die er täglich aufs neue zu gewinnen trachtete.

»Wo gehst du nun hin, Myrddin?« fragte er. »Ganieda hat mir berichtet, daß du vor Einbruch des Winters nach Dyfed kommen willst.«

»Dort leben meine Freunde. Mein Volk lebt weiter im Süden.«

»Das hast du gesagt. Es wird schwierig werden.«

Ich nickte.

»Es kann jeden Tag einen Wettereinbruch geben und der Winter dich einholen.«

»Ein Grund mehr, rasch aufzubrechen«, versetzte ich.

»Trotzdem möchte ich dich zu bleiben bitten. Überwintere hier bei uns und mache dich im Frühjahr auf den Weg.« Da steckte sicherlich Ganieda dahinter; ich spürte, daß sie ihre Hände im Spiel hatte. Selbst wollte sie mich nicht darum bitten, sondern schickte ihren Vater vor. »Die Zeit würde uns allen schneller vergehen.«

»Das ist ein freundliches und großzügiges Angebot, und ich bedaure, daß ich es nicht annehmen kann.«

»Dann brich auf, mein Junge. Da du dazu entschlossen bist, will ich dich jetzt nicht umstimmen. Drei Jahre von zu Hause weg sind eine lange Zeit.«

Er ging mit mir aus dem Saal zum Stall, wo er mein Pony zu satteln befahl. Er runzelte die Stirn, als er sah, wie das kleine Tier bereitgemacht wurde. »Das Tier ist ja bestimmt kräftig, aber für einen Prinzen ist es nicht das Richtige. Vielleicht würdest du mit einem meiner Pferde rascher vorankommen.«

Custennin machte seinem Stallmeister ein Zeichen, eines seiner eigenen Pferde zu holen. »Das Pony ist zwar nicht groß«, gab ich zu. »Doch diese Tiere sind seltsam stark und für lange Wege gut geeignet. Die Pyrtanen ziehen bei Tag und Nacht schnell umher, und ihre Ponys tragen sie noch ohne einen falschen Schritt, wenn andere Pferde längst Ruhe brauchen.« Ich tätschelte meinem zotteligen Freund den Nacken. »Ich danke dir für dein Angebot, Herr, aber ich möchte mein Pferd behalten.«

»So sei es also«, meinte Custennin. »Ich habe nur gedacht, wenn du eines von meinen nimmst, hast du einen Grund, schneller wiederzukommen.«

Ich lächelte. Steckte da wieder Ganieda dahinter? »Deine Gastfreundschaft ist Grund genug.«

»Von meiner Tochter ganz zu schweigen«, fügte er listig hinzu.

»Sie ist in der Tat eine schöne Frau, Herr Custennin. Und ihre Art macht ihrem Vater alle Ehre.«

Da tauchte die Dame, um die es ging, auf und warf nur einen Blick auf das Pferd, das gesattelt vor mir stand. »Du reist also?«

»Ja.«

»Es ist drei Jahre her«, sagte Custennin sanft. »Er war noch ein Knabe, als sie ihn raubten, Ganieda. Jetzt ist er so gut wie ein Mann. Laß ihn ziehen.«

Das nahm sie artig hin, obwohl ich sehen konnte, daß sie enttäuscht war. »Dann darf er aber nicht alleine reiten. Schicke ihm jemanden mit.«

Darüber dachte Custennin nach. »An wen hast du gedacht?«

»Schicke Gwendolau«, sagte sie ganz einfach, als wäre das ganz natürlich. Sie unterhielten sich, als wäre ich gar nicht dagewesen, doch dann fragte Ganieda mich: »Du würdest meinem Bruder einen Platz an deiner Seite mißgönnen?«

»Wahrhaftig nicht«, erwiderte ich. »Aber es ist nicht nötig. Ich finde meinen Weg schon.«

»Und deinen Tod im Schnee«, versetzte Ganieda, »oder noch schlimmer auf der Spitze eines Seewolf-Speers.«

Ich lachte. »Erst einmal müssen sie mich kriegen.«

»Kannst du dich so gut verbergen? Bist du so unbesiegbar?« Sie zog eine Braue hoch und verschränkte die Arme über der Brust. Hätte ich den Hebel des Archimedes besessen, hier hätte ich nichts auszurichten vermocht.

Es erübrigt sich zu sagen, daß ich später fortkam als geplant, dafür aber Gesellschaft hatte. Denn obzwar Gwendolau mich freudig begleitete, bestand er doch darauf, seinen Burschen Baram mitzunehmen. »Wenn du zu deinen Freunden findest«, meinte er, »dann brauche ich auf dem Rückweg Gesellschaft.«

Streiten konnte ich mich nicht mit ihm, also mußte ich das Beste daraus machen. Ich würde unter besserem Schutz reisen, was nicht zu verachten war, aber dafür auch langsamer. Nichtsdestoweniger hatten wir bis Mittag unser Packpferd mit dem Futter und dem Proviant beladen, die wir brauchten. Wir verließen Custennins Feste, während Ganieda kerzengerade dastand, und keiner von uns beiden winkte oder wandte den Blick ab – wir schauten einander an, bis wir außer Sichtweite waren.

Zwei Tage später trafen wir oberhalb von Arderydd auf die alte Römerstraße. Abgesehen vom Schwarzdorn und Farn, die neben dem lanzengeraden Weg dicht wucherten, zeigte die Steinstraße keinerlei Spuren von Verfall. Die Römer bauen für die Ewigkeit; ihre Bauwerke sollen die Zeit selbst überdauern.

Sobald wir auf der Straße waren, kamen wir geschwinder voran, obschon es sich ernstlich einregnete. Tags ritten wir unter einem schweren, eisengrauen Himmel, der sein Wasser über uns ergoß; nachts schüttelten eiskalte Winde die Bäume, und auf den Hügeln heulten Wölfe. Elend erging es uns, tagelang durchfroren und durchnäßt waren wir, so daß das Feuer am Abend uns weder wärmen noch aufheitern konnte.

Gwendolau erwies sich als angenehmer Begleiter und machte es sich zur Aufgabe, uns alle bei guter Laune zu halten, soweit das gräßliche Wetter dies zuließ. Er sang herrlich groteske Lieder und erzählte lange, zum Verrücktwerden verwickelte Geschichten von seinen Jagdabenteuern. Wenn man ihn so reden hörte, gab es kein Tier auf Gottes Erdboden, das seine außergewöhnliche Geschicklichkeit nicht fürchtete. Er berichtete mir auch alles, was er von den Geschehnissen in der Menschenwelt wußte, die sich ereignet hatten, seit ich von den Bergmenschen ergriffen worden war. Ich mochte ihn, und es tat mir nicht leid, daß er mitgekommen war.

Baram hingegen war ein Mann, der mit seiner Meinung zurückhielt, auf seine Weise ruhig und geschickt war, mit den Pferden eine sichere Hand hatte und ein scharfes Auge auf den Weg vor uns. Seiner Aufmerksamkeit entging nichts, man mußte ihn aber direkt fragen, um etwas zu erfahren. Oft, wenn ich dachte, er sei mit seinen Gedanken weit weg, sah ich ein Lächeln auf seinem breiten Gesicht, weil er Gwendolaus Scherze genoß.

Am Abend des fünften Tages erreichten wir Luguvallium, das bei den Leuten in der Gegend Caer Ligualid hieß, oder noch häufiger: Caer Ligal. Ich war dafür, schnell durchzureiten und an der Straße ein Lager aufzuschlagen – wir waren jetzt soviel näher am Ziel, und es fiel mir schwer, den kleinsten Augenblick Verzögerung zu ertragen. Doch davon wollte Gwendolau nichts wissen. »Myrddin, du kannst vielleicht wie die *Bhean Sidhe* reiten, aber ich nicht. Wenn ich nicht bald trockne, werden die Knochen in meiner durchweichten Haut zu Mus. Ich brauche ein warmes Getränk und ein Dach, das nicht die ganze Nacht lang Wasser auf mich gießt. Kurz und gut, ein Wirtshaus.«

Der schweigsame Baram stimmte knapp zu, und ich wußte, daß ich geschlagen war.

»Na schön, dann tun wir also, was ihr sagt. Aber ich bin noch nie in Caer Ligualid gewesen. Ihr werdet uns ein Wirtshaus finden müssen.«

»Überlaß das nur mir«, sagte Gwendolau und gab seinem Pferd die Sporen. Wir galoppierten in die Stadt. Bei unserer Ankunft wurden wir vielfach angestarrt, waren aber nicht unwillkommen, und bald hatte Gwendolau, der noch die argwöhnischste Muschel dazu brachte, ihm ihre Schale zu öffnen, ein halbes Dutzend Freunde gewonnen und sein Ziel erreicht. In der Tat waren im Norden Reisende selten und wurden immer seltener, und alle Neuigkeiten, die ein Fremder bringen mochte, wurden geschätzt.

Das Haus war geräumig und alt, ein Landhaus im römischen Stil mit einem großen Gemeinschaftsraum, kleineren Schlafkammern und einem Stall auf der anderen Seite eines sauber gefegten Hofes. In den alten Zeiten reisten Würdenträger nicht häufig zu Pferd so wie wir. Haus und Stall waren rein und trocken, und das Futter für die Pferde reichlich.

Alles in allem war es ein angenehmer und warmer Ort, wo einem der Hefegeruch von Brot und Bier zu Kopf stieg. Unter dem Rost brannte ein Feuer, und auf dem Spieß röstete das Fleisch. Baram sagte kein Wort, sondern ging schnurstracks auf den Herd zu, zog sich einen Hocker heran und streckte vor dem Feuer seine langen Beine aus.

»Da die Garnison jetzt leer steht«, berichtete der Wirt und beäugte uns dabei neugierig, »sehen wir in der Stadt nicht mehr so viele neue Gesichter.« Er selbst hatte das runde, rote Gesicht eines Mannes, der Essen und Trinken übermäßig zusprach.

»Die Garnison steht leer?« staunte Gwendolau. »Ich habe zwar bemerkt, daß niemand am Tor stand, aber lange kann sie noch nicht leer sein.«

»Habe ich das gesagt? Ach! Hängt mich als Pikten! Noch letzten Sommer war sie fast zum Bersten voll, und hinter jedem Busch steckten Beamten. Aber jetzt...«

»Was ist geschehen?« fragte ich.

Er sah mich und meine Kleidung an und machte, glaube ich, hinter seinem Rücken das Zeichen gegen das Böse, antwortete mir aber sofort. »Zurückgezogen wurden sie. Habe ich das nicht gesagt? Sie sind fort.«

»Wohin?«

Der Wirt zog die Stirn kraus, sein Mund klappte zu, doch ehe ich noch einmal fragen konnte, unterbrach Gwendolau mich. »Ich habe gehört, daß der Wein von Caer Ligal an einem verregneten Abend einen besonderen Zauber besitzt. Oder hast du ihn ganz weggeschüttet, weil die Legionäre nicht mehr zum Trinken kommen?«

»Wein! Wo soll ich denn Wein herbekommen? Ach!« Er verdrehte die Augen. »Aber ich habe Bier, bei dem eure Zunge vergißt, daß sie jemals Wein gekostet hat.«

»Dann her damit!« rief Gwendolau. Der Wirt eilte fort, um das Bier zu holen. Als er weg war, meinte Gwendolau zu mir: »Hier oben tut es nicht gut, zu forsch nach einer Sache zu fragen. Im Norden haben die Menschen gern das Gefühl, dich zu kennen, ehe sie sagen, was sie denken.«

Der Wirt kam mit drei Krügen dunkel schäumenden Bieres zurück. Gwendolau hob seinen an die Lippen und nahm einen tiefen Schluck. Dann wischte er sich den Mund mit dem Handrücken ab, schnalzte mit den Lippen und sagte: »Ah! Ein Gebräu, bei dem Gofannon selbst vor Neid ersticken würde. Es gilt: Wir übernachten hier, wenn du uns aufnehmen magst.«

Der Schenk strahlte. »Wer soll euch denn sonst aufnehmen. Und da heute niemand anderer hier übernachtet, gehört mein Haus euch. Die Betten sind nicht groß, aber trocken. Ich heiße Caracatus.«

Baram brachte seinen leeren Krug zum Tisch. »Gutes Bier«, sagte er und kehrte zu seinem Platz am Feuer zurück.

»Trocken!« rief Gwendolau aus. »Hast du das gehört, Myrddin Wylt? Wir haben es heute nacht trocken.«

»Wenn ein Mann lange unterwegs ist, vergißt er vielleicht die Annehmlichkeiten eines Betts«, bemerkte der Wirt. »Habe ich jedenfalls gehört.«

»Nein, im Gegenteil«, erwiderte Gwendolau. »Wir sind seit sieben Tagen und Nächten unterwegs, und ich habe an nichts anderes gedacht als an ein warmes Mahl in meinem Bauch und einen warmen Platz am Feuer.«

Caracatus zwinkerte und meinte vertraulich: »Ich halte hier

keine Frauen, aber wenn euch der Sinn danach steht...« Er machte eine zweideutige Bewegung und verschränkte die Hände.

»Danke«, erwiderte Gwendolau, »aber heute abend bin ich zu müde und keine rechte Gesellschaft für Frauen, so reizend sie auch sein mögen. Wir sind seit dem ersten Lichtschimmer im Sattel gewesen.«

Dafür zeigte der Wirt Verständnis. »Es ist schon spät im Jahr zum Reisen. Ich selber würde nicht ausgehen, es sei denn, es wäre unbedingt notwendig.«

Es wäre wirklich sehr notwendig, ihn von seinem Bierfaß wegzubekommen, dachte ich mir. Doch selbst dann, zweifelte ich, würde er wohl nicht hinausgehen. »Wir haben leider keine Wahl«, sagte ich. »Den Legionären ist es bestimmt auch nicht leichtgefallen, fortzuziehen.«

Daraufhin zwinkerte er verschlagen und wissend. »Ja, das ist die ganze Wahrheit. Die Tränen! Gab es Tränen, als die Soldaten fortzogen? Ich sage euch, die Straßen schwammen in Tränen, weil die Frauen ihren Gatten und Liebhabern Lebwohl weinten.«

»Es ist traurig, Heim und Herd zurückzulassen«, warf Gwendolau ein. »Aber ich denke, sie werden wohl bald wieder da sein. Sie kommen stets zurück.«

»Diesmal nicht«, schüttelte der Wirt traurig den Kopf. »Diesmal nicht. Daran ist der Kaiser schuld...«

»Gratian hat für vieles geradezustehen, zum Beispiel...«

»Habe ich Gratian gesagt? Habe ich Valerian gesagt?« schalt Caracatus. »Der einzige Kaiser, den ich grüße, heißt Magnus Maximus!«

»Maximus!« Überrascht setzte sich Gwendolau auf.

»Jawohl«, lächelte unser Gastwirt, erfreut über sein Mehrwissen. »Letztes Jahr um diese Zeit zum Imperator ausgerufen, so war es. Jetzt wird sich jemand um unsere Interessen kümmern, bei Caesar! Und das war auch Zeit.«

Das also hatten meine Stimmen mir gesagt, wenn ich sie nur verstanden hätte. Durch die ergebene Unterstützung seiner Legionäre hatte Maximus sich zum Kaiser im Westen erklärt und die Truppen aus dem Norden zurückgezogen. Dafür gab es nur einen Grund: Er mußte nach Gallien marschieren und Gratian schlagen, um seinen Anspruch zu untermauern. Auf andere Weise konnte er nicht zum unbestrittenen Kaiser werden.

Eine große Furcht überkam mich. Die Legionen waren fort...

»Sie kommen zurück, du wirst schon sehen«, wiederholte Gwendolau.

Der Schenk schniefte und zuckte die Achseln. »Mir ist es gleich, ob sie wiederkommen oder nicht – solange die Pikten uns in Ruhe lassen. Ihr wißt schon, wir erhalten diese Mauern nicht ohne Grund aufrecht.«

Barams schnurrendes Schnarchen aus der Ecke am Herd beschloß die Unterhaltung. »Ich bringe euch ein Mahl, ihr Herren, damit ihr zu Bett gehen könnt«, sagte Caracatus und eilte davon, das Essen zu bereiten.

»Essen und schlafen«, gähnte Gwendolau glücklich, »in einer Regennacht gibt's nichts Besseres. Auch wenn es so aussieht, als hätte Baram ohne uns angefangen.«

Wir aßen von einem Stück Rinderkeule. Sie war gut. Ich hatte seit drei Jahren kein Rindfleisch mehr gekostet und die saftige Wärme eines gut gegarten Bratens fast vergessen. Dazu gab es Rüben, Käse und Brot sowie noch mehr von Caracatus' schwerem Dunkelbier. Das Mahl war rasch verzehrt, und wir bekamen gleich Schlaf. Man führte uns zu unseren Plätzen, wo wir uns auf sauberen Strohlagern in unsere Umhänge wickelten und ohne einen Mucks bis zum Morgen durchschliefen.

Mit den Vögeln wachten wir auf und fanden unsere Pferde bereits gesattelt vor. Unser freundlicher Wirt schenkte uns kleine Laibe Schwarzbrot und schickte uns auf den Weg, nachdem er uns das Versprechen abgenommen hatte, daß wir stets bei ihm einkehren würden, wenn wir wieder nach Caer Ligal kämen. »Erinnert euch an Caracatus!« rief er uns nach. »Die beste Herberge in ganz Britannien! Erinnert euch an mich!«

Endlich einmal regnete es nicht, als wir aufbrachen. Baram ritt uns durch die Tore voran, und ich ließ mein Pferd zurückfallen. Auch andere Reisende verließen an jenem Morgen Caer Ligualid: ein Kauffahrer und seine Diener, neben denen Gwendolau herritt, um Neuigkeiten auszutauschen. An meinem Brot kauend, hatte ich Zeit zum Grübeln.

Also, dachte ich, Maximus hat sich zum Kaiser ausgerufen oder ist von seinen Legionen dazu ausgerufen worden und hat sein Heer jetzt nach Gallien hinübergeführt – unser Heer nach Gallien weggeführt. Caracatus' Reaktion nach zu urteilen ein gern gesehener Schachzug, der gewiß vielen behagte, die meinten, daß unsere Steuern mißbraucht und unsere Interessen an ein größeres Ganzes verraten wurden, an dem wir nie teilhatten. Gern gesehen, gewiß. Doch katastrophal.

Maximus – ja, an den Mann erinnerte ich mich. Und ich erinnerte mich an das erste Mal, als ich ihm begegnet war und gewußt hatte, daß ich ihn nie wiedersehen würde. Er war ein tapferer Mann und ein rechtschaffener, furchtloser General. Die langen Jahre der Disziplin und Feldzüge waren ihm eine gute Schule gewesen. Im Feld brachte ihn nichts aus der Ruhe; er blieb kühl, hielt sich im Zaum und den Verstand beisammen. Seine Männer beteten ihn an. Zweifellos würden sie ihm den ganzen Weg nach Rom und weiter folgen.

Es bestand natürlich die Hoffnung, daß der Imperator Maximus für uns in Gallien mehr tun konnte als der Dux Maximus in Britannien, daß ein Frieden mit den Barbaren jenseits des Meeres für ein gewisses Maß an Frieden auf der Insel der Mächtigen sorgen würde. Es war eine geringe Hoffnung, aber dennoch eine, die nicht zu verachten war. Wenn jemand es schaffen konnte, dann war Maximus der richtige Mann dafür.

Das Wetter blieb eine Weile lang trocken, obschon, als das Land zu den Bergen hin anstieg, die hochgelegenen Stellen noch ihre Winterdecken aus Schnee trugen. Wir nutzten die Zeit und ritten rasch nach Süden fort.

Ein paar Nächte lang teilten wir uns mit unseren Mitreisenden, dem Kaufmann und seinen Dienern, ein Lager. Er hatte das Jahr mit dem Handel entlang des Limes verbracht, von Osten nach Westen, und da der Winter drohte, kehrte er recht spät nach Londinium zurück. Wie sich herausstellte, war er, wie dies bei Kauffahrern der Fall ist, weit gereist und hatte mit allen gehandelt, die Gold oder Silber in Händen besaßen, ohne danach zu fragen, woher es kam und wie es erworben worden war. Folglich hatte er gleichermaßen mit Pikten, Skoten, Sachsen und Briten zu tun gehabt.

Er war ein freundlicher, gesprächiger Mann namens Obricus, der mit der Anmut, welche Wohlhabenheit mit sich bringen kann, in seine mittleren Jahre ging. Er kannte sich in seinem Gewerbe aus, und seine Geschichten klangen häufiger wahr als erfunden; er war kein Prahlhans und sprach nicht, nur um sich selber reden zu hören. Da er das Handelsjahr zu beiden Seiten des Limes verbracht hatte, war er darüber hinaus über die Bewegungen der Legionen gut unterrichtet.

»Ich habe es kommen sehen«, sagte Obricus und stocherte mit einem Stecken im Nachtfeuer. Er schien nicht gerade glücklich darüber. »Gallien steckt tief in Schwierigkeiten. Es wird sich nicht halten können. Gratian ist nicht stark, und das einzige, was die Angeln und Sachsen respektieren, ist Stärke ... Stärke und die scharfe Spitze eines Schwerts, und die auch nicht besonders.«

Daran kaute Gwendolau eine Weile, dann fragte er: »Wie viele Truppen sind mit ihm gezogen?«

Er schüttelte den Kopf. »Genug ... zu viele. Alle aus Caer Seiont – die gesamte Garnison – und dann noch welche aus anderen Garnisonen: Eboracum und Caer Legionis im Süden. Siebentausend oder mehr. Wie ich gesagt habe: zu viele.«

»Du sagtest, du hast es kommen sehen?« fragte ich. »Wie denn?«

»Ich habe natürlich Augen – und Ohren.« Er zuckte die Achseln und lächelte. »Außerdem habe ich einen leichten Schlaf. Aber es war sowieso kein Geheimnis. Die meisten Männer, mit denen ich zu tun hatte, wollten gehen. Sie konnten's nämlich nicht erwarten. Hatten den Kopf voll der Beute, die winkte: Beförderungen für die Offiziere, Gold für die Truppen. Also hieß es Geschenke für ihre Frauen, Schmuckstücke zum Mitnehmen. Ich habe genug von ihnen gehen sehen. Es ist immer dasselbe.

Aber täuscht euch nicht. Auch die Pikten haben davon gewußt. Ich weiß nicht, woher – ich habe es ihnen nicht verraten; ich verrate ihnen nichts. Aber sie haben es gewußt.«

»Was werden sie tun?« fragte Gwendolau.

»Wer vermag das zu sagen?«

»Werden sie dadurch frecher werden?«

»Sie bedürfen kaum der Ermunterung.« Obricus stocherte im Feuer herum. »Aber ich spreche die Wahrheit, wenn ich euch sage, daß ich nicht wieder so weit nach Norden komme. Deshalb bin ich so lang geblieben. Nein, hierher komme ich nicht mehr.«

Maximus war nach Gallien gezogen und hatte dafür die Garnisonen entblößt, und der Feind wußte davon. In den besten Zeiten hatte allein die Anwesenheit der Legionen sie schon im Zaum gehalten, und diese Zeiten waren vorbei. Auch Gwendolau wußte das und sank in sich zusammen, als ihm das ganze Ausmaß der Lage klarwurde.

»Wie kannst du mit ihnen Handel treiben?« fragte er wütend, brach einen Zweig entzwei und warf ihn ins Feuer. »Du weißt doch, wie sie sind.«

Das hatte Obricus schon häufiger zu hören bekommen. Sanft antwortete er: »Es sind Menschen. Sie haben Bedürfnisse. Ich verkaufe an jeden, der kauft. Nicht der Händler hat zu entscheiden, wer Feind oder Freund ist. Die Hälfte der Stämme auf dieser aussätzigen Insel sind sowieso die meiste Zeit der anderen Hälfte feind. Die Bündnisse wechseln wie die Jahreszeiten. Die Freundschaften fallen und steigen mit Ebbe und Flut.«

»Dein Kopf wird auf einem Pfahl stecken und deine Haut ans Tor genagelt werden. Dann weißt du, wer deine Freunde sind.«

»Wenn sie mich umbringen, dann bringen sie ihre einzige Quelle für Salz, Kupfer und Tuch um. Lebendig bin ich mehr wert.« Er wog die Lederbörse an seiner Seite in der Hand. »Silber ist Silber, und Gold ist Gold. Ich verkaufe an jeden, der kauft.«

Das hatte Gwendolau nicht überzeugt, er sagte aber nichts mehr.

»Ich bin eine Zeitlang im Norden gewesen«, sagte ich, »und wäre für jede Nachricht aus dem Süden dankbar.«

Obricus schürzte die Lippen und stocherte im Feuer. »Tja, der Süden ist, wie er immer war. Gesund. Stark. Es hat natürlich Plünderungen gegeben wie überall. Plünderungen gibt es immer.« Er hielt inne und überlegte. »Letztes Jahr«, fuhr er fort, »gab es in Londinium eine Ratsversammlung. Ein paar Könige, Fürsten und Beamte sind zusammengekommen, um gemeinsam über ihre Probleme zu reden. Der Statthalter hat sich mit ihnen getroffen, und der Vicarius, obwohl er vergreist ist und, wie ich höre, die meiste Zeit über schläft.«

»Wurde ein Beschluß gefaßt?«

Obricus brach in Lachen aus und schüttelte den Kopf. »O ja, eindrucksvolle Beschlüsse!«

»Welche zum Beispiel?«

»Es wurde beschlossen, daß Rom mehr Gold schicken soll, um die Truppen zu bezahlen; daß der Kaiser selbst kommen soll, um sich zu überzeugen, wie schrecklich und gefährlich die Lage hier ist; daß zu unserer Verteidigung mehr Männer und Waffen zur Verfügung gestellt werden sollen; daß die Sittenaposteln entlang der Küste im Südosten vermehrt werden sollen; daß die Garnisonen am Limes ausgebessert und wiederbemannt werden sollen, daß Kriegsschiffe gebaut und ausgerüstet werden sollen ...

Kurzum: daß sich der Himmel zuziehen und ein Jahr und einen Tag lang *Denarii* auf uns regnen soll.« Der Kaufmann seufzte. »Roms Tage sind vorüber. Schau nicht nach Osten, Junge, unsere kaiserliche Mutter liebt ihre Kinder nicht mehr.«

Am nächsten Tag erreichten wir Mamucium, das jetzt nicht viel mehr als ein großer Platz ist, an dem sich die Straße teilt, eine Richtung Westen nach Deva, die andere Richtung Südosten nach Londinium. Dort trennten wir uns von dem Kaufmann Obricus und setzten unseren Weg nach Gwynedd fort.

Die Reise hätte sechs Tage dauern sollen. Wir brauchten sehr viel länger. Bei dem Regen und Eisschnee in den hohen, öden Hügeln war es ein Wunder, daß wir es überhaupt schafften. Doch meine Begleiter waren unentwegte Männer und klagten über die Entbehrungen nicht. Dafür war ich ihnen dankbar. Obzwar es Ganiedas Einfall gewesen war, fühlte ich mich doch für sie verantwortlich, für ihre Bequemlichkeit und Sicherheit.

In Deva, dem einstigen Caer Legionis des Nordens, erkundigten wir uns nach meinen Leuten. Niemand wußte etwas von einem vermißten Knaben oder von Leuten, die nach ihm suchten. Wir kauften uns Vorräte und setzten unseren Weg in die Berge fort, mehr in Richtung Süden als Norden durch Diganhwy und Caer Seiont. Es war noch weit bis zum Yr Widdfa, aber die Straße war besser, und wir konnten die vielgliedrigen Täler entlang des Weges absuchen.

Neun Tage nach unserem Aufenthalt in Deva erwischte uns der Schnee. Wir blieben in einem Tal an einem Bach und warteten, bis der Himmel sich wieder aufhellte. Doch bis die Sonne wieder schien, reichte der Schnee den Pferden bis zu den Knien, und Gwendolau meinte, weiterzusuchen sei sinnlos.

»Wir können sie jetzt nicht finden, Myrddin, bis zum Frühling finden wir niemanden. Außerdem werden sie inzwischen zurückgekehrt sein. Also hat es keinen Zweck.«

Da mußte ich ihm beipflichten. »Du mußt gewußt haben, daß es so kommen würde. Warum bist du mitgegangen?«

Ich kann sein rasches Lächeln noch vor mir sehen. »Willst du die Wahrheit hören?«

»Immer.«

»Ganieda hat es gewollt.«

»Ganieda zuliebe hast du es getan?«

»Und dir zuliebe.«

»Aber warum? Ich bedeute dir nichts – ich bin ein Fremder, der eine Nacht im Haus deines Vaters geschlafen hat.«

Seine Augen funkelten fröhlich. »Ganieda mußt du etwas mehr bedeuten. Von allem anderen abgesehen, hätte ich es auf jeden Fall getan, wenn mein Vater mich darum gebeten hätte. Doch da ich dich nun besser kenne, möchte ich gar nicht, daß es anders wäre.«

»Wie dem auch sei, ich entbinde dich von deinem Auftrag. Ich reise allein weiter nach Süden. Ihr könnt immer noch heimkehren, ehe es ...«

Gwendolau schüttelte den Kopf und klopfte mir auf den Rücken. »Es ist zu spät, Myrddin, mein Bruder. Uns bleibt keine andere Wahl, als weiterzureiten. Ich habe gehört, daß es im Süden weniger schneit, und möchte mich selbst davon überzeugen.«

Um so besser. Da ich mich nicht besonders auf die Aussicht freute, mir allein meinen kalten Weg zu suchen, ließ ich sie mit mir kommen. Wir wandten unsere Pferde gen Süden und sahen nicht mehr zurück. Es genüge zu sagen, daß die Reise nach Maridunum in nichts derjenigen drei Jahre zuvor glich – einem halben Leben zuvor, wie es mir damals schien.

Es war eine elende, jämmerliche Reise. Durch das wilde Kymry gab es weder römische noch andere Straßen, und wir verloren auf dem Weg unser Zeitgefühl. Manchmal brauchten wir einen ganzen Tag, um ein einziges, schneebedecktes Tal zu durchqueren oder eine einsame, frostgeplagte Anhöhe zu überwinden. Die Tage wurden kürzer, und die meiste Zeit ritten wir im Dunkeln unter einem eisigen, betäubenden Regen. Gwendolaus gute Laune trieb uns noch voran, nachdem Baram und ich längst zu sehr froren und zu erschöpft waren, um noch weiter zu wollen. Und obwohl die hohen Bergpässe im Schnee erstickten, schafften wir es irgendwie, einen Weg zu finden, und gelangten schließlich und endlich nach Dyfed, ins Land der Demeten.

Nie werde ich vergessen, wie wir in Maridunum einritten.

Die Stadt glänzte unter einer Lage frischen Schnees, und die nackten Bäume reckten sich wie schwarze Skelettfinger vor einem schmutzigen Himmel. Es war Spätnachmittag, und wir spürten, wie die Nachtluft sich blau und hart um uns ausbreitete. Doch in mir brannte ein helles Feuer, denn ich war heimgekehrt: mit drei Jahren Verspätung zwar, aber dennoch heimgekehrt.

Ich hoffte, Maelwys zu Hause vorzufinden. Ich wußte, daß ich immer willkommen sein würde, wollte ihn aber vor allem sehen, um ihn nach meiner Mutter und meinen übrigen Landsleuten zu fragen, um zu erfahren, was während meiner langen Abwesenheit geschehen war.

Wir ritten durch die leeren Straßen der Stadt und folgten dem Pfad zur Villa hinauf. Wir waren nicht darüber erstaunt, daß im Hof Pferde standen, denn wir hatten auf dem Weg ihre Spuren gesehen. Als wir in den Hof gelangten, kamen aus dem Saal zwei Diener mit Fackeln, um die Pferde zu versorgen. Im Absitzen grüßten wir sie.

»Wir sind weit gereist, um Herrn Maelwys zu sehen«, sprach ich. »Ist er daheim?«

Sie kamen auf uns zu, hielten ihre Fackeln hoch und spähten in unsere Gesichter. »Wer seid ihr, die ihr fragt?«

»Sagt ihm, daß Myrddin hier ist.«

Die zwei blickten einander an. »Kennen wir dich?«

»Vielleicht kennt ihr mich nicht, doch Maelwys kennt mich gewiß. Sagt ihm, daß draußen der Sohn von Taliesin wartet und ihn sprechen möchte.«

»Myrddin ap Taliesin!« Der vordere Diener bekam große Augen. Er schob seinen Gefährten weg. »Geh! Rasch!«

Es folgte eine verlegene Pause, während wir alle auf den Diener warteten. Er kam nicht zurück. Denn während wir im Schein der Fackel dastanden, wurde die Tür zum Saal aufgestoßen, und es kamen Menschen in den Hof geströmt, allen voran Maelwys.

Er blieb einen Moment stehen und starrte mich an. »Myrddin, wir haben auf dich gewartet…«

Maelwys hielt mich auf Armeslänge von sich, und ich sah seine Tränen. Ich hatte einen herzlichen Empfang erwartet… aber daß der König von Dyfed bei meiner Rückkehr weinte? Das übertraf alle Erwartungen, und ich wußte nicht, wie ich es deuten sollte. Ich war dem Mann nur einmal begegnet.

»Merlin…« Der Kreis der neugierigen Zuschauer gab nach, und Maelwys trat zur Seite. Es war die Stimme von Charis. Sie stand im Lichtschein, der durch die Tür fiel: groß, königlich, mit einem schlanken Goldtorques um den Hals. Ihr Haar war nach Art der hochgeborenen Demeten-Frauen zu einem Zopf geflochten. Sie trug ein langes, weißes Seidenkleid und einen blauen, reichbestickten Umhang. Nie hatte sie mehr einer Königin geglichen. Sie trat auf mich zu, breitete die Arme weit aus, und ich flog ihr um den Hals.

»Merlin… o mein kleiner Falke, mein Sohn… so lang… ich habe so lang gewartet…« Ihre Tränen fielen mir warm auf den Nacken.

»Mutter…« Mir steckten Tränen in der Kehle und ebenso in den Augen. Ich hatte nicht zu hoffen gewagt, sie hier anzutreffen. »Mutter… Ich wollte früher kommen, ich wollte früher kommen…«

»Schsch… Still jetzt. Du bist hier und sicher… sicher… Ich habe gewußt, daß du zurückkommst. Ich habe gewußt, daß du einen Weg findest… du bist da… da, mein Merlin.« Sie faßte mein Gesicht mit einer Hand und küßte mich zärtlich. Dann nahm sie mich bei der Hand, als wären wir die einzigen Menschen im Hof gewesen. »Komm herein. Wärme dich auf. Hast du Hunger, mein Sohn?«

»Wir haben seit zwei Tagen nicht richtig gegessen.«

Maelwys trat näher. »Drinnen gibt es Wildbret, Brot und Met. Kommt herein! Kommt alle herein! Wir trinken auf die Rückkehr des Wanderers! Morgen feiern wir ein Fest!«

Wir wurden in den Saal geschwemmt, der von Fackeln und einem fauchenden Feuer im Herd leuchtete. Dort war der Tisch gedeckt, und das Mahl hatte bereits begonnen. Es wurde schnell noch weiter aufgedeckt, und Platten mit Speisen wurden herbeigetragen. Meine Mutter hielt meine Hand fest umklammert, und ich spürte, wie die Sorge, in der ich während der letzten Monate gelebt hatte, im Licht und der Freude über meine Rückkehr dahinschmolz, während die Wärme im Saal mir in die Knochen drang.

Gwendolau und Baram wurden nicht vergessen. Um sie brauchte ich mich nicht zu sorgen; sie gesellten sich ganz natürlich zu Maelwys' Männern. Doch im Überschwang, wieder daheim zu sein, dachte ich bald nicht mehr an sie.

Der alte Pendaran, Maelwys' Vater, erhob sich von seinem thronartigen Stuhl und begrüßte mich: »Ich vermag nicht zu entdecken, daß deine Wanderungen dir geschadet haben. Du siehst mir nach einem gesunden jungen Mann aus – schlank und stark, mit scharfen Augen wie dein Namensvetter, der Vogel. Komm zu mir, und wir bereden einiges.«

Es war unwahrscheinlich, daß meine Mutter mich an diesem Abend – und viele weitere Tage – auch nur einen Moment aus den Augen lassen würde. Doch ich versicherte ihm, daß wir uns bald unterhalten würden. »Es gibt viel zu erzählen, Merlin«, sagte Charis. »Ich habe dir so vieles zu sagen, doch jetzt fällt mir nichts mehr davon ein.«

»Wir sind wieder zusammen. Alles andere zählt nicht.«

Mir wurde eine große Platte mit Brot und Fleisch sowie ein Horn voll Met gereicht. Ich nippte an dem warmen Trunk und fing zu essen an. »Du bist gewachsen, mein Sohn. Als ich dich das letzte Mal gesehen habe ...« Ihr versagte die Stimme, und sie ließ die Augen sinken. »Iß. Du hast Hunger. Ich habe so lange gewartet, da kann ich noch eine Weile länger warten.«

Nach ein paar Bissen vergaß ich meinen Hunger und blickte sie an. Sie betrachtete mich, als hätte sie mich nie zuvor gesehen.

»Habe ich mich so verändert?«

»Ja und nein. Du bist zwar nicht mehr der Knabe, der du damals warst. Aber du bist mein Sohn, und ich werde dich immer als den gleichen sehen, komme, was wolle.« Sie drückte mir die Hand. »Es ist schön, daß du wieder bei mir bist.«

»Wenn du wüßtest, wie oft ich mir in den letzten drei Jahren diesen Moment vorgestellt habe ...«

»Und wenn du wüßtest, wie viele Nächte ich wachgelegen und an dich gedacht habe, überlegt habe, wo du bist und was du tust.«

»Ich habe über die Sorgen, die ich dir gemacht habe, geweint. Ich habe um einen Ausweg gebetet, um zu dir zu gelangen. Darum habe ich, als Elac die Sucher im Tal sah, meine Kleider und den zerbrochenen Pfeil geschickt. Es sollte ein Zeichen sein.«

»Ach, ich habe es als mehr als ein Zeichen aufgefaßt, als Bestätigung. Ich wußte, daß du lebst und es dir gutgeht...«

»Woher?«

»So wie ich es auch gewußt hätte, wenn du verletzt oder tot gewesen wärest. Eine Mutter weiß immer Bescheid, glaube mir. Als sie mir deine Kleider gebracht haben, wußte ich es – obwohl die Männer, die das Bündel gefunden hatten, es mir nicht zeigen wollten. Sie dachten, es bedeute, daß du tot seist; daß die *Bhean Sidhe* dich getötet hätten und jetzt deine Freunde verhöhnen würden oder dergleichen. Ich wußte es besser. Ich wußte, daß du einen guten Grund haben mußtest, um zu tun, was du tatest.« Sie schwieg und seufzte. »Was ist geschehen, Merlin? Wir sind zurückgekommen. Wir haben gesucht. Wir haben die Wasserschläuche gefunden, die Stelle, wo du dich im Nebel verkrochen hattest... Was ist geschehen?«

Und da begann ich ihr zu erzählen, was seit jener merkwürdigen Nacht alles passiert war. Ich redete, und sie lauschte jedem einzelnen Wort, und der Abstand zwischen uns schrumpfte zu einem Nichts, so daß es am Ende so aussah, als wäre ich gar nicht weg gewesen.

Ich mußte bis spät in die Nacht geredet haben, denn als ich geendet hatte, waren alle anderen fort, die Fackeln in ihren Halterungen am Verlöschen und das Feuer im Herd nur noch ein Haufen roter Glut.

»Ich habe die ganze Nacht geredet«, sagte ich. »Aber es gibt immer noch viel zu erzählen.«

»Und ich will alles hören. Aber ich war selbstsüchtig. Du bist müde von der Reise. Komm, ruhe dich nun aus. Wir sprechen morgen weiter.« Sie beugte sich auf ihrem Stuhl vor und umarmte mich lang. Dann ließ sie mich los, küßte mich auf die Wange und sagte: »Wie oft habe ich das tun wollen!«

Wir standen auf, und sie geleitete mich vom Saal zu der Kammer, die für mich vorbereitet worden war. Ich küßte sie noch einmal. »Ich liebe dich auch, Mutter. Vergib mir, daß ich dir solchen Schmerz bereitet habe.«

Sie lächelte. »Schlafe gut, Merlin, mein Sohn. Ich liebe dich und bin froh, daß du heimgekehrt bist.«

Darauf begab ich mich in mein Zimmer und schlief wie ein Toter.

X

Maelwys hielt mehr, als er versprochen hatte, denn am nächsten Tag gab es wirklich einen Festschmaus. Sobald wir gefrühstückt hatten, begannen die Diener den Saal vorzubereiten. Maelwys, Charis und ich saßen auf unseren Stühlen vor dem Herd und redeten über alles, was sich in meiner Abwesenheit ereignet hatte – bis die Türen zum Saal aufgingen und ein paar von den Mägden aus dem Schnee draußen hereingerannt kamen, lachend und mit Armen voller Stechpalmen und Efeu. Sie machten sich daran, die Stechpalmen und den Efeu zusammenzuflechten und schmückten dann den Saal damit, hängten ihn über Türen und Fackelhalter.

Ihr fröhliches Geschwätz lenkte uns ab, und als ich sie fragte, worüber sie plapperten, lachte Maelwys und fragte: »Hast du vergessen, was für ein Tag heute ist?«

»Tja, es ist erst kurz nach der Wintersonnwende – was für ein Tag ist heute?«

»Na, heute ist der Tag von Christi Geburt. Wir haben uns hier den Brauch angewöhnt, die heiligen Tage zu achten. Heute abend feiern wir: deine Rückkehr und die Geburt unseres Erlösers.«

»Ja«, stimmte Charis ein, »und du wirst staunen: Dafyd kommt, um die Messe zu zelebrieren. Er wird außer sich vor Freude sein, dich zu sehen. Seit er von deinem Verschwinden erfahren hatte, hat er unablässig gebetet.«

»Dafyd kommt hierher?« wunderte ich mich. »Aber es ist weit. Er wird es vielleicht gar nicht schaffen.«

»So weit ist es nicht«, erwiderte Maelwys. »Er hat angefangen, einen halben Tagesritt von hier ein Kloster zu bauen. Er wird kommen.«

»Steht denn das Heiligtum in Ynys Avallach wieder leer?« Der Gedanke bereitete mir keine Freude. Ich mochte das kleine runde Bauwerk mit seinem hohen, schmalen, kreuzförmigen Fenster. Es war ein ganz heiliger Ort; dort fühlte man sich stets im Frieden.

Charis schüttelte sanft den Kopf. »Keineswegs. Collen ist dort, und zwei Gefährten mit ihm. Maelwys hat Dafyd Land für eine Kapelle und ein Kloster hier in der Nähe angeboten, wenn er es wollte.«

»Die Arbeit ist fast fertig«, verkündete Maelwys stolz. »Seine erste Schülerschar wird mit der Aussaat im Frühling eintreffen.«

Maelwys und Charis wechselten einen Blick, und der König stand auf. »Entschuldige mich, Myrddin; ich muß mich um die Vorbereitungen für die Feier heute abend kümmern.« Er hielt inne und strahlte mich an. »Beim Licht des Himmels, es ist schön, dich wiederzusehen – es ist fast, als hätte ich deinen Vater vor mir.«

Damit ging er seiner Wege. »Er ist uns ein guter Freund«, meinte meine Mutter, als sie ihm nachsah.

Ja, daran zweifelte ich nicht. Aber ihre Worte wirkten wie eine Entschuldigung.

»Das stimmt«, gab ich zu.

»Und er hat deinen Vater geliebt...« Ihre Stimme hatte sich verändert, war sanfter, beinahe entschuldigend geworden.

»Das stimmt auch.« Ich suchte in ihrem Gesicht nach einem Hinweis auf das, was sie meinte.

»Ich hatte nicht das Herz, ihm weh zu tun. Das mußt du verstehen. Und ich gestehe, daß ich mich einsam gefühlt habe. Du warst so lange fort – so lange vermißt. Den ersten Winter nach deiner Entführung habe ich hier verbracht... es schien das Richtige, und Maelwys ist so glücklich...«

»Mutter, was willst du damit sagen?« Ich hatte es bereits erraten.

»Maelwys und ich sind vergangenes Jahr getraut worden.« Sie wartete meine Reaktion ab.

Als ich sie das sagen hörte, hatte ich das unheimliche Gefühl, daß es schon einmal geschehen war oder daß ich es schon längst wußte. Vielleicht wußte ich es seit jener Nacht, als ich sie in den Flammen von Gern-y-fhains Feuer erspäht hatte. Ich nickte und spürte, wie mir eng um die Brust wurde. »Ich verstehe es«, sagte ich.

»Er hat es gewollt, Merlin. Ich habe ihm nicht weh tun können. Meinetwegen hat er sich nie ein Weib genommen, weil er hoffte, daß...«

»Bist du glücklich?« fragte ich sie.

Sie schwieg eine Weile. »Ich bin zufrieden«, entgegnete sie schließlich. »Er liebt mich sehr.«

»Aha.«

»Doch, auch in der Zufriedenheit steckt Glück.« Sie schaute weg, und ihre Stimme brach. »Ich habe nie aufgehört, Taliesin zu lieben, und werde es nie. Aber ich habe ihn nie verraten, Merlin. Ich möchte, daß du das verstehst. Auf meine Weise bin ich deinem Vater treu geblieben. Ich tue das nicht mir zuliebe, sondern Maelwys.«

»Du schuldest mir keine Erklärung oder Rechtfertigung.«

»Es tut gut, wenn einen jemand liebt – selbst wenn man diese Liebe nicht ganz erwidern kann. Ich mag Maelwys gern, aber mein Herz wird immer Taliesin gehören. Das versteht Maelwys.« Sie nickte einmal, um diese Tatsache zu bekräftigen. »Ich habe dir gesagt, daß er ein guter Mensch ist.«

»Das weiß ich.«

»Du bist mir nicht böse?« Sie schaute mich wieder an, suchte mich mit dem Blick ab. Im milden Winterlicht leuchtete ihr Haar, und ihre Augen waren groß und in diesem Moment voller Ungewißheit. Was sie getan hatte, konnte ihr nicht leichtgefallen sein. Aber ich spürte, daß es recht war.

»Wie könnte ich dir böse sein? Nichts, was solches Glück schafft, kann etwas Schlechtes sein. Laß die Liebe erblühen – sagt nicht Dafyd so?«

Sie lächelte traurig. »Du hörst dich an wie Taliesin. Er hätte genau dasselbe gesagt.« Sie senkte die Augen, und eine Träne rann aus ihren Lidern. »Ach, Merlin, manchmal vermisse ich ihn so sehr … gar so sehr.«

Ich griff nach ihrer Hand. »Erzähle mir vom Sommerreich.« Sie schaute auf. »Bitte, es ist so lange her, daß ich dich davon habe erzählen hören, Mutter. Ich möchte die Worte wieder aus deinem Mund vernehmen.«

Sie nickte und richtete sich auf ihrem Stuhl auf. Dann schloß sie die Augen und wartete schweigend einen Moment, daß ihr die Erinnerung wieder kam. Schließlich fing sie an, die Worte zu sprechen, die ich so oft gehört hatte, seit ich als Säugling in ihren Armen gelegen hatte.

»Es gibt ein Land, das leuchtet von dem Guten; dort schützt

jeder Mann die Würde seines Bruders wie die eigene, dort haben Krieg und Not aufgehört, und alle Rassen leben unter demselben Recht aus Liebe und Ehre.

Das Land ist hell vor Wahrheit, wo das Wort eines Mannes sein Pfand ist und Falschheit in Acht und Bann liegt, wo die Kinder sicher in den Armen ihrer Mütter schlummern und niemals Furcht noch Schmerz kennenlernen. In dem Land erheben die Könige ihre Hand zum Recht und nicht, um zum Schwert zu greifen; dort fließen Gnade, Güte und Mitleid wie ein tiefer Strom über das Land, und die Menschen verehren die Tugend, verehren die Wahrheit, verehren die Schönheit und nicht Bequemlichkeit, Vergnügen und selbstischen Gewinn. In dem Land herrscht der Friede in den Herzen der Menschen, brennt der Glaube wie ein Leuchtfeuer von jedem Hügel, und die Liebe wie eine Flamme in jedem Herd; dort wird der Wahre Gott angebetet, und sein Richten wird von allen gutgeheißen ...

Es gibt ein goldenes Reich des Lichts, mein Sohn. Und dieses heißt das Sommerreich.«

Wir legten uns dicke Wollumhänge um und begleiteten Maelwys auf einem Ritt nach Maridunum hinein, wo er sich unter seinem Volk bewegte, die Menschen in ihren Häusern besuchte, den Witwen und den vom Leben Geplagten Goldmünzen und Silberdenare schenkte. Er gab aus der Sorge um die Bedürfnisse der Menschen und aus seinem edlen Herzen, nicht wie manche Herren, die sich mit einem Geschenk Treue oder sicheren zukünftigen Gewinn erkaufen wollen. Und unter den Menschen war nicht einer, der ihn nicht im Namen ihres Gottes gesegnet hätte.

»Ich wurde als Eiddon Vawr Vrylic geboren«, erzählte er mir, als wir zurückritten. »Aber dein Vater gab mir den Namen, den ich jetzt trage: Maelwys. Es war das größte Geschenk, das er mir machen konnte.«

»Das weiß ich noch gut«, sagte meine Mutter. »Wir waren gerade eben nach Maridunum gekommen ...«

»Er sang, wie ich nie einen Mann habe singen hören. Wenn ich es dir nur beschreiben könnte, Myrddin: Ihm zu lauschen war, als würde man dem Himmel sein Herz öffnen, als würde man den eigenen Geist frei mit den Adlern emporschweben und mit dem Wild laufen lassen. Allein seine Stimme im Lied zu hören genügte, um alle namenlosen Sehnsüchte der Seele zu stillen, einen Frieden zu kosten und eine Freude zu schmecken, zu süß, um sie mit Worten auszudrücken.

Ich wünschte, du könntest ihn hören, wie ich es tat. Ja, als er in jener Nacht geendet hatte, ging ich auf ihn zu, um ihm eine goldene Kette oder dergleichen zu schenken, und dafür gab er mir einen Namen: ›Erhebe dich, Maelwys‹, sagte er. ›Ich erkenne dich.‹ Und ich erwiderte ihm, dies sei nicht mein Name, und er entgegnete: ›Eiddon der Großherzige heißt du heute, aber eines Tages werden alle Menschen dich Maelwys, den höchst Edlen, nennen.‹ Und so ist es.«

»Fürwahr, so ist es. Er hat dir den Namen vielleicht gegeben, aber du hast ihn dir selbst verdient«, meinte ich.

»Ich wünschte, du hättest ihn gekannt«, sagte Maelwys. »Hätte ich die Macht dazu, dann wäre dies das Geschenk, das ich dir am liebsten machen würde.«

Schweigend ritten wir den Rest des Weges bis zur Villa zurück, nicht kummervoll, sondern einfach in Gedanken versunken über die Vergangenheit und die Ereignisse, die uns dahin gebracht hatten, wo wir nun standen. Der kurze Wintertag verblaßte rasch in einem graugoldenen Schein zwischen den leeren, schwarzen Ästen. Als wir in den Hof kamen, kehrten gerade ein paar von Maelwys' Männern von der Jagd in den Bergen zurück. Sie waren seit dem Morgengrauen unterwegs gewesen, und zwischen zweien ihrer Pferde baumelte ein roter Hirsch. Gwendolau und Baram waren bei ihnen, wie ich es mir hätte denken können.

Beschämt merkte ich, daß ich vergessen hatte, meine Freunde vorzustellen. »Maelwys, Charis«, sagte ich, als sie auf uns zukamen, »diesen Männern hier habe ich meine sichere Rückkehr ...«

Ein Blick auf das Gesicht meiner Mutter, und ich brach ab. »Was ist denn los, Mutter?«

Sie starrte wie verklärt, ihr Körper war steif, ihr Atem kam in schnellen Schüben.

Ich berührte sie am Arm. »Mutter?«

»Wer bist du?« Ihre Stimme wirkte angestrengt, unnatürlich.

Gwendolau lächelte beruhigend und setzte zu einer Handbewegung an, die jedoch in der Luft steckenblieb. »Vergib mir ...«

»Sag mir, wer du bist!« befahl Charis. Das Blut war ihr aus dem Gesicht gewichen.

Maelwys öffnete den Mund, um etwas zu sagen, zögerte und sah mich dann hilfesuchend an.

»Wir mußten es genau wissen«, erwiderte Gwendolau. »Bitte, Herrin, wir hatten keine bösen Absichten.«

Was meinte er damit?

»Sag mir einfach, wer du bist«, versetzte Charis leise, beinahe drohend.

»Ich bin Gwendolau, der Sohn des Custennin, des Sohnes von Meirchion, König von Skatha...«

»Skatha.« Sie schüttelte langsam den Kopf, benommen. »Wie lange habe ich diesen Namen nicht mehr gehört?«

Skatha... von irgendwo aus den Tiefen meines Gedächtnisses kam die Erinnerung hoch: eines der neun Königreiche des untergegangenen Atlantis. Und mir fielen noch mehr Dinge ein, die Avallach mir in seinen Geschichten erzählt hatte. Zu Zeiten des großen Krieges hatte Meirchion auf seiten von Avallach und Belyn gekämpft. Meirchion hatte Belyn dabei geholfen, Seithenin die Schiffe wegzunehmen – die Schiffe, die schließlich mit den Überlebenden von Atlantis an der felsigen Küste der Insel der Mächtigen gelandet waren.

Wie konnte es geschehen, daß ich, der ich unter den Feen aufgewachsen war, sie nicht erkannt hatte, als ich ihnen in Goddeu begegnete? Oh, ich hatte etwas gespürt – allein sie sprechen zu hören hatte mir ein Gefühl von Heimkehr vermittelt; ich erinnerte mich an das Gefühl und fragte mich zugleich, wie ich dazu gekommen war. Ich hätte es ahnen müssen.

»Wir wollten dich nicht hintergehen, Prinzessin Charis«, erklärte Gwendolau. »Aber wir mußten uns doch Gewißheit verschaffen. Als mein Vater hörte, daß Avallach lebte, und zwar hier – ja, da wollte er Gewißheit haben. Es war wichtig, zu erfahren, wie die Dinge stehen.«

»Meirchion«, flüsterte Charis. »Ich hatte keine Ahnung... wir haben nie etwas gehört.«

»Wir auch nicht«, entgegnete Gwendolau. »Wir haben die ganzen Jahre im Wald gelebt. Wir bestellen unser Land, bleiben unter uns. Mein Vater ist hier geboren, und ich auch. Ich kenne kein anderes Leben. Als Myrddin kam, dachten wir...« Er ließ den Gedanken unausgesprochen. »Aber wir mußten uns Gewißheit verschaffen.«

Unter dem Gewicht dessen, was ich nun voll erfaßte, schwindelte mir. Wenn Meirchion mit einigen seiner Leute überlebt hatte, wer dann noch? Wie viele noch?

Gwendolau fuhr fort. »Leider lebt mein Großvater nicht mehr. Er starb, kurz nachdem er hierhergekommen war. Auch viele andere starben, gleich in den ersten Jahren vor und nach ihm.«

»Bei uns war es ebenso«, meinte Charis und entspannte sich. Dann schwiegen sie und schauten einander an, als würden sie im anderen die Geister aller Verstorbenen sehen.

»Du mußt zu Avallach gehen«, sagte Charis schließlich, »diesen Frühling, sobald das Wetter es zuläßt. Er wird dich sehen wollen. Ich bringe dich hin.«

»Es wäre mir eine Ehre, Herrin«, erwiderte Gwendolau höflich. »Und mein Vater würde sich gern dafür revanchieren.«

Maelwys, der die ganze Zeit die Zunge im Zaum gehalten hatte, sprach nun. »Ihr wart schon zuvor in meinem Hause willkommen, doch da ihr zum Volk meiner Frau gehört, seid ihr nun doppelt willkommen. Bleibt bei uns, Freunde, bis wir alle nach Ynys Avallach reisen können.«

Es war merkwürdig, jemandem aus der eigenen Heimat zu begegnen, nachdem man sich schon lange damit abgefunden hatte, diese Heimat nie wiederzusehen. In dieser einzigartigen Erfahrung mischen sich gleichermaßen Freude und Leid.

Stallburschen kamen, um sich der Pferde anzunehmen. Wir saßen ab und kehrten in den Saal zurück. Als wir den langen Weg zum Eingang des Saals hinanschritten, erkannte ich, wie sehr Gwendolau und Baram den Menschen in Ynys Avallach und Llyonesse glichen. Sie sahen ganz genauso aus wie die Männer von Avallachs Hof. Ich fragte mich, wie ich so blind gewesen sein konnte, und überlegte dann, ob ich die Ähnlichkeit nicht früher entdeckt hatte, weil ich sie nicht hatte entdecken *sollen*. Vielleicht war mir ihr wahres Erscheinungsbild verborgen worden oder auf geschickte Weise verkleidet. Darüber grübelte ich lange Zeit nach.

Im Saal erwartete mich noch eine Überraschung. Als wir hereinmarschierten, strahlte der Saal vor Licht; es glänzten Hunderte von Fackeln und Binsenkerzen. Der alte Pendaran stand mit Kerzen in beiden Händen in der Mitte des Saals und unterhielt sich mit einem Mann in einem langen, dunklen Umhang. Um sie herum wimmelten flink Bediente hin und her.

Mit uns kam ein Schwall frostiger Luft herein, daß die beiden sich zu uns umwandten.

»Dafyd!«

Der Priester schlug das Zeichen des Kreuzes und faltete zum Dank die Hände. Dann streckte er mir die Arme entgegen. »Myrddin, oh, Myrddin, gelobt sei Jesus Christus! Du bist zurückgekommen... Ach, laß mich dich ansehen, Junge... Bei Gott, du bist zum Mann herangewachsen, Myrddin. Dank sei dem Herrn für deine sichere Rückkehr.« Er lächelte über das ganze Gesicht und klopfte mir auf den Rücken, als wollte er sich vergewissern, daß ich wirklich in Fleisch und Blut vor ihm stand.

»Ich habe es ihm gerade erzählt«, sagte Herr Pendaran, »gerade in diesem Moment.«

»Ich bin zurück, Dafyd, mein Freund.«

»Sieh dich nur einer an, Junge. Jesus vergebe mir, aber du bist ein stattlicher Anblick. Dein Fortsein hat dir nicht geschadet.« Er drehte meine Hand um und rieb mir über die Handfläche. »So hart wie der Schiefer in den Bergen. Und dann bist du auch noch in einen Wolfspelz gehüllt. Myrddin, wo warst du nur? Was ist dir widerfahren? Als ich hörte, daß du vermißt wurdest, war mir, als hätte man mir das Herz aus dem Leibe geschnitten. Was erzählt Pendaran mir da von den Bergmenschen?«

»Du verdienst einen vollständigen Bericht«, erwiderte ich, »ich werde dir alles erzählen.«

»Doch es muß noch eine Zeitlang warten«, meinte Dafyd. »Ich muß die Messe vorbereiten...«

»Und das Fest danach«, warf Pendaran ein und rieb sich voll kindischer Freude die Hände.

»Wir unterhalten uns bald«, versprach ich ihm.

Er blickte mich mit leuchtenden Augen an. »Es ist das Glück selbst, dich zu sehen, Myrddin. Gott ist fürwahr gut.«

Ich glaube nicht, daß ich jemals eine Messe gehört habe, die aus vollerem Herzen gehalten worden war als Dafyds Christmesse in jener Nacht. Die Liebe, die in dem Manne wohnte, seine Güte und Freundlichkeit strahlten von ihm aus wie ein

Leuchtfeuer von einem Hügel und entfachten in seiner Gemeinde wahrhaftige Anbetung. Der Saal war mit Efeu und Stechpalmen geschmückt, die glühenden Binsenfackeln hell wie Sterne, von jedem Gesicht glänzte das Licht wider, die Wärme umhüllte uns, die Liebe erhob uns, von einem zum anderen strömte Freude über.

Als Dafyd aus der Heiligen Schrift vorlas, hob er sein Gesicht und breitete die Arme vor uns aus. »Freuet euch!« rief er. »Freuet euch, sage ich euch! Denn der König des Himmels ist unser König, und sein Name heißt Liebe.

Laßt mich euch von der Liebe sagen: Die Liebe ist geduldig und langmütig; sie ist freundlich, niemals neidisch, niemals erstrebt sie etwas um ihrer selbst willen, niemals zeigt sie sich hochmütig oder hoffärtig; sie prunkt nicht.

Niemals eitel, niemals dünkelhaft, niemals stolzgeschwellt, beträgt die Liebe sich geziemend; niemals grob oder unschicklich, strebt die Liebe nicht nach Lohn und verlangt auch nichts, sondern gibt sich selber ganz.

Die Liebe trachtet nicht nach eigenem Vorteil; sie klagt nicht und empört sich nicht. Des Bösen, was ihr widerfährt, achtet sie nicht und trägt nicht Rechnung dem Unrecht, das sie erleidet. Sie ergötzt sich nicht an Vergehen, sondern freut sich, wenn Recht und Wahrheit die Oberhand behalten.

Die Liebe erträgt alles, hofft alles, glaubt in allem ans Beste. Die Liebe geht nie fehl, und ihre Stärke läßt nie nach. Jede Gabe des Spendergottes findet ihr Ende, doch die Liebe wird niemals enden.

Und so bleiben drei Dinge ewig bestehen: Glaube, Liebe und Hoffnung. Und das größte darunter ist die Liebe.«

Damit lud er uns an die Tafel Christi ein, um das Brot und den Wein zu empfangen, die für uns der Leib und das Blut waren. Wir stimmten einen Psalm an, und Dafyd gab uns seinen Segen: »Edle Herren und Damen, es steht geschrieben: Wo auch immer zwei oder mehr in Jesu Namen versammelt sind, ist auch er zugegen. Er ist heute nacht hier unter uns, Freunde. Spürt ihr seine Gegenwart? Spürt ihr die Liebe und Freude, die er uns bringt?«

Wir spürten sie; in der strahlenden, funkelnden Gesellschaft im Saal gab es nicht eine Seele, welche die Gegenwart des Heiligen nicht gespürt hätte. Und darob glaubten viele, die der Messe gelauscht hatten, in jener Nacht zum erstenmal an den Erlösergott.

Am nächsten Tag nahm Dafyd mich zu seiner neuen Kapelle mit. Ins Gespräch vertieft, ritten wir an einem strahlenden Wintertag aus: Die Welt leuchtete wie neugeschaffen. Der Himmel stand hoch, rein und klar und schimmerte hellblau wie ein zerbrechliches Vogelei. Durch seine wolkenlosen Weiten segelten Adler, und im Holunderdickicht stolzierten Wachteln herum. Einen Fasan im Maul, schlüpfte ein schwarznasiger Fuchs über unseren Weg, er blieb stehen und warf uns einen wachen Blick zu, ehe er in einem jungen Birkenstand verschwand.

Unser Atem stieg in silbernen Wolken in die kalte Luft auf, und ich erzählte Dafyd von meinem Leben bei den Pyrtanen. Dafyd war wie gebannt und schüttelte bei dem Versuch, alles zu erfassen, bisweilen den Kopf.

Nach einer gewissen Zeit gelangten wir zur Kapelle, einem viereckigen Holzgebilde, das oben an einem waldigen Hügel auf einem Steinfundament stand. Das steile Dach, dessen Gauben fast bis zum Boden reichten, war mit Riet gedeckt. Hinter der Kapelle strömte ein aus einer Quelle gespeister Brunnen in einen kleinen Teich. Als wir näher kamen, sprangen zwei Hirsche von dem Teich ins Unterholz.

»Hier steht meine erste Kapelle«, verkündete Dafyd stolz. »Die erste von vielen. Ach, Myrddin, hier läßt sich eine reiche Ernte einholen. Die Menschen hören so begierig zu. Unser Herr fordert dieses Land für sich. Das weiß ich.«

»So sei es«, erwiderte ich. »Möge das Licht sich mehren.«

Wir saßen ab und gingen hinein. Im Inneren roch es noch frisch gebaut: nach Hobelspänen und Stroh, Stein und Mörtel. Sie war nicht weiter eingerichtet, bis auf einen hölzernen Altar mit einer schwarzen Schieferplatte obenauf, über der an der Wand ein Kreuz aus Nußbaum hing. Auf der Platte stand eine einzelne Kerze aus Bienenwachs in einem goldenen Ständer, der mit Sicherheit aus Maelwys' Haushalt stammte. Vor dem Altar lag ein dicker Wollteppich, auf den Dafyd sich zum Beten kniete. Durch die schmalen Fenster, die im Winter mit geölten Häuten verschlossen waren, drang Licht. Die Kapelle ähnelte dem Heiligtum im Ynys Avallach, war aber größer, denn Dafyd ging davon aus, daß seine kleine Herde wachsen würde, und hatte entsprechend gebaut.

»Es ist ein schöner Ort, Dafyd«, sagte ich.

»Im Osten gibt es viel größere Kapellen«, meinte er. »Einige sollen sogar Pfeiler aus Elfenbein und Dächer aus Gold haben.«

»Vielleicht«, räumte ich ein. »Aber haben sie auch Priester, die den Saal eines Königs mit Worten des Friedens und der Freude erfüllen und so die Herzen der Menschen gewinnen?«

Er strahlte glücklich. »Ich neide ihnen das Gold nicht, Myrddin, sei unbesorgt.« Er breitete die Arme aus und drehte sich langsam um. »Hier fange ich an«, sagte er. »Und es ist ein guter Anfang. Ich sehe eine Zeit kommen, in der auf jedem Hügel eine Kapelle und in jeder kleinen und großen Stadt dieses Landes eine Kirche steht.«

»Maelwys hat mir erzählt, daß du auch ein Kloster baust.«

»Ja, ein Stück von hier – nahe genug, um dazuzugehören, aber weit genug weg, um für sich zu stehen. Wir fangen mit sechs Brüdern an; sie kommen im Frühling aus Gallien herüber. Mit mehr Händen wird die Arbeit leichter vonstatten gehen, fürwahr, aber noch wichtiger ist die Schule. Wenn wir diesem Land die Wahrheit bringen wollen, ist ein Ort zum Lernen nötig, sind Bücher und Lehrer nötig.«

»Ein herrlicher Traum, Dafyd«, erwiderte ich.

»Kein Traum, eine Vision. Ich kann sie sehen, Myrddin. Sie wird wahr werden.«

Wir sprachen noch ein wenig weiter, dann führte er mich durch den jungfräulichen Schnee zu dem Teich hinter der Kapelle. Ich hatte eine Vorahnung, was geschehen würde, denn plötzlich hatte ich ein hohles Gefühl in der Magengrube und einen Schwindel im Kopf. Ich folgte dem Priester zu einer kleinen Laube neben dem Teich, dessen dünne Eisschicht die Hirsche aufgebrochen hatten, um ans Wasser zu gelangen.

In der Laube aus drei kleinen Haselbüschen stand ein Eichenpfahl, über den zur Kreuzform quer ein zweiter mit Leder festgebunden war. Lange stand ich da und blickte auf den Haufen Erde unter dem Schnee. Schließlich fand ich wieder zu Worten: »Hafgan?«

Dafyd nickte. »Er starb letzten Winter. Der Grundstein war

gerade gelegt worden. Er hat sich diesen Flecken selber ausgesucht.«

Ich sank auf die Knie in den Schnee und legte mich der ganzen Länge nach über den Grabhügel. Die Erde war kalt, kalt und hart. Hafgans Leichnam lag tief unter dem gefrorenen Boden. Er hatte weder Kromlech noch Hügelgrab gewollt, seine Knochen ruhten in einem anderen, Gott geweihtem Boden.

Wo meine Tränen hinfielen, schmolz der Schnee.

Lebe wohl, Hafgan, mein Freund, möge es dir auf deiner Reise wohl ergehen. Großes Licht, regne Gnade herab auf diese edle Seele und kleide sie in deine liebende Güte. Sie diente dir wohl mit dem Licht, das sie besaß.

Ich stand wieder auf und klopfte mir den Schnee von den Kleidern. »Er hat es mir zwar nie erzählt«, meinte Dafyd, »doch ich vermute, daß auf eurer Reise nach Gwynedd etwas geschehen ist, etwas, das für ihn unangenehm oder betrüblich war.«

Ja, es mußte ihn betrübt haben. »Er hatte die Gelehrte Bruderschaft in die Wahrheit einzuführen gehofft, aber sie weigerten sich. Da er Erzdruide war, muß er ihre Weigerung wohl als Angriff auf seine Autorität gesehen haben, als Aufstand. Es kam zu einer Auseinandersetzung, und er löste die Bruderschaft auf.«

»Ich habe mir gedacht, daß es so etwas war. Nachdem er wieder hier war, unterhielten wir uns oft über ...« Dafyd lachte sanft: »... über die dunkelsten Stellen der Theologie. Er wollte alles über die göttliche Gnade wissen.«

»Wenn man so sieht, daß er auf heiligem Grund begraben liegt, dann scheint er seine Antwort gefunden zu haben.«

»Er sagte, daß er nicht hier begraben werden wollte, weil er glaubte, daß seine Knochen in geweihter Erde bessere Ruhe finden würden, sondern weil er ein Zeichen setzen wollte, ein Mahnmal für seine Verbundenheit mit unserem Herrn Jesus. Ich war der Meinung gewesen, er sollte in Caer Cam bei seinem Volk begraben werden, aber er blieb hartnäckig. ›Sieh, Bruder Priester‹, sagte er, ›nicht der Boden ist es, nicht die Scholle – Erde ist Erde, und Fels ist Fels. Doch wenn jemand nach mir sucht, dann will ich, daß er mich hier findet.‹ Darum liegt er hier.«

Das sah Hafgan ganz ähnlich. Ich konnte es ihn sagen hören. Also war er nicht in Gwynedd gestorben, wie er es vorgehabt hatte. Vielleicht hatte er es sich nach der Auseinandersetzung mit den Druiden einfach anders überlegt. Auch das hätte ihm ähnlich gesehen. »Wie ist er gestorben?«

Zum Zeichen der Verwirrung breitete Dafyd die Hände aus. »Sein Tod war mir ein Rätsel und allen übrigen auch. Am einen Tag war er noch heil und gesund. Ich traf ihn bei Maelwys, wir unterhielten uns und tranken miteinander. Und am übernächsten Tag war er tot: im Schlaf gestorben, heißt es. Er sang nach dem Nachtmahl für Maelwys, sagte dann, daß er müde sei, und ging in sein Zimmer. Am nächsten Morgen fanden sie ihn kalt im Bett liegen.«

»Er ging mit einem Lied von hinnen«, murmelte ich.

»Da fällt mir etwas ein!« meinte Dafyd plötzlich. »Er hat etwas für dich dagelassen. In meiner Freude über unser Wiedersehen hätte ich es beinahe ganz vergessen. Komm mit.«

Wir kehrten zur Hinterseite der Kapelle zurück, wo Dafyd ein kleines Zimmer zum Übernachten hatte. Ein Binsenlager voller Felle und Vliese, ein kleiner Tisch und ein einfacher Hocker neben einer Feuerstelle, dazu Geräte zum Kochen und Essen, das waren sämtliche Habseligkeiten Dafyds. Neben der Pritsche stand in der Ecke etwas in ein Tuch gewickelt. Ich wußte, was es war.

»Hafgans Harfe«, sagte Dafyd, holte sie und streckte sie mir hin. »Er bat mich, sie dir bis zu deiner Rückkehr aufzubewahren.«

Ich nahm den geliebten Gegenstand und wickelte ihn ehrfürchtig aus. Im dämmrigen Licht funkelte das Holz, und die Saiten summten leise. Hafgans Harfe ... ein Schatz. Wie oft hatte ich ihn sie spielen sehen? Wie oft hatte ich sie selbst zum Lernen gespielt? Sie war beinahe das erste, woran ich mich bei ihm erinnerte – die lange Gestalt in dem weiten Gewand, die über die Harfe gebückt am Feuer saß und Musik in die Nacht spann, die plötzlich von Zauber erfüllt war. Oder ich sehe ihn aufrecht im Saal des Königs stehen, kühn die Harfe schlagen und von Taten und Trieben, Hader und Hoffnungen, Glanz und Gram der Helden unseres Volkes singen.

»Wußte er denn, daß ich wiederkehren würde?«

»Oh, daran hat er nie gezweifelt. ›Gib sie Myrddin, wenn er wiederkommt‹, sagte er zu mir. ›Er wird eine Harfe gebrauchen können, und diese hat er immer haben sollen.‹«

Danke, Hafgan. Wenn du sehen könntest, wann und wo deine Harfe erklungen ist, du würdest staunen.

Darauf ritten wir zur Villa zurück und kamen gerade recht zum Mittagsmahl. Meine Mutter und Gwendolau waren ins Gespräch vertieft und hatten alles um sich herum vergessen. Dafyd und ich speisten mit Maelwys und Baram, die mit zwei von Maelwys' Hauptleuten aus dem Norden seines Reiches zusammensaßen. »Setzt euch zu uns«, lud Maelwys uns ein. »Es gibt Neuigkeiten aus Gwynedd.«

Einer der Hauptleute, ein dunkelhäutiger Mann namens Tegwr mit schwarzem Haar und einem bronzenen Torques um den Hals, ergriff das Wort. »Ich habe Verwandte im Norden, die mir berichtet haben, daß in Diganhwy ein König namens Cunedda eingesetzt worden ist.«

Baram spitzte die Ohren, sagte aber nichts.

»Eingesetzt?« fragte ich. »Was soll das heißen?«

»Kaiser Maximus hat ihn ernannt«, erwiderte Tegwr schlicht. »Um das Land zu besitzen, heißt es. Hat es ihm einfach geschenkt, ihm und seinem Stamm, als würden sie dort wohnen und als würde ihnen das Land gehören.«

»Sehr großzügig vom Kaiser«, versetzte Maelwys.

»Großzügig, ja, und dumm.« Tegwr schüttelte heftig den Kopf, um zu zeigen, was er davon hielt.

»Das Land steht leer, und das ist nicht gut. Jemand muß es bewohnen, um die Iren fernzuhalten, wenn es sonst keinen Grund gibt«, meinte ich.

»Cunedda ist Ire!« brach es aus Tegwr heraus. Der andere Hauptmann spuckte aus und fluchte leise. »Und er ist da!«

»Das kann nicht sein«, sagte Baram. »Und wenn es so ist, dann kann es nicht gut sein.«

In Barams kargen Worten lag etwas Wissendes.

»Du kennst ihn?« fragte Maelwys.

»Wir haben von ihm gehört.«

»Und was ihr gehört habt, ist nicht gut?«

Baram nickte finster, entgegnete aber nichts.

»Sprich, Mann«, sagte Tegwr, »jetzt ist nicht die rechte Zeit, den Mund zu halten und sich die Worte zu verbeißen.«

»Wir haben erfahren, daß er drei Frauen und eine Brut Söhne hat.«

»Brut ist das richtige Wort!« lachte Baram freudlos. »Besser, eine Schlangenbrut. Cunedda ist vor vielen Jahren in den Norden gekommen und hat sich dort Land angeeignet. Seitdem hat es nichts als Ärger gegeben. Ja, wir kennen ihn und können nichts Gutes über ihn sagen, oder über seine diebischen Söhne.«

»Warum sollte Maximus ihn unter uns einsetzen wollen? Warum nicht einen von uns?« fragte Maelwys. »Vielleicht Elphin ap Gwyddno.« Er zeigte auf mich. »Es war früher ihr Land.«

»Mein Großvater würde dir für diesen Einfall danken«, erwiderte er, »aber er würde nicht zurückkehren; für mein Volk ist mit diesem Ort zu großes Leid verbunden; sie könnten dort nie wieder glücklich werden. Als ich noch klein war, bat Maximus Elphin einst, zurückzukehren, und er bekam seine Antwort darauf.«

»Das ist kein Grund, einen Hund wie Cunedda anzubringen«, schimpfte Tegwr.

»Mit den Iren die Iren abwehren«, grübelte Maelwys.

»Ihr werdet ein Auge auf ihn haben müssen«, warnte Baram. »Er ist inzwischen alt – einige seiner Söhne haben schon wieder Söhne. Aber er ist gerissen wie ein alter Keiler und genauso heimtückisch. Seine Söhne sind kaum besser; er hat acht, und die haben die Hand schnell am Schwert und an deinem Beutel. Aber eines kann ich sagen: Sie passen auf ihre Besitztümer auf. Wenn sie das Land halten sollen, dann halten sie es auch.«

»Das ist ein schwacher Trost«, murmelte Tegwr.

Baram zuckte die Achseln. Für ihn war das der Redefluß eines ganzen Monats gewesen, und mehr war nicht zu erwarten.

Meiner persönlichen Einschätzung nach war Cuneddas Ankunft – gleich, was Tegwr und seinesgleichen denken mochten – an sich nicht schlecht. Das Land mußte in Besitz genommen, bearbeitet und verteidigt werden. Seit Elphin vertrieben worden war, hatte niemand Anspruch auf Gwynedd erhoben. Selbst diejenigen, die das Land überrannt hatten, zeigten kein dauerhaftes Interesse daran; sie waren nur auf den Reichtum aus gewesen, den es versprochen hatte.

Wie Elphin erkannt hatte, gab es keine Rückkehr zur Vergangenheit. Lieber einen notorischen Halunken wie Cunedda – bei dem man sich darauf verlassen konnte, daß er zumindest auf seine Interessen achtgeben würde – als einen Halunken, von dem man nichts wußte. Cunedda Land zu gewähren würde sich womöglich als meisterliche Diplomatie und Verteidigungsstrategie herausstellen. So konnte Maximus um so leichter für seinen Gallienfeldzug die Garnison abziehen, denn dadurch, daß er einen starken Klan zum Schutz des Gebiets ansiedelte, hatte er für das Land getan, was er konnte. Der alte Keiler seinerseits mußte sich geschmeichelt und dankbar fühlen, daß ihm vom Kaiser so viel Anerkennung widerfuhr; so würde er vielleicht sogar seine Rücksichtslosigkeit im Zaum halten, um sich die Achtung seiner Nachbarn zu erwerben.

Die Zeit würde es weisen.

Die übrigen schweiften zu anderen Themen ab. Daher entschuldigte ich mich und brachte die Harfe in mein Zimmer. Gleich machte ich mich daran, sie zu stimmen und auszuprobieren. Es war so lange her, daß ich eine Harfe in Händen gehalten hatte – tatsächlich war es in jener Nacht gewesen, als ich in Maelwys' Saal gesungen hatte.

Ein schönes Instrument, wird die Harfe von Bardenhandwerkern geschnitzt, die ihre Fertigkeiten und Gerätschaften seit einem Jahrtausend hüten, entwickeln und verbessern. Sie besteht aus dem besten Holz: Eiche oder Walnuß, sorgfältig, anmutig geschnitzt, geformt und von Hand geglättet. Mit einem Schutzlack poliert und mit Messing- oder Darmsaiten bespannt, singt eine gute Harfe von selbst; im streifenden Wind summt sie. Doch wenn die Hand eines Barden die hellen Saiten berührt, schwingt sie sich zum Lied auf.

Unter den Barden gibt es einen Spruch, daß alle Lieder, die es je geben wird, im Herz der Harfe schlafen und nur darauf warten, daß der Harfner sie mit seiner Berührung weckt. Ich habe dies selbst so empfunden, denn oft scheinen die Lieder die Finger zu lehren, wie sie spielen sollen.

Nach einer Weile stellte das Gefühl meiner Finger für die Saiten sich allmählich wieder ein. Ich versuchte, eine meiner Lieblingsweisen zu spielen, und es gelang mir – mit nur ein paar unsicheren Stellen.

Als ich so die Harfe im Arm hielt, kam mir aus irgendeinem Grunde Ganieda in den Sinn. Ich hatte oft an sie gedacht, seitdem ich Custennins Feste im Walde verlassen hatte. Obwohl es ihres Vaters Idee gewesen war, Gwendolau mit mir zu schicken, minderte dies nicht ihre Sorge um mich. Ahnte sie wie ihr Vater ebenfalls, daß auch meine Vorfahren dem Feenvolk angehörten? Hatte sie sich deshalb zu mir hingezogen gefühlt und ich mich zu ihr?

O ja, ich fühlte mich zu ihr hingezogen: gebannt von ihrer dunklen Schönheit, würden manche sagen, seitdem ich sie kühn durch den Wald brechen sah, dem Ungetüm von Eber hinterher. Erst der Lärm ihrer Hatz und der Anblick des Untiers, das durch den Bach schoß, und dann ... Ganieda, wie sie mit einemmal im Licht auftauchte, den Speer in der Hand, mit leuchtenden Augen, das liebliche Antlitz fiebrig vor Entschlossenheit.

Ganieda aus dem Feenvolk – war das ein Zufall? Hatte nur der Zufall uns zusammengeführt? Oder etwas, das darüber hinaus ging?

Wie dem auch war, unser Leben konnte nicht weitergehen wie zuvor. Früher oder später würde es zu einer Entscheidung kommen. Im innersten Herzen kannte ich die Antwort bereits und hoffte, mich nicht zu täuschen.

Die Harfe brachte mir diese Dinge in den Sinn. Die Musik war wohl ein Teil der Schönheit, die ich schon damals mit Ganieda in eins sah. Obgleich wir uns kaum kannten, war sie bereits ein Teil von mir und besaß einen Platz in meinen Gedanken und Gefühlen.

Wußtest du das, Ganieda? Spürtest du es auch?

XI

Pendaran Gleddyvrudd, der König der Demeten und Siluren in Dyfed, war mit den Jahren stark gealtert; seine Muskeln wirkten unter der verblichenen Pergamenthaut wie Lederstricke. Seine Augen waren scharf und klar und dienten einem Verstand, der auf seine Weise noch wach und flink war. Doch in seinen letzten Jahren war er einfältig geworden. Dieses Schicksal teilte er mit vielen, die das Alter der List und Verstellung entkleidet.

Einen oder zwei Tage nach meinem Besuch bei Dafyds Kapelle kam ich von einem Spaziergang mit meiner Mutter nach Hause und fand ihn an seinem Stammplatz am Herd sitzen. Er hatte einen eisernen Schürhaken in der Hand und stocherte an den verzehrten Scheiten herum, um sie zwischen die Glut zu schieben.

»Ach, Myrddin, mein Junge. Die anderen haben dich lange genug für sich gehabt. Jetzt ist die Reihe an mir. Komm her.«

Mutter entschuldigte sich, und ich ließ mich auf dem Stuhl ihm gegenüber am Herd nieder. »Die Ereignisse überschlagen sich, wie, Myrddin? Aber das tun sie ja stets.«

»Ja«, gab ich ihm recht, »du hast in deinem Leben vieles erlebt.« Gleddyvrudd bedeutet Rotschwert, und ich fragte mich, was für ein König er gewesen war, um zu einem solchen Namen zu gelangen.

»Mehr als die meisten Menschen, stimmt.« Er zwinkerte und stieß mit dem Schürhaken in die Glut.

»Was hältst du davon, daß Maximus Kaiser geworden ist?« fragte ich ihn, neugierig auf seine Meinung.

»Pah!« Er rümpfte angewidert die Nase. »Ein Emporkömmling, meinst du. Wozu will er denn Kaiser sein?«

»Vielleicht denkt er, er kann für uns Frieden erringen, sich um unsere Interessen kümmern.«

Pendaran schüttelte sein kahles Haupt. »Frieden! Darum also nimmt er als erstes seine Legionen und marschiert nach Gallien davon – warum sollte er das tun, frage ich dich.« Er seufzte. »Ich will es dir sagen, soll ich? Aus Eitelkeit, Junge. Unser Kaiser Maximus ist ein eitler Mensch, der sich zu leicht von der guten Meinung leiten läßt, die die Menschen von ihm haben.«

»Er ist ein guter Soldat.«

»Glaube das nicht! Ein echter Soldat würde zu Hause bleiben, sein eigen Hab und Gut beschützen und nicht nach einem Kampf an fremden Gestaden suchen. Gegen wen wird er denn da drüben kämpfen? Sachsen? Ha! Er wird sich auf Gratians Kehle stürzen.« Er lachte höhnisch. »Ach, genau das brauchen wir: zwei stolzierende Pfauen, die sich gegenseitig die Augen auspikken, während die Seewölfe uns wie Schafe in einer Koppel überrennen.«

»Wenn er in Gallien Frieden geschaffen hat, kommt er gewiß mit mehr Truppen zu uns zurück und macht dem ein Ende.«

»Puuh!« johlte Pendaran vor Freude. »Glaube daran nicht! Er wird diesen Wicht Gratian erledigen und den Blick dann auf Rom richten. Merke dir meine Worte, Myrddin, wir haben Maximus zum letzten Mal gesehen! Hast du jemals davon gehört, daß jemand von Rom zurückgekommen ist? Sobald sie über dem Wasser sind, sind sie fort. Es ist ein Jammer, daß er unsere besten Kämpfer mitgenommen hat.« Traurig schüttelte er den Kopf wie ein Vater über einen mißratenen Sohn.

»Jammerschade, wirklich jammerschade«, fuhr er fort. »Dumme Eitelkeit! Es wird sein Tod sein und unserer dazu! Dummer Mensch!«

Des alten Rotschwert Einschätzung der Lage war erstaunlich zutreffend. Er hatte ein langes Leben hinter sich und gelernt, sich nicht vom Anschein und politischen Manövern täuschen zu lassen. Und darüber hinaus machte er mir klar, daß ich auf den Idealismus eines ehrgeizigen Mannes zuviel Hoffnung gesetzt hatte.

»Doch sieh dich nur an, Myrddin. Ich wünschte, Salach wäre hier. Er würde dich bestimmt sehen wollen.«

»Wo ist dein jüngster Sohn?«

»Hat die Gelübde abgelegt. Dafyd hat ihm ermöglicht, Priester zu werden. Er ist nach Gallien gereist, um sich unterweisen zu lassen.« Er seufzte. »Man braucht wohl viel Unterweisung, um Priester zu werden; er ist schon lange fort.«

Ich hatte Salach zwar nie kennengelernt, aber viel von ihm

gehört. Er war dabeigewesen, als mein Vater ermordet wurde. »Du mußt sehr stolz auf ihn sein. Es ist etwas Wunderbares, Priester zu sein.«

»Stolz bin ich zwar«, gab er zu. »Ein Priester und ein König in ein und derselben Familie. Wir haben Glück.« Er richtete seinen klaren Blick auf mich. »Und was ist mit dir, Myrddin? Was willst du werden?«

Ich lächelte und schüttelte den Kopf. »Wer weiß das zu sagen, Großvater?« Daß ich ihn so nannte, erfreute ihn. Er streckte die Hand aus und tätschelte mir den Arm.

»Ach, du hast ja noch genug Zeit, es dir zu überlegen. Viel Zeit.« Er erhob sich brüsk. »Ich lege mich jetzt schlafen.« Und weg war er.

Ich sah ihm nach und fragte mich, warum seine Frage mich beunruhigt hatte. Da kam mir, daß ich mich möglichst bald an Blaise wenden mußte.

Wie Pendaran sagte, überschlugen sich die Ereignisse. Während ich in meiner Hügelhöhle vor mich hin geträumt hatte, hatte die Welt sich weitergedreht und das Treiben der Menschen mit ihr: weitere gewaltsame Züge der Pikten, Skoten und Sachsen; ein neuer Kaiser ausgerufen; Heere zusammengezogen; Garnisonen aufgegeben; Völkerscharen auf Wanderschaft... Jetzt steckte ich mittendrin und spürte, daß auf irgendeine Weise etwas von mir verlangt wurde. Doch was das sein mochte, davon hatte ich keine Ahnung.

Vielleicht konnte Blaise mir helfen, die Antwort zu finden. So oder so, hatte ich ihn seit fast vier Jahren nicht mehr gesehen und ihn vermißt – und nicht nur Blaise, sondern auch Elphin und Rhonwyn, Cuall und die anderen aus Caer Cam. Ich dachte nun nicht zum erstenmal seit meinem Verschwinden an sie, spürte aber jetzt ein Bedürfnis nach ihnen wie nie zuvor.

Leider blieb mir keine andere Wahl, als zu warten, bis der Frühling das Land wieder bereisbar machte.

Es verging ein Mond und noch einer. Mit Gwendolau und anderen ritt ich auf Maelwys' Jagdpartien oder schweifte durch die Hügel rund um Maridunum. Die Tage waren kurz, brachten jedoch lange Nächte, in denen wir gesellig am Feuer sitzen, Schach spielen oder miteinander reden konnten. In dem Maße, wie Geschicklichkeit und Vertrautheit mit der Harfe sich wieder bei mir einstellten, fing ich auch wieder zu singen an. Es erübrigt sich zu sagen, daß meine Lieder und Geschichten in dem Saal willkommen waren, in dem mein Vater vor so vielen Jahren gesungen hatte. Alles in allem war es die richtige Zeit, um sich auszuruhen und für das kommende Jahr Kräfte zu sammeln. Ich versuchte, meine Ungeduld im Zaum zu halten und meine Tatenlosigkeit nicht schwerzunehmen, sondern diese stille Zeit zu schätzen.

Doch das gelang mir nur zum Teil. Die Unruhe in meinem Herz und meinem Sinn erweckten mir den Eindruck, als würde ich wie angewurzelt dastehen, während die Welt schwindelerregend an mir vorbeiraste.

Dennoch kam schließlich der Tag, als wir uns von Pendaran und Dafyd verabschiedeten und in Richtung Ynys Avallach und Sommerlande aufbrachen. Für mich war es eine Reise zurück in eine andere Zeit: Alles war genau so geblieben, wie ich es in Erinnerung hatte. Nichts hatte sich verändert oder schien sich jemals verändern zu sollen.

Maelwys kam mit uns, dazu Gwendolau, Baram und ein paar von Maelwys' Leuten als Begleitschutz. Ja, wir waren ein kühner Zug, ob wir zu zweien nebeneinander auf der Straße ritten, wie es zumeist der Fall war, oder ob wir im ersten Frühlingsgrün in einem waldigen Tal unser Lager aufschlugen. Die Tage flogen dahin, und eines Mittags sahen wir ihn: den Felsen, der sich aus dem von Dunstschleiern verhangenen See erhob. Und auf dem Felsen den Palast des Fischerkönigs Avallach.

Sogar aus ziemlich großer Entfernung erschütterte es mich, wie seltsam der Palast wirkte – der Ort, an dem ich aufgewachsen war. Daß die Heimstätte meiner Kindheit fremd auf mich wirkte, traf mich beinahe wie ein körperlicher Schlag. War ich so lange in der Welt der Sterblichen gewesen, daß ich Anmut und Feinheit des Feenvolks vergessen hatte?

Es war unvorstellbar, daß solche Schönheit, solche Eleganz und solches Ebenmaß so schnell in meiner Erinnerung verblaßt sein sollten. Das Schloß auf diese Weise zu sehen war, als würde ich es zum ersten Mal sehen: die hohen, schrägen Mauern mit ihren schmalen, spitz zulaufenden Türmen; die hochgewölbten Dächer und Kuppeln; die massigen Torpfosten mit den wehenden Bannern.

Tatsächlich gehörte das Schloß zu einer anderen Welt. Ich erblickte meine Heimat fast so, wie ein Fremder auf dem Weg sie erblickt, wenn er im Nebel auf sie stößt. Und ich begriff, wie leicht die Sagen von Zauberwesen und merkwürdigen Hexereien zu glauben waren. Halb im Dunst verhüllt, in der Ferne auf seinem Felsen drohend, von schilfbewachsenem Wasser umgeben, bald blau, bald schiefergrau und verschwommen schimmernd, wirkte Ynys Avallach wie ein Ort aus der Anderswelt.

Doch auch wenn mir der Palast fremd erschien, mit Avallach war es nicht so. Als wir näher kamen, gingen die Palasttore auf, und der König selbst schritt uns auf dem Weg entgegen. Er jauchzte, als er mich sah, und ich sprang aus dem Sattel und warf mich ihm in die Arme.

Was für ein Wiedersehen! Avallach hatte sich gar nicht verändert – ich erfuhr schließlich, daß er das nie tun würde –, aber ich hatte halb erwartet, daß die Heimat meiner Kindheit sich ebenso verändert haben würde wie ich. Alles war noch genauso wie an dem Tag meines Aufbruchs.

Avallach begrüßte den Rest unserer Gruppe mit derselben Begeisterung – hielt jedoch inne, als er Gwendolau und Baram gewahrte. Er drehte sich zu Charis um, die neben ihn trat. »Ja, Vater«, sagte sie sanft, »auch diese sind vom Feenvolk; sie gehören zu Meirchions Leuten.«

Der Fischerkönig legte sich die Hand an die Stirn. »Meirchion, mein alter Kampfgenosse. Wie lange habe ich den Namen nicht gehört...« Er starrte die Fremden an, dann lächelte er. »Willkommen! Willkommen, Freunde. Ich freue mich, daß ihr hier seid. Kommt in meinen Saal, ihr habt mir viel zu erzählen!«

An diesem Abend hielten Gwendolau, Baram, Maelwys und ich mit Avallach in seinem Gemach Rat. Der Fischerkönig wurde wieder von seiner Krankheit heimgesucht, darum zog er sich in sein Gemach zurück, wo er auf seiner roten Seidenbahre lag; sein Gesicht hob sich bleich hinter den dunklen Locken seines Barts ab.

Er lauschte Gwendolaus Bericht der Ereignisse, die ihn nach Ynys Avallach geführt hatten, und schüttelte langsam den Kopf, als er eine Zeit und einen Ort vor Augen sah, die auf immer zerstört waren.

»Es waren zwei Schiffe, hat man mir erzählt«, sagte Gwendolau. »Auf See wurden sie auseinandergetrieben. Eines von ihnen erreichte diese Insel. Wir haben nie erfahren, was dem anderen Schiff zugestoßen ist, obwohl wir hofften, es eines Tages herauszufinden. Darum dachte mein Vater, als er Myrddin sah … nun ja, daß die anderen endlich gefunden wären.« Gwendolau hielt inne, dann hellte sich sein Gesicht auf. »Aber euch zu finden, ist ebenso gut. Es tut mir nur leid, daß Meirchion das nicht mehr erleben darf.«

»Auch mir tut es leid, daß Meirchion gestorben ist. Wir hätten einander so vieles zu sagen«, erwiderte Avallach traurig. »Hat er je vom Krieg gesprochen?«

»Ich war noch nicht geboren, als er starb. Baram hat ihn gekannt.«

»Erzähle mir von ihm«, sprach Avallach zu Baram. »Ich möchte es wissen.«

Es dauerte eine Weile, bis Baram antwortete. »Er hat selten darüber geredet. Er war nicht besonders stolz auf seinen Anteil daran.« Baram hielt vielsagend inne. »Aber er gab zu, daß wir ohne die Schiffe niemals überlebt hätten.«

»Wir haben erfahren, daß dein Bruder, König Belyn, ebenfalls gerettet wurde«, sagte Gwendolau.

»Ja, mit ein paar von seinem Volk. Sie haben sich im Süden niedergelassen, in Llyonesse. Dort herrscht mein Sohn Maildun mit ihm.« Avallach runzelte die Stirn und fuhr fort: »Es hat Schwierigkeiten zwischen uns gegeben, und wir haben einander seit vielen Jahren nicht mehr gesprochen.«

»Das hat uns Prinzessin Charis erzählt«, bestätigte Gwendolau. »Sie hat, glaube ich, von noch einem Schiff gesprochen.«

Avallach nickte bedächtig. »Es gab noch ein Schiff – mit Kian, meinem ältesten Sohn, und Elaine, Belyns Gattin …« Er seufzte. »Aber wie alles andere ist es verlorengegangen.«

Ich hatte schon lange nicht mehr an dieses verlorene Schiff gedacht. Kian und Belyn hatten der feindlichen Flotte Schiffe geraubt und die Überlebenden von Atlantis' Untergang gerettet. Kian war losgesegelt, um Belyns Königin, Elaine, zu bergen, und ward nie wieder gesehen.

Natürlich hatte ich als Kind davon erfahren, aber es gehörte zu all den anderen verlorenen Dingen dieser verlorengegangenen Welt. Doch als ich nun mit Avallach und Gwendolau im Gemach des Königs saß, fing ich wieder zu grübeln an, ob das Schiff wirklich verlorengegangen war. War es womöglich wie Meirchions Schiff irgendwo angelandet? Gab es womöglich noch irgendwo anders eine Kolonie von Überlebenden wie Custennins Waldfeste?

Daß Gwendolau und Baram da waren, ließ diese Möglichkeit fast zur Gewißheit werden. Wenn es noch eine Ansiedlung des Feenvolks gab, wo mochte sie dann liegen?

»Mein Vater hat mich angewiesen, euch bei jedem Pfand, das dir beliebt, unsere Freundschaftsbande anzubieten. Die Gastfreundschaft seines Herdes gilt auch dir und den Deinen, jetzt und für alle kommenden Zeiten.«

»Danke, Prinz Gwendolau. Ich fühle mich geehrt«, erwiderte Avallach artig. »Ich würde diese Gastfreundschaft gerne selbst in Anspruch nehmen, aber wie du siehst«, er deutete mit einer Geste seinen Zustand an, »befinde ich mich nicht in der Verfassung zum Reisen. Doch das braucht unsere Freundschaftsbande nicht zu beeinträchtigen. Gestatte mir, daß ich einen Botschafter sende, der das Angebot an meiner Statt annimmt.«

»Herr, das wird nicht vonnöten sein«, versicherte Gwendolau ihm.

»Trotzdem soll es geschehen.« Avallach blickte mich an. »Was ist mit dir, Merlin? Willst du mir in dieser Sache dienen?«

»Gewiß, Großvater«, erwiderte ich. Ich hatte mich in der Tat bereits gefragt, wie ich wieder nach Goddeu und zu Ganieda finden sollte. Und plötzlich schien es, als sei ich bereits halb dort.

»Doch zuerst«, fuhr Avallach wieder zu Gwendolau gewandt fort, »möchte ich, daß du mit Belyn sprichst. Ich weiß, daß er dir für deine Auskünfte dankbar wäre. Möchtest du erwägen, zu ihm zu reisen?«

Gwendolau blickte Baram an, der sich wie üblich nicht anmerken ließ, was er fühlte oder dachte.

»Ich weiß, daß ihr es eilig habt, wieder nach Hause zu kommen, aber da ihr nun schon einmal so weit gekommen seid...«

»Mache dir nicht länger Gedanken«, entgegnete Gwendolau. »Mein Vater würde es gutheißen, und es bedeutet sowieso nur eine geringe Verzögerung.«

Ach, aber diese Verzögerung, einen oder zwei Monate mehr, ehe ich Ganieda wiedersehen würde.

»Wir haben so lange gesäumt«, meinte Gwendolau, »da bedeutet ein bißchen mehr keinen großen Unterschied. Und es fördert unsere Zwecke wunderbar.«

Na schön, da war nichts zu machen. Vielleicht spürte ich da zum erstenmal, wie die Klauen des Königtums meine Pläne störten. Es sollte nicht zum letztenmal sein.

In jener Nacht sprachen wir lang. Gwendolau und Avallach redeten noch weiter, als ich zu Bett ging, und Baram, der nie viel sagte, hatte schon längst aufgegeben und schnarchte leise in einer Ecke, als ich mich aus dem Gemach schlich. In jener Nacht träumte ich von Ganieda und einem großen Hund mit feurigen Augen, der mich von ihr fernhielt.

Am nächsten Tag gingen Avallach und ich fischen, wie wir es in meiner Kindheit immer gehalten hatten. Daß ich mit ihm im Langboot saß, die Sonne sich golden übers Wasser ergoß und das Schilf vor Wasser und Sumpfhühnern wimmelte, brachte mir diese Zeit wieder. Es war kühl, denn die Sonne hatte ihre volle Kraft noch nicht wiedergewonnen, und ein launischer Frühlingswind wirbelte ab und zu die Wellen auf. Es gab nicht viel zum Fischen, doch darum war es nie gegangen.

Großvater wollte alles wissen, was ich erlebt und getan hatte. Für einen, der sich nie über die Grenzen seines eigenen Reiches hinausbewegte, wußte er erstaunlich viel über den Gang der Welt draußen. Natürlich hatte er mit Elphin eine beständige, zuverlässige Quelle für Neuigkeiten und hieß die zufällig des Weges kommenden Händler stets willkommen.

Als wir ins Schloß zurückkehrten, wartete Collen bereits auf seinen üblichen Empfang bei Avallach – ein Brauch, den sie während der langen Wintermonate eingeführt hatten, als Avallach, an seine Trage gefesselt, den Priester dazu aufgefordert hatte, ihm aus der Heiligen Schrift vorzulesen – ein Buch mit den Evangelien, das Dafyd kürzlich aus Rom erworben hatte. Das Vorlesen hatte sich als so wohltuend für sie beide erwiesen, daß sie es beibehalten hatten. Tatsächlich lasen die Brüder manchmal im großen Saal die Messe für den Fischerkönig und sein Volk.

Nachdem er sich von seiner Überraschung erholt hatte, begrüßte Collen mich herzlich, und wir unterhielten uns kurz über meine »Probe« bei den Bergmenschen, ehe er sich entschuldigte, um nach Avallach zu sehen. »Du mußt, sobald du kannst, zum Heiligtum kommen«, sagte er.

»Das werde ich«, versprach ich und ging am folgenden Nachmittag hin.

Das Heiligtum des Erlösergottes steht bis zum heutigen Tage auf einem kleinen Hügel über dem weichen, sumpfigen Gelände des Flachlands in jener Gegend. Während der Frühlingsüberschwemmungen sind der Burgfelsen und das Heiligtum richtige Inseln; manchmal steht auch der alte Damm, der vom Felsen wegführt, unter Wasser. Doch dieses Jahr waren die Regenfälle nicht so heftig gewesen, und der Damm war trocken.

Das Heiligtum war in etwa noch so, wie ich es in Erinnerung hatte. Die schlammgefüllten Wände waren frisch mit Lehm geweißt und das spitze Rietdach mit den Jahren bloß ein wenig nachgedunkelt. Jemand hatte das Riet oben am Giebel zu einem Kreuz geformt, und ein Stück weg vom Heiligtum stand am Hang eine recht große, aus einem Raum bestehende Hütte für die Priester. Weitere Veränderungen nahm ich nicht wahr.

Ich pflockte mein Pferd unten am Hügel an und stieg zu Fuß hinauf. Collen kam aus der Priesterhütte, gefolgt von zwei jungen Brüdern, die nicht viel älter als ich selbst sein mochten. Sie lächelten und schüttelten mir nach gallischer Sitte zum Gruß die Hand, sagten aber außer einem gemurmelten Willkommen nichts.

»Sie sind schüchtern«, erklärte Collen. »Sie haben von dir gehört«, fügte er geheimnistuerisch hinzu. »Durch Hafgan.«

Ich erriet, daß Hafgan ihnen von dem Tanz der Steine berichtet hatte. Gemeinsam spazierten wir zum Heiligtum.

Es gibt eine bestimmte Freude des Fleisches, die keiner anderen gleicht, eine Freude, die gleichermaßen aus Sehnsucht und Glück besteht. Es ist, glaube ich, das Verlangen von Fleisch und Blut nach dem Jubel, den der Geist erfährt, wenn er sich seinem wahren Wohnort nähert. Der Körper weiß, daß er Staub ist und am Ende wieder zu Staub werden wird, und er trauert um sich selbst. Der Geist jedoch weiß, daß er ewig ist und strahlt in diesem Wissen. Beide streben nach dem Glanz, den sie beide zu Recht besitzen oder zur rechten Zeit besitzen werden.

Doch anders als die des Geistes ist des Körpers Hoffnung schwach. Darum jauchzt er in jenen seltenen Augenblicken, da er die Wahrheit spürt – daß er unvergänglich sein wird, daß er alles erben wird, was dem Geist zu eigen ist, daß die beiden eins sein werden –, in einer Freude, die zu süß für Worte ist. Diese Freude empfand ich, als ich das Heiligtum betrat. Diese besondere Freude war hier zu finden, wo gute Menschen ein heidnisches Land mit ihren Gebeten und später mit dem Blut aus ihren Adern gesegnet hatten. Hier an diesem heiligen Ort vermochte ich den Frieden zu spüren, der von jener anderen, höheren Welt über uns auf unsere Welt gehaucht wurde.

Das Heiligtum war reingefegt und duftete nach Öl, Kerzen und Weihrauch. Der Altar bestand aus einer Steinplatte auf zwei Steinsäulen. Er war sehr alt. Die Stille im Heiligtum war tief und ungetrübt, und während ich in der Mitte dieses Raumes stand und das Sonnenlicht durch das kreuzförmige Fenster auf den Altar strömte, beobachtete ich die Staubwölkchen auf den schrägen Strahlen gelben Lichts herabrutschen wie kleine Engel, die zu Gnadengängen Richtung Erde unterwegs sind.

Während ich dies sah, bemerkte ich winzige, kaum wahrnehmbare Veränderungen von Licht und Schatten im Heiligtum. Da bewegte sich und floß etwas, in dieser anscheinend statischen Umgebung gab es eine deutliche Ebbe und Flut. Konnte es sein, daß die Mächte, die Dafyd beschrieben hatte, die Fürsten, die Herrscher der Finsternis sich jetzt an diesem allerheiligsten Ort vergriffen?

Wie als Antwort auf diesen Angriff zog der eine Lichtstrahl sich zusammen, wurde feiner und stärker und brannte sich in den Altarstein. Wo das Licht aufprallte, erglühte der Stein, und die Schatten wichen zurück. Doch während ich zusah, wurde der Kreis aus weißgoldenem Licht dichter, gewann Gehalt und Gestalt: den Gehalt eines silbrigen Metalls, die Gestalt eines Weinkelchs, wie er bei Vermählungsfeiern Verwendung fand. Der Gegenstand war schlicht und einfach gefertigt und hatte an sich keinen besonderen Wert.

Dennoch war das Heiligtum mit einemmal von einem Duft erfüllt, der zugleich so frisch und süß war, daß ich an die goldenen Sommertage dachte, die ich erlebt hatte, und an all die Wiesen mit wilden Blumen, durch die ich jemals geritten war, und an alle mondhellen Nachtbrisen, die jemals durch mein Fenster gestreift waren. Diese Schale anzublicken hieß, einen unaussprechlichen Frieden zu empfinden, der heil und unantastbar war, die Ruhe unendlicher, dauerhafter Macht, unsichtbar zwar, doch wachsam und gegenwärtig, überlegen in ihrer Stärke.

Mir kam in den Sinn, daß diesen Kelch zu halten bedeuten würde, diesen Frieden teilweise zu besitzen. Ich trat näher an den Altar und streckte die Hand aus. Das Licht der Schale flammte auf, und das Bild verblaßte, als sich meine Hand um sie schloß.

Es war nichts davon übrig als das Sonnenlicht, das durch das Fenster über dem Altar strömte, und meine Hand auf dem kalten Altarstein. Die Schatten wurden tiefer und dichter und raubten den letzten Rest des schwindenden Glanzes. Und ich spürte meine eigene Stärke verebben wie Wasser, das man auf trockenen Grund gießt.

Großes Licht, erhalte dein Heiligtum, und kleide seine Diener in Weisheit und Macht; gürte sie für den künftigen Kampf!

Hinter mir erklangen Schritte, und Collen trat in den dunklen, kühlen Raum. Er schaute mir vorsichtig ins Gesicht – es mußte noch eine Andeutung meiner Vision darauf liegen –, sagte aber nichts. Vielleicht wußte er, was ich gesehen hatte.

»Fürwahr, dies ist ein heiliger Ort«, sprach ich. »Aus diesem Grund wird die Finsternis um so heftiger versuchen, ihn zu zerstören.«

Damit er sich bei meinen Worten nicht beunruhigte, fügte ich hinzu: »Doch keine Angst, Bruder, es kann ihr nicht gelingen. Der Herr dieses Ortes ist stärker als jede Macht auf Erden; die Finsternis wird den Sieg nicht davontragen.«

Dann beteten wir gemeinsam. Ich teilte das einfache Mahl, das die Brüder bereitet hatten, und wir sprachen von meinen Fahrten und ihrer Arbeit am Heiligtum, ehe ich zum Schloß zurückritt.

Die nächsten Tage verbrachte ich mit der Wiederentdeckung von Ynys Avallach. Während ich die Orte meiner Kindheit abermals besuchte, kam mir der Gedanke, daß dieses Königreich, dieses Reich der Feen nicht von Dauer sein konnte. Es war zu zerbrechlich, zu abhängig von der Stärke und freundlichen Gesinnung der Menschenwelt. Wenn diese versagte, würden die Feen verschwinden.

Dieser Gedanke hatte nichts Erheiterndes.

Eines Morgens entdeckte ich meine Mutter in ihrem Gemach, wie sie vor einer Holztruhe kniete. Ich hatte diese Truhe schon unzählige Male gesehen, doch stets verschlossen. Sie war, wie ich wußte, ein Relikt aus Atlantis. Von Ebenholz und mit Elfenbein eingelegt, trug sie Schnitzereien von Fabelwesen mit den Köpfen und Vorderbeinen von Stieren und den Hinterleibern von Meerschlangen.

»Komm herein, Merlin«, sagte sie, als ich mich in die Tür stellte. Ich ging zu ihr und setzte mich auf den Stuhl neben der Truhe. Sie hatte mehrere kleine, säuberlich eingepackte Bündel herausgenommen, unter denen sich ein ziemlich langes, schmales befand, das mit Lederstreifen zusammengebunden war.

»Ich suche etwas«, sagte sie und stöberte weiter in der Truhe herum.

Einer der Gegenstände neben ihr auf dem Boden war ein Buch. Ich hob es vorsichtig auf und öffnete seine zarten Seiten. Auf der ersten war das Bild einer großen Insel zu sehen, ganz in Grün und Gold auf einem blendend blauen Meer. »Ist das Atlantis?« fragte ich.

»Ja«, erwiderte sie und nahm das Buch in die Hand. Sie strich mit den Fingerspitzen über die Seite, leicht, als würde sie das Gesicht eines geliebten Menschen berühren. »Das größte Gut meiner Mutter war ihre Bibliothek. Sie besaß viele Bücher. Ein paar davon kennst du bereits. Doch dieses steht über allen anderen, denn es war ihr Schatz; es war dasjenige, das sie als letztes bekam.« Charis blätterte die Seiten um und besah sich die fremdländische Schrift. Dann seufzte sie. Als sie mich anblickte, lächelte sie. »Ich weiß nicht einmal, worum es darin geht. Ich habe es wegen des Bildes gerettet.«

»Es ist wahrhaftig ein Schatz«, meinte ich. Meine Augen fielen auf das schmale Bündel neben ihr. Ich hob es hoch und knüpfte es auf. Einen Moment später kam das gleißende Heft eines Schwertes zum Vorschein. Vorsichtig, doch hastig zog ich das geölte Leder beiseite und hielt bald eine lange, schimmernde Klinge in der Hand, leicht und flink wie das Denken selbst, die Waffe eines Traumes, geschaffen für die Hand eines Gottes, schön, kalt und tödlich.

»Hat das meinem Vater gehört?« fragte ich und beobachtete, wie das Licht wie Wasser über das herrliche Gebilde glitt.

Sie setzte sich zurück und schüttelte leicht den Kopf. »Nein, es gehört Avallach oder sollte ihm gehören. Ich habe es von den Waffenschmieden des Hochkönigs in Poseidonis fertigen lassen, den besten Handwerkern der Welt. Die Handwerker von Atlantis, habe ich gehört, hatten eine Methode, den Stahl zu härten, vervollkommnet – ein Geheimnis, das sie eifersüchtig hüteten. Ich habe das Schwert für Avallach gekauft, als Friedensgabe zwischen uns.«

»Was ist geschehen?«

Meine Mutter führte eine Hand an das Schwert. »Es war eine schwierige Zeit. Er war krank... seine Wunde... er wollte es nicht; er sagte, es würde seiner spotten.« Sie berührte die gleißende Schneide mit den Fingerspitzen. »Aber ich habe es trotzdem aufgehoben. Ich habe wohl gedacht, daß ich es einmal gebrauchen könnte. Es ist schließlich sehr wertvoll.«

Ich hob die wunderbare Waffe hoch in die Luft und teilte damit leichte Hiebe aus. »Vielleicht ist seine Zeit noch nicht gekommen.«

Das war mir nur so in den Sinn gekommen, aber Charis nickte ernst. »Zweifellos habe ich es darum aufbewahrt.«

Der Griff bestand aus den verschlungenen Körpern zweier bekrönter Schlangen, deren mit Smaragden und Rubinen eingelegten Köpfe den Knauf bildeten. Gleich unterhalb des rotgoldenen Heftes sah ich die dort eingeschnittene Schrift: »Was bedeuten diese Zeichen?«

Charis hielt das Schwert auf ihren Handflächen. »Da steht: *Nimm mich auf*«, erwiderte sie und drehte die Klinge um, »und hier: *Leg mich weg*.«

Eine merkwürdige Inschrift für die Waffe eines Königs. Durch welche Macht hatte sie diesen Spruch ausgewählt? Hatte sie auf irgendeine Weise, wie verborgen auch immer, geahnt, welche Rolle ihr Geschenk in den tristen und ruhmreichen Ereignissen spielen sollte, aus denen unsere Nation hervorging?

»Was willst du jetzt damit tun?« fragte ich.

»Was sollte ich deiner Meinung nach damit tun?«

»Ein Schwert wie dieses könnte ein Königreich gewinnen.«

»Dann nimm es, mein Sohn, und gewinne dir dein Königreich damit.« Vor mir kniend, streckte sie es mir entgegen.

Ich griff nach dem Schwert, doch etwas hielt mich ab. Nach

einem Augenblick sagte ich: »Nein, es ist nicht für mich. Zumindest noch nicht. Vielleicht werde ich eines Tages eine solche Waffe nötig haben.«

Charis nahm dies fraglos hin. »Es wartet hier auf dich«, sagte sie und wickelte es wieder ein.

Ich wollte sie davon abhalten, wollte das schmucke Stück kalten Stahls an meine Hüfte gürten, sein herrliches Gewicht in meiner Hand spüren. Aber es war noch nicht an der Zeit. Das wußte ich und ließ es also sein.

XII

So fand ich mich also im Sattel wieder, diesmal auf dem Weg nach Llyonesse. Ehe wir aufbrachen, gelang es mir jedoch, kurz nach Caer Cam zu reiten, um meinen Großvater Elphin zu besuchen. Zu behaupten, daß sie froh waren, mich zu sehen, wäre ein Lüge, weil untertrieben. Sie waren außer sich. Rhonwyn, die noch immer so schön war, wie ich sie in Erinnerung hatte, machte großes Aufhebens um mich und fütterte mich zum Platzen – während ich ununterbrochen mit Elphin und Cuall anstieß.

Unser Gespräch wandte sich ernsthaften Dingen zu. Wie überall im Land machten die Menschen sich auch hier Gedanken, daß Maximus den Purpur angelegt hatte und mit seinen Truppen nach Gallien gezogen war. Und ihre Meinung über die Bedeutung dieser Vorgänge war düster.

Nachdem der Bierkrug vier-, fünfmal die Runde gemacht hatte, faßte Cuall ihre Beurteilung zusammen: »Ich schätze diesen Mann – ich werde mich mit jedem anlegen, der etwas anderes behauptet. Aber«, sagte er und beugte sich vor, um seinen Worten Nachdruck zu verleihen, »fast die gesamten britischen Streitkräfte mitzunehmen ist gefährlich und töricht. Er greift zu hoch, dieser Maximus. Ja, aber das hat er schon immer getan.«

»Es kann nichts Gutes dabei herauskommen«, stimmte Cualls Sohn Turl ein, der jetzt einer von Elphins Hauptleuten war. »Es wird deshalb viel Blut vergossen werden, und wozu? Damit Maximus einen Lorbeerkranz aufgesetzt bekommt.« Er schnaubte laut. »Alles für eine Handvoll Laub!«

»Sie sind auf dem Weg zum Hafen in Londinium hier vorbeigekommen«, berichtete Elphin. »Der Kaiser hat mich gebeten, ihn zu begleiten. Er hätte mich zum Statthalter ernannt.« Elphin lächelte wehmütig, und ich erkannte, wieviel ihm dies bedeutet hätte. »Ich habe nicht gehen können...«

»Du sprichst kein Latein!« schimpfte Cuall. »Ich sehe dich schon in so einer lächerlichen Toga – wie hättest du das je ausgehalten?«

»Nein«, lachte Elphin, »ich hätte es nicht ausgehalten.«

Rhonwyn kam zu uns und füllte den Krug aus einer Kanne. »Mein Gatte ist zu bescheiden. Er wäre ein wunderbarer Statthalter.« Sie bückte sich und küßte ihn auf den Kopf. »Und ein noch besserer Kaiser.«

»Zumindest wäre ich nicht in Versuchung, jenseits unserer Küsten nach Scherereien Ausschau zu halten. Warum sollte denn ein Kaiser seine Hauptstadt nicht hier bei uns einrichten?« Herr Elphin breitete seine Hände um sich herum aus. »Überlegt euch das einmal! Ein britischer Kaiser, der die ganze Insel zu seiner Hauptstadt macht – ja, das wäre eine Streitmacht, mit der es zu rechnen gälte!«

»Wohl«, stimmte Cuall zu, »Maximus hat einen schweren Fehler begangen.«

»Den er mit seinem Leben büßen wird«, knurrte Turl. Er war aus demselben Holz wie sein Vater.

»Und wir mit unserem«, versetzte Elphin. »Das ist das Schändliche daran. Die Unschuldigen werden büßen – unsere Kinder und Enkelkinder werden büßen.«

Das Gespräch war bedrückend geworden, darum versuchte Rhonwyn es aufzulockern. »Wie war es denn bei den Bergmenschen, Myrddin?«

»Fressen sie wirklich ihre Kinder?« fragte Turl.

»Sei nicht blöd, Junge«, tadelte ihn Cuall. »Aber ich habe gehört, daß sie aus Eisen Gold machen können.«

»Ihr Geschick mit Gold ist bemerkenswert«, erwiderte ich. »Aber sie schätzen ihre Kinder höher als Gold, ja höher als ihr eigenes Leben. Kinder sind eigentlich der einzige Schatz, den sie kennen.«

Rhonwyn, die nie ein Kind lebend zur Welt gebracht hatte, konnte das verstehen und gab mir gleich recht. »Wir hatten eine kleine Gern, die im Sommer immer nach Diganhwy gekommen ist, um gesponnene Wolle einzuhandeln. Zur Bezahlung hatte sie dünne Goldstäbchen, die sie in Stücke brach. Ich habe die ganzen Jahre nicht an sie gedacht, aber ich erinnere mich noch an sie, als wäre es gestern gewesen. Mit ein bißchen Rinde und Schlamm hat sie die Frau unseres Anführers von Fieber und Krämpfen geheilt.«

»Sie kennen viele Geheimnisse«, sagte ich. »Trotzdem werden

sie nicht mehr lange auf der Welt bleiben. Es gibt hier keinen Platz für sie. Die Großmenschen verdrängen sie bereits. Sie nehmen ihnen das gute Weideland weg und treiben sie immer weiter nach Norden und Westen in das felsige Ödland.«

»Was wird wohl aus ihnen werden?« überlegte Rhonwyn.

Ich hielt inne und rief mir Gern-y-fhains Worte ins Gedächtnis: »Es gibt ein Land im Westen, das Mutter geschaffen und für ihre Erstgeborenen beiseite gelegt hat. Vor langer Zeit, als die Menschen anfingen, über die Erde zu ziehen, wurden Mutters Kinder zum Herumstreifen verlockt und vergaßen dann den Weg zurück ins Land des Glücks. Doch eines Tages werden sie sich wieder daran erinnern und den Weg zurückfinden.« Ich schloß mit den Worten: »Die Pyrtanen glauben, daß ein Zeichen ihnen bedeuten wird, wann sie zurückziehen sollen, und daß einer unter ihnen aufstehen und sie führen wird. Sie glauben, daß der Tag nah ist.«

»Was du so erzählst, Myrddin«, meinte Cuall, den grauen Kopf schüttelnd. »Das erinnert mich an einen anderen jungen Mann, den ich einmal gekannt habe.« Er streckte seine schwere Hand aus und zauste mir das Haar.

Cuall war kein großer Denker, aber wenn man sich einmal seine Treue erworben hatte, dann war diese stärker noch als der Tod. In alten Zeiten mochte ein großer König sich einer Kriegerschar von sechshundert Mann rühmen; doch nur mit zwölfen wie Cuall an meiner Seite könnte ich über ein Imperium regieren.

»Wie lange kannst du denn bleiben, Myrddin?« fragte Elphin.

»Nur kurz«, erwiderte ich und erzählte ihnen von meiner Reise für Avallach nach Llyonesse und Goddeu. »Wir müssen in ein paar Tagen aufbrechen.«

»Llyonesse«, murmelte Turl. »Von dort sind uns merkwürdige Dinge zu Ohren gekommen.« Er verdrehte bedeutungsvoll die Augen.

»Was für merkwürdige Dinge?«

»Zeichen und Wunder. Eine große Zauberin hat sich dort niedergelassen«, sagte Turl und blickte die anderen Bestätigung heischend an. Als diese nicht reagierten, zuckte er die Achseln. »Das habe ich jedenfalls gehört.«

»Du glaubst zu sehr an das, was du hörst«, meinte sein Vater zu ihm.

»Du bleibst doch wenigstens über Nacht?«

»Ja, heute nacht und morgen nacht ebenfalls, wenn du Platz für mich hast.«

»Haben wir vielleicht keinen Stall? Für die Kühe?« Sie schlang mir die Arme um den Hals und drückte mich. »Natürlich habe ich Platz für dich, Myrddin Bach.«

Die Zeit verstrich viel zu schnell, und bald winkte ich Caer Cam zum Abschied. Außer daß ich nicht genug Zeit dort verbringen konnte, tat mir noch eines leid: Ich hatte Blaise nicht getroffen. Elphin berichtete mir, daß Blaise seit Hafgans Tod viel reiste und selten im Caer war. Der Druide habe ihm erzählt, daß es innerhalb der Bruderschaft Streit gebe und er alle Hände voll zu tun habe, Blutvergießen zu verhindern. Darüber hinaus wußte Elphin nichts.

Am Tag nach meiner Rückkehr aus Caer Cam brachen wir nach Llyonesse auf. Ich war niemals in Belyns Reich im südlichen Flachland gewesen und wußte nur wenig darüber, außer daß es Belyns Reich war und dort auch Maildun lebte, der Bruder meiner Mutter und mein Onkel. Dieser Zweig der Familie des Fischerkönigs wurde nur selten erwähnt; bis auf Avallachs Andeutung einer alten Meinungsverschiedenheit zwischen ihnen – von der ich erst kürzlich erfahren hatte – war mir nichts darüber bekannt, was für ein Mann sein Bruder Belyn sein mochte oder welcher Empfang uns zuteil werden würde.

Wir ritten in der ersten Sommerblüte durchs Land, das grünte und eine gute Ernte versprach. Es war jedoch eine rauhe Gegend, das Weidegras war knapp, die Hügel steiler, der Boden felsig und karg. Es war nicht so üppig wie die Sommerlande oder Dyfed.

Wie ein Finger ins Meer hinausgestreckt, war Llyonesse mit seinen krummen Tälern und versteckten Senken ein ganz anderes Reich als die Sommerlande oder Ynys Avallach. Zu jeder Tages- und Nachtzeit konnten vom Meer her Nebel aufsteigen, die Sonne konnte im einen Augenblick hell glühen und im nächsten hinter Schleiern versteckt liegen. Der Seetang in der Luft gab dem Wind etwas Scharfes und immer, immer war das leise, murmelnde Grollen der See zu vernehmen, ein fernes Geräusch, das doch so nah war wie das Pochen des Bluts in den Adern.

Alles in allem würde ich sagen, das Land atmete Schmerz.

Nein, das ist ein zu starkes Wort. Schwermut ist zutreffender. Dieser schmale Buckel aus Felsen und Gras versank unter einem kummervollen Gewicht, trübsinnig und unglücklich. Die seltsamen Hügel waren finster und die Täler düster.

Auf unserem Ritt versuchte ich auszumachen, was diese Gegend so freudlos wirken ließ. Schien die Sonne nicht so hell wie andernorts? War der Himmel hier nicht so blau, waren die Hügel nicht so grün?

Am Ende kam ich zu dem Schluß, daß auch Orte ein eigenes Wesen haben. Wie ein Mensch kann eine Gegend von den gleichen Merkmalen bestimmt sein wie die Seele: lieblich, traurig, zuversichtlich, verzweifelnd... Vielleicht nimmt ein Land mit der Zeit die Züge seiner Herren an, so daß es diese als Eindruck auf alle, die dorthin reisen, widerspiegelt. Ich glaube, daß gewisse mächtige Ereignisse ihre Spuren hinterlassen, die das Land auf kaum merkliche Weise prägen.

Das war Llyn Llyonis, jetzt unter dem Namen Llyonesse bekannt und gefürchtet. Die Furcht konnte ich verstehen – Llyonesse war kein gastliches Land. Und das Gefühl drückenden Kummers wurde um so stärker, je näher wir Belyns Burg kamen, die auf den hohen Klippen am Ende des Landes kauerte und gen Westen blickte. Wie Ynys Avallach war sie stark befestigt: mit hohen Mauern, Toren und Türmen. Sie war größer, denn von den Überlebenden aus Atlantis waren in den Anfangsjahren mehr bei Belyn geblieben, als mit Avallach nach Norden gezogen.

Belyn empfing uns mit zurückhaltender Höflichkeit. Er freute sich, glaube ich, uns zu sehen, war aber auch mißtrauisch. Mein erster Eindruck von ihm war der eines Mannes voller Bitternis und Galle; eines Mannes, in dem das Leben erkaltet ist. Sogar seine Umarmung war frostig – wie die einer Schlange.

Maildun, mein Onkel, den ich nie zuvor gesehen hatte, war keinen Deut besser. Äußerlich glich er deutlich Avallach und Belyn. Die Familienähnlichkeit war groß. Er hatte ein fürstliches Auftreten und wirkte stattlich, aber auch hochmütig, launisch und unbeständig. Und wie das Land, wo er wohnte, war er von einer starken Schwermut besessen, die ihn wie ein Mantel umhüllte.

Dennoch taten Gwendolau und Baram ihr Äußerstes, um

sicherzugehen, daß ihre Motive nicht mißverstanden wurden. Sie überreichten die Geschenke, die Avallach ihnen mitgegeben hatte, erläuterten vorsichtig, warum sie gekommen waren, und benahmen sich wie Brüder, die lange verschollen und beklagt worden waren. Sie müssen das Temperament der Männer gespürt haben, mit denen sie es zu tun hatten, denn sie behandelten sie herzlich, und ehe unser Aufenthalt zu Ende ging, hatten sie Belyn als Freund gewonnen, und Maildun vielleicht auch.

Ich nehme an, daß wichtige Angelegenheiten besprochen wurden, kann mich aber nicht daran erinnern. Meine Aufmerksamkeit wurde von anderen Dingen gefesselt.

Von dem Augenblick an, als wir in den Vorhof der Burg ritten, spürte mein Geist einen schweren, erstickenden Druck. Es war keine Furcht – noch nicht, das Fürchten hatte ich bisher nicht gelernt –, sondern die bedrückende, widerwärtige Nähe von etwas Elendem und Jämmerlichem. Ich wußte, daß ich aus diesem und keinem anderen Grunde gekommen war. Und ich beschloß, es mir zur Aufgabe zu machen, die Quelle dieser sonderbaren Ausdünstung ausfindig zu machen.

Ich zeigte die notwendige Ehrerbietung und löste mich dann so unauffällig wie möglich von Belyns Palast. Meine erste Entdeckung war ein junger Diener namens Pelleas, den ich herumlungern sah. Da er keine offiziellen Pflichten zu haben schien, machte ich ihn mir zum Verbündeten und freundete mich mit ihm an. Eifrig erkundete er mit mir den Palast, und ich war froh, einen so tatkräftigen Führer zu haben. Pelleas wußte auch einiges über Angelegenheiten des Hofes und scheute sich nicht, mir davon zu berichten.

»Alles, was du hier siehst, wurde später gebaut«, erzählte er mir, als ich danach fragte. »Ein Stück die Küste hinauf steht eine ältere Feste, aber nicht mehr als ein Turm und eine Viehkoppel.«

Schon zwei Tage lang hatten wir das weitläufige Gelände und die Gebäude der Burg abgesucht und nicht gefunden, was ich suchte. Die Zeit wurde knapp; Gwendolau und Belyn standen kurz davor, ihre Gespräche abzuschließen.

»Bring mich dorthin«, sagte ich.

»Jetzt?«

»Warum nicht? Kommt ein Diener nicht jedem Wunsch des Gastes nach?«

»Aber…

»Nun, ich habe den Wunsch, diesen Turm aufzusuchen, von dem du gesprochen hast.«

Wir sattelten unsere Pferde und ritten sogleich los, obwohl die Sonne bereits tief über dem Meer stand. Die Meeresklippen von Llyonesse haben eine einsame, zerklüftete Schönheit, wie sie über den erbarmungslosen Wellen drohen, die unablässig gegen die schwarzen Wurzeln der Felsen schleudern und immer wieder zu schaumiger Gischt zerschellen. Hier wachsen die Bäume, die es wagen, Wurzeln zu schlagen, verkümmert und mißgestaltet: mit dünnen, verdrehten Ästen, die von dem beständig wehenden Seewind immer landein gepeitscht werden.

Der Pfad zum Turm verlief an der Leeseite der Hügel, so daß uns der Wind vom Meer nicht zu sehr zauste, aber wir spürten das gleichmäßige Grummeln der Wellen, das durch die Höhlen im Untergrund dröhnte.

Die Sonne berührte das Meer und ergoß Licht wie geschmolzenes Messing über den fernen Horizont, als der Turm in Sicht kam. Trotz allem, was Pelleas erzählt hatte, war es kein geringes Bauwerk. Mancher britische König hätte sich für gesegnet gehalten, wenn er eine solche Feste besessen hätte, und daraus sein ganzes Reich gemacht. Sie bestand aus dem gleichen merkwürdigen weißen Stein wie Belyns Palast, der im ersterbenden Sonnenlicht die Farbe alter Knochen annahm. Er war viereckig gebaut, doch lief er von den soliden Grundmauern in einer Reihe runder Türmchen aus, so daß er im Näherreiten aussah wie ein breiter Nacken, auf dem in jede Richtung ein Kopf blickt.

Hier an diesen fremden und verbotenen Gestaden hatten also die letzten von Atlantis' Kindern ihre Heimstätte errichtet. Hier waren die drei schwerbeschädigten Schiffe angelandet, hier hatten Avallach und Belyn die Überlebenden ihrer Rasse angesiedelt, bevor sie weiterzogen, um andere Gebiete in Besitz zu nehmen.

Um die Festung herum war eine Viehkoppel aus Stein auf einem Erdwall gebaut, der jetzt an vielen Stellen verfallen war. Das Heidekraut umfloß den Ort wie ein zweites Meer, überflutete das Innere der Koppel und spülte bis an den Steinturm selbst. Wir banden die Pferde außerhalb des Erdwalls an und schritten durch eine der zahlreichen Lücken in der morschen Mauer in den Innenhof.

Der Turm ließ nicht erkennen, daß jemand darin wohnte, aber durch den stärker werdenden Eindruck von Lethargie, hoffnungslosem Weh wußte ich, daß ich die Quelle der Bedrückung gefunden hatte, die ich suchte. Der Turm war bewohnt, doch von welcher Art Wesen, galt es noch zu entdecken.

Als wir in den Hof kamen, rief Pelleas schüchtern einen Gruß. Unsere Schatten hüpften über den brüchigen Boden und über den getönten Stein. Auf seinen Ruf antwortete niemand, doch das hatten wir auch nicht erwartet. Er stieß die hölzerne Tür auf, und wir traten ein.

Obwohl durch die hohen, schmalen Fenster Tageslicht fiel, wurden die Schatten hier bereits tief. Gegenüber dem Eingang befand sich ein riesiger Herd mit einem Kessel darüber; daneben standen zwei Stühle. Der Herd war voller Asche, diese war kalt.

Am anderen Ende des Raums führte eine Holztreppe zu den oberen Gemächern. Als ich darauf zuging, legte mir Pelleas die Hand auf den Arm und schüttelte den Kopf. »Hier gibt es nichts. Gehen wir.«

»Es geschieht schon nichts«, erwiderte ich. Meine Stimme klang an diesem Ort dünn und nicht überzeugend.

Das obere Stockwerk war wie eine Wabe in kleine Zimmer aufgeteilt, von denen eines ins nächste führte. Zweimal erspähte ich durch ein offenes Fenster das Meer, und einmal sah ich den Pfad, auf dem wir hergeritten waren. Doch in einem Zimmer befand sich noch eine Treppe, und diese war aus Stein und führte zu dem einzigen Raum im obersten Stockwerk.

Ich betrat die Kammer zuerst. Pelleas wollte mit dieser Sache nichts zu tun haben und folgte mir bloß, weil er nicht allein zurückbleiben wollte.

Erst dachte ich, der Mann in dem Stuhl am Fenster wäre tot – womöglich war er gerade an dem Tag, in dieser Stunde verschieden. Aber er wandte den Kopf, als ich über die Schwelle trat. Da sah ich, daß er geschlafen hatte. Tatsächlich sah er aus wie jemand, der viele Jahre lang in Schlaf gelegen hat.

Sein weißes Haar hing in Strähnen dünn wie Spinnenseide herab. Seine über der Brust verschränkten Hände waren knochig und lang, die ungeschnittenen Fingernägel dick und vergilbt.

Sein Gesicht war wie das eines längst Verstorbenen: grau und voller Flecken, die bis in sein mottenzerfressenes Haar reichten. Die Augen, die aus seinem Kopf starrten, waren tief eingesunkene Gruben, rotumrändert und triefend.

Im Gegensatz zu dem brüchigen Äußeren dieses Gespenstes war sein Gewand aus reichem Samt, voll phantastischer Symbole und komplizierter Muster, die mit Gold und Silberfäden gestickt waren. Trotzdem hing es an ihm wie Lumpen an einer Leiche.

Er schien überhaupt nicht erstaunt, mich zu sehen, und ich wußte, daß er es auch nicht war. »Aha«, sagte er nach einer Weile. Mehr nicht. Ich spürte Pelleas an meinem Ärmel zupfen.

»Ich heiße Merlin«, sagte ich und benützte die beim Volk meiner Mutter gebräuchlichste Form meines Namens.

Darauf reagierte er nicht, sondern fragte: »Warum bist du gekommen?«

»Um dich zu finden.«

»Du hast mich gefunden.« Er legte die Hände auf die Knie, wo sie schwach zuckten.

Ja, und nachdem ich ihn gefunden hatte, wußte ich nicht, was ich zu ihm sagen sollte.

»Was willst du denn, Merlin?« fragte er nach einer Weile. Er sah mich beim Sprechen nicht an. »Mich töten?«

»Dich töten! Ich bin nicht gekommen, um dir etwas zuleide zu tun.«

»Warum nicht?« fauchte das elende Wesen. »Der Tod ist das einzige, was mir noch bleibt, und ich verdiene ihn.«

»Es ist nicht meine Sache, dir das Leben zu nehmen.«

»Nein, natürlich nicht. Du glaubst an die Liebe, oder? Du glaubst an Güte – wie euer lächerlicher Jesus, wie?« Der Spott in seinen Worten war beißend scharf. Als er sie sprach, kam ich mir töricht vor, an diese Dinge zu glauben. »Na?«

»Ja, daran glaube ich.«

»Dann töte mich!« rief er jäh aus und warf den Kopf herum. Speichel trat auf seine Lippen. »Töte mich jetzt. Es wäre die Güte selbst.«

»Vielleicht wäre es das«, meinte ich. »Aber ich werde dir nicht das Leben nehmen.«

Er glotzte mich mit seinen toten Augen an. »Warum denn nicht, wenn ich dir sage, daß ich für den Tod deines Vaters verantwortlich bin.« Von seinem gräßlichen Grinsen wurde mir übel. »Ja, ich habe Taliesin ermordet. Ich, Annubi, habe ihn getötet.«

Noch als er diese häßlichen Worte sprach, glaubte ich ihm nicht. Er steckte voller Haß, doch nicht mich haßte er, und auch meinen Vater nicht. Wenn er zum Töten fähig gewesen wäre, dann hätte er, glaube ich, sich selbst getötet, doch er war nicht dazu imstande. Das war ein Teil dessen, was ihn vergiftete. Trotzdem wußte er ... o ja, er wußte, wer Taliesin getötet hatte.

»Du bist Annubi?«

Ich hatte von ihm gehört – nicht durch meine Mutter, sondern durch Avallach, der mir in seinen Geschichten von Atlantis von dem Seher erzählt hatte. Der Mann, den ich mir vorgestellt hatte, besaß keinerlei Ähnlichkeit mit diesem eingefallenen Jämmerling vor mir.

»Was willst du hier?«

»Nichts.«

»Warum bist du dann gekommen?«

Ich hob hilflos eine Hand. »Ich bin gekommen ... um herauszufinden ...«

»Geh fort von hier, Junge«, sagte Annubi und wandte seine toten Augen von mir ab. »Wenn sie dich hier finden sollte ...« Er seufzte und fügte dann flüsternd hinzu: »... aber es ist zu spät ... zu spät.«

»Wer?« fragte ich. »Du hast ›sie‹ gesagt ... wen hast du damit gemeint?«

»Geh einfach. Ich kann nichts für dich tun.«

»Wen hast du gemeint?«

Ich sah etwas über sein Gesicht flackern – den Überrest eines Gefühls, das etwas anderes als Haß oder Verzweiflung war, doch was es war, wußte ich nicht. »Brauchst du zu fragen? Es ist niemand da außer Morgian ...« Als ich nichts darauf erwiderte, sah er mich an. »Sagt dir der Name nichts?«

»Sollte er?«

»Weiser Merlin ... Kluger Merlin ... Falke des Wissens. Ha! Du weißt nicht einmal, wer deine Feinde sind.«

»Morgian ist meine Feindin?«

Ein Zucken verzerrte seinen Mund. »Morgian ist jedes Menschen Feindin, Junge. Die oberste Göttin der Nacht, besitzt sie den Hunger und den Haß. Ihre Berührung kann das Blut in deinen Adern zum Gefrieren bringen, ihr Blick kann dein Herz zum Stehen bringen. Der Tod ist ihre Freude… ihre einzige Freude.«

»Wo ist sie?« fragte ich. Meine Stimme war in dem schwindenden Licht zu einem Flüstern verblaßt.

Er wackelte nur mit dem Kopf. »Würde ich hierbleiben, wenn ich das wüßte?«

Hinter mir zupfte Pelleas an meinem Ärmel. Mit der untergehenden Sonne spürte ich, wie das Verhängnis dieses Ortes stärker wurde und wollte plötzlich nicht mehr dort sein. Doch wenn es etwas zu tun gab, mußte ich es tun.

»Ja, geh«, röchelte Annubi, als würde er meine Gedanken lesen. »Geh und komm nie wieder, damit du Morgian nicht hier antriffst.«

»Brauchst du etwas?« Er war so elendig, daß ich einfach fragen mußte.

»Belyn kümmert sich um mich.«

Ich nickte und wandte mich ab. Ich mußte rennen, um mit Pelleas Schritt zu halten, der den Turm hinunter vorausging, als würde ihm Morgians Atem den Nacken versengen. Er erreichte die Eingangstür, die noch offenstand, und schoß ins Freie.

Ich war gleich hinter ihm. Doch ehe ich den Turm verließ, kniete ich mich auf die Schwelle und sprach ein Gebet gegen das Böse. Dann hob ich eine Handvoll weißer Kieselsteine auf und legte damit vor der Tür das Kreuzzeichen aus. Soll es ihr eine Warnung sein, dachte ich. Soll sie wissen, gegen wen zu kämpfen sie sich entschieden hat.

Unsere Gesellschaft brach am nächsten Tag von Llyonesse auf, doch das Gefühl des Verhängnisses hing mir noch lange nach. Durch dieses freudlose Land zurückzureiten, machte es auch nicht besser, sondern verstärkte nur meine bereits wehmütige Stimmung. Auch Gwendolau und Baram spürten etwas, aber nicht so stark. Eine Zeitlang versuchte Gwendolau sein übliches Reisegeplauder aufrechtzuerhalten, aber es wurde ihm zuviel, und schließlich verfiel auch er in trübseliges Schweigen wie wir übrigen.

Ich spürte mich selbst nicht mehr, bis wir in Sichtweite des

Felsens jenseits des Marschlandes kamen. Inzwischen genügte es bereits, die Glasinsel zu sehen, damit unsere Herzen vor Erleichterung Sprünge machten. Jedenfalls wartete am Tor meine Mutter auf mich, worüber ich mich wunderte, bis mir klarwurde, daß sie die Sache mit Annubi und Morgian geahnt hatte.

»Sie sind in der Nacht, in der dein Vater ermordet wurde, von hier verschwunden«, erzählte sie mir leise und sanft. Wir saßen an einer Ecke des Herds. Es war spät. Fast alle anderen waren zu Bett gegangen. Charis hatte mit ihrer Erzählung abgewartet, bis wir allein waren. »Ich habe nie herausbekommen, wohin sie gegangen sind.«

»Aber du hast es geahnt?«

»Llyonesse? Natürlich war das eine Möglichkeit.« Sie machte eine schwache, leere Handbewegung. »Ich hätte es dir sagen sollen.«

Ich blieb stumm.

»Ich weiß, daß ich dir schon längst hätte alles erzählen sollen… aber ich habe es nicht über mich gebracht – und dann warst du fort. Darum…« Sie machte wieder diese seltsame Gebärde, eine schwache Abwehrbewegung gegenüber einem unsichtbaren Feind. Doch dann faßte sie sich, richtete sich auf und drückte die Schultern durch. »Na schön, du mußt die Wahrheit erfahren. –

Nachdem bei diesem gräßlichen Hinterhalt meine Mutter ermordet worden war…« Sie brach ab, fuhr aber einen Augenblick später fort. »Verzeih mir, Merlin, mir war nicht klar, wie schwer mir diese Worte fallen würden.«

»Deine Mutter wurde ermordet?«

»Daraufhin brach der Krieg zwischen Avallach und Seithenin aus. Nun, im neunten Jahr wurde Avallach in einer Schlacht verwundet – ich wußte davon nichts. Zu jener Zeit war ich Stiertänzerin im Hochtempel. Als ich nach Hause zurückkam, hatte sich mein Vater eine zweite Frau genommen: Lile. Sie war jung, verstand etwas von Heilkunst und pflegte meinen Vater. Er war ihr dankbar und heiratete sie.«

»Lile? Ich kann mich nicht an sie erinnern. Was ist aus ihr geworden?«

»Nein, du kannst dich nicht erinnern. Sie verschwand, als du noch ganz klein warst.«

»Verschwand?« Eine merkwürdige Ausdrucksweise. »Was ist mit ihr geschehen?«

Charis schüttelte bedächtig den Kopf, doch eher aus Verwirrung als aus Kummer. »Das weiß keiner. Es geschah nur einige Monate nach Taliesins Ermordung. Ich war wieder hierhergekommen. Und obschon Lile und ich nicht die besten Freundinnen waren, hatten wir gelernt, einander zu achten. Zwischen uns herrschten keine Schwierigkeiten.« Charis lächelte bei der Erinnerung. »Sie hat dich gemocht, Merlin. ›Wie geht es meinem kleinen Falken heute?‹ fragte sie stets, wenn sie dich sah. Sie hat dich gern im Arm gehalten, gewiegt ...« Wieder schüttelte sie den Kopf. »Ich habe es nie verstanden, Merlin. Nie.«

»Was ist geschehen?«

»Das letzte Mal, da jemand sie gesehen hat, war im Obstgarten. Lile hat ihre Apfelbäume geliebt. Viele davon hatte sie aus Atlantis mitgebracht. Ist das zu glauben? Apfelbäume ... den ganzen Weg durch so viele Unbilden. Und sie leben, sie gedeihen hier ... wir sind alle so weit von zu Hause fort ...« Charis schwieg und schluckte, dann fuhr sie fort.

»Es war in der Abenddämmerung. Die Sonne war untergegangen. Einer der Stallburschen hatte sie ausreiten sehen; sie hatte ihm gesagt, daß sie den Obstgarten aufsuchen wollte. Aber als sie nicht zurückkam, schickte Avallach mich in den Obstgarten. Dort wurde ihr Pferd an einen Baum gebunden aufgefunden. Das Tier war halb wahnsinnig vor Angst. Seine Flanken waren blutverschmiert, und in seinen Schultern waren tiefe Kratzer von einem wilden Tier, obwohl keiner jemals dergleichen gesehen hatte.«

»Und Lile?«

»Von Lile keine Spur. Sie wurde von dieser Nacht an nie wieder gesehen.«

»Und ihr habt danach nie wieder von ihr gesprochen.«

»Nein«, gab meine Mutter zu, »das haben wir nicht. Wenn du mich fragst, warum, dann weiß ich keine Antwort. Es schien irgendwie unangebracht.«

»Vielleicht wurde sie von einem Wolf oder einem Bären geholt«, meinte ich, obwohl ich genau wußte, daß das nicht die Antwort war.

»Vielleicht«, erwiderte Charis, als würde ihr das zum ersten

Mal in den Sinn kommen. »Vielleicht auch von jemand oder etwas anderem.«

»Du hast Morgian noch nicht erwähnt«, erinnerte ich sie.

»Morgian ist die Tochter von Lile und Avallach. Als ich nach Hause zurückkam und Lile kennenlernte, war Morgian bereits drei. Sie war ein schönes kleines Mädchen. Damals mochte ich sie. Ich habe jedoch nicht viel von ihr gesehen, weil die Vorbereitungen für die Flucht aus Atlantis mich jeden Augenblick in Anspruch nahmen. Und doch erinnere ich mich, wie sie in den Gärten spielte... und schon damals mit Annubi. Sie hat immer mit Annubi zusammengesteckt.«

»Jetzt ist sie nicht bei ihm.«

Darüber dachte Charis nach. »Nein, vermutlich nicht. Jedenfalls kamen wir nach der Katastrophe hierher, und sie wuchs wie alle anderen Kinder auf. Ich achtete nicht weiter auf sie; sie hatte ihre Neigungen, und ich meine. Aber aus irgendeinem Grund mochte sie mich nicht mehr, und ich fühlte mich in ihrem Beisein immer unbehaglich und beklommen. Zwischen uns stand es nicht gut, doch warum, erfuhr ich nie.

Als Taliesins Volk hierhergekommen war, versuchte sie einmal, mir seine Zuneigung zu rauben. Sie ging sehr unbeholfen vor, und es gelang ihr natürlich nicht. Aber sie schien gegen mich eingenommen.« Charis hielt inne und wählte die folgenden Worte sehr sorgfältig. »Und darum glaube ich, daß sie an Taliesins Tod schuld ist. Ich weiß nicht, wie es zugegangen ist oder ob sie eigentlich meinen Tod gewollt hat, aber ich habe immer gewußt, daß sie dahintersteckte.«

Ich nickte. »Du hast recht, Mutter. Annubi hat mir gesagt, daß er dafür verantwortlich sei. Aber er hat gelogen.«

»Annubi?« In dem Wort lagen Schmerz und Mitleid.

»Ich glaube, er hat gehofft, mich zu erzürnen, damit ich ihn töte. Er wollte befreit werden, aber ich konnte es nicht tun.«

»Armer, armer Annubi. Selbst ich kann ihn nicht hassen oder verabscheuen.«

»Er ist jetzt Morgians Kreatur. Sein Elend ist vollkommen.«

»Er war einst mein Freund, mußt du wissen. Doch unsere Welt veränderte sich, und er konnte nicht mithalten. Es ist traurig.« Sie hob ihre Augen von der verloschenen Glut im Herd und lächelte schwach. »Jetzt weißt du alles, mein Sohn.«

Sie stand auf und küßte mich auf die Wange, während ihre Hand auf meiner Schulter ruhte. »Ich gehe nun schlafen. Bleibe nicht mehr zu lange auf.« Sie wandte sich zum Gehen.

»Mutter?« rief ich ihr nach. »Danke, daß du es mir erzählt hast.«

Sie nickte und ging weg: »Es hat nie ein Geheimnis sein sollen, Falke.«

XIII

Von der Reise gen Norden nach Goddeu will ich nichts berichten, außer daß sie fast das Gegenteil von unserem Ritt nach Süden im Winter zuvor war. So unterschiedlich ist das Reisen je nach Jahreszeit. Avallach schickte Männer mit uns, wie auch Maelwys. Beide waren besorgt, die Freundschaft mit einem mächtigen Verbündeten im Norden abzusichern.

Das soll nicht heißen, daß die Männer im Norden nicht ebenso besorgt darum waren. Die Stimmung im Lande hatte sich mit den Jahreszeiten gewandelt: Die Angst wuchs; langsam kroch sie über die weiten, leeren Hügel in die Herzen und Köpfe der Menschen. Dies erkannte ich an den Gesichtern aller Menschen, die uns vorüberziehen sahen. Ich hörte es an ihren Stimmen, wenn sie sprachen. Ich schmeckte es am Wind, der zu schreien schien:

Die Adler sind fort! Jegliche Hoffnung ist verloren! Wir sind zum Verhängnis verurteilt!

Daß sich in so kurzer Zeit ein solcher Wandel vollziehen konnte, erstaunte mich. Die Legionen waren zwar stark dezimiert, aber sie waren nicht *ganz* fort. Wir waren nicht aufgegeben worden. Und unsere Hoffnung hatte so oder so nie auf Rom allein geruht.

Stets hatte ein Mann zuerst einmal auf die Schneide in seiner Hand vertraut und auf den Mut seiner Vettern. *Pax Romana* hin oder her: Die Menschen suchten Schutz zuerst bei ihrem König, dann bei Rom. Der greifbare, anwesende König schützte sein Volk, nicht das unbestimmte Gerücht von einem Kaiser, der in einem weit entfernten Land, das keiner kannte, auf seinem goldenen Thron saß.

Waren wir so schwächlich und weichlich geworden, daß die Verlegung von ein paar tausend Mann uns vor Angst in Ohnmacht fallen ließ? Wenn wir dem Verhängnis geweiht waren, dann nicht deshalb, weil brüllende Sachsenhorden und ihre Gehilfen, die mit Waid bemalten Pikten, eindrangen oder einzudringen drohten. Schließlich hatte es dergleichen seit vielen Jahren gegeben, und die Gegenwart der Adler hatte uns nicht davor bewahrt.

Die Adler waren also jetzt geflohen. Und wennschon! War Britannien etwa kein fürchtenswerter Feind mehr? Konnten wir nicht selbst für uns sorgen?

Ich war davon überzeugt, daß wir es konnten. Wenn Elphin und Maelwys wieder ihre Kriegerscharen um sich zu sammeln vermochten, war dies auch anderen möglich. Und darin, nicht in der An- oder Abwesenheit römischer Legionäre, lag unsere Zukunft. Dies wußte ich mit einer Sicherheit, die mit jeder römischen Meile Richtung Norden wuchs.

Custennin empfing uns guten Mutes. Er war entzückt, daß sein Einsatz so reichen Gewinn getragen hatte. Immer wieder wurden Geschenke ausgetauscht. Sogar ich erhielt von ihm einen Dolch mit goldenem Griff für meinen belanglosen Anteil an der Übereinkunft. Seine Gönnerlaune war so stark, daß er für die dritte Nacht unseres Aufenthalts ein Festmahl ansetzte, um die neuen Bande zwischen unseren Völkern zu feiern.

Wie es mit solchen Festen geht, dauerten die Vorbereitungen darauf zwei ganze Tage. Und dennoch hatte die Sache etwas Nüchternes. Es handelte sich um die gleiche Kargheit, die mir schon bei meinem ersten Besuch aufgefallen war – zum Beispiel daran, daß es keinen Barden gab. Damals war mir der Grund dafür nicht klar gewesen, doch jetzt wußte ich natürlich Bescheid: Trotz seines britischen Namens stammte Custennin von Atlantern ab. Das hieß, daß er wilderen, leidenschaftlicheren Gefühlsäußerungen nicht nachgeben durfte. Dasselbe galt für Avallach.

Doch dadurch daß so viele Briten an Custennins Hof lebten, hielten sich Nüchternheit und Frohsinn freundschaftlich die Waage. Es gab genug zu essen und dazu das rauchige Heidekrautbier der Bergmenschen vom Faß – wie er daran gekommen war, vermag ich nicht zu sagen, es sei denn, jemand hatte bei den Fhains gelernt, wie man es braut. So ging es also bei den Festlichkeiten lebhaft zu.

Ich habe anscheinend viel gesungen, laut und manchmal ohne meine Harfe. Trotzdem sind Zweifel angebracht, daß jemand einen Ausrutscher meinerseits bemerkt hat.

Außer Ganieda.

Wo ich ging und stand: Ganieda. Mit glänzenden Augen betrachtete sie mich, wartete und betrachtete mich, stumm, mit sich selbst zu Rate gehend. Sie hatte fürwahr seit unserem frostigen Wiedersehen in den drei Tagen kaum ein Wort mit mir gewechselt.

Bei meiner Rückkehr hatte ich ein herzliches Willkommen von ihr erwartet. Gewiß, keinen Regen von Küssen – aber ein Lächeln, einen Willkommenstrunk, irgend etwas. Statt dessen blickte sie mich einfach an, wie ich verlegen in der Tür zum Saal ihres Vaters stand, machte weder ein freundliches noch ein finsteres Gesicht, sondern sah aus wie jemand, der den Wert eines Pelzes einschätzt, der ihm zum Kauf angeboten wird.

Der Eindruck auf mich war so stark, daß ich einen Scherz daraus machte, indem ich die Arme ausbreitete und mich langsam im Kreis drehte. »Was gibst du mir für meine stattliche Haut, Herrin?«

Offenbar gefiel ihr der Witz nicht. »Wahrhaftig stattlich! Warum sollte irgendeine hochgeborene Dame auf Erden sich für eine Haut interessieren, die so dreckig und übelriechend ist wie die, welche ich vor Augen habe?« erwiderte sie kühl.

Ich muß zugeben, daß die Zeit im Sattel ihren Preis gekostet hatte. Ich glich nicht der frischesten Blume, die im Wald blüht. Ein Bad im See wird die Sache wieder einrenken, dachte ich, aber dieser Wortwechsel war ein unguter Beginn unseres Wiedersehens. Und ich glaubte schon, daß ich mich darüber getäuscht hatte, wie es zwischen uns stand, oder daß Ganieda es sich anders überlegt hatte. Schließlich hatte sie dazu genug Zeit gehabt.

Was die Sache noch verschlimmerte, war, daß ich erst am vierten Tag wieder eine Gelegenheit fand, allein mit ihr zu sprechen – hatte sie mich gemieden? –, und es damit nur noch zwei Tage waren, bis wir abermals aufbrechen sollten. Ich spürte, wie die Zeit entfloh. Daher stellte ich sie in der Küche hinter dem großen Saal.

»Wenn ich etwas gesagt habe, was dich gekränkt hat«, sagte ich ohne Umschweife zu ihr, »dann tut es mir leid. Sag es mir einfach, und ich mache es wieder gut.«

Sie wirkte nachdenklich. Ihre Stirn war kraus, ihr Mund zu

einer hübschen Schnute verzogen. Ihre Stimme jedoch war klar und kalt wie Eis. »Wirklich, Wolfsjunge, du schmeichelst dir. Wie könntest du mich kränken?«

»Das mußt du sagen. Ich wüßte nicht, was ich getan haben könnte.«

»Was du tust, ist mir gleich.« Sie drehte sich um und wollte weggehen.

»Ganieda!« Auf ihren Namen hin erstarrte sie. »Warum tust du das?«

Sie hatte mir den Rücken zugekehrt und drehte sich zum Antworten nicht um. »Du scheinst dir einzubilden, daß zwischen uns etwas war.«

»Ich kann mir sicher nicht alles nur eingebildet haben.«

»Nein?« Sie blickte mich über ihre Schulter hinweg an.

»Nein.« In diesem Augenblick war ich weit weniger sicher, als es sich anhörte.

»Dann ist das dein Irrtum.« Trotzdem drehte sie sich wieder zu mir um.

»Vielleicht hast du recht«, räumte ich ein. »Bist du nicht die unerschrockene Maid, die Twrch Trwyth jagte, den Eberfürsten von Celyddon, und ihn mit einem Stoß erlegte? Bist du nicht die Herrin dieses großen Hauses? Ist dein Name nicht eine Freude auf der Zunge und deine Stimme ein Entzücken für das Ohr? Wenn nicht, dann irre ich mich wahrhaftig.«

Das entlockte ihr ein Lächeln. »Deine Zunge ist geschickt, Wolfsjunge.«

»Das ist keine Antwort.«

»Dann also, ja, ich bin diejenige, von der du sprichst.«

»Dann habe ich mich nicht geirrt.« Ich trat auf sie zu. »Was ist nur los, Ganieda? Warum bist du so kalt zu mir?«

Sie verschränkte die Arme und wandte sich ab. »Dein Volk lebt im Süden, und mein Platz ist hier. So einfach ist es und nichts daran zu ändern.«

»Deine Logik ist unangreifbar, Herrin«, erwiderte ich.

Daraufhin wirbelte sie herum. Ihre Augen funkelten wütend. »Glaube nicht, daß du mich zur Närrin halten kannst.«

»Warum benimmst du dich dann so närrisch?«

Sie verzog das Gesicht. »Du hast es gesagt, und du hast recht. Es ist närrisch, etwas zu wollen, was man nicht haben kann und von dem man weiß, daß man es nicht haben kann, und das man trotzdem haben will.«

Ich konnte mir nicht vorstellen, daß es ihr an etwas gebrechen sollte, was sie wollte – jedenfalls nicht lang. »Was willst du, das du nicht haben kannst, Ganieda?«

»Bist du denn nicht nur dumm, sondern auch blind?« fragte sie. Die Worte waren hart, ihre Stimme jedoch weich.

»Was ist es? Sage es mir, und ich besorge es dir, wenn ich kann«, versprach ich.

»Dich, Myrddin.«

Vor Verwirrung konnte ich nur blinzeln.

Sie senkte den Blick und rang nervös die Hände. »Du hast mich gefragt und meine Antwort bekommen … Dich will ich, Myrddin … Mehr als alles, was ich jemals gewollt habe.«

Das Schweigen steigerte sich bis zum Bersten. Ich streckte die Hand nach ihr aus, konnte Ganieda aber nicht berühren und ließ die Hand wieder sinken.

»Ganieda.« Meine Stimme klang mir schmerzlich heiser in den Ohren. »Ganieda, weißt du denn nicht, daß du mein Herz bereits besitzt? Von dem Augenblick an, als ich dich auf deinem grauen Hengst erblickte, wie du in einem diamantenen Tropfenregen durch den Bach stobst und die Sonne auf deinem Haar tanzte – von diesem Augenblick an war ich dein.«

Ich dachte, das würde sie glücklich stimmen, und tatsächlich lächelte sie. Doch das Lächeln verblaßte, und ihre kummervolle Miene stellte sich wieder ein. »Deine Worte sind freundlich, aber …«

»Sie sind auch wahr.«

Sie schüttelte den Kopf. Das Licht funkelte auf dem schlanken Silbertorques um ihren Hals. »Nein«, seufzte sie.

Ich trat noch näher und nahm ihre Hand. »Was ist los, Ganieda?«

»Ich habe es dir bereits gesagt: Dein Platz ist im Süden, und meiner ist hier bei meinem Volk. Daran läßt sich nichts ändern.«

Sie dachte bereits weiter voraus als ich. »Vielleicht läßt sich nichts daran ändern – jetzt. Doch später – wer weiß?«

Sie schmiegte sich in meine Arme. »Warum liebe ich dich?« flüsterte sie. »Das habe ich nicht gewollt.«

»Man kann nach der Liebe suchen und sie finden. Doch

häufiger, glaube ich, findet die Liebe uns, wenn wir sie gar nicht suchen«, erwiderte ich und schämte mich ein wenig ob meiner hochtrabenden Worte. Was wußte ich schon von solchen Dingen? »Die Liebe hat uns gefunden, Ganieda, wir dürfen uns nicht von ihr abwenden.«

Ich hielt Ganieda in den Armen, atmete den reinen Duft ihres Haars, spürte ihre lebendige Wärme an mir, ihre sanfte Haut unter meiner Hand – all dies brachte mich dazu, daß ich glauben wollte, was ich sprach, und ich tat es. Ich glaubte es von ganzem Herzen.

Da küßten wir uns, und als unsere Lippen sich berührten, wußte ich, daß auch sie es glaubte.

»Damit«, seufzte Ganieda, »ist nichts gelöst.«

»Nein. Nichts«, pflichtete ich ihr bei.

Doch was tat's?

Es erübrigt sich zu sagen, daß ich zauderte, als es für uns wieder an der Zeit war, nach Dyfed zurückzukehren, denn ich hoffte, den Augenblick des Abschieds ewig aufschieben zu können. Das gelang mir tatsächlich ein paar Tage lang, und es waren glückliche Tage. Ganieda und ich ritten in den Wald und spazierten um den See, am Feuer spielten wir Schach, ich sang ihr Lieder vor und schlug die Harfe, wir redeten bis spät in die Nacht, so daß uns die Morgenröte erschöpft und gähnend antraf, noch immer nicht willens, voneinander zu lassen. Kurzum, wir taten alles, was Verliebte tun, und es spielte keine große Rolle, ob wir überhaupt etwas taten, solange wir nur beisammen waren.

Ich sehe sie jetzt vor mir: Ihr dunkles Haar ist mit einem geknüpften Silberfaden zusammengeflochten; unter den langen, dunklen Lidern funkeln ihre blauen Augen; das weiche Vogeleiblau ihrer Tunika; ihre schwellenden Brüste unter dem dünnen Sommerstoff; ihre langen, kräftigen Beine; die goldenen Reifen um ihre von der Sonne gebräunten Arme...

Sie ist für mich das Wesen des Weiblichen: ein strahlendes Geheimnis, in Schönheit gekleidet.

Traurigerweise konnte ich den Tag des Abschieds nicht auf immer fernhalten. Ich mußte schließlich nach Dyfed zurück. Dennoch setzte ich dazu das beste Gesicht auf, das mir möglich war.

Während die anderen also ihre Pferde bereitmachten, gingen

Ganieda und ich Hand in Hand über die Kiesel am Ufer des Sees. Das klare Wasser schwappte über die Steine unter unseren Füßen, während Seeschwalben hin und her schossen und die Wasseroberfläche mit ihren Flügeln streiften.

»Wenn ich wiederkomme, werde ich auf ewig dir gehören, meine Seele. Ich werde dich von deines Vaters Herd an meinen holen. Wir werden heiraten.«

Wenn ich geglaubt hatte, sie mit diesem Gedanken aufzuheitern, hatte ich mich getäuscht. »Laß uns sogleich heiraten. Dann brauchst du nicht fortzugehen. Wir könnten immer beisammenbleiben.«

»Ganieda, du weißt, daß ich noch keinen Herd mein eigen nenne. Ehe wir heiraten, muß ich ein Nest für dich bauen, und dazu muß ich mir erst einmal selber eines bauen.«

Das begriff sie, denn sie war durch und durch von Adel. Unerwarteterweise lächelte sie. »Dann geh, Wolfsjunge. Mache einen König aus dir und komme dann zurück und fordere deine Königin. Ich werde hier deiner harren.«

Sie beugte sich zu mir und küßte mich. »Damit du dich daran erinnerst, wer deiner harrt.« Sie küßte mich abermals. »Damit du dich sputest.« Dann faßte sie mich mit beiden Händen um den Kopf und drückte mir ihre Lippen zu einem langen leidenschaftlichen Kuß auf den Mund. »Und damit du deine Rückkehr beflügelst.«

»Herrin«, erwiderte ich, als ich wieder zu Atem gekommen war, »wenn du mich noch einmal küßt, werde ich nicht mehr gehen können.«

»Dann fort mit dir, mein Liebster. Gehe sofort, denn ich möchte, daß du um so früher wiederkehrst.«

»Es kann dauern, Ganieda«, warnte ich sie. Da ich hoffte, unsere Trennung dadurch zu erleichtern, nahm ich ein goldenes Band von meinem Arm und hielt es hoch. »Das hat mir Vrisa, meine Schwester beim Bergvolk, geschenkt, damit ich, falls ich je eine Frau finden würde, sie einfordern könnte. Damit, Ganieda, fordere ich dich ein.« Ich streifte ihr den Goldreifen über das Handgelenk. »Und wenn ich wiederkehre, werde ich meine Forderung wahr machen.«

Sie lächelte, schlang mir die Arme um den Hals und zog mich an sich. »Für diesen Tag lebe ich, mein Liebster.«

Ich drückte sie fest an mich. »Nimm mich mit«, wisperte sie.

»Ja, sofort. Wir können in einer Holzhütte von Nüssen und Stachelbeeren leben.«

Ihr Lachen erscholl voll und frei. »Ich hasse Stachelbeeren.«

Sie nahm mich am Arm, drehte mich um und stieß mich auf den Pfad, der den Hügel hinauf zurückführte. »Ich will nicht mit dir in einer Erdhütte von Nüssen und Beeren leben, Myrddin Wylt. Also steig auf dein kümmerliches Pferd und reite sofort davon. Und komm nicht zurück, ehe du mir nicht ein Königreich gewonnen hast!«

Ach, Ganieda, ich hätte die Welt für dich gewonnen, wenn du es verlangt hättest!

Es war Hochsommer, als wir in Maridunum einritten. Beltane war ins Land gegangen, während wir unterwegs waren. Wir hatten die Feuer auf den Hügelspitzen hell unter den Sternen brennen sehen und die geheimnisvollen Schreie der Bergmenschen im Mitternachtswind treiben hören. Doch für uns gab es kein Sonnwendfeuer, und wir hielten es auch nicht für klug, uns einer der Feiern in den nahen Siedlungen anzuschließen. Immer häufiger hielten die Christen sich von den alten Bräuchen fern; die Pfade der alten und der neuen Sitten bewegten sich auseinander.

Natürlich waren viele von Maelwys' Volk zu Anhängern Christi geworden – vor allem seit Dafyd da war. Doch einige unter uns lebten noch nach den alten Bräuchen; daher schlug ich die Harfe und sang dazu, um sie für die entgangene Feier zu entschädigen.

Und während ich sang, den Kreis von Gesichtern um das Mitternachtsfeuer herum beobachtete, die Augen, die wie dunkle Funken leuchteten und hingerissen schauten, während das Lied sie entflammte und ihre Seelen erhellte, da kam mir in den Sinn, daß der Weg zu den Seelen der Menschen über ihre Herzen führte, nicht nur über ihren Verstand. Sosehr ein Mensch auch dem Verstand nach überzeugt sein mag – solange er sich nicht im Herzen ändert, ist jegliche Überredungskunst vergebens. Der sicherste Weg zu den Herzen ist durch Lied und Gedicht: Eine einzige Erzählung von hohen und edlen Taten spricht die Menschen machtvoller an als alle gesegneten Predigten Dafyds.

Ich weiß nicht, warum dem so ist, aber ich glaube, daß es wahr ist. Ich habe erlebt, wie schlichte Menschen sich in der Kapelle im Wald drängten, um die Messe zu hören. In ihrer ganzen Aufrichtigkeit knieten sie sich vor den heiligen Altar, stumm, ehrfürchtig, wie sie sein sollten, aber auch verständnislos.

Doch habe ich die Augen ihrer Seelen erwachen sehen, wenn Dafyd las: »Höret, in einem fernen Lande lebte ein König, der hatte zwei Söhne...«

Vielleicht sind wir so beschaffen; vielleicht erreichen uns die Worte der Wahrheit am besten durchs Herz, und Geschichten und Lieder sind die Sprache des Herzens.

Wie dem auch sei, ich sang in jener Nacht, und die Menschen, die mir lauschten, hörten ein Lied, das sie noch nie zuvor vernommen hatten: ein Lied über jenes selbe ferne Land, von dem Dafyd erzählt hatte. Ich hatte angefangen, Lieder zu dichten, obschon ich sie nicht oft vor anderen sang. In jener Nacht tat ich es und fand Willkommen.

Als wir endlich nach Maridunum gelangten, war Markttag und die alten Pflasterstraßen waren übervoll von blökendem, brüllendem, quiekendem Vieh und dem Geschrei der Händler. Wir bahnten uns vorsichtig unseren Weg durch das Durcheinander, als ich eine Stimme erschallen hörte: »Habt acht, ihr britischen Männer und Frauen! Habt acht auf euren König!«

Ich reckte den Hals, aber da die Menschenmenge um die Flanken des Pferdes wimmelte, vermochte ich nichts zu sehen. Ich ritt weiter.

Wieder verkündete die Stimme: »Ihr Söhne von Bran und Brut! Lauscht eurem Barden. Ich sage euch, euer König reitet vorbei, grüßt ihn mit aller Ehrerbietung.«

Ich zügelte mein Pferd und drehte mich im Sattel um. In der Menge öffnete sich eine Gasse, und ein bärtiger Druide trat vor. Er war hochgewachsen und hager, sein blaues Gewand hing ihm um die Schultern. Sein Umhang war um die Hüfte mit einem Gürtel zusammengebunden, am dem ein Lederbeutel baumelte. Als ich voranritt, hielt er seinen Stab hoch, und ich erkannte, daß er aus Eberesche war.

Er trat näher. Auch die anderen, die mit mir ritten, hielten an.

»Wer bist du, Barde?« fragte ich. »Warum rufst du mir so nach?«

»Um einen Namen zu erfahren, wird ein Name verlangt.«

»Bei den Menschen hier heiße ich Myrddin«, erwiderte ich.

»Gut gesprochen, Freund«, sagte er. »Myrddin bist du, doch Wledig wirst du sein.«

Bei diesen Worten prickelte mir die Kopfhaut. »Ich habe dir meinen Namen genannt, nun möchte ich den deinen erfahren, es sei denn, etwas hindert dich daran.«

Sein braunes Gesicht zog sich zu einem Lächeln zusammen. »Nichts hindert mich, aber ich bin es nicht gewohnt, meinen Namen zu nennen, wo er bereits bekannt ist.«

Langsam schritt er näher. Die Männer hinter mir machten mit den Händen das Zeichen gegen das Böse, doch der Druide achtete ihrer nicht; seine Augen wichen nicht von meinem Gesicht. »Jetzt sage nur, daß du mich nicht kennst!«

»Blaise!«

Ich war aus dem Sattel und lag in seinen Armen, ehe er noch ein Wort sagen konnte. Ich packte ihn an den Schultern und spürte die starken Muskeln und Knochen unter meinen Händen. Tatsächlich stand Blaise vor mir, obwohl ich ihn anfassen mußte, um es glauben zu können. Er hatte sich sehr verändert. Älter, dünner, robust wie ein Baum, mit Augen wie glühende Pechfackeln.

»Blaise, Blaise«, schüttelte ich ihn und klopfte ihm auf den Rücken, »ich habe dich nicht erkannt, vergib mir.«

»Den Lehrer deiner Jugend nicht erkannt? So etwas, Myrddin, wirst du schwach im Kopf?«

»Sagen wir, daß eine spöttische Stimme auf dem Markt das letzte war, was ich erwartet hätte.«

Ernst schüttelte Blaise den Kopf. »Ich habe deiner nicht gespottet, Herr Myrddin.«

»Und ein Fürst bin ich auch nicht, Blaise, das weißt du wohl.« Bei dem, was er sagte, wurde mir mulmig zumute.

»Nein?« Er warf den Kopf zurück und lachte. »Ach, Myrddin, deine Unschuld ist unbezahlbar. Sieh dich um, Junge. Wem folgen die Augen der Menschen, wenn er vorbeireitet? Über wen sprechen sie hinter vorgehaltenen Händen? Welche Legenden geistern durchs Land?«

Verwirrt zuckte ich die Achseln. »Wenn du von mir sprichst, dann irrst du dich gewiß. Von mir nimmt niemand Notiz.« Dies sagte ich praktisch in vollkommene Stille hinein, denn der Markt war sehr ruhig geworden, während die Menge uns zusah und jedes Wort aufschnappte.

»Niemand!« Blaise wies mit der Hand auf die Menge um uns. »In den Zeiten der Not werden die Menschen hier dir ins Grab folgen und darüber hinaus – und du nennst sie niemand.«

»Und du redest zuviel und zu laut. Komm mit uns, du unangenehmer Druide, und laß mich dein Geschwätz mit Brot und Fleisch beenden. Ein voller Bauch wird dich zur Vernunft bringen.«

»Stimmt. Ich habe seit Tagen nichts gegessen«, räumte Blaise ein. »Aber was soll's? Daran bin ich inzwischen gewöhnt. Dennoch hätte ich nichts gegen einen Trunk, um mir den Staub aus der Kehle zu spülen, und auch gegen ein langes Gespräch mit meinem guten Freund hätte ich nichts.«

»Das sollst du bekommen und alles, was dazugehört.« Ich saß wieder auf, reichte ihm eine Hand und zog ihn hinter mir aufs Pferd. Gemeinsam ritten wir zu Maelwys' Villa und schwatzten unablässig.

Bei unserer Ankunft gab es die übliche Zeremonie, die üblichen Begrüßungs- und Willkommensworte – die ich dankbar entgegengenommen hätte, wenn sie mich nicht von meinem Freund ferngehalten hätten. Wir hatten einander so vieles zu erzählen, und jetzt machte sich die ganze Sehnsucht, die ich während seiner Abwesenheit hätte empfinden können, aber nicht gespürt hatte, mit einemmal bemerkbar. Ich mußte ihn sofort sprechen!

Wie dem auch sei, es dauerte noch einige Zeit, bis wir uns ungestört unterhalten konnten – ja, ich fing an zu glauben, daß wir auf dem Marktplatz unbehelligter gewesen wären!

»Sag mir, Blaise, wo bist du gewesen? Was hast du getan, seitdem ich dich das letzte Mal sah? Bist du viel gereist? Ich habe gehört, daß es in der Bruderschaft Reibereien gegeben hat - wie stehen die Dinge?«

Er nippte an seinem mit Wasser verdünnten Wein und zwinkerte mir über den Rand seines Bechers zu. »Wenn ich noch gewußt hätte, daß du so neugierig bist, hätte ich dich auf dem Marktplatz nicht angesprochen.«

»Kannst du mir das vorwerfen? Wie lange haben wir uns nicht gesehen? Fünf Jahre? Sechs?«

»Was tut's.«

»Warum hast du mich vor allen Leuten so ausgerufen?«

»Ich wollte deine Aufmerksamkeit erregen.«

»Und die von allen Männern, Frauen, Kindern und Tieren anscheinend ebenso.«

Gutmütig zuckte er die Achseln. »Ich habe nur die Wahrheit gesagt. Mir ist es gleich, wer sie hört.« Blaise stellte seinen Becher weg und beugte sich zu mir. »Du hast dich gut gemacht, Falke. Alle Versprechungen deiner Kindheit haben sich bewahrheitet, wie ich sehen kann. Ja, du wirst es schaffen.«

»Ich scheine in meine Aufgaben hineinzuwachsen. Ich sage dir, Blaise, ich habe in den letzten Jahren mehr von der Insel der Mächtigen gesehen als Bran der Gesegnete selbst.«

»Und was hast du mit deinen goldenen Augen gesehen, Falke?«

»Ich habe gesehen, daß die Stimmung der Menschen sich verändert hat – und zwar nicht zum Besseren. Ich habe gesehen, wie sich die Angst wie eine Seuche über das Land ausgebreitet hat.«

»Das habe ich ebenfalls gesehen, und ich kann mir schönere Dinge vorstellen.« Er hob seinen Becher, leerte den letzten Rest Wein und wischte sich mit dem Ärmel den Schnurrbart. »In unserem Land herrschen Händel, Falke. Die Menschen kehren der Wahrheit den Rücken. Sie mühen sich, Lügen zu säen.«

»Die Gelehrte Bruderschaft?«

»Hafgan, Gott erhalte seine Seele, hatte recht, daß er die Bruderschaft aufgelöst hat. Anfangs sind ein paar zu uns übergelaufen, aber inzwischen sind die meisten wieder zurück zum alten Glauben. Sie haben sich einen neuen Erzdruiden erwählt – einen Mann namens Hen Dallpen, du erinnerst dich vielleicht.«

»Ich erinnere mich.«

»Die Gelehrten setzen ihre Ratsversammlungen und Besprechungen also fort, und Hel Dallpen führt sie.« Vor Furcht wurde seine Stimme leiser. »Doch, Falke, sie fallen ab; sie rutschen in die alten Bräuche zurück – genau das, was ich zu verhindern suchte.«

»Was meinst du damit, Blaise? Welche alten Bräuche?«

»Wahrheit im Herzen«, wiederholte er eine alte Weisheit, »Kraft im Arm und Lauterkeit auf der Zunge. Dies haben die

Druiden hundert Lebensalter lang gelehrt. Aber so war es nicht immer.

Es gab eine Zeit, da glaubten sie wie alle Unaufgeklärten, daß nur frisches Blut die Götter besänftigen könnte...« Er hielt inne und strengte sich ganz offenbar sehr an, um die folgenden Worte herauszubringen. »Erst vor ein paar Tagen entzündete in den Hügeln nicht weit von hier der Oberdruide von Llewchr Nor das Sonnwendfeuer mit einem Korbmann.«

»Nein!« Von Menschenopfern hatte ich natürlich gehört – beinahe wäre ich selber eines geworden! Doch das war etwas anderes: dunkler, abartig und mutwillig weihelos.

»Glaube mir«, sagte Blaise ernst. »In dem gräßlichen Korbkäfig wurden vier Menschen verbrannt. Es macht mich krank, Falke, aber sie reden sich ein, daß unsere gegenwärtigen Schwierigkeiten über uns gekommen sind, weil wir die alten Götter verlassen haben und Christus folgen, und die einzige Möglichkeit, einen mächtigen Zauber zu bekämpfen, ist ein noch mächtigerer Zauber. Darum haben sie ihre mörderischen Sitten wiederbelebt.«

»Was kann man dagegen tun?«

»Warte, Myrddin Bach, das ist noch nicht alles. Es kommt noch schlimmer. Sie haben sich gegen dich verschworen.«

»Gegen mich? Warum denn? Was habe ich denn getan...« Da kam es mir. »Wegen der tanzenden Steine?«

»Zum Teil. Sie glauben, daß Hafgan von Taliesin hinters Licht geführt und verleitet wurde, Jesus anzuhängen. Darum haben sie sich gegen Taliesin gewandt, aber er ist tot und nicht mehr greifbar, deshalb versuchen sie dich zu vernichten, seinen Erben. Sie meinen, daß seine Seele in dir weiterlebt.« Er breitete die Hände aus. »Du besitzt eine Kraft, deren Existenz sie niemals vermutet hätten.«

Ich konnte nur noch den Kopf schütteln. Erst Morgian, jetzt die Gelehrte Bruderschaft: Ich, der ich in meinem kurzen Leben nie eine Hand gegen einen anderen erhoben hatte, war nun zum Gegenstand des Hasses mächtiger Feinde geworden, die ich nicht einmal kannte.

Blaise spürte meine Niedergeschlagenheit. »Sei unbesorgt«, sagte er und faßte mich am Arm, »und fürchte dich nicht. Der in dir ist größer als der in ihnen.«

»Warum wollen sie mir nur schaden?«

»Weil sie dich fürchten.« Er packte meinen Arm mit eisernem Griff. »Ich sage dir die Wahrheit, Myrddin: Es liegt daran, wer du bist.«

»Wer bin ich, Blaise?«

Er antwortete mir nicht sofort, wandte den Blick aber auch nicht ab. Seine Augen blickten fest in meine, als würde er mein Innerstes erforschen wollen. »Weißt du es denn nicht?« fragte er endlich.

»Hafgan hat von einem großen Meister gesprochen. Er hat mich Emrys genannt.«

»Na also.«

»Ich begreife es nicht.«

»Nun, vielleicht ist es an der Zeit.« Er ließ meinen Arm los und bückte sich, um seinen Stab aufzuheben. Dann hielt er das glatte Stück Ebereschenholz über mich und hub zu sprechen an: »Myrddin ap Taliesin, du bist der lang Erwartete, dessen Kommen durch Wunder am Himmel vorhergesagt wurde. Du bist das Helle Licht der Briten, das in der dichter werdenden Finsternis scheint. Du bist der Emrys, der unsterbliche Priesterbarde, der Bewahrer des Geistes unseres Volkes.«

Dann kniete er nieder, legte den Stab beiseite, nahm den Saum meines Gewands und küßte ihn. »Sieh nicht ungnädig auf deinen Diener herab, Herr Emrys.«

»Hast du den Verstand verloren, Blaise? Ich bin's doch nur – Myrddin.« Das Herz schlug mir bis zum Halse. »Ich bin nicht – was du gesagt hast.«

»Du bist es und wirst es sein, Falke«, erwiderte er. »Aber warum so bang? Unsere Feinde schlagen die Tore noch nicht ein.« Er lachte, und die Anspannung des Augenblicks verflog. Abermals waren wir nur zwei Freunde, die sich am Feuer unterhielten.

Ein Bediensteter kam herein, um unsere Becher aufzufüllen. Ich hob meinen hoch und sagte: »Auf deine Gesundheit, Blaise, und auf die der Feinde unserer Feinde!«

Wir leerten gemeinsam unseren Becher, und die alten Bande zwischen uns wurden fester. Zwei Freunde … vielleicht gibt es auf Erden stärkere Mächte, aber nur wenige sind so unbeugsam und dauerhaft wie die Bande wahrer Freundschaft.

XIV

Als der Herbst schließlich zum Winter wurde, nahmen Blaise und ich meinen so lange vernachlässigten Unterricht wieder auf. Ich lernte nun mit größerem Eifer, weil mich danach dürstete und ich die verlorene Zeit aufholen wollte, und ich prägte mir die Geschichten und Lieder meines Volkes ein. Ich schärfte meine Wahrnehmungsfähigkeit, erhöhte meinen Schatz an Wissen über die Erde, ihre Eigenarten und die ihrer Geschöpfe; ich übte mich auf der Harfe; tauchte tief in die Geheimnisse und Mysterien von Erde und Luft, Feuer und Wasser ein.

Doch bald zeigte sich, daß in dem Bereich, den die Menschen Zauberei nennen, mein Wissen seines übertraf. Gern-y-fhain hatte mich gut unterwiesen; darüber hinaus kannte das Bergvolk viele Geheimnisse, von denen selbst die Gelehrte Bruderschaft nichts wußte. Und diese Geheimnisse kannte ich auch.

Der Winter nahm seinen Lauf, ein kalter, bleierner Tag folgte dem anderen, bis endlich die Sonne wieder länger am Himmel zu verweilen begann und das Land unter ihren Strahlen wärmer wurde. Damit kam das Ende meines Unterrichts bei Blaise. »Nun habe ich dir nichts mehr zu geben, Falke«, sprach er zu mir. »Nur mein Leben. Beibringen kann ich dir nichts mehr. Es gibt jedoch noch viele, die dich lehren könnten.«

Ich starrte ihn kurz an. »Aber es gibt so vieles – ich weiß so wenig.«

»Stimmt«, entgegnete er und fing an zu lächeln. »Ist das nicht der Anfang wahrer Weisheit?«

»Es ist mir ernst, Blaise. Es muß noch mehr geben.«

»Und auch mir ist es ernst, Myrddin Bach. Mehr kann ich dich nicht lehren. Ach ja, vielleicht ein paar weniger wichtige Geschichten unseres Volkes; doch nichts von Bedeutung.«

»Ich kann noch nicht alles gelernt haben«, wandte ich ein.

»Auch das stimmt. Es gibt noch viel mehr zu lernen, aber ich kann es dich nicht lehren. Was es sonst noch gibt, mußt du selber lernen.« Er schüttelte sanft den Kopf. »Schau nicht so niedergeschlagen drein, Falke. Es ist keine Schande für einen Schüler, seinen Lehrer hinter sich zu lassen. Das kommt vor.«

»Doch kommst du nicht mit mir?«

»Wo du hingehst, Myrddin Emrys, kann ich dir nicht folgen.«

»Blaise …«

Warnend hob er den Zeigefinger. »Achte dennoch darauf, daß du Wissen nicht mit Weisheit verwechselst wie so viele.«

Nun, wir machten gemeinsam weiter, doch nicht wie zuvor. Tatsächlich fand ich mich immer mehr in der Rolle des Lehrers wieder, und Blaise staunte über meinen Scharfsinn und sagte so viel Schmeichelhaftes, daß es mir peinlich wurde, in seinem Beisein den Mund aufzutun. Doch alles in allem war der Winter für mich gut und nützlich.

Als der Frühling die Straßen wieder bereisbar machte, ritt ich mit Maelwys und sieben seiner Männer aus, um bewaffnet die erste Runde dieses Jahres durch sein Land zu machen. Wir redeten mit seinen Dorfführern und nahmen ihre Berichte entgegen, wie es im Winter den Menschen in jedem Bezirk und in jeder Siedlung ergangen war. Gelegentlich schlichtete Maelwys Streitigkeiten und sprach Recht in Fällen, die über die Befugnisse eines Anführers hinausgingen, oder er handelte anstelle eines Führers, um keine Feindseligkeit aufkommen zu lassen.

Auch teilte er allen Anführern mit, daß er für seine Kriegerschar junge Männer brauchte und daß von nun an die Mehreinkünfte jedes Jahres dafür verwendet würden. Dem Plan widersprach niemand, denn tatsächlich hatten die meisten ihn vorhergesehen und waren froh, ihren Teil dazu beizutragen.

Maelwys erwies sich als gewitzter Herrscher: abwechselnd mitleidig, nachgiebig, streng, unerbittlich – doch stets gerecht in seinem Handeln und Urteilen.

»Die Menschen stören sich an Einseitigkeit«, sagte er, als wir zwischen Clewdd und Caer Nead ritten, zwei Punkten entlang des Rings aus Hügelbefestigungen zum Schutz seines Landes. »Doch Ungerechtigkeit verabscheuen sie. Sie ist ein langsames Gift und stets tödlich.«

»Dann hast du nichts zu fürchten, Herr, denn deine Urteile sind die Gerechtigkeit selbst.«

Er legte den Kopf zur Seite und betrachtete mich. Die anderen ritten hinter uns und plauderten müßig, so daß er ganz freimütig sprechen konnte. »Charis hat mir erzählt, daß du Custennins Tochter dein Herz geschenkt hast.« Das kam wie ein Blitz aus heiterem Himmel. Ich wußte nicht, daß meine Mutter so viel und genau mutmaßte.

Mir stieg das Blut in die Wangen, doch ich antwortete ihm geradeheraus. »Sie heißt Ganieda, und ja, ich liebe sie.«

Das erwog Maelwys, und einen Augenblick lang hörte ich nur das sanfte Schlagen der Pferdehufe auf dem frischen Grün. Dann sagte der König: »Hast du schon einmal über deine Zukunft nachgedacht, Myrddin?«

»Das habe ich, Herr«, erwiderte ich, »und ich habe vor, so schnell wie möglich meinen Weg zu machen, damit ich Ganieda von ihres Vaters Herd an meinen eigenen führen kann.«

»So steht es also zwischen euch.«

»So steht es.«

»Dann sollten wir uns bei unserer Rückkehr nach Maridunum vielleicht einmal unterhalten.«

Mehr sagte er nicht, und mehr brauchte er auch nicht zu sagen. Kurz darauf gelangten wir zur nächsten und letzten Siedlung: Caer Nead, ein Haufen Hütten aus Flechtwerk und Viehkoppeln mit Heckenzäunen in Sichtweite einer kleinen Hügelfeste.

Maelwys hatte es eilig, vor Einbruch der Nacht nach Maridunum zurückzukommen. Darum hielten wir uns nicht lange in Caer Nead auf, sondern erledigten geschwind unsere Geschäfte. Am Mittag waren wir fertig und brachen auf, so rasch die Sitte es zuließ. Wir brauchten nicht zu hasten, denn der Weg war nicht weit. Doch bemerkte ich, daß Maelwys, je näher wir der Heimat kamen, um so unruhiger wurde. Ich sagte nichts, denn ich glaubte nicht, daß es sonst noch jemandem aufgefallen war. Doch ich beobachtete, daß er die Zähne zusammenbiß und die Lippen zu einem harten Strich nach unten verzog. Seine Worte wurden spärlicher und das Schweigen zwischen ihnen länger.

Ich versuchte zwar herauszufinden, was ihn bekümmern mochte, kam aber nicht darauf, bis ... bis ich den Rauch sah.

Wir erblickten ihn gleichzeitig. Als Maelwys sein Pferd zügelte, rief ich aus: »Feuer!«

Er warf einen Blick auf die Hügelkette vor uns. »Maridunum!« schrie er und gab seinem Pferd die Knute.

Wir folgten ihm alle in halsbrecherischem Galopp. Der

Rauch, der erst nur ein dünnes, leichtes Wölkchen in der Luft gewesen war, wurde dunkler und dichter, bis er eine riesige schwarze Säule bildete. Als wir näher kamen, konnten wir den Gestank von Verbranntem riechen und das Geschrei der Städter hören.

Die Plünderer hatten abgewartet, bis sie sich ihres Empfangs sicher sein konnten. Sie dankten wohl ihren heidnischen Göttern mit jedem Atemzug, den sie in sich hatten, als sie erfuhren, daß der König fort war und die Stadt praktisch unbewehrt.

Doch sie waren übervorsichtig. Oder vielleicht hatten sie zu lange auf ihren Booten gewartet, ehe sie an Land gingen. Wie dem auch sei, wir erwischten sie mitten in ihrer Zerstörungswut und fielen auf unseren Pferden ohne Vorwarnung über sie her. Auf dem alten Marktplatz stoben wir durch ihre auseinanderlaufenden Reihen und nahmen sie auf unsere Schwertspitzen.

Obwohl sie mutig fochten, konnten sie es, in die Enge getrieben, nicht mit berittenen Kriegern aufnehmen, die Blutrache suchten. In nur wenigen Augenblicken lagen die Leichen einer Schar irischer Plünderer auf dem gepflasterten Platz.

Wir saßen ab und rissen das brennende Stroh von den Häusern, damit das Feuer sich nicht ausbreitete, dann suchten wir die Leichen der Plünderer ab, um wieder an uns zu nehmen, was sie gestohlen hatten. Die Stadt lag lautlos, und mit Ausnahme der knisternden Flammen und des knarrenden Gekreischs von Aasvögeln, die sich zu ihrem Schmaus sammelten, war die Luft totenstill.

Das hätte uns eine Warnung sein sollen. Doch der Kampf war vorüber, und wir waren schon dabei, uns abzukühlen. Keiner von uns gewärtigte einen Hinterhalt.

Uns wurde erst klar, was vor sich ging, als die ersten Speere bereits durch die Luft sirrten. Jemand schrie auf, und zwei von uns stürzten mit Speeren im Bauch zu Boden. Sofort waren die Iren über uns.

Später erfuhren wir, daß im Towy drei große Kriegsschiffe lagen – von denen jedes dreißig Krieger an Bord gehabt hatte. Alle außer den zwanzig, deren Blut die Steine zu unseren Füßen befleckte, fielen gleichzeitig mit schrecklichem Gebrüll über uns her. Siebzig gegen sieben.

Die nächsten Augenblicke herrschte fürchterliche Verwirrung. Wir rannten zu unseren Pferden und sprangen in den Sattel. Doch die Plünderer strömten aus allen Richtungen auf den Platz, und wir hatten nicht genug Raum, um einen Angriff zu reiten. Jedenfalls war der Platz bald so überfüllt, daß wir kaum unsere Schwerter schwingen konnten. Ich sah, wie einer von uns aus dem Sattel gerissen und sein Kopf unter den Hufen des eigenen Pferdes zerschmettert wurde.

Ich sah, wie Maelwys sich abmühte, uns an seiner Seite zu sammeln; seine Arme hoben und senkten sich immer wieder, als er auf die Männer um sich herum einhieb. Unter seiner Schneide zersplitterten Speere, und mehr als einer der Angreifer ging schreiend zu Boden.

Ich nahm seinen Ruf auf und kämpfte mich zu ihm durch.

Da sprangen mir zwei Speerträger in den Weg. Das Pferd scheute, wich aus und hätte mich beinahe von seinem Rücken geschleudert. Die Hufe des Tieres rutschten an den glatten Steinen ab, es stürzte, rollte auf die Seite und klemmte mir die Beine ein.

Ein Speer schoß an meinem Ohr vorbei, ein zweiter stieß auf mein Herz zu. Ich schwang mein Schwert und hieb ihn zur Seite; gleichzeitig machte ich mich von meinem Roß frei, das sich wieder hochrappelte.

Ich rollte mich hoch und sah mich zwei weiteren, also vier Plünderern gegenüber, die alle ihre Speere mit Eisenspitzen gegen mich gerichtet hielten. Einer von ihnen stieß einen Schrei aus, und sie rannten auf mich los.

Ich sah die Feinde auf mich zukommen, sah ihre dunklen und grimmigen Gesichter, sah ihre Augen hart wie scharfen Stahl gleißen. Mit den Händen hielten sie die Schäfte ihrer Speere fest umklammert, daß ihre Fingerknöchel weiß waren. Ihre Gesichter waren schweißüberströmt, und die Sehnen an ihren Hälsen gespannt...

Das alles und mehr sah ich – so entsetzlich klar, daß mir fast das Herz stillstand, während die rasende Zeit zu einem dünnen Tröpfeln gerann. Jegliche Bewegung verlangsamte sich – als würde alles um mich herum mit einemmal von unüberwindlicher Trägheit ergriffen.

Ich sah, wie die Speerspitzen auf mich zielten und gemächlich durch die Luft kamen. Meine eigene Klinge schoß scharf und flink empor, biß sich durch die Holzschäfte und schnitt die Speerspitzen so leicht von ihren Halterungen ab wie Distelblüten von den Stengeln. Ich ließ mich von der Wucht des Hiebes forttragen, so daß ich, als meine Angreifer hinter ihren stumpfen Speeren nach vorn stürzten, weg war.

Ich suchte das Durcheinander ab. Der Platz ächzte und stöhnte unter dem Kampf. Es klang wie ein donnerndes, merkmalloses Rauschen – als würde Blut durch die Ohren rasen. Unsere Krieger, die fürchterlich in der Minderzahl waren, fochten tapfer um ihr Leben.

Maelwys kämpfte sich über den Platz; tiefgebeugt saß er im Sattel und teilte mächtige Hiebe aus. Sein Arm drosch wild und gewaltsam um sich. Von seiner Schneide strömte es scharlachrot.

Er war jedoch erkannt worden, und immer mehr Feinde ballten sich um ihn – in einer seltsamen, trägen Bewegung, so schien es mir.

Ich streckte meine Hand aus, ergriff die Zügel meines Rosses und schwang mich in den Sattel. Ich wandte das Pferd und drängte es zu Maelwys hin.

Das sanfte Wogen des Pferdes unter mir, schwang ich das Schwert in meiner Hand erst nach links, dann nach rechts, hieb und stach immer wieder, daß meine Klinge zu einem schimmernden Lichtkreis um mich wurde. Die Männer um mich purzelten wie Feuerholzscheite, als ich mir einen Weg an die Seite des Königs erzwang.

Mein Schwert pfiff, klirrte klar und hell, wenn es traf, erbarmungslos wie der vom Sturm getriebene Schwall des Meeres. Maelwys und ich, wir kämpften gemeinsam, und bald waren die Steine unter den Hufen unserer Rösser glitschig von Blut.

Doch immer noch schwärmten die Feinde voll Kampfeswut um uns, schwangen die Dolche in ihren Händen und stießen mit ihren Speeren zu. Keiner jedoch wagte sich in Reichweite meines Schwertes, denn das bedeutete den sicheren Tod. Statt dessen gingen sie auf mein Pferd los und stachen auf seine Beine und seinen Bauch ein.

Ein kreischender Narr sprang nach meinem Zügelriemen und hoffte, den Kopf des Pferdes nach unten zu zerren; ich gab ihm etwas zu heulen, als ihm das Ohr vom Gesicht flog. Ein anderer büßte seine Hand ein, als er sich linkisch gegen die Flanke des

Tieres warf. Noch einer brach als ein zuckender Haufen zusammen, als ich ihm mit dem flachen Schwert auf den ledernen Kriegshelm hieb.

All dies geschah ohne Aufregung, beinahe lächerlich mühelos, und jede Bewegung kam langsam und überlegt. So hatte ich nicht nur genug Zeit zum Reagieren, sondern auch, um den jeweils nächsten Schritt zu planen, ehe der vorige noch abgeschlossen war. Sobald ich in diesen unheimlichen, seltsamen Kampftakt gefallen war, stellte ich fest, daß ich mich frech zwischen den lächerlich trägen Feinden bewegen konnte.

Also schlug ich immer wieder zu, schlug zu und wirbelte davon, während meine glücklosen Gegner um mich herum zappelten und wankten, sinnlos mit faulen, ungeschickten Bewegungen um sich droschen: Ich führte einen bizarren und fürchterlichen Tanz auf.

Die Barden sprechen voll Ehrfurcht vom Oran Mor, der großen Musik – dem flüchtigen Quell aller Weisen und Lieder. Nur wenige besitzen die Gabe, ihn zu hören. Taliesin besaß sie – oder noch mehr als das. Doch in jenem Moment hörte auch ich ihn: Meine Gliedmaßen pochten davon, mein ausschlagender Arm teilte seinen unirdischen Rhythmus aus, mein Schwert sang in seiner strahlenden Melodie. Ich war ein Teil des Oran Mor, und er ein Teil von mir.

Da ertönte ein Sammelruf, und Maelwys' berittene Wachen kamen auf den Platz getrappelt. Sie waren von der Villa hergaloppiert, wohin die Städter sich geflüchtet hatten, und eilten uns nun zu Hilfe, da klar war, daß der dort erwartete Angriff nicht erfolgen würde.

Doch nur ein paar Herzschläge später wußte ich, daß die Schlacht entschieden war. In mir wallte eine anschwellende Woge des Jubels auf, und ich vernahm einen lauten Klageruf, einen Kriegsgesang, einen Siegesschrei, und erkannte meine eigene Stimme aus meiner Kehle emporsteigen.

Die Wirkung auf die Feinde ließ nicht auf sich warten. Sie wandten sich der Quelle dieses nervenzerrüttenden Lautes zu, und mit ungewöhnlicher Klarheit sah ich, wie schwarze Verzweiflung sich über ihre Züge legte. Es war aus mit ihnen. Und sie wußten es.

Mein Schrei wurde zu einem Triumphgesang, und ich sprang

meinen Schwertbrüdern, die noch schwer bedrängt wurden, zur Seite, während süße Freude durch mich hindurch in mein Lied strömte. Keiner vermochte mir standzuhalten, und die Iren flohen, um nicht von den Hufen meines Rosses zertrampelt oder von meiner flinken Schneide gespalten zu werden.

Bald war ich an einer Stelle und befreite einen Mann, der zu Tode geschleift wurde, bald an einer anderen und riß einem Gegner die Waffe weg, um sie einem Freund zuzuwerfen. Einmal sah ich einen Mann stürzen, fing ihn auf und hob ihn zu mir in den Sattel empor. Und die ganze Zeit ertönte meine Stimme in freudiger Feier. Ich war unbesiegbar.

Ich sah, wie Maelwys sich einen Weg bahnte und auf mich zuritt, drei seiner Männer hinter ihm. Da erhob ich mein Schwert zum Gruß und erkannte, als er näher kam, daß sein Gesicht unter dem Schweiß und dem Blut fahl war und seine Augen hervorquollen. Sein Schwertarm war aufgeschlitzt, doch dessen achtete er nicht.

Zitternd streckte er eine Hand aus und berührte mich. Ich sah, wie sein Mund sich bewegte, doch die Worte kamen nur langsam.

»Du kannst aufhören, Myrddin. Es ist vorbei.«

Ich zog eine Grimasse und ließ ein wildes Lachen fahren.

»Schau!« sagte er und schüttelte mich. »Schau dich um. Wir haben sie zurückgeschlagen. Wir haben gesiegt.«

Ich lugte durch den Nebel, der vor meinen Augen aufgestiegen war. Auf dem Platz türmten sich die Leichen der Toten. Der Todesgeruch schnürte mir die Kehle zu.

Ich erschauderte vor plötzlicher Kälte und fing von Kopf bis Fuß zu zittern an. Das letzte, was ich sah, war, wie mir die Sonne hell in die Augen schien und die Wolken über mir vorbeiwirbelten wie die Flügel kreisender Vögel.

Ich erinnere mich, daß wir zur Villa gelangten und es um mich vor Geflüster brummte. Ich erinnere mich, daß ich etwas sehr Bitteres trank und mich übergab. Ich erinnere mich, daß ich kalt in feuerdurchblitzter Dunkelheit beim Getöse von Stahl auf Stahl erwachte. Ich erinnere mich, daß ich verloren in einem riesigen Meer trieb, während um mich herum donnergleich Wasser rauschte.

Schließlich erinnere ich mich, daß ich einen jähen Hang emporkletterte und in einem blutigen Morgenrot auf einem windgepeitschten Felsvorsprung stand …

Als ich aufwachte, war mit mir alles wieder gut. Der Schlachtenfuror, der mich überkommen hatte, war vorüber und ich wieder ich selbst. Meine Mutter betrachtete mich aufmerksam und drückte mir die Hand auf die Stirn, gab aber zu, daß gleich, welches Leiden mich gepackt hatte, dieses vorüber war. »Wir haben uns Sorgen gemacht, Merlin«, sagte sie. »Wir haben geglaubt, du wärest verwundet worden, aber du hast nicht einmal einen blauen Fleck abbekommen, mein Sohn. Wie fühlst du dich?«

»Mir geht es gut, Mutter.« Mehr sagte ich nicht. Ich erklärte ihr nicht, was geschehen war, weil ich es selbst nicht wußte.

Nach dem Frühstück hörte ich draußen Lärm und begab mich hinaus in den Vorhof. Dort traf ich Maelwys inmitten seiner berittenen Wächter an, von denen einige am Tag zuvor an unserer Seite gekämpft hatten. Es waren nur selten alle von ihnen in der Villa, denn er ließ sie durch sein Land streifen, die Grenzen abreiten, Wacht halten.

Auf die Neuigkeiten von dem Angriff waren diejenigen herbeigeeilt, die am Tag zuvor nicht da gewesen waren, Krieger und Hauptleute. Es waren auch viele Städter da, welche die Schar der im Vorhof Versammelten vermehrten.

Maelwys hatte zu ihnen gesprochen, doch als ich hinaustrat, legte sich Schweigen über die Menge. Ich wollte mich lediglich zu ihnen gesellen und stellte mich neben den König. Da bahnte sich ein Mann seinen Weg zu mir: Es war Blaise.

Er hob seinen Stab und ließ seine Stimme zum Lied erklingen:

»Dreimal dreißig Krieger sind gefallen vor der durstigen
Klinge;
Das Blut der Besiegten schweigt still, schwarz ist ihre Trauer;
Die Augen der Feinde nähren die Vögel des Todes; laßt jeden
Mund inständig flehen.
Aus dem Herzen des Helden entspringt ein Meister – von
großem Geschick, ein Riese in der Schlacht;
Er hat die Wilden gefällt mit scharfem Stahl;
gräßlich war ihr Kriegsgeschrei.

Preist ihn, ihr tapferen Männer; erhebt ihn in eurer Mitte;
laßt seinen Namen emporsteigen auf Flügeln des
Willkommens!
Zeigt Ehre dem Herrn eurer Errettung, der euch mit Mauern
aus Eisen verteidigt hat.
Kühne Männer! Fürsten von edler Geburt! Erhöht Myrddin
zu einem Namen des Lobpreis' und der Ehre!

Als Blaise geendet hatte, ließ er die Hände sinken, bückte sich vor mir nieder und legte mir den Stab zu Füßen. Dann trat er langsam zurück. Einen Augenblick starrten die Leute schweigend. Keiner regte sich.

Dann trat ein junger Krieger vor – es war, glaube ich, der, den ich in der Schlacht gerettet hatte. Er zog sein Schwert aus der Scheide an seiner Seite und legte es ohne ein Wort neben den Stab des Druiden. Dann kniete er nieder, streckte die Hand aus und berührte meinen Fuß.

Einer nach dem anderen folgten die Krieger dem Beispiel ihres Kampfgefährten. Sie zogen ihre Schwerter, knieten nieder und streckten ihre Hände aus, um meine Füße zu bedecken. Mehrere von Maelwys' Hauptleuten legten, in Bann geschlagen, ihre Schwerter zu dem Haufen und knieten ebenfalls nieder, um meinen Fuß zu berühren.

Das taten Krieger, wenn sie einem neuen Feldherrn Treue gelobten.

Doch Maelwys war nicht schwer verwundet worden, geschweige denn gefallen; er war noch immer ein geschickter, fähiger Führer. Ich drehte mich zum König um und sah, daß er nicht mehr hinter mir stand. Ich stand allein vor dem Volk. Was mochte das bedeuten?

»Bitte, Herr«, flüsterte ich, »die Ehre gebührt dir.«

»Nein«, erklärte er, »sie gebührt dir allein, Myrddin. Die Krieger haben sich entschieden, wem sie folgen wollen.«

»Aber ...«

Maelwys schüttelte den Kopf. »Laß es zu«, erwiderte er sanft. Dann trat er hinter mich und hob seine Hände über meinem Kopf. »Höre mich an, mein Volk. Sieh auf den, dem du Ehre erweist. Du hast ihn dir zum Schlachtenführer erwählt ...« Er hielt inne und ließ seine Hände auf meine Schultern herabsinken.

»Am heutigen Tage mache ich ihn zu meinem Sohn und zum Erben meines ganzen Besitzes.«

Wie?

Blaise stand bereit. »Heute ist ein verheißungsvoller Tag, Herr«, sprach er, »gestatte mir, daß ich dich in deinem guten Vorsatz bestätige.« Damit schnürte er sich den Gürtel aus ungegerbtem Leder von der Hüfte und band unsere Hände an den Gelenken zusammen.

Zu Maelwys sagte er: »Herr und König, ist es, wie deine Hand gebunden ist, dein Wunsch, dein Leben an den Sohn deiner Gattin zu binden?«

»Das ist es.«

»Wirst du ihn mit Sohnschaft ehren und ihm Land und Besitz übereignen?«

»Das will ich gern.«

Dann wandte Blaise sich feierlich zu mir und sagte: »Myrddin ap Taliesin, willst du diesen Mann zu deinem Hüter und Führer annehmen?«

Alles ging so rasch. »Blaise, ich ...«

»Antworte jetzt.«

»Wie er mich angenommen hat, will ich ihn annehmen.« Ich ergriff Maelwys' Hände und er meine.

Blaise zog seinen Dolch und ritzte unsere Handgelenke, daß sich unser Blut vermischte. »So sei es«, sagte er, löste das Band und ließ uns ledig. Dann deutete er auf den Haufen Schwerter zu meinen Füßen und sagte: »Willst du die Gefolgschaft dieser Männer annehmen, die dir bei ihrem Leben die Treue geschworen haben?«

»Ebenso nehme ich die Ehrbezeugungen und die Gefolgschaft dieser tapferen Männer an. Ich gebe ihnen mein Leben dafür zum Pfand.«

Da erhob die Menge ein Geschrei, die Krieger sprangen vor, packten ihre Schwerter und fingen an, damit gegen ihre Schilde zu schlagen, was ein gräßliches Getöse gab. »Myrddin! Myrddin! Myrddin!« johlten sie und machten meinen Namen zu einem Lied auf ihren Lippen.

Dann wurde ich hochgehoben und auf den Schultern meiner Männer in Maelwys' Saal getragen. Als ich die Schwelle überquerte, erblickte ich meine Mutter gleich hinter der Tür. Charis hatte alles mit angesehen, und ihr Gesicht glühte vor Liebe zu mir. Sie trat auf mich zu und hob ihre Hände. Da sah ich, daß sie ein Schwert hielt: das Schwert des Fischerkönigs.

Ich nahm es entgegen und reckte es hoch. Die Männer um mich verdoppelten ihren Jubel, sie grölten und brüllten und riefen meinen Namen. Und ich sang vor Freude, bis die Holzbänke von dem Klang widerhallten.

Denn dies war der Tag, an dem ich mir mein Königreich errungen hatte.

Zweites Buch

Der Herr des Waldes

I

Schwarz ist die Hand des Himmels, schwarz und blau, und erfüllt von gefrorenen Sternen.
Und Sternen und Sternen und Sternen … und Sternen.
Wer bist du, Herr?
Wie heißt du? Warum blickst du mich so an?
Hast du nie einen ausgeweideten Mann gesehen?
Hast du nie einen lebenden Leichnam gesehen?
Schwarz ist der Tag. Schwarz ist die Nacht.
Und schwarz die Hand, die mich zudeckt.
Tief im schwarzen Herzen Celyddons verberge ich mich.
Und in einem Waldesteich erspähe ich das Gesicht unter dem Geweihhelm, und ich blicke starr.
Ich blicke starr, bis die Sterne über mir fließen.
Der rote Mond schreit.
Die Vögel und wilden Tiere bei meinem Kommen fliehen.
Die Bäume verhöhnen mich.
Die Blumen auf den Bergwiesen wenden ihr Antlitz von mir ab.
Die gewundenen Täler werfen scharfe Klagen zurück.
Die reißenden Gewässer spotten meiner.
Regen und Wind, Sturm und Bö, Schnee und Sonne.
Helles Sonnenfeuer.
Silberner Mondenschein.
Silbernes Wasser aus des Berges Seele.
Singt, liebliche Himmelssterne!
Erhebt eure Stimmen, Kinder des lebendigen Gottes!
Scharf wie Speerspitzen sind eure strahlenden Lieder.
Leben und Tod bedeuten sie mir.
Ave! Ave, Imperator!
Lauscht dem bitterkalten Wind, wie er durch eure leeren Säle heult.
Horch, Erhabener! Höre die Knochen der Tapferen in ihren namenlosen Gräbern klappern.
König Adler, kümmere dich um deine Nachkommen.

Erhebe deine Hand und erhalte sie mit den Brosamen
deines Festsaals.
Sie hungern nach Gerechtigkeit; sie weinen.
Allein der König der Adler vermag ihr Verlangen zu stillen.
Flüsse strömen und Gewässer steigen.
Sehe schnelle Schiffe übers Meer fliegen.
Fort, fort ... stets fort.
Fliehe, meine Seele, fort.
Was ist dieses Reich, wenn das Leben entschwunden ist?
Wieviel bleibt von einem Menschen übrig?
Wie ein wildes Tier unter wilden Tieren gehe ich.
Nackt,
esse ich nur die Wurzeln des Feldes,
trinke ich nur Regen,
bin ich kein Mensch mehr.
Zerschmetterte Felsen machen mein Fleisch wund,
kalte Winde zerschlagen mir die elenden Knochen.
Ich bin verloren!
Ich bin wie einer, der verstoßen ist vom Herd seiner
Blutsverwandten.
Ich bin wie einer, der im Land der Schatten lebt.
Ich bin wie tot.
Soll ich die Jahreszeiten besingen?
Soll ich Zeitalter unserer Erde besingen, die Tage
vergangener und zukünftiger Menschen?
Soll ich das schöne Broceliande besingen?
Soll ich das ertränkte Llyonesse besingen?
Pwyll, bring mir den Heldenbecher!
Mathonwy, bring mir meine Harfe!
Taliesin, schlage mir deinen hellen Mantel um die Schultern!
Lleu, versammle dein Volk im hellen Saal!
Denn besingen will ich das Sommerreich!

Wahnsinniger Merlin ... wahnsinnig ... du bist wahnsinnig, Merlin ... wahnsinnig ...

II

O Wölfin, glückliche Wölfin, Königin der grünen Hügel, du bist meine einzige Freundin. Sprich jetzt mit mir. Laß mir deinen klugen Rat zukommen. Sei meine Anwältin und Beschützerin.

Hast du nichts zu sagen, kluge Freundin? Was willst du? Eine Geschichte?

Wenn es dir beliebt, Herrin der Berge. Ich ergreife meine Harfe. Horcht, ihr Menschen aus Staub. Lauscht aufmerksam der Dichtung, die ich euch singe:

In alten Tagen, als der Tau der Schöpfung noch frisch auf der Erde lag, war der große Manawyddan ap Llyr Herr und König über sieben Bezirke von Dyfed. Manawyddan war der Bruder von Bran dem Gesegneten, der seinerseits König über die Insel der Mächtigen war, und alle Könige und Königchen waren ihm untertan, und so hatte er auch alles Land als sein eigen. Doch Bran war in die Anderswelt gefahren und hatte dort lange verweilt, so daß Manawyddan an seines Bruders Statt das Königtum übernahm, wie es sein Recht war. Und es gab keinen besseren König auf der ganzen Welt als Manawyddan und keinen besseren Ort für ein Königreich als die wilden Hügel von Dyfed, denn diese waren der schönste Landstrich auf der ganzen Erde.

So begab es sich, daß Pryderi, der Fürst von Gwynedd, vor Manawyddan trat und um Freundschaft zwischen ihren beiden Häusern nachkam. Manawyddan empfing ihn mit Freuden und richtete ihm ein Festmahl aus. Also schmausten die beiden Freunde und ließen es sich wohl ergehen. Sie ergötzten sich an angenehmen Gesprächen und erfreuten sich an den Liedern von Manawyddans begabtem Barden, Anuin Llaw, und der Gesellschaft von Manawyddans schöner Königin, Rhiannon, von der viele gar wundersame Sagen berichtet werden.

Am Ende des ersten Abends wandte Pryderi sich Manawyddan zu. »Mir ist zu Ohren gekommen«, sprach er, »daß die Hatzen von Dyfed alle anderen in der Welt übertreffen.«

»Dann mußt du dem, der dir dies gesagt hat, von Herzen danken, denn wahrhaftigere Worte wurden nie gesprochen.«

»Vielleicht könnten wir ja gemeinsam jagen«, schlug Pryderi vor.

»Nun, Vetter, wir könnten auf die Jagd gehen – das heißt, wenn nichts dich daran hindert«, erwiderte Manawyddan.

»Fürwahr, ich dachte schon, ich würde alt werden, ehe du mich dazu auffordern würdest«, sagte Pryderi froh. »Zufällig hindert mich nichts. Gehen wir morgen auf die Jagd.«

Und an jenem Morgen brachen die beiden Freunde mit einem Trupp kühner Gefährten auf. Sie jagten den ganzen Tag, bis sie schließlich eine Rast einlegten und ihre Pferde tränkten. Sie erklommen einen nahegelegenen Hügel und legten sich zum Schlafen nieder. Während sie schliefen, ertönte ein Donnergrollen; der Donner war so laut, daß sie aufwachten. Und mit dem Donner kam ein dichter, finstrer Nebel – so dicht und finster, daß keiner der Männer den Gefährten neben sich zu sehen vermochte.

Als der Nebel sich endlich weghob, war es überall so hell, daß sie blinzelten und die Hände über die Augen legten. Als sie ihre Hände wieder wegnahmen und sich umblickten, sahen sie, daß alles sich verändert hatte. Es waren keine Bäume und Flüsse mehr da, keine Herden und Siedlungen. Kein Tier, kein Rauch, kein Feuer, kein Mensch, nichts außer den Hügeln, und auch diese waren leer.

»Ach, Herr!« rief Manawyddan. »Was ist aus unserer Begleitung geworden und was aus dem Rest meines Königreichs! Laß uns aufbrechen und sie suchen, wenn wir sie finden können.«

Sie kehrten zu Manawyddans Schloß zurück und fanden nichts als Hecken und Dornen, wo der funkelnde Saal gewesen war. Vergebens suchten sie die Täler und Schluchten ab, um eine Behausung oder eine Siedlung auszumachen, doch sahen sie nichts als ein paar kränkliche Vögel. Und beide begannen sie um ihren Verlust zu trauern – Manawyddan um seine Gemahlin Rhiannon, die in ihrem Gemach auf ihn wartete, und auch um seine tapfere Gefolgschaft; und Pryderi um seine Gefährten und die schönen Geschenke, die Manawyddan ihm gemacht hatte.

Doch sie konnten nichts daran ändern, also entfachten sie mit den Dornenhecken ein Feuer und schliefen in jener Nacht hungrig auf dem kalten, harten Boden. Am Morgen hörten sie Hundegebell, als ob Hunde von der Witterung eines Wilds erregt würden.

»Was mag das bedeuten?« wunderte sich Pryderi.

»Warum herumstehen und uns wundern, wenn wir es doch herausfinden können?« erwiderte Manawyddan und sprang auf sein Roß.

Sie ritten dem Laut entgegen und gelangten zu einem Birkenwäldchen in einem versteckten Tal. Als sie näher kamen, rannte eine Meute herrlicher Jagdhunde vorbei, die vor Furcht heftig zitterten und den Schwanz eingezogen hatten. »Wenn ich mich nicht täusche«, meinte Pryderi, als er die Hunde erblickte, »liegt über diesem Wäldchen ein Zauber.«

Kaum hatte er diese Worte gesprochen, da brach aus dem Forst ein strahlender weißer Eber. Bei seinem Anblick duckten sich die Hunde, doch nach beständigem Drängen nahmen sie die Witterung auf und setzten ihm nach. Die Männer folgten ihnen, bis sie dahin kamen, wo der Eber von den Hunden gestellt worden war.

Als er die Männer erblickte, brach er wieder aus und rannte davon. Abermals setzten die Männer ihm nach, und wieder fanden sie den Eber von den Hunden gestellt, und wieder brach er aus, als sie sich näherten.

Nun, sie verfolgten den Eber, bis sie zu einer großen Burg gelangten, die keiner von ihnen je zuvor gesehen hatte. Darob erstaunten sie. Die Hunde und der Eber rannten in die Festung hinein, und obzwar die Männer auf das Gebell der Hunde lauschten, vernahmen sie keinen Laut mehr, solange sie dort standen.

»Herr«, sprach Pryderi, »wenn du es wünschst, will ich in diese Festung gehen und sehen, was aus den Hunden geworden ist.«

»Bei Lleu, das ist kein guter Einfall«, erwiderte Manawyddan. »Weder du noch ich haben diese Festung je zuvor gesehen, und wenn du um meinen Rat fragst, so lautet er: Halte dich fern von diesem sonderbaren Ort. Es kann sein, daß, wer auch immer diesen Zauber über das Land gelegt hat, auch diese Burg hat erstehen lassen.«

»Es mag sein, wie du sagst, aber es täte mir leid, diese herrlichen Hunde aufzugeben.« So trieb Pryderi gegen Manawyddans guten Rat sein widerwilliges Pferd an und ritt durch das Tor in die Festung, die vor ihnen lag.

Sobald er jedoch darin war, vermochte er weder Mensch noch Tier, weder Eber noch Hunde, weder Saal noch Gemach zu sehen. Er entdeckte jedoch ein Gestell aus Marmorstein. Und über dem Gestell hing an vier goldenen Ketten, deren Enden sich in die Höhe erstreckten, so daß er nicht sehen konnte, wo sie aufhörten, eine riesige Schale aus dem feinsten Gold, das er je erblickt hatte, und feines Gold war Pryderi nicht fremd.

Er näherte sich dem Marmorgestell und sah Rhiannon, Manawyddans Gemahlin, still wie der Stein selbst dastehen, und ihre Hand berührte die Schale.

»Herrin«, sagte Pryderi, »was tust du hier?«

Da sie keine Antwort gab und die Schale von blendender Schönheit war, dachte Pryderi sich nichts Böses, trat neben Rhiannon und legte die Hände auf die Schale. Im nämlichen Augenblick, da er die Schale berührte, klebten seine Hände an ihr fest und seine Füße an dem Gestell, und da stand er nun wie aus Stein gemeißelt.

Manawyddan wartete und wartete, doch Pryderi kehrte nicht zurück, und die Hunde auch nicht. »Nun gut«, sprach er bei sich, »da bleibt mir nichts übrig, als ihm nachzufolgen.« Und er ritt hinein.

Drinnen sah er wie zuvor Pryderi die herrliche Goldschale an ihren goldenen Ketten hängen. Er sah seine Gemahlin Rhiannon mit der Hand an der Schale und Pryderi ebenso. »Herrin«, sagte er, »Freund Pryderi, was tut ihr hier?«

Keiner von beiden antwortete ihm, doch seine Worte riefen dennoch eine Erwiderung hervor, denn kaum hatte er sie gesprochen, als ein großer Donnerschlag durch die geheimnisvolle Burg hallte und dichter finstrer Nebel aufwallte. Als die Schwaden sich verzogen hatten, waren Rhiannon, Pryderi, die goldene Schale und die Festung selbst verschwunden und nirgendwo mehr zu sehen.

»Weh mir«, rief Manawyddan aus, als er sah, was geschehen war. »Ich bin jetzt allein und habe weder Gefährten noch Hunde zur Gesellschaft. Lleu weiß, daß ich ein solches Schicksal nicht verdient habe. Was soll ich nur tun?«

Da war nichts weiter zu tun, als daß er sein Leben fristete, so gut er konnte. Er fischte in den Bächen und fing sich Wild und fing an, den Boden zu bestellen, denn er hatte noch ein paar Samenkörner in der Tasche. Der Weizen gedieh, und mit der Zeit hatte er genug davon, um ein ganzes Feld auszusäen, und dann noch eines und noch eines. Groß war das Wunder, denn der Weizen war der feinste, den die Welt je gesehen hatte!

Manawyddan wartete seine Zeit ab und ließ die Jahreszeiten verstreichen, bis der Weizen so reif war, daß er beinahe das Brot schmecken konnte, das er backen wollte. Als er so auf sein prächtiges Korn blickte, sagte er zu sich selbst: »Ich bin ein Narr, wenn ich dies morgen nicht ernte.«

Er kehrte zu seiner Hütte zurück, um sein Weizenmesser zu wetzen. Als er am nächsten Tag im Morgengrauen auszog, um die lang erwartete Ernte einzubringen, fand er auf dem Acker nur nackte Stengel vor. Jeder Stengel war abgeschnitten worden, wo die Ähre sich mit dem Stiel vereinte, und das Korn war fort und nur noch Stoppeln da.

Höchst betrübt rannte Manawyddan zum nächsten Feld und sah, daß alles war, wie es sein sollte. Er prüfte das Korn, das schön gereift war. »Ich bin ein Narr, wenn ich dieses Feld morgen nicht ernte«, sprach er bei sich.

In jener Nacht schlief er leicht und wachte bei Tagesanbruch auf, um sein Korn zu ernten. Als er zu dem Feld kam, sah er, daß wie am Tag zuvor nur noch nackte Stoppeln übrig waren. »Ach!« rief er. »Welcher Feind tut mir dies an? Lleu weiß, daß er meinen Sturz vollkommen macht. Wenn das so weitergeht, bin ich bald vernichtet und das Land mit mir!«

Damit eilte Manawyddan zu seinem letzten Feld. Und siehe da, es war reif und bereit zur Ernte. »Ich bin ein Narr, wenn ich dieses Feld morgen nicht ernte«, sagte er bei sich, »ich bin sogar ein toter Narr, denn das ist meine letzte Hoffnung.«

Und er setzte sich hin, wo er war, und wollte die Nacht durchwachen, um den Feind zu fangen, der ihn verdarb. Manawyddan wachte, und gegen Mitternacht drang der größte Lärm der Welt an sein Ohr. Er blickte auf und sah die größte Schar Mäuse, die je zusammengekommen war, so groß war die Schar, daß er seinen Augen kaum traute.

Ehe er sich rühren konnte, waren die Mäuse über das Feld hergefallen. Jede erklomm einen Halm, biß die Ähre ab und trug das Korn in ihrem Maul davon, daß nur der leere Stengel übrigblieb. Manawyddan eilte, sein Feld zu retten, aber die Mäuse hätten Mücken sein können, so wenig ließen sie sich fangen.

Eine Maus jedoch war schwerer als alle anderen und konnte sich nicht so flink bewegen. Manawyddan stürzte sich auf sie und steckte sie in seinen Handschuh. Er band die Öffnung mit einer Schnur zu und brachte die Maus als Gefangene in seine Hütte. »Wie ich den Dieb hängen würde, der mich ruiniert hat«, sagte er zu der Maus, »werde ich, Lleu steh mir bei, dich hängen.«

Am nächsten Morgen begab Manawyddan sich zu dem Hügel, wo sein ganzes Unglück begonnen hatte, und nahm die Maus im Handschuh mit sich. Und an der höchsten Stelle des Hügels steckte er zwei gegabelte Stöcke in den Boden.

Mit einemmal tauchte ein Mann auf, der auf einem klapprigen Gaul zum Fuß des Hügels geritten kam. Die Kleider des Mannes waren noch schlechter als Lumpen, und er wirkte wie ein Bettler. »Herr, einen guten Tag«, rief der Bettler laut.

Manawyddan drehte sich um und betrachtete ihn. »Lleu sei dir wohlgesonnen«, erwiderte er. »Die vergangenen sieben Jahre habe ich in meinem ganzen Königreich keinen Menschen gesehen, außer dich in diesem Augenblick.«

»Nun, ich bin in diesem öden Land nur auf der Durchreise«, entgegnete der Bettler ihm. »Bitte, Herr, was tust du da?«

»Ich richte eine Diebin hin.«

»Was für eine Diebin? Das Wesen in deiner Hand gleicht mir sehr einer Maus. Es geziemt sich kaum für einen Mann deines Rangs, ein solches Tier anzurühren. Sicher wirst du es freilassen.«

»Bei dir und mir und Lleu, das werde ich nicht!« versetzte Manawyddan hitzig. »Diese Maus und ihre Geschwister haben mein Leben zerstört. Ich habe vor, die Strafe an ihr zu vollziehen, ehe ich Hungers sterbe, und das Urteil lautet auf Hängen.«

Der Bettler zog seines Weges, und Manawyddan machte sich daran, einen Stecken als Querbalken auf den beiden Gabeln zu befestigen. Er war gerade damit fertig geworden, als eine Stimme ihn vom Fuß des Hügels her grüßte. »Einen guten Tag, Herr!«

»Lleu zerschmettere mich, wenn es hier nicht plötzlich geschäftig zugeht«, murmelte Manawyddan in sich hinein. Er blickte sich um und sah am Fuß des Hügels eine edle Dame auf einem grauen Zelter sitzen.

»Einen guten Tag, edle Dame«, rief er zu ihr zurück. »Was führt dich hierher?«

»Ich bin zufällig vorbeigeritten, als ich dich hier oben werkeln sah. Was tust du da?« fragte sie ihn artig.

»Ich hänge eine Diebin«, erläuterte Manawyddan, »wenn dir das etwas bedeutet.«

»Fürwahr, es bedeutet mir nichts«, erwiderte die Dame, »aber die Diebin scheint ja eine Maus zu sein. Dennoch würde ich sagen, bestrafe sie auf jeden Fall, wäre es nicht so erniedrigend für einen Mann von so offenbarem Rang und Würde, sich mit einem so gemeinen Wesen einzulassen.«

»Was soll ich denn tun?« fragte Manawyddan argwöhnisch.

»Lieber, als daß ich mit ansehe, wie du dir weiter Schande bereitest, gebe ich dir ein Goldstück, damit du sie freiläßt.« Sie lächelte gewinnend, und Manawyddan hätte sich beinahe überreden lassen.

»Du sprichst zugunsten dieser jämmerlichen Maus, aber ich bin entschlossen, dem Leben der Kreatur ein Ende zu setzen, die meinem ein Ende gesetzt hat.«

»Nun schön, Herr«, versetzte die Dame hoffartig, »tue, wie dir beliebt.«

Manawyddan machte sich wieder an sein finsteres Werk. Er nahm die Schnur von dem Handschuh und band der Maus ein Ende um den Hals. Gerade als er das Tier den Balken hinanzog, erscholl vom Fuß des Hügels eine Stimme. »Seit sieben Jahren habe ich keine Sommersprosse gesehen, und jetzt werde ich alle Weile angesprochen«, brummte er.

Damit drehte er sich um und stand einem Erzdruiden mit einer Schar Schüler im Gefolge gegenüber. »Lleu schenke dir einen guten Tag«, sprach der Erzdruide. »Was für einer Arbeit geht der Herr denn da nach?«

»Wenn du es wissen mußt, ich hänge eine Diebin, die an meinem Verderben schuld ist«, erwiderte Manawyddan.

»Vergib mir, aber du mußt fürwahr ein schwacher Mann sein. Denn das in deiner Hand scheint ja eine Maus zu sein.«

»Trotzdem ist sie eine Diebin und Verderberin«, fauchte Manawyddan. »Nicht, daß ich dir eine Erklärung schuldig wäre.«

»Ich verlange keine Erklärung«, entgegnete der Erzdruide. »Doch es bekümmert mich sehr, wenn ich einen Mann von so offenkundigem Ansehen an einer hilflosen Kreatur eine Strafe vollziehen sehe.«

»Hilflos soll sie sein? Wo warst du, als diese Maus und ihre Gefährtinnen meine Äcker verwüsteten und mir Verderben brachten?«

»Da du ein vernünftiger Mensch bist«, sprach der Erzdruide, »gestatte mir, daß ich die wertlose Kreatur freikaufe. Ich gebe dir sieben Goldstücke, wenn du sie losläßt.«

Entschlossen schüttelte Manawyddan den Kopf. »Das geht nicht. Ich verkaufe diese Maus für keinen Betrag Goldes.«

»Dennoch ziemt es sich nicht für einen Mann deines Ranges, auf diese Weise Mäuse zu töten«, versetzte der Erzdruide. »Darum laß mich dir siebzig Goldstücke geben.«

»Schande über mich, wenn ich sie für zweimal soviel Gold hergebe!«

Doch der Erzdruide ließ sich nicht entmutigen. »Trotzdem, guter Herr, will ich nicht mit ansehen, daß du dich erniedrigst, indem du dem Tier etwas zuleide tust. Ich gebe dir hundert Pferde und hundert Mann und hundert Festungen.«

»Ich war Herr über tausend«, entgegnete Manawyddan. »Warum sollte ich weniger nehmen, als ich besaß?«

»Da du dies nicht annehmen willst«, sprach der Erzdruide, »nenne bitte deinen Preis, damit ich ihn aufbringen kann.«

»Nun, es gibt etwas, womit ich mich überreden lassen könnte.«

»Nenne es, und es gehört dir.«

»Ich wünsche die Freilassung von Rhiannon und Pryderi.«

»Die soll dir gewährt werden«, versprach der Erzdruide.

»Bei Lleu, das ist noch nicht alles.«

»Was denn noch?«

»Ich wünsche die Aufhebung des Zaubers vom Königreich Dyfed und allen meinen Besitztümern.«

»Auch das soll dir gewährt werden, wenn du nur die Maus unversehrt freiläßt.«

Manawyddan nickte langsam und schaute in seine Hand. »Das

will ich tun, aber erst will ich wissen, was diese Maus dir bedeutet.«

Der Erzdruide seufzte. »Nun gut, du bist mir gegenüber im Vorteil. Sie ist meine Gemahlin – sonst würde ich sie nicht freikaufen.«

»Deine Gemahlin!« rief Manawyddan aus. »Das soll ich glauben?«

»Glaube es, Herr, denn es ist die Wahrheit. Ich bin derjenige, der den Zauber über dein Land legte.«

»Wer bist du, daß du mein Verderben erstrebst?«

»Ich bin Hen Dallpen, der Oberdruide auf der Insel der Mächtigen«, erwiderte der Erzdruide. »Ich habe aus Rache gegen dich gehandelt.«

»Warum dies? Was habe ich dir nur angetan?« Denn fürwahr wußte Manawyddan nichts, was er jemals getan haben könnte, um einen Mann zu erzürnen, ob Priester oder Druide.

»Du hast von Bran dem Gesegneten das Königtum übernommen und dabei nicht den Segen der Gelehrten Bruderschaft empfangen. Darum habe ich es mir angelegen sein lassen, dein Königreich zu verzaubern, wie es geschehen ist.«

»Das hast du in der Tat«, brummte Manawyddan unglücklich. »Was ist mit meinen Äckern?«

»Als einige von denen, die mir folgen, von dem Weizen erfuhren, bettelten sie mich an, sie in Mäuse zu verwandeln, damit sie deine Äcker zerstören konnten. In der dritten Nacht zog meine eigene Gemahlin mit ihnen, und sie trug ein Kind – denn wäre dem nicht so gewesen, hättest du sie nicht gefangen. Aber da es so war und du sie gefangen hast, werde ich dir Rhiannon und Pryderi wiedergeben und den Zauber von Dyfed und all deinen Ländereien nehmen.« Der Erzdruide schloß mit den Worten: »Jetzt habe ich dir alles gesagt. Bitte laß meine Gemahlin ledig.«

Manawyddan starrte den Oberdruiden an. »Ich wäre ein Narr, wenn ich dies nun täte.«

»Was wünschst du noch?« seufzte der Druide. »Sag es mir und laß uns die Sache abschließen.«

»Ich wünsche, daß, sobald der Bann von dem Land genommen ist, nie wieder einer verhängt wird.«

»Du hast mein feierliches Versprechen darauf. Wirst du die Maus jetzt freilassen?«

»Noch nicht«, sprach Manawyddan fest.

Der Erzdruide seufzte. »Sollen wir den ganzen Tag damit verbringen? Was verlangst du noch?«

»Noch eines«, antwortete Manawyddan. »Ich verlange, daß wegen der Dinge, die hier geschehen sind, keine Rache genommen wird, weder an Rhiannon noch an Pryderi, noch an meinen Ländereien, meinem Volk, meinen Habseligkeiten oder den Tieren unter meinem Schutz.« Er blickte dem Erzdruiden gerade in die Augen. »Oder an mir.«

»Ein listiger Gedanke, bei Lleu. Denn hättest du dies nicht endlich verlangt, hättest du viel schlimmer zu leiden gehabt, als du bisher gelitten hast, und alles Übel wäre über dein Haupt gekommen.«

Manawyddan zuckte die Achseln. »Ein Mann muß sich schützen, so gut er kann.«

»Jetzt laß meine Gemahlin frei.«

»Erst wenn ich Rhiannon und Pryderi mit frohen Grüßen auf mich zukommen sehe.«

Da erschienen Pryderi und Rhiannon. Manawyddan eilte auf sie zu, begrüßte sie freudig und begann ihnen zu erzählen, was geschehen war.

»Ich habe alles getan, was du verlangt hast, und mehr, als ich getan hätte, wenn du es nicht verlangt hättest«, flehte der Erzdruide. »Tue nun das eine, worum ich dich gebeten habe, und lasse meine Gemahlin los.«

»Mit Freuden«, erwiderte Manawyddan. Er öffnete die Hand, und die Maus lief davon.

Der Erzdruide hob sie auf und flüsterte ihr in der alten Geheimsprache ein paar Worte ins Ohr, und sogleich verwandelte sich die Maus in eine stattliche Frau zurück, deren Leib von dem Kind geschwollen war, das sie trug.

Manawyddan blickte sich im Land um und sah, daß jedes Haus und jede Hütte wieder dort war, wo sie sein sollte, einschließlich Vieh und Schafen. Und alle Menschen waren wieder dort, wo sie sein sollten, so daß das Land bewohnt war wie zuvor. Fürwahr, es war so, als wäre nichts geschehen.

Nur Manawyddan wußte, daß es sich anders verhielt.

Hier, teure Wölfin, endet die Sage von Manawyddan. Ja, es ist großenteils eine traurige Geschichte. Aber ich glaube, du gibst mir recht, daß das Ende für alles entschädigt.

Was sagst du? Ja, es steckt mehr dahinter, als es zunächst den Anschein hat. Wie schlau du bist, o weise Wölfin. Natürlich steckt immer mehr dahinter, als Auge und Ohr wahrnehmen. Diese Sage birgt in ihrem Herzen ein Geheimnis.

Wer Ohren hat zu hören, möge hören!

III

Von den Baumwipfeln krächzen mich die Raben an. Sie sprechen rüde mit mir; sie achten die Menschen nicht und sagen: »Warum stirbst du nicht, Sohn des Staubes? Warum betrügst du uns um unser Fleisch?« Ich bin ein König! Wie könnt ihr es wagen, mich anzugreifen! Wie könnt ihr es wagen, mich mit euren Sprüchen zu verleumden?

Höre, teure Wölfin, ich muß dir etwas erzählen ... Ach, ich kann es nicht ... Ich kann es nicht! Vergib mir. Du mußt mir bitte vergeben. Ich kann es nicht erzählen.

Ja, ich bin elend. Das spärliche Rinnsal des kleinen Quells, der aus dem Felsen tropft, ist wie mein Leben selbst, mein Blut. Höre den bitteren Wind zwischen den grausamen Felsklüften weinen. Höre, wie er ächzt. Manchmal leise und sanft, manchmal als würde er die Wurzeln der Welt ausreißen wollen. Manchmal ein Seufzer oder ein dünnes, säuselndes Lied aus der Kehle einer zahnlosen Alten.

Ohne Sinn und Zweck streife ich umher: Als ob das ziellose Bewegen meiner Glieder eine Linderung für Sünden wäre, die zu abscheulich zum Nennen sind, als ob ich in dem langsamen, fruchtlosen Schlurfen der Schritte ein wenig Erleichterung finden würde. Ha! Erleichterung gibt es nicht!

Tod, alle anderen hast du eingefordert, warum forderst du nicht mich?

Ich schreie. Ich tobe. Ich rufe in die Tiefen der Finsternis, und meine Stimme stürzt in eine Grube voll Schweigen. Es kommt keine Antwort. Es ist das unwissende Schweigen des Grabes.

Es ist das unnachgiebige Schweigen der Verzweiflung, schwarz und ewig.

Ich war König. Ich *bin* König. Der Felsen, auf dem ich sitze, ist alles, was mir geblieben ist; er ist mein ganzes Reich. Einst waren bessere Lande mein. Weit weg im reichen Süden errichtete ich meinen Thron, und Dyfed blühte. Maelwys und ich herrschten gemeinsam nach der Sitte der stolzen Kymren von einst.

Die ganze Welt wendet sich zurück, zurück zu den alten Bräuchen, den vergessenen und doch vertrauten Bräuchen. In den alten Bräuchen liegen Gewißheit und Trost, die leere Form der Zusprache. Aber kein Friede.

So lausche denn, wenn du magst, teure Wölfin, der Geschichte eines Mannes.

Diesem ersten Sieg folgte ein Festgelage. Wie mein Schwert leuchtete! Ach, es war ein schönes Ding! Vielleicht schätzte ich es zu hoch. Vielleicht mühte ich mich zu sehr, versuchte zu viel. Doch sage mir, Herr Jesus, wer hat je mehr versucht?

Wir verbrannten die irischen Kriegsschiffe und warfen die Leichen der Plünderer hinein, ehe wir sie ansteckten und mit der Flut meerwärts treiben ließen. Die roten Flammen tanzten, und der schwarze Rauch stieg zum Himmel empor. Unsere Herzen pochten vor Freude. An jenem Tag wurde Maridunum gerettet; seine Verluste betrugen lediglich ein paar Hütten und ein paar in Flammen aufgegangene Dächer.

Doch wir hatten es überstanden, und noch ehe der Sommer da war, trafen die ersten von Maelwys' Kriegerschar ein. In jenem Jahr brachten wir achtzig zusammen. Und im nächsten sechzig – Demeten und Siluren, die beiden Klans von Dyfed brachten kühne Krieger hervor.

Großes Licht, ich sehe sie vor mir: auf den Rücken ihrer zähen Ponys, die Lederschilde über die Schultern geschnallt, die Speerspitzen scharf gewetzt, mit forschen, karierten Umhängen, gleißenden Torques und Armreifen, das Haar geflochten und zusammengebunden wie Pferdeschwänze oder frei wehend unter ihren Kriegshauben, mit dunklen und harten Augen wie Kymrenschiefer unter den sanften Brauen, und kräftigem, entschlossenem Kinn. Es war die reine Freude, solche Männer anzuführen.

Wir ritten den Ring gemeinsam ab, den Kreis von Hügelfesten zum Schutz unserer Ländereien. Und auf den Küstenhügeln errichteten wir hölzerne Plattformen für Leuchtfeuer. Diese wurden vom ersten Sommer an bemannt, bis der Winter der Kriegszeit ein Ende bereitete. Und doch wurden wir immer wieder angegriffen – die Barbaren wußten, daß Maximus fortgezogen war und die besten britischen Truppen mit ihm –, aber überrascht wurden wir nie.

Das war eine gute Zeit für Maridunum. Das Wetter war dem Land ein fröhlicher Geselle: Tage voller klarer Himmel und Sonnenschein und abends Regen, um die dürstenden Wurzeln zu tränken. Alles gedieh und trug Früchte. Trotz der beständigen Angriffe der Barbaren wuchsen und mehrten sich unsere Herden; unserem Volk ging es gut, es war zufrieden.

In jenem ersten Herbst meines Königtums, als ich mir meines Platzes sicher war, sprach ich mit Maelwys und meiner Mutter offen von meiner Liebe zu Ganieda. Es wurde beschlossen, eine Gesandtschaft zu Custennin zu schicken, um ihn von meinen Absichten in Kenntnis zu setzen. Wir suchten sechs unserer Männer aus und sandten sie mit Geschenken und Briefen für den König und meine Braut gen Norden nach Goddeu. Ich wäre selber gereist, doch das ist nicht Sitte. Und im übrigen wurde ich in Maridunum gebraucht.

Als die Boten fortritten, war es ein frischer, goldener Herbsttag kurz nach Samhain. Die Sommerwärme war verklungen, und die Nächte konnten kalt werden, doch die Tage waren noch schön, und feurige Töne färbten das Grün des Sommers bunt. Ich stellte mich auf die Straße und sah ihnen nach. Dabei dachte ich, daß nur der Winter, ein paar graue, feuchte Monate, ein bißchen Dunkelheit und Kälte mich von meinem Licht, meiner Ganieda trennen würden.

Nur ein Winter. Dann würde auch ich ausreiten, um meine Braut von ihres Vaters Herd zu holen und heimzubringen.

Und so ähnlich, wie ich es mir ausmalte, kam es auch.

Ruhelos verbrachte ich den Winter, ritt mit den Jagdpartien aus, wenn die Zeit es mir erlaubte, beobachtete, wie der bewölkte Himmel sich über dem Land veränderte und Regen sowie bisweilen Schnee brachte. Ich gab mich mit Maelwys' Hunden ab; badete im geheizten Bad; spielte mit Charis Schach; schlug meine Harfe und sang des Abends im Saal; und geisterte gemeinhin durch die Villa wie ein rastloser Schatten: Ich wartete die ganze Zeit darauf, daß die Tage länger wurden und die Bäume ausschlugen.

»Entkrampfe dich, Merlin, du bist so gespannt wie eine Katze vor dem Sprung«, sagte Charis eines Abends zu mir. Es war nach der Wintersonnwende, kurz nach der Christmette, und wir saßen bei einer nächtlichen Schachpartie. Sie spielte stets und hatte entweder mich oder Maelwys als Gegenüber. »Du kannst die Tage nicht schneller vergehen machen.«

»Das weiß ich nur zu gut«, erwiderte ich. »Wenn es nur am Hoffen läge, wäre der Frühling längst bei uns.«

»Du bist so erwartungsvoll, meine Seele.« Sie schaute mich über das Schachbrett hinweg an, und ich bemerkte in ihrem Tonfall und ihrem Blick eine Spur Traurigkeit.

»Was ist los, Mutter?«

Charis lächelte und verschob eine Figur auf dem Brett. »Ich habe nur nachgedacht.«

»Ja?«

»Diese Jahre sind wie im Flug vergangen. Ist es schon so lange her, daß Taliesin mit seiner Harfe ins Haus meines Vaters kam?« Sie legte mir die Hand an die Wange. »Du bist ihm sehr ähnlich, Merlin. Dein Vater wäre stolz, einen so edlen Sohn gezeugt zu haben.« Sie ließ ihre Hand sinken und tippte eine Schachfigur an. Dann seufzte sie: »Meine Arbeit ist beinahe getan.«

»Deine Arbeit?« Ich zog eine Figur, ohne darauf zu achten, welche und wohin.

Charis erwiderte den Zug. »Du wirst von nun an Ganiedas Verantwortung obliegen, mein Falke.«

»Bei dir klingt das so, als würde ich fort übers Meer ziehen. Dabei ziehe ich nur in die Gemächer jenseits des Hofes um.«

»Für mich wird es sein, als wärest du ans Ende der Welt gereist«, sagte sie feierlich. »Von dem Tag eurer Hochzeit an seid ihr, du und Ganieda, eins. Du wirst ihr alles von dir geben und sie dir alles von ihr. Ihr werdet eine ganze Welt für euch sein, und so soll es auch sein. Darin werde ich keinen Platz haben.«

Ich wußte, wovon sie sprach, ging aber leichthin damit um. Ich mochte nicht daran denken, daß etwas, das mich so glücklich machen würde, einem Menschen, den ich liebte, Kummer bereitete. Ich wollte, daß alle an meiner Freude teilhatten, und Charis auch, aber ihre Freude war bittersüß und konnte gar nicht anders sein.

Als wir uns einander ein wenig später eine gute Nacht

wünschten, drückte sie mich fester und hielt mich enger umschlungen. Es war das erste kleine Lebewohl von vielen, die uns das größere erleichterten.

Endlich kam der Tag, an dem ich selbst nach Goddeu auszog, eine Schar Krieger zur Gesellschaft. Wir fürchteten nicht, auf der Straße angefallen zu werden, doch mit jeder Jahreszeit wurde der Feind frecher. Auch hatten wir von einem harten Winter nördlich des Limes gehört. Da war zu erwarten, daß die hungrigen Pikten und Skoten um so früher auf Raubzug gehen würden.

Mit zwanzig von meinen besten Leuten zu reiten war nur klug und schärfte auch die vom Winter abgestumpften Fertigkeiten. Doch von den wie üblich im Frühling angeschwollenen Bächen und den noch nicht abgetauten Bergpässen abgesehen, war die Reise nicht der Rede wert. In der Tat hatte ich das Gefühl, den Weg nach Goddeu schon so oft gemacht zu haben, daß ich mich an jeden Stein, jeden Busch und jede Furt entlang der Straße erinnerte.

Auch an Reisegefährten mangelte es uns nicht. Trotz der Gerüchte über alle möglichen Arten von Räubern waren auch viele andere Menschen unterwegs. Mehr als für den Frühlingsanfang üblich. Es war, als wüßten die Leute, daß die Tage des ungestörten Handels sich ihrem Ende näherten, und als wären sie besorgt, noch zu erledigen, was sie konnten, ehe das Ende kam.

Dennoch herrschte eine ausgelassene Stimmung, eine lockere Kameradschaft – auch wenn es an meiner eigenen Laune gelegen haben mag, daß die Dinge für mich in bunten Farben erschienen. Aber es war eine schöne Reise.

Und an dem Tag, als ich in König Custennins Seefeste einritt, schlug mir das Herz hoch bis zum Bersten. Es war ein herrlicher Tag mit hellem Sonnenschein, dessen Widerschein im See alles erstrahlen ließ. Ein klarer Himmel, tief und von reinem Blau. Die Waldblumen dufteten süß und voll in der sanften Luft; die Bäume schwirrten vor Vogelgesang – es war ein prächtiger Tag. Jeder Mann sollte einen solchen Hochzeitstag haben.

Obwohl die eigentlichen Feierlichkeiten erst in einigen Tagen stattfinden sollten, wurde an dem Tag, an dem ich in Goddeu einritt und Ganieda an der Tür zu des Königs großem Saal stehen sah – gekleidet in einen gebrochen weißen Umhang mit goldenen

Fransen und mit smaragdgrünem Faden bestickt, während weiße Feldblumen in ihr weißes Haar geflochten waren –, meine Seele mit der Ganiedas vermählt.

Wir waren so glücklich!

Ich erinnere mich nicht, daß ich sie zu mir in den Sattel hob, obschon es so erzählt wird – daß ich auf sie zugaloppiert sei, mich nach unten gebeugt und sie in einem wilden, fröhlichen Ritt mit fortgerissen habe. Ich erinnere mich nur an ihre Arme um meinen Nacken und ihre Lippen auf meinem Mund, während wir am funkelnden Seeufer entlangbrausten und die Hufe des Pferdes für uns einen Regen aus diamantenen Tropfen aufpeitschten.

»Woher hast du gewußt, daß ich heute komme?« fragte ich sie, als wir schließlich vor Custennins Burg absaßen.

»Ich habe es nicht gewußt, mein Herr«, erwiderte Ganieda mit gespielter Feierlichkeit.

»Und doch warst du bereit und hast gewartet.«

»Wie ich bereit war und gewartet habe, seit die erste Blume erblüht ist.« Sie lachte, daß ich darüber staunte. »Ich wollte nicht, daß mein Herr mich anders anträfe.«

»Ich liebe dich, Ganieda«, sagte ich. »Mit meinem ganzen Herzen und meiner ganzen Seele liebe ich dich. Du hast mir gefehlt.«

»Laß uns nie wieder voneinander scheiden«, sagte sie.

In genau diesem Augenblick flog mir von der Tür her ein Gruß entgegen, und Gwendolau tauchte auf. »Myrddin Wylt! Bist du's? Wäre nicht das Wolfsfell auf deinem Rücken, ich würde dich nicht erkennen. Laß meine Schwester los, und laß dich ansehen.«

»Gwendolau, mein Bruder!« Wir packten uns nach alter Sitte an den Armen, und er klopfte mir glücklich auf die Schultern. »Du hast dich verändert, Myrddin. Wie breit du geworden bist. Und was ist denn das?« Er hob die Hand zu meinem Torques empor. »Gold? Ich dachte, Gold sei Königen vorbehalten.«

»Das ist es, und das weißt du genau«, sagte Ganieda. Ich lächelte, als ich den besitzergreifenden Ton in ihrer Stimme hörte. »Gleicht er nicht in jedem Zoll einem König?«

»Ich bitte tausendmal um Verzeihung, Herrin«, lachte er. »Ich brauche gar nicht zu fragen, wie es dir ergangen ist, denn du hast dich gut gemacht.«

»Und du erst, Gwendolau.« Das Jahr hatte auch an ihm seine Spuren hinterlassen. Er glich Custennin mehr denn je, ein wahrhafter Riese unter den Menschen. »Es freut mich, dich zu sehen.«

»Gestatte mir, deine Männer und Pferde zu begrüßen«, sagte er. »Du und Ganieda, ihr habt viel zu besprechen, nehme ich an. Wir unterhalten uns später.« Und mit einem fröhlichen Schulterklopfen lief er sogleich davon.

»Komm«, zupfte Ganieda mich an der Hand, »gehen wir ein Stück spazieren.«

»Ja, aber erst muß ich dem Herrn dieses Ortes meine Ehrerbietung erweisen.«

»Das kannst du später. Er ist heute auf der Jagd und kehrt nicht vor Einbruch der Dämmerung zurück.«

Also gingen wir spazieren. Unser Weg führte uns in den Wald, wo wir eine schattige Laube fanden und uns auf das von der Sonne warme Gras setzten. Ich hielt Ganieda in den Armen, und wir kosten einander, und wenn ich die Welt hätte anhalten können, dann hätte ich es gewiß getan. Allein ihr süßes, nachgebendes Gewicht in meinen Armen zu spüren war die Erde und der Himmel für mich.

Großes Licht, ich ertrage es nicht!

IV

Nein…, nein, hör mir zu, Wölfin, ich bin wieder ruhig. Ich will fortfahren.

Custennin war der Heirat wohlgesonnen. Gwendolau mußte seinem Vater einen guten Bericht über meine Familie und meinen Stammbaum erstattet haben. Fürwahr, etwas anderes konnte er gar nicht getan haben. Die Verbindung zwischen unseren beiden Häusern bekräftigte ehrenvolle und lang bestehende Bande, was Avallach und Maelwys ebenfalls beide dringend wollten.

Der Süden brauchte den Norden, und zwar unter allen Umständen. Die Überfälle, die Jahr für Jahr tiefer ins Landesinnere drangen, gingen stets vom Norden aus: Pikten, Skoten, Attacoten, Cruithne waren alle nördliche Stämme. Und die Sachsen und Iren, die von Jahreszeit zu Jahreszeit immer frecher und kriegslüsterner wurden, kamen, wenn sie kamen, übers Meer und über den ungeschützten Norden nach Ynys Pryderi.

Doch die unablässigen Raubzüge trieben die paar robusten und vertrauenswürdigen Briten nördlich des Limes nach Süden – diejenigen, die nicht wie Elphin und sein Volk schon lange fortgezogen waren. Daher wurde es immer schwieriger, die Mitte zwischen dem kriegsdurstigen Norden und dem zivilisierten Süden zu halten.

Ohne starke Verbündete im Norden war der Süden verwundbarer denn je. Rom war das natürlich von Anfang an klar gewesen. Die Adler bauten den Limes, der eher eine symbolische Trennlinie als ein richtiger Verteidigungswall war, obwohl er auch als solcher diente, solange die Garnisonen bemannt waren. Doch der wahre Schutz des Südens war stets die Stärke der nördlichen Könige gewesen.

Diese Stärke ließ nach. Es war kein Wunder, daß die Briten im Süden angefangen hatten, ängstlich gen Norden zu blicken, denn dort lag sowohl die Ursache ihrer Schwierigkeiten als auch ihre Rettung. Es war beiden Seiten von Nutzen, starke Bündnisse zu schließen, und es gibt keine stärkeren Bande als die des Blutes

Die Blutsverwandtschaft würde bewirken, was die Verwaltungsmacht der Römer nicht vermocht hatte. Oder wir würden alle gemeinsam untergehen.

Als König war dies meine Aufgabe. Ich erkannte vielleicht deutlicher als die anderen die verzweifelte Notwendigkeit eines Abkommens zwischen den Königreichen. Die wenigen, schwachen Versuche einer Freundschaft zwischen Norden und Süden reichten, so gut sie gemeint waren, nicht aus.

Wenn wir überleben wollten, mußten wir andere Wege finden, die nördlichen Königreiche zu ermutigen und zu unterstützen. Das hieß, die kleinlichen Fragen von Rang und Reichtum beiseite zu schieben, die kleinen Rechthabereien zwischen kleinen Menschen, zum größeren Wohl aller. Davon hing die Zukunft ab. Damit würden wir alle stehen oder fallen.

Ich begann an ein großes Königreich zu denken, bestehend aus allen kleineren Reichen, die vereint, aber unabhängig voneinander sein sollten, so daß alle zur allgemeinen Wohlfahrt und Sicherheit beitragen würden. Nicht ein Imperium noch ein Staat: sondern eine Nation von Stämmen und Völkern, regiert von einem Rat von Königen, in dem jeder gleich viel zu sagen hatte. Das war wichtig, denn wenn wir das Gemetzel der Barbaren überleben wollten, dann nur als eine einzige, einige Einheit, die eine unangreifbare Front darstellte, und nicht als der zersplitterte Haufen verfehdeter Königreiche, der wir waren.

Ich begann, von diesem großen Königreich, bestehend aus kleineren, zu träumen. Dieses große Königreich sollte von einem einzigen großen König, einem Hauptkönig oder Oberkönig beherrscht werden – von einem, der aus dem Rat der Könige gewählt würde, um über alle zu herrschen. Ein Hochkönig, dem die untergeordneten Könige, Fürsten, Herren und Adligen dienten.

Man mag sagen, wie es viele taten, daß dies eine Narretei war oder bestenfalls die müßige Grille eines sich selbst überschätzenden jungen Mannes. Besser, behaupteten sie, sei es, aufrecht zu stehen und unsere Rechte als Bürger des größten Reiches einzufordern, das die Welt je gekannt hat.

»Macht Eingaben nach Rom!« riefen sie. »Wir sind römische Bürger. Wir haben ein Recht auf Schutz, oder? Schickt Eingaben zum Kaiser. Sagt ihm, er soll die Legionen zurückbringen. Jetzt, wo Maximus den Purpur trägt, wird er auf uns hören. Er wird nicht zulassen, daß wir von den Wilden verbrannt und ausgeblutet werden.

Doch Maximus trug sein kaiserliches Gewand und seinen Lorbeerkranz nicht lang. Als er auf Rom zumarschierte, wie ich es geahnt hatte – oder besser: wie der alte Pendaran Gleddyvrudd es vorhergesagt hatte –, nahm Theodosius, der Sohn von Theodosius dem Eroberer, ihn gefangen und schleppte ihn in Ketten vor den Senat. Ein paar Tage später wurde Magnus Maximus im Flavischen Amphitheater enthauptet. Und an diesem Tag starb nicht nur der Mann: Der Traum vom Imperium erlosch vor jener stumpfen, johlenden Menge im blutgetränkten Sand.

Bringt die Adler zurück!

Ja, bringt die Adler zurück. Bringt sie alle zurück, um all ihres Nutzens willen. Sind denn alle blind? Kann denn keiner sehen?

Nie suchten wir Schutz unter den Schwingen der Adler. Wir waren die Adler. Als die ersten Römer ihre Straßen und Kastelle über das Land gelegt und sich dann andernorts dringenderen Aufgaben zugewandt hatten – wer ergriff da die Standarte? Wer schnürte sich die Brustpanzer um? Wer nahm den Gladius und die Pike in die Hand? Wessen Söhne füllten die ganzen Jahre über die Garnisonen? Wer nahm römische Namen an und zahlte Steuern in römischer Münze? Wer errichtete die Städte und baute die großen Landhäuser?

War es Rom?

Ja, bringt unbedingt die Adler zurück. Ich möchte, daß sie sehen, wie gut die Briten die Werkzeuge schwingen, die sie ihnen gegeben haben. Denn das haben wir von jeher getan. Die Römer sind vor langer, langer Zeit fortgegangen, aber wir wußten es nicht. Statt dessen schmeichelten wir uns und ließen uns natürlich schmeicheln, die Lieblingskinder von Mutter Rom zu sein.

Pflegekinder vielleicht. Bastardkinder will ich nicht sagen, denn einst blickte Rom freundlich auf uns herab und sandte uns von Zeit zu Zeit Beamte, die uns halfen, uns um unsere Angelegenheiten zu kümmern – aber um einen Preis, stets um einen Preis. Unserer wunderbaren Mutter war immer mehr an dem Korn gelegen, dem Vieh, der Wolle, dem Zinn, dem Blei und dem Silber, die wir erzeugten und ihr als Steuern und Tribut zahlten, als an unserem Wohlergehen.

Dennoch war es die beste aller Zeiten, meine Freunde. Was meint ihr wohl, was Mutter Rom jetzt von uns hält – wenn sie überhaupt an uns denkt?

Die Wahrheit ist ein bitterer Trunk, aber leert den Becher, und wir werden unsere Kraft daraus schöpfen. Wir sind nicht schwach; wir sind nicht jeder Hoffnung beraubt. Unsere Hoffnung liegt, wo sie immer lag: in unseren eigenen Herzen und im starken Stahl in unseren Händen.

Ja, ich begann die Vision eines freien Volkes zu haben, das über sich selbst herrschte, ohne Zuspruch oder Einspruch ferner Kaiser, deren Herzen kalt geworden waren; eine Nation von Briten, die über Briten herrschte, zum Wohle aller, die in diesem schönen Lande Zuflucht suchten, Hoch und Niedrig gleichermaßen …

Es war Taliesins Vision: das Sommerreich.

V

Die himmlische Sternenschar zieht über das Firmament, die Jahreszeiten spinnen in ihrem langsamen Tanz die Jahre immer fort. Ich hocke auf meinem Felsen, und meine zerlumpten Kleider flattern um mich. Die Sommersonne brennt mich auf, die Winterwinde schlitzen mir das Fleisch von den Knochen, der Frühlingsregen durchnäßt mich bis ins Mark, die Herbstnebel lassen mein Gemüt frösteln.

Und doch lebt Merlin fort. Die Vorsehung wartet, während Merlin auf seinem Felsen hoch über dem dunklen Celyddon hockt. Der Herr des Waldes ... Cernunnos' Sohn ... der Wilde Mann aus dem Wald ... Myrddin Wylt ... Merlin ... der mit dem starken Zauber, der neben Königen schritt, derselbe, der nun zwischen verfaulten Äpfeln seine Nahrung sucht – und die Zukunft muß warten.

Wie kommt das, Wölfin? Die Erhebung zum König? Erlebte ich sie nicht? Ich will dir also erzählen.

Am Tag der Siegesfeier kam Dafyd nach Maridunum. Als Teil meiner Thronbesteigung vollzog er das Salbungsritual an mir. Gemeinsam mit Maelwys und Charis sowie einigen von den Anführern, die auf die Nachricht von dem Überfall herbeigeeilt waren, ritten Dafyd und ich zu der Kapelle, wo wir uns in süßem Schweigen um den Altar versammelten, niederknieten und um Gottes Segen für meine Herrschaft beteten.

Dann salbte Dafyd mich mit heiligem Öl, indem er mir auf die Stirn das Kreuzzeichen machte; und auch mein Schwert salbte er mit den Worten: »Hinter dieser Mauer aus Stahl soll die Kirche unseres Herren blühen.«

Darauf sagten wir alle Amen. Er sprach einen Segen aus der Heiligen Schrift über mich und schenkte mir dann einen heiligen Kuß, wie auch ich ihm, woraufhin alle anderen Anwesenden niederknieten, ihre Hände ausstreckten und zum Zeichen ihrer Unterwerfung meine Füße berührten. Alle außer Maelwys natürlich, doch dieser umarmte mich wie ein Vater.

Auf diese Weise wurde ich zum König von Dyfed.

Ich begann meine Herrschaft wohl auf die übliche Weise: Ich teilte mit den Männern, die mir folgten, Wein. Ich gab Geschenke unter ihnen aus und nahm ihre Treueschwüre an. Es wurde gesungen: Blaise kam mit vieren aus der Gelehrten Bruderschaft, die uns Lieder darbrachten, die allein, nun ja, dem Ohr eines Königs vorbehalten sind. Das Fest setzte sich über drei Tage fort.

Zwischen dem Zeitpunkt, als Blaise mir mein Königtum überreicht hatte – ich glaube noch immer, daß es sein Tun war, doch sei's drum; die Druiden von einst waren Königsmacher und hatten das Recht dazu –, und dem Zeitpunkt meiner Krönung war er verschwunden. Doch nur, um mit einem goldenen Torques wiederzukehren. Pendaran hatte gesagt, daß er mir seine Krone und den Thron geben würde, auf dem er fast fünfzig Jahre gesessen hatte, aber da er noch immer ab und zu in die Angelegenheiten des Reiches eingriff, schien das kaum gerecht. Da über Dyfed nie gleichzeitig drei Könige geherrscht hatten, befahl Maelwys, daß statt dessen ein neuer Torques geschmiedet werden sollte.

Blaise mußte geahnt haben, daß es so kommen würde, und stürmte mit dem Torques in der Hand in den Saal, als wäre es das Königtum selbst, das er hielt. Bei seinem Eintreten wurde es still im Saal. Die Männer starrten auf das Ding in seiner Hand. Hatten sie den Goldreifen nie zuvor gesehen?

Ich gebe zu, daß seine Auftritte und Abgänge atemberaubend sein konnten, aber ich fand nichts Ungewöhnliches daran, daß er mir einen Torques überbrachte. Vielleicht lag es daran, daß ich ihn in den Händen eines Freundes sah, während andere ihn in der Hand eines Barden sahen und ihm um so größere Bedeutung beimaßen. Wie dem auch sei, der Torques löste gehöriges Aufsehen aus.

Er bat mich, vor ihm niederzuknien. Dann stellte er sich mit dem Torques über mich, als wäre dieser ein mächtiger Glücksbringer. In den Augen der Kymren war der Reif vermutlich etwas Verzaubertes. Die Kirche hatte zwar Macht, das hätten die meisten zugegeben, aber die alten Bilder und Bräuche von einst ebenfalls; und diese hatten noch den Vorteil, durch die lange Tradition geheiligt zu sein. Es war ja schön und recht, in der

Kapelle im Wald von einem Priester gesalbt zu werden, doch noch besser war es, den Königstorques aus den Händen eines Druiden zu empfangen.

Nun, mir geschah beides.

»Muß das sein?« zischte ich leise. Im Saal war es still geworden; alle Augen ruhten auf mir. »Ich bin bereits gesalbt worden.«

»Bringt es dich um?« flüsterte er, als er das hellgelbe Metall an den Enden auseinanderbog, um es mir um den Hals zu legen. »Sei still und laß mich nur machen.«

Er streckte mir den Torques entgegen, so daß ich sah, daß seine Enden zu zwei Bärenköpfen geschmiedet waren; als Augen hatten sie winzige Saphire, und jeder trug ein Halsband aus ebenso kleinen Rubinen. Erstaunt starrte ich den Torques an. Wo auf Erden hatte Blaise ihn herbekommen?

»Hast du ihn gestohlen?« wisperte ich ihm zu, als er ihn mir um den Hals legte.

»Ja«, sagte er. »Sei jetzt still.«

Behutsam schob er die beiden Enden des Torques zusammen, hob die Hände über meinen Kopf und hielt die Königsrede in der alten Sprache. Es ist zu bezweifeln, daß auch nur einer im Saal oder sogar in ganz Dyfed noch das alte Britisch verstand – die dunkle Sprache nannten es die Menschen, aus den Zeiten vor Rom. Trotzdem schätzten sie ihren Bedeutungsgehalt in einem Augenblick wie diesem.

Blaise, Christus segne ihn, versuchte mir zu helfen, so gut er konnte. Er zeigte den Versammelten, daß sich in dem neuen König Vergangenheit und Zukunft vereinigten. Er erinnerte sie an die alten Sitten, wie Dafyd ihnen den Weg in die Zukunft gewiesen hatte.

Doch die alten Bräuche sind böse Bräuche – das habe ich von mehr unwissenden Kirchenleuten sagen hören, als man ertragen kann. Das mag für eine Priesterschaft bequem sein, die nichts von Dingen weiß, die einem anderen Priestertum und einer anderen Zeit angehören, und diese nicht duldet. Vieles in früheren Zeiten war böse, das gebe ich zu; ich zähle nicht zu den stursinnigen Narren, die in die Glut eines ersterbenden Feuers starren und darin den Brennstoff für die Flamme von morgen sehen. Doch ich leugne auch nicht das Gute, wenn es mir begegnet.

Und es gab manches Gute, das kann ich versichern. In jedem Zeitalter steckt etwas Gutes. Gott ist immer da, immer bereit, sich entdecken zu lassen, wenn die Menschen nur suchen wollen. Ich weiß, daß ich suchte.

Auch Blaise begriff dies. Er wollte, daß ich den zweifachen Segen von Vergangenheit und Zukunft empfing, weil er glaubte, daß die Leute mir dann bereitwilliger folgen würden. Auch er glaubte an das Sommerreich.

Im Unterschied zu mir jedoch dachte er, daß man die Leute würde dazu verlocken müssen. Ich glaubte, ich müßte nur die Tore weit aufstoßen, und alle würden freudig hineinströmen. Doch ich war noch sehr jung.

Blaise wußte es natürlich besser – darum ist er herumgezogen und hat diese ganzen Geschichten über mich verbreitet. »Was die Menschen glauben, Falke«, sagte er einmal zu mir, »dem folgen sie. Ihre Herzen sind willens – alle Menschen wollen glauben. Nur sehr wenige vermögen einem Traum zu folgen, sogar einem wahren und schönen Traum. Doch einem Mann mit einem Traum, dem folgen sie. Darum«, lächelte er verschmitzt, »gebe ich ihnen den Mann.«

Als er mir den Torques mit den Bärenköpfen um den Hals gelegt hatte, da fühlte ich mich wie ein König. Es war ohne Zweifel ein Königstorques, und wo er ihn auch gefunden haben mochte, ich wußte, daß ein König ihn getragen hatte. Vielleicht sogar viele Könige. Ja, es war ein mächtiges Ding.

Den Torques, Wölfin, trage ich noch immer. Schau! Ganieda mochte ihn auch. Ja, das tat sie.

Danach begannen Maelwys und ich Pläne zur Ausbesserung unserer Hügelfesten zu schmieden – nicht, daß sie in schlechtem Zustand gewesen wären. Doch keine von ihnen hatte mehr Vorräte, weder an Getreide noch an Wasser; bei ein paar fehlten starke Tore, und die meisten hatten Lücken in den Wällen und verschlammte Brunnen. Die Leute nahmen Dornensträucher oder Hecken her, um die Löcher zu stopfen – was ausreichte, um das Vieh am Weglaufen zu hindern. Aber ein Schutz gegen sächsische oder irische Speere war das kaum. In den Hügelfesten lebte niemand mehr, und das seit langer, langer Zeit nicht. Doch Maelwys sah den Tag kommen, an dem vollbevorratete und gutverschlossene Festungen nötig werden würden.

Wir überdachten auch die Kette von Leuchtfeuern an der Küste; die ersten wurden, wie ich sagte, in dem Sommer gebaut, als die Krieger einzutreffen begannen. Von Anfang an herrschte um die Villa herum und in Maridunum ein reges Treiben. Die Stimmung war bestens. Es war insgesamt ein guter Sommer.

Mir blieb nur selten die Zeit, innezuhalten und über mein Glück nachzudenken, doch in jenen Tagen betete ich, wie ich nie zuvor gebetet hatte: für mein Volk, für Kraft, für Weisheit als Führer. Am meisten für Weisheit. Es ist ein einsames Geschäft, König zu sein. Nicht einmal, daß ich mir die Bürde mit Maelwys teilte, machte es mir leicht.

Zum einen hatten viele der jüngeren Krieger mich zu ihrem Oberhaupt erkoren. Sie banden sich mehr oder weniger an mich und sahen auf mich als Führer. Maelwys half mir, so gut er konnte, und Charis ebenfalls, aber wenn Männer einen als ihren Herrn betrachten, können andere nicht viel tun. Es liegt ganz allein bei einem selbst, wie man sie am besten leitet.

Maelwys und ich verbrachten viele lange Nächte mit Reden, Reden und nochmals Reden. Das heißt: Maelwys redete und ich lauschte ihm, gespannt auf jedes Wort. Er lehrte mich vieles darüber, wie man mit Männern umgeht, und lehrte mich dabei auch vieles über das Leben.

Auch Blaise und Dafyd sah ich oft. Und im Herbst, kurz vor Samhain und dem Abschluß der Ernte, reiste ich mit Charis nach Ynys Avallach und besuchte anschließend Großvater Elphin und die übrigen in Caer Cam. Ich blieb bei ihnen – diesen guten Menschen, diesen edlen Herzen –, bis sich das letzte Laub an die Bäume klammerte und die Winde kalt vom Meer hereinwehten. Dann kehrte ich zur Burg auf dem Felsen zurück, wo Charis für die Rückkehr nach Dyfed auf mich wartete.

Auf der Apfelinsel, wie manche den Felsen nannten, hatte sich kein Stein verändert. Es schien, als wäre die Zeit dort erstarrt; keiner alterte, nichts änderte sich. Und nichts wagte die heilige Erhabenheit dieses Ortes zu stören. Er blieb und bleibt ein beinahe vergeistigter Ort, ein Ort, wo die Kräfte der Natur – wie die Zeit, die Jahreszeiten, die Gezeiten und das Leben – anderen, vielleicht älteren Gesetzen gehorchen.

Avallach verbrachte jetzt die meiste Zeit damit, zusammen mit Collen oder einem der anderen Brüder von dem Schreinhügel, wie er nun hieß, zu studieren. Ich glaube, er hatte im Sinn, selbst eine Art Priester zu werden. Der Fischerkönig hätte einen sehr sonderbaren, wenngleich anziehenden Priester abgegeben.

In jenem Herbst, erinnere ich mich, begann er zum ersten Mal Anteil an der Schale zu nehmen, dem Kelch, aus dem Jesus bei seinem letzten Abendmahl getrunken hatte und den der Zinnhändler Joseph aus Arimatäa, zu Zeiten des ersten Heiligtums auf dem Hügel, mitgebracht hatte.

Aus irgendeinem Grund erwähnte ich ihm gegenüber nicht, daß ich ein Bild oder eine Vision der Schale gesehen hatte. Warum, das weiß ich nicht. Es hätte ihn brennend interessiert, davon zu erfahren, doch etwas hielt mich zurück – als wäre es ungeziemend, schon darüber zu sprechen. Ich weiß noch, daß ich dachte: »Ich erzähle es ihm später. Wir müssen nach Maridunum zurück.« Obzwar wir es damals nicht besonders eilig hatten, schien es das Beste, davon zu schweigen.

In diesem Herbst sandte ich auch die Botschafter zu Ganieda. Woraufhin ich mich auf einen öden Winter mit der ruhelosesten Wartezeit einrichtete, die ich jemals erlebt habe. Doch davon habe ich bereits erzählt…

VI

Wie lange, Wölfin? Wie lange, alte Freundin, habe ich hier auf meinem Felsen gesessen und die Jahreszeiten verfliegen sehen? Sie schwirren empor, zurück zu der Großen Hand, die sie gab ... sie fliegen wie die Wildgänse, kehren jedoch niemals wieder.

Was ist mit Merlin? Was ist mit dem Wilden Mann aus dem Wald? Wird er niemals mehr wiederkehren?

Es gab eine Zeit, als ... macht nichts, Wölfin, es spielt keine Rolle. Orions Gürtel, der Schwan, der Große Bär – diese Dinge spielen eine Rolle; diese Dinge sind wichtig. Mag alles andere verblassen und verfallen. Nur die ewigen Sterne werden bleiben, wenn alles zu seelenlosem Staub geworden ist.

Ich sehe die Wintersterne hart am eiskalten Firmament glitzern. Wäre ich nicht so einsam, würde ich ein Feuer beschwören, um mich zu wärmen. Statt dessen betrachte ich den hohen, frostigen Himmel, wie er sein unerschöpfliches Werk vollbringt. Ich starre den Rauhreif auf den Felsen an und erkenne darin ein Lebensmuster. Ich starre das schwarze Wasser in meiner Schale an und erkenne darin die Schatten des Möglichen und des Unausweichlichen.

Ich werde dir vom Unausweichlichen sprechen, ja? Ja, Wölfin, ich werde dir davon erzählen, und dann wirst du wissen, was ich weiß.

Wir lebten in Dyfed. Ich herrschte über mein Volk und half ihm nach und nach, die Vision des Sommerreichs zu erkennen. Ich stellte mir vor, daß die Menschen mir willig folgen würden, wenn ich ihnen nur die Form und den Gehalt des Königreichs, das ich zu schaffen beabsichtigte, würde zeigen können.

Damals hatte ich keine Ahnung von den Kräften, die gegen mich aufgeboten wurden. Oh, wir kämpfen gegen einen listigen Feind. Kein Zweifel daran. Wir ziehen auf unserer Scholle umher und bilden uns ein, die Welt so zu sehen, wie sie ist. Was wir jedoch sehen, ist die Welt, wie wir sie uns einbilden.

Kein Mensch sieht die Welt, wie sie ist.

Es sei denn vielleicht, der Feind gewährt ihm Einblick. Doch von ihm will ich nicht sprechen. Frag Dafyd danach, der kann dir von ihm erzählen. Ihm wird es leichter fallen, denn er mußte ihm nie von Angesicht zu Angesicht gegenübertreten. Worte allein genügen nicht, den Ekel, den Widerwillen, den ausgesprochen widerwärtigen Abscheu zu beschreiben ... Doch laß es gut sein. Laß es gut sein, Merlin. Verweile nicht dabei.

Ich erinnere mich daran, wie er zu mir kam. Ich erinnere mich an sein junges Gesicht voller Hoffnung und Erwartung. Er schätzte kaum, was er tat, der junge Tor, aber er wußte, wie sehr er es wollte, wieviel es ihm bedeutete. Natürlich fühlte ich mich ein wenig geschmeichelt und sah einen Vorteil für uns beide darin, andernfalls hätte ich es nicht zugelassen. Doch so ...

Was? Habe ich das nicht gesagt? Pelleas, Wölfin; ich rede von Pelleas, meinem jungen Diener. Von wem sonst?

Zusammen mit Gwendolau und einigen von Avallachs Leuten war ich nach Llyonesse geritten, um mit Belyn Rat zu halten. Wir hofften, einen gegenseitigen Vertrag abzuschließen, um einander bei den Barbareneinfällen zu unterstützen, die in jüngster Zeit immer lästiger geworden waren. Wir brauchten die Hilfe derer im Süden des Mor Hafren und entlang der Küsten im fernen Süden, wo die Iren angefangen hatten, in versteckten Buchten und Fjorden anzulanden. Sobald sie einmal auf festem Boden waren, konnten sie, wie es ihnen beliebte, nach Norden und Osten losschlagen.

Maelwys und Avallach waren der Meinung, wir könnten die Iren vom Landen abschrecken, wenn wir die Küstengebiete mit einem Gefüge aus Wachttürmen und Leuchtfeuern miteinander verknüpfen würden. Denn wenn die Iren erführen, daß sie bei jeder Landung Widerstand gewärtigen mußten, dann würden sie den Kriegspfad vielleicht zugunsten friedlicherer Unternehmungen aufgeben.

Also unterbreiteten wir den Plan Belyn. Leicht war er nicht zu überzeugen; er mochte die Iren nicht mehr als wir, aber die Zusammenarbeit mit uns würde ihn aus seiner geliebten Isolierung zwingen. Sein Einzelgängertum war ihm viel lieber. Doch am Ende sprach Maildun zu unseren Gunsten und gewann Belyns Unterstützung.

In der Nacht vor unserer Abreise aus Llyonesse kam Pelleas zu mir. »Herr Merlin«, sprach er, »vergib mir, daß ich deine Ruhe störe.« Ich hatte mich schon früh in mein Gemach zurückgezogen – das Feilschen setzt mir immer zu, und nach drei Tagen davon war ich erschöpft.

»Komm herein, Pelleas, komm herein. Ich wollte vor dem Schlafengehen noch ein Becherchen Wein trinken. Willst du dich mir anschließen?«

Er nahm den Becher an, den ich ihm anbot, trank aber nicht davon. An seiner Miene konnte ich erkennen, daß es ihn viel Überwindung gekostet hatte, zu mir zu kommen, und daß er etwas Wichtiges auf dem Herzen hatte. So müde ich auch war, drängte ich ihn nicht, sondern ließ ihn den Zeitpunkt selber wählen.

Ich setzte mich auf die Bettkante und bot ihm den Stuhl an. Er nahm Platz und starrte in den Becher in seiner Hand. »Wie ist es denn im Norden?« fragte er.

»Ach, es ist eine wilde Gegend, das steht fest. Größtenteils Wald und daneben Berge und Moore, in denen nichts außer Torfmoos gedeiht. Es kann sehr einsam sein, aber es ist nicht so unwirtlich und schrecklich, wie die Menschen tun. Warum fragst du danach?«

Er zuckte die Achseln. »So weit im Norden war ich nie –«

Etwas in seiner Stimme brachte mich zu der Frage: »Glaubst du denn, daß ich dort lebe?«

»Etwa nicht?«

Ich lachte. »Nein, mein Junge. Dyfed liegt gleich jenseits des Mor Hafren, unweit von Ynys Avallach. Es ist nicht fern.« Darüber war er verlegen, also erklärte ich es ihm weiter. »Die Nordlande, von denen ich gesprochen habe, sind in der Tat weit, weit im Norden. Es ist ein Ritt von vielen Tagen – bis jenseits des Limes.«

Er nickte. »Ich verstehe.«

»In diesem Gebiet habe ich eine Zeitlang gelebt.« Bei diesen Worten schnellte sein Kopf hoch. »Ja, wirklich. Ich habe beim Falken-Fhain gelebt – einem Klan von Bergmenschen, die ihren Herden von Weidegrund zu Weidegrund folgen, durch die ganze Gegend dort oben. Doch das Land erstreckt sich noch viel weiter nördlich.«

»Wirklich?«

»Oh, wahrhaftig, ja. Weiter im Norden liegt das Gebiet der Pikten. Das ist tatsächlich ein ungastliches Land, dort, wo sie ihr Zuhause haben.«

»Malen sich die Pikten wirklich blau an?«

»In der Tat. Auf verschiedene Weisen. Einige von ihnen färben ihre Haut dauerhaft mit den höchst verwickelten Mustern – die kühneren Krieger tun das.«

»Das muß ja ein Anblick sein«, sagte er vorsichtig.

»Eines Tages solltest du sie sehen«, erwiderte ich, denn ich spürte, daß er das von mir wollte.

Pelleas schüttelte langsam den Kopf und seufzte – das hatte er, glaube ich, einstudiert. »Nein, das ist nichts für mich.«

Wieder stellte ich die erwartete Frage: »Warum denn nicht?«

»Ich komme nie irgendwo hin.« Er war lauter geworden, und seine Worte bekamen einen klagenden Ton. »Ich bin noch nicht einmal in Ynys Avallach gewesen.«

Jetzt waren wir auf das zu sprechen gekommen, was er hatte sagen wollen. »War es das, Pelleas?« fragte ich mild.

Er sprang so rasch von seinem Stuhl hoch, daß etwas von dem Wein über den Becherrand schwappte. »Nimm mich mit. Ich weiß, daß du morgen aufbrichst. Ich will mit dir ziehen. Ich will dein Diener sein. Du bist König: du wirst einen Leibdiener brauchen.« Er hielt inne und fügte dann verzweifelt hinzu: »Bitte, Merlin, ich muß von hier fort, sonst sterbe ich.«

So wie er es sagte, war ich mir gar nicht sicher, daß er nicht sofort nach unserer Abreise tot umfallen würde. Ich überlegte es mir. Ich brauchte eigentlich keinen Diener, aber in Maelwys' Haushalt ließ sich vielleicht ein Platz für ihn finden. »Nun, wir wollen Belyn fragen«, schlug ich vor.

Er warf sich wieder auf den Stuhl. »Er wird mich nie gehen lassen. Er haßt mich.«

»Daran zweifele ich von ganzem Herzen. Der König hat sicherlich andere Sorgen, als ...«

»Wichtigere Sorgen als das Wohlergehen seines eigenen Sohnes?«

»Seines Sohnes ...« Ich betrachtete ihn genau. »Was redest du da?«

Hastig nahm er einen Schluck aus dem Becher. Sein Geheimnis war heraus, und jetzt stahl er sich von der Auseinandersetzung davon, die er kommen spürte. »Ich bin Belyns Sohn.«

»Dann muß ich mich entschuldigen«, entgegnete ich bei der Erinnerung an unsere erste Begegnung, als ich ihn wie einen Diener behandelt hatte. »Ich scheine einen Prinzen für einen Diener gehalten zu haben.«

»Oh, das bin ich. Zumindest bin ich kein Prinz«, höhnte er.

»Erkläre dich bitte, ich bin müde.«

Er nickte gesenkten Blickes. »Meine Mutter ist eine Magd in diesem Hause.«

Da begriff ich vollkommen. Pelleas war Belyns Bastardsohn, und der König wollte ihn nicht anerkennen. Seine einzige Möglichkeit, sich Sporen zu verdienen, sah er darin, so weit weg wie möglich von Llyonesse zu leben. Aus dem gleichen Grund, aus dem Belyn ihn nicht anerkennen wollte, würde er den Burschen vermutlich nicht ziehen lassen. Das sagte ich ihm.

»Würde es weh tun, es zu versuchen?« Er war so verzweifelt. »Bitte.«

»Nein, ein Versuch wird nicht weh tun.«

»Dann wirst du ihn fragen?«

»Ich werde ihn fragen.« Ich erhob mich und nahm ihm den Becher aus der Hand. »Jetzt mußt du gehen. Ich lege mich zur Ruhe.«

Er stand auf, rührte sich aber nicht weiter. »Was geschieht, wenn er nein sagt?«

»Laß mich eine Nacht darüber schlafen. Ich werde mir etwas einfallen lassen.«

»Ich komme am Morgen zu dir, darf ich? Wir können ihn gemeinsam fragen.«

Ich seufzte. »Pelleas, überlasse die Sache mir. Ich habe dir gesagt, daß ich dir helfe, wenn ich es vermag. Mehr kann ich im Augenblick nicht tun. Lassen wir es bis morgen dabei.«

Ängstlich stimmte er mir zu, war aber, glaube ich, nicht enttäuscht. Dennoch stand Pelleas am nächsten Morgen beim ersten Hahnenschrei vor meiner Tür, begierig zu sehen, in welche Richtung sein Lebenspendel ausschlagen würde. Da kein Loskommen von ihm war, bis die Sache erledigt war, erklärte ich mich bereit, so bald wie möglich Belyn aufzusuchen.

Doch erst als wir uns zu unserer Abreise rüsteten, gelang es mir, Belyn unter vier Augen zu sprechen. Da ich meine Aussichten höher einschätzte, wenn niemand mithörte, mußte ich auf die günstige Gelegenheit warten – und Pelleas' flehentliche Blicke ertragen.

»Auf ein Wort, Herr Belyn«, packte ich die Gelegenheit beim Schopf, als wir aus dem Saal schlenderten. Gwendolau, Baram und die übrigen waren vorausgegangen.

»Ja?« erwiderte er steif.

»Ich habe Interesse an einem deiner Diener.«

Er blieb stehen und wandte sich zu mir. Wenn er eine Ahnung hatte, worauf ich hinauswollte, ließ er sich nichts anmerken. »Und welches ist dein Interesse, mein Herr Merlin?«

»Als frisch ernannter König habe ich noch keine eigenen Bediensteten.«

»Du willst einen von den meinen, nicht wahr?« Er lächelte eisig und rieb sich das Kinn. »Nun, nenne, wen immer du magst, und wenn ich ihn entbehren kann, sei er dein.«

»Du bist sehr großherzig, Herr«, sprach ich.

»Welcher ist es?« fragte er zerstreut, schon wieder der Tür zugewandt.

»Pelleas.«

Rasch drehte Belyn sich um. Seine Augen suchten in den meinen nach dem, was ich wußte.

»Wenn ich richtig verstehe, hat er keine offiziellen Pflichten«, brachte ich vor, in der Hoffnung, ihm die Sache zu erleichtern.

»Nein, keine offiziellen Pflichten.« Er grübelte heftig darüber nach, erwog die Folgen und Auswirkungen. »Pelleas ... hast du denn mit ihm darüber gesprochen?«

»Ja, kurz. Ich wollte nicht zuviel sagen, ehe ich mit dir reden konnte.«

»Das war klug.« Er wandte sich wieder ab, und ich glaubte schon, er würde die Sache auf sich beruhen lassen. Statt dessen sagte er: »Was meint Pelleas dazu? Glaubst du, er würde mitgehen?«

»Ich denke, ich könnte ihn dazu überreden.«

»Dann nimm ihn.« Belyn machte einen Schritt auf die Tür zu und zögerte dann, als würde er es sich anders überlegen.

»Danke«, sagte ich. »Ich werde ihn gut behandeln, darauf hast du mein Wort.«

Er nickte nur und ging fort. Ich glaube, ich spürte etwas von Erleichterung an ihm. Vielleicht sah er in dieser Konstellation eine Lösung seines Dilemmas.

Pelleas war natürlich außer sich vor Freude. »Packe besser deine Sachen und sattle dein Pferd«, sagte ich zu ihm. »Wir haben nicht mehr viel Zeit.«

»Ich bin schon fertig. Mein Pferd war bereits gesattelt, ehe ich heute morgen zu dir kam.«

»Du warst dir deiner Sache wohl sehr sicher?«

»Ich habe Vertrauen in dich gehabt, Herr«, entgegnete er fröhlich und rannte davon, um seine Sachen zu holen.

Wenn ich gedacht hatte, damit sei die Sache erledigt, hatte ich mich getäuscht. Kaum war Pelleas verschwunden, spürte ich, daß jemand mich beobachtete. Ich drehte mich zu dem leeren Saal um und sah, daß er nun nicht mehr leer war. In der Mitte des großen Raumes stand eine von Kopf bis Fuß in Schwarz gekleidete Gestalt.

Meine erste Regung war zu fliehen, aber wie als Antwort auf meine Gedanken sagte die Gestalt: »Nein, bleibe!«

Ich wartete, daß die Gestalt näher käme. In den schweren, schwarzen Umhang waren mit goldenen und schwarzen Fäden winzig feine, phantastische Muster gewebt; die hohen Stiefel waren ebenso verziert. Die Arme waren fast bis zum Ellbogen von schwarzen Handschuhen bedeckt und der Kopf von einer haubenartigen Kapuze verhüllt, an die ein gazeartiger schwarzer Stoff genäht war, so daß das Gesicht verschleiert wurde.

Diese merkwürdige Erscheinung stellte sich vor mich hin, und mir wurde schwindelig, als hätte der Stein unter meinen Füßen seine Festigkeit eingebüßt und wäre zu flüssigem Schlamm geworden. Ich streckte die Hand nach dem Türpfosten neben mir aus.

Die schwarzgewandete Gestalt musterte mich einen Augenblick lang eingehend. Hinter dem Schleier konnte ich Augen glitzern sehen. »Sind wir einander vorgestellt worden?« fragte eine – angesichts eines so bedrohlichen Anblicks – trügerisch herzliche Stimme. Es war die Stimme einer Frau.

»Nein, Herrin, denn daran würde ich mich sicher erinnern.«

»Aber wir kennen einander, glaube ich.«

Da hatte sie recht, denn ich wußte ganz genau, wer mich

angesprochen hatte. Mein eigener Schrecken hatte es mir verraten.

»Morgian«, sagte ich, als meine Zunge sich wie von selbst bewegte. Wie rasch ihr Name mir auf die Zunge gesprungen war.

»Gut getroffen, Merlin«, erwiderte sie höflich.

Als sie meinen Namen aussprach, empfand ich eine köstliche Erregung – wie ein Mann, der einer verbotenen Lust erliegt. Ach, sie verfügte über viele verschiedene Kräfte und wußte sie wohl zu nutzen. In diesem Augenblick begehrte ich sie.

»Wie geht es meiner lieben Schwester?« fragte sie. Sie machte einen halben Schritt auf mich zu und lüftete ihren Schleier.

Morgian war schön, sie glich Charis. Die Familienähnlichkeit war sehr stark. Doch in diesem Augenblick war meine Mutter meinen Gedanken ferner als jeder andere Mensch. Ich starrte in ein Gesicht von anscheinend ausgesuchter und bezwingender Schönheit.

»Anscheinend« sage ich, weil ich mir jetzt gar nicht mehr sicher bin, ob nicht alles ein Zauber war. Sie entstammte natürlich dem Feenvolk und hatte die natürliche Anmut ihrer Rasse. Doch Morgian übertraf diese bei weitem. Ihre Schönheit hatte etwas von einem Traumbild: hinreißend, makellos, vollkommen in jeder Einzelheit.

Ihr Haar glänzte wie gesponnenes Gold, hell und strahlend; ihre Augen waren groß und leuchtend, vom grünen Feuer eines Paares Smaragde gesprenkelt, ihre Lider golden und sanft, die Brauen weich geschwungen. Ihre Haut war weiß wie Milch und hob sich vom tiefen Blutrot ihrer Lippen ab. Ihre Zähne waren ebenmäßig und fein wie Perlen.

Und doch … und doch sah ich um sie oder hinter ihr wie weite schwarze Flügel oder einen lebendigen, unsichtbaren Schatten einen Schein, drohend düster und häßlich, als würde er aus allen namenlosen Nachtmahren und Schrecken bestehen. Dieses Ding schien vor ächzender, sich windender Qual zu leben und hing an ihr – wenngleich ich nicht zu sagen vermag, ob es ein Teil von ihr oder sie ein Teil von ihm war. Aber es war wirklich vorhanden, ebenso wie Angst, Haß oder Grausamkeit wirklich sind.

»Du brauchst mit deiner Antwort lang, Merlin«, sagte sie und führte eine Hand an mein Gesicht. Selbst durch das feine Leder ihrer Handschuhe konnte ich das kalte Feuer ihrer Berührung spüren. »Stimmt etwas nicht?«

»Charis geht es gut«, entgegnete ich und merkte, daß ich meine Mutter allein dadurch, daß ich ihren Namen nannte, verraten hatte.

»Ach, das freut mich zu hören.« Sie lächelte, und ich war verblüfft, in ihrem Lächeln aufrichtige Wärme zu entdecken. Sogleich dachte ich, ich müsse mich in meinem Urteil über sie geirrt haben. Vielleicht lag ihr trotz allem etwas an den Menschen, vielleicht hatte ich mir das Böse, das ich gespürt hatte, bloß eingebildet. Doch dann fügte sie beiläufig hinzu, als wäre es ihr gerade in den Sinn gekommen: »Und wie steht es mit Taliesin?«

Die Worte waren die Bosheit selbst – ein Giftdolch in der Hand eines geschickten, hassenswerten Feindes.

»Taliesin ist seit vielen Jahren tot«, erwiderte ich tonlos. »Wie du genau weißt.«

Bei dieser Nachricht tat sie erschrocken. »Nein«, hauchte sie und schüttelte scheinbar ungläubig den Kopf, »er war so lebendig, als ich ihn zum letztenmal gesehen habe.«

Das war gemein und bedurfte meiner Meinung nach keiner Antwort.

»Nun«, fuhr Morgian fort, »vielleicht war nichts daran zu machen. Ich nehme an, daß Charis von seinem Tod vernichtet war.« Die Worte trafen so gezielt wie ein Messerstich.

So griff auch ich nach einer Waffe. »In der Tat, aber in ihrem Gram hatte sie wenigstens einen Trost.«

Das erregte ihre Aufmerksamkeit. »Welcher Trost mag das gewesen sein?«

»Die Hoffnung«, versetzte ich. »Da mein Vater ein Anhänger des Wahrhaftigen Gottes war, hatte er durch die Gnade des Herrn Jesus Christus das ewige Leben errungen. Eines Tages werden sie im Paradies wieder vereint sein. Das ist die Hoffnung und das Versprechen, das sie aufrecht hält.« Ich hatte fest zugestoßen und spürte, wie die Schneide tief eindrang.

Wieder lächelte sie, und ich spürte, wie Wut in ihr aufstieg und zu einem Schlag gegen mich ausholte. »Wir brauchen uns nicht bei solchem Unglück aufzuhalten«, sagte Morgian. »Wir haben andere Dinge zu besprechen.«

»Wirklich, Herrin?«

»Nicht hier; nicht jetzt. Doch komme wieder und besuche mich«, lud sie mich ein. »Du kennst den Weg, glaube ich. Sonst zeigt Pelleas ihn dir. Wir könnten Freunde werden, du und ich. Ach, das würde mir gefallen, Merlin, deine Freundin zu sein.« Die auffallenden grünen Augen wurden verführerisch schmal. »Auch dir würde es gefallen. Das weiß ich. Ich könnte dich vieles lehren.«

Die Macht dieser Frau war derartig, daß ich, obwohl Worte wie »Freunde« für sie so unnatürlich, so fremd schienen, dennoch glaubte, sie meine es ehrlich. Ihr Reiz konnte einen verlokken, verwirren und überzeugen; er konnte die unmöglichsten, widerwärtigsten Vorschläge logisch und anziehend wirken lassen.

Da ich nichts erwiderte, fuhr sie fort: »Aber du brichst ja bald auf, nicht wahr? Dann ein andermal. Ja, wir werden uns wiedersehen. Verlasse dich darauf.«

Diese Aussicht ließ mich bis ins Mark erschaudern. Großes Licht, breite deine schützenden Fittiche über mich!

Sie zog sich den Schleier wieder übers Gesicht und trat plötzlich zurück. »Ich darf mich nicht bei dir aufhalten«, sagte sie und schnippte im Umdrehen leicht mit der Hand.

Ich konnte mich wieder rühren und verweilte nicht länger, sondern eilte aus dem Saal durch den Korridor, denn ich wollte so viel Abstand zwischen mich und Morgian bringen wie möglich. Draußen standen die Pferde bereit, und ich schwang mich in den Sattel.

Gwendolau wartete zusammen mit den anderen und sah mich genau an, denn er spürte vielleicht, daß etwas nicht stimmte. »Es kommt noch einer«, sagte ich zu ihm. »Pelleas zieht mit uns.«

»Ist mit dir alles in Ordnung, Myrddin? Du machst ein Gesicht, als wäre gerade jemand über dein Grab getanzt.«

Ich zwang mich zu einem Lachen. »Mir fehlt nichts, was ein guter Tagesritt nicht wieder in Ordnung bringen könnte.«

Er saß neben mir auf. »Bist du dir ganz sicher?«

»Ja, Bruder, ich bin mir ganz sicher.« Ich faßte ihn am Arm. Ich brauchte einfach diese Berührung. »Aber ich danke dir für deine Sorge.«

Der kräftige Mann zuckte freundlich die Schultern. »Ich

denke nur an mich. Meine Schwester würde mir bei lebendigem Leib die Haut abziehen, wenn ich zuließe, daß ihrem Gemahl etwas zustößt.«

»Deinem übergroßen Fell zuliebe werde ich mein Bestes geben, damit das nie passiert«, erwiderte ich lachend und spürte Morgians Einfluß weichen.

Einen Moment später kam Pelleas an. Er hatte seinem Pferd einen schmalen Beutel über den Rücken geworfen und grinste breit. »Ich bin soweit«, verkündete er fröhlich.

»Dann reiten wir los, Freunde«, rief Gwendolau. »Der Tag entflieht uns!«

Durch die turmbewehrten Tore von Belyns Burg ritten wir aus dem Vorhof hinaus, und niemand winkte uns zum Abschied.

VII

Es heißt, Merlin habe Tausende erschlagen, das Blut der Feinde sei rot übers Land geflossen, die Flüsse hätten vor dahintreibenden Leichen gestunken von Arderyyd bis Caer Ligualid, der Himmel habe sich vor den Schwingen zum Schlachtfeld strömender, freßgieriger Vögel verdunkelt, der Rauch der Bestattungsfeuer sei zur Himmelskuppel aufgestiegen …

Es heißt, Merlin sei zum Himmel emporgeflogen, in Gestalt eines rachelüsternen Falken in die Berge davongeschwebt.

Doch als die Stimmen der Suchtrupps in den Wäldern widerhallten, wo versteckte Merlin sich da? In welcher Grube kauerte Merlin, als sie nach ihm riefen?

O weise Wölfin, warum wurde mir das Licht der Sonne genommen? Warum wurde mir das Herz bei lebendigem Leibe aus der Brust geschnitten? Warum geistere ich durch dieses verlassene Ödland und höre nur den Klang meiner eigenen Stimme im klagenden Ächzen und Seufzen des Windes auf dem nackten Felsen?

Sage mir auch, schöne Schwester, wie lang ist es her? Wie viele Jahre sind im Leib von Celyddon an mir vorübergegangen?

Was sagst du da? Was ist mit Morgian?

Ach ja, das habe ich mich oft gefragt … was ist mit Morgian?

Das erste Mal haben wir natürlich nur wie Feinde die Waffen gekreuzt. Sie wollte sehen, wen sie vernichten würde. Sie wollte den erlesenen Appetit verspüren, ehe sie ihre Beute tötete. Sie war die Katze, die mit der Maus spielte, um ihre Krallen auszuprobieren.

Aber ich glaube nicht, daß sie sich damals meiner ganz gewiß war. Die Begegnung war notwendig, weil Morgian keine Törin war und die Schlacht aufzunehmen gedachte, ehe sie nicht die Stärke ihres Gegners abgeschätzt hatte.

Merkwürdig, aber ich glaube, Morgians Freundschaftsangebot war aufrichtig gemeint – das heißt so aufrichtig, wie etwas an ihr sein konnte. Sie meinte es ernst, obwohl sie nicht die leiseste Ahnung von wahrer Freundschaft haben konnte, weil sie deren nicht fähig war. Doch sie war so leer, so bar jedes natürlichen Gefühls, daß sie jede Haltung einzunehmen vermochte, die ihr in den Sinn kam. Sie benutzte Gefühle, wie man einen Mantel benutzt, und wechselte sie, wann es ihr paßte. Dennoch glaubte sie an das, was sie fühlte – Freundlichkeit, Aufrichtigkeit, auf abwegige Weise sogar Liebe –, bis sie das jeweilige Gefühl zugunsten einer brauchbareren Waffe aufgab.

So konnte Morgian mir ihr unglaubwürdiges Freundschaftsangebot machen und es aufrichtig erscheinen lassen, weil sie selbst daran glaubte – und sei es nur so lange, wie sie brauchte, um es auszusprechen. In diesem Sinne war es keine Falle. Sie dachte zweifellos, daß es ihr auf irgendeine Weise von Vorteil sein könnte, mich zum Verbündeten zu haben, und sprach daher aufrichtig. Das gehörte zu ihrem Verrat dazu: Sie konnte sich wenden so schnell wie der Wind und die ganze Kraft ihres Wesens hinter die Absicht des Augenblicks stellen.

Für Morgian gab es kein höheres Ideal, keinen größeren Ruf, der über dem betäubenden Kreischen ihres alles verzehrenden eigenen Willens zu hören gewesen wäre. Kein menschliches Mitleid oder Mitgefühl sprach sie an.

Allein Morgian zählte, die seltenste Schönheit, kalt und verhängnisvoll, die Herrin süßen Gifts, der warme Kuß des Todes.

Obschon sie mir letztlich Übles wollte – da darf man sich nicht täuschen –, hatte Morgian an jenem Tag nicht die Absicht, mir eine Schlacht zu liefern. Sie wollte lediglich die Waffen ausprobieren und sehen, wie die meinen beschaffen waren. Mir ist nicht klar, was sie in dieser Hinsicht über mich in Erfahrung brachte, wenngleich sie viel von sich preisgab.

Und wie *eitel* sie war! Dergleichen Eitelkeit ist in einer menschlichen Seele selten. Doch Morgian ist kein gewöhnlicher Mensch und besitzt keine gewöhnliche Seele.

VIII

Ganieda, was tust du hier, meine Seele?
Oh, dein Fleisch ist so weiß …
Geh zurück, geh zurück! Ich kann es nicht ertragen … Bitte, geh zurück.
Trink ein wenig Wasser, Falke. Dich dürstet; du tobst. Dein Mineralquell wird dich wiederbeleben.

Götter der Gewässer und der Lüfte, Götter der Hügel und Berge, Götter der Brunnen und Quellen, Götter der Kreuzungen, Schmieden und Herde … Alle Götter, seid meine Zeugen! Betrachtet diesen Sterblichen vor euch! Worin hat er gefehlt, daß er so leiden muß? Worin hat er gesündigt, daß seine Qual unendlich ist?

Hat er sich zu sehr bemüht, zu hoch gegriffen, zu viel gewollt? Sagt es mir! Ich fordere es!

Die Götter schweigen. Es sind stumme Götzen mit Mündern aus Stein; sie haben kein Leben.

Sieh auf den Hirschsprung hinaus … Ist es Tag oder Nacht? Sonne und Sterne stehen gemeinsam am Himmel … Es ist so hell!

Was bedeutet das, Wölfin? Schau hin und sprich offen. Sprich, was siehst du?

Der rote Mars steigt an einem kohlschwarzen Himmel empor, ja. Was hat das zu bedeuten? Verheißt sein frisches Rubin, daß ein König tot ist und ihm ein anderer folgt? Natürlich, doch es gibt immer Könige und Könige. Warum sollte ihr Fall oder Aufstieg vom Firmament zur Kenntnis genommen werden? Es muß sich also um sehr große Könige handeln. O ja, sehr große!

Und du, schöne Venus, die du die Sonne auf ihrer feurigen Bahn begleitest, was hat es mit deinem zwiefachen Strahl auf sich, mit dem du die Luft wie mit einer Streitaxt spaltest? Teilung, gewiß. Das Reich wird durch einen Hieb des sächsischen Stahls gespalten.

Ein König tot, ein neuer an der Herrschaft: Teilung. Daraus entspringt gewißlich Untergang. Wer unter uns ist mächtig genug, dieser Zerstörung Einhalt zu gebieten? Wer ist weise genug, uns zu raten?

O Taliesin, sprich zu deinem Sohn! Mein Vater, ich möchte deine Stimme hören.

Was ist das? Die Musik einer Harfe? Doch keinen Harfner sehe ich, kein Barde ist hier zum Spielen. Dennoch höre ich etwas – die wundersame Musik einer Harfe.

Siehe, Wölfin, da kommt er! Taliesin kommt!

Sieh ihn den Bergespfad erklimmen; er trägt den blauen Mantel um die Schultern geschlungen; sein Stab ist aus starker Eberesche, seine Tunika aus weißer Seide, seine Hose aus gegerbtem Leder. Er strahlt! Ich kann ihm nicht ins Antlitz blicken. Er gleißt vom Schein der Anderswelt. Seine Erscheinung ist so hell, daß sie es mit dem Himmelslicht aufnehmen kann.

Vater! Sprich zu deinem elenden Sproß! Gib mir weisen Rat!

Horch, Myrddin, ich erwidere dein Flehen. Ich will zu dir sprechen, mein Sohn, und ich werde dich an meiner Weisheit teilhaben lassen. Höre nun, wenn du magst, und erwirb alles, was ich seit Beginn meiner Reise aus dem Reich der Menschenwelt erfahren habe:

Preiset den Großen Schöpfer, den Herrn unendlichen Mitleids! Ehret ihn und betet ihn aus ganzem Herzen an, ihr Kreaturen! Meine eigenen Augen haben ihn geschaut; wir sind gemeinsam durchs Paradies gewandelt. Und oft haben wir dich beobachtet, Myrddin, mein Sohn; wir haben deine Rufe vernommen und dein bitteres Los zwischen uns erörtert, der Herr und ich.

Fürchte dich nicht vor dem, was dir widerfahren soll, Falke. Der König des Himmels hält schützend seine Hand über dich. Selbst jetzt umgeben seine Engel dich; sie stehen bereit, deinen Wünschen zu folgen. Lausche dem einen, der die Dinge kennt, von denen er spricht: Dein Leben wurde dir zu einem bestimmten Zweck geschenkt, teuerstes Fleisch meines Lebens. Wie sollte dieser Zweck nicht erreicht werden?

Daher fasse Mut und stecke deinen Gram beiseite. In kurzem wird ein Eremit zu deinem Schrein kommen. Schicke ihn nicht weg, mein Sohn. Heiße ihn vielmehr willkommen; tu, was er verlangt, und er wird dir einen großen Segen geben.

Wenn du seinen Segen empfangen hast, zieh wieder hinaus in

die Welt! Geh zurück zu deinem Lande und deinem Volk, nimm deinen Stab wieder auf. Es gibt viel zu tun, kühner Myrddin. Ich sage dir die Wahrheit: Während du unter deinem schweren Kummer lagst, ist die Finsternis nicht müßig gegangen.

Daher ist es an der Zeit, daß du dich erhebst, dir den Stahl umgürtest und den Helm auf dein Haupt setzt. Es ist Zeit, Myrddin, jetzt, ehe die Pfade des Königreichs überwuchert und verloren sind. Wenn sie einmal verloren sind, heller Stern, dann lassen sie sich nie wieder finden; selbst wenn man eifrig sucht, lassen sie sich nicht mehr finden.

Erinnere dich des Sommerreichs und laß dir sein Licht zum Leitstern dienen... Laß sein Lied zum Siegeslied auf deinen Lippen werden... Laß seinen Ruhm über dich kommen, mein schöner Sohn...

Nein! Geh nicht fort, Vater! Laß mich nicht allein und einsam! Bitte, bleib noch ein wenig... Taliesin!

Er ist fort, Wölfin. Aber hast du gesehen, wie sein Antlitz strahlte, als er mit mir sprach? Das war nicht die Einbildung eines fiebrigen Gehirns. Niemals. Taliesin ist zu mir gekommen; mein Vater hat zu mir gesprochen. Er hat zu mir gesprochen, und ich habe den Klang seiner Stimme gehört.

Ja, und ich habe seine strenge Mahnung vernommen.

IX

Wenn ich verrückt bin, wenn ich wahnsinnig bin, wenn ich wahnsinnig bin ... wahnsinnig bin ich, und Myrddin ist nicht zu helfen.

Doch so elendig ich vor aller Welt dastehe, bin ich doch nicht immer jene Scheuche gewesen, die du auf schmierigen Hinterbacken zittern siehst und deren Haare und Knochen von den Fliegen zerfressen werden. War Myrddin jemals König in Dyfed, Wölfin?

Ja, das war er ... das war er. Er war es und wird es niemals wieder sein. Der Wilde Mann im Wald bin ich. Doch solange ich lebe, hören die Tiere im Wald auf mich, denn ich bin ihr Herr.

Laßt den Herrn des Waldes seine Prophezeiung tun!

Keine Schreiber stehen mir zu Diensten, keine Diener habe ich, zu berichten, was ich sagen werde. Pelleas, wo bist du, Junge? Hast auch du mich, selbst du mich, verlassen, Pelleas?

Kluge Worte werden in den Wind gesprochen. Weise Worte aus der Seele der Weisheit verfliegen unbemerkt. Laß los, laß los. Des Barden *Awen* wird sich nicht fesseln lassen; es zieht, wohin es will, und keine sterbliche Hand darf es wagen, nach ihm zu greifen oder es zu zügeln. Laß los, du Tor!

Schüre die Flammen hoch, lies die funkelnde Glut und erzähle uns etwas vom Glück. Großes Licht, an diesem rauhen Ort brauchen wir etwas freundliche Aufmunterung, das weißt du. Was scheint dort auf dem Aschenbett zu mir auf?

Siehe da! Ganieda in feines Linnen gekleidet, in die Reinheit frisch gefallenen Schnees gewandet. Trägerin meiner Seele, Bewahrerin meines Herzens, schreitet sie über einen Teppich aus Rosenblättern, unvergleichliche Maid, keusch vor ihrem Herrn. Ihr Lächeln ist wie goldener Sonnenregen, ihr Lachen wie ein silberner Schauer.

Bete zu Gott, der uns erschaffen hat, Dafyd! Preise ihn beredsam für das Geschenk, das er mir an jenem Tag gemacht hat. Amen, so sei es!

Mein Hochzeitstag war ganz, wie ein Hochzeitstag sein soll.

Ich habe meine Großmutter von ihrer Hochzeit mit Elphin erzählen hören und von der Feier, die es gab. Denn anders als Taliesin und Charis, die keine Feier hatten – und vermutlich auch keine brauchten –, waren Elphin und Rhonwyn nach dem schönen alten keltischen Ritus getraut wurden und wollten, daß auch ich so vermählt würde.

Folglich schenkten die Kymren von Caer Cam diesem freudigen Tag ganz das Feuer und den Schwung ihrer Fröhlichkeit. Nicht, daß Maelwys ausgeschlossen werden sollte – er hätte die Feier ausgerichtet. Doch Ganieda war Custennins Tochter und Custennins das Fest, wie es sein gutes Recht war. Maelwys mußte sich damit zufriedengeben, die Gäste unter seinem Dach zu beherbergen.

Im Grunde erinnere ich mich kaum an den Tag. Neben dem Glanz von Ganieda, dem hellen und leuchtenden Stern, ist alles andere jetzt Schatten. Niemals war sie schöner, anmutiger und heiterer. Sie war die verkörperte Liebe für mich, das schwöre ich; und ich hoffentlich für sie.

An jenem herrlichen Tag traten wir beide in der Kapelle vor Dafyd hin und tauschten miteinander nach christlichem Brauch die Ringe und gaben uns das Versprechen, das unsere Seelen ewig aneinanderbinden sollte, wie unsere Herzen bereits durch die Liebe verbunden waren – und wie sich unsere Körper in der Nacht verbinden würden.

Ganiedas schwarzes Haar war gestrählt und leuchtete, mit Silberfäden zu langen Zöpfen geflochten; sie trug ein Kränzchen aus Frühlingsblumen; rosig wie das Erröten einer Maid, erfüllten sie die Kapelle mit ihrem Duft. Ihr Schleier war weiß und weiß bestickt; an jeder Franse hing ein winziges Glöckchen. Über eine Schulter hatte sie ihren Hochzeitsmantel gelegt, den sie im Winter zuvor gewebt hatte: ein feines Stück kaiserlichen Purpurs, nach dem Muster der Nordlande kunstvoll mit hellem Himmelblau gescheckt. Der Umhang wurde von einer großen Goldfibel zusammengehalten. Um die Gelenke trug sie goldene Armbänder und um die Arme goldene Reifen. An den Füßen hatte sie Sandalen aus weißem Leder.

Als Schönste des Feenvolks glich sie einer Erscheinung.

Ich erinnere mich kaum, was ich anhatte – neben ihr nahm von mir keiner Notiz; ich weiß, daß ich es selbst nicht tat. In den

Händen hielt ich den schlanken Goldtorques, der mein Hochzeitsgeschenk für sie war. Sie würde schließlich Königin werden und sollte einen Torques wie die großen Königinnen von einst tragen.

Dafyd, dessen dunkle Gewänder rein gebürstet waren und dessen Gesicht wie das der Braut neben mir leuchtete, hielt die Heilige Schrift hoch, daß wir alle sie sehen konnten, und vollzog dann den Hochzeitsritus. Als er geendet hatte, legten wir unsere ineinander verschlungenen Hände auf das heilige Buch und wiederholten einander die Gelöbnisse, wie Dafyd sie uns vorsprach; darauf betete er für uns.

In seiner Großmut erlaubte Dafyd es Blaise, vorzutreten und die Vereinigung unserer Seelen auf Bardenweise zu besingen, was er mit schlichter und anmutiger Würde tat. Die Harfe wurde von allen in der Kapelle Versammelten hoch geschätzt – eine Harfe hat etwas, das zusammen mit dem Gesang eines echten Barden denen, die sie hören, großen Segen verleiht.

Und ich glaube, Taliesin hätte es selbst getan, wenn er den Hochzeitstag seines Sohnes hätte erleben dürfen.

Während die letzten Töne der Harfe verklangen, verließen wir die Kapelle und fanden beim Hinaustreten ganz Maridunum versammelt: Die Menschen drängten sich im Hof der Kapelle, um unsere Vermählung zu erleben. Sobald sie uns erblickten, brachten sie einen lauten Ruf aus, angeführt von den Männern meiner Kriegerschar, die sich benahmen, als würden *sie* sich eine Königin zur Frau nehmen. So freuten sie sich.

Doch Ganieda hätte mit ihrem Liebreiz allein ja auch ein ganzes Heer zu erobern vermocht; die jungen Männer in meiner Kriegerschar standen fest in ihrem Bann und verehrten sie.

Umgeben von den lärmigen Wogen der uns Segen Wünschenden ritten wir zur Villa zurück. Von den Glückwünschen der Städter und dem Gesang der Kriegerschar hallten die Berge wider und erfreuten sich an dem fröhlichen Schall.

Custennin hatte seine Köche und Diener mitgebracht und sämtliche Vorräte, die sie für das Festmahl brauchten – darunter sechs fette, schöne Rinder, ein Dutzend Fässer schweren Mets und etwas von seinem guten Heidebier. Den Rest – Schweine, Lämmer, Fische, Berge von Rüben und zarten Frühlingsgemüsen – kaufte er auf dem Markt von Maridunum. Maelwys versuchte ihn beständig zu überreden, aus seinen Vorräten zu schöpfen, aber außer ein paar Gewürzen, die die Köche mitzubringen versäumt hatten, wollte Custennin davon nichts hören.

Ach, wie wir schmausten! Bei der Erinnerung daran läuft mir das Wasser im Munde zusammen. Obwohl damals mein ganzer Hunger auf Ganieda gerichtet war. Vielleicht war es sogar der längste Tag meines Lebens: Wollte die Sonne denn niemals untergehen? Wollte die Dämmerung niemals kommen, in der ich Ganieda zu dem Schlafplatz entführen würde, der uns zu unserer ersten gemeinsamen Nacht bereitet worden war? Ich blickte immer wieder zum Himmel auf, und es war noch hell.

Also sangen wir, und die Becher und Krüge machten die Runde, das Fleisch und die heißen Brotlaibe wurden aufgetragen, dazu die dampfenden Gemüse und Süßspeisen. Danach sangen wir weiter – Blaise und seine Druiden sorgten mit ihren Harfen unablässig für Musik; und ich glaube nicht, daß Taliesin den Saal mit schönerem Klang hätte füllen können.

Aber Taliesin war ja da; er war da, Wölfin, er war *da*. Man brauchte nur in das Gesicht meiner Mutter zu blicken, um es zu wissen: Dieser Tag war von Taliesins Geist geprägt; seine Anwesenheit war als süßer Duft allgegenwärtig. Charis hatte selten schöner, strahlender gewirkt. Vermutlich erlebte sie an jenem Tag in meiner Vermählung ihre eigene.

»Mutter, gefällt es dir?« fragte ich sie; eine überflüssige Frage, denn das hätte ein Blinder sehen können.

»Ach, Merlin, mein Falke, du hast mich sehr glücklich gemacht.« Sie zog mich an sich und küßte mich. »Ganieda ist eine herrliche junge Frau.«

»Dann bist du mit ihr einverstanden?«

»Wie lieb von dir, so zu tun, als käme es darauf an. Aber wenn du schon fragst: Ja, ich bin einverstanden. Sie hätte jede Mutter gern zur Tochter und als Gemahlin für ihren Sohn. Keine Frau könnte mehr verlangen.« Charis legte mir eine Hand an die Wange. »Du hast meinen Segen, Merlin – vieltausendmal.«

Für Charis war es wichtig, daß sie mir das sagte, da die Weigerung ihres Vaters, ihrer eigenen Vermählung den Segen zu geben, sie und Taliesin fortgetrieben hatte. Obwohl Avallach ja am Ende wieder versöhnt war, hatte es sie beide unsägliches Leiden gekostet.

Wunderbar sind die Wege Gottes: Wenn Elphin und sein Volk nicht aus Caer Dyvi vertrieben worden wären, wenn die Kymren nicht nach Ynys Avallach gekommen wären, wenn Charis und Taliesin nicht von der Apfelinsel vertrieben worden wären, wenn sie nicht nach Maridunum gekommen wären... und... und... und... ja, dann wäre ich nie geboren worden, wäre ich nicht vom Hügelvolk verschleppt worden, hätte ich niemals Ganieda kennengelernt, wäre ich nun nicht König von Dyfed, und das wäre nicht mein Hochzeitstag gewesen...

Großes Licht, Beweger von allem, was sich bewegt, und allem übrigen, sei mein Weg und mein Ziel, sei mein Sehnen und meine Erfüllung, sei mein Säen und mein Ernten, sei mein frohes Lied und mein gestrenges Schweigen. Sei mein Schwert und mein starker Schild, sei meine Leuchte und meine dunkle Nacht, sei meine immerwährende Kraft und meine klägliche Schwäche. Sei mein Gruß und mein Abschiedsgebet, sei meine helle Erscheinung und meine Blindheit, sei meine Freude und mein bitterer Gram, sei mein trauriger Tod und meine sichere Wiederauferstehung!

Ja, Charis liebte Ganieda, ein Umstand, der mir unverhofftes Entzücken bescherte. Es war die Freude selbst, die beiden zusammen zu sehen, wie sie sich für die Hochzeitsvorbereitungen zu schaffen machten, und dabei zu wissen, daß ich der Gegenstand der Hingabe ihrer warmen Frauenherzen war und das lebendige Bindeglied zwischen ihnen. Daß solche Liebe wachse!

Beide waren sie Feenköniginnen, hochgewachsen und anmutig in jeder Hinsicht, vollkommen in ihren Bewegungen, fleischgewordene Harmonie, verkörperte Schönheit. Wenn man sie zusammen sah, stand einem der Atem still, und man schickte dem Gebergott Dankgebete.

Die Menschen sprechen törichterweise von einer Schönheit, die töten kann, obwohl ich glaube, daß es dergleichen vielleicht gibt. Doch es gibt auch eine Schönheit, die heilt, die alle, die sie erblicken, wiederherstellt und neu belebt. Diese Schönheit war Charis und Ganieda zu eigen. Und sie zu sehen erfreute Custennin und Maelwys aufs höchste; die beiden Könige strahlten wie Männer, die lodern vor Glück.

Ich sage dir die Wahrheit: Nie war eine fröhlichere Gesellschaft unter einem Dach versammelt als an jenem Hochzeitstag in Maelwys' Saal.

O Wölfin, es war ein schöner und glücklicher Tag.

Und es war eine schöne und bezaubernde Nacht. Mein Körper war für den ihren geschaffen und der ihre für den meinen. Das Entzücken unserer Liebe hätte, glaube ich, die ganze Nation zu erfreuen vermocht. Selbst jetzt noch bringt der Geruch sauberen Schilfrohrs und neuer Vliese, von Bienenwachskerzen und frisch gebackenem Gerstenkuchen mein Blut in Wallung.

Unbemerkt stahlen wir uns von dem Gelage weg – oder vielleicht wollten die Festgäste in allgemeiner Übereinstimmung unseren Abschied nicht wahrnehmen – und flohen in den Hof, wo Pelleas mein Pferd gesattelt bereithielt. Ich nahm ihm die Zügel aus den Händen, schwang mich in den Sattel, griff nach Ganieda, hob sie vor mir in den Sattel, packte, sie mit den Armen umklammernd, das Bündel, das Pelleas mir entgegenstreckte, und galoppierte aus dem Hof.

Niemand setzte uns nach, wie es sonst der Brauch ist: Es wird so getan, als wäre die Frau von einem rivalisierenden Klanbruder entführt worden und müsse gerettet und gerächt werden. Es ist ein harmloses Spiel, aber bei unserer Vermählung war für derlei kein Platz. Unsere Ehe hatte etwas so Richtiges und Ehrenhaftes an sich, daß auch nur die Andeutung des Gegenteils die heilige Sache gemein gemacht hätte.

Zwischen einem Schwarm silbern umrandeter Wolken schien glanzvoll der Mond. Wir ritten zu einer nahegelegenen Schäferhütte, die am Tag zuvor hergerichtet worden war. Die Hütte bestand aus einem einzigen Raum mit dicken Wänden aus Flechtwerk und Lehm und einem dichten Rietdach und hatte kaum mehr als einen Herd und ein Bett. Maelwys' Mägde hatten gute Arbeit geleistet und den derben Raum in ein warmes, einladendes Gelaß für die Hochzeitsnacht eines jungen Paares verwandelt. Sie war einmal, zweimal ausgefegt worden, der Herdstein geschrubbt, die Wände mit Kalk abgewaschen. Es war frisches Schilfrohr geschnitten worden und duftendes Heidekraut für das Bett, auf dem sich hoch neue Vliese und eine Zudecke aus sanftem Otterpelz türmten. Es waren Kerzen aufgestellt, der Herd vorbereitet, Blumen zu Sträußen gebunden und über den ganzen Raum verteilt worden.

Da die Nacht warm war, entzündeten wir im Herd nur ein kleines Feuer – um später die Gerstenbrötchen zu backen, die Ganieda mir zu unserem rituellen ersten gemeinsamen Mahl auftragen würde. In dem glimmenden Feuerschein hätte die Schäferhütte ein Schloß sein können und die Lehmschale, in der Ganieda das Wasser und das Gerstenmehl mischte, ein Kelch aus Gold. Ganieda hätte die Zauberin des Waldes sein können, und ich der umherstreifende Held, der von seiner Liebe zu ihr gefangen war.

Mit verschränkten Beinen setzte ich mich aufs Bett und beobachtete ihre flinken Bewegungen. Als der Herdstein heiß genug war, formte sie die kleinen Laibchen und legte sie auf den Stein. Die ganze Zeit wechselten wir kein Wort; es war, als wären wir nicht mehr nur wir selbst; nein, wir waren alle jungen Menschen, die einander jemals geliebt und geheiratet hatten, Leben mit Leben verknüpft hatten, die letzten in einer lebendigen Kette, die sich zahllose Zeitalter zurück erstreckte bis zu jenem ersten Herd, jener ersten Paarung. Für diesen Augenblick gab es keine Worte.

Die Gerstenlaibe waren rasch gar, und behutsam sammelte Ganieda sie in ihrem Mantelsaum und brachte sie mir. Ich nahm einen, brach ihn und gab ihr eine Hälfte, während ich die andere aß. Sie kaute feierlich und hob dann den Becher, den sie eingeschenkt hatte, während die Brötchen buken.

Ich hielt ihr den Becher an die Lippen, während sie daraus trank, und leerte dann den warmen, süßen Wein mit einem einzigen Schluck. Dann klapperte der Becher zu Boden, und ihre Arme waren um meinen Hals, ihre Lippen auf meinen, und ich fiel rücklings aufs Bett: Ganiedas Körper lag ganz auf mir, und der Duft ihrer seidigen Haut stieg mir zu Kopf.

Und da war nur noch die Nacht und unsere Leidenschaft – und danach das süße, tiefe Dunkel des Schlafs in den Armen des geliebten Wesens.

Einmal wachte ich vor dem Morgengrauen auf und hörte im Wind ein leichtes Pfeifen. Ich kroch aus dem Bett und lugte zur Tür hinaus: Dort im Licht des untergehenden Mondes zeichnete sich auf seinem Pferd Gwendolau ab. Er ritt in respektvoller Entfernung und hielt die Nacht hindurch über uns Wacht.

Ich schlüpfte wieder unter die Decke in Ganiedas Umarmung und schlief zum Wogen des sanften Atems meiner schlummernden Gemahlin wieder ein.

X

Tief im schwarzen Herzen von Celyddon, mit Wölfen, Hirschen und grunzenden Ebern als Gefährten, harrt Myrddin. Ist er am Leben oder tot? Das weiß Gott allein.

O glückliche Wölfin, blicke ins Feuer und sage, was du siehst!

Ach, die Stahlmänner. Ja, auch sie sehe ich. Ganz in Stahl vom Helm bis zu den Fersen. Große Männer, unerschrockene Männer. Mit Speeren wie ein Eschenwald. Sieh die knorrigen Muskeln ihrer Arme; sieh die raschen, tödlichen Bewegungen ihrer Hände; sieh die furchtlose Haltung ihres Kinns. Sie wissen, daß das Licht dieses Tages vielleicht ihr letztes ist, doch sie haben keine Angst.

Jener dort! Siehst du ihn? Schau dir seine breiten Schultern an, Wölfin. Sieh, wie er im Sattel sitzt – als wäre er ein Teil des Tieres, das er reitet. Ein herrlicher Mann. Kei, ja, das ist sein Name: ein Name, der in den Herzen des Feindes Furcht entfacht.

Dort ist noch einer! Siehst du ihn, Wölfin? Ein Meister unter Meistern ist er. Blutrot ist sein Umhang, und sein Schild trägt Christi Kreuz. Seinen Namen werden die Harfner tausend Jahre lang besingen: Bedwyr, Heller Rächer.

Und die beiden da! Oh, schau nur – hast du je solch schreckliche Entschlossenheit, solch finstere Anmut gesehen? Söhne des Donners. Dieser wird Gwalchmai genannt, Maifalke. Jener heißt Gwalchaved, Sommerfalke. Sie sind Zwillinge, im Herzen eins, eins im Denken, eins in der Tat – wie zwei Männer es nur sein können, wenn sie trotzdem zwei bleiben. Der Flinkheit ihrer Klinge kommt nichts gleich.

Jeder dieser Männer ist des Königsranges wert; jeder ist ein Herr in seinem Lande. Wer soll solche Männer führen? Wer vermag ihr Feldherr zu sein? Wo ist der Mann, der König über Könige sein kann?

Ich sehe ihn nicht, Wölfin. Ich sehe ihn noch lange nicht.

Nein, diese Männer leben nicht jetzt, und viele Jahre lang noch nicht. Ihre Zeit ist noch nicht gekommen. Uns bleibt noch Zeit, einen Anführer für sie zu finden, Wölfin. Und das werden wir ... wir müssen es.

Am Tage nach Taliesins Erscheinung – war es ein Tag, ein Jahr, was tut's? – erblickte ich den versprochenen Eremiten. Vor meiner jämmerlichen Höhle hoch oben in den Bergen hockend, sah ich ihn in der Ferne des Weges kommen. Er klomm hinan und folgte dem Plätschern meiner Quelle, die sich hinunter ins Tal windet, um dort in einen von Celyddons tausend Bächen zu münden.

Er kam zu Fuß und langsam, so daß ich Zeit hatte, ihn zu beobachten. Sein Umhang war graubraun, seine Füße steckten in hohen Stiefeln, auf dem Kopf trug er zum Schutz gegen die Sonne einen breitkrempigen Hut. Ein merkwürdiger Eremit, dachte ich, der so gewandet reist.

Als er näher kam, erkannte ich, daß seine Schritte zielstrebig, überlegt waren. Sein Gang war nicht der eines schweifenden Wanderers; er kannte sein Ziel – es war diese Höhle und der, welcher darin wohnte. Er war zum Hirschsprung gekommen, um den Wahnsinnigen Merlin zu suchen.

Und er fand ihn.

»Einen schönen Gruß, Freund«, rief er aus, als er sah, daß ich ihn beobachtete.

Ich wartete, bis er näher gekommen war; es hatte keinen Sinn, ihm zuzurufen. »Willst du dich setzen? Es ist Wasser da, wenn du Durst hast.«

Er blieb einen Moment lang stehen und sah sich um. Schließlich blieben seine Augen auf mir ruhen. Sie waren himmelblau und so kalt und leer wie das Firmament über ihm. »Einen Becher Wasser würde ich nicht verschmähen.«

»Dort ist der Quell«, bedeutete ich ihm die Stelle, wo das Wasser dem Felsen entsprang. »Von einem Becher habe ich nichts gesagt.«

Er lächelte, ging zu dem Quell, beugte sich und sog ein paar Schluck Wasser auf – genug, dachte ich, um dem Anschein zu genügen, aber nicht genug, um echten Durst zu stillen. Und doch hatte er keinen Wasserschlauch bei sich.

Als er sich hinsetzte, nahm er seinen Hut ab, und ich sah, daß er flachsgelbes Haar hatte – wie ein Sachsenfürst. Doch seine

Sprache war gutes Britisch. »Sage mir, Freund, was tust du hier oben?«

»Das gleiche könnte ich dich fragen«, knurrte ich zur Erwiderung.

»Das ist kein Geheimnis«, lachte er. »Ich bin einen Mann zu suchen gekommen.«

»Und hast du ihn gefunden?«

»Jawohl.«

»Welch ein Glück für dich.«

Er lächelte breit. »Du bist derjenige, den sie Merlin Ambrosius heißen – Myrddin, der Emrys. Nicht wahr?«

»Wer sollte mich so heißen?«

»Vielleicht bist du dir der Dinge nicht bewußt, welche die Menschen über dich reden.«

»Vielleicht liegt mir nicht an dem, was die Menschen reden.«

Wieder lachte er, als sollte der Klang mich gewinnen. Doch das Lachen erreichte wie das Lächeln nicht seine Augen. »Na komm, du wirst doch ein wenig neugierig sein. Sie sagen, du seist ein König des Feenvolkes, du seist göttlich. Sie sagen, du seist ein mächtiger Krieger, unbesiegbar.«

»Sagen sie auch, daß ich wahnsinnig bin?«

»Bist du wahnsinnig?«

»Ja.«

»Kein Wahnsinniger würde so vernünftig sprechen«, versicherte er mir. »Vielleicht täuschst du deinen Wahnsinn nur vor.«

»Warum sollte ein Mann vortäuschen, was ihm am meisten verhaßt ist?«

»Damit er wahnsinnig scheint, nehme ich an«, entgegnete der Wanderer nachdenklich.

»Was selbst wahnsinnig wäre, nicht wahr?«

Wieder lachte der Fremde, und sogleich haßte ich das Geräusch.

»Sprich nun klar«, sagte ich herausfordernd. »Was willst du von mir?«

Er begegnete meiner Herausforderung mit einem hohlen Lächeln. »Nur ein wenig mit dir plaudern.«

»Wegen nichts bist du einen weiten Weg gekommen. Ich wünsche mit niemandem zu plaudern.«

»Vielleicht stört es dich nicht, zuzuhören«, erwiderte er und ergriff einen Stecken. Er kratzte einen Augenblick lang in der Erde. Dann schaute er plötzlich auf und sprach, als er meinen Blick auf sich sah: »Ich bin nicht ohne Einfluß in dieser Welt. Ich könnte etwas für dich tun.«

»Dann tue folgendes für mich, wenn dein Einfluß so weit reicht: Geh weg.«

»Ich könnte große Dinge für dich tun, Myrddin Emrys. Sage mir, was du willst – alles, was du wünschst, Myrddin, will ich tun, oder dafür sorgen, daß es getan wird.«

»Ich habe dir gesagt, was ich wünsche.«

Er kam näher. »Weißt du, wer ich bin?«

»Sollte ich das?«

»Vielleicht nicht, aber ich weiß, wer du bist. Ich kenne dich, Myrddin. Du siehst, auch ich bin ein Emrys.«

Bei seinen Worten kroch eine langsame, unwiderstehliche Furcht über mich. Ich fühlte mich sehr alt und sehr schwach. Er streckte die Hand nach mir aus, und seine Berührung war kalt wie Stein. »Ich kann dir helfen, Myrddin«, fuhr er fort. »Laß mich dir helfen.«

»Ich brauche niemandes Hilfe. Dieser Ort ist ein Schloß«, entgegnete ich, mit der Hand auf meine kahle Umgebung deutend. »Ich habe alles, was ich brauche.«

»Ich kann dir alles geben, was du begehrst.«

»Ich begehre Frieden«, fauchte ich. »Kannst du mir den geben?«

»Ich kann dir Vergessen schenken – das kommt am Ende auf dasselbe heraus.«

Vergessen ... das wäre ein Segen gewesen. Die abscheulichen Bilder verfolgen mich, sie quälen mich bei Tag und rauben mir den Schlaf. Zu vergessen – ach! Doch zu welchem Preis?

»Mir scheint, ich könnte mit dem Schlechten auch das Gute vergessen«, erwiderte ich ihm.

Der Fremde grinste froh und zuckte die Achseln. »Gut, böse – was soll das? Am Ende ist alles dasselbe.« Er beugte sich noch näher. »Ich kann noch mehr für dich tun. Ich kann dir Macht verleihen, Myrddin. Gewalt, wie du dir sie nie hast erträumen lassen. Sie kann dein werden.«

»Ich bin mit der Macht zufrieden, die ich habe. Warum sollte Merlin der Wilde mehr brauchen?«

Sein Antwort kam rasch, und ich fragte mich, wie viele andere er schon mit seinen schalen Versprechen in Versuchung geführt hatte. O ja, jetzt wußte ich, wer er war. Meine Zeit mit Dafyd war nicht vergebens gewesen. Und obschon ich mir der leitenden Hand nicht mehr gewiß war, sah ich keinen Sinn darin, zum Feind überzulaufen.

»Myrddin«, sprach er und ließ meinen Namen wie Spott auf seinen Lippen klingen, »es ist etwas so Kleines für mich. Ich würde es in einem Augenblick vollbringen. Schau.« Er hob seinen Stecken hoch und wies über Celyddons kalte, finstere Höhenzüge nach Osten. »Dort geht die Sonne auf, Myrddin. Dort schlägt das Herz des Imperiums.« Und am fernen Horizont funkelnd, schien ich die Kaiserstadt mit ihren starken Mauern und Palästen zu sehen. »Als Kaiser würdest du über die Welt herrschen. Du könntest ein für allemal die verhaßten Sachsen vernichten. Denke an all das Leid, das du ersparen könntest. Ein Wink von deiner Hand, Myrddin, mehr bedürfte es nicht.« Er streckte mir seine Hand entgegen.

»Komm mit mir, Myrddin, gemeinsam könnten wir dich zum größten Kaiser machen, den die Welt jemals gesehen hat. Du wärest reich über alle Maßen; deine Name würde ewig dauern.«

»Aber Myrddin nicht«, erwiderte ich ihm. »Auch dafür würdest du sorgen. Geh fort, ich bin müde.«

»Bist du ein so ehrenvoller Mann?« spie er verächtlich. »Bist du so gerecht?«

»Worte, Worte. Ich behaupte nichts.«

»Myrddin ... sieh mich an. Warum willst du mich nicht ansehen? Wir sind Freunde, du und ich. Dein Herr hat dich verlassen, Myrddin. Es ist an der Zeit, daß du einen vertrauenswürdigeren findest. Komm mit mir.« Seine Finger berührten jetzt beinahe meine. »Komm, wir müssen sofort gehen.«

»Warum höre ich, wenn du sprichst, nur das hohle Heulen des Grabes?«

Das erzürnte ihn. Sein Antlitz veränderte sich, und ich erkannte, daß er gräßlich war. »Hältst du dich für etwas Besseres als mich? Ich werde dich vernichten, Myrddin.«

»Wie du Morgian vernichtet hast?«

Seine Augen funkelten boshaft. »Sie ist schön, nicht wahr?«

»Der Tod hat viele Gesichter«, sagte ich, »doch sein Gestank ist stets derselbe.«

Sogleich wallte die Hitze seines Zorns auf. »Ich gebe dir eine letzte Gelegenheit – ja, ich schenke dir Morgian, mein schönstes Geschöpf.« Er setzte eine beruhigende Miene auf, als er seine neue Taktik einschlug. »Sie ist dein, Merlin. Tu mit ihr, was dir beliebt. Ja, du wirst ihr Herr sein. Nimm sie. Du kannst sie sogar töten, wenn du magst. Vernichte sie, wie sie deinen Vater vernichtet hat.«

Vor meinen Augen schwärmte es schwarz vor Zorn wie Wespen. Mein Körper fing zu beben an. Ich schmeckte Galle auf meiner Zunge. Ich sprang auf. »*Du* hast meinen Vater vernichtet!« schrie ich und hörte meine Stimme im ganzen Tal widerhallen. Ich stellte mich hin, steckte zwei Finger in den Mund und stieß einen langen, hohen Pfiff aus. »Geh, solange du noch kannst.«

»Du kannst mich nicht fortschicken«, antwortete die Kreatur. »Ich gehe, wann und wohin ich will.«

In diesem Augenblick kam die Wölfin den Pfad heraufgerannt, fauchend, die Ohren am Kopf angelegt, die Fänge gebleckt.

Er lachte. »Glaube nicht, daß du mir einen Schrecken einjagen kannst. Nichts auf Erden kann mir weh tun.«

»Nein? Im Namen Jesu Christi, verschwinde!«

Die Wölfin erreichte ihn. Als sie mit gefletschten Zähnen auf seine Kehle loswollte, drehte er sich um und wich aus. Aber er hatte sich in Bewegung gesetzt und floh bereits den Abhang hinab, als die Wölfin zu einem zweiten Sprung ansetzte. Sie wäre ihm nachgejagt, doch rief ich sie an meine Seite, und während sie noch fauchte, tätschelte ich ihr den Kopf, bis sich ihr Fell nicht mehr sträubte und sie sich beruhigt hatte.

So verließ mein erster Besucher mich also ohne ein Lebewohl. Ich zitterte noch, als die Wölfin abermals knurrte, ganz tief in der Kehle, ein warnendes Grollen. Ich blickte den Hang hinab, weil ich glaubte, der Fremde würde zurückkehren. Und tatsächlich näherte sich jemand, doch selbst auf ziemlich große Entfernung vermochte ich zu sagen, daß es ein anderer war.

Er glich einem spindeldürren Stecken mit groben Zügen. Er

war haarig und trug Pelze von mindestens sechs verschiedenen Tieren. Mit den langen, regelmäßigen Schritten eines Menschen, der an lange Fußreisen gewohnt ist, stapfte er den Berg hinan und schaute weder nach rechts noch links, sondern schritt voran.

Und daran tat er gut, denn aus heiterem Himmel war ein Sturm aufgezogen, wie es in den Bergen vorkommen kann. Schwarze Wolkenfetzen brausten auf den Hang herab, und ich schmeckte im abkühlenden Wind Regen. Über die Felsen wälzte sich Nebel und nahm mir den Blick auf den Besucher.

Ich wartete und tröstete die Wölfin zu meiner Seite. »Sei ruhig, Wölfin, wir wollen hören, was dieser zu sagen gekommen ist. Vielleicht ist dieser Gast eher nach unserem Geschmack.« Obwohl das unwahrscheinlich schien, war ich wegen Taliesins Versprechen geneigt, die Sache durchzustehen.

Er kam wieder in Sicht, trat aus dem Nebel und rief uns mit lauter Stimme an: »Heil, Wilder Mann im Wald! Ich bringe dir Grüße aus der Menschenwelt.«

»Setze dich, Freund, es ist Wasser da, wenn dich dürstet.«

»Wasser erfüllt seinen Zweck, wo es an Wein mangelt«, erwiderte er. Ich sah ihm zu, wie er Wasser in seine Hand schöpfte und es geräuschvoll schlürfte. Er schien nicht allzusehr daran gewöhnt, den Gastbecher in der Hand zu halten, doch was tat's? Sah ich aus wie der König von Dyfed?

»Es macht einem Durst, hierher auf deinen Bergsitz zu klettern, Myrddin.«

»Woher kennst du meinen Namen – wenn es meine Name ist?«

»Ach, ich kenne dich seit langem. Sollte ein Diener nicht seinen Herrn kennen?«

Ich starrte ihn an. Sein Gesicht war lang und wie das eines Pferdes; seine Brauen waren schwarz, die Wangen rot von Sonne und Wind. Das Haar hing ihm auf die Schultern, offen, wie das einer Frau. Ich wußte, daß ich ihn noch nie gesehen hatte.

»Du redest von Dienern und Herren. Wie kommst du darauf, daß ich mit einem von beiden zu schaffen haben könnte?« fragte ich und setzte dann eine passendere Frage nach: »Woher hast du gewußt, wo du mich finden kannst?«

»Der, welcher mich geschickt hat, hat mir gesagt, wo ich dich finden kann.« Mehr sagte er nicht, aber bei seinen Worten hüpfte mir das Herz im Leibe.

»Wer schickte dich?«

»Ein Freund.«

»Hat dieser Freund einen Namen?«

»Jedermann hat einen Namen, wie du sehr wohl weißt.« Er schöpfte noch etwas Wasser und wischte sich dann an seinem Lederwams die Hände ab. »Meine Name zum Beispiel lautet Annwas Adeniawc.«

Ein höchst ungewöhnlicher Name. Er bedeutete: alter geflügelter Diener. »Ich sehe keine Schwingen, und du bist nicht so alt, wie dein Name vermuten läßt. Und auf dieser Welt gibt es fürwahr viele Herren und noch mehr Diener.«

»Alle Sterblichen dienen, Myrddin. Die Unsterblichen ebenso. Doch um über mich zu sprechen, bin ich nicht gekommen. Ich bin gekommen, um über dich zu sprechen.«

»Dann ist dein Kommen zwecklos.« Die Worte waren gesprochen, ehe ich sie aufhalten konnte. *Schicke ihn nicht fort*, hatte Taliesin gesagt. Ich hätte mir keine Sorgen zu machen brauchen, denn mein Besucher nahm von meiner Grobheit keine Notiz.

»Sobald die Zunge einmal gelöst ist, plaudert sie in einem fort, nicht wahr?« Das sagte er gutgelaunt. Annwas hatte offenbar sein Vergnügen. Er schaute sich in meiner von Geröll übersäten Behausung um und wandte den Blick dann nach Westen über das weite, zerklüftete Bärenfell von Celyddon. »Die Menschen sagen, daß das Licht im Westen liegt«, meinte er beiläufig. »Doch wenn ich dir sagte, daß es dort aufgeht – würdest du mir dann glauben?«

»Wäre es denn so wichtig, was ich glaubte?«

»Myrddin ...« Er schüttelte sanft den Kopf. »Ich hätte gedacht, daß all die Jahre einsamer Andacht dich etwas über die Macht des Glaubens gelehrt hätten.«

»Waren es denn viele Jahre?«

»Es waren nicht wenige.«

»Warum kommst du gerade jetzt zu mir?«

Die schmalen Knochen seiner Schultern zuckten wegwerfend. »Mein Herr will es so.«

»Sollte ich deinen Herren kennen?«

»Und ob du ihn kennst, Myrddin. Zumindest kanntest du ihn einst.« Annwas drehte sich um und sah mich geraden Blickes an. Ich spürte Mitleid von ihm ausströmen. Er beugte sein langes Gestell und setzte sich mit verschränkten Beinen auf den bloßen Boden. »Erzähle mir jetzt«, sagte er sanft. »Erzähle mir jetzt von der Schlacht.«

Und da begann es zu regnen.

XI

Die ersten Tropfen platschten auf uns, doch keiner von uns rührte sich. Der Sturm wurde stärker und färbte den Himmel violett und schwarz wie eine Wunde – aus der der Regen schoß wie Blut.

»Die Schlacht, Myrddin; ich bin gekommen, damit du mir davon erzählst.« Annwas blickte mir fest in die Augen und regte sich nicht trotz des Regens.

Ich brauchte einen Augenblick, bis ich zu sprechen vermochte. »Welche Schlacht meinst du wohl?« fragte ich ihn voller Furcht vor seiner Antwort. Die Dunkelheit wirbelte um mich und um die Berge in Gestalt eines mitternächtlichen Nebels, der aus dem Nichts aufdampfte. Der Wind heulte zwischen den Klüften und peitschte den Regen.

»Ich glaube, das weißt du«, erwiderte Annwas sanft.

»Und mir scheint, daß du viele Dinge weißt, die ein Mensch unmöglich über einen anderen wissen kann!« Ich starrte ihn an und spürte, wie mir der Zorn wieder in der Seele kochte. Der Wind schrie meine Drohung hinaus.

»Erzähle mir davon«, beharrte er sanft, aber mit einem Willen so stark wie ein Felsen. »Es wird leichter, wenn du erst einmal angefangen hast.«

»Laß mich in Ruhe!« Ich verabscheute ihn, weil er mich dazu zwang, jene seit langem toten Knochen wieder auszugraben. Knurrend sprang die Wölfin hoch. Annwas streckte eine Hand zu ihr aus, und wimmernd legte sie sich wieder hin.

»Myrddin«, seine Stimme war sanft wie die einer Mutter, die ihr Kind in den Schlaf summt, »du wirst geheilt werden. Doch zuerst müssen wir das Geschwür herausschneiden, daß dir die Seele vergiftet.«

»Ich bin glücklich mit meinem Dasein«, stöhnte ich. Das Atmen fiel mir schwer. Der Wind heulte jetzt, und in beißenden Strömen prasselte der Regen auf uns nieder.

Annwas Adeniawc streckte seine knochige Hand aus und berührte meinen Arm. »In der Hölle ist niemand glücklich,

Myrddin. Du hast deine Last lang genug getragen. Es ist an der Zeit, sie abzulegen.«

»Eine Last mag es ja sein, aber es ist alles, was mir geblieben ist!« schrie ich, daß Tränen voll Wut und Schmerzen sich auf meinem Gesicht mit dem Regen vermischten.

Da stand der Eremit auf und begab sich in meine Höhle. Ich blieb sitzen, wo ich war, bis er mich rief. Als ich aufschaute, brannte gleich am Eingang der Höhle ein helles Feuer. »Komm aus dem Regen herein«, sagte Annwas. »Ich koche uns etwas, während wir uns unterhalten.«

Wie lange war es her, daß ich zum letztenmal ein warmes Mahl im Bauch gehabt hatte? Ich ging zu ihm hinein. Ich weiß nicht, wo er den kleinen Topf für den Fleischeintopf fand, noch wo er das Fleisch herhatte oder das Korn zum Brotbacken. Doch als ich ihm beim Zubereiten des Mahles zusah, wich der Kampfgeist aus mir, und ich fing zaudernd an, ihm von der Schlacht zu erzählen … und Gott helfe mir, ich erzählte ihm alles.

In jenem Frühling reiste Ganieda nach Norden zu ihrem Vater in Celyddon. Anscheinend braucht eine Frau die Nähe ihrer Verwandten, wenn sie ein Kind zur Welt bringt. Ich war dagegen, aber meine Gemahlin konnte höchst beredsam sein, und am Ende bekam Ganieda ihren Willen.

Ich bereitete die Reise vor, ergriff jegliche Vorsichtsmaßnahme, kümmerte mich persönlich um jede Einzelheit, denn ich wußte, daß ich sie nicht würde begleiten können. Sie versuchte mich zu beruhigen. »Im Sommer ist es in Goddeu herrlich. Du kommst, sobald du kannst, meine Seele. Elma wird so überrascht sein.« Sie küßte mich. »Es ist recht, daß du dir Sorgen um die Reise machst, aber es wird mir schon nichts zustoßen.«

»Es ist kein Nachmittagsritt durch den Wald, Ganieda.«

»Nein, das ist es nicht. Und du tust recht, mich daran zu erinnern. Aber ich bin mit dem Kind noch nicht so weit, daß das Reiten mir zu beschwerlich würde.« Sie stellte sich gerade hin und strich den Mantel über ihrem noch flachen Bauch glatt. »Schau! Es ist noch nicht einmal etwas zu sehen. Außerdem bin ich mit einem Speer in der Hand fürchterlich, nicht wahr, mein Lieber? Ich bin ganz sicher.«

Jesus, ich hätte mir ihr reiten sollen!

»Jedenfalls könnte ich mir keinen Augenblick lang vorstellen, das Kind ohne Elmas Beistand zu bekommen«, fuhr sie fort. Elma war die Hebamme ihrer Mutter gewesen und kam dem, was Ganieda je an Mutter gehabt hatte, am nächsten. Und wie ich sagte, hat eine Frau das Bedürfnis, bei den Ihren zu sein, wenn die Wehen einsetzen. »Du machst dir Sorgen um nichts, Myrddin. Gwendolau reitet uns entgegen. Wenn ich nicht bald aufbreche, dann ist er hier, ehe ich losreite.«

»Das wäre noch besser«, versetzte ich.

»Dann komm mit.«

»Ach, Ganieda, du weißt, daß ich das nicht kann. Die Türme, die Pferde, die Kriegerschar muß ausgebildet werden...«

Sie kam zu meinem Stuhl, setzte sich auf meinen Schoß und legte mir die Hände auf die Schultern. »Komm mit, mein Gemahl.«

Ich seufzte. Darüber hatten wir bereits des öfteren geredet. »Ich komme nach, so früh ich kann«, erwiderte ich. Es ging nur um ein paar Monate. Ganieda mußte jetzt aufbrechen, solange sie die Reise noch sicher und einigermaßen bequem bewältigen konnte. Wenn meine Sommeraufgaben erledigt waren, wollte ich im Herbst nachreisen. Das Kind würde erst tief im Winter zur Welt kommen, so daß wir noch genügend Zeit zusammen haben würden, sobald ich in Goddeu wäre.

Die Saat war gut aufgegangen, als sie endlich loszog. Ich schickte ihr dreißig Mann aus meiner Kriegerschar mit, und sie nahm sich vier ihrer Zofen zur Gesellschaft mit. Die halbe Zahl hätte ausgereicht, aber ich wollte lieber vorsichtig sein, und Maelwys gab mir recht, als er meinte, lieber vorzusorgen, als den Schaden zu haben. »An deiner Stelle würde ich das gleiche tun«, sagte er.

Die Gefahr, daß die Reisenden unterwegs tatsächlich hätten in Schwierigkeiten geraten können, war gering, denn für das, was später als Kriegszeit bekannt werden sollte, war es noch früh. Außerdem hatte ich eine Route festgelegt, die sie in sicherem Abstand von der Küste hielt. Die eigentliche Gefahr bestand an dem Punkt, wo sie den Limes erreichen würden, und bis dahin wäre Gwendolau zu ihnen gestoßen, und sie wären dann mindestens fünfzig Mann stark. Es bestand keine Gefahr.

Also brach Ganieda mit ihrem Begleitschutz eines sonnigen

Morgens aus Maridunum auf. Ich sah ihr zum Abschied nach und spürte noch die Wärme ihrer Lippen auf meinem Mund, als sie ihr Roß wandte und sich den übrigen anschloß, die aus dem Hof auf die alte Straße hinausritten.

Ach, es war eine fröhliche Schar. Und warum auch nicht? Ganieda kehrte heim, um ihr Kind zu gebären, und die Welt steckte voller Wunder. Sie winkte mir zum Abschied, bis sie nicht mehr zu sehen war; und auch ich winkte, bis die Hügelflanke mir die Sicht auf sie versperrte. Dann sprach ich ein Gebet für ihre Sicherheit – nicht das erste, nicht das letzte, wohlgemerkt – und ging meinen Pflichten nach.

Dem Frühling dicht auf den Fersen folgte ein milder Sommer. Die dreißig kehrten in angemessener Frist zurück und berichteten, daß auf der Straße und danach alles gutgegangen war. Sie hatten Ganieda bis zum Haus ihres Vaters gebracht und waren dort ein paar Tage geblieben, damit ihre Pferde ausruhen konnten, ehe sie wieder zurückkehrten. Custennin war hoch erfreut, seine Tochter wiederzuhaben, und sandte mir seine Grüße mit der Botschaft, daß mit ihm und seinem Reich alles gut stünde. Für sie war es ein ruhiger Sommer; es hatte keine Raubüberfälle gegeben.

Endlich war ich erleichtert und richtete meine Aufmerksamkeit auf den Abschluß meiner Aufgaben, damit ich so rasch wie möglich nachreisen konnte.

Maelwys und ich arbeiteten schwer, jeden Tag von Morgen bis Abend, und legten uns erschöpft zu Bett. Des öfteren mußte Pelleas mich auf meinem Stuhl am Tisch aufwecken, damit ich in mein Gemach stolpern konnte. Charis oblag die Aufsicht über den Haushalt und die Dienerschaft des Königs, so daß wir allabendlich mit vollen Bäuchen umfallen konnten, ohne uns auch noch darum kümmern zu müssen – andernfalls, fürchte ich, wären wir verhungert.

Die Wachttürme entlang der Küste waren zum größten Teil fertiggestellt und die Verbindungstürme weiter im Landesinneren waren schon weit fortgeschritten; die neuen Männer hatten ihre erste Sommerausbildung erhalten; unsere Pferdeherde war um achtundzwanzig stämmige Fohlen gewachsen, und ein paar Morgen Land waren als zukünftiges Weideland gerodet worden.

Damals dachte ich bereits an die Pferde, daran, sie in Hinsicht auf Größe, Stärke, Mut und Ausdauer zu züchten. Die Schlacht sollte zu Pferd gewonnen werden, von einer Schar berittener Kämpfer wie in der alten römischen *Ala*.

Nun, der Herbst brach früh herein, und ich durfte endlich ziehen. Ich suchte mir dreißig Männer zu meiner Begleitung aus. Oder vielmehr nahm ich dreißig von den dreihundert, die lärmten, daß sie an meiner Seite reiten wollten. Ich habe keine Ahnung, warum ich so viele mitnahm. Ich hatte eigentlich vorgehabt, mit nur einem Drittel davon zu reisen, aber ich konnte mich nur schwer entscheiden und brachte es nicht über mich, die übrigen abzuweisen.

Wir brauchten bloß einen Tag, um Vorräte und Proviant einzupacken, dann brachen wir gen Celyddon auf.

Die Tage waren tatsächlich golden. Es war ein guter Sommer gewesen, und überall stand eine reiche Ernte unter der Sichel. Die Herden wirkten gesund und prächtig. Jede Feste und Siedlung konnte stolz auf neue Behausungen verweisen und manchmal sogar auf einen Saal. Die Angst, die im Land in den vergangenen Jahren gewachsen war, ließ ein ganzes Stück nach, da ihr eine kurze Verschnaufpause von den lästigen Plünderern vergönnt war. Überall fühlten sich die Menschen ermutigt und hoffnungsfroh.

Nach vielen Tagen unterwegs gelangten wir in den Yr Widdfa, im Vergleich zum Süden eine öde, einsame Gegend. Doch selbst hier hatte der Sommer mannigfache Wunder gewirkt, die Schafherden waren stark angewachsen, und die Menschen zufrieden. In einer sternklaren Nacht schlugen wir unser Lager auf einem hohen Gebirgspaß auf, und als wir aufwachten, lag auf der Gebirgsheide Frost. Wir sattelten unsere schnaubenden Pferde und ritten an jenem Morgen in die Tieflande Richtung Limes hinab.

Der Tag war blendend klar, und ich sah die schwarze Masse von Celyddon sich am fernen Horizont ausbreiten. Noch ein paar Tage, und wir würden das äußerste Ende des Waldes erreichen. Noch ein paar Tage, und ich würde wieder in Ganiedas Armen schlafen.

Als wir zum Wald gelangten, schickte ich Boten voraus, die unsere Ankunft ankündigen sollten. Custennin würde sich über die Nachricht freuen, das wußte ich, und Ganieda ebenfalls.

Ach, meine Seele war ruhelos. Unsere lange Trennung war mich schwerer angekommen, als ich geahnt hatte, denn der Gedanke, sie wieder an mich zu drücken, erfüllte mich mit herrlicher Pein. Mein Sattel wurde mir zum Gefängnis, und die Zeit konnte gar nicht schnell genug vergehen. Ich schlief nur wenig. Die Gedanken an Ganieda und unser Kind, der Wunsch, bei ihr zu sein, machten mich rastlos. Ich hatte ihr so vieles zu erzählen, was seit ihrer Wegreise geschehen war. Ich wäre wohl die ganze Nacht durchgeritten, wenn das im verschlungenen Celyddon möglich gewesen wäre.

Meine Qual war zwar süß, aber eine Qual war es trotzdem.

Schließlich jedoch brach der letzte Tag vor der Ankunft an, und ich war vor allen anderen wach, weil ich wußte, daß wir bei scharfem Ritt Custennins Burg bis Mittag erreichen konnten. Die Kundschafter mußten bereits am Abend zuvor angelangt sein, dachte ich, und Ganieda würde warten. Ich wollte ihr das Warten so kurz wie möglich machen.

Die Welt um uns erwachte, und wir ritten auf dem schmalen Pfad durch den nachtstillen Wald. Nach Sonnenaufgang hielten wir kurz Rast und frühstückten: Ich gestattete es den Männern, abzusitzen, doch nur zum Essen, dann hieß es wieder in den Sattel und weitergeeilt.

Gegen Mittag erreichten wir die Krone des letzten Hügels, wo der Pfad etwas breiter wurde und sich durch den Wald nach Goddeu hinunterschlängelte. Natürlich konnten wir Custennins Festung nicht sehen, aber fern war sie nicht mehr.

Ein Stück weiter stießen wir auf das erste Warnzeichen.

Wir hatten an einem Bach angehalten, um zu rasten und die Pferde zu tränken, ehe wir den letzten Abschnitt unserer Reise vollendeten. Ein paar von meinen Leuten hatten den Bach überquert, um den Nachfolgenden Platz zu machen; sie hatten sich am Ufer verteilt.

Als ich mich zum Wasserschöpfen hinkniete, hörte ich einen Ruf.

»Herr Myrddin!« Mein Name erscholl nicht weit von mir im Wald. »Herr Myrddin!«

»Hier bin ich«, erwiderte ich. »Was gibt's?«

Einer meiner vierjährigen Krieger kam angerannt. »Herr Myrddin, ich habe etwas entdeckt, das du dir ansehen solltest.«

»Was denn, Balach?« An seiner Miene las ich ernste Sorge ab.

»Menschenspuren im Schlamm, Herr.« Er hob den Arm und zeigte bachabwärts. »Dort unten.«

»Wie viele?«

»Das möchte ich nicht sagen. Mein Herr sollte selbst nachsehen.«

»Zeige mir, wo sie sind.«

Er führte mich bachabwärts zu der Stelle, auf die er gezeigt hatte. Ich watete durchs Wasser auf die andere Seite des Bachs, und dort sah ich im schlammigen Ufer die Spuren einer Schar von Männern. Auf dem gegenüberliegenden Ufer gab es keine Fußspuren – die Gruppe hatte den Bach nicht überquert, sie war aus ihm herausgestiegen...

Sachsen!

Das war die Art der Sachsen, sich in stark bewaldetem Gelände fortzubewegen: Sie folgten dem natürlichen Pfad eines Stroms. So bewältigten sie ihnen unbekanntes, schwieriges Gelände...

Und jetzt waren sie nach Celyddon gekommen.

Schlimmer, sie waren uns voraus – wie weit, das konnte ich nur raten. Die Spuren waren noch ziemlich frisch, höchstens ein paar Stunden alt. Da sie die Gegend nicht kannten, mußten sie sich langsam fortbewegen. Zu Pferd konnten wir sie vielleicht noch einholen. Großes Licht, hilf uns, sie zu fangen!

Ich gab den Befehl, sofort aufzusitzen, die Waffen bereitzuhalten und sich auf einen Hinterhalt gefaßt zu machen. Dann ritten wir los.

Unsere Vorsichtsmaßregeln schienen überflüssig. Wir sahen keine Spuren mehr, und hätte ich sie nicht mit eigenen Augen erblickt, hätte ich gedacht, Balach habe sie sich eingebildet. Obwohl wir von Zeit zu Zeit zum Lauschen anhielten, vernahmen wir nichts als das lustige Geplapper von Eichhörnchen und das Schelten von Krähen.

Wir ritten gen Goddeu weiter, und trotz des offenbaren Friedens im Wald überkam mich eine tiefe Ahnung – ein Schrecken, bei dem mir das Herz in der Brust bleischwer wurde. Aus dem sonnenerfüllten Wald heraus drang Furcht auf mich ein – flüsternde Unruhe, raunendes Warnen.

Ich stürmte voran.

Dann wurden die Pferde nervös. Sie können, glaube ich, Blut auf weite Entfernung riechen.

Der Kriegerschar nun weit voraus, erklomm ich einen Kuppe, und Goddeu kam in Sicht, still neben dem spiegelglatten See. Die Sonne schien kräftig auf den Pfad vor mir, und dort sah ich die Leichen liegen. Ich spornte mein Pferd bis zu der Stelle und schwang mich aus dem Sattel. Es war eine Gruppe von Frauen ...

O Guter Gott, nein!

Ganieda!

Ich kniete nieder und drehte die erste um. Eine Magd mit dunklen Zöpfen. Ihr war die Kehle aufgeschlitzt worden.

Der nächsten war das Herz durchbohrt, so daß die Vorderseite ihres weißen Kleides dunkelrot gefleckt war. Der Leichnam war noch warm.

Ganieda, meine Seele, wo bist du?

Blind stolperte ich auf einen Haufen übereinanderliegender Leichen zu. Was die grausamen Äxte der Sachsen den einst schönen Körpern angetan hatten, trieb mir die Tränen in die Augen und brachte mich zum Zähneknirschen. Einige waren geschändet worden, ehe sie ermordet wurden, und die Kleider waren ihnen vom Leib gerissen. Bei der Liebe Gottes – die häßlichen Wunden zwischen ihren Beinen! Alle waren auf gräßliche Weise ums Leben gekommen.

Hätte mich der Himmel doch an jenem Tag für immer hingestreckt, wäre ich doch nur gestorben!

Die Gruppe umfaßte sieben junge Frauen, doch Ganieda befand sich nicht unter ihnen. Oh, bitte, Liebender Vater! Mein Herz klammerte sich an eine winzige Hoffnung; ich rannte weiter. Hinter mir kamen die ersten aus der Kriegerschar herangedonnert.

Ich weiß nicht, was mich dazu brachte, vom Weg abzuweichen. Vielleicht der hellblaue Schimmer zwischen den Schatten ...

Ich ging zu einem umgestürzten Baum, einem alten, längst abgestorbenen Stumpf. Auf seiner anderen Seite lagen dort noch zwei Frauen über der Leiche einer dritten. Sanft hob ich sie beiseite, sanft, sanft ...

Bei dem Versuch, ihre Herrin mit ihren Körpern zu schützen, waren Ganiedas Mägde umgekommen.

Doch die Barbaren hatten gesehen, daß Ganieda schwanger war. Oh, das hatte ihre Ermordung zu einem großen Spaß gemacht.

Großes Licht, ich ertrage es nicht!

Oh, Annwas, ich sehe ihren Leichnam vor mir ... ich spüre seine fliehende Wärme in meinen Händen ... ich schmecke wieder ihr Blut auf meinen Lippen, während ich ihre erkaltete Wange küsse ... ich kann es nicht ertragen ... Bitte, zwinge mich nicht, es zu erzählen!

Aber du willst es hören. Du willst hören, wie ich das sage, was mir am meisten verhaßt ist von allem, was ich weiß ... Nun schön, ich werde alles erzählen, damit du mein Grausen und meine Schande kennst.

Ganieda hatte viele Wunden empfangen. Ihr Kleid war von Blut getränkt und an vielen Stellen zerrissen, wo sie versucht hatten, sie nackt auszuziehen. Eine liebliche Brust war ihr vom Körper gehauen worden, und ihr stolz schwellender Bauch war von einer Schwertspitze durchbohrt worden ... Liebender Gott, bitte nein! Durchstochen – nicht nur einmal, sondern wieder und immer wieder.

Meine Beine wollten mich nicht mehr tragen. Ich fiel über den Leichnam meiner Geliebten, und ein großer Kummerschrei entrang sich meiner Kehle. Ich raffte mich wieder auf und nahm Ganiedas schönes Gesicht zwischen meine Hände. Es war nicht mehr schön, sondern in gräßlichem Todeskampf verzerrt, mit Blut besudelt, die klaren Augen umwölkt und blind.

Bestien! Barbaren!

Und dann sah ich es: aus einer der Wunden im Bauch ... Liebster Gott ... nach einem Leben greifend, das nie sein sollte, ragte ein winziges Händchen. Blau und reglos, fein geädert, steckte das winzige Handgelenk aus der toten Bauchdecke ... die Hand meines Kindes, meines geliebten Kindes ...

XII

Donner dröhnte in meinem Kopf. Stimmen wie wütende Hornissen brummten laut in meinen Ohren. BESTIEN! BARBAREN! Der Boden rutschte auf allen Seiten unter mir weg wie die wogende See. Ich stolperte, stürzte, raffte mich wieder auf und rannte los. Gnädiger Vater, ich rannte, spuckte Galle, würgte, erstickte, rannte weiter.

Hinter mir ertönte ein Ruf, dann das Klirren von Männern, die ihre Schwerter zogen. Das Horn erschallte. Die Sachsen waren gesichtet worden.

Leb wohl, Ganieda, meine Seele, ich liebte dich mehr als mein Leben.

Ein anderer Merlin machte an jenem Tage kehrt und stellte sich dem Feind. Das Schwert – Avallachs königliche Klinge – wirbelte in meiner Hand, blitzte, und mein Pferd stürmte kopfüber in eine Gruppe sächsischer Krieger, doch ich kann mich nicht erinnern, das Schwert gezogen oder mich zum Kampf aufs Pferd geschwungen zu haben.

Merlin war nicht mehr da. Ich stand daneben und sah aus großer Entfernung zu, wie ein gedankenleerer, fühlloser Leib Kriegstaten vollführte.

Der Leib war mein, doch Merlin war entflohen.

Ich sah Gesichter vor mir auftauchen ... grimmige Gesichter, die bei fremden Göttern unbekannte Flüche ausstießen ... haßerfüllte Gesichter, die unter meinen dreschenden Hufen verschwanden ... gräßliche Gesichter, die auf zerschlitzten Köpfen zuckten, als mein Schwert sie abhieb ...

Der Schlachtenfuror hatte mich ergriffen; ich war davon entbrannt. Und der Feind bekam die weiße Glut meiner Todeswut zu spüren. Keiner vermochte mir zu widerstehen, und da der Feinde nicht viele waren, waren sie rasch geschlagen.

Während sich der Rest meiner Kriegerschar um mich sammelte und einige von ihnen Blut von ihren Schwertern wischten, saß ich im Sattel und starrte, das Schwert über die Schenkel gelegt, ausdrucksleer in die Sonne.

Ich spürte eine Hand auf meinem Arm. »Herr Merlin«, fing Pelleas an, »was ist dir?« Seine Stimme war so zärtlich wie die einer Mutter bei einem fiebernden Kind. »Was hast du gesehen?«

Vor uns stieg aus Custennins Burg Rauch auf, und der Wind trug uns aus der Ferne Geschrei zu. Ich hob die Zügel in meiner Hand und trieb mein Roß an. »Herr Merlin?« fragte Pelleas, doch ich gab keine Antwort. Ich konnte nicht sprechen; und was hätte ich ihm schon zu erwidern vermocht?

Die Barbaren, die wir auf der Straße niedergekämpft hatten, waren auf dem Rückweg zur Bewachung der Furt gewesen – vielleicht um einen Hinterhalt für alle zu legen, die des Weges kamen, und sie daran zu hindern, Custennin zu Hilfe zu eilen. Ihre Hauptmacht hatte zum Angriff auf Goddeu geblasen.

Als meine Kriegerschar das zu begreifen begann, war ich schon fort; mein Pferd donnerte den Hang zum See hinunter, der zwischen uns und Custennins Holzsälen lag. Wie zuvor bewegte mein Körper sich aus eigenem Antrieb. Von dem, was ich tat, wußte ich nichts – nur so viel, wie ein Mann an einem Fremden beobachtet.

Ich war als erster auf der Walstatt und warf mich mitten ins Getümmel. Wenn ich überhaupt einen Gedanken faßte, dann den, daß eine der verhaßten Sachsenäxte rasch mein Herz finden sollte.

Sie hatten die ersten Gebäude, auf die sie gestoßen waren, in Brand gesteckt. Schwarz und dick schlängelte sich Rauch durch die Luft. Tot am Boden lagen viele aus dem Feenvolk, größtenteils Frauen, die dabei überrascht worden waren, wie sie sich im Saal in Sicherheit bringen wollten. Ich streckte sechs Feinde nieder, ehe sie wußten, wie ihnen geschah, und fünf weitere Sachsen starben, ehe sie das Schwert gegen mich erheben konnten.

Alles in allem war es eine Bande von vierzig Mann; und mit meinen dreißig und denen von Custennins Männern, die nicht mit Gwendolau auf der Jagd fort waren, waren wir den Feinden spielend überlegen und machten kurzen Prozeß mit ihnen.

Eigentlich war es vorbei, ehe es noch angefangen hatte. Meine Männer waren abgesessen, säuberten ihre Waffen und suchten unter den Toten nach Verwundeten, fingen an, den Schaden abzuschätzen und die Verluste zu zählen, als wir Pferde in den Ort stürmen hörten.

Gwendolau und seine Jagdgesellschaft hatten den Rauch gesehen und waren in Windeseile herbeigestürmt, um ihre Herde zu verteidigen. Sie kamen herangebraust wie ein Orkan, Gwendolau mit Baram neben sich an ihrer Spitze. Er erfaßte die Lage vor sich, noch als er sein Pferd zügelte. Erst blickte er auf seinen Vater – der, die Hand am Halsband eines seiner Hunde, dastand und das Tier davon abzuhalten suchte, sich weiter an dem entkehlten Leichnam vor ihm zu vergreifen –, und dann erblickte er mich.

»Myrddin! Du ...«, fing er an. Das rasche, erleichterte Lächeln verblaßte, als ihm das Ausmaß dessen, was er sah, klarwurde. Noch nicht einmal Custennin hatte es erraten. »Nein!« schrie er und erschreckte die Umstehenden abermals. »Ganieda!«

Er rannte zu mir und ergriff den Zügelriemen. »Myrddin, sie wollte dir entgegengehen! Sie war so glücklich, sie ...« Er wandte seine angsterfüllten Augen dem Weg zu, auf dem wir gekommen waren, wohl in der Hoffnung, sie sicher hinter uns heimkommen zu sehen, und zugleich im Wissen, daß sie nicht kommen würde.

Fragend sah er mich an, doch ich saß stumm vor ihm, dem Bruder meiner Geliebten, der ebenso mir ein Bruder war.

Da trat Custennin vor. Ob er ebenfalls wußte, was seiner Tochter zugestoßen war, werde ich nie erfahren. Denn im selben Moment hörten wir ein Geräusch, daß es uns kalt den Rücken hinablief: ein leises, dröhnendes Horn, wie ein Jagdhorn, aber tiefer, gemeiner, grausamer, röhrender, geschaffen, bei denen, die es hören mußten, Schrecken und Verzweiflung zu stiften. Ich vernahm es zwar zum erstenmal – doch nicht zum letztenmal, lieber Gott im Himmel, nicht zum letztenmal –, aber obwohl ich es noch nie gehört hatte, wußte ich nur zu gut, was es war ...

Das große Schlachthorn der sächsischen Kriegsmeute.

Wir fünfzig drehten uns wie ein Mann um und sahen unser Verhängnis den Hügel herab auf uns zustürmen: eine riesige sächsische Kriegsmeute, fünfhundert Mann stark!

Johlend rannten sie in die Schlacht. Ich schwöre, daß unter ihren donnernden Schritten der Boden bebte! Einige der jüngeren Krieger hatten noch nie zuvor Sachsen in voller Kampfaufstellung erlebt – sie waren damals noch recht selten –, und sie sahen die halbnackten, furchtlosen Barbaren auf uns zufliegen: ihre Kriegsäxte blinkten grausam im harten Licht, ihre kräftigen Beine rasten, rasten wie der Tod zu unserer Umarmung, ihre langen weizenblonden Zöpfe flatterten hinter ihnen.

An jenem Tag hörte ich mehr als einen Mann seine Geburt verfluchen und sich auf den Tod vorbereiten, als er den greulichen Anblick gewärtigte.

Wir waren zehn zu eins unterlegen – um sich das auszurechnen, brauchte man kein Gelehrter zu sein! Doch wir waren beritten. Und ein schlachterprobtes Roß ist beim Kampf ein unschätzbarer Vorteil, vor allem gegen Sachsen und ihresgleichen, die nur zu Fuß kämpfen.

Die Furcht, die beim Anblick des Feindes alle empfunden hatten, fiel von uns ab, die Männer saßen auf und bereiteten sich auf den Angriff vor. Gwendolau rief mich, aber ich antwortete nicht, denn ich spornte bereits mein Pferd an. Ich wollte dem ganzen Sachsenheer allein gegenübertreten.

Die Meinen riefen mir zu, mein Pferd zu zügeln, stehenzubleiben und zu warten – und dann übernahm Gwendolau den Befehl und bereitete die Abwehr vor, indem er unsere Gruppe in zwei teilte, um die Woge der Feinde zu zersplittern. Unsere einzige Hoffnung lag darin, ihre Schlachtreihe zu durchbrechen – einmal einzudringen und dann wieder und wieder, sie zu ermüden, so viele niederzustrecken, wie wir auf einmal konnten, jedoch nie zuzulassen, daß sie sich um uns schlossen. Wir waren zu wenige, und sie waren zu viele – einen Schlachtkessel hätten wir nicht überstanden.

Ich selbst hatte überhaupt keine Hoffnung. Ich hatte keinen Plan, keinen Willen, außer zu reiten, zu kämpfen und zu töten, so viele von den Mördern meiner Geliebten zu erschlagen, wie ich konnte, ehe ich selbst erschlagen würde. Ich sage dir, auf mein Leben kam es mir nicht an, es kam mir nicht darauf an, weiterhin die Luft dieser Welt zu atmen, wenn meine Ganieda nicht mehr am Leben war.

Herr Tod! Du hast mein Herz und meine Seele gefällt, fälle auch mich!

Der Wind pfiff, wo ich mit erhobener Schneide vorbeirauschte. Die eisenbeschlagenen Hufe meines Rosses gruben sich in den weichen Boden, daß die Erde himmelwärts spritzte. Mein Umhang wehte hinter mir her wie ein großer Flügel, und ich schrie …

Ja, ich schrie gegen die Ausgeburt der Hölle vor mir, mit furchterregender, gräßlicher Stimme, und zerriß den Himmel mit meinem Schrei:

Erde und Himmel seid meine Zeugen!
Ich bin ein Mann, seht, wie ich sterbe!
Seht, wie mein Schwert sich Bahn bricht, Blitze schleudernd!
Seht, wie mein Schild funkelt, wie die Sonne am Mittag!
Seht, wie mein Arm zornig Gerechtigkeit übt!

Macht eure Gräber bereit, Feinde!
Öffnet weit euren unersättlichen Schlund, damit ich ihn euch
stopfen kann!
Sammle deine Dunstschleier und Wolken, Himmel!
Webe deinen finsteren Dampf zu einem Leichentuch für die
Toten, die ich dir bringe!
Höre und gehorche! Ich, Myrddin Emrys, befehle es dir!

Ich schrie, und mein Schrei war entsetzlich anzuhören. Ich lachte, und mein Lachen war noch entsetzlicher.

Allein flog ich dem Sachsenheer entgegen. Allein raste ich auf es zu, meines Verstandes und Gefühls beraubt …

Wahnsinnig.

Vor mir drohte die hohe Pferdeschwanzstandarte, welche die Sachsen in die Schlacht trugen: ein Kreuz auf einem Pfahl mit einem Wolfsschädel an beiden Enden des Querbalkens und einem Menschenschädel in der Mitte, alle drei mit schwarzen und roten Pferdeschwänzen als Fransen. Mit der Spitze meines Schwertes hielt ich geradewegs auf das Ding zu.

Ich weiß nicht, was ich mir dabei dachte oder vorhatte. Doch die Wucht meines Angriffs war so stark, daß die ersten Feinde, als ich die Schlachtlinie erreichte, unter den mahlenden Hufen meines Rosses einfach weggefegt wurden und ich in ihre Mitte getragen wurde, wo ich es auf die Standarte abgesehen hatte. Der Standartenträger, ein großer, kräftiger Anführer, wich seitlich aus. Meine Schneide kam auf die richtige Höhe und spaltete mit dem Schwung meiner Attacke den festen Pfahl glatt entzwei, als wäre er trockenes Schilf.

Der sächsische Schlachtenführer – ein riesiges Untier mit hellgelben Haaren, die ihm in langen Flechten von den Schläfen hingen – stand starr vor Staunen mit seiner Leibgarde unter der Standarte, als diese fiel wie ein Stein. Das Wutgeschrei drang als leises, fernes Geräusch an mein Ohr, denn ich war wieder in den unheimlichen Zustand getreten, in dem die Bewegungen anderer träge und langsam waren wie die von halb schlafenden Männern.

Das rasende, stürmende Heer wurde zu einer massigen Walze, trampelnd und schwerfällig, ohne Tempo oder Behendigkeit, von träger Unbeholfenheit. Abermals wurde ich wie in der Schlacht von Maridunum unsichtbar und teilte mit jedem wohlgezielten Schlag Tod aus, streckte mit mühelosen Hieben mächtige Krieger nieder – die tödliche Anmut meiner Bewegungen war vollkommen.

Der Schlachtlärm erreichte meine Ohren wie Wasser, das weit weg ans Ufer brandet. Ich bewegte mich mit sicherer Anmut, haute kühn und rachsüchtig um mich, mein Schwert war zum Leben erwacht – ein rot strömender Drache, der Verhängnis spie.

Die Feinde fielen vor mir. Ich schlug eine Bresche durch ihre geschlossenen Reihen, als wäre ich die Sichel und sie wären das Korn, das zur Ernte bereitstand. Ich hieb zu und zu, und mit jedem Stoß fällte der Tod sein Urteil.

Um mich herum tobte die Schlacht. Gwendolau war es mit seiner Attacke beim erstenmal gelungen, einen Keil in den Feind zu treiben, doch der zweite Angriff brach in sich zusammen. Es waren einfach zu viele Sachsen gegen uns, und wir waren zu wenige Reiter. Selbst wenn man mit jedem Schlag einen Feind niederstreckte, wie meine Männer es taten, sprangen zwei weitere Barbaren auf, um einen aus dem Sattel zu zerren, ehe das Schwert sich von dem toten Gewicht befreit hatte.

Für diejenigen, die mir am nächsten waren, tat ich mein möglichstes, aber mein Sturmangriff hatte mich mitten ins sächsische Heer getragen, außer Reichweite der meisten meiner Schar.

Überall um mich sah ich, wie gute Männer vom Pferd gerissen und von den bösartigen Äxten zu Tode gehackt wurden. Dagegen konnte ich nichts tun.

Plötzlich ragte der Feldherr, ein hellhaariger Riese, mit einem enormen Hammer vor mir auf. Geifernd vor Wut bellte er mir seine Herausforderung entgegen, pflanzte sich auf und schwang den Hammer, daß die sehnigen Schultern und Arme sich vor Anstrengung wölbten. Er stand da wie eine Eiche, als ich mein Pferd auf ihn zuhetzte. In seinem gelben Haar funkelte der Sonnenschein, seine blauen Augen waren klar und furchtlos, höhnten meiner, von dem Hammer in seiner Hand troffen das Blut und Gehirn der Schädel, die er zertrümmert hatte.

Ich toste auf ihn zu und wartete, bis er den Hammer zum tödlichen Schlag in die Höhe schwang. Mein erster Streich riß ihn unten an seinem ungeschützten Bauch auf.

Ein schwächerer Mann wäre gefallen, aber der goldene Riese hielt stand und ließ den Hammer mit solcher Kraft niedersausen, daß seine Wunde aufplatzte. Blut und Eingeweide schossen hervor, daß mir bei ihrem Anblick das Herz lachte.

Der Hammer flog weit; und als seine Hände seinen Bauch umklammerten, stach ich ihm mit meiner Schwertspitze durch die Kehle. Ich riß die Schneide los, lachte, lachte, brüllte vor Lachen.

Ich hatte den Sachsenführer erschlagen! Er hatte mir Weib und ungeborenes Kind ermordet, und ich hatte das große Ungeheuer mit einem Kindertrick gefällt. Es war einfach zu grotesk für Worte. Ich weinte vor Lachen, bis ich die Tränen in meinem Mund schmeckte.

Als ihr Kriegsherr zu Boden ging, gerieten die Barbaren in Verwirrung. Zwar hatten sie ihren Führer verloren, doch nicht ihren Mut. Und ihre kaltblütige Rücksichtslosigkeit ebenfalls nicht. Noch immer fochten sie mit verrückter Beherztheit. Eher noch entfachte der Verlust ihres Hauptmannes sie zu größerer, erbarmungsloserer Kühnheit. Jetzt kämpften sie um die Ehre, ihren Schlachtenführer nach Walhall zu begleiten, der großen Halle der Krieger in ihrer elenden Anderswelt.

So sei es. Ich verhalf so vielen wie möglich zu dieser Auszeichnung.

Doch meine Schwertbrüder waren nicht so glücklich. Zu viele

von ihnen wurden an jenem Tage niedergemacht. Ich weiß noch, daß ich mich umwandte, als die Schlacht einen Augenblick von mir wegebbte, über das Schlachtfeld blickte und nur noch eine kleine Handvoll meiner tapferen Kriegerschar sah, die noch gegen den Feind standhielt. So wenige … und sie waren alles, was mir noch blieb.

Ich versuchte, zu ihnen zu reiten, doch die Lücke schloß sich wieder, und sie waren verloren. Das war das letzte, was ich lebend von ihnen sah.

Da überkam mich ein grauenhafter Ernst – eine mörderische Wut. Mit meiner ganzen Kraft haute und stach ich, als würde mir das Herz zerspringen. Ich tötete und tötete wieder. Ich fürchtete schon, daß es nicht genügend Feinde wären, um meinen Blutdurst zu stillen. Ich schaute um mich, und jetzt waren mehr von ihnen tot als noch am Leben, und ich verzweifelte.

»Hier bin ich! Hier ist Merlin, nehmt mich!«

Meine Stimme war die einzige auf der Walstatt. Die Barbaren starrten mich mit dummen Kuhaugen an, verstummt angesichts meiner gerechten Wut, und die Kräfte verließen sie.

»Kommt her!« schrie ich. »Ihr, die ihr euch am Tod erfreut! Kommt her zu mir! Ich werde euch mit Ruhm bedecken! Ich werde euer Herz entzücken! Solch einen herrlichen Tod werde ich euch schenken! Kommt! Empfangt das Schicksal, das ihr verdient!«

Mit großen Glotzaugen blickten sie einander an. So um die siebzig Überlebende mußten mir gegenüberstehen. Ach, der Kampf war grausam gewesen.

Aber ich glühte, Annwas. Ich glühte vor wildem, gerechtem Feuer, und der Feind jammerte bei meinem Anblick. Sein Mut verebbte wie Wasser.

Die Sachsen standen da und glotzten, als ich mein Schwert erhob und den Himmel zum Zeugen ihrer Vernichtung anrief. Dann gab ich meinem Roß die Sporen, und das feurige Tier gehorchte: Obwohl es den Kopf hängen ließ und aus seinen Nüstern Blut rann, hob es die Hufe und schoß geradewegs auf die Feinde zu.

Die Sonne selbst war düster im Vergleich zum Schein meiner Schneide, als ich auf sie einhieb und -hackte. Siebzig Mann, und keiner vermochte die Axt gegen mich zu erheben. Sie stürzten wie gefällte Eichen, ihre Wunden umklammernd und schreiend gingen sie hinab in des Todes dunkle Höhle.

Das Blut durchtränkte den Boden unter ihren Füßen und färbte den Rasen weinrot. Sie vermochten nicht um ihr Blut zu streiten. Ich spaltete sie mit meinem Schwert und hieb ihre ungeschützten Köpfe vom Scheitel bis zum Kinn entzwei. Tot fielen sie auf die blutdurchweichte Erde.

Das Gemetzel war grauenerregend.

Am Ende warfen die paar, die noch lebten, ihre Waffen hin, machten kehrt und flohen. Ich ritt sie von hinten nieder, galoppierte über ihre stolpernden Körper, fiel immer wieder über sie her, bis keiner von ihnen mehr übrig war.

Dann war es vorbei. Ich saß im Sattel und blickte über das gräßliche Blutbad. Der Boden war dicht mit Sachsen übersät, und ich schrie ihnen zu:

»Steht auf! Steht auf, ihr Toten! Ergreift eure Waffen! Erhebt euch und kämpft!« Ich verhöhnte sie. Ich forderte sie heraus. Noch im Tod schrie ich sie an und verfluchte sie.

Doch es gab niemanden mehr, der meinen Spott hätte hören können.

Fünfhundert Sachsen lagen leblos auf dem Feld, und es war noch nicht genug. Mein Gram, meine Wut brannten noch immer in mir. Ganieda war tot und mit ihr unser Kind und Gwendolau, Custennin, Baram, Pelleas, Balach und all die tapferen Männer meiner Kriegerschar – all die flinken, strahlenden Männer mit schlagenden Herzen und atmenden Lungen, die für die Liebe und das Licht lebten, waren jetzt erstarrende Leichen. Meine Freunde, mein Weib, meine Brüder waren tot, und der Blutzoll, den ich an jenem Tag forderte, vermochte, so mächtig er war, die Schuld nicht zu sühnen.

Ach, Annwas, geflügelter Bote, ich selbst schlachtete Hunderte dahin. Hunderte, hast du gehört? … *Hunderte …*

Und es war noch nicht genug!

Ich blickte auf das Schlachtfeld, das in der Mittagshitze flimmerte. So reglos … so reglos … und still – außer dem Krächzen der kreisenden Vögel; denn schon sammelten sich die Aaskrähen und pickten den Toten die Augen aus. Daran erkannte ich die nackte Wirklichkeit des Krieges: Alle Menschen, Freund und Feind zugleich, werden den Aastieren zum Fraß.

Ich sah den Tod durch die gefallenen Leichen ziehen, sich die fleischlosen Hände reiben und ein lippenloses Grinsen aufsetzen, als er auf mein herrliches Werk blickte. Er grüßte mich.

Gut gemacht, Myrddin. Solch reichliche Ernte. Ich bin erfreut, mein Sohn.

Mein Entsetzen war nicht mehr zu halten. Vor meinen Augen stieg dunkler Nebel auf; die Stimmen der Toten erfüllten meine Ohren mit klagendem Geschrei. Die blutige Erde spottete meiner; Himmel und Sonne johlten. Der Wind lachte. Ich floh die Walstatt und suchte Zuflucht im tiefen, schwarzen Herzen von Celyddon. Ich floh in die namenlosen Hügel, zu den felsigen Bergen, zu diesem kahlen Vorsprung mit seiner Höhle und seinem Quell.

Und hier, Annwas, hier ist Myrddin Wylts Königreich. Hier habe ich gehaust und werde ich immer hausen.

Tod! Du hast alle anderen weggerafft, warum nicht auch mich?

XIII

Ich hob den Kopf und schaute auf die nachterfüllten Täler hinaus. Das Gewitter war vorüber, und die Sterne schienen hell. Die Luft duftete nach Kiefern und Heidekraut, und aus dem Wald unter uns erklang das Jagdgebell eines Wolfes – ein einziger kurzer Ruf in der Dunkelheit.

Zu meinen Füßen spitzte die Wölfin die Ohren; ihre goldenen Augen flackerten zu meinen auf, aber sie rührte sich nicht. Das Feuerchen, das Annwas entfacht hatte, brannte noch immer; der Topf sprudelte, und die Brote waren fertig. Er saß da und beobachtete mich, das Gesicht kummervoll und friedlich.

»Haßt du mich jetzt, Annwas?« fragte ich in der Stille des knisternden Feuers. »Da du jetzt weißt, was ich getan habe – verabscheust du mich darob?«

Er antwortete nicht, sondern nahm eine Schüssel, schöpfte Eintopf hinein und reichte sie mir dar. »Ich kann keinen Menschen hassen«, erwiderte er sanft und hielt mir die Schüssel hin. »Und jetzt ist nicht die Zeit zum Richten.« Er brach einen der kleinen Laibe entzwei, die er gebacken hatte, und reichte mir ein Stück.

Schweigend aßen wir beide. Das Mahl war gut, und ich fühlte mich besser. Das Feuer wärmte mich, der Eintopf machte mich bald schläfrig – wie lange hatte ich kein Fleisch mehr im Magen gehabt? Ich tunkte den Rest meiner Brühe mit dem Brot auf und stopfte es mir in den Mund. Dann stellte ich die Schüssel beiseite und zog meinen Umhang um mich.

»Schlafe jetzt, Myrddin«, sagte Annwas. »Schlafe gut.«

Es kam mir nur wie ein Augenblick vor, doch als ich die Augen aufschlug, stand die neu erstrahlte Sonne am Himmel, und der Lerchensang regnete golden herab. Annwas' Feuer loderte hell, und er hatte mir in dem Topf Wasser zum Trinken gebracht.

»Du bist also immer noch hier«, bemerkte ich, als ich mir Wasser in meine Schale goß und sie an den Mund führte.

»Das bin ich«, nickte er.

»Ich gehe nicht mit dir zurück«, sagte ich ohne Umschweife.

»Die Entscheidung liegt bei dir, Myrddin.«

»Dann verschwendest du deine Zeit. Ich verlasse diesen Ort nicht.«

»Wie du gesagt hast. Aber ich sage dir ja, daß ich nicht gekommen bin, um dich von hier fortzuführen.«

Was wollte er von mir? »Warum bist du dann gekommen?«

»Um dich zu retten, Myrddin.«

»Sehe ich so aus, als bedürfte ich der Rettung?«

»Dein Werk ist noch nicht vollendet«, erwiderte er. »In der Menschenwelt gehen die Dinge weiter, und die Finsternis bedeckt fast alles. Sie hat schon beinahe diese Küsten erreicht. Ja, die große Finsternis, vor welcher die Menschen sich gefürchtet haben, ist da. Sie hat auf der Insel der Mächtigen Fuß gefaßt.«

Ich starrte ihn an, denn seine Worte wühlten in mir mehr auf, als mir lieb war.

»Ich sage dir nur, wie es ist.« Annwas reichte mir eine Hälfte des zweiten Brotlaibs, den er am Abend zuvor gebacken hatte. »Was du damit anfängst, ist deine Sache.«

»Wer bist du, Annwas Adeniawc? Warum bist du zu mir gekommen?«

Er lächelte sanft. »Ich habe es dir gesagt, Myrddin. Ich bin dein Freund.«

Dann erhob er sich und trat zum Eingang der Höhle. »Komm nun mit mir.«

»Wohin?« fragte ich argwöhnisch.

»Unten im Tal fließt ein Bach...«

»Und?«

»Dort müssen wir hin.«

Mehr sagte er nicht. Er drehte sich um und ging den Pfad hinab. Ich sah ihm einen Moment nach und entschied mich dann, nicht zu gehen. Aber er blieb stehen, drehte sich um und winkte mir. Ich stand auf und folgte ihm.

Der Bach war nicht breit, aber vom Regen der vergangenen Nacht angeschwollen, und um die Felsblöcke herum standen tiefe Pfützen. In eine dieser Pfützen führte Annwas mich. »Lege deinen Umhang ab, Myrddin«, wies er mich an, als er ins Wasser stieg, »und deine Kleidung.«

Meine Kleidung, wie er es großzügigerweise nannte, bestand aus nicht viel mehr als einem dreckverkrusteten Lendentuch. Ich schüttelte es ab. »Ich bin bereits getauft«, sagte ich.

»Das weiß ich«, erwiderte Annwas und streckte seine Hand nach mir aus. »Ich will dich nur waschen.«

»Ich kann mich selbst waschen«, wich ich zurück.

»Schon gut, schon gut, das weiß ich. Doch komm, laß es mich dies eine Mal für dich tun.«

Ich stieg in das kalte Wasser. Mein Fleisch prickelte, und ich fing zu schlottern an. Annwas zog mich an der Hand, bis ich ihm gegenüberstand. Mit der Schüssel in seiner Hand schöpfte er Wasser und goß es über mich. Dann holte er ein Stück Seife heraus – von der harten, gelben Art, wie die alten Kelten sie für den ganzen Klan in großen Blöcken zu machten pflegten, daß jeder Haushalt sich abschaben konnte, was er brauchte. Er begann mich zu waschen.

Er wusch mir die Arme und die Brust und drehte mich dann um, um mir den Rücken zu schrubben. »Setz dich hin«, befahl er mir, und ich setzte mich auf einen Felsen, wo er mir meine Beine und das eklige, verfilzte Haupt und Barthaar wusch.

All dies tat er flink und fröhlich, als wäre es die größte Erfüllung seines Lebens. Ich erlaubte es ihm, während ich dachte, daß es merkwürdig sei, so gewaschen zu werden – ich, ein erwachsener Mann, der von einem anderen Erwachsenen gewaschen wurde.

Doch ich hatte kein merkwürdiges Gefühl dabei. Ich fühlte mich getröstet; ich hatte sogar das Gefühl, daß es richtig war. So, stellte ich mir vor, kamen die Kaiser im Osten auf ihren Thron.

Ach, es war schön, wieder sauber zu sein. Sauber! Wie lange war das her? Wie lange?

Er wusch mir das Haar. Und zu meiner Überraschung – obwohl mich bei Annwas inzwischen nichts mehr hätte überraschen sollen – zog er eine Schere und Rasiergerät nach griechischer Art heraus. Er kniete vor mir im Wasser und machte sich daran, mich zu rasieren. Erst schnitt er die verfilzten Locken kurz, dann schabte er mit der scharfen Klinge die Haut glatt.

Zum Abschluß goß er mit der Schale Wasser über mich und sprach: »Steh auf, Myrddin, und gehe dem Tag entgegen.«

Da stand ich, und das Wasser strömte von mir, daß ich das

Siechtum der ganzen kranken Jahre, die Jahre voller Nichtsnutzigkeit, Gram und Tod fortfließen spürte. Da stand ich, und die kranke Haut fiel von mir ab, und ich war wieder sauber, sauber und bei klarem Verstand.

Ich stieg aus der Felspfütze und hob meinen Umhang auf, wenngleich mir ekelte, das schmutzige Ding wieder anzuziehen.

Das hatte Annwas vorausgesehen. »Laß den Umhang, wo er liegt. Du wirst ihn nicht brauchen.«

Nun, vielleicht hatte er recht. Die Sonne schien hell und warm – doch so würde es nicht immer sein. Des Nachts war es in den Bergen kalt; dann würde ich ihn brauchen. Abermals bückte ich mich, um ihn aufzuheben. »Laß nur«, sagte er.

Und dann drehte er sich um und zeigte den Pfad hinab. »Schau«, sagte er, »da kommt einer, der wird dich in Gewänder kleiden, die deinem Range angemessen sind.«

Ich blickte in die Richtung, in die er zeigte, und, der Himmel steh mir bei, da sah ich eine einsame Gestalt sich den Weg heraufmühen. Sie führte zwei Pferde am Zügel.

»Wer ist das?« fragte ich Annwas, der sich hinter mich gestellt hatte.

»Jemand, dessen Liebe dich weiter gebracht hat, als du ermessen kannst.« Seine Worte brannten sich mir ins Herz, doch sein Blick verurteilte mich nicht. »Er kommt, und ich muß gehen.«

»Bleibe, Freund.« Ich legte ihm die Hand auf den Arm.

»Ich habe erfüllt, was zu erfüllen ich gekommen war.«

»Sehen wir uns wieder?«

Einen Moment legte er den Kopf zur Seite, als würde er mich abschätzen. »Nein, das wird wohl nicht nötig sein.«

»Bleibe«, beharrte ich. »Bitte bleibe.«

»Myrddin«, sagte er sanft und drückte mir fest die Hand, »ich bin immer bei dir gewesen.«

Eines der Pferde unten auf dem Pfad wieherte. Ich drehte mich um und sah, daß der Mann ein ganzes Stück näher gekommen war. Seine Gestalt kam mir vertraut vor. Wer mochte das sein? Ich trat einen Schritt vor.

»Leb wohl, Myrddin«, rief Annwas, und als ich mich zu ihm umwandte, war er verschwunden.

»Leb wohl, Annwas Adeniawc, bis wir uns wiedersehen«, rief ich und setzte mich dann auf den Felsen nieder, um zu warten, bis mein Besucher sich mir vorstellte.

XIV

Ich brauchte nicht lang zu warten, denn der Mann folgte dem Pfad durch das Unterholz geradewegs auf den Bach zu, wo ich auf meinem Felsen saß. Er sah mich nicht, sondern hatte die Augen noch immer zu der Höhle weiter oben erhoben, wo er mich zu finden hoffte.

Ich hätte ihn erkennen müssen, tat es aber nicht. Er kämpfte sich den Pfad herauf, und als er am Bach Rast machte, stand ich auf – und erschreckte ihn damit gewaltig: Bei Sonnenaufgang auf einem Felsen einen nackten Mann anzutreffen, hatte er nicht erwartet.

»Sei gegrüßt, Freund«, rief ich im Aufstehen. »Vergib mir, daß ich dich erschreckt habe. Es lag nicht in meiner Absicht.«

»Oh!« rief er leise, als er zurücksprang wie vor einer Schlange. Doch sofort änderte sich seine Miene. Da erkannte ich ihn, konnte es aber nicht gleich glauben. Und er erkannte mich: »Mein Herr Merlin!«

Er ließ die Zügel los und sank auf die Knie; Tränen strömten ihm aus den Augen. Als er seine Hände nach mir ausstreckte, zitterten sie, und er grinste wie einer, der vor Entzücken wahnsinnig ist. »Ach, mein Herr Merlin, ich habe nicht zu hoffen gewagt ...«

Zögernd trat ich auf ihn zu. »Pelleas?«

»Mein Herr ...« Glückliche Tränen rannen ihm das Gesicht hinab. Er umklammerte meine Hand und drückte sie an sich, sein Körper schauderte vor Aufregung.

»Pelleas?« Ich konnte es noch immer nicht glauben. »Pelleas, bist du wirklich da?«

»Ich bin da, Meister. Pelleas ist da. Endlich habe ich dich gefunden!«

Da überlief mich ein kalter Schauder, und er kam ein wenig zu sich selbst, wenngleich er noch verzückt war. Er sprang auf, rannte zu den Pferden, die ein Stück weggestreunt waren, langte in die Satteltasche des zweiten Pferdes und zog ein buntes Bündel heraus. »Dir ist kalt«, sagte er, »aber damit wird dir warm werden.« Er wickelte das Bündel auf und fing an, Kleider auf dem Felsblock auszubreiten.

Ich legte eine feingewirkte gelbe Tunika und eine schwarzblau karierte Hose an. Dann setzte ich mich hin, zog mir die weichen braunen Lederstiefel über und schnürte sie mir am Knie. Als ich wieder aufstand, hielt Pelleas mir einen tiefblauen Umhang hin, der an den Rändern rundum mit Wolfspelz gefüttert war. Es war ein königlicher Umhang; tatsächlich war es mein eigener umgenähter Umhang – mein altes Wolfsfell vom Bergvolk, neugesäumt.

Ich warf ihn mir um die Schultern, und er trat mit einer Fibel in der Hand vor mich, deren Schmuckbild ich erkannte: zwei einander gegenüberstehende Hirsche mit verschlungenen Geweihen, die einander mit ihren Rubinaugen feurig anblickten. Die Fibel hatte Taliesin gehört. Sie hatte sich unter den Schätzen befunden, die Charis in ihrer Holztruhe in Ynys Avallach aufbewahrte.

Pelleas bemerkte meinen verwunderten Blick, als er mir den Umhang zusammenschloß. »Deine Mutter schickt dir dies mit ihren Grüßen.«

Mit einemmal wollte ich so viele Dinge wissen, hatte ich so viele Fragen zu stellen. Ich fragte nach dem ersten, was mir in den Sinn kam: »Pelleas, woher hast du nur gewußt, wo du mich finden kannst?«

»Ich habe es nicht gewußt, mein Herr«, erwiderte er schlicht; er schloß die Fibel und trat zurück. »Da, nun bist du wieder ein König.«

»Willst du damit sagen ...« Ich starrte ihn an. »Willst du damit sagen, du hast mich die ganze Zeit über gesucht ... all die vielen Jahre über? Es waren doch Jahre, oder? Natürlich, man braucht dich ja nur anzusehen, Pelleas, du bist jetzt ein erwachsener Mann. Ich ... Pelleas, sage mir: Wie lange ist es her? Wie lange bin ich fort gewesen?«

»Du warst eine recht lange Zeit weg, Herr, viele Jahre.«

»Sehr viele?«

»Ja, Herr, sehr viele.«

»Wie viele?«

Er zuckte die Achseln. »Nicht so viele, als daß der Name von Myrddin Emrys im Lande nicht mehr bekannt wäre und verehrt würde. Im Gegenteil hat dein Ruhm sich gar wundersam vermehrt. Auf der Insel der Mächtigen gibt es nicht einen Winkel, wo man dich nicht kennt und fürchtet.« Abermals sank er auf die Knie. »Oh, Merlin, mein Meister, wie froh ich bin, dich endlich gefunden zu haben ...«

»Wie du gesucht haben mußt – hast du die Suche denn nie aufgegeben?«

»Bis zu diesem Augenblick niemals. Und wenn ich dich nun gerade nicht gefunden hätte, würde ich weitersuchen.«

Solche Hingabe versetzte mich in ehrfürchtiges Staunen und beschämte mich. Ich wandte mich von ihm ab. »Ich bin deines Opfers nicht würdig, Pelleas. Gott allein ist solcher Hingabe wert.«

»Wenn einer sich um seinen Nächsten sorgt, sorgt er sich dann nicht auch um Gott?«

Aus diesen Worten sprach ein gewisser Priester. »Hast du Bruder Dafyd gelauscht?«

»Bischof Dafyd«, sagte er lächelnd.

»Bischof ist er jetzt? Erzähle, wie geht es ihm?«

»Gut«, erwiderte Pelleas. »Es geht ihm gut, er ist glücklich. Für sein Kloster läuft er sich die Füße wund, aber selbst Männer, die nur halb so alt sind, können nicht mit ihm Schritt halten. Sein Herz ist noch jung, und es geht ihm gut. Ja, er ist das Wunder des Reiches.«

»Und Maelwys? Geht es ihm auch gut?«

»Mein Herr, Maelwys ist zu seinen Vätern gegangen.«

Ich weiß nicht, welche Antwort ich erwartet hatte. Aber ich empfand Maelwys' Verlust schmerzlich, und mir wurde klar, was mein Fernsein von der Welt bedeutet hatte. »Und Elphin? Was ist mit Elphin?«

»Dasselbe. Vor vielen Jahren. Und die Herrin Rhonwyn auch.«

Du Tor! Was hast du dir eingebildet, hast hier oben in deinem Bau gelauert, das felsige Ödland durchstreift wie ein Gespenst? Wußtest du nicht, daß die Menschen die Jahre anders zählen, daß ihre Lebensspanne kürzer ist? Während du hier oben in deinem abscheulichen Elend hocktest und deinen gottlosen Gram nährtest, wurden deine Verwandten alt und starben.

»Ich verstehe«, sagte ich schließlich sehr traurig. Maelwys,

Elphin, Rhonwyn, alle waren sie nicht mehr. Und wie viele andere noch. Großes Licht, das habe ich nicht gewußt!

Pelleas war zu den Pferden gegangen und kam nun mit etwas zum Essen zurück. »Hast du Hunger? Ich habe Brot und Käse dabei, und ein wenig Met. Das wird dich aufheitern.«

»Essen wir gemeinsam«, sagte ich. »Nichts wäre mir lieber, als mein langes Fasten mit einem Freund zu beenden.«

Beim Essen berichtete er mir ein wenig von seiner Suche, die ihn in jeden Winkel von Celyddon geführt hatte. »Ich dachte, du bist tot«, sagte ich zu ihm, als er geendet hatte. »Ich habe sie alle tot liegen sehen – Custennin, Gwendolau, meine Kriegerschar ... Ganieda – alle tot, und du unter ihnen. Ich habe es nicht ertragen können. Barmherziger Vater, vergib mir, daß ich geflohen bin.«

»An jenem Tag sind so viele ums Leben gekommen«, sagte er ernst. »Doch nicht alle. Ich habe überlebt – und Custennin auch. Ich habe dich wegreiten sehen und dir sogar nachgerufen. Aber du hast mich nicht gehört. Schon damals«, sagte er, und sein Gesicht strahlte, »habe ich gewußt, daß ich dich eines Tages finden würde.«

»Du mußt dir sehr sicher gewesen sein. Sicher genug, um zwei Pferde mit dir zu führen.«

»Celyddon ist groß, Herr, aber ich habe die Hoffnung nie aufgegeben.«

»Dein Glaube ist belohnt worden. Auch ich würde dich belohnen, doch habe ich nichts. Und selbst wenn ich hundert Königreiche hätte, wäre mein Geschenk doch nichts im Vergleich zu deiner Treue, Pelleas. Hat ein Mann jemals einen solchen Freund besessen?«

Bedächtig schüttelte er den Kopf. »Ich habe meinen Lohn«, sagte er leise. »Ich verlange nichts anderes, als dir wieder dienen zu dürfen.«

Schweigend beendeten wir unser Mahl, dann stand ich auf und bürstete mir die Krümel von der Kleidung. Tief atmete ich die Gebirgsluft ein, und es war die Luft einer völlig veränderten Welt. Während ich mich in meiner Höhle versteckt hatte, war die Finsternis erstarkt. Nun mußte ich entdecken, wo das Licht noch brannte und wie hell.

Pelleas packte das übrige Essen ein und kam zu mir. »Wohin willst du gehen, Herr Merlin?«

»Das weiß ich nicht.« Ich drehte mich zu der Quelle und der Höhle am Berghang um. Der Ort wirkte nun kalt, verlassen und fremd. »Weilt Custennin noch in Celyddon?«

»Ja, Herr. Ich war zu Anfang des Frühlings bei ihm.«

»Und meine Mutter, ist sie noch in Dyfed?«

»Sie ist nach Ynys Avallach zurückgekehrt.«

»Ich verstehe. Und wie steht's mit Avallach?«

»Ihm geht es nicht schlecht. Doch wie immer wird er zuzeiten von seiner Wunde gequält.«

Ich drehte mich um und fragte scharf: »Wenn Charis in Ynys Avallach ist, wer herrscht dann in Dyfed?«

»Herr Tewdrig – ein Neffe von Maelwys.«

»Und in den Sommerlanden?«

»Ein Herr namens Elyvar«, entgegnete Pelleas und fügte zögernd hinzu, als würde er mir eine schlechte Nachricht mitteilen: »Aber es ist noch ein anderer über ihm. Er heißt Vortigern. Ja, dieser … dieser Mann – hat sich zum König über alle Fürsten in Britannien ausgerufen.«

»Ein Hochkönig.« Oh, Vortigern, ja. Ich habe dein Gesicht im Feuer geschaut. Ich habe den Schatten deines Kommens geschaut. Ja, und ich habe den Donner deines Falls gehört.

»Was ist denn, Herr?«

»Nichts, Pelleas. Vortigern herrscht über die Sommerlande, hast du gesagt.«

»Über Gwynedd, Rheged und Lloegres ebenfalls. Er ist höchst ehrgeizig, Herr, und herrscht unbarmherzig. Er macht vor nichts halt, um sich durchzusetzen.«

»Ich weiß über ihn Bescheid, Pelleas. Doch sorge dich nicht, seine Tage in diesem Land sind gezählt.«

»Herr?«

»Etwas, das ich gesehen habe, Pelleas.« Ich ließ meinen Blick ins Tal schweifen, wo sich die dunklen Laubkronen der Bäume um den Fuß des Gebirges drängten. Am Ufer des Baches ritten vier Männer zu uns her.

Das hätte mich überraschen sollen, da ich doch so viele Jahre lang allein gewesen war, aber ein Teil von mir erwartete sie wohl, denn als ich sie erblickte, wußte ich gleich, wer sie waren und zu welchem Behuf sie kamen. Ich wußte auch, wer sie zu mir geführt hat.

»Der Feind hat keine Zeit verschwendet«, sagte ich in Erinnerung an meinen ersten Besucher und seine feinen Schliche. Nun, ich hatte mich nicht hinters Licht führen lassen – so siech am Verstand und Herzen ich war, durch des Guten Gottes Gnade wurde ich nicht überlistet. Und jetzt war ich nicht länger irre. Ich war wieder heil und ganz.

Alter Feind, wüte, so schlimm du kannst! Ich, Myrddin Emrys, trotze dir!

Pelleas beobachtete die Reiter einen Moment lang. »Vielleicht sollten wir nun fort von hier, Meister.«

»Nein«, erwiderte ich. »Du hast gefragt, wohin wir ziehen. Ich glaube, diese Männer wollen uns auf unserem Weg begleiten.«

»Wohin?«

»Um ein Wunder in diesem Lande zu sehen – den Mann, der sich zu einem König aufgeworfen hat, der höher steht als alle anderen, seit es auf dieser Insel Könige gibt.«

»Vortigerns Männer! Mir ist niemand gefolgt, Herr Merlin! Das schwöre ich!«

»Nein, dir ist niemand gefolgt. Sie sind von einem anderen geschickt worden.«

»Noch haben wir Zeit – laß uns fliehen!«

»Warum denn, Pelleas, wir haben von diesen Männern nichts zu fürchten. Im übrigen möchte ich diesem Vortigern gern Auge in Auge gegenüberstehen. Einen Hochkönig habe ich noch nie gesehen.«

Pelleas schnitt eine Grimasse. »Er ist kein besonderer Anblick, heißt es. Und diejenigen, denen ihr Land und ihr Leben lieb ist, halten sich von ihm so fern wie möglich.«

»Dennoch will ich dem Mann meine Ehrerbietung zollen, der die Insel an meiner Statt verteidigt hat.«

Wir warteten, daß die Reiter sich mühsam den steilen Hang heraufkämpften; dadurch hatte ich Zeit, sie mir genau anzusehen. Es waren drei stämmige Krieger mit bronzenen Armbändern und Schilden aus Ochsenhaut, und noch ein anderer, dunklerer Mann, der, dem Eichenstab hinter seinem Sattel nach zu urteilen, Druide war. Obwohl es noch früh am Morgen war, wirkten alle abgespannt und müde von der Reise, ihre Saumtiere ließen vor Erschöpfung die Köpfe hängen. Ihr Auftrag mußte wichtig sein, nahm ich an; sie hatten auf dem Weg nicht gesäumt, sondern sich bemüht, mich rasch zu finden.

Als sie nah genug waren, grüßte ich sie und rief sie zu mir. »Heil, ihr Reisenden, der Herr des Waldes heißt euch willkommen!«

Daraufhin zügelten sie ihre Pferde und wechselten dann einen Moment lang leise murmelnd Blicke. »Wer bist du?« fragte knapp der vorderste Reiter, der Druide.

»Das wißt ihr bereits, denn ich habe es euch gesagt. Ebensogut könnte ich fragen, wer ihr seid, aber ich habe nicht die Gewohnheit, Fragen zu stellen, wenn ich die Antwort bereits kenne.«

»Du weißt, wer wir sind?« meinte einer der anderen und ritt vorsichtig ein paar Schritt näher.

»Jawohl«, erwiderte ich.

»Dann weißt du vielleicht auch, warum wir gekommen sind.« Er warf einen mißbilligenden Blick auf Pelleas an meiner Seite, als hätte Pelleas ihnen ihr Geheimnis verdorben.

»Ihr seid gekommen, um mich vor euren Herren zu führen, der Vortigern heißt und sich König nennt.« Diese Antwort gefiel ihnen nicht, aber sie traf zu, und sie fragten nicht nach, wie ich es meinte, denn ich hatte artig genug gesprochen.

»Wir sind gekommen«, entgegnete der Druide, »einen zu suchen, der Merlin Embries heißt.«

»Und ihr habt ihn gefunden«, erwiderte ich. »Er spricht mit euch.«

Der Druide wirkte nicht überzeugt. »Der Mann, den wir suchen, war bereits alt, als ich noch ein Kind war. Du kannst nicht Merlin sein.«

»Dann weißt du fürwahr nicht, wen du suchst.«

Darüber geriet er kurz in Verwirrung. »Es heißt, Merlin gehöre zum Feenvolk«, meinte der Reiter neben ihm. »Das wäre eine Erklärung.«

»Eure Pferde sind müde, und ihr fallt bald aus dem Sattel. Sitzt ab; gönnt euch und euren Tieren Ruhe. Eßt etwas und stärkt euch für euren Rückweg.«

Das brachte die Männer mehr als alles übrige aus der Fassung. Sie hatten geglaubt, mich mit Gewalt mitnehmen zu müssen; daß ich freiwillig mitgehen würde, war ihnen nie in den Sinn gekommen.

»Wir wollen dich mitnehmen«, warnte der zweite Reiter mich.

»Habe ich nicht schon gesagt, daß ich mitkomme? Ich wünsche mit eurem Herrn zu sprechen.«

Der Druide nickte und machte den anderen ein Zeichen zum Absitzen. Er schwang sich selbst aus dem Sattel und stellte sich vor mich. »Versuche nicht zu entfliehen. Ich bin Druide. Ich habe Macht. Deine Listen werden bei mir nicht fruchten.«

Ich lachte. »Von Macht würde ich nicht so ernst sprechen, Freund, denn ich weiß, woher deine Kraft rührt. Um die Wahrheit zu sagen, ich habe deinen Herrn geschaut und mich nicht von ihm überwältigen lassen. Und von dir lasse ich mich auch nicht überwältigen. Die Finsternis hat keine Macht über das Licht, und keine Macht auf Erden kann mich von der Stelle bewegen, wenn ich es nicht will. Ich gehe allein aus freien Stücken mit euch.«

Er runzelte die Stirn und bellte den anderen zu, sie sollten absatteln und ihre Rösser tränken. »Wir rasten hier eine Weile.«

»Hilf ihnen mit den Pferden, Pelleas. Ich muß mich verabschieden.« Ich drehte mich um und stieg wieder zu meiner Höhle hinan, um die Wölfin zu suchen.

Nun, die Wölfin wollte nicht so ohne weiteres zurückbleiben. Zuerst machte ich mir Sorgen wegen der Pferde, aber ich hätte mich nicht zu beunruhigen brauchen, denn als diese sie an meiner Seite sahen, hielten sie sie für ein Haustier und nahmen sie an wie einen Jagdhund.

»Nimm dieses Mördertier fort!« schrie einer der Reiter, sprang auf, zog das Schwert und hielt es vor sich – obwohl ich mir nicht vorstellen konnte, was für einen Schutz es ihm hätte bieten können.

»Sitz nieder«, sagte ich. »Schweig still. Sie tut dir nichts, wenn du sie nicht reizt. Und stecke deinen Dolch weg; wenn sie dir ans Leben wollte, würde nichts dich retten, am wenigsten deine kümmerliche Klinge.«

Der Mann starrte auf die goldenen Augen der Wölfin, dann auf meine. Mit der linken Hand machte er das Zeichen gegen das Böse und schimpfte vor sich hin. Ich hörte, was er sagte, und meinte: »Du hast nichts zu fürchten, Iddec.«

Doch seine Angst wich nicht, und er umklammerte den Dolch noch fester. »Woher weißt du meinen Namen?« keuchte er.

»Ich weiß viele Dinge«, entgegnete ich.

Einer der anderen Reiter hörte, was ich sagte, und kam, um die Wölfin einen Bogen schlagend, näher. »Dann weißt du, was wir vorhaben ...«, fing er an.

»Ja, Daned, ich weiß es.«

»Still jetzt!« rief der Druide. »Es ist eine List! Verrate ihm nichts!«

»Er weiß es!« rief Daned. »Wir können es nicht vor ihm verbergen.«

»Er weiß nichts, es sei denn, du verrätst es ihm!«

»Er hat mich bei meinem Namen genannt«, beharrte Iddec. »Uns beide – er kennt uns beide.«

Duach, der Druide, stürmte auf die Krieger zu. »Er hat euch belauscht. Ihr habt euch wahrscheinlich hundertmal beim Namen genannt, seit wir ihm begegnet sind.«

Unsicher sahen die beiden einander an. Murrend machten sie sich wieder ans Absatteln. Duach wandte sich mir zu. »Laß sie in Ruhe«, sagte er. »Sie mögen so töricht sein, dir deine Lügen zu glauben. Trotzdem werden sie dir glatt die Kehle durchschlitzen, wenn ich es ihnen befehle.«

Die Wölfin neben mir knurrte tief, und der Druide wich zurück. »Schick dieses Untier weg, wenn dir sein Leben lieb ist.«

»Erhebe nie wieder deine Stimme oder deine Hand gegen mich, Duach, wenn dir das deine lieb ist.«

Pelleas hatte dies alles schweigend mit angesehen und trat nun dazu. »Ihre Sitten gefallen mir nicht, Herr. Vielleicht wäre es ein Fehler, mit ihnen zu gehen.«

Ich legte ihm meine Hand auf die Schulter. »Keine Sorge, Pelleas. Mir geschieht nichts, was nicht vorbestimmt ist. Und wie ich sagte, gehen wir nicht mit ihnen, weil sie es wollen, sondern weil ich es wünsche.«

Er blieb zweiflerisch. Darum fügte ich hinzu: »Im übrigen ist es der schnellste Weg, den ich kenne, um der Welt kundzutun, daß Myrddin Emrys ins Land der Lebenden zurückgekehrt ist.«

XV

Vor langer Zeit war Vortigern, der mit dem roten Bart und den schmalen, wachen Augen, ein fähiger Feldherr gewesen. Jetzt saß er auf seinem stattlichen Thron, ein verbrauchter, alter Vielfraß; der Welt müde, elendig und krank vor Angst. Seine einst starken Schultern waren erschlafft, und sein Wanst wölbte sich unter dem reich gewirkten Gewand; die starken Kriegermuskeln waren zu Fleisch und Fett verlaufen.

In seinen Augen mit den dicken Tränensäcken lagen jedoch noch die Schläue und Tücke, die ihn so weit geführt hatten; und trotz all seiner Schwierigkeiten brachte er noch das Auftreten eines Königs auf, wie er von seinen Günstlingen und Söldnern umgeben in seinem großen Saal saß.

Mein erster Blick auf den Mann, der soviel Verderbnis über die Insel der Mächtigen gebracht hatte, änderte nicht viel an meiner Meinung von ihm: Fürwahr, er war ein Fluch und Unsegen für das Land. Doch als ich sah, wie er sich um seine Würde mühte – ein von Schlachten vernarbter alter Haudegen mit dem Rücken zur Wand –, begriff ich ihn besser und entschloß mich, ihm die Dinge, die er getan hatte, nicht anzukreiden. Bald genug würde ihm Gerechtigkeit widerfahren, dessen war ich mir sicher, und es oblag nicht meiner Hand, die Waage zu halten.

Wenn ich jetzt zurückblicke, erkenne ich, daß er ein verschlagener, berechnender Mensch war, der verzweifelte Zeiten überstanden hatte. Wenn er in erster Linie aus Liebe zu sich selbst und in letzter aus Liebe zu seinem Volk gehandelt hatte – und wahrhaftig, das hatte er –, so hatten einige seiner Ränke doch die anbrandende Sachsenflut aufgehalten. Denn auch das war in seinem selbstsüchtigen Interesse gewesen.

Er fuhr zwar nun die Ernte seiner Torheit ein, aber nicht alle seine Entschlüsse waren schlecht gewesen. Er hatte mit dem kläglichen Durcheinander, das er vorfand, getan, was er vermochte, und stets das Beste aus einem schlechten Handel gemacht. In der Tat boten ihm die maulenden, zänkischen Fürsten und Herren nur wenig Hilfe. Und wenn ich in meinem Wahnsinn nicht mein Volk und mein Land verlassen hätte, wer weiß, vielleicht hätte Vortigern dann nicht den Steigbügel gefunden, über den er auf den Thron gelangt war.

Die Dinge hätten sich womöglich ganz anders entwickelt, wenn ich Britannien nicht im Stich gelassen hätte.

Doch daran war nichts mehr zu ändern. Was geschehen war, war geschehen; und nichts ließ sich mehr rückgängig machen. Dennoch dämmerte Vortigern der Tag der Abrechnung, und er wußte es. Doch zumindest wollte ich nicht meine Hand gegen ihn erheben und ihm soviel Gnade erweisen, wie ich konnte. Gott weiß, der Mann konnte einen Freund gebrauchen.

Die vier, die mich aufgesucht hatten – der Druide und die drei aus Vortigerns Leibwache –, führten mich in aller Eile dorthin, wo er in Yr Widdfa auf mich wartete. Wir waren rasch und ohne Zwischenfälle gereist und hatten zwei Tage nach unserem Aufbruch den Wald auf die offenen Hügel hinaus verlassen. Ich freute mich, die weite, leere Landschaft wiederzusehen; nach der Abgeschlossenheit des Waldes wirkte ein offener Raum wie die Freiheit selbst.

Es war jedoch keine reine Freude für mich, denn am Ende sagte ich der Wölfin Lebewohl. Als ein Tier des Waldes machte sie am äußersten Rande von Celyddon halt und wollte nicht weiter.

Leb wohl, treue Freundin, deine lange Wacht ist vorüber. Du magst frei deiner Wege ziehen.

Sobald wir des Königs Lager erreichten, wurde ich ohne Umschweife vor ihn geführt. Der Hochkönig saß vor seinem Zelt in der Sonne, umgeben von Steinhaufen und Baumaterialien sowie zahlreichen Knechten. Vortigern rieb sich das ergraute Kinn und starrte mich an; ein neugieriges Flackern zuckte unter den schweren Lidern in seinen Augen auf. In seinem Gefolge hatte er eine Schar Druiden versammelt, denn er setzte seine Hoffnung zweifellos wieder auf die alten Sitten. Vortigerns Druiden betrachteten mich mit eisiger Verachtung. Sie kannten mich und haßten mich mit der lebhaften Gegnerschaft zum Verhängnis verurteilter Männer.

»Du bist derjenige, den sie den Emrys nennen?« fragte Vortigern schließlich. Er war von dem, was er vor sich sah, wohl nicht besonders beeindruckt und hatte, wie es den Menschen eigen ist, jemanden von größerer Gestalt oder auffälligerem Äußeren erwartet.

»Man kennt mich unter vielen Namen«, entgegnete ich. »Emrys ist einer davon, Merlin ein anderer. Bei meinem Volk heiße ich Myrddin.«

»Weißt du, warum ich dich gesucht habe?« Er drehte den schweren Bernsteinring an seinem Finger und wartete auf meine Antwort.

»Die Arbeit an deiner Festung geht schlecht voran. Deine Druiden machen für das Unvermögen deiner Maurer, eine anständige Mauer aufzuziehen, einen bösen Geist verantwortlich.« Ich zuckte die Achseln und fuhr fort: »Kurzum, du brauchst das Blut eines jungfräulich geborenen Mannes, um deine Fundamente abzusichern.«

Das löste bei den Druiden ein empörtes Geflüster aus. Sie hatten wohl wirklich geglaubt, mich täuschen zu können. Doch Vortigern lächelte nur über ihre Entrüstung. »Was habt ihr erwartet?« sagte er zu ihnen. »Besteht ein Zweifel daran, daß dies der Mann ist, den wir brauchen?«

»Er ist der böse Geist selbst«, sagte Vortigerns Oberdruide, eine bösartige Kreatur namens Joram. »Leih ihm nicht dein Ohr, König, sonst verwirrt er dich mit seinen Lügen.«

Mit einem Wink gebot der alte Vortigern dem Druiden Schweigen und sprach: »Und bist du tatsächlich ein vaterloses Kind?«

»Mein Vater war Taliesin ap Elphin ap Gwyddno Garanhir«, erwiderte ich. »Namen, die einst in diesem Land gepriesen wurden.«

»Diese Namen kenne ich«, entgegnete Vortigern achtungsvoll. »Es waren Männer von hohem Ruf bei den Kymren.«

»Ach, aber dieser Taliesin war kein Sterblicher!« verkündete Joram. »Der Gelehrten Bruderschaft ist wohlbekannt, daß er ein Wesen aus der Anderswelt war.«

»Das wird meiner Mutter eine Neuigkeit sein«, versetzte ich kühl, »und allen, die ihn kannten.« Einige von Vortigerns Untergebenen lachten laut.

»Und wo sind die, die ihn kennen?« Drohend trat der Oberdruide vor und streckte seinen Ebereschenstab aus. Es war so traurig, mit anzusehen, wie dieser Narr die Gelehrten Meister von einst nachahmte. Hafgan hätte vor Zorn gebebt, wenn er es gesehen hätte; er hätte den Stab des Mannes über seinem unerträglichen Haupt gebrochen. »Wo sind diejenigen, die Taliesin kennen?« fragte Joram siegesgewiß, als würde er mich unumstößlich einer Schuld überführen. Welcher Schuld, vermag ich nicht zu sagen.

»Tot und in ihren Gräbern«, gab ich zu. »Es ist lange her. Die Menschen werden alt und sterben.«

»Aber du nicht, wie, Myrddin Emrys?«

»Ich bin, wie ihr mich seht.«

»Ich sehe einen jungen Mann vor mir«, versetzte Vortigern in dem Versuch, Joram abzulenken und mir das Leben zu retten, »einer, der noch nicht lange das Rasiermesser benutzt. Er kann gewißlich nicht der Sohn jenes Taliesin sein, der lange vor meiner Geburt gestorben ist.«

»Herr und König«, erwiderte Joram rasch, »lasse dich durch sein Äußeres nicht von deinem Vorhaben abbringen. Er gehört zum Feenvolk; diese Leute leben lang und altern nicht wie andere Menschen.«

»Hmmm«, machte Vortigern. Ich sah, daß er in der Klemme steckte. Er wollte mir nichts Böses, und nachdem er mich gesehen hatte, tat es ihm sogar leid, die Sache so weit getrieben zu haben. »Nun, wenn er wirklich der Sohn von Taliesin ist, dann weiß er das eine oder andere – wie steht es damit, Myrddin? Weißt du einen Ausweg aus unseren Schwierigkeiten?«

Ich richtete meine Antwort an Joram. »Laß Joram vor uns allen sagen, warum die Steine jede Nacht einstürzen und ein Tagwerk zunichte machen.«

Joram blies die Backen auf, erwiderte aber nichts.

»Nun komm«, beharrte ich. »Wenn du uns nicht sagen kannst, warum das Werk nicht gelingt, wie kannst du mit solcher Gewißheit behaupten, daß mein Blutopfer es retten wird?«

Er starrte mich an, dann wandte er sich mit einer widerwilligen Geste an seinen Herrn, doch Vortigern gebot ihm Schweigen. »Nun, wir warten, Joram.«

»Es ist bereits allgemein bekannt«, sprach der falsche Druide. »Jede Nacht, wenn die Knechte schlafen, erschüttert der böse Geist dieses Ortes die Grundsteine und wirft die Mauer um. Gleich, wie hoch der Wall am Tag gebaut wird, am Morgen liegt er in Trümmern.« Er holte tief Luft und fuhr herablassend fort: »Darum steht das Heilmittel fest – das Blut eines jungfräulich geborenen Mannes wird die Steine aneinanderbinden, und der böse Geist wird die Arbeit nicht beeinträchtigen.«

»Das Böse steckt in deinem Sinn, Joram«, versetzte ich. »Hier ist kein böser Geist am Werk und kein jungfräulich geborener Mann außer einem.«

Vortigern lächelte listig. »Sage uns, weiser Myrddin, was ist die Ursache?«

»Der Boden hier scheint fest, aber im Untergrund liegt ein Wasserbecken. Daher gibt die Erde unter dem Gewicht der Steine nach, und die Wände können nicht halten.«

»Lügner!« rief Joram. »Das ist eine List, um sein Leben zu retten!«

»Die Wahrheit meiner Aussage läßt sich leicht nachprüfen«, sprach ich ruhig. »Vortigern, laß deine Männer einen Graben ausheben, dann wirst du sehen, daß ich die Wahrheit spreche.«

Pelleas, der die ganze Zeit neben mir gestanden hatte, wirkte durch die Wendung, die die Ereignisse nahmen, zugleich erleichtert und beunruhigt. »Bist du dir sicher, Herr?« flüsterte er, als Vortigern seinen Knechten zurief, meine Anweisungen auszuführen.

»Ich weiß, was ich tue, Pelleas«, sagte ich. »Aber sieh nur, es kommt noch mehr.«

Ich zeigte den Knechten, wo sie graben sollten, und sie fingen sofort an. Sie brauchten einige Zeit, bis das Loch tief genug war, und mit jeder Schaufelvoll wurde der Druide zufriedener. Denn es sah so aus, als würde kein Wasser kommen.

Doch als das Loch mannstief war, holte einer der Männer mit einem Eisenpickel aus und stieß auf einen Felsen. Der Stein brach auf, er holte wieder mit dem Pickel aus, und mit einemmal begann Wasser in das Loch zu gluckern. Am Ende mußten die Männer herausklettern, um nicht zu ertrinken.

Verwundert sah Vortigerns Hof zu, während das Wasser die Grube bis zum Rand füllte.

»Gut gemacht, Myrddin!« rief Vortigern. Scharf wandte er sich an Joram: »Was hast du dazu zu sagen, Betrüger?«

Joram hatte nichts zu sagen. Er hielt den Mund und blickte mich finster an. Seine Getreuen scharten sich um ihn, murmelten

Flüche und Sprüche gegen mich, doch sie hatten keine Macht, und ihre Zauberworte fielen wie verschossene Speere zu Boden. Da begriff ich, wie tief die Kunst der Barden gefallen war, und es stimmte mich traurig.

Taliesin, vergib deinen schwächeren Brüdern, wenn du es kannst. Mit dem Wind breitet sich in jedem Winkel Unwissenheit aus, und die Wahrheit wird verhöhnt und besudelt.

Da forderte mich Vortigern auf, meinen Lohn zu nennen, und ich sprach: »Ich will kein Silber und Gold von dir, Vortigern.«

»Dann nimm Land, mein Freund«, bot er mir an.

»Auch kein Land«, sagte ich. Ich wollte nichts aus seiner Hand. Wie hätte ich auch etwas von ihm annehmen können, das zu geben ihm nicht zustand.

»Na schön, dann soll es sein, wie du sagst. Doch du wirst heute das Mahl mit mir teilen müssen. Und«, seine Augen funkelten boshaft, »für Unterhaltung wird ebenfalls gesorgt sein.«

Er wies mir ein Zelt zu, wo ich mich vor dem Nachtmahl ausruhen und erfrischen konnte. Pelleas und ich zogen uns zurück, und ich schlief ein. Als ich aufwachte, brachte ein Diener mir ein Becken zum Waschen. Dann wurden wir in den Saal geleitet und bekamen Plätze an der Hochtafel neben Herrn Vortigern. Die Druiden waren noch da, noch immer wütend, ihre Gesichter waren finster vor Zorn und Drohungen, aber sie saßen am Herd zusammengekauert und teilten nicht mit Vortigern den Tisch.

»Willkommen, Freund Myrddin!« rief Vortigern, als er mich erblickte. Mir wurde der Gastbecher in die Hand gedrückt. »Trinke, Freund! Und schenke deinen Becher nach!«

Ich trank und gab den Becher zurück. Er wurde aufs neue gefüllt. Ich stellte ihn auf die Tafel und nahm meinen Platz neben dem König ein. Das Mahl war nur hinsichtlich der Menge des Essens bemerkenswert. Vortigern und sein Gefolge schienen unendlich großen Appetit zu haben, aber Gaumen, die leicht zufriedenzustellen waren. Die Speisen waren gewöhnlich – Schwarzbrot und Braten –, alles gut bereitet, aber ohne Beilagen und Gewürze.

Vortigern gab sich ganz seinem Mahl hin. Ich sehe ihn noch vor mir, wie er über seinem Teller kauert und mit den Zähnen das Fleisch vom Messer reißt. Armer Vortigern, in ihm steckte keine Faser Adel. Wie weit er über seinen Stand hinausgegriffen hatte!

Während des Essens redete er nicht, doch als er sich schließlich mit dem Ärmel das Fett von den Lippen gewischt hatte, sprach er mich an. »Jetzt etwas zu trinken und ein wenig Unterhaltung, was, Myrddin?«

Pelleas, der mich beim Essen bedient hatte, um an meiner Seite bleiben zu können, gefiel gar nicht, wie sich das anhörte. Er warf mir einen warnenden Blick zu, aber Vortigern hatte mit mir nichts Böses im Sinn.

Der Hochkönig rief nach seinem Oberdruiden, und Joram kam vorsichtig herbeigeschlurft. »Glaube nicht, daß ich deinen Betrug an mir vergessen habe, Druide«, sagte Vortigern, als sein Barde vor ihm stand.

»Wenn du nach Betrug suchst«, erwiderte Joram schmollend, »dann brauchst du nicht weiter zu schauen als zu dem, der zu deiner Rechten sitzt.«

»Schluß mit deinen Verleumdungen!« fauchte der König. »Ich will nichts mehr von dir hören.« Er winkte dem Hauptmann seiner Leibwache und verkündete vor dem versammelten Hof: »Diese Männer, denen ich mein Leben anvertraut habe, haben mir Falschheit erwiesen. Sie sind schlimmer als Verräter. Zieh dein Schwert und töte sie.« Das war ganz Vortigern – rücksichtslos durchgreifend und darauf bedacht, sich der Freundschaft mächtiger Männer zu versichern, die ihm helfen konnten. Klirrend flog der Stahl des Soldaten aus der Scheide.

Mit dieser Vorstellung hoffte er mich zu gewinnen, denn er meinte zu mir gewandt: »Da diese blinden Magier so auf dein Blut versessen waren, haben sie sicherlich nichts dagegen, wenn ich ihres fordere.«

Ich konnte nichts für sie tun; Vortigern war entschlossen. Aber ich wollte wenigstens, daß sie erfuhren, wen sie vernichten wollten. »Wenn du gestattest, Herr Vortigern, dann hätte ich nun gern die Belohnung, die du mir angeboten hast.«

»Welchen Gott auch immer du verehren magst, Myrddin, ich schwöre bei ihm, sie sei dir gewährt. Was hast du vorzuschlagen?«

»Eine Geschichte«, erwiderte ich. »Ehe sie sterben, möchte ich, daß sie über die Macht eines wahren Barden nachdenken.«

Vortigern hatte sich etwas Ausgefalleneres erhofft, lächelte jedoch gnädig und ließ mir eine Harfe bringen. Ich nahm meinen Platz vor dem Tisch ein und stimmte die Harfe. Vortigerns Gesellschaft scharte sich um mich. Ich habe wohl selbst nicht gewußt, was genau ich erzählen würde, doch als ich über die Saiten der Harfe strich und nach einer Melodie suchte, bildeten sich wie aus eigenem Antrieb die Worte auf meiner Zunge, und ich wußte, daß ich an diesen Ort geführt worden war und mir die Worte ebenfalls gegeben würden.

Die Harfe in die Schulter gestemmt, wandte ich mich an Joram und sprach: »Da du so wenig Achtung vor der hohen Bardenkunst von einst zeigst, will ich dir eine wahre Geschichte berichten.« Ich hob meine Stimme, daß sie den ganzen Saal erfüllte, und begann: »Horcht alle gut zu.«

Ich raffte meinen Umhang um mich, schloß die Augen und hub zu reden an, wie man mit Kindern redet. Und ich erzählte folgende Geschichte:

Es war einmal ein Adler, der war ein Vater von Adlern und lebte lang und beschützte sein Reich mit Schnabel und Klauen. Eines Tages kam eine Spitzmaus zu dem Adler und hockte sich unter die Eiche, wo der Adler seinen Horst hatte. Und dort blieb sie, bis der Adler mit ihr sprach.

»Was willst du?« fragte der Adler. »Sag's mir geschwind, denn deinesgleichen dulde ich nicht unter meinem edlen Sitz.«

»Nur eine Kleinigkeit«, antwortete die Spitzmaus. »Komm nur ein Stück herab, damit ich mich offen äußern kann. Denn mir wird schwindelig, wenn ich so zu dir hinaufrufe.«

Der Adler, der ungeduldig der Sache ein Ende setzen wollte, tat, wie er gebeten ward, und flog zur Spitzmaus hinab. »Nun, hier bin ich«, sagte er. »Was willst du?«

»Von dem vielen Geschrei«, erwiderte die Spitzmaus, »bin ich heiser. Komm doch bitte näher.«

Der Adler neigte ihr seinen Kopf zu, und mit einemmal sprang die Spitzmaus ihm in den Nacken und biß ihn mit ihren scharfen Zähnen, so daß der Adler eine schwere Wunde davontrug. Das Blut quoll aus ihr heraus, und er starb. Daraufhin rannte die Spitzmaus fort, so daß niemand sie mehr wiedersah.

Als die anderen Tiere und Vögel erfuhren, daß der Adler

hinterhältig gemeuchelt worden war, wurden sie von Kummer und Zorn gepackt, denn der erhabene Vogel war ihr König gewesen. Sie begruben ihren Herrn und schauten sich untereinander nach einem neuen König um. »Wer soll nur des Adlers Platz einnehmen?« jammerten sie. »Denn keiner gleicht unserem Herrn.«

Doch der Fuchs war listig und schlau. Er erkannte seine Gelegenheit, sprang auf und sprach: »Läßt unser Herr denn keine Erben zurück? Laßt den ältesten seiner Söhne unser Herr sein.«

»Für einen Fuchs bist du recht töricht«, erwiderte der Otter. »Die jungen Adler sind noch nicht flügge. Sie können nicht einmal das Nest verlassen.«

»Doch bald sind sie erwachsen. In der Zwischenzeit laßt uns jemanden wählen, der über sie wacht, bis der älteste von ihnen alt genug ist, die Herrschaft über den Wald zu übernehmen.«

»Gut gesprochen«, erklärte der Ochse. »Wer soll tun, was du vorschlägst?«

Offen gesagt, war keiner der übrigen Tiere bereit, die Sorge für die Nestlinge auf sich zu nehmen, denn die Eiche war hoch, und Adlerjunge sind empfindlich und haben stets Hunger.

»Schande über euch alle«, rief der Fuchs. »Da keiner von euch die Sorge für die Adlerjungen auf sich nehmen will, tue ich es – auch wenn ich nicht der Würdigste unter euch bin.«

Also machte der Fuchs sich daran, die Nestlinge aufzuziehen, und als der älteste der drei herangewachsen war, versammelten sich die Tiere des Feldes und des Waldes unter der edlen Eiche, um Rat zu halten und den Adler zu ihrem König auszurufen.

Kaum hatten sie ihm die Krone auf den Kopf gesetzt, als der Fuchs ihn beiseite nahm und ihm zuflüsterte: »Laß dich nicht täuschen, die anderen Tiere des Waldes lieben dich keineswegs. Denn als du und deine Brüder noch Nestlinge wart, hätten sie euch verhungern lassen. Damals wurdet ihr nicht wert gehalten, und ich fürchte, die Sache ist nicht besser geworden.«

»Das sind beängstigende Nachrichten«, erwiderte der junge Adler. »Wärest du nicht gewesen – ich würde heute nicht mehr leben.«

»Fürwahr, doch raffen wir unseren Witz zusammen. Wenn du meinen Rat annehmen möchtest, werde ich dich leiten. Gemeinsam werden wir allen Rivalen den Weg verstellen.«

Daher wählte der junge Adler sich den Fuchs zu seinem obersten Ratgeber, der geschwind tun sollte, was immer ihn am besten für das Wohl des Waldes und seiner Bewohner dünkte. Es erübrigt sich zu sagen, daß der Fuchs von seiner Pfründe fett wurde und sein roter Pelz geschmeidig und voll.

Nach und nach drangen Gerüchte von jenseits des Waldes herein, daß eine große Herde Schweine, nachdem sie ihr eigenes Land zerstört hatte, darauf aus sei, sich neues Land zu erobern. Der Fuchs ging zum jungen Adler und sprach: »Herr, mir behagt nicht, was mir über diese Schweine zu Ohren kommt.«

»Mir auch nicht«, erwiderte der Adler. »Du bist das schlauste aller Wesen – was sollen wir tun?«

»Nun, da du mich darauf ansprichst, kommt mir, glaube ich, ein Einfall.«

»Sprich freiheraus, mein Freund. Denn soweit wir wissen, sind die Schweine womöglich schon auf dem Weg hierher.«

»In den Marschen am Waldesrande wohnen Ratten in großer Zahl...«

»Ratten! Mit diesen abscheulichen Wesen will ich nichts zu tun haben!«

»Oh, fürwahr, sie sind abscheulich. Aber mich dünkt, wenn wir nur ein paar von ihnen in unsere Dienste nehmen würden, dann würden sie uns Kunde über jene Schweine bringen, und wir wären über ihre Absichten gut unterrichtet und könnten uns ihrer wehren.«

»Das ist ein kühner Plan«, urteilte der Adler. »Doch da ich keinen besseren haben, so sei es.«

Und so geschah es. Noch am nämlichen Tage kam ein Verband Ratten in den Wald.

Der Fuchs trug Sorge dafür, daß es den Ratten an nichts mangelte, und sie bekamen aus seiner Hand die besten Leckerbissen. Ja, er bewirtete jede von ihnen königlich. Auf diese Weise gewann er ihr Vertrauen, so daß sie, als er eines Tages mit Tränen in den Augen zu ihnen kam, sich alle nach dem Kummer ihres Ernährers erkundigten. »Was quält dich, Freund Fuchs?« fragten sie.

»Was, wißt ihr dies nicht? Der König hat mir befohlen, euch alle fortzuschicken – euch, die ihr ihm vom ersten Tage an stets Treue bewiesen habt.« Und der Fuchs schluchzte so sehr, daß sein Pelz naß wurde. »O weh, ich fürchte, ich muß tun, was mein König mich heißt, denn ich habe keinen Besitz oder eigenes Land und kann euch nicht selbst unterhalten.«

Als sie dies vernahmen, ergrimmten die Ratten. Sie schimpften auf den Adler. »Laßt uns diesen wahnsinnigen König töten und Fuchs an seiner Statt erheben. Denn unseren Lebensunterhalt wollen wir nicht verlieren; ja, wir könnten ihn sogar noch mehren.«

So sprachen sie, lehnten sich auf und töteten insgeheim den jungen Adler im Schlaf. Als der Fuchs sah, daß die Ratten getan hatten, was er vorhergesehen hatte, schlug er Alarm. »Wehe! Ach, wehe! Unser König ist gemeuchelt! Helft!«

Die Tiere des Waldes eilten dem Fuchs zu Hilfe und sahen, wie wütend er die Ratten tötete, so daß viele von ihnen beeindruckt waren. Als sein stolzer Pelz ganz blutbespritzt war, wandte der Fuchs sich an die übrigen: »Ich wußte doch, daß von den Ratten nichts Gutes kommen würde, und nun ist der schlimmste Fall eingetreten. Zwar habe ich die Verräter erschlagen, doch stehen wir abermals ohne König da. Aber«, sprach er offenherzig, »ich bin bereit, euch gut und klug zu dienen, wenn ihr es wünscht.«

»Wer sonst hat so viel für uns getan?« riefen die Dachse.

»Wer sonst hat so viel für sich selbst getan?« murmelten Ochse und Otter.

Dennoch wurde der Fuchs zum König des Waldes gekrönt und begann seine schändliche Herrschaft. In der nämlichen Nacht hielten die beiden übrigen Adler miteinander Rat. »Wenn der Fuchs über uns herrscht, ist unseres Bleibens hier nicht mehr länger. Fliegen wir in die Berge, denn keiner von uns wird die Krone tragen.«

»Nein, aber wenigstens werden wir am Leben bleiben«, antwortete der Jüngste. Und sogleich flogen sie aus dem Wald davon. Die Adler lebten in den Bergen und warteten auf ihre Stunde.

Der Anführer der Schweine war ein großer, fleischiger Eber, der auf seinem Fell die Narben zahlreicher Schlachten trug. Der Fuchs warf einen Blick auf ihn und wußte, daß er seinen Meister gefunden hatte. Doch raffte er das bißchen Mut zusammen, das er besaß, und sprach: »Oh, du bist ein stattliches Schwein und so stark. Sage mir, was euch hierherführt, und vielleicht kann ich euch helfen.«

Die Schweine blickten einander lange an und wunderten sich sehr, denn noch keiner hatte sie so großartig begrüßt. »Nun, Herr«, entgegnete der Eber, »wie du siehst, sind wir ein fruchtbarer Schlag, der sich rascher vermehrt als alle anderen in Feld und Wald. Und so wir uns auch bemühen, vermag das Land uns nicht lang zu ernähren, und wir müssen weiterziehen und uns neue Futtergründe suchen.«

»Euer Schicksal rührt mich«, erwiderte listig der Fuchs. »Zufällig bedarf ich eines starken Gefährten, denn obgleich ich schon König bin, schätzen mich diejenigen nicht sehr, über die ich herrschen muß. Fürwahr, es schmerzt mich zwar sehr, es zu sagen, doch sie versuchen täglich, mich zu vernichten.«

»Sprich nicht weiter«, antwortete der Eber. »Ich bin der Freund, den du suchst. Gib uns nur Land, das wir unser eigen nennen können, und ich will dich, solange ich lebe, beschützen und dir als treuer Schlachtenführer dienen.«

»Das Land sollt ihr bekommen«, sagte frohgemut der Fuchs, »und ich würde euch noch mehr dazu geben, aber der Wald kann eine so große Schar Schweine nicht ernähren. Ich höre, daß jetzt bereits andere Schweine als ihr auf dem Weg hierher sind, um zu stehlen und zu verheeren.«

»Laß dir dies keinen Grund zur Sorge sein, Herr«, entgegnete der Eber, »wir sind wohl in der Lage, uns zu erwehren und alle anderen fernzuhalten.«

»Tut dies nur, und ihr werdet in mir keinen knauserigen Herrn finden«, sprach der Fuchs zu ihm. »Denn je weniger ich den anderen Schweinen zu geben brauche, desto mehr kann ich euch geben. Fragt, wen ihr wollt, und ihr werdet erfahren, daß ich stets den belohne, der mir dient.«

So wurden sie auf die nämliche Weise an Ort und Stelle handelseinig. Der Eber und seine Schweine ließen sich am Waldesrand nieder, wo sie die Pfade überwachen und alle anderen Tiere fernhalten konnten. Dies besorgten sie ausnehmend gut, denn nicht viele Tiere laufen gern Gefahr, sich den Zorn eines kühnen, schlachtenerfahrenen Keilers zuzuziehen.

Der Fuchs überschüttete sein Schweineheer mit Geschenken und lauschte ihrem frohen Quietschen, das klang, als würde eine

Schar Barden seinen Preis singen. Herr und Diener gediehen weit über ihr Verdienst hinaus – zum Schrecken der anderen Tiere im Walde.

Doch nach und nach kam der Tag, an dem die Schweine habgierig wurden, wie es die Art der Schweine ist. Sie blickten sich um und grunzten einander ihre Verdrossenheit zu. »Wir tun die ganze Arbeit, und der Fuchs wird fett.«

Der Eber stimmte seinen Hauptleuten zu und verkündete: »Ich habe euch gehört, Brüder, und stimme euch zu. Ich werde etwas in der Sache unternehmen, wie ihr sehen sollt.«

Und es geschah, daß die jungen Adler erwachsen geworden waren und es in den Bergen nicht mehr aushielten. Da sprach der eine zum anderen: »Ich lüge nicht, wenn ich sage, daß ich es satt habe, so zu leben, während die Schweine unseren Wald frech überlaufen.«

»Da sagst du genau, was ich denke, Bruder. Begeben wir uns in den Wald hinab und sorgen wir für Abhilfe. Vielleicht gewinnen wir uns unser Eigentum wieder. Wenn nicht, dann sind wir wenigstens tot und brauchen nicht länger mit anzusehen, welch abscheuliche Kreaturen an unserer Statt herrschen.«

Und sogleich flogen sie los und schossen wie Kometen durch die Wolken auf den Wald zu.

Als der Fuchs von einem seligen Nickerchen erwachte, bot sich ihm ein verstörender Anblick: Ein Heer von Schweinen stand gegen ihn, angeführt vom Eber, dessen dickes Fell sich sträubte. »Was gibt's Neues, Freunde?« fragte der Fuchs.

»Es scheint, du warst falsch gegen uns«, erklärte der Eber. »Freiheraus, so kann es nicht weitergehen.«

»Soll ich glauben, was ich da höre?« verwunderte sich der Fuchs. »Wie könnt ihr so zu mir sprechen? Ich habe euch gegeben, was ich besitze, und nur ein wenig zum Leben für mich behalten – der Rest gehört euch.«

»Fürwahr, du gibst uns den Rest – und das ist recht wenig dafür, daß wir uns den Haß aller anderen Tiere zuziehen«, grunzte der Eber. »Jetzt wollen wir das Beste.«

Wenngleich sie nur Schweine waren, so waren sie doch nicht dumm. Sie wußten, daß der Fuchs alle Schwierigkeiten seiner Herrschaft auf sie abgeschoben hatte. Geschwind dachte der Fuchs nach und sagte: »Es mag etwas an dem sein, was du sagst.

Ich muß mir überlegen, wie ich am besten wiedergutmachen kann, was ich euch zu Unrecht getan habe.«

Der Eber blickte den Fuchs mißtrauisch an, sprach aber: »Was hast du vor?«

»Ich gebe euch noch einmal die Hälfte von all meinem Hab und Gut, dann steht ihr gleich mit mir. Wir herrschen gemeinsam über den Wald, du und ich – was, dünkt mich, ein besserer Handel ist, als deinesgleichen in langen Jahren finden kann.«

Dem Eber behagte, was er hörte, denn der Fuchs war stets schlau genug, seinen feinen roten Pelz zu retten, und wußte sehr wohl, beschwichtigende Worte zu sprechen. Dennoch wollte der Eber sich nicht zum Narren halten lassen. Darum sprach er: »Was einer sagt, ist eine Sache, was er tut, eine andere. Gib mir ein Pfand deiner Treue, und ich will dir glauben.«

Der Fuchs ließ Tränen in seine Augen treten. »Mir dies – nach alledem, was ich für dich getan habe. Nun, wenn kein anderer Weg dahin führt ...«

»So ist es«, sprach der Eber zuversichtlich.

»Dann will ich tun, was du verlangst.« Damit machte er kehrt und lief in den Wald davon.

»Warte!« schrie der Eber und mit ihm alle Schweine. »Wo willst du hin?«

»Nun, ihr seid doch nicht so töricht, zu glauben, daß ich meine Schätze hier aufbewahre, wo jeder über sie stolpern kann?« erwiderte der Fuchs. »Ich muß in meinen Bau, um das geforderte Pfand zu holen.«

»Dann geh«, schnaubte der Eber. »Wir warten hier auf dich.«

Und der Fuchs gab Fersengeld und rannte davon.

Die Schweine warteten den ganzen Tag lang und dann den ganzen Abend und dann die ganze Nacht, aber der Fuchs kam nicht wieder. Und als die rosenfingrige Morgendämmerung im Osten aufging, schüttelte der Eber sich und sprach: »Ich glaube, der Fuchs kehrt nicht wieder. Doch laßt uns bis Mittag warten, und wenn unser Herr dann noch nichts hat von sich sehen lassen, setzen wir ihm nach, und er wird den Tag bereuen, an dem er uns getäuscht hat.«

Es erübrigt sich zu sagen, daß der Fuchs nicht zurückkam. Denn am Mittag war er weit, weit weg und tauchte auf seinem eigenen Gebiet im Westen unter. Und in ihrem Grimm begannen die Schweine, Bäume und Büsche zu entwurzeln und sie mit ihren Hauern hoch in die Lüfte zu schleudern. In der Zwischenzeit flogen die beiden Adler über den Wald, blickten hinab und sahen die Verwüstung, welche die Schweine auf das Verschwinden des Fuchses hin anrichteten.

»Nun, Bruder«, sagte der ältere Adler, »wenn wir uns rächen und unser Land retten wollen, müssen wir, scheint's, den Fuchs als erstes finden, oder es ist von ihm nichts übrig, was des Findens wert wäre.«

Und so flogen sie fort, um den Fuchs in seinem Bau zu jagen. Und so fliegen sie noch immer.

Den Mantel um mich gewickelt, stand ich schweigend da. »Meine Geschichte ist zu Ende. Wer Ohren hat zu hören, möge hören!«

Die Krieger in Vortigerns Saal starrten mich unruhig an. Der Oberdruide packte in einem Krampf machtloser Wut seinen Stab mit beiden Händen. Er hatte mein Kindermärchen gehört und die darin verborgene Wahrheit begriffen, und es erzürnte ihn, daß ich so vieles so deutlich sah. Er wußte – zumindest wußte er es in seinem tiefsten Inneren –, daß er mir nicht gewachsen war.

»Da, Joram«, sagte ich sanft. »Jetzt kennst du die Macht eines wahren Barden.«

Ja, und bald würde sich der Rest der Welt auch wieder ihrer entsinnen.

Ihr Könige, die ihr in euren Metsälen schlaft, wacht auf! Sammelt eure Krieger, bewaffnet eure Männer, füllt ihre Hände mit starkem Stahl!

Ihr Krieger, die ihr an der Tafel eures Herrn in eure Becher versunken seid, steht auf! Reibt eure Waffen blank, schärft eure Schneiden, scheuert eure Kriegshelme und malt eure Schilde bunt!

Ihr Menschen auf der Insel der Mächtigen, erhebt euch! Hört auf zu zittern! Faßt Mut und bereitet ein herzliches Willkommen vor! Denn die Seele Britanniens regt sich wieder. Merlin kehrt heim.

Drittes Buch

Der Seher

I

Vortigern war im Westen untergetaucht, in seinem Heimatland, und hatte sich die öden Hügel des hochgelegenen Yr Widdfa zum letzten Schlachtfeld erwählt. Dort hoffte er, eine Festung zu errichten, die stark genug sein würde, die jungen Adler davon abzuhalten, ihm das Fleisch von den brüchigen Knochen zu reißen, stark genug, den wütenden Eber davon abzuhalten, ihn zu entwurzeln.

Denn es war, wie ich es in meiner Geschichte gesagt hatte, der Fuchs Vortigern hatte seine List ausgespielt: Er duckte sich nun zwischen die Hügel und harrte des Urteils derer, denen er Unrecht getan hatte, und das derjenigen, deren Habgier er entzündet hatte. Die jungen Adler, Aurelius und Uther – die jüngeren Brüder von Constans, dem gemeuchelten Sohn des erschlagenen Constantin, des ersten Hochkönigs von Britannien –, zogen im Süden Truppen zusammen. Hengist, der Eber, erwartete aus der Heimat Verstärkung für sein Sachsenheer. Es glich einem Wettlauf darum, wer von den Feinden den jämmerlichen, gehetzten Fuchs Vortigern als erster erreichen würde.

Dies alles wußte Vortigern natürlich. Am nächsten Morgen, als ich mich zum Aufbruch rüstete, rief der Hochkönig mich zu sich.

»Ich möchte dich nicht über Gebühr aufhalten, Myrddin, denn ich schätze dich hoch. Doch wenn du noch ein wenig bei mir verweilen möchtest, würde ich gerne mit dir sprechen und dies als einen Dienst betrachten, der hohen Lohnes wert ist.«

Ich hatte es eilig fortzukommen, wollte dringend meine Mutter in Ynys Avallach aufsuchen und sie wissen lassen, daß ich noch lebte. Es wurmte mich, auch nur noch einen Augenblick länger dazubleiben. Obwohl ich dem Hochkönig nichts übelnahm, hatte ich ihm nichts mehr zu sagen. Ich hatte erledigt, wozu ich gekommen war, und schon jetzt flog das Gerücht durchs Land, daß ich zurückgekehrt war.

Ich konnte die Stimmen hören:

Myrddin Wylt ist gekommen! ... Merlin der Zauberer ist erschienen! ... Der große Emrys ist wieder am Leben, er ist von seinem langen Schlaf erwacht! ... Habt ihr es gesehen? Er hat die Druidenbarden des Hochkönigs geschlagen und sie alle enthaupten lassen ... Er ist da, ich habe ihn gesehen, Merlinus Ambrosius, König von Dyfed, ist in sein Reich zurückgekehrt! ... Habt ihr es gehört? Er hat Vortigerns Verhängnis geweissagt! ... Merlin lebt wieder!

Ja, der Emrys war wiedergekehrt – das Schicksal des Thronräubers in Händen. Trotz all seiner Sünden und Laster war Vortigern keine Maus. Wenn er etwas getan hatte, dann stets voll Wagemut, Dreistigkeit. Falls das Verhängnis ihn ereilen sollte, war er bereit, es abzuwehren, solange er konnte, mit welchen Mitteln auch immer. Doch er wollte wissen, welche Gestalt es annehmen würde, um sich entweder auf Kampf oder Flucht vorzubereiten. Darum hatte er mich jetzt holen lassen.

»Mehr habe ich dir nicht zu sagen, Herr Vortigern«, sprach ich zu ihm. »Es gibt nicht mehr zu sagen.«

»Vielleicht stimmt das, aber ich möchte trotzdem mit dir reden«, erwiderte der Hochkönig. Schwerfällig ließ er sich in seinen Sessel fallen, ein ansehnliches Möbel, in dessen Armlehnen Kaiseradler geschnitzt waren. Im Licht des frühen Morgens wirkte sein aufgedunsenes Gesicht hager. »Ich habe letzte Nacht nicht geschlafen.« Er hielt inne, und ich wartete. »Aus Angst, Myrddin, aus Angst vor einem Traum ...«

Er blickte mich verschlagen an. »Es heißt, du kennst dich mit Vorzeichen und Träumen aus. Ich möchte, daß du mir die Bedeutung meines Traumes erklärst, denn ich fürchte mich sehr davor und glaube, daß er vieles birgt.«

»Na schön, Vortigern, erzähle mir deinen Traum, und wenn ich einen Sinn darin erkenne, werde ich ihn dir sagen.«

Der ergraute Rotschopf nickte geistesabwesend und schwieg einen Moment lang, doch dann legte er mit einemmal los: »Ich habe die Grube gesehen, welche die Knechte auf dein Geheiß hin ausgehoben haben, und auf dem Boden stießen sie auf einen großen Stein, der zerbrach, und das Wasser schoß heraus – wie es in Wirklichkeit war, verstehst du –, und dann hast du befohlen, daß das Wasser durch einen Graben abgeleitet werden sollte. So geschah es, und als die Wasserlache abgeflossen war, entdeckte man eine große Höhle, in der lagen zwei Steine, die glichen Eiern.«

Er hielt inne und trank aus einem Becher etwas Wein. Dann fuhr er fort, sah mich jedoch nicht an, sondern starrte auf die erloschene Glut im Herd. »In den Steineiern befanden sich zwei Drachen, die kamen heraus und schlugen sich. Der erste war weiß wie Milch, und der andere – der andere war rot wie Blut. Und sie kämpften miteinander, so daß von ihrem Toben der Boden erzitterte.

Ach, es war schrecklich anzusehen. Ihre Mäuler schäumten, ihre Schwänze peitschten den Boden, und mit ihren Klauen zerfleischten sie einander. Aus ihren Rachen kamen Flammen geschossen! Bald war der weiße obenauf, bald der rote. Sie verwundeten einander schwer, das sage ich dir, und als keiner von beiden mehr kämpfen konnte, schleppten sie sich in ihre Eier zurück und schliefen, um abermals zu kämpfen, sobald sie ausgeruht hatten.

Das ist alles, obwohl es mich mit solchem Schrecken erfüllte, daß ich sofort erwachte.« Vortigern schüttete den letzten Rest Wein hinunter, setzte sich zurück und richtete seine schmalen Augen auf mich. »Nun, was sagst du dazu, Myrddin? Was ist mit diesen Drachen in der Grube und ihrem wilden Kampf?«

Ich antwortete ihm geradeheraus, denn schon während seiner Schilderung hatte ich den Sinn des Traumes erkannt: »Das war ein Wahrtraum, Vortigern. Und seine Bedeutung ist folgende: Die Drachen sind die Könige, die noch kommen und miteinander um die Insel der Mächtigen streiten werden – das Weiß steht für die Sachsenrotte, das Blutrot für die wahren Söhne Britanniens.«

»Und wem wird das Schicksal den Sieg verleihen, Myrddin?«

»Keiner wird über den anderen triumphieren, bis das Land geeint ist. Fürwahr, der Mann ist noch nicht geboren, der die Stämme Britanniens aneinanderbinden könnte.«

Wieder nickte er bedächtig. »Was ist mit mir? Was wird mit Vortigern geschehen?«

»Willst du dies wirklich erfahren?«

»Ich muß es erfahren.«

»Gerade jetzt kommen Aurelius und Uther von Armorica gesegelt...«

»Das hast du gesagt«, schnaubte er, »mit deiner Erzählung.«

»Sie kommen mit vierzehn Galeeren und werden morgen im Süden landen. Inzwischen hat Hengist seine Kriegerhorden gesammelt und marschiert auf dich zu. Da du viel Böses getan hast, wird dir viel Böses getan werden. Doch wenn du dein Leben retten willst, mußt du fliehen, Vortigern.«

»Kann ich sonst nichts tun?«

Ich schüttelte den Kopf. »Fliehe, Vortigern, oder bleibe und stelle dich dem Zorn derer, denen du Unrecht zugefügt hast. Täusche dich nicht, Aurelius und Uther wollen das Leben ihres Vaters mit Blut bezahlt sehen; sie haben vor, sich ihr Reich zurückzuerobern, und die Könige von Britannien marschieren an ihrer Seite.«

»Gibt es keine Hoffnung für mich?« Das hatte er leise gesagt, aber ohne Selbstmitleid. Vortigern wußte, was er getan hatte, und hatte vermutlich schon lange das Gute und Böse gegeneinander abgewogen.

»Im folgenden liegt deine Hoffnung, Herr Vortigern, und die Hoffnung unseres Volkes: Aus den Geschehnissen, die du in Bewegung gesetzt hast, wird ein König erstehen, der ganz Britannien in seiner Hand halten wird, ein Hochkönig, der das Wunder der Welt sein wird – ein Oberdrache, der den weißen Drachen aus der Grube endgültig verschlingen wird.«

Er lächelte grimmig und stand auf. »Nun, wenn ich fliehen will, dann muß ich mich rüsten. Wirst du mich begleiten, Myrddin? Ich möchte dich bei mir haben, denn deine Gegenwart ist Labsal für mich.«

»Nein«, erwiderte ich. »Mein Weg führt in eine andere Richtung. Leb wohl, Herr Vortigern. Wir werden uns nicht wiedersehen.«

Pelleas und ich brachen gerade aus dem Lager auf, als Vortigern seinen Hauptleuten den Befehl erteilte, nach Osten zu marschieren, wo er der Rache der Brüder zu entgehen hoffte, die gegen ihn loszogen. Es sollte ein schlimmes Ende mit dem Fuchs Vortigern nehmen, aber er konnte nichts tun, als sich der Gerechtigkeit stellen, die er anderen so lange verweigert hatte.

Wir waren schon ein ganzes Stück von der Feste entfernt, zwischen den Hügelfalten und außer Sichtweite. Pelleas, der einen letzten Blick zurück auf die Druidenköpfe geworfen hatte, die eine Reihe von Pfählen schmückten, seufzte vor Erleichterung. »Die Sache ist ausgestanden.«

»Für Vortigern ja«, erwiderte ich, »aber nicht für uns.«

»Wir reiten doch nach Ynys Avallach, oder?«

»Ja, doch wir bleiben nicht lange dort.«

»Wie lange?« fragte er, meine Antwort fürchtend.

»Ein paar Tage«, entgegnete ich, »mehr nicht. Ich wünschte, es wäre länger, glaube mir.«

»Aber...« Da fiel ihm die Wesensart seines Herrn wieder ein und wie rasch Stimmungen und Vorhaben sich bei ihm ändern konnten. »Es soll nicht sein.«

Ich schüttelte sanft den Kopf. »Nein, es soll nicht sein.«

Wir ritten ein paar Schritt weiter, dann zügelte ich mein Pferd. »Pelleas, höre mir jetzt genau zu. Du hast mich gefunden und mich in die Menschenwelt zurückgebracht, und dafür danke ich dir. Aber ich glaube, daß du bald den Tag verfluchen wirst, an dem du um den Dienst bei mir gebettelt hast. Du wirst dir vielleicht wünschen, nie einen Tag auf die Suche nach mir verschwendet zu haben.«

»Vergib mir, Herr, aber eher wird dein eigenes Herz Verrat an dir üben, bevor ich es tue«, schwor er. Und ich wußte, daß er es von ganzem Herzen meinte.

»Was ich tun muß, wird mir keines Menschen Dank ernten«, warnte ich ihn. »Es könnte sein, daß man mich, noch ehe ich am Ende meines Werks bin, von einem Ende der Insel bis zum anderen verabscheut, daß sich jede Hand gegen mich erhebt und gegen die, die auf meiner Seite stehen.«

»Laß die anderen für sich entscheiden. Ich habe mich entschieden, Herr Merlin.«

Es war ihm ernst, und da ich nun wußte, daß er begriffen hatte, wie schwer es werden würde, war ich mir auch sicher, daß ich ihm unser beider Leben anvertrauen konnte. »So sei es«, sagte ich. »Möge Gott dir deine Treue lohnen, mein Freund.«

Dann ritten wir weiter, und uns war beträchtlich leichter ums Herz als zuvor, denn wir hatten das Band zwischen uns erneuert und unsere früheren Stellungen wieder eingenommen. Pelleas war's zufrieden, und ich ebenfalls.

Aurelius und Uther, Constantins Söhne von verschiedenen Müttern und so unterschiedlich wie Morgen und Abenddämmerung, würden mit rascher Gerechtigkeit Vortigerns Herrschaft ein Ende setzen. Aurelius, der ältere von beiden, würde zum nächsten Hochkönig werden und sich als fähiger Führer erweisen. Zur Mutter hatte er Aurelia, die letzte Blüte einer adeligen Römerfamilie – einen Anspruch, den Constantin selbst nicht so sicher anmelden konnte –, unter deren Vorfahren sich ein Statthalter, ein Vicarius, eine lange Reihe hervorragender Beamter und Scharen gut eingeheirateter und hoch angesehener Frauen befanden.

Doch Aurelia erkrankte am Fieber und verschied plötzlich, als Aurelius drei Jahre alt war. Und Constantin, der durch seine Siege über die lästigen Pikten, Skoten und Sachsen kühn geworden war, hatte sich von der Tochter eines niedergeworfenen Sachsenführers hinreißen lassen. In einem Anfall von Großzügigkeit gegenüber den Besiegten, heiratete er die blonde Schönheit, eine Maid namens Onbrawst. Ein Jahr darauf wurde der kleine Uther geboren.

Vom Alter her nah genug beieinander, wurden beide Knaben gemeinsam nach alter römischer Sitte erzogen: unter der Aufsicht eines Haussklaven. Ihr älterer Bruder, der von Geburt an Gott geweiht war, wurde abseits von ihnen unterrichtet und lebte bei den kleinen Priestern im Kloster von Venta Bulgarum. Als er von einem seiner Sklaven ermordet wurde – einem rachsüchtigen Pikten, dessen Klan Jahre zuvor geschlagen worden war –, bekam der alte Gosselyn, der Erzbischof von Londinium, Angst um das Leben der Knaben. Er nahm Aurelius und Uther unter seine Fittiche.

Als infolge von Vortigerns Machenschaften Constans ein klägliches Ende fand, wandte Gosselyn klug Schaden von den Knaben ab, indem er sie in ein verborgenes Kloster auf dem Gebiet von König Hoel in Armorica sandte – nahe genug, um sie im Auge zu behalten, weit genug weg, um Vortigerns Ehrgeiz als Bedrohung zu erscheinen. Dort waren sie zu Männern gereift und warteten ihre Zeit ab, bis sie zurückkehren und ihren rechtmäßigen Platz auf der Welt beanspruchen konnten.

Das würde ihnen auch gelingen, doch würden sie bald Hilfe benötigen, wenn sie das Hochkönigtum besser befördern wollten, als Vortigern es getan hatte. Hengist würde schon dafür sorgen, daß sie nicht zur Ruhe kämen, keine Gelegenheit fänden, ihre Siege abzusichern, und sobald Hengist zurückgeschlagen wäre, würden die anderen Könige ihnen auch keinen Frieden gönnen. Kurzum, sie würden meine Hilfe brauchen.

Pelleas und ich ritten rasch voran. Er voraus und ich ihm nach, gespannt auf die Veränderungen im Land seit meiner Abwesenheit – vor allem in den Siedlungen, in denen die Angst ihr düsteres Werk vollbracht hatte. Überall sah man Wälle, hoch und aus Stein. Da die älteren, weitläufigeren Städte selbstmörderisch schwer zu verteidigen waren, hatte man die meisten von ihnen aufgegeben – zugunsten kleinerer, halb versteckter, aus Stein gebauter Siedlungen, die auf die Barbaren weniger auffällig und einladend wirkten.

Es hatte den Anschein, als wären die Wohnorte der Menschen in sich zusammengeschrumpft. Die Straßen waren, wo es welche gab, die den Namen verdienten, schmaler, die Häuser kleiner und niedriger. Alles schien zusammengedrängt und niedergekauert, geduckt vor der wachsenden Finsternis.

Das stimmte mich traurig und zornig zugleich.

Bei Gottes heiligem Namen, wir sind die Kinder des Lebendigen Lichtes! Wir kauern uns nicht in unsere Höhlen wie verschrecktes Vieh. Das ist die Insel der Mächtigen, und sie gehört uns rechtens! Der böse Feind fordert dieses Recht zu seinem ewigen Unheil ein, aber, beim Großen Guten Licht, wir werden uns nicht vertreiben lassen!

Doch wohin ich meinen Blick auch wandte, wurden wir vertrieben – körperlich und geistig. Immer weiter zurück wichen wir vor den Heeren der Nacht, die wir flohen. Wir waren uns unseres Rechts und unserer Fähigkeit, uns und unsere Heimat zu verteidigen, nicht mehr gewiß. Und wenn nicht bald etwas geschah, würde dieser Rückzug in einer Niederlage enden.

Ich faßte Mut, denn das Land selbst war so festgefügt wie immer: Niemand vermochte es stark zu verändern. Die Bäume wuchsen hoch und lieferten Holz; die Äcker gediehen, wenn sie in Frieden gesät und geerntet werden konnten; Rinder und Schafe gaben gutes Fleisch, Leder und Wolle; die alten Römerminen wurden noch immer ausgebeutet und erbrachten Zinn, Blei und vor allem Eisen für Waffen.

Darin lagen Kraft und Trost, gewiß. Dennoch würde es größerer Dinge bedürfen als gesunden Ackerbaus, um die Herzen der Menschen zu ermutigen. Es würde eines raschen, sicheren Beweises von Führerschaft bedürfen: eines Erfolges in der Schlacht, um die anbrandende Barbarenflut zurückzuschlagen. Aus diesem Grunde hatte ich es eilig, Aurelius zu treffen.

In dem jungen Adler namens Aurelius erkannte ich große Anlagen. Vielleicht konnte aus ihm der Hochkönig werden, den ich gesehen hatte, derjenige, den die Menschen brauchten, um wieder Vertrauen zu gewinnen.

Oh, ich hatte Aurelius aus der Ferne gesehen – in den Feuerschwaden, im schwarzen Eichenwasser der Seherschale –, und ich kannte ihn in gewisser Weise. Aber ich mußte ihn treffen, mich mit ihm zusammensetzen, mit ihm reden und herausfinden, welche Art Mensch er war. Erst dann konnte ich mir sicher sein, daß Britannien einen würdigen Hochkönig besaß.

Mit Absicht hielt ich Abstand zu meinen alten Landen in Dyfed. Ich war noch nicht soweit, mit anzusehen, welche Veränderungen dort vor sich gegangen waren; meine Erinnerungen waren mir lieber. Und mein plötzliches Auftauchen wäre, um es gelinde auszudrücken, peinlich für diejenigen gewesen, die jetzt dort herrschten. Die Nachricht von meiner Rückkehr würde sich rasch nach Maridunum verbreiten – das, wie Pelleas mir glücklich mitteilte, jetzt Caer Myrddin hieß –, und das würde genug Verwirrung stiften. Außerdem war ich mir gar nicht so sicher, was ich tun sollte, und darüber zu befinden, war nach meinem Treffen mit Aurelius noch ausreichend Zeit.

Zuvor hatte ich jedoch nur einen Wunsch: zu dem einzigen Zuhause zurückzukehren, das ich kannte, meine Mutter wiederzusehen. Wahrhaftig, ich hielt nicht einmal inne, um zu überlegen, welchen Aufruhr mein Erscheinen in Ynys Avallach auslösen würde. In meinen Gedanken war der Ort stets so heiter, so fern vom fieberhaften Streben der Welt, daß ich mir einbildete – wenn ich mir überhaupt etwas dachte –, daß ich allein dadurch, daß ich einen Fuß auf die Apfelinsel setzte, sogleich unter ihren friedvollen Zauber fallen und die gleiche Stellung einnehmen würde wie von jeher. *»Ach, da bist du ja, Merlin, ich habe mich schon gefragt, wo du nur steckst.«* Als wäre ich nicht weiter weg als im Gemach nebenan gewesen und würde nun nach einem kurzen Augenblick wieder eintreten.

Zumindest für mich war es so ähnlich. Für Charis und Avallach war es etwas völlig anderes.

Nach dem ersten Gefühlsschwall auf die Ankündigung meines Eintreffens hin – es gab jetzt ein Wachhaus am Ende des Damms, der zum Schloß des Fischerkönigs führte –, den frohen Willkommensrufen und den Tränen – meinen eigenen und denen meiner Mutter –, dauerte es noch eine ganze Weile, bis der Palast wieder seine übliche, gesetzte Würde gefunden hatte.

Man hatte mich bitter vermißt, sich gesorgt, ob ich nicht tot wäre, und sich seit meinem Verschwinden zehntausendmal über meinen Verbleib den Kopf zerbrochen. Recht selbstsüchtig, hatte ich meinen Stellenwert im Leben meiner Mutter weit unterschätzt.

»Ich habe gewußt, daß du lebst«, erzählte Charis mir später, als die Aufregung nachgelassen hatte. »Zumindest hätte ich, glaube ich, gewußt, wenn du tot gewesen wärest. Ich hätte es gespürt.«

Sie saß da und hielt meine Hand in ihrem Schoß, umklammerte sie, als hätte sie Angst, ich würde ihr wieder verlorengehen, wenn sie losließe. Sie strahlte vor Freude, das Licht in ihren Augen schien hell und klar, und ihr Gesicht leuchtete. Ich glaube nicht, daß ich sie jemals so glücklich erlebt hatte. Abgesehen von ihrem Jubel und davon, daß sie wieder die Sitten des Feenvolks angenommen hatte, war sie unverändert.

»Es tut mir so leid«, sagte ich. Wie oft hatte ich das schon gesagt? »Vergib mir, ich konnte nicht anders. Ich wollte dir nicht weh tun …«

»Pst!« Sie beugte ihren Kopf und küßte mir die Hand. »Es ist alles vergeben und vergessen. Es ist geschehen und vorbei.«

Bei diesen Worten und der darin enthaltenen Wahrheit traten mir wieder Tränen in die Augen. Konnte ein Mensch solcher Liebe wert sein?

In jener Nacht schlief ich in meinem früheren Gemach, und am nächsten Tag fuhr ich mit Avallach zum Fischen hinaus. Ich saß auf der Mittelbank, während er das flachliegende Boot am Ufer entlang zu seiner Lieblingsstelle stakte. Die Sonne tanzte auf dem Spiegel des Sees, und in der warmen Brise nickten die Binsen. Durch die grünen Untiefen stelzte hochbeinig ein Reiher auf der Suche nach Fröschen, und am moosigen Ufer hüpften und gluckten aufgeregte Sumpfhühner, und ich kam mir wieder wie ein Dreijähriger vor.

»Wie war es, Merlin?« fragte Avallach mich. Er stand da und hatte den Speer angelegt.

»Wahnsinnig zu sein?«

»Allein mit Gott zu sein«, erwiderte er. »Ich habe mich oft gefragt, wie es sein würde, in seiner Gegenwart zu sein – ihn zu sehen und zu hören, ihn zu seinen Füßen anzubeten.«

»Glaubst du, daß ich mit ihm allein war?« Es beschämte mich, zu erkennen, daß mir das nicht vorher bewußt geworden war. Doch durch die Jahre der Versenkung war Avallach für das Leben des Geistes empfindlich geworden.

»Mit wem sonst? Mit dem Großen Herrn selbst«, sagte er fröhlich, »oder einem seiner Engel. Beides eine große Ehre.« In diesem Augenblick flitzte ein Fisch unter dem Bootsbug hindurch, und im gleichen Augenblick blitzte Avallachs Speer auf. Als er ihn wieder aus dem Wasser zog, zappelte an den gezackten Widerhaken ein prachtvoller Hecht.

Während Avallach vorsichtig den Fisch abnahm, suchte ich nach einer Antwort. Natürlich war ich in der Wildnis am Leben erhalten worden. Dort hatte ich nie darüber nachgedacht, sondern angenommen, daß mein Leben bei den Hügelmenschen mich auf das Überleben in der Einöde gut vorbereitet hatte. Doch selbst dabei war wohl die Hand des Gütigen Gottes im Spiel gewesen.

Und endlich war er mir erschienen – das wußte ich und hatte es mir nicht laut einzugestehen gewagt. Doch Avallach hatte es erkannt und mit großer Begeisterung aufgenommen, und auch mit ein wenig frommem Neid. Über seinen Glauben staunte ich.

»Du bist glücklich unter den Menschen, Merlin. Sehr glücklich.« Er bückte sich und hob die Stange wieder auf, um das Boot weiter entlang des schilfbestandenen Ufers zu staken. »Ich, der ich es zuhöchst schätzen würde, auch nur einen Moment in der Gegenwart meines Herrn zu verbringen, muß mich mit Visionen seiner heiligen Schale zufriedengeben.«

Er sagte dies ganz nüchtern, aber ebenso ernsthaft wie aufrichtig. »Auch du hast sie gesehen?« fragte ich und vergaß ganz, daß ich ihm mein Erlebnis mit der Schale nie erzählt hatte.

»Ach, das habe ich mir gedacht.« Großvater zwinkerte mir zu. »Dann weißt du es.«

»Daß es sie gibt? Ja, das glaube ich.«

»Hast du sie berührt?« fragte er leise, ehrfürchtig.

Ich schüttelte den Kopf. »Nein. Wie bei dir war es nur eine Erscheinung.«

»Ach ...« Er setzte sich im Boot nieder und hielt die triefende Stange über den Knien. Die Stille wurde vom ruhigen Klatschen des Wassers gegen den Bootsrumpf und dem Quaken eines Frosches erfüllt. Als er wieder sprach, war es, als würde er mit einem Bruder ein Geheimnis teilen; so hatte er noch nie mit mir geredet.

»Weißt du«, sagte er, »bisher hatte ich geglaubt, die Schale des Herrn würde mir verweigert – wegen der großen Sünde meines Lebens ...«

»Sicher, Großvater, sind deine Sünden nicht größer als die anderer Menschen. Viel geringer, möchte ich meinen, als viele, die ich nennen könnte. Und du hast Jesu Vergebung ...«

Mein Versuch, es ihm leichter zu machen, war nur schwach, und womöglich hatte er mich gar nicht gehört, denn er fuhr fort: »Ich habe Morgian das Leben geschenkt.«

Beim Klang dieses Namens wurde mir das Herz in der Brust zu Blei. Morgian ... was hatte sie alles angerichtet, während ich der Menschenwelt abhanden gekommen war? Etwas sagte mir, daß ihre Hände nicht müßig gewesen waren. Ich sah sie als eine schwarze Spinne, die ein Netz verlockenden Todes um sich spann.

»Wo ist Morgian?« fragte ich, die Antwort fürchtend. Ich mußte es wissen.

Avallach seufzte müde. »Sie ist auf den Orkaden – einer Gruppe kleiner Eilande im nördlichen Meer. Ein guter Ort für sie, glaube ich; zumindest ist sie weit fort von hier.«

Von diesem Inselreich hatte ich gehört; auf britisch hieß es Ynysoedd Erch: die Inseln der Furcht. Und nun wußte ich, warum. »Was tut sie dort?«

Abermals seufzte der Fischerkönig müde. Keiner, der je so getrauert hat, kann die Qual von Eltern nachempfinden, deren Kind mißraten ist. Doch er ertrug seine Bürde wie ein König, ohne Selbstmitleid oder Entschuldigungen. »Was Morgian tut, weiß Morgian selbst allein. Doch vor kurzem haben wir gehört, daß sie einen Mann geheiratet hat, einen König namens Loth, und ihm Kinder geboren hat.

Von dem Manne weiß ich nichts und auch nicht von seinen unglücklichen Sprößlingen, aber im Norden gehen Sagen von großer Bosheit um, und von Schrecken, die jeder Beschreibung spotten. Das ist natürlich Morgians Werk, doch was sie vorhat, vermag ich nicht zu erraten.«

Ich vermochte es nur zu gut. »Ist über diese Kinder irgend etwas bekannt?«

»Nur, daß es sie gibt. Doch sonst, nein, nichts ... nein, nichts Sicheres über sie. Nur die Geschichten von Reisenden und finstere Gerüchte.«

Morgian hatte sich zu gedulden gelernt, das will ich ihr zugestehen. Sie wartete ihre Stunde ab und vervollkommnete sich zweifellos in ihren Künsten sowie den verbotenen Kenntnissen der Alten und gewann dabei Kraft und Wissen. Sie konnte abwarten, weil sie vielleicht wußte, daß die beste Zeit zum Zuschlagen für sie noch nicht gekommen war. Bald würde das Land im Chaos versinken, und dann würde sie ihre Gelegenheit erhalten. Wenn sie zuschlug, würde man es mit Sicherheit zu spüren bekommen.

Von diesem Augenblick an war mir klar, daß die Schwierigkeiten Britanniens sich nicht ganz ohne Berücksichtigung Morgians betrachten ließen. Allein die Tatsache, daß sie sich einen Briten zum Gatten genommen hatte – die Menschen auf den Orkaden sind eher Briten als Pikten oder Iren –, konnte nur heißen, daß ihr Ehrgeiz Blüten getrieben hatte, seit ich ihr zum letztenmal begegnet war. Damals wäre sie vielleicht mit einer oder zwei Seelen zufrieden gewesen, die sie hätte peinigen können, jetzt wollte sie ein ganzes Reich.

Großes Licht, sei der starke Schild vor deinen Kriegern, sei der Stahl in ihrer Hand!

Mir kam in den Sinn, die Seherschale zu Rate zu ziehen, um zu erkennen, was Morgian trieb. Obwohl ich innerlich vor einer Begegnung mit ihr zurückschrak, hätte ich es tun können. Doch schien es mir am besten, mich nicht einzumischen oder die Aufmerksamkeit irgendwie auf mich zu lenken. Ich wußte ja nicht, welche Kräfte sie besaß. Vermutlich hatte sie bereits erfahren, daß ich wieder unter die Lebenden zurückgekehrt war – und wenn nicht, dann würde sie es bald herausfinden. Es war besser, sie warten und grübeln zu lassen. Es lohnt nie, den Feind die eigene Stärke und Lage wissen zu lassen.

»Höre, Avallach«, sagte ich. »Du hast keinen Grund, dich wegen Morgian schuldig zu fühlen. Du bist für ihre Bosheit nicht verantwortlich.«

»Wirklich nicht?« Er runzelte die Stirn, als würde ihm etwas Gemeines auf der Zunge liegen. »Ich habe sie gezeugt, Merlin. Ach, was würde ich dafür geben, wenn … wenn …«

»Und wenn und wenn und wenn! Hörst du, was du sagst?« rief ich hitzköpfig. »Das Wenn kann an dem Ist nichts ändern!«

Ob meines Wutausbruchs blickte er mich leicht vorwurfsvoll an. »Nein, nichts läßt sich ändern, Merlin«, erwiderte er traurig. »Wir alle müssen unsere Fehler bis ins Grab tragen.«

Von da an redeten wir nicht weiter über die Sache, sondern wandten unser Gespräch fröhlicheren Dingen zu. Dennoch wunderte ich mich, warum seine Worte in mir eine solche Reaktion ausgelöst hatten.

»Aber er gibt sich die Schuld«, meinte Charis, als ich ihr später davon erzählte. »Er hält sich für verantwortlich.«

»Niemand kann sich die Schuld an den Taten eines anderen geben«, beharrte ich.

Mutter lächelte. »Einer tat es jedoch einst. Oder hast du das vergessen? Gibt es etwas, das verhindert, daß es wieder geschieht?«

Ich hatte es nicht vergessen, doch ich erinnerte mich nun abermals daran und sah die Sache in einem etwas anderen Licht. Wollte Charis etwa andeuten, daß Avallach wegen Morgian an Sühne dachte? Da hatte ich etwas Neues zu bedenken. »Das kannst du ihn nicht tun lassen«, sprach ich im Ernst. »Das darfst du nicht.«

»Merlin«, erwiderte sie beschwichtigend, »was ist nur los? Du bist beunruhigt, mein Sohn. Erzähle mir, was dich bewegt.«

Ich seufzte und schüttelte den Kopf. »Nichts ist los; es wird schon vorbeigehen.« Aus irgendeinem Grund fiel mir Maelwys ein, und ich erkundigte mich nach ihm: »Erzähle mir, wie Maelwys gestorben ist.«

»Es gab einen Angriff auf Maridunum«, erläuterte Charis.

»Wir wehrten die Eindringlinge bereits an der Küste ab, die Schlacht war vorüber, und er ritt mit einigen seiner Leute nach Hause. Er geriet in einen Hinterhalt, und die Villa wurde in Brand gesteckt …«

Während sie erzählte, füllte mein Herz sich mit Bildern von solchem Schrecken und solcher Pein, daß ich bei ihrem Anblick erbebte. Meine Mutter brach ihren Bericht ab. »Merlin, wie geschieht dir?«

Es dauerte eine Weile, ehe ich etwas sagen konnte. »Es liegen harte Zeiten vor uns«, erwiderte ich schließlich. »In der Finsternis werden viele fallen, und noch mehr werden an sie verlorengehen.« Ich blickte sie düster an, voll Haß auf das, was ich gesehen hatte. »Gewiß hat niemand, der jetzt lebt, jemals solches Unheil durchgemacht.«

»Ich schon, Merlin«, sagte sie leise zur Erwiderung auf den hoffnungslosen Unterton in meiner Stimme. »Ich habe es durchgemacht und Avallach auch und alle übrigen, die mit uns kamen.«

»Mutter, sieh dich um, es sind nur noch wenige übrig – jedes Jahr werden es weniger.«

Das war grausam von mir. Ich weiß nicht, warum ich es gesagt hatte, und sobald die Worte mir herausgerutscht waren, hätte ich mein Augenlicht dafür gegeben, sie wieder zurückzunehmen.

Charis nickte traurig. »Das ist wahr, mein Falke. Jedes Jahr werden wir weniger. Im vergangenen Winter ist mein Bruder Maildun gestorben.« Sie senkte den Blick. »Wir werden nicht überdauern. Einst hatte ich gehofft, wir würden einen Weg finden, hier zu überleben. Ich dachte, daß wir mit deinem Vater – durch deinen Vater und mich – in gewisser Weise überleben könnten. Aber es hat nicht sein sollen. Ja, unsere Tage auf dem Land hier sind beinahe vorüber, und bald werden wir dem Rest der Erde erstgeborener Kinder in den Staub folgen.«

»Es tut mir leid, Mutter. So hätte ich nicht reden dürfen. Verzeih mir.«

»Es ist die Wahrheit, Merlin. Für die Wahrheit braucht man sich nicht zu entschuldigen.« Sie hob den Kopf und blickte mir geradewegs in die Augen, und da erkannte ich, daß ich mich geirrt hatte, falls ich geglaubt haben sollte, daß *sie* aufgegeben hatte. »Aber es gibt eine größere Wahrheit, die nicht auf immer zum Schweigen gebracht werden darf: das Sommerreich. Solange ich lebe, lebt es auch. Und es lebt in dir, Merlin, und in allen, die glauben und folgen.«

Das Sommerreich... war es nur ein Traum vom Paradies? Oder konnte es wahr werden, hier und jetzt? Konnten an einem solchen Ort Menschen aus Fleisch und Blut wohnen?

Einst hatte Taliesin es ersonnen, hatte im Herzen seine Gestalt besungen; davon durfte man sich nicht abwenden. Jetzt das Königreich des Sommers zu verleugnen, hätte geheißen, sich in die Niederlage zu schicken, und letztlich in das Böse selbst. Denn wann auch immer die Vision eines größeren Guten in der Menschenwelt verkündet worden ist, muß man bis zum Tode nach ihr streben. Alles andere bedeutet Verleugnung, und die Verleugnung spottet des Großen Lichts, das der Vision innewohnt und ihr Leben einhaucht. Sich vom Guten abzuwenden, sobald man es erkannt hat, heißt, sich mutwillig dem Bösen zuzuwenden.

Taliesin hatte mir eine ungeheuerliche Last auf die Schultern geladen, denn mir oblag es, das Sommerreich ins Leben zu rufen. Hätte ich nur seine Stimme, seine Gaben besessen! Ich hätte es ins Leben singen können!

Dort! Ich kann ihn mit der Harfe in Händen sehen. Die schimmernden Töne fließen aus seinen Fingern, sein Gesicht glüht vom Widerschein seines Sangs... und oh, was für ein Sang – die Worte strömen aus seiner Kehle wie durch ein lebendiges Tor zur Anderswelt; sein Haar leuchtet im Fackellicht, die ganze Welt steht still und atemlos, als sie die herzzerreißende Schönheit seines Gesangs vernimmt... Ich sehe ihn und weine. Vater! Ich habe dich nie erlebt!

Ich blieb bis Neumond in Ynys Avallach und ließ die zeitlose Heiterkeit des Schlosses meine Seele erobern. Angesichts der turbulenten Tage, die vor mir lagen, konnte ich ein wenig Heiterkeit gut gebrauchen.

An einem kühlen, klaren Morgen ritten Pelleas und ich dann abermals hinaus, um die Insel der Mächtigen zu retten.

II

Aurelius und Uther begegnete ich unterwegs, als sie von der Schlacht gegen Vortigern zurückkehrten. Der alte Fuchs hatte ein klägliches Ende gefunden: in einem brennenden Turm eingesperrt, von seinen engsten Verbündeten verlassen. Sogar sein Sohn Pascent war an die Küste geflohen und hatte seinen Vater einsam der Gerechtigkeit überlassen. Darum war der Kampf kurz und heftig gewesen und folgenschwer. Den beiden Brüdern stand der Jubel noch ins Gesicht geschrieben, als ich sie ein Stück nördlich von Glevum traf, unweit der Stelle, wo sie Vortigern endgültig den Garaus gemacht hatten.

Aurelius war von seinen Anhängern sofort zum Hochkönig ausgerufen worden. Ich erblickte ihn und erschrak: Er war noch so jung!

»Du hast kaum sein Alter gehabt, als du den Torques anlegtest«, wisperte Pelleas mir zu, als wir darauf warteten, zu ihm geführt zu werden.

Das stimmte zwar wohl, aber ich hatte einen etwas reiferen Mann erwartet – und ächzte jetzt ob der Arbeit, die vor uns lag. Der junge Aurelius war nur dem Namen nach Hochkönig; seine größte Schlacht stand ihm noch bevor, denn er mußte die Unterstützung der Mehrheit der kleineren Könige erringen, von denen die meisten sich für höchst geeignet hielten, ganz oben zu herrschen, nachdem Vortigern untergegangen war.

Ihre Treueide zu gewinnen würde an sich schon eines rauhen Feldzugs bedürfen; um ihn noch blutiger zu machen, als er sowieso schon werden würde, hatte Hengist gerade noch gefehlt. Ich wußte, daß einige der rangniedrigeren Fürsten sich durch nichts anderes als rohe Gewalt würden überzeugen lassen. Das war schon schlimm genug, doch auch mit Hengist galt es fertig zu werden. Kurzum, ich sah keine andere Wahl, als Aurelius zu raten, kurzen Prozeß mit allen zu machen, die ihn nicht auf den Schild heben wollten.

Falls er auf mich hören wollte. Ich hatte kein Recht, dergleichen zu erwarten. Pelleas war zuversichtlicher. »Jedermann hat schon von Myrddin Emrys gehört«, meinte er zu mir. »Natürlich wird er dich empfangen. Er wird dich willkommen heißen wie einen Bruder.«

Wie einen schlecht beleumdeten Onkel, stellte sich heraus. Doch er erklärte sich bereit, mit mir zu sprechen, und das war ein Anfang. Ich saß Aurelius in seinem Lederzelt am Tisch gegenüber, und wir tranken gemeinsam Met, während er mich beobachtete und versuchte, über mich ins klare zu kommen. Uther hatte sich bereits entschieden und zappelte und wackelte im Hintergrund herum. Er versuchte die Aufmerksamkeit seines älteren Bruders zu erregen, damit er sagen konnte, was er dachte – und das würde keineswegs schmeichelhaft sein, dessen war ich mir sicher.

Aurelius wirkte grüblerisch, was von seinem schwarzgelockten Haar, das nach kaiserlicher Art kurz geschoren war, und dunklen, ganz dunklen Augen unterstrichen wurde, die tief unter noch dunkleren Brauen in seinem Kopf saßen. Er hatte eine hohe, edle Stirn und ein schön gestaltetes Gesicht ohne ausgeprägte Züge, das von den vielen Tagen im Freien sonnengebräunt war.

Außerdem besaß er Maximus' Schwert. Obwohl ich es nicht gesehen hatte, seit ich dem Dux Britanniarum damals als junger Knabe auf Elphins Feste begegnet war, erkannte ich es sofort: den feingeglätteten Stahl, das Bronzeheft, das mit silbernen Tressen besetzt war, der große, zum Adler geschnitzte Amethyst, der purpurn am Griff blitzte – dergleichen gibt es kein zweites Mal auf der Welt.

Wie er daran gekommen war, konnte ich mir denken. Wie er es zu halten vermocht hatte, war das eigentliche Wunder. Hätte Vortigern oder sonst jemand davon erfahren, so hätte Aurelius nicht bis zu diesem Tag gelebt. Der alte Gosselyn rettete die Knaben, und er rettete das Schwert. Und damit vollbrachte er mehr, als er wußte.

Aurelius musterte mich sorgsam. Der Ausdruck leichter Verachtung, der seine Züge verzerrte, gab mir zu erkennen, daß er nicht viel von meiner Einmischung in seine Pläne hielt.

Doch ob es ihm beliebte oder nicht, wir mußten miteinander auskommen. Denn keinem von uns beiden stand eine andere

Wahl offen. Alles lief auf uns hinaus. Ich wußte mich damit abzufinden, doch ob das auch für Aurelius galt, war mir nicht klar.

»Es freut mich, endlich den berühmten Merlin kennenzulernen«, sagte Aurelius so diplomatisch wie möglich. »Dein Ruhm eilt dir voraus.«

»Wie dir der deine, Sire.« Ich benutzte die neuerdings übliche Anrede, um ihm zu zeigen, daß ich seinen Anspruch auf das Hochkönigtum unterstützte. Das gefiel ihm ungeheuerlich, und seine Augen leuchteten auf.

»Tatsächlich?« Er wollte es aus meinem Munde hören.

»Wie auch nicht? Du hast den Thronräuber Vortigern geschlagen und den Blutzoll eingefordert, den er dir so viele Jahre schuldig war – und das auf höchst eindrucksvolle Weise. Die ganze Welt singt dein Loblied.«

Ob er das Zeug zum Hochkönig hatte oder nicht, meine kleine Rede würde es an den Tag bringen.

Er lächelte, schüttelte aber bedächtig den Kopf. »Sicherlich nicht die ganze Welt. Ich kann mir eine ganze Reihe von Menschen vorstellen, die jetzt ihr eigenes Lob singen – und einige davon gehören zu denen, die noch vor ein paar Tagen an meiner Seite marschierten.«

Also biß er auf den Köder nicht an. Gut gemacht, Aurelius! Meine nächste Probe galt einem anderen Feld. »Nun, was soll's? Was tut's, was ein paar wichtigtuerische Murrer denken?«

»Ich wünschte nur, ich könnte sie so leicht abtun. Fürwahr, Merlin, ich brauche jeden einzelnen von diesen Murrern. Außer ihnen steht nichts zwischen mir und Hengist.« Er lächelte plötzlich. »Zwischen meinem Hinterteil auf dem Thron und dem des blutrünstigen Sachsen.«

»Dein Hinterteil ist höchst bewundernswert, mein König«, sprach ich mit feierlichem Spott zu ihm. »Und dem eines Sachsen bei weitem vorzuziehen.« Darauf mußten wir beide lachen. Pelleas und Uther blickten uns an, als wären wir vollkommen betrunken.

»Mein Herr Bruder«, wandte Uther ein, der nicht mehr an sich halten konnte, »du hast diesen Mann eben erst kennengelernt, und schon sprichst du im Vertrauen mit ihm.«

»Eben erst kennengelernt? Ach, das glaube ich nicht, Uther.

Ich kenne diesen Mann schon seit langem, will mir scheinen. Und wir haben einander auf die Probe gestellt, seitdem er in dieses Zelt getreten ist.« Aurelius wandte sich wieder mir zu. »Ich will dir vertrauen, Merlin Ambrosius. Du sollst mein Ratgeber sein ...« Hier schnaubte Uther laut und schüttelte heftig mißbilligend seine roten Locken. »Er soll mein Ratgeber sein, Uther! Ich brauche einen Beistand, und wir sind nicht gerade mit Freiwilligen gesegnet.«

Uther gab nach, denn Aurelius hatte sich für die Sache erwärmt. »Ja, heute morgen ist wieder eine Schar aufgebrochen – ist vor dem Morgengrauen von der Fahne gegangen. Meine Fürsten und Führer lassen mich im Stich, Merlin. Ich habe sie von Vortigern befreit, und jetzt wenden sie sich gegen mich.«

»Wie viele Krieger hast du noch übrig?«

»Hier sind etwa zweihundert, und einen Tag zurück noch fünfhundert weitere.«

»Siebenhundert Mann sind nicht zuviel gegen Hengist«, knurrte Uther.

»Ja«, räumte Aurelius kläglich ein.

»Das sieht schlimmer aus, als ich dachte«, sagte ich.

Aurelius schüttete sich den Rest seines Mets in die Kehle und saß düsteren Blickes da. Wie rasch sich die Laune der Jugend ändern kann!

»Doch nicht so schlimm, wie es sein könnte«, fing ich an. »Ich habe Freunde im Westen und im Norden. Ich glaube, wir können sie zu deinen Verbündeten rechnen.«

»Im Norden!« Aurelius klatschte mit der flachen Hand auf den Tisch. »Bei meinem Leben, Merlin, wenn ich den Norden hinter mir hätte, würden der Süden und die Mitte sich mir anschließen.«

»Im Westen liegt die wahre Macht, Aurelius. Das war immer so. Das haben die Römer nie erkannt, und darum haben sie die Insel nie richtig in den Griff bekommen.«

»Im Westen?« höhnte Uther, als handle es sich um eine Krankheit. »Viehdiebe und Kornhändler.«

»Das haben die Römer auch gedacht«, versetzte ich. »Und wo ist Rom jetzt?«

Träge starrte er mich an, als ich fortfuhr: »Doch ziehe nach Dyfed und Gwynedd und überzeuge dich selbst – die Kymren sind noch da. Sie herrschen noch immer über ihre Klans mit Fürstenhäusern, die über fünfhundert Jahre zurückreichen, ja tausend! Und sie sind so stark wie je, vielleicht sogar stärker, weil Rom sie nicht länger an Männern und Tribut ausbluten lassen kann. Viehdiebe und Kornhändler! Waffen allein machen einen König nicht stark, er braucht auch Vieh und Korn dazu. Der König, der das endlich begreift, wird schließlich Hochkönig werden.«

»Gut gesprochen, Merlin! Gut gesprochen.« Aurelius schlug wieder auf den Tisch. »Was schlägst du vor? Sollen wir erst gen Westen reiten? Oder gen Norden?«

»Gen Westen…«

»Dann laß uns sofort aufbrechen. Heute noch!« Aurelius stand auf, als wollte er hinausschießen und aufs Pferd springen.

Kopfschüttelnd erhob ich mich langsamer. »Ich gehe allein.«

»Aber…«

»Ich halte es für das Beste, allein zu gehen. Es ist lange her, daß ich dort gelebt habe. Es wäre gut, wenn ich erst erkunden würde, wie die Dinge stehen, ehe ich mit einem Heer ankomme. Laß sie mich für dich gewinnen, ehe du mit ihnen zu tun bekommst.«

»Und was tun wir, solange du Königsmacher spielst?« wollte Uther wissen. Der Ausdruck war für mich ein Schlag ins Gesicht.

»Den Königsmacher spiele ich, Uther, ganz genau, mein Junge«, brummte ich. »Täusche dich nicht – ihr habt zwar einen großen Sieg errungen, aber über einen alten Mann, der bereits erschöpft und arg gehetzt war.«

Darauf ergrimmte er und schaute mich mit einem Mörderblick an. Doch ich blieb schonungslos: »Weder du noch dein Bruder werdet ohne mich als Königsmacher diesen Sommer überstehen. So und nicht anders steht es.«

»Bleibt uns denn keine Wahl?« jammerte er.

»Natürlich bleibt euch eine Wahl. Ihr könnt auf mich hören und tun, was ich sage, oder ihr könnt euch ein Grab irgendwo am Wegesrand suchen und euch Erde übers Gesicht schaufeln, oder ihr könnt nach Armorica zurücksegeln, um den Rest eures kümmerlichen Lebens an Hoels Hof zu schmachten.«

Ich schoß ihnen genau zwischen die Augen, doch sie nahmen

es wie Männer hin und zuckten nicht zusammen. Es gefiel ihnen nicht, aber sie greinten auch nicht wie verzogene Kinder. Hätten sie das getan, wäre ich aus dem Lager geritten und nie wiedergekehrt.

Doch so war der Anfang gemacht. Aurelius' klares Denken überwog Uthers unüberlegte Heißblütigkeit, und ich wurde zum Ratgeber des Hochkönigs ernannt – des künftigen Hochkönigs sollte ich sagen, denn wir hatten noch viel zu tun, ehe er sein Hinterteil auf den Thron setzen konnte.

Noch am selben Nachmittag ritten Pelleas und ich nach Dyfed, mit nichts als ein paar goldenen Armbändern, die Aurelius als Geschenke sandte, wie ich es für angemessen hielt. Diese würden natürlich willkommen sein, eine höfliche Geste – wenngleich sich die argwöhnischen Kymren nicht durch Goldgeschenke allein würden gewinnen lassen. Sie würden wissen wollen, wer dieser emporgekommene Hochkönig war und aus welchem Holz er geschnitzt war; schließlich würden sie ihm in Fleisch und Blut gegenüberstehen wollen. Mit der Zeit würden sie schon kommen, aber ich wollte den Weg dafür bereiten.

Beim ersten Blick auf mein einstiges Heimatland schnürte es mir die Kehle zu, und meine Augen trübten sich. Wir hatten ein Stück abseits der alten Straße nach Deva auf einer Hügelkuppe angehalten, von der aus man die breiten Rücken der westlichen Hügellandschaft überschaute. Diese hohen, stattlichen Hügel, an deren langem Gras der Wind zupfte und deren frisches Heidekraut er zerzauste, kündete mir von einer glücklicheren Zeit – von einer Zeit, als ein frischgebackener König mit seiner stolzen Kriegerschar über die Hügel geritten war und sich rastlos bemüht hatte, sein Reich zu sichern.

Damals blickten wir Richtung Meer. Heute hatten sich die Eindringlinge auf unserem eigenen Boden festgesetzt. Vortigern hatte im Tausch gegen Schutz Hengist und seinem Bruder Horsa entlang der Küste im Südosten Land *geschenkt*. Es stimmte zwar, daß der Fuchs keine bessere Wahl hatte – so sehr waren die untergebenen Könige gegen ihn, daß sie sich auf Hengists Seite geschlagen hätten, wäre Vortigern ihnen nicht zuvorgekommen! Doch stellte sich der Handel am Ende als vernichtend heraus. Hengist biß nicht nur in die Hand, die ihn nährte, sondern wollte sie bis zur Schulter abreißen!

Nach einer Weile drängte Pelleas die Pferde weiter, und wir machten uns an den Abstieg in das lange, gekrümmte Tal, das sich zwischen den Hügeln dahinschlängelte und mit der Zeit nach Dyfed führte. In jener Nacht schlugen wir in einem Hain um einen munter fließenden Quell unser Lager auf und erreichten am folgenden Tag bei Sonnenuntergang Maridunum, das inzwischen Caer Myrddin hieß.

Im ersterbenden Licht – gleich den glimmenden Kohlen eines verlöschenden Feuers – ganz karmesinrot, gold und weiß, wirkte die Stadt unverändert: Ihre Straßen waren gepflastert, ihre Mauern standen fest, die Häuser massig und aufrecht. Doch es war ein Trugbild: Als wir gemächlich durch die Straßen ritten, bemerkte ich, daß die Mauern an zahllosen Stellen Breschen aufwiesen, die Straßen kaputt waren, die Häuser verfallen. Zwischen den Ruinen rannten Hunde herum, und irgendwo greinte ein Säugling, doch sahen wir niemanden.

Pelleas wollte den Kopf nicht nach links noch nach rechts wenden, sondern ritt ohne einen Blick zur Seite geradewegs voran. Ich hätte es genauso machen sollen, konnte mir aber nicht helfen. Was war mit der Stadt geschehen?

Maridunum war nie mehr als ein verlotterter, heruntergekommener Marktflecken gewesen. Doch er war belebt gewesen. Offenbar war es mit dem Leben vorbei, und der Ort war zur Wohnstatt herrenloser Hunde und Gespensterkinder geworden. Selbst als ich durch das übel zugerichtete Maridunum ritt, war ich keineswegs auf den Schrecken vorbereitet, der mich traf, als ich mein altes Zuhause und mein Geburtshaus wiedersah – die Villa auf dem Hügel. Es war, als wäre ich mit meinem Ritt durch die Stadt um ein paar Jahrhunderte zurückversetzt worden, denn die Villa war verschwunden, und an ihrer Stelle stand eine Hügelfeste mit einer Halle aus Holz und Palisaden, umgeben von tiefen Gräben – ein in der nördlichen Wildnis häufiger Anblick, der jedoch im zivilisierten Süden seit über zehn Generationen nicht mehr zu sehen gewesen war.

Für jedermann mußte es wie eine keltische Siedlung aus jener Zeit wirken, als die Adler noch keinen Fuß auf die Insel der Mächtigen gesetzt hatten.

Pelleas ritt den Pfad voran und wartete unterhalb der Tore, die bereits zur Nacht geschlossen waren, obschon der Himmel im

Westen noch hell war. Doch auf Pelleas' Ruf hin wurden die Holztore bereitwillig geöffnet, und wir ritten in eine Umfriedung voller kleiner Hütten aus Holz und Stroh, die um eine große Halle aus Holz von eindrucksvollen Ausmaßen standen. Von der Villa, die einst auf demselben Boden gestanden hatte, war keine Spur mehr zu sehen.

Zu Taliesins Zeiten hatte an diesem Herrschaftssitz der Siluren und Demeten Pendaran Gleddyvrudd geherrscht und sich im Alter den Thron mit seinem Sohn Maelwys geteilt und für kurze Zeit sogar mit mir. Rotschwert war natürlich schon lange tot und sein Sohn Maelwys leider auch.

Die Zeiten ändern sich, und die Erfordernisse mit ihnen. Zweifellos war die Hügelfeste ihren Bewohnern wesentlich zweckdienlicher. Doch die Villa fehlte mir, und ich fragte mich, ob die kleine Kapelle im Wald wohl noch stand oder ob sie durch einen Tempel für einen älteren Gott ersetzt worden war.

Pelleas stieß mich an. »Sie kommen, Herr.«

Als ich mich umdrehte, sah ich aus dem großen Saal Männer mit Fackeln in der Hand kommen. Ihr Anführer war ein reifer Mann von ansehnlicher Statur, dessen gefettetes Haar im Nakken zusammengebunden war. Er trug einen goldenen Torques um den Hals. Seine Ähnlichkeit mit Maelwys war groß genug, daß ich Pendarans Linie darin erkannte.

»Seid gegrüßt, Freunde«, sprach er mit selbstverständlicher Freundlichkeit, wenngleich er mich mit wacher Neugier betrachtete. »Was führt euch hierher?«

»Ich bin gekommen«, erwiderte ich, »um einen Herd aufzusuchen, an dem ich einst daheim war.«

»Es ist bald dunkel – zu dunkel, um nach einer Siedlung zu suchen. Bleib heute nacht bei uns« –, sein Blick war zu der Harfe hinter meinem Sattel geschweift – »und wir helfen dir morgen bei deiner Suche.«

Tewdrig selbst redete da mit mir; er hatte Maelwys' großzügiges Wesen geerbt. Doch ich entgegnete: »Fürwahr, dies ist der Ort, den ich suche.«

Er trat näher, legte die Hand auf das Zaumzeug meines Pferdes und spähte mir ins Gesicht. »Kenne ich dich? Wenn ja, dann sage es mir, denn ich kann mich nicht erinnern, dich jemals in diesen Mauern gesehen zu haben.«

»Nein, es gibt keinen Grund, daß du mich kennen solltest. Es ist lange her, daß ich hier war – als die Festung noch eine Villa war und Maelwys ihr König.«

Er starrte mich ungläubig an. »Myrddin?«

»Ich bin Myrddin«, antwortete ich ruhig. »Und ich bin zurückgekehrt, Tewdrig.«

»Du bist hier willkommen, Herr. Willst du nicht eintreten und dich an meinen Tisch setzen?«

»Das«, sagte ich und stieg aus dem Sattel, »wollen wir sehr gern tun.«

Pelleas und ich wurden von der ganzen Menge in den großen Saal geführt. Die Nachricht von meiner Ankunft verbreitete sich unter ihnen wie Funken im Wind, und das Gedränge um uns ward groß. Obschon der Saal geräumig war, füllte er sich rasch mit einer Unzahl von Menschen, daß es vor Aufregung nur so summte und Tewdrig schreien mußte, um gehört zu werden.

»Herr, dein Erscheinen hier kommt unverhofft. Wenn du nur deinen Bedienten vorausgeschickt hättest, um uns vorzuwarnen, hätte ich dir ein Festmahl bereiten können. Doch so …« Mit einer unsicheren Handbewegung umschloß er den Saal. Auch wenn er nicht festlich geschmückt war, so handelte es sich doch um keinen schäbigen Raum. Nach einem kurzen Blick konnte ich vermuten, daß die Demeten und Siluren noch immer wohlhabend waren und folglich auch mächtig.

»So wie der Saal ist«, erwiderte ich freimütig, »wollte ich ihn sehen.« Daß er das Wort ›warnen‹ gebraucht hatte, war mir nicht entgangen, denn trotz seines ehrlichen Willkommens verriet es die Sorge in seinem Herzen. Seine Befürchtungen hätte ich mit einem Wort zerstreuen können, doch entschied ich mich, noch einen Augenblick damit zu warten, um genauer herauszufinden, aus welchem Holz er geschnitzt war.

Tewdrig ließ Essen bringen und Bier im Gastbecher – einer riesigen Silberschale mit doppelten Henkeln, die mir von einem hübschen Mädchen mit langen dunklen Zöpfen dargereicht wurde. »Das ist Govan, meine Gattin«, stellte Tewdrig sie mir vor.

»Willkommen, Freund«, erwiderte Govan artig. »Gesundheit und Glück auf deiner Reise.«

Daraufhin nahm ich von Govan die Schale entgegen, hob sie

an den Henkeln empor und trank. Der Trunk war hell, schaumig und kühl und regte meinen Appetit auf wunderbare Weise an. »Anscheinend hat die Braukunst neue Höhen erreicht, seit ich das letzte Mal eine solche Schale hielt«, meinte ich. »Dieses Gebräu ist jeden Königs würdig.«

»Wenn du deine Geschäfte hier erledigt hast, sollst du ein ganzes Faß davon mitbekommen«, erwiderte Tewdrig.

Er versuchte sein Bestes, mich so weit zu bringen, über mein Vorhaben zu sprechen. Ich konnte mir vorstellen, welche Gedanken sich in seinem Kopf drehten. Wenn Myrddin, der frühere Herr und König dieses Reiches, zurückgekehrt war, dann konnte das nur einen Grund haben: seinen Anspruch auf den Thron zu bekräftigen und sein Land wieder in Besitz zu nehmen. Und wo, fragte er sich, würde er dabei bleiben? Der Umstand, daß ich keine Kriegerschar mit mir führte, war ihm nicht entgangen und brachte ihn ins Grübeln.

»Ich danke dir von Herzen«, entgegnete ich und gab die Schale zurück. In diesem Augenblick wurde aus der Küche das Essen aufgetragen. Wir nahmen unsere Plätze ein: Ich setzte mich zu seiner Linken, Govan mit ihrem Säugling Meurig zu seiner Rechten. Dann fingen wir zu essen an.

Während des Mahls machte ich Bemerkungen über die Veränderungen, die ich an der Stadt und dem Caer wahrgenommen hatte. Tewdrig bedauerte den Verfall der Stadt und die Notwendigkeit, daß eine Fliehburg hatte gebaut werden müssen. »Die Villa hat sich nicht retten lassen«, sagte er, »wenngleich wir alle Schätze bewahrt haben, soweit wir konnten.« Er deutete auf den Boden am Herd, wo ich das alte Mosaik aus roten, weißen und schwarzen Fliesen erkannte, das Gleddyvrudds Saal geschmückt hatte.

Es war so traurig, etwas so Herrliches zu verlieren. Und wir verloren so vieles, was nie wieder ersetzt werden würde. »War es schlimm?« fragte ich nachdenklich.

Er nickte bedächtig. »Schlimm genug. Demselben Überfall, dem Maelwys zum Opfer fiel, erlagen auch die Stadt und die Villa. Mein Vater Teithfallt rettete, was er konnte, aber es war nicht mehr viel übrig.«

Als das Abendmahl beendet war, schoben ein paar von den Knaben, welche die Harfe hinter meinem Sattel gesehen hatten, einen Mutigeren aus ihrer Mitte vor, um den Herrn um Nachsicht zu bitten; sie hätten ein Anliegen an mich.

Tewdrig war drauf und dran, den vorwitzigen Burschen mit einer strengen Schelte ob seiner Ungezogenheit fortzuschicken, doch ich griff ein. »Es würde mir große Freude machen, ihnen ein Lied zu singen, Herr Tewdrig.«

Da sperrte der Knabe die Augen auf, denn er merkte, daß ich sein Anliegen erraten hatte, ehe er es ausgesprochen hatte. Fürwahr, ich hatte den gleichen Blick aus zu vielen Knabengesichtern gesehen, um nicht zu wissen, was er bedeutete.

»Bring mir meine Harfe, Gelli«, sagte ich zu ihm. Er starrte mich an und wunderte sich, daß ich seinen Namen kannte. Wie so viele Dinge seit meinem Wahnsinn, wußte ich ihn selbst nicht, ehe ich ihn ausgesprochen hatte. Doch wenn ich etwas einmal ausgesprochen hatte, dann wußte ich, daß es stimmte.

»Na los«, meinte Tewdrig, »steh nicht da und schnappe nach Luft wie ein Fisch auf dem Strand. Hol die Harfe, Bursche, aber schnell!«

Ich sang aus der Sage von Llyrs Töchtern und erfreute ganz Caer Myrddin. Als ich ans Ende kam, riefen sie nach mehr, aber ich war müde und legte die Harfe beiseite. Doch versprach ich ihnen, ein andermal zu singen, und die Leute begannen zu ihren Schlafplätzen davonzuschlurfen. Königin Govan wünschte uns eine gute Nacht und trug den gähnenden Meurig fort. Tewdrig ließ noch mehr Bier kommen, und wir zogen uns, von Pelleas und zwei Ratgebern des Königs begleitet, in sein Privatgemach zurück, das hinter einer Trennwand aus Flechtwerk am Ende des Saals lag.

Es war klar, daß der Herr über Caer Myrddin eine genaue Erklärung für mein Kommen wollte, und wenn es die ganze Nacht dauerte. Ich hatte an dem Abend genug gesehen, um zu wissen, daß Tewdrig ein ehrenwerter Mann war; und gleich, wie die Dinge zwischen uns zu stehen kämen, würde er dem willfahren, was von ihm verlangt würde.

Daher beschloß ich, seinen Sorgen ein rasches Ende zu bereiten.

Wir ließen uns auf Stühlen einander gegenüber nieder. Vom Balken über uns hing ein Binsenlicht herab, das einen groben Lichtkreis warf, als wäre ein schimmernder Mantel über uns gebreitet. Einer seiner Männer füllte silberumrandete Hörner mit Bier und reichte sie uns. Schweigend, ausdruckslos stand Pelleas hinter meinem Stuhl, seine hohe, stattliche Gestalt einem Schutzengel gleich – was er in gewisser Weise auch war.

Tewdrig nahm einen tiefen Schluck und wischte sich mit Daumen und Zeigefinger den Schaum von seinem tropfenden Schnurrbart. Dabei musterte er mich die ganze Zeit. Mir fiel auf, daß keiner seiner Leute mit ihm trank. »Es war«, fing er langsam, freundlich an, »ein reizvoller Abend. Bardengesang ist schon zu lange nicht mehr an meinem Herd vernommen worden. Ich danke dir, daß du meinen Saal heute abend mit Freude erfüllt hast. Ich möchte dich für dein Lied belohnen ...« Er hielt inne und sah mir gerade ins Gesicht. »Doch etwas sagt mir, daß du nichts von mir annehmen würdest als das, was zu empfangen du hierhergekommen bist.«

»Herr und König«, sprach ich rasch, »fürchte nicht meinetwegen um deinen Thron. Ich bin nicht gekommen, um Anspruch darauf zu erheben, obzwar ich es mit gutem Recht dürfte, wenn es mein Wille wäre.«

»Doch das ist es nicht?« Zerstreut rieb er sich das Kinn.

»Nein, das ist es nicht. Ich bin nicht gekommen, um mein Reich zurückzufordern, Tewdrig.«

Sein Blick schweifte zu seinen Männern, und sie tauschten ein geheimes Zeichen aus, denn sofort schmolz die kaum merkliche, aber vorhandene Spannung im Raum dahin. Es wurde mehr Bier gebracht, und alle tranken. Die Krise war abgewendet.

»Ich will dir die Wahrheit sagen, Myrddin«, sprach Tewdrig. »Ich wußte nicht, was ich mit dir tun würde. Es ist dein Reich, und zu Recht; das gebe ich vor dir zu. Ich wollte dir dein Recht nicht streitig machen ... aber ich bin seit so vielen Jahren hier König, und mein Vater war es vor mir ...«

»Es bedarf keiner Erklärungen, Tewdrig. Ich verstehe dich wohl. Aus diesem Grunde dünkt es mich das Beste, meinen Anspruch fallenzulassen. Es ist zu vieles geschehen, zu viele Jahre sind vergangen, als daß ich meinen Thron wieder einnehmen könnte. Myrddin wird nicht mehr König sein.«

Tewdrig nickte mitfühlend, erwiderte aber nichts.

»Nein«, fuhr ich fort. »König will ich nicht wieder sein. Doch in Erinnerung an vergangene Zeiten, als ich König von Dyfed war, bin ich hierhergekommen, um dich um deine Unterstützung für einen anderen zu bitten, der deine Hilfe bitter nötig hat.«

»Wenn er dein Freund ist, Myrddin«, entgegnete Tewdrig großspurig – aber gewißlich erleichtert –, »werden wir ihm jegliche Hilfe gewähren, die du für richtig hältst. Du brauchst es nur zu sagen.«

Ich beugte mich vor. »Es ist klüger, nichts zu versprechen, ehe der Wunsch geäußert ist. Doch die Not ist so groß, daß ich dich so oder so in Anspruch nehmen würde. Ich verlange jedoch nichts Geringes von dir.«

»Verlange es, Freund.«

»Hochkönig Vortigern ist tot…«

»Vortigern ist tot!«

»Wie das?« fragte einer von Tewdrigs Leuten. »Seit wann?« ein anderer.

»Seit ein paar Tagen. Er wurde von Aurelius geschlagen, dem Sohn von Constantin, dem rechtmäßigen Hochkönig. Aurelius hat die Stelle seine Vaters eingenommen, aber es gibt viele, die sich für würdiger halten, auf des Hochkönigs Thron zu sitzen. Schon jetzt wenden sich diejenigen, die an seiner Seite fochten, gegen ihn. Aurelius wird den Sommer nicht überstehen…«

»Ohne Unterstützung.«

»Ohne Freunde«, sagte ich.

»Ich habe für Constantin nicht viel übrig gehabt, und für Vortigern noch viel weniger; sie waren beide hochfahrende, törichte Männer. Es ist Vortigerns Schuld, daß wir nun den Grimm der Sachsen erdulden müssen.« Tewdrig hielt inne, nahm einen langen Schluck und setzte das Horn wieder ab. »Wenn Aurelius selbst hierhergekommen wäre und mich um Hilfe gebeten hätte, dann hätte ich ihn schnell fortgeschickt. Doch du, Myrddin, setzt dich für ihn ein. Warum?«

»Weil, mein Herr Tewdrig, er alles ist, was zwischen uns und der Sachsenmeute steht.«

Daran hatte Tewdrig eine Weile zu kauen. »Tatsächlich?«

»Wenn es nicht so wäre, wäre ich nicht auf diese Weise zu dir gekommen. Fürwahr, Aurelius ist alles, was wir haben.«

»Aber wir haben doch Waffen«, beharrte einer von Tewdrigs Räten. »Und wir haben Männer und Pferde, um sie zu gebrauchen. Wir können es mit jeder Sachsenrotte mehr als aufnehmen.«

»Könnt ihr das wirklich?« fragte ich zornig. »Wann hast du zum letztenmal mit bloßer Klinge in deiner Hand im Tosen sächsischer Schlachthörner gestanden, während ein Haufen sächsischer Berserker übers Schlachtfeld auf dich zustürmte?« Der Mann gab keine Antwort. »Ich sage euch, daß Hengist das größte Kriegsheer versammelt hat, das man je auf der Insel der Mächtigen gesehen hat. Und noch ehe der Sommer vorbei ist, will er auf dem Thron sitzen – und das wird er auch, denn wir sind zu sehr damit beschäftigt, uns untereinander zu zanken, um gegen ihn die Waffen zu ergreifen.«

»An dem, was du sagst, ist etwas dran«, räumte Tewdrig ein.

»Was ich sage, ist wahr.«

»Was sollen wir deiner Ansicht nach tun?« fragte der König.

»Zweierlei«, entgegnete ich. »Laß den Gedanken, Hochkönig zu werden, fahren, falls du ihn hast. Das kann nicht sein. Dann sammle die Kriegerscharen der Demeten und Siluren und reite mit mir, um sie Aurelius zuzuschwören.«

»Für wie lange?« fragte einer der Männer.

»Solange er sie braucht. Für immer.«

Tewdrig zupfte an seinem Kinn und schaute zwischen seinen Ratgebern hin und her. »Das können wir heute abend nicht entscheiden«, sagte er schließlich. »Es ist schon spät. Ich will die Sache überschlafen und dir meine Entscheidung am Morgen mitteilen.«

»Es kann bis morgen warten«, stimmte ich zu, stand auf und fügte warnend hinzu: »Doch nicht länger. Ruhe wohl, Tewdrig.«

III

Am nächsten Morgen stand ich früh auf, um Tewdrigs Ratschluß entgegenzunehmen. Doch der König war nicht aufzufinden. Sein Gemach stand leer, und keiner wollte sagen, wann und wohin er fortgegangen war. Ich konnte nichts anderes tun als auf seine Rückkehr warten – und mir dabei das Schlimmste denken.

Am späten Vormittag frühstückte ich auf Pelleas' Drängen ein paar kleine Roggenbrötchen und etwas mit Wasser verdünnten Wein. Dann ging ich hinaus und spazierte durch den Caer: Unter der neuen Siedlung versuchte ich die alte wiederzufinden. Hier sah es so aus, wie ich es mir in Großvater Elphins Caer Dyvi in Gwynedd vorstellte: Das geschäftige und emsige Treiben spielte sich vollständig hinter einem wehrhaften Erdwall ab, auf dem ein Holzzaun errichtet worden war.

Und die Menschen erst! War dies der gleiche Schlag, den ich einst in meiner kurzen Zeit als König regiert hatte? Sie kleideten sich nicht wie die Briten, an die ich mich erinnerte, sondern wie die Kelten aus früheren Zeiten: Die Frauen hatten lange, bunte Kleider an, die Männer leuchtend karierte Hosen und Hemden, und beide Geschlechter die typischen karierten Umhänge der Kymren. Ihr Haar trugen sie lang, zu festen Zöpfen oder lockeren Pferdeschwänzen zurückgebunden. Wohin ich auch sah, es blitzte an Hals, Handgelenk, Arm und Schulter vor Gold, Silber, Bronze oder Kupfer, und die Schmuckstücke waren sämtlich in den pfiffigen Mustern der keltischen Handwerker geschmiedet.

Niedrige Häuser, die zumeist aus zusammengebundenen Bohlen und einem ordentlichen Reetdach bestanden, boten einander gegenseitig Schutz, so daß nur schmale Wege zwischen ihnen hindurchführten und sie nicht mehr als den früheren Hof der Villa ausfüllten. Tewdrigs Schmied nahm den Hügel ein, auf dem einst der alte Heidentempel gestanden hatte. Die Schmiede war aus Stein gebaut, vermutlich den Steinen des Tempels selbst.

Nun denn, sollen in den Tagen der Mühsal, wenn die Menschen den Stahl anbeten, die Tempel zu Eisenhütten werden!

Doch an jenem Morgen, der so hell von den Versprechen des Sommers war, schienen die Sturmwolken weit weg. In der Tat sehr weit weg von diesem Reich des Friedens. An einem solchen Tag fürchtete ich, daß Tewdrig sich gegen mich entscheiden würde.

Fürwahr, würden seine Räte sagen, *es besteht kein Grund, die Ansprüche eines emporgekommenen Hochkönigs zu fördern. Was geht es uns an, daß er sich kaiserlichen Blutes rühmt? Wenn Aurelius Hochkönig werden will, soll er sich den Thron mit der Macht seines Schwertes erringen. Gleich, was geschieht, ist es seine Sache und nicht die unsere. Wir haben unsere eigenen Sorgen.*

Ich hörte schon, wie sie Tewdrig zu dem verleiteten, wozu er sowieso neigte, und fürchtete, daß meine Bemühungen fruchtlos gewesen wären. Und wie konnte ich etwas von den Königen des Nordens erwarten, wenn ich die Stimmung der Demeten und Siluren, über die ich einst geherrscht hatte, falsch eingeschätzt hatte? Wenn ich vielleicht meinen Anspruch auf den Thron als Druckmittel eingesetzt hätte ... dann vielleicht ... doch nein; die Saat war ausgebracht. Auf die Ernte würde ich nun warten müssen.

Und ich wartete – wie ein Jagdhund vor dem Dachsbau. Wann würde Tewdrig zurückkommen?

Besorgt, entnervt, des Wartens müde döste ich vor dem Abendessen schließlich ein. Kurze Zeit später weckte mich Pelleas mit einem Knuff gegen meine Schulter. »Wach auf, Herr. König Tewdrig ist zurückgekommen.«

Sofort setzte ich mich hellwach auf. »Wann?«

»Gerade eben. Ich habe den Ruf vernommen, als die Pferde in den Hof sprengten.«

Ich stand auf und spritzte mir aus der Waschschüssel auf dem Tisch Wasser ins Gesicht, trocknete mich mit dem bereitliegenden Linnen ab, richtete dann die Falten meines Umhangs über der Schulter gerade und suchte den König auf.

War ich von der Qual des Wartens erschöpft, so wirkte Tewdrig ebenfalls ausgelaugt. Er hatte rotgeränderte Augen, sein Gesicht war grau vor Staub und Müdigkeit; offenbar hatte er nicht geschlafen und war weiter geritten, als er vorgehabt hatte. Doch seine Mundwinkel umspielte ein schwaches Lächeln, bei dessen Anblick ich Hoffnung schöpfte.

»Bringt mir meinen Becher!« rief er, als er in den Saal geschritten kam. »Bringt uns allen Becher!«

Ich wartete, daß er auf mich zukommen und als erster das Wort ergreifen würde.

Doch er wartete wiederum auf die Becher, um seine staubige Kehle zu laben, ehe er etwas sagen wollte. Er nahm einen langen, tiefen Schluck und zögerte den Augenblick hinaus. »Nun, Myrddin Emrys«, sagte er endlich, als er den Becher absetzte und sich den Schnurrbart mit dem Handrücken abwischte, »vor dir steht der fürchterlichste Verbündete von König Aurelius.«

Ich wollte einen wilden Jubelruf ausstoßen, beherrschte mich aber und erwiderte schlicht: »Fürwahr, da bin ich froh. Aber warum denn fürchterlich?«

Müde schüttelte Tewdrig den Kopf: »Weil ich gegen meine Fürsten und Führer gewonnen werden mußte – die deinem Plan alle großen Widerstand entgegensetzten und eisenharte Einwände vorbrachten, die niederzuschlagen mir unendlich schwerfiel.«

»Doch du hast sie niedergeschlagen.«

»Jawohl, das habe ich.« Er betrachtete seine Ratgeber, die finsteren Blickes dastanden und die Lippen grimmig aufeinandergepreßt hielten. »Und keiner hier hat mir beigestanden!« Dann schaute er abermals mich an und begann, sich den Nacken knetend: »Jesus segne mich, ich habe gefeilscht und geschmeichelt, als ginge es um mein Leben ...«

»Was durchaus der Fall sein könnte!« warf ich ein.

»Wie dem auch sei«, fuhr Tewdrig fort, »ich habe heute viel für dich getan, Myrddin Emrys. Ich habe meine Ehre für dich weit gestreckt und scheue mich nicht, sie noch weiter zu strekken, um dir zu sagen, daß du meines Erachtens tiefer in meiner Schuld stehst als je ein Mensch zuvor.«

»So sei es. Es ist eine Schuld, die ich dir mit Freuden vergelten will; denn in der Schuld eines so würdigen Herrn zu stehen, halte ich für einen Gewinn.«

»Du hättest mich erleben sollen, Myrddin. Heute hat Lleus Zunge selbst in meinem Kopf geschlagen und Lleus Überzeugungskraft mir beigestanden. Ja, Lleu selbst hätte nicht wackerer streiten können!«

Abermals über seinen Sieg errötend, schüttete er sich noch

mehr Bier in die Kehle und fuhr großspurig fort: »Als ich hier wegritt, wollte ich meinen Führern eigentlich nur die Gelegenheit geben, meine eigene Meinung von der Sache zu bestätigen. Ja, es stimmt: Ich war dagegen. Doch je mehr sie redeten, je mehr sie einwendeten, desto mehr verhärtete ich mein Herz gegen ihr Geschrei.

Gib dich keinem Irrtum hin, Myrddin. Ich wollte Gründe finden, um dich zurückzuweisen. Doch hinter ihren Ratschlägen hörte ich selbstzufriedene, engstirnige Männer sprechen, und dieser Klang gefiel mir nicht. Fürwahr, er erschreckte mich. Sind wir denn so sicher geworden, ist unser Reich so geschützt, daß wir der Hilfe unserer Bruderkönige nicht mehr bedürften? Oder sind den Sachsen Flügel gewachsen und sie übers Meer nach Hause geflogen?

Das«, knurrte Tewdrig stolz, »fragte ich sie, und sie wußten keine Antwort darauf. Da hast du's, Myrddin: Ich habe gegen meine eigenen Führer gefochten und den Sieg davongetragen.« Er hob seinen Becher, und ich nahm den meinen auf und streckte ihn ebenfalls in die Höhe. »Ich trinke auf den neuen Hochkönig. Möge sein Speer treffen!«

Wir tranken. Dann reichte ich meinen Becher Pelleas und hob die Hände nach Bardenart: »Deine Treue wird ihren Lohn finden, Tewdrig. Und ob des Glaubens, den du heute an den Tag gelegt hast, wirst du dir einen Namen machen, der in diesem Lande unsterblich bleiben soll.«

Das erfreute ihn ungemein, denn er bleckte grinsend die Zähne. »Meine Krieger werden diese Treue hundertfach bezeugen! Es soll keiner sagen, Dafyd habe seinen König im Stich gelassen!«

Ich blieb noch einen Tag länger in Caer Myrddin und brach dann mit Pelleas und einem von Tewdrigs Ratgebern namens Llawr Eilerw auf, einem der beiden, die stets um ihn waren. Zu unserem Schutz begleitete uns ein kleiner Trupp von zehn Mann. Wir ritten sogleich gen Norden, denn ich wollte Aurelius so viel Unterstützung wie möglich zusichern können, ehe ich wieder vor ihn trat. Teils, vermute ich, aus Eitelkeit; es beschämt mich zwar, es zuzugeben, aber ich wollte ihm meine Macht vorführen, sein Vertrauen gewinnen. Ich dachte, daß ich sein vollständiges Zutrauen brauchen würde, und zwar bald.

Mit Dafyd in Händen konnte ich den Königen im Norden gegenübertreten, ohne mir wie ein Bettler vorzukommen. Tewdrig ap Teithfallt wurde im Norden hochgeachtet, und die Bande zwischen den beiden Gegenden waren, wie gesagt, alt und ehrenvoll. Ich sah keine Schwierigkeiten voraus und begegnete auch keinen.

Auf dem Weg erzählte mir Llawr von allem, was geschehen war, seit ich in Dyfed gelebt und geherrscht hatte – wovon er das meiste von seinen Vorfahren überliefert bekommen hatte, da er selbst noch keineswegs alt genug war, um daran eine eigene Erinnerung zu haben.

Anscheinend hatte die Nachricht von dem Gemetzel endlich Maridunum erreicht. Maelwys hatte sie das Herz gebrochen, doch da meine Leiche nicht gefunden worden war, hatte noch Hoffnung bestanden, daß ich lebte.

»König Maelwys hat bis zu seinem Tode fest daran geglaubt, daß du lebst«, erzählte mir Llawr eines Nachmittags auf dem Weg über die kühlen Gebirgspässe des Yr Widdfa. »Die ganzen Jahre lang wollte er nichts hören, als daß du eines Tages wiederkehren würdest.«

»Ich wünschte, es wäre früher der Fall gewesen«, erwiderte ich traurig. »Er ist, glaube ich, bei dem Überfall auf die Villa ums Leben gekommen?«

»So ist es – und unzählige mit ihm.« Llawrs Tonfall verriet keine Gefühlsregung. Warum auch. Die Ereignisse, von denen er sprach, hatten sich zugetragen, ehe er geboren worden war, und die Welt, die er beschrieb, war eine andere als die, in der er lebte. »Die Barbaren kamen von Osten her über uns, daher nützten die Wachttürme gar nichts. Sie waren über uns hergefallen, noch ehe jemand richtig Alarm schlagen konnte. Wir warfen sie natürlich zurück, doch verloren wir an jenem Tag Maelwys und die Villa an sie – Maelwys fiel unter einem Axthieb, die Villa unter einem Fackelbrand.«

Ich schwieg einen Moment lang aus Achtung vor Maelwys und allem, was er mir von sich gegeben hatte. Großes Licht, gewähre ihm einen Ehrenplatz zu deinen Füßen.

»Teithfallt folgte ihm auf den Thron?« fragte ich ein wenig später.

»Ja, ein Neffe – Salachs jüngster Sohn.«

»Ach, Salach, ihn hatte ich ganz vergessen. Er ging doch nach Gallien, um Priester zu werden, nicht wahr?«

»So war es, habe ich gehört. Er war einige Jahre zuvor zurückgekehrt, um Bischof Dafyd beim Bau seiner Kirche zu helfen – der Bischof wurde alt und bedurfte einer jüngeren Hand, um gewisse Pflichten abgeben zu können. Salach hatte geheiratet und zwei Söhne gezeugt: Gwythelyn, der ältere, war bereits der Kirche geweiht, und den anderen, Teithfallt, übergab er Dyfed und seinem Volk.

Mit der Zeit zeichnete Teithfallt sich in den Augen von Maelwys' Fürsten als geschickter Schlachtenführer aus. Daher war es ganz natürlich, daß sie ihn kürten, als der König gefallen war. Teithfallt herrschte gut und weise und starb in seinem Bett. Tewdrig teilte den Thron bereits als Feldherr mit seinem Vater und wurde bei dessen Tod König.«

»So kam also alles«, grübelte ich. Das Reich lag in guten, starken Händen, und so sollte es auch sein. Ich hätte nie wieder König werden können, selbst wenn ich es gewollt hätte; Aurelius brauchte mich, die Insel der Mächtigen brauchte mich, viel mehr als Dyfed mich je gebraucht hatte oder brauchen würde. Mir war klar, daß mein Herr Jesus meine Schritte auf einen anderen Pfad gelenkt hatte. Mein Schicksal lag in einer anderen Richtung.

Wenn ich Bedenken hatte, in den Norden zurückzukehren – an den Schauplatz des gräßlichen Todes meiner geliebten Ganieda –, gingen sie in dem Verlangen auf, endlich ihr Grab zu besuchen. Seit meiner Genesung verspürte ich nicht länger die wahnsinnige Todessehnsucht, die mich verzehrt und beinahe zerstört hätte. Hingegen empfand ich die flüchtige Leere eines Grames, der mir auf immer bleiben würde. Doch der war mir nicht unerträglich und entbehrte nicht der nach vorne gerichteten Zuversicht, daß wir eines Tages auf der anderen Seite von des Todes schattenreichen Toren wieder vereint würden.

Daher ließ ich mich, ehe wir Custennins alte Feste in Celyddon erreichten, von Pelleas an das Grab meiner Gemahlin führen. Er wartete mit den Pferden vor dem kleinen Hain, während ich ihn wie eine abgeschiedene Kapelle zum Beten betrat.

Ich will nicht sagen, daß der kleine Hügel in dem bewaldeten Talgrund, der jetzt von Wicken und Geißblatt überwuchert war, mich nicht bewegte: Bei seinem Anblick weinte ich, und meine Tränen waren mir ein süßer Kummer.

Über dem Hügel, unter dem ihr Körper in dem hohlen Eichensarg lag, erhob sich ein einziger grauer Stein. Der Stein, eine Schieferplatte, war bearbeitet worden, seine Oberfläche geglättet und geschliffen und ein schmuckvolles Kreuz Christi in sie eingemeißelt. Und unter dem Kreuz stand auf lateinisch die schlichte Inschrift:

HIC TUMULO IACET
GANIEDA FILIA CONSTENTII
IN PACE CHRISTI

Ich fuhr mit den Fingerspitzen die sauber geschnittenen Lettern entlang und murmelte: »Hier in diesem Grab liegt Ganieda, die Tochter Custennins, im Frieden Christi.«

Weder das Kind noch mein Herz wurden erwähnt, wie es hätte der Fall sein können, denn sie lagen fürwahr beide dort bestattet.

Alles in allem war es ein stiller Ort, unweit der Stelle, an der sie den Tod gefunden hatte; und wenn das Grab auch nicht mehr oft besucht wurde, so lag es doch wenigstens von der gedankenlosen Entweihung durch gleichgültige Wanderer geschützt.

Ich kniete nieder und sprach ein langes Gebet, und als ich mich wieder erhob, spürte ich, wie der Frieden wieder seinen Platz in meiner Seele einforderte. Ich verließ den Hain zufrieden an Geist und Herz.

Dann kehrten Pelleas und ich dorthin zurück, wo unser Geleit wartete, und wir setzten unseren Weg nach Goddeu fort.

Ich hätte wissen sollen, was mich erwartete. Ich hätte darauf gefaßt sein sollen. Aber ich war es nicht. Offenbar war in zu kurzer Zeit zu vieles geschehen, und der unveränderte Anblick Custennins und Goddeus erschütterte mich ebensosehr wie die Veränderungen in Maridunum. Doch da stand er, kühn und breit, wie am Tag, als ich ihn zum erstenmal gesehen hatte: der stolze Herrscher über Celyddon, der König aus dem Feenvolk, der große Schlachtenlenker und Fürst über ein hochfahrendes Volk.

Wie Avallach und die anderen aus seinem Stamm hatten die

Jahre Custennin nichts anhaben können und würden es auch nicht. Er trat noch genauso auf wie bei unserer ersten Begegnung – bis in jede Einzelheit, einschließlich der beiden schwarzen Wolfshunde, die ihm stets zu Füßen hockten.

Ich schwang mich aus dem Sattel, als er näher kam, und ging auf ihn zu. Ohne ein Wort schloß er mich in seine kräftigen Arme und drückte mich an sich, wie ich es ihn unzählige Male mit Ganieda hatte tun sehen. »Myrddin, mein Sohn«, murmelte er mit seiner tiefen Stimme. »Du bist von den Toten zurückgekehrt.«

»Das bin ich in der Tat«, entgegnete ich.

Er schob mich weg und hielt mich auf Armeslänge von sich, um mich zu betrachten. In seinen Augen standen unvergossene Tränen. »Ich hatte nicht geglaubt, dich jemals wiederzusehen ...« Sein Blick glitt an mir vorbei zu Pelleas, dessen Anwesenheit er mit einem Nicken quittierte. »Doch Pelleas pochte darauf, daß du noch lebtest, und gab die Suche nach dir niemals auf. Wenn ich doch nur seinen Glauben gehabt hätte ...«

»Ich wünschte nur, ich hätte früher kommen können.«

»Hast du Ganiedas Grab gesehen?«

»Ich komme gerade von dort. Es ist ein schöner Stein.«

»Ja, ich habe ihn bei den Priestern in Caer Ligal bestellt.«

Mir fiel auf, daß er nichts über seinen Sohn sagte. Daher fragte ich: »Was ist mit Gwendolau?«

»Er liegt auf dem Feld begraben, wo er fiel. Ich bringe dich hin, wenn du es möchtest, aber du wirst dich an den Ort noch erinnern.«

»Ich habe ihn niemals vergessen.« Und würde es auch nie.

»Wir haben den Toten unsere Achtung erwiesen, und das ist gut so und geziemt sich«, sagte Custennin. »Doch laß uns nun von den Lebenden reden. Ich habe noch einen Sohn, denn ich habe mir vor kurzem wieder ein Weib genommen, und sie ist gerade niedergekommen.«

Das war eine frohe Nachricht, und ich sagte es ihm. Custennin freute sich sehr, denn die Geburt dieses Kindes bedeutete ihm viel. »Wie heißt er?«

»Cunomor«, erwiderte er, »ein alter, aber guter Name.«

»Möge er zur Größe seiner berühmten Ahnen heranwachsen«, sagte ich fröhlich.

»Tritt ein und ruhe dich von deiner Reise aus. Wir wollen zusammen essen und trinken«, sprach Custennin und zog mich fort. Er hielt mich am Arm, als hätte er Angst, ich könnte wieder verschwinden, sobald er auch nur einen Moment locker ließe. »Und dann sollst du meinen neuen Sohn kennenlernen.«

Wir aßen und tranken gemeinsam. Und ich begrüßte seinen Sohn – der ziemlich genauso aussah wie alle Neugeborenen. Ich sang in Custennins Saal und schlief dann bei dem Gedanken an die erste Nacht ein, die ich unter jenem Dach verbracht hatte: ein unbeholfener Knabe in Wolfsfellen, halbwild und allein und hoffnungslos für das schönste Mädchen entbrannt, das er je gesehen hatte.

Am nächsten Morgen wanderte ich zu der Stelle hinaus, wo Gwendolau begraben lag, und betete zu dem Guten Gott um Gnade für seine Seele. Erst am Abend kam der Grund meines Besuchs zur Sprache. »Nun, Myrddin Wylt«, meinte Custennin und klopfte sich mit der Hundeleine aufs Bein, »was gibt es Neues in der großen Welt jenseits des Waldes?«

Wir spazierten gemeinsam am Waldrand entlang; vor uns rannte ein neuer Hund dahin, den Custennin gerade abrichtete. »Endlich gibt es etwas Neues«, erwiderte ich, denn das war des Königs Art, zu zeigen, daß er jetzt zum Reden bereit war. »Vortigern ist tot.«

»Gut!« Er starrte auf den Pfad vor sich. »Gesundheit seinen Feinden!«

»Ja, und davon hatte er nicht wenige.«

»Wer soll an seiner Statt Hochkönig werden?«

»Brauchen wir einen?« stellte ich seine Meinung zu der Angelegenheit auf die Probe.

Er warf mir rasch einen Blick zu, um zu sehen, ob ich es ernst meinte. »O ja, ich glaube schon. Trotz allem, was aus Vortigern wurde, ist es eine gute Sache. Die Sachsen werden mit jedem Jahr frecher; sie raffen immer mehr. Daß jeder König nur seinen eigenen kleinen Flecken verteidigt, schwächt unsere Kraft. Wir müssen einander beistehen, wenn wir überleben wollen. Wenn ein Hochkönig dazu beitragen kann, dann unterstütze ich ihn.« Er brach jäh ab.

»Aber?«

Custennin blieb stehen und meinte zu mir: »Wir brauchen

keinen zweiten Vortigern, der in seinem Metsaal sitzt, trunken vor Ehrgeiz und Macht, vor Goldgier aufgedunsen, und die Sachsen bewirtet und ihnen Land schenkt, weil er ein zu großer Feigling ist, um ihnen auf dem Schlachtfeld gegenüberzutreten…« Er spie sein Gift aus und schwieg dann. Als er weitersprach, hatte er sich abgekühlt. »Wir brauchen einen Feldherrn – einen Schlachtenführer, der über allen anderen steht und sämtliche Heere wie sein eigenes leitet.«

»Einen Dux Britanniarum«, sagte ich nachdenklich. »Einen Herzog von Britannien – einen obersten Befehlshaber aller Heerscharen im Lande.«

»Ja, den brauchen wir – keinen zweiten Vortigern.« Er ging wieder weiter.

»Trotzdem bräuchten wir auch einen Hochkönig«, wagte ich mich vor, »um die anderen Könige in ihre Schranken zu weisen.«

»O ja«, stimmte Custennin zu, »und die Krieger von den Truhen der Könige unter ihm fernzuhalten. Doch auf dem Schlachtfeld muß der Oberbefehlshaber eine Macht ausüben, die noch über der des Hochkönigs steht. In der Schlacht hat man genug andere Sorgen, als zu überlegen, ob man diesen oder jenen Fürsten auf irgendeine Weise kränkt oder ob einem die Vorräte ausgehen, weil jemand die versprochene Hilfe nicht geschickt hat. Wie wir kämpfen, ist es ein Wunder«, klagte er, »daß es uns überhaupt noch gibt.«

In meinem Kopf gewann ein Plan Gestalt. »Was wäre, wenn ich dir sagte, daß deine Gedanken Wirklichkeit werden könnten?«

Custennin lachte. »Dann würde ich sagen, daß du in der Tat ein Zauberer bist – der Oberzauberer der Insel der Mächtigen.«

»Doch würdest du den Mann unterstützen?«

»Wie könnte ich anders? Ich habe doch bereits gesagt, daß ich es tun würde.« Er blickte mich listig an. »Gibt es den Mann schon?«

»Noch nicht, aber bald.«

»Wer ist es?«

»Der Mann, der Vortigern tötete… oder vielmehr die Männer. Es sind zwei… Brüder.«

»Brüder.«

»Außerdem haben sie bei ihrem Anspruch auf das Hochkönigtum die Unterstützung der Könige von Dyfed.«

Das ließ Custennin sich einen Moment lang durch den Kopf gehen. »Wer sind diese bemerkenswerten Männer?«

»Aurelius und Uther, die Söhne von Constantin. Ich glaube, daß Aurelius mit der Hilfe der Kymrenkönige und der Könige des Nordens Hochkönig werden wird.«

»Und der andere – Uther?«

»Er könnte der Schlachtenlenker sein, den du genannt hast.«

Custennin fing an, zu sehen, was ich sah. Er nickte. Dann fragte er: »Werden ihm die Herren des Westens folgen?«

»Das werden sie«, versicherte ich ihm. »Ich habe mit ihnen gesprochen, wie ich jetzt mit dir spreche. Darum schickt Tewdrig seinen Ratgeber, der mit mir reitet. Du sollst wissen, daß wahr ist, was ich sage: Die Fürsten des Westens unterstützen Aurelius.«

Custennin schlug sich mit der Leine fest auf die Handfläche. »Dann werden ihn die Fürsten des Nordens ebenfalls unterstützen.« Er lächelte grimmig. »Und bei dem Gott, dem du dienst, Myrddin, ich bete, daß du recht behältst.«

»Ob recht oder nicht«, sagte ich, »der neue König und sein Bruder sind die einzige Hoffnung, die wir haben.«

Am nächsten Tage sandte Custennin Boten zu seinen Fürsten und Führern aus, um sie nach Goddeu einzuberufen, wo sie ihm ihr Einverständnis für sein Vorhaben geben sollten, Aurelius als Hochkönig zu unterstützen und Uther als seinen obersten Schlachtenführer. Ich konnte mir denken, was Custennins Leute von dem Einfall halten würden, wußte aber nicht, was Uther sagen würde.

Doch das sollte ich bald herausfinden.

IV

Ich kann nicht sagen, daß Uther außer sich vor Freude über das gewesen wäre, was die Fürsten des Nordens beschlossen hatten: Sie würden Aurelius unterstützen, falls Uther das Kriegsheer anführte. Uther, der von sich meinte, selbst das Zeug zum Hochkönig zu haben, empörte sich bei der Vorstellung, denn er dachte, das läge unter seiner Würde.

Ich überbrachte ihm die Bedingungen nur wenige Augenblicke nach unserer Ankunft aus Goddeu. Gleich Tewdrig hatte Custennin mir Ratgeber mitgesandt, und Aurelius hatte sie gesehen, als wir ins Lager geritten kamen – durchfroren und durchnäßt, denn es hatte den ganzen Tag genieselt. Der König rief mich zu sich, ehe ich mir etwas Warmes anziehen konnte. Aurelius und Uther hörten sich meinen Bericht gemeinsam an.

Uther sprach als erster: »Der kläffende Köter soll also einen Knochen vorgeworfen bekommen, damit er stillhält – ist es so?« Da ich nichts erwiderte, fuhr er, mir die Faust entgegenreckend, fort: »Du hast sie dazu angestiftet! Du, Merlin der Mauschler.«

Dem sah Aurelius selbstgefällig zu. »Uther, nimm es nicht so...«

»Wie könnte ich anders, Bruderherz? Ich soll zum einfachen Speerträger gemacht werden, und du sitzt dabei und sagst nichts«, schmollte Uther. »Ich sollte wenigstens König heißen.«

»Es war Custennins Einfall«, sagte ich zu ihm. »Und seine Fürsten brachten die Bedingung ein, daß du das Kriegsheer führen solltest, nicht ich. Trotzdem meine ich, daß es keine schlechte Sache ist.«

»Denke darüber nach, Uther«, sagte Aurelius, der die zerzausten Federn seines Bruders zu glätten suchte, »von uns beiden bist du doch der bessere Krieger.«

»Das ist wahr«, schniefte Uther.

»Und da ich der ältere bin, fällt mir die Königswürde zu.« Aurelius blickte ihn streng an.

»Das ist auch wahr«, räumte Uther ein.

»Was hält dich dann davon ab, Oberbefehlshaber zu werden?«

»Es ist eine Beleidigung«, knurrte Uther.

Ich verbiß mir die Worte, die mir wie Feuer auf der Zunge brannten.

Aurelius legte seinem Bruder eine Hand auf die Schulter. »Seit wann ist es eine Beleidigung, das größte Heer der Welt anzuführen?«

Das besänftigte Uther. Aurelius setzte nach. »Ist es eine Beleidigung, der Oberbefehlshaber aller Briten zu sein? Denke doch einmal nach, Uther! Hunderttausend Männer stehen dir zu Gebot – tausend mal tausend! Alle sehen auf dich, vertrauen dir ihr Leben an. Du wirst dir großen Ruhm erringen, und dein Name wird nie dem Vergessen anheimfallen.«

Schamlos nutzte Aurelius die Eitelkeit seines Bruders aus. Und erzielte die gewünschte Wirkung.

»Das größte Heer des Reiches«, murmelte Uther.

»In früheren Zeiten«, warf ich ein, »wurde der Kriegsherr Dux Britanniarum genannt. Das bedeutet Herzog von Britannien. Den Titel führte Magnus Maximus, ehe er Kaiser wurde.«

»Na bitte. Seit dem Kaiser Magnus Maximus haben wir keinen Dux Britanniarum mehr gehabt. Ein edler Titel, Uther, und er gehört dir – dir ganz allein.« Hier brach Aurelius ab. Er trat einen Schritt zurück und hob den Arm zum alten Römergruß. »Heil dir, Uther, Herzog von Britannien!«

Da konnte Uther nicht mehr an sich halten. Auf seinem Gesicht erstrahlte ein Grinsen, als er erwiderte: »Heil, Aurelius, Hochkönig der Briten!«

Dann fielen sie einander lachend in die Arme, erwachsene Knaben, die sie waren. Ich ließ ihnen ihr Vergnügen und verkündete dann: »Also, Tewdrig und Custennin erwarten von euch eine Antwort. Ihre Ratgeber sind in meinem Zelt versammelt und wünschen mit euch zu sprechen, ehe sie zurückreiten, um ihren Herren Bericht zu erstatten. Ich meine, ihr solltet sie keinen Augenblick länger warten lassen.«

Ich weiß nicht, wo Aurelius sich sein Taktgefühl erworben hatte, aber es diente ihm als glattes Werkzeug, und er benutzte es wie ein Handwerker. Und mehr: Er besaß auch eine hohe, edle Würde, die er aufzubringen vermochte, wenn es ihm gelegen kam, und das trug ihm mehr als einmal den Tagessieg ein, wenn Worte allein nicht ausreichten. Zu sagen, daß er die Räte, die ihm einen Besuch abstatteten, umschmeichelte und hofierte, würde seine Kunstfertigkeit billig erscheinen lassen, denn sie war viel feinsinniger.

Er schmeichelte nicht, sondern überzeugte; er hofierte nicht, sondern ermutigte die Menschen um ihn, das Beste von sich selbst zu halten. Uther gegenüber verhielt er sich freilich anders. Dennoch war er nie trügerisch oder unehrlich. Ihm floß wahrhaftig kaiserliches Blut durch die Adern, und er vermochte es nicht zu entehren.

Als ich Aurelius besser kennenlernte, lernte ich ihn auch zu ehren und zu lieben. Er war, was unser Volk brauchte. Er würde ein wahrer Hochkönig werden, der unter seiner Macht alle Königreiche einte, ebenso wie Uther der Feldherr werden würde, der sie aufs Schlachtfeld führte. Gemeinsam bildeten sie eine schreckliche Kraft. Obschon ich nie einen Zweifel hegte, welcher von beiden der klügere und stärkere war.

Uther hatte einfach nicht das Wesen seines Bruders. Für diesen Mangel konnte er vielleicht nichts. Männer von Aurelius' Prägung sind selten. Es war einfach Uthers Pech, einen Bruder wie Aurelius zu haben und dazu gezwungen zu sein, sein ganzes Leben lang in dessen Schatten zu verbringen. Folglich versuchte ich nie, die beiden miteinander zu vergleichen oder auch nur Aurelius in Uthers Beisein – oder auch seiner Abwesenheit – zu loben, ohne auch Uther zu loben.

Eine Kleinigkeit, mag man meinen, doch Königreiche sind schon an Geringerem zugrunde gegangen.

Da die Könige im Norden und im Westen hinter Aurelius standen, sahen sich die hochmütigen Könige von Lloegres im Süden mit einemmal einem fast unüberwindlichen Hindernis gegenüber, das Hochkönigtum für sich oder einen der Ihren zu erringen. Die meisten schlossen sich der Unterstützung des mächtigen Nordens und Westens für Aurelius an, denn sie erkannten die Klugheit, die im Nachgeben lag, wenn nicht sogar die Weisheit, geeint aufzutreten.

Für andere, in denen das weißglühende Feuer des Ehrgeizes brannte, handelte es sich um eine nicht zu übersehende Bedrohung. Sie würden Aurelius des Thrones wegen bekämpfen und das Feuer ein für allemal in Blut ersticken. Schmerzlicherweise verloren nicht wenige gute Männer ihr Leben an einen Verbündeten, der zu einer anderen Gelegenheit statt dessen hätte gegen Jüten und Sachsen kämpfen können.

Es war ein bitterlicher, aber notwendiger Reinigungsprozeß. Aurelius würde zum König von allen oder von keinem werden. Dazwischen gab es nichts.

Ich ritt mit ihm, stets an seiner Seite, stützte ihn in der Schlacht wie einstmals Taliesin Elphin. Ich muß sagen, daß er meine Hilfe während des langen, kniffligen Sommers nötig hatte. Aurelius, der sonst so selbstsicher und geradeheraus war, zweifelte manchmal an sich und verlor den Mut. »Nichts kann all dies wert sein, Merlin«, stöhnte er dann, und ich munterte ihn mit bestärkenden Worten auf.

Uther war nicht danach, gegen Verbündete zu streiten, aber er war ein Krieger und hatte eine Kriegerseele; er konnte kühn sein und Dinge vollbringen, vor denen andere zurückgeschreckt wären. Und das trug ihm im Lande einen gefürchteten Ruf ein. Uther, wurde draußen bald geflüstert, sei Aurelius' Wolfshund – ein kaltherziger Mörder, der auf den leisesten Befehl seines Herrn hin jedem Herz und Kehle zerreißen würde.

Er war weniger kaltherzig als treu ergeben, und seine Treue zu seinem Bruder – zum Hochkönigtum selbst – kannte keine Grenzen. Dafür erwarb Uther sich meine Achtung; seine Standhaftigkeit entsprang der Liebe – einer reinen und aufrichtigen Liebe. Es gibt nicht viele, die so selbstlos lieben, wie Uther Aurelius liebte.

Der flammenhaarige Feuerbrand brachte mir jedoch keine Zuneigung entgegen. Er mißtraute mir mit dem gleichen grundlosen Argwohn, den so viele sogenannte aufgeklärte Männer im Beisein von etwas annehmen, was sie nicht begreifen können. Er duldete mich zwar. Und mit der Zeit nahm er mich sogar an und schätzte sogar meinen Rat. Denn er sah, daß ich ihm nichts Böses wollte und seine Liebe zu Aurelius teilte.

Nun, wir drei waren ein sehenswerter Anblick: Wir ritten da und dort mit unseren Truppen, von denen die meisten unberitten waren – es gab einfach nicht genug Pferde für alle; wir hungerten die ganze Zeit; wir waren müde, schmutzig und wund; verletzt und krank. Aber wir waren zäh. Wir hatten uns an das Hochkönigtum geheftet wie Bluthunde an die Witterung eines Hirsches und ließen uns nicht von der Fährte abbringen.

Nach und nach fielen die Kriegerscharen von Lloegres an uns. Nach und nach brachten wir die südlichen Fürsten auf Aurelius' Seite: Dunaut, den Fürsten der kriegslüsternen Briganten; Coledac, den Fürsten über die alten Icenen und Catuvellaunen; Morcant, den Fürsten der fleißigen und ungebundenen Belgen; Gorlas, den Fürsten über die streitsüchtigen Cornovier. Alle waren sie stolze, hochfahrende Männer. Doch alle beugten sie das Knie vor Aurelius.

Dann, in den letzten, strahlenden Tagen des trügerischen Sommers, kurz bevor der Herbstregen seinen triefenden Mantel über das Land breitete, stellten wir uns endlich Hengist.

Das geschah nicht unter den günstigsten Umständen. Wir hätten den Winter über ausharren können, unsere Kräfte stärken, unsere Wunden heilen, unsere Zeit bis zum Frühjahr abwarten können. Wir hätten sogar innehalten können, um Aurelius richtig zu krönen. Aber der Gedanke, die Sachsenhorde auch nur noch eine Jahreszeit länger auf britischem Boden zu ertragen, wurmte Aurelius. »Sollen sie mich später krönen«, sagte er, »wenn es noch etwas zum Krönen gibt.«

Außerdem hätte Hengist, wie Uther hervorhob, dann nur Zeit erhalten, mehr Truppen zusammenzuziehen, und es wären mit den Frühlingsfluten gewiß mehr Schiffe über die See gekommen. Außerdem ließ sich nicht sagen, wie lange die Fürsten von Lloegres die Treue halten würden; in den langen Wintermonaten mochten sie ihre Versprechen leicht vergessen. Besser war es, gleich zuzuschlagen und die Sache ein für allemal zu regeln.

Das wäre in jedem Falle mein Rat gewesen. Hengist war durch den langen Sommer bereits stärker geworden. Ihm hatte sich sein Bruder Horsa mit Schiffsladungen Männern angeschlossen. Sie hatten ihre Zelte an der Ostküste aufgeschlagen, die selbst von den Römern Sachsenküste genannt wurde, welche Festungen erbaut hatten, um die Kriegsschiffe von Plünderungen abzuhalten. Jetzt gehörten die Festungen den Sachsen –

Ländereien, die ihnen von Vortigern überlassen worden waren, und weitere Besitzungen und Festungen, die sie sich angeeignet hatten.

Wir marschierten gen Osten, an die Sachsenküste, an die Tore dieser Festungen, wenn es sein mußte, denn wir waren entschlossen, Hengist die Schlacht zu liefern, komme, was wolle. Wir hätten uns keine Sorgen zu machen brauchen, ob die Barbaren sich uns stellen würden. Sie dürsteten nach Blut; ja, es war ein trockener Sommer für sie gewesen.

Auf einem Hügel, der auf eine Furt über den Fluß Nene blickte, pflanzte Aurelius seine Standarte, den Kaiseradler, auf und errichtete daneben sein Zelt. Irgendwo jenseits des Flusses wartete gut versteckt Hengists Kriegsheer.

»Das wird unserem Zweck genügen«, erklärte Aurelius. »Der Adler wird nicht von diesem Hügel fliegen, bis alle Sachsen ins Meer geworfen sind!« Damit stieß er sein Schwert in den Rasen vor seinem Zelt und begab sich nach drinnen zur Ruhe.

Für Männer, die den ganzen Sommer auf karge Kriegskost gesetzt gewesen waren, herrschte im Lager eine überraschend angeregte Stimmung. Die Männer unterhielten sich in ernsthaften Gesprächen, sie lachten bereitwillig und laut, sie gingen ihren Pflichten frisch und fröhlich nach, alles in spannungsvoller Erwartung.

Der Grund dafür lag, wie ich erfuhr, zum Teil darin, daß sie darauf vertrauten, daß Uther sie klug führen würde. Er hatte sich als aufgeweckter Führer erwiesen, ein geborener Schlachtenlenker: rasch, entschlußfreudig, doch kühlen Kopfes in der Hitze des Gefechts, ein vollendeter Reiter, der mit Schwert und Lanze geschickt umzugehen wußte – kurzum, er konnte es mit jedem, der die Klinge gegen ihn zog, spielend aufnehmen.

Doch zum Teil war die hohe Laune auch darauf zurückzuführen, daß wir endlich auf den wahren Feind trafen. Morgen würden wir gegen die Sachsen streiten – und nicht einem Verbündeten Vernunft beibringen. Uns würde im Feld ein echter Feind gegenüberstehen, kein möglicher Freund. Und dieser Gedanke machte den Kriegern Laune.

Als ich in mein Zelt ging, hielt Uther mich auf, der auf dem Weg zu seinen Hauptleuten war. »Herr Emrys«, sagte er, wie stets mit leichtem Hohn in der Stimme, »auf ein Wort.«

»Ja?«

»Es wäre gut, heute abend einem Lied zu lauschen. Ich glaube, daß unsere Krieger morgen besser kämpfen würden, wenn ein Lied ihr Herz entflammte.«

Die Männer schienen mir in ausgezeichneter Verfassung, und außerdem gab es im Lager noch ein paar weitere Harfner, denn einige der Könige reisten mit ihren Barden, die oft für die Männer aufspielten. Dennoch erwiderte ich: »Das ist ein guter Einfall. Ich werde einen der Harfner darum bitten. Welchen möchtest du?«

»Dich, Myrddin.« Er benutzte die kymrische Form meines Namens, was nur selten vorkam. »Bitte.«

»Warum, Uther?« In seinem Tonfall war mir etwas aufgefallen, was ich von ihm noch nie vernommen hatte.

»Die Männer würden sich besser fühlen«, sagte er, meinem Blick ausweichend.

»Die Männer«, meinte ich und schwieg.

Er konnte das Schweigen nicht lange ertragen, darum brach es endlich aus ihm heraus, als wären die Worte in ihm gefangen gewesen: »Na schön, es ist nicht allein der Männer wegen.«

»Nein?«

»Ich würde mich besser fühlen.« Wütend schlug er sich mit der Faust auf den Oberschenkel, als hätten ihn diese Worte viel gekostet. Doch er blickte mich mit Qual im Blick an. Oder mit Furcht. »Bitte, Merlin?«

»Ich werde es tun, Uther. Aber du mußt mir sagen, warum.«

Er trat näher und sagte leise: »Nun, es gibt keinen Grund, warum du es nicht wissen solltest...«, fing er an, zauderte, nach Worten suchend. »Meine Späher sind von der anderen Seite des Flusses zurückgekommen...«

»Und?«

»Wenn ihre Schätzung stimmt – und dafür bürge ich mit meinem Leben –, dann ist das Feindesheer größer als jedes seit der ersten Schlacht auf dieser Insel.«

»Das heißt nicht viel. Wie groß?«

»Wenn wir fünfmal mehr wären, als wir sind, könnten wir sie noch immer nicht Mann für Mann aufwiegen.« Er spie die Worte heraus. »Jetzt weißt du's.«

Hengist war also den Sommer über nicht untätig gewesen, und

seine Bemühungen hatten Früchte getragen. »Doch die Männer sollen es nicht erfahren – ist es so?«

»Sie werden es noch früh genug merken.«

»Sage es ihnen, Uther. Du kannst es sie nicht erst morgen auf dem Feld merken lassen.«

»Sollen sie sich die ganze Nacht Sorgen machen?«

Ohne ein weiteres Wort stolzierte er davon. Ich begab mich in mein Zelt und bat Pelleas, meine Harfe zu stimmen, damit ich singen konnte, wie Uther mich gebeten hatte. Ich ruhte und machte mich dann nach dem Abendessen bereit, als die Kriegerschar sich um den großen Feuerring, den Uther hatte anlegen lassen, versammelt hatte.

Mir war klar, daß viele unter den Männern – sehr viele, wenn nicht die meisten – noch nie einen wahren Barden hatten singen hören. Die jungen Krieger in unserem Heer ganz bestimmt nicht. Es stimmte mich traurig, zu wissen, daß nicht wenige von ihnen am folgenden Tag zu Grabe gehen würden, ohne einen kennengelernt zu haben, noch die Macht des im Gesang vollkommenen Wortes gespürt zu haben. Darum war ich entschlossen, es ihnen vorzuführen.

Ich zog mich aus, wusch mich und legte mir dann meine feinsten Gewänder an. Ich besaß einen Gürtel aus silbernen Spiralscheiben, den einer von Aurelius' Fürsten mir geschenkt hatte; den polierte Pelleas, bis er glänzte, und ich schlang ihn mir um die Hüfte. Ich hängte mir meinen schönen mitternachtsblauen Mantel um, und Pelleas richtete die Falten ordentlich aus und befestigte sie an meiner Schulter mit Taliesins großer Hirschkopffibel, die Charis mir geschenkt hatte. Ich ergriff die Harfe und trat hinaus in die Nacht, um für das versammelte Kriegsheer der Insel der Mächtigen zu singen.

Die Sterne funkelten wie helle Speerspitzen vor dem niedrig stehenden Schild des Mondes, und ich sang. Aufrecht und groß stand ich vor ihnen und sang: Ich war eine tanzende Flamme vor der Feuerwand. Ich war wie eine Stimme, die als silberner Blitz aus einem verhangenen Himmel fiel. Ich war ein Triumphschrei vor den Toren des Todes.

Ich sang ihnen Mut in die Herzen und Kraft in die Arme; ich sang ihnen von Kühnheit, Wagemut und Höflichkeit. Ich sang ihnen von Ehre.

Ich sang ihnen von der Macht des heiligen Jesus, ihre lebenden Seelen vor ewiger Nacht zu erretten, und mein Lied wurde zu einem hohen, heiligen Gebet.

Während das Lied leuchtend von meinen Lippen perlte, bemächtigte sich Staunen der Männer. Ich sah, daß ihre Gesichter strahlten und erblühten; ich sah, wie sie von sterblichen Männern zu Kriegsgöttern wurden, die mit Freuden sterben wollten, um Heim und Herd zu verteidigen. Ich sah, wie ein großer, fürchterlicher Geist auf das Lager herniedersank: die tödliche Clota, der Geist der Gerechtigkeit in der Schlacht, mit der dunklen Flamme des Schicksals in den hohlen Händen.

Hier fängt es an, dachte ich; hier fängt der Sieg für Britannien an ... Jetzt, in dieser Nacht.

V

Uther ließ das Lager früh wecken. Wir frühstückten, zogen uns im Dunkeln unsere Kriegsrüstungen an und nahmen unsere Stellungen ein. Jetzt saßen wir auf unseren Pferden auf dem Hügelkamm oberhalb der Furt und harrten des Sonnenaufgangs. Jenseits des schläfrigen Nene war die Sachsenschar versammelt: Zehntausend Mann stark, bewegte sie sich unaufhaltsam die gegenüberliegenden Hänge herab wie der Schatten einer mächtigen Wolke an einem sonnigen Tag. Doch kein Schatten verdüsterte das Land. Großes Licht, es waren ihrer zu viele!

Hengist war in der Tat erstarkt; den ganzen Sommer lang mußte er seine Truppen aufgebaut haben, und sein Heer war von Sachsen aus der Heimat angeschwollen. Und nicht nur Sachsen. Es waren auch Angeln, Jüten, Friesen, natürlich Pikten und irische Skoten darunter. Alle waren Hengists Ruf zu den Fahnen gefolgt.

Unsere Truppen hingegen schienen seit dem Abend zuvor dahingeschmolzen zu sein, als sie noch so zahlreich wie die Sternenschar selbst gewirkt hatten. Uthers Späher hatten die Wahrheit gesagt: Sie waren uns fünf zu eins überlegen.

»Bei Lleu und Zeus!« fluchte Uther, als er sie erblickte. »Wo mögen die bloß hergekommen sein?«

»Mach dir darüber keine Gedanken«, erwiderte ich. »Wo sie hingehen, darauf kommt es an.«

»Gut gesprochen, Merlin«, meinte Aurelius. »Heute schicken wir sie ihrem berüchtigten Wotan entgegen – und lassen sie ihm erklären, warum sie von so wenigen Briten überwunden wurden!«

Dann besprachen Aurelius und Uther kurz den Schlachtplan, doch da alles bereitstand und schon besprochen worden war, gab es nicht mehr viel zu tun. Uther grüßte seinen Bruder und ritt davon, um seinen Platz an der Spitze der Truppen einzunehmen. »Bete zu deinem Herrn Jesus, Merlin. Ich bin sicher, daß er uns erhört und heute den Sieg schenkt«, rief Uther zurück.

Das war das erste Mal, daß Uther Interesse an Jesus gezeigt hatte, wenn es das war. Ich erwiderte ihm: »Mein Herr hört deine Stimme, Uther, und steht bereit, allen zu helfen, die ihn anrufen – sogar jetzt!«

»So sei es!« ertönte die Antwort. Uther schnalzte mit den Zügeln, und sein Roß trottete davon.

Die Briten sollten langsam bis zum Fluß vorrücken und warten, bis der Feind herüberkam. Wir legten keinen Wert darauf, mit dem Rücken zum Wasser zu kämpfen, doch den Feind mitten im Fluß anzugehen, mochte uns einen leichten Vorteil verschaffen, falls wir die Schlachtlinie auf voller Länge halten konnten. Die Gefahr lag aber darin, daß die Barbaren, sobald sie unsere Reihen einmal durchbrochen hätten, um unsere Flanken herumschwärmen und die Anhöhe hinter uns gewinnen konnten.

Um dem vorzubeugen, beschloß Uther, ein Drittel des Heeres zurückzuhalten. Damit konnte er die Flanken verstärken, wenn die Sachsen anfangen sollten, sie zu überrennen. Diese Nachhut sollte Aurelius führen und ich wie üblich neben ihm reiten. An meiner Seite ritt Pelleas, grimmig und getreu. Gemeinsam wollten wir den Hochkönig beschützen, komme, was wolle.

Aurelius befehligte den Rest von Hoels Leuten, die nicht zu ihrem Herrn zurückgekehrt waren. Bei uns befand sich auch Gorlas, der nebst Tewdrig über die größte Reiterschar verfügte.

Auf Uthers Befehl setzte sich die vorderste Schlachtreihe in Bewegung, Reiter und Fußvolk zugleich. Im letzten Augenblick, wenn die beiden Heere aufeinanderstießen, würden die Reiter ihre Pferde antreiben und der ersten Welle von Feinden als blitzender Stahl und donnerndes Hufegetrappel begegnen.

Unsere Krieger marschierten den Hügel hinab. Wie erwartet, setzten auch die Feinde sich in Bewegung – einige erreichten sogar das Flußufer und sprangen ins Wasser. Doch Hengist hatte vorhergesehen, welch ein Wahnsinn ein solcher Angriff sein würde und berichtigte ihn, ehe er sich in eine unhaltbare Lage manövriert hatte. Die sächsische Schlachtreihe machte auf der eigenen Uferseite halt, wartete und stieß ein großes Drohgeschrei gegen uns aus.

Von meinem Blickpunkt aus konnte ich ihre Hohnrufe hören. Aurelius zuckte mit den Zügeln in seiner Hand, so daß sein Pferd den Kopf hin und her warf und schnaubte. »Wo haben sie das nur gelernt?« fragte er sich laut und sah mich dann an. »Was wird Uther jetzt tun?«

Auf die Antwort brauchten wir nicht lange zu warten, denn ein Bote kam auf uns zugerast und zügelte sein Pferd mit einem schneidigen Gruß. »Herr Uther bittet euch, sich ihm sofort auf dem Felde anzuschließen.« Vor Aufregung lag ein Zittern in seiner Stimme.

»Na schön«, erwiderte Aurelius. »Noch etwas?«

»Haltet die Mitte«, wiederholte der Bote die Worte des Befehlshabers.

»Haltet die Mitte? Ist das alles?«

Der Bote nickte einmal, wandte sein Pferd und galoppierte zu seinem Feldherrn zurück.

Aurelius machte Gorlas ein Zeichen, daß er folgen sollte, und wir zogen den Hügel hinab zum Fluß hinunter. Erst war uns nicht klar, was unser Feldherr vorhatte – vielleicht erriet Hengist es ja auch nicht! –, doch als wir hinter Uther zu stehen kamen, schwenkte die ganze vordere Reihe, sämtliche Reiter, nach außen und ritt rasch flußaufwärts, so daß das Fußvolk zurückblieb. Wir rückten in die entstandene Lücke auf und warteten.

Hengist quittierte diesen Wechsel in der Schlachtordnung mit langen Stößen aus den großen sächsischen Kriegshörnern – jenen Herolden des Verhängnisses, die einem das Blut zum Gefrieren brachten. Am Flußufer herrschte ein ohrenbetäubendes Getöse.

Die Pikten tanzten zum Trotz und schossen mit ihren heimtückischen Pfeilen auf leichte Ziele. Die Jüten und Friesen schlugen ihre Speere gegen ihre Lederschilde. Die Skoten, deren nackte Körper mit Waid bemalt und deren Haare gekalkt und zu Zackenkronen aufgetürmt waren, heulten ihre die Luft zerreißenden Schlachtgesänge. Die ganze Zeit brüllten die sächsischen Berserker und schlugen einander, bis ihr Fleisch rot war und schmerzte. Wo ich auch hinsah, erblickte ich sich drehende Barbaren, jaulend und zähneknirschend, ab und zu ins Wasser stürmend und höhnend, unablässig höhnend.

Ein paar von des Hochkönigs Kriegern hatten noch niemals Sachsen gesehen und waren auf den gottlosen Anblick ebenso unvorbereitet wie auf den gräßlichen Lärm, der ihnen das Gehirn zermarterte. Dieses Gebaren soll die Nerven derjenigen zerrütten, die es ertragen müssen, und es erfüllt seinen Zweck aufs beste. Wäre der stützende Einfluß der schlachterprobten Kämpen in unseren Reihen nicht gewesen, wären, fürchte ich, viele von uns ausgebrochen und weggelaufen, noch ehe der erste Streich getan war. Doch so warteten wir, ungeduldig und angstvoll.

Es ist nie gut, die Männer auf eine Schlacht warten zu lassen. Der Zweifel nagt Löcher in die stärkste Entschlossenheit, und die Beherztheit versickert. Doch es war nichts zu machen – Uther brauchte Zeit, um seine neue Stellung zu beziehen. Also warteten wir.

Uthers Streitmacht war im Unterholz am Nordufer des Flusses verschwunden. Dieses Manöver war Hengist nicht entgangen, der einen Teil seiner Kräfte flußaufwärts geschickt hatte, um Uther dort abzufangen. Da standen wir also, dem Feinde Auge in Auge gegenüber, und keiner von beiden wollte den Fluß überqueren und dem anderen so einen Vorteil einräumen.

Ich überlegte, wie Uther den Fluß überqueren wollte, da es, soweit ich wußte, an diesem Abschnitt des Stromes nur eine Furt gab. Ich beugte mich zu Aurelius' Ohr, doch ehe ich ihm diesen unglücklichen Umstand mitteilen konnte, ertönte vom gegenüberliegenden Ufer ein Schrei. »Da kommen sie!« rief Aurelius. »Gott im Himmel, steh uns bei!«

Da Hengist Zeit gehabt hatte, seine Lage einzuschätzen, war er zu dem Schluß gekommen, daß Uthers Fehlen den Nachteil, mit dem Rücken zum Fluß zu kämpfen, bei weitem aufwog, und hatte das Zeichen zum Angriff gegeben – wenngleich ich nicht weiß, wie bei dem greulichen Radau jemand das Signal hatte hören können.

Sie kamen in einem Schwarm: das Chaos in Bewegung. Der Anblick der auf uns zuwogenden, zubrausenden Masse brachte die vorderste Reihe unwillkürlich zum Zurückweichen. »Haltet stand!« rief Aurelius seinen Hauptleuten zu; sein Befehl wurde die Reihen durchgegeben.

Als die ersten Feinde das seichte Ufer erreichten, stellte sich ihnen das Gros unserer Truppen entgegen. Die vorderste Reihe war so entschlossen, die Sachsen nicht ans Ufer gelangen zu lassen, daß sie den feindlichen Ansturm zum Stehen brachte und ihn auf die eigenen Reihen zurückdrängte. Die Feinde heulten vor Wut.

Von diesem ersten Schlagabtausch an entbrannte die Schlacht – so viel aufgestaute, den Sommer über genährte Wut entfachte sofort eine Feuersglut. Die Männer standen bis zu den Oberschenkeln im Wasser und hieben mit Äxten und Schwertern aufeinander ein. Der Nene wirbelte um die Streiter herum, und sein träges, grausandiges Wasser färbte sich blutrot.

Nur die Entschlossenheit bewahrte unsere geringere Streitmacht davor, von vorneweg überrannt zu werden. Sie und die Pferde, vor denen die Barbaren sich fürchteten – und das aus gutem Grund, da ein braves Roß auf dem Schlachtfeld genausoviel als Krieger zählt wie sein Reiter und seine eigenen fürchterlichen Waffen besitzt.

Trotzdem wurde die überlegene Zahl der Feinde allmählich spürbar. Sobald der erste Sturm der Schlacht vorbei war und die Recken einen Kampfrhythmus gefunden hatten, gelang es Hengist, unsere Flanken zu umgehen, so daß Aurelius gezwungen war, von der Mitte Kräfte abzuziehen, um den Feind daran zu hindern, daß er in unserem Rücken aufschloß und uns vollständig einkreiste.

»Uther muß bald zu uns stoßen, oder er kann uns gleich begraben«, sagte der Hochkönig ergrimmt und zog sein Schwert aus der Scheide. »Ohne die Hilfe seiner Reiter können wir die Mitte nicht mehr lang halten.«

Ich hielt mein Schwert bereits in der Hand. Ich reckte es hoch und sprach: »Mein König, der Tag gehört uns! Entringen wir ihn dem Heidenfürsten, und lehren wir ihn den Stachel des britischen Zorns!«

Aurelius lächelte. »Ich glaube, dir ist es ernst, Merlin.«

»Nur ein Tor macht auf dem Schlachtfeld Scherze.«

»Dann laß uns mit unserer Lektion beginnen!« erwiderte Aurelius und trieb sein Roß ins Getümmel.

Wie gesagt, die Mitte war ausgedünnt worden und stand in Gefahr, unter dem Gemetzel der Barbaren zusammenzubrechen. Darum schlug Aurelius hier zuerst zu, der eigenen Sicherheit nicht achtend.

Uther wäre über ihn erzürnt gewesen, denn er hatte es sich zur Aufgabe gemacht, seinen Bruder zu schützen, indem er sich bemühte, ihn aus möglichst allen Händeln herauszuhalten. »Ich habe zu viele Schlachten geschlagen«, meinte er, »um ihn zum

Hochkönig zu machen, als daß er sich jetzt umbringen lassen dürfte.«

Aurelius hatte nämlich keinen Sinn für die Gefahr. Er verstand es nicht, Risiken gegeneinander abzuwägen; und darum tat er in der Schlacht Dinge, die in manchen Situationen als beherzt, in anderen als töricht anzusehen waren. Uther kannte seinen Bruder und hielt ihn vom Schlimmsten ab.

Doch Uther war nicht da, und Aurelius erkannte die Not. Er nahm sich ihrer unwillkürlich an und warf sich in die Bresche. Niemals habe ich einen Mann in der Schlacht so herrlich unschuldig erlebt. Es war eine Freude, ihn kämpfen zu sehen. Und ein Schrecken.

Ein Schrecken, weil es mir zufiel, ihn zu beschützen, und das war keine leichte Aufgabe. Aurelius setzte genug für zwei aufs Spiel, und ich hatte alle Hände voll zu tun, um nur mit ihm mithalten zu können. Um mich selbst fürchtete ich nicht; das kam mir gar nicht in den Sinn. Um Aurelius jedoch hatte ich Angst. Denn wie Uther meinte, hatten wir genug Mühsal ertragen, um ihn zum Hochkönig zu machen, und ich wollte ihn nicht alles töricht wegwerfen lassen – gleich wie ruhmreich er dabei handelte.

Also fochten wir Seite an Seite, mein König und ich. Wir waren wie Männer, die von Geburt Schulter an Schulter gestanden hatten, und stimmten uns Hieb um Hieb miteinander ab. Die Feinde fielen von unseren Streichen, und als unsere eigenen Krieger ihren König sich mitten ins Gewühl stürzen sahen, schöpften sie daraus Mut und verdoppelten ihre Anstrengungen. Dennoch mußten wir dem Feind weichen.

Mit jedem Vorstoß gewann der Gegner Terrain, und wir verloren an Boden. Wir waren die Küste, und der Feind war der Sturm, der gegen uns toste und Sandkorn um Sandkorn, Stein um Stein in den schäumenden Mahlstrom riß. Ich spürte jeden Angriff bis in die Knochen. Und ich wartete, daß die Wucht des Kampfes mich in jene seltsam verzerrte Wut versetzen würde, die mir in der Schlacht schon vertraut war.

Doch nichts geschah.

Da fiel mir ein, daß ich seit Goddeu nicht mehr in diesen verzückten Zustand, diesen *Schlacht-Awen* gekommen war. Ich hatte an den Kämpfen für Aurelius' Königtum nur selten teilgenommen. Eigentlich hatte ich mein Schwert bis zu diesem Tag nicht gezückt. Es war nicht nötig gewesen.

Nun jedoch war es nötig, und nun kämpfte ich wie jeder andere Krieger und wünschte mir mein altes Schwert zurück, an dem alle anderen Schneiden zersprangen wie Glas – Avallachs großes Schwert, das Charis mir vor Jahren geschenkt hatte. Was mochte aus ihm geworden sein?

War es wie so vieles andere in Goddeu verlorengegangen?

Narr! Ich hatte keine Zeit, über derlei Dinge zu grübeln. Aurelius und mich selbst am Leben zu halten, darauf hatte ich mein Können zu richten – um so mehr, als der Hochkönig selbst keinen Gedanken an sich verschwenden wollte.

Wir wurden nun vom Fluß zurückgedrängt – es hieß entweder nachgeben oder sich von Hengists Truppen einkreisen lassen –, und jeder Vorstoß des Feindes ließ uns ein Stück weiter weichen. Der Kampf war vom Nene weggetragen worden, obwohl noch immer Angeln, Jüten, Pikten und Iren herüberschwärmten. Unglaublicherweise befand sich die Hauptmasse von Hengists Heer noch immer auf der anderen Uferseite.

Bald würden wir allein von ihrer Zahl erdrückt werden.

Wo war Uther?

Großes Licht, mit jedem Atemzug betete ich: Wenn du uns retten willst, dann tue es jetzt!

Ergrimmt hackten wir auf die Feinde vor uns ein. Nicht einer von uns konnte sein Schwert schwingen, ohne einen Gegner zu verletzen. Doch verloren wir inzwischen rasch an Boden, denn es stießen immer mehr Barbaren über den Fluß. Ein Trupp und noch einer, und wieder einer, und allen gelang es, unsere Flanken zu umgehen. Wir waren nun fast vollständig von ihnen eingekreist, wurden in einen Kessel gezwungen: Todeskessel, sagen die Krieger dazu, denn wenn man einmal darin ist, kommt man nur auf eine Weise wieder heraus.

Wo war Uther?

Als die Sachsenhorde sah, daß wir von unseren Verbündeten anscheinend im Stich gelassen wurden, kreischten sie ihre Blutrunst ihren abscheulichen Göttern entgegen. Sie riefen Wotan und Tiu und Thor an, uns zu verstümmeln, zu erschlagen, zu vernichten. Dürstend nach britischem Blutopfer, stürzten sie sich geifernd ins Getümmel.

Ich hieb auf jedes Stück Barbarenfleisch ein, das sich mir darbot. Ich arbeitete so rasch wie der Schnitter vor dem aufziehenden Gewitter. Ich brachte eine gewaltige Ernte ein, doch hatte am Sensen keine Freude. Unter meiner triefenden Schneide fielen die Männer, desgleichen unter den hirnbespritzten Hufen meines Rosses. Ich sah, wie Männer ihre versehrten Glieder betrachteten. Ich sah, wie kühne Krieger auf ihre Todeswunden weinten. Ich sah Gesichter, sonnengebräunt und hell, mit Augen wie Wintereis, die einst heil und schön, jetzt zu irrem Schmerz verzerrt oder zerschmettert waren und verbluteten.

Doch gleich, wie viele ich erschlug, es drängten noch mehr nach. Mit ihren gezackten und zerfurchten Klingen hieben, hackten und stachen sie zu. Ein großer Hauptmann stieß einen ohrenzerreißenden Schrei aus und sprang meinem Pferd an den Nacken. Dort klammerte er sich mit einem Arm fest und schwang mit dem anderen seine Streitaxt gegen mich.

Ich warf mich im Sattel zurück. Seine blutverschmierte Schneide sauste durch die Luft, wo mein Kopf gewesen war, und ich stieß mit der Spitze meines Schwertes zu und traf ihn genau unterhalb seines Rippenkranzes. Er brüllte auf, ließ seine Axt fallen und griff nach meinem Schwert. Dadurch, daß er es im Fallen festhielt, versuchte er mich aus dem Sattel zu reißen. Mein Schwert wurde von seinem Gewicht nach unten gezogen, und ein Gefährte von ihm, der nach Mordbeute gierte, hob seine Axt, um mir den Schädel zu spalten.

Ich sah die Schneide in der Luft schweben. Dann schoß aus dem Handgelenk Blut, und die Axt flog ungelenk davon. Pelleas, der stets über mein Leben wachte, hatte sich zu mir durchgekämpft. Und sein Schwert hatte mich nicht zum erstenmal gerettet. »Bleib beim König!« rief ich ihm zu und riß endlich mein Schwert los. Pelleas wandte sein Pferd und setzte Aurelius nach, der voranstürmte und der Reihe nach die Krieger zu Boden rang.

Die Briten fochten heftig gegen den Feind. Nie gingen Männer beherzter ihrem Verhängnis entgegen... Doch wir konnten nichts ausrichten. Erschlugen wir einen, nahmen vier andere seinen Platz ein. Erschlugen wir tausend, blieben fünftausend weitere übrig. Inzwischen fielen unsere tapferen Mitstreiter in dem gnadenlosen Gemetzel.

Wir waren jetzt vollständig eingekesselt. Aurelius gab den

Befehl aus, daß die Truppen einen Kreis bilden sollten. Das ist für ein Heer der Anfang vom Ende. Wir wußten es, haßten es und tobten. Ich weiß nicht, woher wir die Kraft nahmen, aber mit Gebeten und Flüchen und zerbrochenen Waffen in unseren Händen drängten wir die heulenden Berserker noch einmal zurück.

Das erboste Hengist, der jetzt den Rest seines Heeres gegen uns losschickte – alle außer seiner Leibgarde, die aus den stärksten, schrecklichsten aller Sachsenkrieger bestand. Abgesehen von ihnen wurden alle bis auf den letzten Mann in die Schlacht geworfen. Er wollte uns endgültig vernichten.

Über den Fluß kamen sie auf uns zugeströmt, mit Gesichtern, die von der Begeisterung des Hasses angespannt waren. Von dem ständigen Andrang der Feinde wurden wir nach und nach erdrückt. Die Köpfe unserer Landsleute schmückten nun die langen Speere der Gegner. Der Rauch von verbrannten Leichen begann in die Luft zu steigen. Also glaubte Hengist, bereits gesiegt zu haben.

Doch er irrte sich, denn die Schlacht war noch nicht vorüber.

Das erkannte Aurelius als erster. »Uther!« rief er. »Uther hat Hengist gefangengenommen!«

Wie er das gemerkt hatte, so beschäftigt wie wir beide waren, vermag ich nicht zu sagen. Doch ich hob den Blick und ließ ihn über die Böschung jenseits des Flusses schweifen – das Wogen der Schlacht hatte uns wieder den Hügel hinan geworfen, von dem wir ausgezogen waren. Von dort sah ich einen Trupp von Reitern Hengists Pferdeschwanzstandarte umringen, und der Kampf dort drüben schien vorbei. Der Rest von Uthers Kämpen galoppierte über den Fluß, um den Feinden, die ihrem Anführer zu Hilfe eilen wollten, den Weg abzuschneiden.

Ich weiß nicht, wann Hengist seinen Fehler bemerkte, aber es muß ihn wie kalter Stahl zwischen den Rippen getroffen haben, als er sich schutzlos umwandte und Uther von hinten auf sich zustürmen sah.

Wir dagegen spürten, wie die Schlacht sich plötzlich wendete, als der Feind uns gerade überwältigen wollte. Wir rüsteten uns gerade zu unserem letzten Schlag, als wir unerklärlicherweise mit einemmal wieder vorstoßen konnten, da die Feinde dahinschmolzen.

So fiel plötzlich das Gewicht der Schlacht von uns ab; die Mauer brach in sich zusammen, nachdem sie sich so lange nach außen gewölbt hatte. Aurelius vergeudete keinen Augenblick. Er wandte sein Pferd, packte das königliche Feldzeichen und ritt, den stolzen Adler über seinem Haupt schwenkend, zur Attacke.

Großes Licht! Wir sind gerettet!

Aurelius säte rasch und erbarmungslos Vergeltung. Augenblicklich scharten sich die übrigen Reiter um ihn und ritten den Feind von hinten nieder.

Einen fliehenden Feind niederzumetzeln bringt keine Ehre – es ist nichts als finstere Berechnung. Doch es mußte sein.

Zwischen den beiden Truppenteilen eingekeilt, standen die Barbaren bis zur Hüfte im Nene und konnten weder vor noch zurück. Da ergriff sie Verwirrung und schüttelte sie wie ein Hund eine Ratte. Das Durcheinander umschloß sie mit eiserner Faust, und sie gaben auf. Hengist war in sicherem Gewahrsam. Diejenigen aus seiner Leibwache, die noch lebten, waren gleich ihm gefesselt und entwaffnet.

Es ist merkwürdig, doch wenn man den Führer der Barbaren gefangennimmt, weicht der Kampfgeist geschwind aus ihnen. Wenn man ihn umbringt, dann kämpfen sie weiter, um die Ehre zu erringen, ihn auf seinem Weg nach Walhall zu begleiten; gerät er jedoch in Gefangenschaft, bemächtigen Verwirrung und Schrecken sich ihrer, und sie sind rasch besiegt.

Es ist, als hätten sie einen Verstand, einen Willen – den ihres Führers. Und ohne ihn fallen sie sofort der Panik und Verzweiflung anheim.

Trotz ihrer überlegenen Zahl, trotz des greulichen Umstands, daß unsere Hauptstreitmacht ganz und gar geschlagen war, hatten die Briten gesiegt, sobald Uther sein Schwert an Hengists Kehle hielt.

Die Schlacht tobte nur noch an einzelnen Stellen fort, meistenteils waren es Pikten und Iren, deren Anführer noch lebten. Diesen war rasch der Garaus gemacht. Hätten die Sachsen doch auch nur so weitergemacht, denn jetzt oblag Uther die häßliche Aufgabe, mit den Gefangenen fertig zu werden.

Natürlich hatte Aurelius nicht vorgehabt, irgendwelche Gefangenen zu machen, sondern es hatte ein Kampf bis zum Tod werden sollen. Hätten die Sachsen gesiegt, wäre es das auch gewesen. Wenngleich ein Krieger in der Hitze der Schlacht immer wieder ohne Zaudern tötet, so gibt es doch unter zivilisierten Männern nur wenige, die einen wehrlosen Menschen erschlagen können, wenn er stumm und ergeben vor ihnen steht.

Das erkannte ich, denn als der Kampf vorüber war, waren ein paar tausend Sachsen noch immer am Leben, und man konnte sie nicht einfach mit dem Speer durchbohren. Hätten wir es getan, wären wir schlimmer als die Barbaren gewesen, gegen die wir stritten!

»Nun?« fragte ich Uther. Er saß noch immer im Sattel, das blutige Schwert über die Schenkel gelegt. »Was wirst du tun?« Aurelius hatte mich vorausgeschickt, weil er sich darum kümmerte, die kleinen Scharmützel zum Stillstand zu bringen, und die Hilfe für die Verwundeten auf die Beine stellte.

Uther machte eine finstere Miene, als wäre es meine Schuld, daß die Entscheidung ihm zugefallen war. Er versuchte, sie von sich abzuwenden, indem er fragte: »Was meint Aurelius?«

»Der Hochkönig sagt, daß du der Feldherr bist; die Entscheidung liegt bei dir.«

Er stöhnte. Uther war kein Mörder. »Was meinst du, erhabener Ambrosius?«

»Ich bin Aurelius' Meinung. Du mußt die Entscheidung fällen – und zwar rasch, wenn du nicht das Vertrauen und die Achtung deiner Leute verlieren willst.«

»Das weiß ich! Aber was soll ich tun? Wenn ich die Gefangenen töten lasse, bin ich ein Schlächter, und ich verliere ihre Achtung; lasse ich sie leben und zeige mich weichherzig, verliere ich sie erst recht.«

Ich hatte Mitleid mit ihm. »Im Krieg gibt es keinen einfachen Weg.«

»Sag mir etwas, das ich noch nicht weiß.« Seine Worte waren harsch, doch sein Blick flehentlich.

»Ich will dir sagen, was ich tun würde, wenn die Entscheidung bei mir läge.«

»Dann sage es mir, o verkörperte Weisheit. Was würdest du tun?«

»Ich würde das einzige tun, was ich tun könnte, um noch die Bezeichnung Mensch zu verdienen.«

»Und das wäre?«

»Laß sie ziehen«, erwiderte ich. »Du hast keine andere Wahl.«

»Jeder, den ich heute freilasse, kommt zurück. Und er wird Söhne zeugen, die zurückkommen. Jedes Leben, das ich heute schone, wird später ein Leben kosten – das eines Landsmannes.«

»Vielleicht«, räumte ich ein. »Aber so ist es nun einmal.«

»Hast du sonst nichts zu sagen, mächtiger Seher?« spottete er, die Miene vor Abscheu verzerrt.

»Ich sage nur, wie es ist, Uther. Die Entscheidung liegt bei dir: Töte sie alle, und du wirst vielleicht künftiges Leben retten und uns in den Augen Gottes als verabscheuungswürdiger darstellen als diese armen Elenden, die ihn nicht kennen. Doch wenn du sie ziehen läßt, beweist du den wahren Edelmut des britischen Geistes. Du wirst dich wahrhaftig weit über diejenigen erheben, die du besiegt hast.«

Das sah er ein, doch gefiel es ihm nicht. »Ich könnte Bluteide und Geiseln gewinnen.«

»Das könntest du, aber ich rate davon ab. Diesen Menschen kann man nicht trauen, daß sie einen Eid halten, den sie einem verhaßten Gegner geleistet haben.«

»Etwas muß ich tun!«

»Sicher«, gab ich nach, »aber wähle dir die jüngsten von ihnen als Geiseln aus.«

»Und Hengist will ich nicht schonen!«

»Uther, denke nach! Er ist geschlagen und entehrt. Wenn du ihn tötest, wird er zu einem Führer, dessen Leben gerächt werden muß. Laß ihn ziehen; Hengist wird uns keine Scherereien mehr machen.«

Jesus helfe mir, ich war selbst nicht mit dem Herzen dabei. Vielleicht hätte ich Uther überzeugen können, wenn ich selbst überzeugt gewesen wäre.

»Und ich sage, daß er das Schlachtfeld nicht als freier Mann verläßt.« Uther hatte sich entschlossen.

Stramm gefesselt wurde Hengist vorgeführt; sein breites Gesicht höhnte in stummem Trotz. Auch die Überlebenden seiner Leibwache wurden vorgeführt und mußten sich hinter ihm aufstellen. Entwaffnet, völlig ohne Kampfesgeist, die Häupter geschlagen gesenkt, stand der Rest des Sachsenheeres ein Stück weiter weg am Hang und sah stur schweigend zu.

Gorlas galoppierte vom Kampf erhitzt geschwind herbei und schwang sich aus dem Sattel. Er rannte auf Hengist zu, und ehe ihn jemand aufhalten konnte, spuckte er ihm ins Gesicht. Der Sachsenführer starrte Gorlas ungerührt an, während ihm der Speichel auf den Wangen glitzerte. Die Gefangenen murrten bedeutungsschwer.

Es war eine Torheit. Ich hätte Gorlas an den Schultern schütteln und ihm begreiflich machen mögen, was er getan hatte. »Halt ein, Gorlas!«

Das war Aurelius' Stimme, der sich uns jetzt anschloß. Langsam schritt er auf die Gefangenen zu, blieb stehen und betrachtete Hengist wie nebenbei. Einen Moment später drehte er sich um und fragte Uther: »Und, Herzog von Britannien, was soll geschehen?«

»Tod Hengist und seinen Hauptleuten«, erwiderte Uther gleichmütig. »Die übrigen können frei abziehen ...« Er warf mir rasch einen Blick zu. »Sie werden bis an die Küste begleitet und auf Schiffe gesetzt, damit sie unter Todesstrafe nicht mehr in dieses Land zurückkehren.«

»Sehr wohl, so soll es sein«, entgegnete Aurelius.

Gorlas, der sich zurückgehalten hatte, stürzte nun vor. »Wenn Hengist sterben soll, Herr Aurelius, dann laß es meine Hand vollbringen.«

Aurelius blickte ihn listig an. »Warum, Herr Gorlas, solltest du sein Henker sein?«

»Es steht eine Ehrensache zwischen uns«, gab Gorlas preis. »Mein Bruder wurde beim Gemetzel der Messer getötet, als Vortigern noch König war. Ich habe einen Eid geschworen, daß ich Hengist töten würde, wenn er mir begegnen sollte. Ich hatte gehofft, in der Schlacht auf ihn zu treffen.«

Das erwog Aurelius. Er warf Uther einen Blick zu: »Ich habe keine Einwände.«

»Einer muß es ja tun«, murmelte Uther.

Der Hochkönig wandte sich an mich: »Was meinst du, weiser Ratgeber?«

»Jemandem aus Rache das Leben zu nehmen, ist mir verhaßt. Doch wenn er sein Leben ob seiner Taten verwirkt hat, dann soll er rasch und in aller Stille getötet werden – allein und weit weg von hier.«

Da flackerte in Gorlas' Augen ein seltsames Funkeln auf. Er warf den Kopf zurück und lachte häßlich. »In aller Stille?« grölte er. »Wir haben gerade zehntausend von diesen mutterlosen Hunden getötet! Hier steht der Oberhund selbst – wenn einer es verdient, getötet zu werden, dann er.«

»Wir haben heute getötet, weil uns keine andere Wahl blieb«, fauchte ich. »Wir haben getötet, um uns und unser Volk zu retten. Doch jetzt haben wir eine Wahl, und ich sage dir, daß, aus Rache zu töten, Mord ist und unter zivilisierten Menschen nichts zu suchen hat.«

»Mein Herr Aurelius«, rief Gorlas nun ergrimmt. »Laß Hengist hier und jetzt töten, vor all seinen Leuten. Ich möchte, daß sie es sehen und sich daran erinnern, wie wir Verrat bestrafen.«

Viele andere pflichteten Gorlas bei, und zwar laut, so daß Aurelius sein Einverständnis gab. Und Gorlas verlor keine Zeit. Er hob einen langen Speer und bohrte ihm dem Sachsen in den Bauch. Hengist stöhnte, fiel aber nicht. Gorlas zog den Speer heraus und stach noch einmal zu. Da schoß Blut auf den Boden, und der Barbarenfürst fiel auf die Knie und knickte über seiner Wunde zusammen. Dennoch schrie er noch nicht auf.

Rasch trat Gorlas seinem Opfer an die Seite, zückte sein Schwert, reckte es und hieb Hengist den Kopf ab. Der Körper sackte nach vorn in den Staub. Triumphierend hielt Gorlas seine gräßliche Trophäe hoch.

Vom Wahnsinn seiner Rache gepackt drehte Gorlas sich dann um und fiel über die Leiche her. Mit seinem Schwert hackte er immer wieder auf sie ein. Er zerhieb den Körper in Stücke und zerstreute sie, als er damit fertig war, im Staub.

Die ganze Zeit über, heiliger Vater, vergib uns allen, die ganze Zeit über… feuerten die Männer ihn an.

VI

Als der Jubel verklungen war, legte sich ein schreckliches Schweigen über die Walstatt; ein Schweigen, das sofort von einem herzerweichenden Schrei zerrissen wurde. Ein Junge warf sich aus der Masse der Gefangenen nach vorn: Hochgewachsen, dünn – er war noch nicht ganz zum Manne gereift –, trug er das helle Haar in langen Zöpfen, und unter dem Schmutz waren seine Gesichtszüge zwar jetzt vom Kummer verzerrt, doch genauso stolz wie die seines Vaters.

Der Knabe warf sich auf den versehrten Kopf seines Vaters und drückte ihn sich an die Brust. Gorlas, der von seiner Tat schweißüberströmt und außer Atem war, drehte sich zu dem Jungen um und hob das Schwert gegen ihn.

»Gorlas! Halt ein!« Uther schwang sich aus dem Sattel und schritt auf die beiden zu. »Es ist genug. Steck dein Schwert weg.«

»Nicht solange die Welpen des Wolfes leben«, sagte Gorlas mit erstickter Stimme. »Laß mich ihm den Garaus machen.«

»Töten wir jetzt Kinder, Gorlas? Sieh ihn dir an, er ist noch ein Knabe.« Der Junge hatte die Gefahr, die ihm drohte, nicht eines Blickes gewürdigt. Er jammerte weiter und schaukelte mitleiderregend hin und her, den blutigen Kopf im Arm wiegend.

»Lleu schlage mich mit Blindheit! Er ist Hengists Sohn! Töte ihn jetzt, oder er kehrt mit einem weiteren mörderischen Wolfspack zurück, wenn er erwachsen ist.«

»Für heute ist es mit dem Töten genug«, erwiderte Uther. »Steck dein Schwert weg, Gorlas. Das bringt dir keine Schande.«

Düstere Flüche ausstoßend, stieß Gorlas sein Schwert in die Scheide und begnügte sich mit einem heftigen Tritt gegen den Knaben vor ihm. Dann stapfte er zu seiner Kriegerschar davon.

Uther stellte den Knaben auf die Beine, und dieser stand schmollend da, das schmutzige Gesicht tränenüberströmt. »Wie heißt du, Junge?« fragte Uther.

Der Knabe verstand ihn sehr wohl und antwortete: »Octa.«

»Ich schenke dir dein Leben, Octa. Du und dein Volk, wenn

ihr jemals wieder hierherkommt, werde ich mein Geschenk zurücknehmen, hast du das verstanden?«

Der Knabe erwiderte nichts. Uther packte mit seinem Handschuh den nackten Arm des Knaben, drehte ihn um und schob ihn sanft zu seinem Platz zwischen den übrigen Gefangenen zurück. Aurelius, der sich ferngehalten hatte, trat nun vor, legte seinem Bruder die Hände auf die Schultern, küßte und umarmte ihn. »Heil, Uther! Herzog von Britannien! Der Sieg ist dein! Dir gehören der Triumph und die Beute!«

Beute gab es nur wenig, und das meiste davon war britischen Ursprungs. Vieles von dem, was wir den Gefangenen abnahmen und aus ihrem Lager bargen, war im Sommer von den Sachsen gestohlen worden. Doch es fanden sich ein paar schmucke Armbänder und -reifen aus rotem Gold, mit Edelsteinen eingelegte Dolche. Uther verteilte alles unter seinen Hauptleuten und behielt nichts für sich.

Als die Verwundeten versorgt und die Toten begraben waren – oder im Falle der Feinde auf einen schnell errichteten Scheiterhaufen gelegt und verbrannt waren –, wurden die sächsischen Gefangenen an die Küste gebracht: zurück über die Felder, die sie verwüstet hatten, zurück durch die Dörfer, die sie auf dem Weg zur Schlacht entvölkert hatten. An jedem Ort strömten die Überlebenden zusammen, um auf sie zu schimpfen und sie mit Steinen und Dreck zu bewerfen.

Viele wollten Blut für das Blut, das die Sachsen vergossen hatten. Frauen für die Gatten, die sie verloren hatten; Männer für ihre toten Gattinnen und Kinder. Doch Uther ließ sich nicht umstimmen. Er ließ keinen Schaden über die Feinde kommen, die unter seiner Obhut standen, obwohl es ihm in der Seele leid tat. Damit bewies er die Anmut eines Engels.

»Fürwahr, Merlin«, sagte er zu mir, als alles vorüber war, »wenn ich erlebt hätte, was sie erlebt haben, hätte ich nicht einen Sachsen entkommen lassen. Ich hätte die Sachsen der Gerechtigkeit jener ausgeliefert, denen sie Unrecht taten, und heute abend würde kein Barbar hier mehr atmen. Das kann ich dir sagen.« Er schwieg und schüttete sich den Rest seines Weins in die Kehle. Dann donnerte er den Kelch auf den Tisch. »Es ist vorbei, und das ist wenigstens etwas.«

Aurelius hatte Mitleid. »Einem Feind Gnade zu erweisen ist

die schwierigste Aufgabe bei einer Schlacht. Aber du hast dich wacker geschlagen, Uther. Mit dem, was du heute vollbracht hast, hast du Ehre auf dich gehäuft. Ich trinke auf dich, Bruder. Heil, Uther, dem gnadenreichen Sieger!«

Es war die Nacht des auf die Schlacht folgenden Tages, und Uther war bis zum Umfallen erschöpft. Er schwankte auf den Beinen – die Müdigkeit und der Wein forderten ihren Preis. Sein Lächeln war dünn und unsicher.

»Geh zu Bett, Uther«, sagte ich und hielt ihm den Umhang hin. »Komm, ich bringe dich zu deinem Zelt.«

Er ließ sich zu seinem Zelt führen, wo er mit dem Gesicht voran auf seine Pritsche fiel. Sein Diener, ein Knabe aus den Westlanden namens Ulfin, stand bereit, um ihm zu helfen, aber ich löste ihm die Stiefel und den Gürtel und deckte ihn mit seinem Umhang zu. »Lösch das Licht aus«, sagte ich. »Dein Herr wird es heute nacht nicht mehr brauchen.«

Schlafend ließ ich Uther im Dunkeln zurück und begab mich wieder in Aurelius' Zelt. Ihm wurde von einem Bediensteten der Brustpanzer aufgeschnürt. »Nun«, meinte er, »es sieht so aus, als würde ich doch noch Hochkönig werden.«

»Das wirst du, mein Herr Aurelius. Es führt kein Weg daran vorbei.«

Der Diener nahm ihm die Rüstung ab, und Aurelius kratzte sich. »Ein letzter Schluck, Merlin?« fragte er und deutete auf den Krug auf dem Tisch.

»Es ist spät, und ich bin müde. Laß uns an einem anderen Abend miteinander trinken. Doch werde ich dir gern einen Becher einschenken, wenn du es willst.«

»Nein...« Er schüttelte den Kopf, daß die dunklen Locken zitterten. »An einem anderen Abend.« Er sah mich nachdenklich an. »Merlin, sage mir – war es richtig, sie gehen zu lassen? War es das Beste?«

»Es war richtig, Herr. War es das Beste? Nein, Aurelius, ich fürchte nicht.«

»Dann hatte Gorlas also recht: Sie werden wiederkommen.«

»O ja, sie werden wiederkommen. Verlasse dich darauf«, erwiderte ich. »Aber sie werden so oder so wiederkommen, und du kannst sie durch nichts davon abhalten.«

»Doch wenn ich sie dem Schwert überliefert hätte...«

»Laß dich nicht von Männern wie Gorlas täuschen, Aurelius. Die Barbaren wurden gestern geschlagen, aber nicht überwunden. Die Gefangenen zu töten, hätte daran nichts geändert – außer daß es deine Seele mit ewiger Scham beschwert hätte.«

Er fuhr sich mit der Hand durchs Haar. »Muß ich denn mein ganzes Leben lang mit dem Schwert in der Hand verbringen?«

»Ja«, erwiderte ich sanft. »Du wirst mit dem Schwert in der Hand herrschen, solange du lebst, mein König. Denn der Mann, der dieses Land in Frieden regieren wird, ist noch nicht geboren.«

Darüber dachte Aurelius nach, und seiner eigenen Gesinnung treu, erschrak er nicht davor. »Nun«, fragte er bedächtig, »werde ich ihn erleben?«

Ich sagte ihm die Wahrheit. »Nein, Aurelius, das wirst du nicht.« Das war hart für ihn, und ich versuchte meine Worte abzumildern. »Aber er wird von dir wissen, Aurelius, und dich bewundern und in deinem Namen große Ehre erringen.«

Da lächelte Aurelius und gähnte wieder. »Das ist, wie Uther sagen würde, wenigstens etwas.«

Durch das schlafende Lager ging ich in mein Zelt. Wie viele weniger wir in dieser Nacht waren! Die Männer, die um die niedrig brennenden Lagerfeuer auf dem Boden lagen, wirkten wie tot, so fest schliefen sie. Ja, das ganze Reich schlief in dieser Nacht fest, dank dieser mutigen Krieger und ihrer Kameraden, die jetzt unter den Grabhügeln ruhten.

In meinem Zelt fiel ich auf die Knie und betete: »Mein Herr Jesus, großer Spender, Erlöser und Freund, Himmelskönig, Anfang und Ende, höre meine Klage:

Drei mal dreihundert Krieger, hell strahlte ihre Hoffnung, kräftig hielten sie am Leben fest – drei mal dreihundert Krieger waren wir und sind es nicht mehr, denn der Tod hat sich den Heldenteil am Blut braver Männer geholt.

Drei mal dreihundert, Licht des Lebens, das voll und stetig scheint, warm war ihr Atem, flink ihre Augen – drei mal dreihundert waren wir und sind es nicht mehr, denn heute nacht liegen unsere Kampfgefährten in stillen Erdhallen, kalt und verlassen von den Ihren, die ihnen nicht folgen können, wohin sie gehen.

Drei mal dreihundert, kühn in der Tat, wild in der Schlacht, treue Gefährten in der Feuersbrunst des Gefechts – drei mal dreihundert waren wir und sind es nicht mehr, denn der Rabe krächzt über dem Feld, wo der Gram seine Saat ausgebracht und mit Frauentränen gegossen hat.

Barmherziger Jesus, groß an Macht, dessen Name Licht und Leben heißt, sei deinen gefallenen Dienern Licht und Leben. Da dich die Vergebung erfreut, vergib ihnen; zähle ihre Sünden nicht, sondern betrachte diese ihre Tugend: Als der Ruf an sie erging, ihre Heimat zu verteidigen, verschwendeten sie keinen Gedanken an sich selbst, sondern zogen beherzten Schrittes in die Schlacht, wissend, daß der Tod sie erwartete.

Höre mich, Herr Jesus, sammle unsere Freunde in deinem Saal; setze sie in dein Schloß im Paradies, denn bessere Gefährten wirst du nicht finden.«

Am nächsten Tag brach der Hochkönig das Lager ab und ritt gen Londinium, wo sein Vater zum König gekrönt worden war und die Feierlichkeiten für ihn selbst stattfinden sollten. Pelleas und ich ritten gen Westen nach Dyfed, um Bischof Dafyd zu suchen. Ich hatte es mir in den Kopf gesetzt, daß Dafyd Aurelius' Krönung vollziehen sollte – wenn er so rüstig war, wie Pelleas behauptete, und in die Reise einwilligte.

Londinium hatte einen Bischof, einen Priester namens Urbanus, soweit ich im Lager gehört hatte, ein frommer, wenngleich etwas ehrgeiziger junger Mann. Gegen Urbanus hatte ich nichts einzuwenden, aber ich dachte, daß Dafyds Beisein Aurelius' Bande mit den Königen im Westen weiter festigen würde. Außerdem hatte ich Dafyd seit meiner langen Wacht in Celyddon nicht gesehen, und das bedrückte mich. Da ich nun wieder Zeit für mich selbst hatte, wollte ich ihn unbedingt treffen.

Pelleas und ich ritten durch ein Land, das wie vom Schatten eines Raubvogels erlöst schien. Allerorten atmeten die Menschen freier. In den Siedlungen wurden wir willkommen geheißen, unterwegs begegneten wir Händlern, die Tore und Türen standen offen – all dies, obwohl sich die Nachricht von der Niederlage der Sachsen noch nicht herumgesprochen haben konnte. Wie ahnten die Menschen sie nur?

Ich glaube, daß Menschen, die in enger Verbundenheit mit der Landschaft leben, derlei gefühlsmäßig wahrnehmen. Sie spüren den Wechsel im Glück der Menschen, wie sie winzige Wetterumschwünge spüren. Sie sehen einen flammenden Sonnenuntergang und wissen, daß es am nächsten Tag regnet; sie schmecken den Wind und wissen, daß die Erde von Reif überzogen sein wird, wenn sie am nächsten Tag aufwachen. Sie gewahren die unterschwelligen Erschütterungen, die große Ereignisse in der Atmosphäre des Geistes hervorrufen. So wußten sie, ohne daß man es ihnen gesagt hatte, daß ihnen etwas sehr Gutes widerfahren war und sie keine Angst mehr zu haben brauchten.

Sie wußten es und waren doch froh, von uns Neuigkeiten über die Schlacht zu erfahren. Diese würden sie einander tagelang wiedererzählen, bis alle – Krabbelkinder und gebeugte Alte gleichermaßen – sie zu wiederholen vermochten, geradeso wie sie aus meinem Munde gekommen waren.

Wir hielten uns unterwegs nicht auf, sondern eilten mit größter Hast nach Llandaff, wie der Ort, wo Dafyd seine Kirche gebaut hatte, nun von den Menschen genannt wurde: ein stämmiges, viereckiges Gebäude aus Holz auf hohen Steinfundamenten, umgeben von den kleinen Hütten der Mönche. Llandaff war ein Kloster wie all die anderen, die nun in den Westlanden wie die Pilze aus dem Boden schossen. Und nicht wenige von ihnen verdankten ihre Entstehung Dafyds unermüdlichem Schaffen.

Als wir auf die winzige Ansiedlung zuritten, sahen wir die guten Brüder ihren Aufgaben nachgehen. Die jüngeren Männer trugen selbstgesponnene Gewänder aus ungefärbter Wolle; die Kleidung der älteren war hellbraun. Die Frauen – viele der Mönche waren verheiratet – waren gleichermaßen schlicht gewandet oder hatten herkömmlichere Kleider an. Alle waren sie geschäftig bei der Arbeit: Sie sammelten Feuerholz, bauten, mauerten, bestellten die Äcker, fütterten die Schweine, unterrichteten die Kinder der nahegelegenen Weiler und Festungen – und alle zeigten sie den gleichen freudigen Eifer. Der Ort surrte vor ernster Zufriedenheit.

Wir hielten an, um diesen Anblick in uns aufzunehmen, dann saßen wir ab und betraten den Flecken zu Fuß. Ich wurde höflich gegrüßt und – wegen meines Torques – als König angesprochen. »Wie können wir dir behilflich sein, Herr?« fragte der Priester, der uns freimütig abschätzend anblickte.

»Ich bin ein Freund des Bischofs hier und möchte ihn sprechen.«

Der Mönch lächelte freundlich. »Natürlich. Da du sein Freund bist, wirst du verstehen, daß das schwierig ist. Unser Bischof ist sehr alt und ruht zu dieser Stunde des Tages, wie es seine Gewohnheit ist...« Er breitete die Hände aus, wie um anzudeuten, daß die Sache nicht in seiner Macht stehe, was zweifellos der Fall war. »Und dann hält er seine Predigt.«

»Danke«, erwiderte ich. »Mir würde nicht einfallen, ihn zu stören. Und doch weiß ich, daß er mich wird sehen wollen.«

Es waren noch zwei Mönche zu unserer Begrüßung erschienen. Sie beobachteten uns und flüsterten hinter vorgehaltener Hand. »Dann warte bitte«, erwiderte der Mönch, »und ich werde zusehen, daß deine Bitte angemessen erwogen wird.«

Ich dankte ihm wieder und fragte, ob es einen Oberen gäbe, den ich sprechen könnte, während ich wartete. »Das wäre Bruder Gwythelyn.«

»Ich hatte an Salach gedacht.«

»Salach? Aber...« Er blickte mir fragend ins Gesicht. »Unser lieber Bruder Salach ist vor Jahren gestorben.«

Ich spürte den Kummerschlag, der mich stets trifft, wenn ich eine solche Neuigkeit erfahre. Fürwahr, ich hatte vergessen, wie alt der Mann hätte sein müssen. »Dann also Gwythelyn. Sage ihm, daß Myrddin ap Taliesin hier ist.«

Als die beiden, die uns zusahen, meinen Namen hörten, murmelten sie überrascht: »*Myrddin* ist hier! Bei uns!« Sie starrten mich an und rannten dann davon, um es den anderen mitzuteilen.

»Herr Myrddin«, sagte der Mönch und senkte den Kopf vor mir. »Gestatte, daß ich dich zu Bruder Gwythelyn führe.«

Gwythelyn war das Ebenbild seines Onkels Maelwys. Ich zögerte, als er von dem Manuskript auf seinem Tisch aufsah, um mich zu begrüßen. »Stimmt etwas nicht?« fragte er.

»Nein, nein. Du erinnerst mich nur an jemanden.«

»Meinen Großvater wahrscheinlich. Kanntest du Pendaran Gleddyvrudd?« Er betrachtete mich genauer. »Darf ich deinen Namen erfahren?«

Der Mönch, der mich zu Gwythelyns Zelle geführt hatte, hatte in seiner Aufregung ganz vergessen, mich vorzustellen. »Ja, Rotschwert habe ich gut gekannt. Ich bin Myrddin ap Taliesin«, sagte ich schlicht.

Da sperrte Gwythelyn die Augen auf. »Verzeihe mir, Myrddin«, sagte er und drückte mir fest die Hände. Seine Hände waren zum Halten eines Schwerts gemacht und entgegen meiner Erwartung nicht weich; die langen Tage grober Arbeit hatten sie stark und hart gemacht. »Verzeihe mir, ich hätte dich erkennen sollen.«

»Wie denn? Wir sind uns noch nie begegnet.«

»Nein, doch vom Tag meiner Geburt an habe ich von dir gehört. Bis zu diesem Augenblick, muß ich zugeben, habe ich geglaubt, dich zu kennen wie mich selbst.«

»Und ich gebe zu, daß, als du dich gerade eben umdrehtest, mir war, als würde ich Maelwys in Fleisch und Blut vor mir stehen sehen.«

Er lächelte, über das Kompliment erfreut. »Wenn aus mir nur halb der Mann wird, der er war, werde ich zufrieden sterben.« Sein Lächeln wurde breiter. »Aber Myrddin ap Taliesin ap Elphin ap Gwyddno Garanhir – wie du siehst, kennen wir deinen gesamten berühmten Stammbaum –, ich hatte stets gehofft, dich eines Tages kennenzulernen, und nun bist du hier. Du bist wahrhaftig ein Wunder anzuschauen. Doch sage mir, welch großes Ereignis führt dich nach Llandaff? Wirst du bleiben? Wir haben Platz für dich.«

»Dein Willkommen ist herzerfrischend, Gwythelyn, und deines großzügigen Onkels würdig. Ich kann nur kurz bleiben – einen oder zwei Tage, und dann muß ich nach Londinium weiter.« Ich erzählte ihm, daß der neue Hochkönig in Kürze gekrönt werden würde.

»Mein Bruder …«, unterbrach er mich, »Tewdrig, ist er …?«

»Ihm geht es gut, und er kommt zurück, sobald der Hochkönig den Thron bestiegen hat. Und darum bin ich hier. Ich möchte, daß Bischof Dafyd die Zeremonie vornimmt.«

Gwythelyn erwog meinen Vorschlag und erwiderte dann bedächtig: »Dafyd ist zwar in Llandaff seit vielen Jahren keine Dutzend Schritte mehr nach draußen gegangen, aber … nun, wir wollen ihn fragen und hören, was er meint.«

»Ich möchte seine Ruhe nicht stören. Ich bin es zufrieden zu warten, bis er aufwacht.«

»Na schön. Er hat die Gewohnheit, nach seinem Schlaf eine Erfrischung zu sich zu nehmen. Dann gehen wir zu ihm. Ich weiß, daß er dich wird sehen wollen. Vielleicht würdest du dich inzwischen selbst gern etwas stärken?«

Wir brauchten nicht lange zu warten, denn kaum waren Pelleas und ich mit dem Essen fertig, als ein junger Mann hereintrat: »Bischof Dafyd ist wach, Bruder Gwythelyn.« Er sprach zwar zu seinem Oberen, wandte den Blick jedoch nicht von mir.

»Danke, Natyn. Wir kommen sofort.«

Dafyds Zelle war ein reingefegter Würfel, in dem keine Möbel außer einem Bett und einem Stuhl standen. Den Stuhl kannte ich: Ich hatte ihn einst in Pendarans Saal gesehen; vermutlich hatte Maelwys ihn ihm geschenkt. Durch ein einziges winziges Fenster, das mit einer geölten Haut zugedeckt war, strömte Licht wie Honig, dick und golden. Sein Bett bestand aus einem Strohlager auf einem erhöhten Holzrahmen und war mit Vliesen bedeckt.

Auf diesem Bett saß ein Mann, der wie aus feinem Alabaster geschnitzt wirkte. Sein schlohweißes Haar, das im Licht schimmerte, umgab seinen Kopf wie ein Heiligenschein, ein Kranz aus hellen Flammen. Auf seinem so ruhigen und heiteren Antlitz verweilte noch die Schönheit seines Traums. Seine dunklen Augen strahlten Frieden in seine schlichte Welt aus.

Es war Dafyd. Sehr verändert, sehr gealtert. Doch war er leicht wiederzuerkennen. Er war zwar schlanker, doch seine Muskeln waren noch straff und seine Zähne gesund. Trotz seines fortgeschrittenen Alters – er mußte weit über neunzig sein, wie mir mit Erschrecken klarwurde –, wirkte er robust und lebendig, ein Mann, in dem das Feuer des Lebens mit Kraft, Leidenschaft und Eifer brannte.

Mit einem Wort, er wirkte wie ein Mann, in dem die Heiligkeit ihre Verwandlung fast vollzogen hatte.

Als wir in die Zelle traten, veränderte sich seine Miene, und er erhob sich halb, um uns zu empfangen. Dann erblickte er mich. Er hielt inne. Er öffnete den Mund, um etwas zu sagen, brachte aber keinen Ton heraus. Die Empfindungen spielten auf seinem Gesicht wie Wolkenschatten, die über die Hänge jagen. In seinen Augen stiegen Tränen empor – und in meinen auch.

Ich ging zu ihm, hob ihn auf und drückte ihn an meine Brust.

»Myrddin, Myrddin«, murmelte er schließlich meinen Namen, als würde er eine seiner heiligen Schriften vorlesen. »Myrddin, meine Seele, du lebst. Dich nach so vielen Jahren wiederzusehen – am Leben und wohlauf. Ach, du hast dich kein bißchen verändert. Du siehst noch genauso aus, wie ich dich als Bild in Erinnerung habe!«

Er tastete meine Schultern und Arme ab, als wollte er sich vergewissern, daß ich aus Fleisch und Blut vor ihm stand. »Ach, Myrddin, dich zu sehen, ist das Glück selbst. Nimm Platz. Kannst du bleiben? Hast du Hunger? Gwythelyn! Das ist Myrddin, von dem wir so oft gesprochen haben. Er ist hier! Er ist zurückgekommen!«

Gwythelyn lächelte. »Das ist er. Ich lasse euch bis zum Abendmahl allein.« Leise schloß er die Tür und überließ uns unserem Wiedersehen.

»Dafyd, ich wollte schon früher kommen – so oft habe ich an dich gedacht und wollte zu dir kommen...«

»Still, still. Wir sind endlich beisammen. Mein Gebet ist erhört worden. Stets habe ich darum gebetet, Myrddin, dich vor meinem Ableben noch einmal sehen zu dürfen. Und jetzt bist du hier. Gott ist gütig.«

»Du siehst gut aus, Dafyd. Ich hatte nicht zu hoffen gewagt...«

»Mich am Leben zu sehen? O ja, ich bin recht lebendig – ganz zum Kummer der jüngeren Mönche. Ich bin eine Art Schreckgespenst für sie.« Er zwinkerte mir listig zu. »Sie glauben, daß Gott mich nur am Leben erhält, um sie mit meinem Latein zu quälen, und vielleicht haben sie recht.«

»Latein eine Qual? Doch sicher nicht.«

Er nickte unschuldig. »Die Muttersprache, die Sprache der Gelehrten – eine Qual. Aber du weißt ja, wie Schüler sind. Sie beklagen sich unablässig. ›Lieber sich das Herz vor Liebe brechen lassen, als sich den Kopf über dem Lateinischen zerbrechen‹, sagen sie. Und ich erwidere ihnen: ›Füllt eure Köpfe mit Latein, und Gott erfüllt eure Herzen mit Liebe – dann kann nichts brechen.‹«

»War es jemals anders?«

»Nein, vielleicht nicht«, seufzte er. »Zumindest du hast mir nie solche Scherereien gemacht.«

»Ich habe dir andere gemacht«, lachte ich.

Dafyd lachte auch. »Das hast du! Du hast recht, das hast du! Ach, wenn ich nur an die vielen Stunden denke, die wir darin verwickelt waren!« Er schwieg, nickte in sich hinein, erinnerte sich. Nach einer Weile schüttelte er sich, als würde er aus einem Traum erwachen. »Tja, damals waren wir jung, was, Myrddin?«

Er umfing mein Gesicht mit einer väterlichen Handbewegung. »Aber du, mein goldäugiges Wunder – du bist immer noch jung. Schau dich nur an – das Gesicht und die Gestalt eines jungen Mannes. Nicht ein graues Haar auf dem Kopf. Du bist die Blüte deiner Rasse, Myrddin. Preise Gott, mein Sohn, für dein langes Leben. Er hat dich gesegnet unter den Menschen.«

»Was nützt mir ein Segen, den ich nicht teilen kann?« fragte ich ernstlich. »Ich würde, was ich habe, mit dir teilen, Dafyd. Du hast es viel mehr verdient als ich.«

»Bin ich nicht auch gesegnet? Ich bin mit meinen Jahren recht zufrieden, Myrddin, keine Sorge. Ich bin froh. Um mich braucht es dir nicht leid zu tun – und verunglimpfe nicht das Geschenk, das dir gegeben wurde. Der hohe Gott, unser Herr, hat dich zu einem bestimmten Zweck so gemacht, wie du bist. Sei dankbar, daß du aus so festem Holz geschnitzt bist.«

»Ich werde es versuchen.«

»Tue das.« Er drehte sich um und zeigte auf den Stuhl. »Jetzt nimm Platz und erzähle mir, was dir widerfahren ist, seit wir uns das letzte Mal sahen.«

Ich lachte. »Das wird genauso viele Jahre dauern, wie wir getrennt waren.«

»Dann fange lieber gleich an.« Er ließ sich auf der Bettkante nieder und faltete die Hände im Schoß.

Also begann ich, ihm von Ganiedas Tod und allem folgenden zu berichten – dem Loch in meinem Leben, der häßlichen Verschwendung, den Jahren des Verlusts und der Wehklage. Und währenddessen glitt das Viereck aus Honiglicht über den Boden und die gegenüberliegende Wand hinauf. Ich erzählte ihm von Vortigern – das meiste wußte er schon – und von Aurelius, dem neuen Hochkönig, und Uther, seinem Bruder und Feldherrn.

Er sog jedes Wort auf wie ein Kind, das einem schrecklichen, bannenden Märchen lauscht. Und zweifellos wäre er noch länger in aufmerksamem Staunen dagesessen, wäre nicht Gwythelyn gekommen und hätte sanft an die Tür geklopft, um Dafyd aus seiner Träumerei zu reißen und uns zum Abendmahl zu holen. »Das Abendmahl ist bereit«, ließ er uns wissen. »Ich habe eigens einen Tisch für euch aufstellen lassen.«

»Ich werde mir später mehr anhören«, sagte Dafyd und stand langsam auf. »Sie werden auf mich warten, daß ich das Mahl segne. Komm, gehen wir zum Essen. Wenngleich mein Appetit nicht mehr ist, was er einmal war, heute abend habe ich Hunger. Siehst du? Allein dich wiederzusehen, belebt mich.«

»Und mich freut es, daß du dies sagst«, erwiderte ich und faßte ihn am Arm. Doch er bedurfte meiner Hilfe gar nicht. Er schlurfte nicht wie ein alter Mann, sondern schritt aufrecht und kraftvoll.

Er aß auch kräftig, genoß sein Mahl und bemerkte immer wieder, daß mein Dasein Balsam für ihn sei. Natürlich freute er sich und freute sich an der Aufmerksamkeit, die ich erregte. »Du darfst ihnen nicht vorwerfen, daß sie dich anstarren, Myrddin. Sie haben noch nie jemanden aus dem Feenvolk gesehen, Myrddin, aber gehört haben sie von dir alle. Jeder hat von dem großen Emrys gehört. Und, mein Sohn, du entsprichst der Legende von dir. Du siehst nach Größe aus.«

Gwythelyn bediente uns mit eigener Hand – damit er aus der Nähe hören konnte, was wir sprachen, vermute ich. Pelleas saß bei uns, sagte aber die ganze Zeit kein Wort, weil er unsere Unterhaltung nicht stören wollte. Als das Mahl beendet war, stand Dafyd auf, nahm die Heilige Schrift in die Hand, die ihm einer der Brüder reichte, und begann einen Abschnitt daraus vorzulesen. Die Mönche, die noch bei Tisch saßen, lauschten ihm gesenkten Hauptes.

»Preiset den Herrn,

Preiset den Herrn in den Höhen,
 preiset ihn in den Sälen aus Licht.
Preiset ihn, alle seine Engel,
 preiset ihn, alle himmlischen Heerscharen.
Preiset ihn, Sonne und Mond,
 preiset ihn, all ihr leuchtenden Sterne.
Preiset ihn, ihr in den Himmelsgefilden,

und ihr Wasser über den Himmeln.
Lasset sie alle preisen den Namen des Herrn,
denn er sprach nur ein Wort und sie erstanden.
Er setzte sie auf ewig an Ort und Stelle;
er verkündete einen Erlaß, der stets gelten wird.

Preiset den Herrn auf Erden,
ihr Drachen und all ihr Meerestiefen,
Blitz und Hagel, Schnee und Wolken,
Gewitterstürme, die ihm unterworfen sind,
ihr hohen Gebirge und alle sanften Hügel,
Obstbäume und Zedern,
wilden Tiere und alles Vieh,
alles, was da kreucht und fleucht,
Könige der Erden und aller Nationen,
ihr Fürsten und alle Herrscher auf Erden,
jungen Männer und Maiden,
Greise und Kinder.

Lasset sie alle preisen den Namen des Herrn,
denn sein Name allein steht in der Höhe;
sein Glanz überstrahlt Himmel und Erde.
Er ist für sein Volk als König auferstanden,
der Lobpreis aller seiner Heiligen …«

Hier hielt Dafyd inne, blätterte um und las weiter:

»Doch der Vater sprach zu seinen Dienern: ›Holt rasch mein bestes Gewand und legt es ihm an; und steckt ihm einen Ring an den Finger und zieht ihm Schuhe an. Und bringt das gemästete Kalb her und schlachtet es, und dann laßt uns speisen und fröhlich sein …‹«

Hier legte er eine Pause ein und schloß ehrfurchtsvoll das Buch. Den Blick auf mich gerichtet, sprach er die Stelle zu Ende. »›Denn mein Sohn war tot und lebt wieder. Er war verloren und ist wiedergefunden worden.‹ Und so begannen sie zu feiern.«

Er führte das heilige Buch an die Lippen und küßte es. »Möge Gott das Lesen seines Wortes segnen.«

»Möge Gott das Hören seines Wortes segnen«, erwiderten die Mönche.

»Ich bin heute abend glücklich, weil mein Freund, der lange fern von mir war, wiedergekehrt ist.« Er drehte sich um und legte mir seine Hand auf die Schulter. »Mein Sohn, meine Seele, ist wiedergekehrt. Groß ist meine Freude, groß der Segen in meinem Herzen.« Mahnend hob er die Hand denen, die vor ihm saßen. »Bevor ihr heute abend die Augen zum Schlaf schließt, möchte ich, daß ihr über das Mysterium der menschlichen Liebe als Abbild der göttlichen Liebe nachsinnt.«

Er segnete sie und sandte sie zur Ruhe. Die Brüder strömten aus dem Saal, und jeder schlenderte davon, um sich ein einsames Plätzchen zum Beten zu suchen, wie es ihr Brauch war. Bischof Dafyd und ich blieben im Saal; man hatte uns Stühle an den Herd gestellt, denn die Nacht war kühl geworden. Man brachte uns heißen Glühwein in Holzbechern und stellte sie vors Feuer.

»Nun, Myrddin, was hat dich hierhergeführt?« fragte Dafyd, als wir von unseren Getränken genippt hatten.

»Braucht es denn mehr als den Wunsch, meinen Freund zu sehen?«

»Nein, das braucht es nicht – bei gewöhnlichen Menschen. Aber du, Myrddin Emrys, bist alles andere als gewöhnlich. Dein Leben gehört nicht dir, das weißt du; du dienst dem Königtum, und seine Bedürfnisse sind die deinen.«

Er sah mich über seinen Becher hinweg an, und im Feuerschein glänzten seine Augen so schalkhaft wie die eines Kindes. »Wunderst du dich, daß ich so zu dir spreche? Ich will dir noch etwas sagen: Du wirst nicht ruhen noch rasten, bis dieses Königreich geeint und befriedet ist.«

»Das ist eine schlimme Prophezeiung«, erwiderte ich, denn ich sah die schwierigen Jahre sich vor mich erstrecken.

Er lächelte. »Nun, vielleicht bringt der Herr Jesus diesem Land in aller Eile den Frieden.« Er trank wieder und wartete, daß ich etwas sagte.

Ich nahm einen letzten Schluck und stellte den Becher auf den Herd. »Du fragst mich, was mich hierhergeführt hat. Zwei Dinge, und beide sind dringend. Erstens wollte ich dich einfach sehen. Es stimmt zwar, daß ich der Insel der Mächtigen diene und daß mein Leben nicht mir gehört – Jesus weiß, daß ich in meine Pflicht wie in ein Geschirr gespannt bin –, aber sobald ich einen Augenblick für mich hatte, bin ich stracks hierhergeeilt.«

»Ich habe das nicht gesagt, um dich zu schelten. Es lag mir nur am Herzen, das ist alles.«

»Sicher war es etwas, was ich hören mußte«, versicherte ich ihm. »Aber das führt mich zu dem zweiten Grund meines Besuchs: der Hochkönig.«

»Ja, der Hochkönig. Ist er ein würdiger Mann?«

»Das ist er. Und je besser ich ihn kennenlerne, um so mehr bekomme ich das Gefühl, daß er von Gott gesandt ist.«

»Wie du.« Dafyd lehnte sich auf seinem Stuhl zurück. Der Feuerschein, der auf seinem Antlitz spielte, ließ ihn unstofflich wirken, als wäre er aus etwas Feinerem und Flüchtigerem geschaffen, ein Wesen nur im Augenblick. Mir wurde klar, daß er nicht mehr lange unter den Menschen weilen würde.

Ich muß ihn angestarrt haben, denn er sagte: »Der Meister, o ja. Warum blickst du mich so an? Das hat Hafgan stets behauptet.«

Die Erinnerung überströmte mich: Hafgan, der neben dem zitternden Knaben stand und die Gelehrte Bruderschaft zu Zeugen anrief: *Vor euch steht der, dessen Kommen wir so lange erwartet haben, der Meister, der die Heerscharen gegen die Finsternis anführen wird ...*

»Ach, Hafgan«, sagte Dafyd. »Sein Name ist mir seit vielen Jahren nicht über die Lippen gekommen. Dieser Mann besaß eine Seele, Myrddin, eine ganz große Seele, wahrhaftig. Was wir für Gespräche führten! Jesus segne ihn. Was für ein Wiedersehen das geben wird!«

Bei dem guten Bischof klang das, als bräuchte er nur eine Tagesreise zu unternehmen, um seinen Freund wiederzusehen. Vielleicht sah er es so. »Was weißt du von dem Meister?« fragte ich ihn freundlich. »Was kannst du mir sagen?«

»Was ich dir über den Meister sagen kann?« fuhr er fort. »Daß er der Mann sein wird, der die Briten errettet, daß er kommen wird, wenn sie seiner am dringendsten bedürfen, daß seine Herrschaft voller Redlichkeit und Gerechtigkeit sein wird.« Er hielt inne und blickte mich scharf an. »Willst du etwa andeuten, daß Hafgan sich getäuscht hat?«

Ich schüttelte den Kopf und seufzte: »Das kann ich nicht sagen. Hafgan glaubte; es könnte sein, daß er in mir sah, was er sehen wollte. Oder vielleicht sah er durch mich einen anderen.«

»Myrddin«, sagte Dafyd freundlich und tröstend wie eine leise summende Mutter, »bist du vom Weg abgekommen?«

Darüber dachte ich nach. Das Feuer knisterte im Herd, als die Kiefernäste aufplatzten und Funken auf uns sprühten. War ich vom Weg abgekommen? War dies die Quelle meiner Verwirrung? Bis gerade eben war mir nie ein Zweifel gekommen …

»Nein«, antwortete ich schließlich, »ich bin nicht vom Weg abgekommen – es ist nur so, daß sich vor mir so viele Wege auftun, daß ich kaum weiß, welchen ich wählen soll. Sich für einen zu entscheiden heißt, sich gegen einen anderen zu entscheiden. Ich hatte mir nie vorgestellt, daß es so schwer sein würde.«

»Jetzt weißt du es«, entgegnete Dafyd sanft. »Je höher die Berufung und Vision eines Menschen, um so mehr Wahlmöglichkeiten bekommt er. Dies ist unser Anteil an der Schöpfung: zu entscheiden. Und was wir entscheiden, ist mit dem Faden der Zeit und des Seins auf ewig verwoben. Triff also eine kluge Wahl, aber eine Wahl treffen mußt du.«

Großes Licht, steh mir bei! Ohne dich bin ich blind.

»Nun, ich habe genug geredet«, meinte Dafyd und lehnte sich wieder zurück. »Du wolltest mir vom Hochkönig erzählen.«

»Aurelius, ja. Er ist Hochkönig, wenngleich er den Thron noch besteigen muß. Ich weiß nicht, wie Vortigern sein Königtum empfangen hat, aber in älteren Zeiten wurde der Fürst vom Druiden des Klans gesegnet, und ich dachte …«

»Du willst, daß ich diesen König weihe, wie ich dich weihte?« Dafyd erkannte sofort, was dies bedeutete, und der Gedanke entzückte ihn. »Myrddin, du denkst weit voraus«, sagte er anerkennend. »Natürlich werde ich dir als Druide dienen. Obschon du es genausogut selbst tun könntest. Wann kommt er hierher?«

»Er zieht nach Londinium«, erwiderte ich. »Dort wurde sein Vater gekrönt.«

»In Londinium gibt es eine Kirche und einen Bischof – Urbanus, ich kenne ihn gut, ein eifriger Diener unseres Herrn.«

»Er wird seine Sache ganz wunderbar machen, zweifellos«, meinte ich schwach.

Er las in meiner Miene. »Doch da Aurelius die ständige Unterstützung der westlichen Könige brauchen wird, wäre es womöglich von Nutzen, dieser Unterstützung mit ein wenig geschickt eingesetztem Stolz aufzuhelfen. Tewdrig wäre wohler zumute, wenn sein eigener Bischof den neuen König weihen würde.«

»Und nicht nur Tewdrig.«

»Ja, das begreife ich und gebe dir recht. Nun gut, ich will zu ihm reisen und tun, was ich vermag, um ihm zu einer richtigen Krönung zu verhelfen. Ist Aurelius Christ?«

»Er ist dazu bereit.«

»Damit ist die Schlacht schon halb gewonnen. Wie Jesus selbst sagte: ›Wer nicht gegen uns ist, ist für uns.‹ Wie? Wenn Aurelius nicht gegen uns ist, werden wir zu ihm gehen. Und mir wird die Reise Freude bereiten. Urbanus wird es nicht stören, daß ich komme; er wird mein Alter in Betracht ziehen und mir diese Gunst überlassen.«

»Danke, Dafyd.«

Er stand langsam auf und trat zu mir. Dann legte er mir seine Hände auf den Kopf. »Ich habe dich lange in meinem Herzen getragen, mein hochgeliebter Sohn. Aber bald kommt die Zeit, in der du deinen Weg allein gehen mußt. Sei stark, Myrddin. Sei die Hoffnung unserer Hoffnung. Das Volk wird zu dir aufblicken, es wird dir vertrauen und dir folgen – wenngleich ich fürchte, daß die Kirche dich darob nicht lieben wird. Doch erinnere dich, die Kirche besteht nur aus Menschen, und Menschen können auf das Glück eines anderen neidisch werden. Hasse sie nicht darum.«

Er ergriff meine Hände und zog mich vom Stuhl hoch. »Knie nieder«, sagte er, »und laß dir von einem alten Mann den Segen geben.«

Ich kniete vor ihm nieder, und Dafyd, der Bischof von Llandaff, erneuerte den Segen, den er mir vor langer Zeit erteilt hatte.

VII

Londinium hatte sich mit den Jahren stark verändert. Es war nie mehr als ein großer Platz an der Thamesis gewesen, ein Haufen verstreuter Erdhütten und Viehkoppeln, und wurde doch von den Römern zur Hauptstadt erwählt, einfach weil der Fluß hier tief genug war, daß ihre Truppenschiffe landein fahren konnten, und dabei doch so seicht, daß er sich ohne übermäßige Schwierigkeiten überqueren ließ. Londiniums größter Glanz blieben generationenlang die riesigen Docks, welche von römischen Baumeistern errichtet und seither mit mehr oder weniger Eifer gepflegt worden waren.

Obschon am Ende keine Truppenschiffe mehr kamen, blieb die Stadt der Mittelpunkt der kaiserlichen Macht auf der Insel und bekam mit der Zeit neben dem gewaltigen Hafen nicht nur eine Festung – viel mehr war Londinium anfangs nicht –, sondern auch eine Residenz für den Statthalter, ein Stadion, Thermen, Tempel, Märkte, Lagerhäuser, verschiedene öffentliche Gebäude, eine Arena und ein Theater. Später wurde um das Ganze ein Steinwall gezogen, doch da war die Stadt bereits ein wild wucherndes Ungetüm aus übervölkerten Straßen und eng aneinandergebauten Häusern, Wirtshäusern und Kaufläden.

Die Residenz des Statthalters wurde zu einem Palast, es kamen ein Forum und eine Basilika hinzu, und die Zukunft Londiniums war gesichert. Hinfort mußte jeder Brite, der die Mutter Rom beeindrucken wollte, erst einmal Londinium erobern. Kurzum, für die Briten war Londinium Rom. Mit Sicherheit kamen die meisten keltischen Bürger Rom nicht näher als bis hierher. Und aus diesem, wenn aus keinem anderen Grund sonnte Londinium sich trotz Schmutz, Lärm und Gedränge in dem goldenen Schein Roms, dessen Herrlichkeit nie verging.

Nach Londinium war Constantin als Westkaiser gekommen, als erster Hochkönig der Briten. Nach Londinium mußte darob auch Aurelius kommen, um die Krone seines Vaters zu empfangen, mit seinem Vater gleichzuziehen.

Dies war klug und unumgänglich: Es gab noch immer genug Menschen von Stellung und Einfluß, die das Bündnis mit dem Imperium und die Zugehörigkeit zu ihm als grundlegend für eine rechtmäßige Herrschaft über Britannien betrachteten. Daß die rohe Wirklichkeit dieses althergebrachte Erfordernis längst überholt hatte, wäre diesen Menschen nie in den Sinn gekommen. Sie waren nach älterem Vorbild gegossen: gebildet, verfeinert, städtisch. Daß Rom selbst zu kaum mehr als einem Provinznest herabgesunken war, seine einst stolzen Paläste zu Elendsvierteln, sein vornehmes Amphitheater zu einem Schlachthaus, sein erhabener Senat zu einem Versammlungsort für Schakale, sein Kaiserpalast zu einem Bordell – all dies änderte nicht das geringste daran.

Wie ich bereits sagte, waren die Männer, die so dachten, mächtig, und jeder Hochkönig, der den Titel zusammen mit der Krone erringen wollte, mußte die Anerkennung der eingefleischten Oberschicht Londiniums gewinnen – oder er wurde für immer als Emporkömmling oder womöglich Schlimmeres betrachtet und bekam folglich die beträchtlichen Mittel Londiniums vorenthalten.

Das hatte Aurelius erfaßt; Vortigern nicht. Das war von Übel. Denn hätte Vortigern Londinium gewonnen, wäre er vielleicht niemals der furchtbaren Notwendigkeit ausgesetzt gewesen, sich mit Hengist und seiner Meute einzulassen. Doch Vortigern war stolz gewesen. Dünkelhaft hatte er geglaubt, ohne den Segen Londiniums herrschen zu können.

Die Stadt meinte zwar, über den kleinlichen Angelegenheiten Britanniens zu stehen. Oder anders ausgedrückt: Die Sorgen Londiniums waren die einzigen rechtmäßigen Sorgen Britanniens. So falsch diese Ansicht war, hatte Vortigern mit seiner Mißachtung doch sich selbst und letztlich Britannien gefährdet.

Toren, die in ihrer Torheit ertranken! Fortschwatzten über *Imperium* und *Pax Romana*, während um sie herum die erschütterten Überreste dieses Imperiums zusammenbrachen und Frieden zu einer hohlen Worthülse wurde. Geistlose Menschen, die sich als Politiker aufspielten, während die Welt kopfüber in den Untergang raste.

Wie dem auch sei, Aurelius hatte keineswegs die Absicht, Vortigerns Fehler zu wiederholen. Er wollte den Äußerlichkeiten nachkommen; er wollte die stolzgeschwellten Bürger des eitlen Londinium umwerben. Dafür würde er den Segen der Stadt erhalten und anschließend mit der Rettung des Reiches fortfahren können.

Das Mitleid hielt zu Vortigern, aber die Klugheit erkannte Aurelius.

So kamen Dafyd, Gwythelyn, Pelleas und ich mit einem kleinen Geleit Mönche nach Londinium. Unsere Reise verlief rasch und ohne Zwischenfälle – das heißt, wir ritten unbelästigt durch das Land, das über der Notwendigkeit, die Ernte einzubringen, schnell den Schrecken vergaß. Es war eine schöne Erntezeit mit sonnenwarmen Tagen und frischen Nächten. Am Morgen wachten wir an dampfenden Bächen und bei schwerem Tau auf. Des Abends saßen wir vor dem knisternden Feuer, den Duft verbrennenden Laubs in der Nase.

Dafyd blieb bei guter Gesundheit. Obwohl es nach Gwythelyns Schätzung eine ganze Reihe von Jahren her war, daß der Bischof auf einem Pferd gesessen hatte, ließ er keinerlei Anstrengung erkennen. Er ritt, wenn wir ritten, und rastete, wenn wir rasteten. Er klagte nicht. Obzwar ich darauf achtete, ihn nicht zu überfordern, wirkte er von der Reise völlig unangegriffen, und ich stellte vielmehr häufig fest, wie sehr es ihn freute, wieder einmal etwas über seine Klause hinaus zu sehen.

Wir sangen, wir schwatzten, wir führten Streitgespräche, und die Entfernung zwischen Londinium und Llandaff nahm unter fröhlichen Umständen ab.

Es war gen Mittag, an einem Tag, der von grauen Nebelschwaden überschattet begonnen hatte. Diese waren jedoch mit der Zeit in einem hellen, weißen Dunst aufgegangen. Vor uns lag schmutzig in der seichten Senke neben dem sich schlängelnden Fluß Londinium oder Caer Lundein, wie manche es nun nannten.

Über dem weiten Gelände hing grau eine häßliche Rauchschicht, und schon von ferne konnten wir den eklen Gestank des Ortes riechen. Zu viele Menschen, zu viele widerstreitende Wünsche. Mein Geist schrak davor zurück.

»Es gibt eine Kirche hier«, erinnerte Dafyd mich. »Und viele gute Christen. Und wo große Finsternis herrscht, ist das Bedürfnis nach Licht um so stärker.«

Nun, Londinium bedurfte seiner Kirche und seines Bischofs. Dennoch schöpften wir alle noch ein letztes Mal tief Luft, ehe wir weiterritten. An den massigen Eisentoren zur Stadt wurden wir aufgehalten. Aus keinem guten Grund, wie mir schien. Die Tölpel, die Wache standen, konnten doch sehen, daß wir keine sächsischen Plünderer waren!

Doch es ist ein Zeichen für den Hochmut dieser Stadt, daß sie alle Menschen für verdächtig hielt, die sich nicht bereits in ihren Mauern befanden. Schließlich wurden wir eingelassen und durften unseren Geschäften nachgehen.

Die Straßen wimmelten vor Menschen und Vieh – das anscheinend beliebig durch die Stadt ziehen durfte. Das Gedränge war fürchterlich. Händler priesen ihre Waren auf höchst unvorteilhafte Weise an, das Vieh brüllte, die Hunde bellten, die Bettler leierten, angemalte Frauen boten sich zu unserer Lust feil. Überall rangen, schrien, kämpften und stritten Menschen auf tausenderlei Arten auf gepflasterten Straßen, die vor Abfällen und Dung strotzten.

»Wenn ich hier leben müßte«, meinte Pelleas laut, »wäre ich noch vor dem Winter taub.«

»Wenn du vorher nicht tot wärest!« fügte Gwythelyn finster hinzu und verlieh damit auch meinen Gedanken Ausdruck.

Der Ort war unbeschreiblich, besaß aber eine verdorbene Energie, die sich bald bemerkbar machte. Londinium war ein Reich für sich, und ich begann etwas von seinen tödlichen Verlockungen zu spüren. Schwache Menschen erlagen seinen Reizen und Zauberkräften widerstandslos. Stärkere Menschen ließen sich von der großartigen und beeindruckenden Aussicht auf Macht gewinnen. Sogar wachsame Seelen konnten stolpern und in ihr Verderben stürzen – nicht aus mangelnder Vorsicht, sondern aus mangelndem Halt. Der Feind verfügte hier über so viele Schliche und Waffen, daß ihm am Ende nur die Allerstärksten zu entgehen vermochten.

Und dennoch sah ich keinen Funken von dem Licht, das Dafyd angekündigt hatte, und fragte mich, ob er sich nicht doch irrte – wenngleich ich weiß, daß sich das Licht auch an den undenklichsten Orten findet.

Allein Dafyd schien der Gestank und Trubel nicht zu stören. Er nahm alles mit glückseliger Miene hin und ritt mit der eigentümlichen Anmut eines Heiligen, der sich durch eine schattenhafte Welt bewegt, welche die Wahrheit der Dinge weder erkennt noch begreift.

Vielleicht war ich derjenige, der weder erkannte noch begriff. Ich gebe zu, daß ich Städten nie zugetan gewesen bin – da ich ja die meiste Zeit meines Lebens nicht weit von Sonne und Wind, Fels und Wasser, Blatt und Zweig, Erde und Himmel, Meer und Gebirge verbracht habe. Für mich waren die kaum merklichen Zeichen des Guten, das Dafyd hier zu entdecken schien, nur mit Mühe wahrnehmbar. Oder vielleicht fehlte es mir an der Großzügigkeit des Vergebens, die er besaß.

Wir ritten geradewegs auf den Palast des Statthalters zu – ein beeindruckendes Gebäude, das sich mit seiner Säulenpracht über die höchsten Dächer der Stadt erhob, auch wenn die Pracht jetzt recht verblaßt war. Dort hofften wir Aurelius zu finden.

Statt dessen fanden wir den Pöbel.

Wenn man das ganze Durcheinander, dem wir bisher begegnet waren, auf einen Haufen geschoben hätte, wäre es noch nicht dem Chaos gleichgekommen, das uns erwartete, als wir in den Innenhof des Palastes ritten: Der rotgekachelte Platz lief schier über vor tobenden Menschen. Viele waren auf altertümliche Weise gekleidet und trugen eine römische Aufmachung zur Schau. Sie riefen nach dem Statthalter; er sollte in den Hof kommen und mit ihnen über eine Angelegenheit sprechen, deren Wesen wir nicht herauszufinden vermochten.

Auf den Hof ging ein Balkon hinaus, und dort hinauf rief der Pöbel. Doch der Balkon war leer, und die Tür, die von dort ins Innere führte, blieb geschlossen. Aurelius war natürlich nirgendwo zu sehen, noch eine Spur von seinem Heer.

»Was sollen wir tun, Herr?« fragte Pelleas. »Ich glaube, hier gibt es bald einen Aufstand. Herr ...?«

Ich hörte Pelleas, konnte ihm aber nicht antworten. Meine Gliedmaßen versteiften sich wie von einer jähen, unerklärlichen Kälte. Die drohende Gewalt des Pöbels hielt mich gefangen, und sein Geschrei bannte mich. Ich konnte mich weder rühren noch sprechen, denn ein mächtiger *Awen* hatte von mir Besitz ergriffen.

Das Geblök des Pöbels hallte in dem umfriedeten Hof wider, und seine Stimmen schwollen zu einer einzigen an, einer großen, allgemeinen Stimme, die ein einziges Wort ertönen ließ: Artus! … Artus … *ARTUS*!

Ich wandte den Blick gen Himmel und sah, wie eine riesige purpurne Wolke sich über der Stadt ausbreitete – auf mich wirkte sie wie ein Kaisermantel, der im Orkan eines aufziehenden Gewitters wehte, ein abgetragener und zerschlissener Mantel.

Als ich wieder hinsah, waren die Leute verschwunden, und der Hof war leer. Über die von Unkraut verwachsenen Fliesen wehte trockenes Laub. Das Dach des Palastes war eingestürzt; seine Schindeln lagen kaputt auf dem Boden zerstreut. An verlassenen Stellen wisperte der Wind: Artus … Artus …

Da erschien eine Frau in einem langen, weißen Gewand gleich denen, in welchen hochgeborene Damen häufig begraben werden. Ihre Haut war von Todesblässe gezeichnet, ihre Augen waren eingefallen und rot umrändert, als wäre sie krank oder würde trauern.

Doch über das aufgeplatzte Pflaster kam sie schnurstracks auf mich zu, während der Wind ihr das lange Gewand gegen die Beine peitschte und ihr die schwarzen Flechten ins Gesicht blies. Sie streckte die Arme zu mir aus, und ich sah, daß sie etwas in ihren Händen hielt: ein herrliches Schwert, das zerbrochen war, von einem mächtigen Schlag zersplittert. Von der geborstenen Waffe troff Blut.

Die Frau mit dem rabenschwarzen Haar kam näher und hielt mir die zersprungene Klinge hin. »Rette uns, Merlin«, flüsterte sie mit vor Gram heiserer Stimme. »Heile uns.«

Ich griff nach dem Schwert, doch sie ließ es fallen, daß es auf den Fliesen klirrte. An seinem Knauf erkannte ich den kaiserlichen Juwel – den zu einem Adler geschnitzten Amethyst von Magnus Maximus.

Der *Awen* ging vorüber. Ich spürte eine Hand auf meinem Arm und konnte mich wieder bewegen. Pelleas starrte mich an, die Brauen besorgt hochgezogen. »Herr Myrddin?«

Ich fuhr mir mit der Hand über die Augen. »Was ist, Pelleas?«

»Ist dir wohl? Ich habe gesagt, ich glaube, daß es hier bald einen Aufstand gibt.«

»Wir können nichts tun, um es zu verhindern«, erwiderte ich, mich rasch umsehend. Der Pöbel stand noch immer vor uns, und seine Rufe wurden lauter und wütender. »Wenn wir Aurelius zu finden hoffen, müssen wir, glaube ich, anderswo suchen.«

»Wenn nicht im Palast«, meinte Dafyd, »dann in der Kirche.«

»Gehen wir auf jeden Fall dorthin«, drängte Gwythelyn. Die Mönche in unserer Begleitung waren der gleichen Meinung. Obzwar heilige Männer, waren die meisten von ihnen doch ausgebildete Krieger und konnten in einem Kampf bestehen, wenn es dazu kam. Natürlich war es ihnen lieber, einer Auseinandersetzung aus dem Weg zu gehen, soweit dies möglich war. Daher wollten sie rasch vom Palast des Statthalters zur Stille der Kirche.

»Nun gut«, willigte ich ein. »Wenn er hier nicht ist, dann erfahren wir vielleicht wenigstens dort etwas über ihn.«

Wie sich herausstellte, lag die Kirche nicht weit vom Palast, doch mußten wir mehrere Vorübergehende fragen, ehe wir sie fanden, denn kaum jemand schien sie zu kennen. Das Gebäude war nicht groß, doch geräumig genug, und wurde von einem ansehnlichen Grundstück umgeben, das mit Bäumen bepflanzt war, vorwiegend Apfel- und Pflaumen- sowie ein paar Birnbäumen.

Der Bau aus Lehm und Holz war weiß gekalkt, so daß er in der Sonne hell erstrahlte. Ein einladender Ort, der jedoch gar nicht zu seiner Umgebung paßte, die herandrängte, als würde sie nach dem grünen Grundstück gieren. Die Kirche wirkte eindeutig fehl am Platz.

Und genauso fehl am Platz wirkten die Reihen Pferde und die Krieger, die unter den Obstbäumen müßig saßen. Als wir herbeigeritten kamen, sprangen sie auf. Wie zur Warnung rief einer laut: »Herr Myrddin ist hier! Herr Emrys!«

Offenbar wurde unsere Ankunft erwartet. Einige Krieger kamen herbeigerannt. Wir überließen die Pferde ihrer Obhut und fielen froh aus dem Sattel. Dafyd und Gwythelyn gingen sofort auf die Kirche zu, Pelleas und ich hinterher, während die Mönche zurückblieben, um mit den Soldaten zu reden, unter denen sie, wie ich vermutete, wohl Verwandte hatten.

Im Inneren war die Kirche größer, als sie von außen wirkte, da ihr Boden ausgehoben und tiefer gelegt war. Es führten mehrere Stufen zu dem reich gekachelten Boden hinunter. Rund um den dunklen Raum brannten in Kandelabern Kerzen – ein kühler

Zufluchtsort vor dem heißen, hellen Tag. Dennoch hatte die Kirche etwas von einem Grab an sich.

Urbanus selbst trat uns entgegen – er schien von unserem Kommen unterrichtet. Er verbeugte sich rasch vor Dafyd. Die beiden Bischöfe begrüßten einander mit einem heiligen Kuß und wechselten ein paar Worte über die Reise, während Pelleas und ich zusahen. Doch sobald die pflichtgemäßen Höflichkeiten ausgetauscht waren, wandte Urbanus sich mir zu und faßte mich fest bei den Händen.

Er war mittelgroß und hatte den länglichen Kopf eines Gelehrten – mit einem hohen Scheitel, auf dessen Spitze das Haar dünn wurde. Seine Haut war blaß, wie es bei einem Manne der Fall ist, der seine Tage fern von der Sonne verbringt. Seine langen Finger waren tintenbefleckt.

»Herr Merlinus«, sprach er mich mit der lateinischen Form meines Namens an. »Ich bin wahrhaftig froh, daß du gekommen bist.« Besonders froh wirkte er nicht, eher erleichtert. »Aurelianus wird sich sehr freuen, dich zu sehen.«

»Ist der Hochkönig hier?«

»Nein, im Augenblick nicht. Aber er hofft, bald wiederzukehren. Wenn du ihn hier erwarten möchtest...« Der Kirchenmann blieb stecken.

»Ja?«

»Er hat mich gebeten, für dein Wohlergehen zu sorgen, bis er zurück ist.«

»Wo ist Aurelius? Was ist geschehen?«

Urbanus warf Dafyd einen Blick zu, als hoffte er, daß dieser statt seiner antworten könnte. Doch Dafyd blickte nur gutmütig zurück. »Ich weiß kaum, wo ich anfangen soll«, seufzte Urbanus.

Anscheinend hatte er mit Schwierigkeiten nur geringe Erfahrung; allein darüber zu sprechen, machte ihm bereits zu schaffen. Ich wollte es ihm nicht leichter machen. »Sag es uns sofort.«

»Ich begreife es nicht ganz«, gab er immerhin zu, »und vermutlich können dir die Krieger draußen mehr davon sagen, aber anscheinend gibt es Schwierigkeiten mit Aurelianus' – äh, Krönung. Er begab sich zum Statthalter und wurde dort mit aller Herzlichkeit empfangen, glaube ich. Er blieb einen Tag und eine Nacht lang im Palast und ritt dann wieder aus der Stadt, um

Vorräte für seine Truppen zu besorgen. Als er wiederkam und seine Könige mit ihm, wollte der Statthalter ihn nicht mehr sprechen.«

»Aurelius wurde abgewiesen?« wunderte Dafyd sich.

»Warum?« meinte Gwythelyn.

Urbanus schüttelte verwirrt den Kopf. »Das kann ich nicht sagen und weiß auch nicht, ob Aurelianus es kann. Bleich vor Grimm kam er hierher. Uther war bei ihm – sie hatten in meiner Zelle eine Unterredung, während seine Leute draußen warteten. Als sie wieder herauskamen, fragte Uther, ob er einige von seinen Männern hier lassen dürfte. Dagegen hatte ich nichts einzuwenden. Aurelianus hat mir gesagt, daß ich, solltet ihr während seiner Abwesenheit hierherkommen, euch bitten sollte, ihn hier zu erwarten, und daß er bald zurückkommen würde… wie ich es euch bereits gesagt habe.«

»Wann war das?« fragte ich.

»Vorgestern«, erwiderte Urbanus. »Ich weiß nicht, was vorgefallen ist, doch seit seiner Ankunft ist die Stimmung in der Stadt widrig geworden.«

»Wir haben den Pöbel vor dem Palast des Statthalters gesehen«, sagte Gwythelyn. Er beschrieb unser Erlebnis und erörterte es mit Dafyd und Urbanus.

Pelleas meinte zu mir: »Das gefällt mir alles nicht. Was hat es zu bedeuten?«

»Zwischen Aurelius' Weggang aus der Stadt und seiner Wiederkehr muß etwas vorgefallen sein, was die Meinung des Statthalters über ihn vergiftet hat. Ich weiß zwar nicht, was es war, aber das spielt vermutlich auch keine große Rolle. Aurelius wird wohl seine Könige versammelt haben und wird mit Machtentfaltung zurückkehren.«

»Wird es zum Kampf kommen?«

»Es sei denn, wir können es verhindern«, entgegnete ich. »Es wird unserem Hochkönig kaum dienlich sein, wenn er seine Herrschaft damit beginnt, daß er die Bürger von Londinium abschlachtet.«

VIII

Unter den Kriegern draußen fanden wir einen, der mit Uther gesprochen hatte, ehe dieser mit Aurelius fortgeritten war. »Wo ist Herr Aurelius hin?« fragte ich, als ich über ihm stand. Der Soldat, an den mich seine Kameraden verwiesen hatten, sprang auf und nahm den Grashalm aus seinem Mund.

»Herr Emrys«, sagte er, »ich war nur…«

Ich ersparte ihm eine Erklärung. »Gleichhin. Wo steckt Aurelius?«

»Er hat die Stadt verlassen.«

»Das ist ja wohl klar.«

»Mein Feldherr hat gesagt, wir sollten hier auf ihre Rückkunft warten. Wenn es zu Schwierigkeiten käme, wolle er Männer innerhalb der Stadtmauern haben. Das hat er gesagt. Wir sollten hier warten und…«

Meine Geduld ging rasch zur Neige. »Wo ist er hin?«

»Das hat er nicht gesagt, Herr.«

»Vielleicht nicht. Aber du hast doch sicher eine Vermutung, oder? Denk nach! Es ist wichtig.«

»Na ja«, meinte er gedehnt, »ich habe mir gedacht, daß sie ins Lager zurückreiten – wir haben mit dem Heer einen halben Tag von hier gerastet, weil der König die Stadt nicht in Schrecken versetzen wollte.«

»Ja, und er hat sich mit dem Statthalter getroffen. Was ist vorgefallen?«

»Nichts, was ich wüßte. Wir sind einen Tag lang im Palast geblieben und dann ins Lager zurückgekehrt.«

»War im Lager alles in Ordnung?«

»Nicht so, wie es hätte sein können«, räumte der Soldat ein. »Einige Anführer waren mit ihren Kriegern abgezogen.«

»Und in der Stadt? Was geschah bei Aurelius' Rückkehr?«

Der Soldat zuckte die Achseln. »Nichts, was ich wüßte.«

»Nichts – und doch hat die Stimmung des Statthalters gegen Aurelius umgeschlagen.«

»In der Tat, Herr Emrys. In der Tat.«

Schließlich begann ich zu begreifen, was sich ereignet hatte: Aurelius, jubelnd und kühn ob der Errettung des Reiches, nimmt dennoch Abstand davon, im Triumph in Londinium einzumarschieren. Er entschließt sich zu einem bescheideneren Auftreten und geht zum Statthalter, um zu erfahren, wie er in der Stadt aufgenommen werden wird. Beruhigt kehrt er zu seinen Fürsten zurück und glaubt womöglich, mit dem Segen des Statthalters sein Heer in die Stadt zu führen. Da beginnen die Dinge schiefzulaufen. Als er ins Lager kommt, muß er hören, daß einige der Fürsten von ihm abgefallen sind – so muß er es gesehen haben, ob sie ihn kränken wollten oder nicht.

Inzwischen haben einige der reichen und einflußreichen Bewohner Londiniums Zeit gehabt, sich eine Meinung über Aurelius zu bilden, und der Schluß, zu dem sie gekommen sind, ist anscheinend nicht schmeichelhaft: *Er nennt sich zwar Hochkönig, aber wo ist sein Heer? Wo sind seine Fürsten und Anführer? Er ist überhaupt kein König*.

Sie verbreiten diese Verleumdung in der Stadt und wiegeln das Volk auf, das mit seiner Forderung gegen diesen frechen Knaben zum Statthalter stürmt. Und der Statthalter, der Aurelius zu nichts verpflichtet ist, zieht seine Unterstützung für ihn umgehend zurück.

Der arme Aurelius, der zu Recht das Willkommen für einen König verdient hätte, kehrt zurück und ist mit einemmal eine *persona non grata.* Empört reitet er wieder fort, um seine Fürsten abermals um sich zu scharen und auf die Stadt zuzumarschieren, sie nötigenfalls mit Gewalt zu nehmen. Es erübrigt sich zu sagen, daß die Bürger aus Angst vor dem Grimm des jungen Feldherrn den Statthalter bedrängen und Schutz, Sicherheit und Schritte gegen den Emporkömmling verlangen.

Der Krieger stand noch immer vor mir und gaffte mich an. Mir war klar, daß ich von ihm nicht mehr erfahren würde. Aurelius hatte ihm nichts anvertraut. Ich ließ mir sagen, wo sich das Lager befand, dankte ihm und überließ ihn seinen Pflichten. Dann ging ich zu Gwythelyn und sagte ihm, er solle mit Dafyd hier warten und zu seiner eigenen Sicherheit mit den Kriegern bei der Kirche bleiben. Es ließ sich nicht vorhersagen, was die Einwohner Londiniums tun würden, wenn man sie aufstachelte.

Dann machten Pelleas und ich uns auf die Suche nach Aurelius.

Da wir eine nördlichere Strecke gewählt hatten, waren wir auf dem Weg nach Londinium nicht auf das Lager gestoßen. Doch die Angaben des Kriegers bewahrheiteten sich, und als die Sonne bereits lange Schatten warf, erreichten wir das Lager.

Sogleich erkannte ich den Grund für Aurelius' Grimm und konnte ihm keinen Vorwurf daraus machen. Denn von dem großen Heer, das er befehligt hatte, waren nur ein paar Trupps mit ihren Anführern übrig – darunter natürlich Tewdrig und Ceredigawn, einer von Cunneddas Söhnen sowie Custennins Schar mit dem Schlachtenführer ihres Herrn.

Ich begab mich gleich zu Tewdrig.

Er war über die Lage nicht glücklich und sagte es mir auch gleich. »Ich habe versucht, sie aufzuhalten«, meinte er. »Aber sie beharrten darauf, sofort abzumarschieren, sobald Aurelius nach Londinium aufgebrochen war. ›Wir haben diesen Krieg für ihn geschlagen‹, sagten sie, ›soll er sich die Stadt selbst erringen!‹ So haben sie geredet.«

»Und sie haben gesagt, daß sie genug von Hochkönigen hätten!« warf Ceredigawn ein. »Und allmählich bin ich ihrer Meinung. Sollen wir hier wie bartlose Knaben warten, während die Erwachsenen sich die Beute teilen?« Er hatte mich ins Lager reiten sehen und wollte mich seine Meinung hören lassen.

»Wer hat derlei unter euch verbreitet?« fragte ich ihn.

»Hauptsächlich Gorlas von Cerniu«, teilte Tewdrig mir mit. »Ich wäre beinahe selbst gegangen...«

»Ich bin froh, daß du geblieben bist«, erwiderte ich rasch, »ich glaube, daß du ob deiner Treue nicht enttäuscht werden wirst.«

»Wie dies?« fragte Tewdrig.

Ehe ich antwortete, bat ich Pelleas, die übrigen Fürsten und Führer zu mir zu schicken, und als sie sich versammelt hatten, hieß ich sie niedersitzen und sprach zu ihnen: »Meine Herren und Kampfgefährten, ich bin gerade aus Londinium zurückgekehrt und habe ungefähr einen Eindruck von dem, was dort vorgefallen ist.«

»Dann sage es uns bitte«, meinte einer der Führer, »denn ansonsten ziehe ich sogleich ab. Zu Hause gilt es eine Ernte einzubringen, und ich habe das Warten satt.«

Seine harsche Äußerung stieß bei einigen der anderen auf knurrende Zustimmung. Ich war keinen Augenblick zu früh gekommen – sie waren alle drauf und dran, abzuziehen.

Ich holte tief Luft und hub an: »Ich weiß nicht, ob das, was ich euch jetzt mitteilen werde, an eurem Standpunkt etwas ändern wird, aber ich sage euch die Wahrheit: Es hat den Anschein, als hätte unser junger König, indem er einen Fehler vermeiden wollte, einen noch größeren begangen.«

»O ja«, meinte jemand zustimmend. »Er hat vergessen, wer ihm freund ist.«

»Vielleicht«, räumte ich ein, »aber das hat er nie gewollt. Er ist nicht mit euch in Londinium einmarschiert, weil...«

»Weil er sich geschämt hat!« rief einer der Hauptleute aus dem Norden. »Zum Kämpfen waren wir gut genug, aber nicht, um uns in dieser großen Stadt sehen zu lassen!« Der Mann spuckte auf die Erde, um seinen Worten größeren Nachdruck zu verleihen. »Mithras soll mich erschlagen, wenn ich noch einmal das Schwert für Aurelius erhebe!«

Da begriff ich, wie es um sie stand. »Laßt Herrn Emrys sprechen!« rief Tewdrig. »Ich will ihn zu Ende hören.«

»Aurelius hat davon abgesehen, mit euch in Londinium einzumarschieren, nicht etwa weil er sich geschämt hätte – das dürft ihr nicht glauben! –, sondern weil er in den Augen der Bürger nicht hochmütig wirken wollte.«

»Bürger!« spie der Hauptmann wieder, um zu zeigen, was er von dem Wort hielt.

»Aurelius«, fuhr ich fort, »fürchtete, es würde hochfahrend wirken, mit seiner Streitmacht in der Stadt einzumarschieren, und die Stimmung der Bevölkerung gegen ihn wenden. Noch schlimmer: Es hätte als Angriff aufgefaßt werden können, und es wäre zu Blutvergießen gekommen. Darum bat er euch, hier zu warten, und ging allein. Doch da Londinium ihn für einen Mann von geringem Einfluß hielt, wandte es sich so oder so gegen ihn.«

»Wozu braucht er Londinium?« wollte Ceredigawn wissen. »Sie haben keinen König, kein Heer.«

»Nein, aber sie haben Reichtum und Macht. Jeder, der in diesem Land Hochkönig sein will, muß von Londinium anerkannt werden!«

»Das wurde Vortigern nie!« rief jemand aus. Wie schnell sie im Vergessen sind!

»Ja, und seht, wohin Vortigern uns gebracht hat!« antwortete ich. »Diesen Fehler wollte Aurelius nicht wiederholen. Nach Vortigerns Hochmut hoffte er, Londinium durch Bescheidenheit zu gewinnen. Trotzdem haben sie sich gegen ihn gewandt. So sei es. Wenn er demnächst in die Stadt marschiert, wird er euch an seiner Seite haben wollen.«

Die Versammlung schwieg nachdenklich. Schließlich erhob Tewdrig sich von seinem Platz und verkündete: »Ich habe diese Wunderstadt immer sehen wollen, und da ich ihr nun so nahe bin, will ich mich nicht abweisen lassen. Gehen wir mit Aurelius und sorgen wir dafür, daß unser Hochkönig von dieser anmaßenden Meute in Londinium die angemessene Achtung erwiesen bekommt.«

Mehr brauchten die anderen gar nicht zu hören. Sie standen alle mit einem Ruf auf und stimmten Tewdrig zu. Über das Lager legte sich wieder ein unbehaglicher Friede.

Als Aurelius spät in der Nacht zurückkam, waren also noch ein Lager und Männer da, zu denen er zurückkehren konnte.

»Brecht Gorlas die Knochen!« Erregt schritt er im Zelt auf und ab, noch schweißnaß vom Ritt. »Ich schwöre, daß dies seine Rache dafür ist, daß Octa frei abziehen durfte.«

»Beruhige dich, Aurelius«, sagte Uther. »Ich habe Octa ziehen lassen. Gorlas ist schwierig, und das ist alles. Auf diese Weise hat er sich wichtig gemacht.«

Uther verstand die Menschen auf einfache, unmittelbare Weise. Mit seinem Urteil über Gorlas hatte er ins Schwarze getroffen. »Hör auf deinen Bruder«, sagte ich, »wenn du auf mich nicht hören willst. Gorlas ist nicht der einzige, der deine Beweggründe mißverstanden hat, nicht wie ein Held in Londinium einzuziehen.«

»Ich wäre in Londinium nicht wie ein Held empfangen worden!« knurrte Aurelius.

Ich machte auf dem Absatz kehrt und ging aus dem Zelt. Als Aurelius das sah, rief er mir hinterher: »Also läßt du mich auch im Stich, Myrddin? Dann geh! Verlasse mich! Verschwindet alle!«

»Myrddin, warte!« Uther kam mir nach. »Bitte, wir waren

von vor Sonnenaufgang bis jetzt im Sattel und haben keine Spur von Gorlas gefunden – noch von den anderen. Zürne ihm nicht.«

»Ich zürne ihm nicht«, drehte ich mich im Mondschein zu ihm um. »Aber ich habe keine Lust, meine Zeit damit zu verschwenden, daß ich mich selbst reden höre.«

»Laß ihn ruhen. Am Morgen wird er dir bereitwillig zuhören.«

Ich ging nicht in mein Zelt, sondern statt dessen zum Nachsinnen in einen nahegelegenen Erlenhain. Ich ließ mich zwischen den schlanken, vom Mond versilberten Stämmen nieder und lauschte dem Plätschern des Bächleins. Hier war es friedlich, und Frieden hatte ich dringend nötig. Ich brauchte Erholung von den Menschen und ihren dünkelhaften Ränken – sie waren nichts als Begehren und Ehrgeiz, kannten kein Denken, keine Beherrschung, kein Mitleid, kein Verständnis.

Nach der gütigen Gesellschaft von Dafyd und seinen Mönchen wirkten die letzten paar Tage im Vergleich teuflisch: der Neid, die grollende Nebenbuhlerschaft, der kleinliche Trotz... Mein Innerstes wich davor zurück wie vor den Giftzähnen einer Schlange.

Großes Licht, befreie mich von der Feindschaft aller engstirnigen Menschen!

Oder gib mir, wenn ich davon nicht befreit werden kann, die Kraft, sie zu überwinden, und wenn nicht zu überwinden, sie zu ertragen. Damit wäre ich schon zufrieden.

Als ich so im Mondschein dasaß, spürte ich, wie die Verwirrung der vergangenen Tage von mir fiel wie dicke Dreckklumpen im Regen. Tief atmete ich die Stille der schlafenden Welt ein und begann den Weg vor mir klarer zu sehen.

Aurelius mußte als Hochkönig eingesetzt und von allen als oberster Herrscher Britanniens anerkannt werden. Sein Anspruch mußte unangetastet bleiben, und all die untergeordneten Könige mußten ihm den Treueid leisten. Das war von höchster Wichtigkeit. Wenn es sich vollbringen ließ, ohne die Böswilligkeit und den Machtkampf zu verschärfen, um so besser.

Als der Mond weit hinter dem Horizont zu versinken begann, hatte in meinem Kopf allmählich ein Plan Gestalt gewonnen. Endlich ging ich zu Bett, zufrieden, eine Lösung gefunden zu haben. Mir war, als hätte ich mich eben erst hingelegt, als Pelleas mich weckte: »Herr Myrddin, der König verlangt nach dir.«

Gähnend stand ich auf, spritzte mir Wasser aus dem Becken, das Pelleas hielt, ins Gesicht und suchte den König auf. Er saß an seinem Tisch, die dunklen Locken hingen ihm wirr vom Kopf, er hielt ein Stück Brot in der Hand. Ich hatte nicht den Eindruck, als ob die Nachtruhe ihn besänftigt hätte. Er machte Anstalten, aufzustehen, als ich hereinkam, erinnerte sich, wer er war, setzte sich wieder und streckte mir den halben Laib entgegen. Uther, der am anderen Ende des Tisches saß, wirkte durcheinander. Auch er war aus dem Bett gerissen worden.

»Nun, kluger Ratgeber«, sprach Aurelius, »schenke mir den Nutzen deiner Weisheit. Soll ich Hochkönig werden oder Einsiedler? Was soll ich tun?«

»Du wirst Hochkönig werden«, beruhigte ich ihn. »Aber jetzt noch nicht.«

»Nein?« Er zog die Brauen hoch. »Wie lang muß ich warten?«

»Bis die Zeit Rat bringt.«

»Drücke dich klar aus, Seher. Wie lang?«

Also berichtete ich ihm meinen Plan und schloß mit den Worten: »Sende also die übrigen Könige in ihre Reiche zurück. Sage ihnen, sie sollen ihren Tribut bereithalten und auf deine Befehle warten – und die erteilst du, wenn du soweit bist.«

»Wann soll das sein?« Ein listiges Lächeln umspielte seine Lippen, denn er begriff, worauf ich hinauswollte.

»An Weihnachten.«

»Ja!« Mit einem Ruf sprang er auf. »Gut gemacht, Myrddin!«

Uther nickte schwach. »Es ist ja ganz schön, wenn die Könige Aurelius Tribut leisten, aber warum müssen wir bis tief in den Winter warten, daß er gekrönt wird? Der Thron gehört ihm, er sollte ihn besteigen.«

Aurelius lief jetzt erregt hin und her. »Begreifst du das nicht, Bruder? Londinium soll Zeit bekommen, zu merken, daß es mich schlecht behandelt hat. Die Bürger werden darauf warten, daß ich etwas unternehme, und mit dem Warten werden sie Angst bekommen. Sie werden meinen Zorn fürchten, sie werden das Schlimmste fürchten. Und wenn ich dann komme, werden sie mich zu besänftigen suchen; sie werden mir ihre Tore weit öffnen, sie werden mich mit Geschenken überhäufen. Kurzum, sie werden mich in aller Bescheidenheit willkommen heißen, von Herzen froh, daß ich sie nicht vernichte, wie sie es verdient hätten. Habe ich recht, Myrddin?«

»So ist es gedacht.«

»Und indem ich die übrigen Könige ziehen lasse, bewahre ich mir meine Würde.«

»Genau.«

Uther schien immer noch im dunkeln zu tappen. »Ich begreife gar nichts.«

»Die Hälfte der Könige hat mich verlassen«, sagte Aurelius, »und die andere Hälfte wünscht sich, sie hätte es.« Er übertrieb, aber nicht sehr. »Na schön, dann sollen sie alle gehen. Ich werde sie benachrichtigen, daß sie mir an Weihnachten in Londinium aufwarten sollen. Sie werden kommen. Das Volk wird sehen, daß die Könige von Britannien mich in ihrem feinsten Staat aufsuchen. Ach, es wird ein glänzendes Schauspiel werden!«

»Sie werden dich für schwach halten, wenn du nicht gleich handelst.«

»Nein, Bruder, indem ich mich entscheide, nicht zu handeln, zeige ich ihnen meine Stärke. Wer seine Hand zurückhält, wenn er zuschlagen könnte, ist wahrhaft stark.«

So einfach war es zwar nicht, das wußte ich, aber wenn Aurelius es glaubte, dann lief es am Ende womöglich aufs gleiche hinaus. Ich betete darum. Im übrigen glaubte ich nicht, daß Aurelius etwas zu verlieren hatte, wenn er wartete und die Fürsten sich ihrer Treueide entsinnen ließ. Außerdem war den schwierigen Fürsten wie Gorlas und seinen Freunden Morcant, Coledac und Dunaut einzeln besser beizukommen; allein und ohne die Unterstützung der Abweichler würden sie sich zum Nachgeben bewegen lassen.

Uther blieb mißtrauisch. »Was sollen wir tun, während wir warten? Wo sollen wir hin? Muß ich dich daran erinnern, Bruder, daß wir nicht einmal einen Dachziegel unser eigen nennen können?«

»So lange braucht ihr gar nicht zu warten«, warf ich rasch ein. »Und an Häusern, wo ihr willkommen seid, mangelt es nicht. Wir könnten nach Dyfed zurück oder ...«

»Nein«, erwiderte Aurelius fest. »Ich darf nicht der Gastfreundschaft eines meiner Könige ausgeliefert sein. Ich muß an einem anderen Ort verweilen.«

»Und wo soll das sein?« fragte Uther. »Bestimmt nicht in Londinium.«

»Überlaßt das mir«, sagte ich. »Ich weiß einen Ort, wo ihr mit aller Pracht empfangen und der Würde eures Ranges entsprechend behandelt werdet.«

Uther stand auf. Er war mit dem Plan glücklich. Oder zumindest damit, die Sache auf sich beruhen zu lassen, bis er anständig gefrühstückt hatte. Er verabschiedete sich von uns und ging in sein Zelt zurück. Auch ich erhob mich. »Merlin«, sagte Aurelius. Er kam zu mir und legte mir die Hände auf die Schultern. »Ich bin stur und ungeduldig, aber du erträgst mich. Ich danke dir für deine Nachsicht, mein Freund. Und ich danke dir für deine Klugheit.«

Der Hochkönig umarmte mich wie einen Bruder und schritt dann hinaus, um den Fürsten mitzuteilen, daß sie zu ihren Ernten zurückkehren sollten und daß sie ihn zur Christmesse in Londinium bei seiner Krönung treffen würden.

»Zur Christmesse«, fragte Ceredigawn. »Wann ist das?«

»Zur Wintersonnwende«, erwiderte Aurelius.

»Und wo willst du jetzt hin, Herr?« fragte Tewdrig. »Was willst du tun?«

»Ich gehe mit meinem weisen Ratgeber«, versetzte Aurelius mit einem verschwörerischen Lächeln zu mir. »Ich werde betend und in heiliger Unterweisung Wacht halten, bis ich zum Hochkönig gesalbt werde.«

Diese Ankündigung rief genauso viel Aufsehen hervor, als hätte Aurelius erklärt, er würde den Thron ganz aufgeben und Mönch werden. Die Fürsten blickten einander an und bemerkten, dergleichen sei unerhört. Aurelius ließ sie in ihrem Staunen zappeln. »Ich werde euch rufen, wenn die Zeit reif ist, und ihr müßt euch vorbereiten, mir mit aller Artigkeit Folge zu leisten.« Damit kehrte er in sein Zelt zurück und ließ sich von den Fürsten nachstarren.

Eine königlichere Handlungsweise hätte er sich nicht ausdenken können.

IX

Ich hätte es deutlicher sehen müssen. Ich hätte wissen müssen, wohin die Ereignisse führten. Ich hätte erkennen müssen, welche Gestalt die Zukunft annahm. Meine Sicht war klar genug: Mir hätte deutlich sein müssen, daß ich Aurelius zu beschützen hatte. Vor allem hätte ich Morgians Hand erfassen müssen, die unsichtbar daran arbeitete, die Welt nach ihrem Willen zu gestalten. So vieles hätte ich sehen und wissen müssen.

Hätte müssen ... Leere, nutzlose Worte. Wie sie mir bitter die Zunge spalten. Sie auszusprechen heißt, Galle und Asche im Mund zu schmecken. Ja, es ist meine Schuld.

Aurelius war so glücklich, so zuversichtlich. Und ich war so froh, eine Zeitlang bei Avallach zuzubringen und Charis wiederzusehen, daß ich nicht über den Tag hinaus dachte. Da ich keine Drohung spürte, ließ ich die Zeit ihren Lauf nehmen. Das war mein Fehler.

Fürwahr, ich fürchtete Morgian, und das war mein Versagen.

Nachdem wir Londinium hinter uns gelassen hatten, ritten wir nach Ynys Avallach, der geheimnisvollen Glasinsel aus alten Zeiten, Avallachs Palast. Unterwegs hielten wir oft an und wurden mit großem Lobpreis aufgenommen. Das Gerücht von Hengists Niederlage hatte sich über die Lande verbreitet. Wir waren allerorten willkommen.

Gwythelyn und die Mönche leisteten uns bis Aquae Sulis Gesellschaft, doch Dafyd verleitete ich, mit uns zu kommen und Aurelius' Unterweisung auf sich zu nehmen. Nicht, daß es vieler Verlockungen bedurft hätte; die glückliche Aussicht, Charis und Avallach noch einmal zu begegnen, erfreute ihn aufs höchste.

Ach, es war ein frohes Wiedersehen. Sie fielen einander in die Arme, und auf ihren Wangen glänzten Freudentränen. Ich denke, sie hatten nicht gehofft, einander wiederzusehen, so viele Jahre waren vergangen. Aber wie bei allen guten Freundschaften änderte das Verstreichen der Zeit nichts an ihrer Zuneigung zueinander, und im Nu war es wieder so, als wären sie nie getrennt gewesen.

Nach den Entbehrungen eines Sommers fast unablässigen Kämpfens tat es uns gut, die Ruhe der Glasinsel in unsere schlachtenmüden Seelen dringen zu lassen. Der Spätsommer verblaßte, und der Herbst schritt gemächlich voran und brachte den Sommerlanden Sturm und Regen. Die See schwoll an und überflutete das flache Land um das Schloß herum, und Ynys Avallach wurde wieder zu einem richtigen Eiland. Obwohl die Tage kürzer wurden und die Welt kälter, blieb es in unseren Herzen hell, und wir ergötzten uns an der Wärme des Beisammenseins mit den anderen.

Tags lehrte Dafyd im großen Saal. Der größte Teil von Avallachs Haushalt versammelte sich, um den weisen Bischof die Lehren von Gottes heiligem Sohn Jesus erläutern zu hören, dem Herrn und Erlöser der Menschheit, und der Saal war von Liebe, Licht und Lernen erfüllt. Aurelius verbrachte getreu seinen Worten die Tage in der Unterweisung und im Gebet zu Dafyds Füßen. Ich sah ihn an Anmut und Glauben wachsen und war im Herzen froh, daß Britannien einen solchen Hochkönig bekommen sollte.

Groß ist der König, der den Allerhöchsten Gott liebt. Noch vor den ersten Schneefällen des Winters weihte Aurelius sich Gott und erkor sich das Zeichen des Erlösergottes, das Kreuz Christi, zum Emblem.

Pelleas wurde ruhelos, und eines Tages fand ich ihn auf dem Wall vor, wie er gen Mittag nach Llyonesse starrte. »Hast du Heimweh?« fragte ich ihn.

»Das hatte ich bisher nicht gedacht«, erwiderte er, ohne die Augen von den Hügeln im Süden zu lassen.

»Warum gehst du dann nicht zurück?«

Er drehte sich zu mir um, Pein und Hoffnung im Blick. Doch er entgegnete nichts.

»Nicht, um dort zu bleiben. Aber ich kann dich eine Weile lang entbehren; geh zu deinen Leuten zurück. Wie lange hast du sie nicht mehr gesehen? Geh zu ihnen.«

»Ich weiß nicht, ob ich willkommen wäre«, erwiderte er und starrte abermals in die graue Ferne.

»Das wirst du nie herausfinden, wenn du hier stehen bleibst«, sagte ich zu ihm. »Geh, es ist genug Zeit. Du kannst an Weihnachten in Londinium zu uns stoßen.«

»Wenn du meinst, ich könnte ...«

»Ich hätte es nicht gesagt, wenn ich es nicht glauben würde. Im übrigen wäre es gut, einiges von dem zu erfahren, was in Lyonesse vorgefallen ist.«

»Dann gehe ich«, meinte er entschlossen. Er drehte sich um und schritt mit der Miene eines Mannes, der seinem Verhängnis entgegenzieht, vom Wall über den Hof. Kurz darauf sah ich ihn über den Damm reiten. Ich blickte ihm nach, bis er auf dem Hügelpfad verschwunden war.

Ich für meinen Teil verbrachte die meiste Zeit mit meiner Mutter beim Reden, Schachspielen, die Harfe Schlagen und Singen. Es tat gut, mit ihr am Herd zu sitzen, wenn der Duft nach Eiche und Ulme die Luft erfüllte und wir in unsere wollenen Mäntel gehüllt dem Eisregen lauschten, der auf die Kacheln im Hof klatschte, sowie dem leisen Knistern des Feuers vor uns.

Charis erzählte mir von ihrem Leben als Stiertänzerin in Atlantis, den Katastrophen, die ihre Heimat heimgesucht hatten, ihrer Ankunft in Ynys Prydein und den Schwierigkeiten jener ersten hoffnungslosen, erbarmungswürdigen Jahre – all die alten Geschichten. Doch ich hörte sie auf eine Weise wie nie zuvor und begriff.

Eines Morgens fragte ich nach dem Schwert, Avallachs Schwert, das sie mir geschenkt hatte, als ich König geworden war. Pelleas hatte mir berichtet, daß er es auf dem Schlachtfeld gefunden hatte, nachdem ich geflohen war, und er es zusammen mit der Botschaft von meinem Verschwinden nach Ynys Avallach zurückgetragen hatte, in jenem ersten Winter, als das Wetter ihn gezwungen hatte, die Suche nach mir aufzugeben.

»Möchtest du es wiederhaben?« fragte sie. »Ich habe es dir aufgehoben. Aber als du nach deiner Rückkehr nicht darum batest, dachte ich ... Aber natürlich hole ich es dir.«

»Nein, bitte; ich erkundige mich nur danach. Ich sagte dir einst, das Schwert sei nicht für mich bestimmt. Ich habe es eine Weile besessen, aber ich glaube, es ist für eine andere Hand gemacht.«

»Es gehört dir. Gib es demjenigen, dem du es zu geben wünschst.«

Ich hätte viel darum gegeben, um unter Avallachs Dach zu bleiben, aber es sollte nicht sein. Zu bald nahte die Zeit des Abschieds. Eines Tages schickte Aurelius seine Boten zu den Fürsten aus, wie er es angekündigt hatte, und lud sie zu seiner Krönung ein. Ein paar Tage später machten wir uns auf die Reise.

Im kalten Herzen eines Wintermorgens schwangen wir uns auf unsere Pferde und begannen unseren Weg nach Londinium. Aurelius war glänzend aufgelegt und brannte darauf, seine Krone zu ergreifen. Er hatte sich Dafyds Unterweisung zu Herzen genommen und erkannte nun den heiligen Jesus als seinen Herrn an. Bei seiner Krönung wollte er sich auch taufen lassen, zum Zeichen vor seinem ganzen Volk, welchem Gott er sich verpflichtet fühlte.

Uther mißtraute der Kirche. Warum, weiß ich nicht. Über seinen Argwohn wollte er mit niemandem reden. Er erkannte das Gute an Männern wie Dafyd und das Gute an ihrem Leben und ihre Lehren an, ja sogar der Quelle, brachte es jedoch nicht über sich, die Wahrheit, die sie verkündeten, zu glauben und sich zu eigen zu machen. Doch er liebte, wie ich sagte, seinen Bruder, und wofür Aurelius sich auch immer entschied, das billigte Uther zumindest.

Dennoch hatte Uthers Aufenthalt auf der Glasinsel, so erholsam er war, etwas von Gefangenschaft an sich. Daher war der Tag unseres Abschieds für ihn ein Tag der Befreiung, und er atmete ihn tief ein. Er war der erste im Sattel, und er saß da und zerrte ungeduldig an den Zügeln, während wir übrigen Lebewohl sagten.

»Mutter, bete für mich«, flüsterte ich, als ich sie umarmte.

»Gleich meiner Liebe sind meine Gebete nie versiegt. Geh in Gottes Frieden, mein Falke.«

Also wickelten wir uns vor der Kälte in unsere Mäntel und Pelze und machten uns auf den gewundenen Pfad zum Damm hinab und dann über den gefrorenen See zu den schneebedeckten Hügeln. Die Kälte färbte uns die Wangen rot und machte uns kräftig Appetit. So rasch wir konnten, ritten wir über den harten Winterboden, um das Mögliche aus den allzu kurzen Stunden des Tageslichts zu holen, und hielten erst an, wenn es zu dunkel geworden war, um die Straße vor uns zu erkennen. Abends scharten wir uns dicht ums Feuer unseres Gastgebers für die Nacht – Anführer, Beamter oder Dorfältester – und lauschten dem Geheul der vom Winter ausgehungerten Wölfe.

Doch ritten wir durch ein Land, das still und ruhig lag, und erreichten Londinium einen Tag früher als geplant. Diesmal begab Aurelius sich nicht zu des Statthalters Palast, sondern geradewegs zur Kirche. Urbanus bereitete uns einen herzlichen Empfang und brachte uns bei sich bequem unter – im unteren Stockwerk eines einfachen, aber geräumigen Hauses neben der Kirche.

Während wir uns am Kohlebecken aufwärmten und den heißen Glühwein tranken, erzählte er uns, wie man die Kirche für die Krönung vorbereiten könnte. Er zeigte sich begeistert davon, daß die Zeremonie in seinem Gotteshaus stattfinden sollte, gestand aber ein: »Ich begreife immer noch nicht, warum du hier zum König gemacht werden willst.«

»Ich bin Christ«, erläuterte Aurelius. »Wo soll ich denn sonst hin? Statthalter Melatus ist mir nicht übergeordnet, als daß ich die Krone aus seinen Händen empfangen könnte. Aber Jesus ist mein Herr, daher will ich meine Königswürde in seiner heiligen Gegenwart empfangen. Und ich werde meine Krone aus der Hand seines wahren Dieners Bischof Dafyd entgegennehmen.«

Es war natürlich, wie ich es mir immer vorgestellt hatte, aber die Bestätigung dafür aus Aurelius' eigenem Mund zu hören, erregte mich. Nur ein solcher König würde sich für das Sommerreich eignen, und Aurelius besaß die Kraft und die Anmut; er besaß den Glauben. Er konnte über das Inselreich von dieser Welt herrschen, und es würde gedeihen wie eine Wiese im Hochsommer.

Obwohl das Land kahl im kalten Griff des Winters lag, sah ich das Gewand des Sommers über es fallen wie das einer Braut. Und ich freute mich darob.

Großes Licht, möge meine frühere Vision sich als falsch herausstellen! Möge Aurelius sein Werk vollbringen können!

Am nächsten Tag trafen die ersten von Aurelius' Königen in Londinium ein: Coledac und Morcant, die beide nicht weit zu reisen hatten, kamen mit ihren Edlen und Ratgebern in die Stadt; beide hatten sie eine kleine Schar Krieger bei sich und zu meiner Überraschung ihre Frauen und Kinder. Am Tag darauf kamen

Dunaut und Tewdrig, und wieder einen Tag später Custennin und Ceredigawn. Und es gab ein Gedränge, um Unterkünfte für sie alle zu finden – denn jeder hatte ein großes Gefolge mitgebracht, das der Zeremonie beiwohnen sollte.

Und es kamen noch andere: Morganwg von Dummonien mit den Prinzen Cato und Maglos; Eldof von Eboracum; Orgyvan von Dollgellau mit seinen Führern und Druiden; Rhain, der Fürst von Gwynedd, ein Vetter von Ceredigawn; Antorius und sein BruderKönig Tegulus von Canti in Lloegres, Owen Vinddu von Rheged; Hoel von Armorica mit seinen Söhnen Ban und Bors, die dem winterlichen Meer trotzten.

Und es trafen immer noch mehr ein, und nicht nur Fürsten und Führer, sondern auch fromme Männer: Samson, der höchst ehrwürdige Priester von Goddodin im Norden; der berühmte Bischof Teilo sowie die Äbte Ffili und Asaph, edle Kirchenmänner aus Lloegres; und Kentigern, der höchst beliebte Priester von Mon; Bischof Trimoriun und Dubricius, beide gelehrte und geachtete Priester der Kirche in Caer Legionis; und natürlich Gwythelyn mit all seinen Mönchen von Dafyds Kloster in Llandaff.

Könige, Fürsten und Kirchenmänner aus allen Gebieten der Insel der Mächtigen kamen, um Aurelius auf den Schild des Hochkönigs zu heben. Und jeder hatte Geschenke mitgebracht: Gegenstände aus Gold und Silber, Schwerter, edle Pferde und Jagdhunde, gutes Tuch, Bogen aus Eschenholz und Pfeile mit Stahlspitzen, Häute, Felle und Pelze von bester Güte, in Silber gefaßte Trinkhörner, Fässer voll Met und Dunkelbier und vieles mehr.

Alle brachten sie Geschenke je nach Reichtum und Rang, und mir wurde klar, daß sie alle seit langem auf dieses Ereignis gewartet hatten, ja sogar voller Begierde darauf gespannt waren – ganz wie ich es vorhergesagt hatte. Die Zeit hatte in ihren Herzen Wunder vollbracht und Aurelius in ihren Augen größer werden lassen. Sie kamen nach Londinium, um einen Hochkönig auszurufen, und wollten ihn mit aller Ehre und Achtung gekrönt sehen.

Habe ich alle gesagt? Es fehlte einer, dessen Abwesenheit deutlich für sich sprach: Gorlas. Er allein forderte mit seinem Trotz den Ingrimm des Hochkönigs heraus. Auch als es bis zur

Christmesse nur noch ein Tag war, kam immer noch keine Nachricht und kein Zeichen von Gorlas. Das lastete auf mir und Uther schwerer als auf Aurelius, der so sehr damit beschäftigt war, die Geschenke und Ehrbezeugungen seiner Fürsten entgegenzunehmen, daß er Gorlas' Kränkung nicht zu bemerken schien.

Doch Uther entging sie nicht. Als die Tage weniger wurden und die Vorbereitungen auf das Fest Christi Geburt voranschritten, stürmte er durch die oberen Räume von Urbanus' Haus, wütend, tobend, mit den Fäusten gegen Türpfosten und auf Tische schlagend.

»Gebt mir zwanzig Mann, und ich bringe euch zur Krönung des Hochkönigs Gorlas' Kopf, bei Lleu und Jesus, das würde ich!«

Ich entgegnete: »Beruhige dich, Uther. Lleu würde dein Geschenk vielleicht gutheißen, aber ich zweifle sehr, daß Jesus Gefallen daran finden könnte.«

»Na, soll ich vielleicht dabeistehen und nichts tun, während dieser Hundesohn Aurelius eine lange Nase dreht? Sag mir, Merlin, was soll ich tun? Wohlgemerkt, ich werde Gorlas' Frechheit nicht auf die leichte Schulter nehmen.«

»Ich sage, das ist Aurelius' Angelegenheit, Uther, nicht deine. Wenn der Hochkönig über Gorlas' Beleidigung hinwegsehen möchte, dann sei es. Zweifellos wird dein Bruder sich der Sache zu einem günstigeren Zeitpunkt annehmen.«

Uther gab nach, war jedoch nicht besänftigt. Er fuhr fort, zu schimpfen und zu grollen, fauchte alle an, die sich ihm näherten, machte sich unbeliebt, bis ich ihn schließlich aussandte, um nach Pelleas Ausschau zu halten, der noch nicht eingetroffen war. Denn ich wußte, Pelleas wäre längst dagewesen, wenn ihn nicht etwas aufgehalten hätte. Ich machte mir allmählich Sorgen um ihn.

Ich hätte im Feuer nach Zeichen von ihm suchen können, doch um die Wahrheit zu sagen, seit meiner Heilung und meiner Befreiung aus Celyddon war mir das Lesen der Glut oder das Wahrsehen aus dem Feuer verhaßt geworden. Vielleicht fürchtete ich beim Gang auf den Pfaden der Zukunft Morgian zu begegnen – als mir das in den Sinn kam, fuhr es mir kalt durch die Knochen. Oder vielleicht hielt etwas anderes mich ab. Jedenfalls lag mir nicht daran, durch Feuer oder Kugel meine Neugier zu befriedigen, und ich wollte es auch nicht, solange die Not nicht groß wurde.

Also befahl Uther, froh, etwas zu tun zu haben, daß sein Pferd gesattelt wurde, stellte sich eine kleine Schar von Kriegern zusammen und ritt am Mittag aus der Stadt. Ich konnte nun frei meinen eigenen Geschäften nachgehen, wozu ein Besuch bei Custennin und Tewdrig gehörte.

Damit war ich bis weit in die Nacht hinein beschäftigt, denn die Edlen kamen nacheinander unablässig zu Aurelius geströmt, um auf seine Gesundheit zu trinken, ihm Geschenke zu überreichen und sich und ihre Erben ihm anzudienen. Am Vorabend von Christi Geburt fand sich der Hochkönig von einer Flut von Treueiden und guten Wünschen überschwemmt. Ich sprach mit diesem und jenem, sammelte Neuigkeiten und Wissenswertes, brachte von den Herren, deren Reiche ich nicht kannte, in Erfahrung, was ich konnte.

Das Morgengrauen war nur noch eine Winzigkeit entfernt, als ich mich endlich auf den Weg in mein Schlafgemach begab – da merkte ich, daß Uther noch nicht wieder da war. Trotz meiner Abneigung war ich versucht, die Glut zu schüren, um zu sehen, was ihm zugestoßen war. Doch statt dessen legte ich mir den Mantel um und suchte mein Pferd. Der Mönch, dem der Stall oblag, ruhte schlafend in einer Ecke auf frischem Stroh und schnarchte. Da ich ihn nicht wecken wollte, sattelte ich mein Roß selbst und ritt hinaus auf die kalten, stillen Straßen.

Der Torhüter war nirgends zu sehen, aber das Tor war nicht verriegelt. Daher öffnete ich es mir selbst und eilte hinaus. Vor den Stadtmauern fauchten Windböen durch die vom Frost steifen Nadelbäume entlang der Straße. Der Himmel war schwer von noch nicht gefallenem Schnee und schimmerte im Licht der aufgehenden Sonne wie geschmolzenes Blei. Ich folgte der Straße nach Westen, da ich wußte, daß Uther auf der Suche nach Pelleas diese Richtung eingeschlagen hatte.

Ich ließ mein Pferd sich seinen Weg suchen und war froh, wieder auf dem Land zu sein, fern der zu engen Gemeinschaft mit Menschen. Meine Gedanken wandten sich Pelleas zu. Vielleicht war es nicht klug von mir gewesen, ihn in seine Heimat

Llyonesse zu schicken. Ich wußte nicht, wie dort die Dinge um ihn standen. König Belyn war womöglich nicht erfreut, seinen Bastard zu sehen. Pelleas mochte etwas zugestoßen sein.

Doch ich selbst hielt das für unwahrscheinlich, und der Gedanke daran wäre mir gar nicht gekommen, wäre Pelleas nicht so lange ausgeblieben. Natürlich hätte ihm unterwegs etwas zugestoßen sein können; das konnte immer geschehen, wenngleich ich mir kaum eine Lage vorstellen konnte, der ein erfahrener Krieger sich nicht mit einem raschen Stoß seines Schwerts hätte entledigen können.

Oder lag es vielleicht an etwas völlig anderem?

Unter den Hufen meines Rosses glitt die leere Straße dahin, und meine Sinne schärften sich mit jedem Schritt für Gefahren. Jeden Augenblick vermeinte ich, Pelleas gleich über den Hügelkamm auftauchen zu sehen. Doch erreichte ich die Anhöhe und sah keine Spur von ihm.

Ich ritt bis Mittag weiter und hielt dann an. Wenn ich rechtzeitig zur Messe und Aurelius' Krönung zurück sein wollte, mußte ich umkehren. Ich wartete einen Augenblick auf einem baumbestandenen Hügel, suchte mit dem Blick den Horizont um mich ab und machte mich dann widerstrebend auf den Rückweg.

Ich war jedoch noch nicht weit gekommen, als ich es rufen hörte.

»Mer-r-li-in!«

Der Ruf erklang aus einiger Entfernung, war in der frischen Winterluft jedoch deutlich zu vernehmen. Sofort hielt ich an und drehte mich rasch im Sattel um. Ein Stück weit weg galoppierte ein einsamer Reiter auf mich zu: Pelleas.

Kurz darauf war er bei mir, erschöpft, außer Atem; sein Pferd schäumte von dem harten Ritt. »Es tut mir leid, Herr«, fing er an, doch ich wischte seine Entschuldigung beiseite.

»Bist du wohlauf?«

»Ich bin wohlauf, Herr.«

»Hast du Uther gesehen.«

»Ja«, erwiderte Pelleas mit einem Kopfnicken, nach Atem ringend. »Wir sind ihm unterwegs begegnet...«

»Wir? Wer war bei dir?«

»Gorlas«, keuchte Pelleas. »Ich wäre früher gekommen, doch unter den Unterständen hielt ich es für besser...«

»Du hast gewiß recht getan. Jetzt sage mir, was vorgefallen ist.«

»Vor einem Tag wurden Gorlas und sein Geleit auf der Straße angegriffen. Er reiste nur mit wenigen Begleitern, und wir mußten um unser Leben kämpfen, wehrten sie jedoch eine ganze Zeit lang ab. Als wir am Unterliegen waren, stieß Uther zu uns. Unsere Angreifer flohen; der Herzog setzte ihnen nach, konnte sie jedoch nicht einholen.« Nach Atem ringend hielt Pelleas inne. »Als Uther zurück war, sandte er mich voraus. Er reitet nun mit Gorlas.«

»Wie weit hängt er zurück?«

Pelleas schüttelte den Kopf. »Das weiß ich nicht mit Gewißheit. Ich bin die ganze Nacht durchgeritten.«

Ich suchte die Straße hinter ihm ab, in der Hoffnung, ein Spur von Uther und Gorlas zu sehen. »Da ist jetzt nichts zu machen. Wir kehren nach Londinium zurück und erwarten sie dort.«

Da Pelleas völlig erschöpft war, erreichten wir die Stadt erst spät. Wir eilten zu Urbanus' Haus, wuschen uns und gingen dann in die Kirche. Als wir ankamen, war sie bereits gefüllt. Der Hof wimmelte von den Gefolgen der Fürsten und neugierigen Bürgern. Wir zwängten uns durch das Gedränge an der Tür und schoben uns durch die Menge nach drinnen, wo wir vorne neben einer Säule Platz fanden.

Das Innere des großen Raums erstrahlte hell von Kerzenlicht, das weißgolden leuchtete wie das Himmelslicht nach einem heftigen Gewitter. Zu den Dachbalken stiegen in süß duftenden Wolken bläuliche Weihrauchschwaden auf und schwebten wie die Gebete von Heiligen über unseren Köpfen. In der Kirche brummte es vor Aufregung. Hier geschah etwas noch nie Dagewesenes: Ein König wurde in einer Kirche gekrönt und erhielt sein Königtum aus der Hand eines frommen Mannes!

Wir hatten gerade unsere Plätze eingenommen, als die Innentüren aufflogen und ein Mann im Mönchsgewand, einen Weihrauchkessel schwingend, den Mittelgang entlangschritt. Ihm folgte ein zweiter mit einem geschnitzten Holzkreuz. Dann kam Urbanus, der ein dunkles Gewand und über seiner Brust ein riesengroßes Goldkreuz trug.

Hinter Urbanus trat Dafyd in seinem Gewand herein, und

sein Gesicht leuchtete im Kerzenschein. Wie alle anderen starrte auch ich ihn an, denn er war ein verwandelter Mann. Herrlich in seiner Demut, strahlend in schlichter Frömmigkeit, wirkte Dafyd wie ein himmlischer Bote, der herniedergefahren war, um die Zeremonie durch sein Beisein zu segnen. Keiner, der ihn erblickte, hätte das freundliche Lächeln für etwas anderes halten können als das Verzücken eines Menschen, welcher dem lebendigen Quell der Liebe und des Lichts nah ist. Allein ihn zu sehen hieß, das Knie vor dem Gott zu beugen, dem er diente. Es hieß, sich wahrer Erhabenheit voll Demut und Unterwürfigkeit zu nahen.

Hinter Dafyd schritt Aurelius einher, das Schwert – das Schwert Britanniens – flach auf den Händen tragend. Er war in eine weiße Tunika und Hose mit einem breiten Gürtel aus Silberscheiben gekleidet. Sein dunkles Haar war geölt, zurückgekämmt und wurde im Nacken von einem Band zusammengehalten. Er ging leichten Schrittes, mit ernster und zugleich freudiger Miene.

Schließlich folgten Gwythelyn, der auf einem weißen Linnentuch einen schmalen Goldreifen trug, und vier Mönche, von denen jeder eine Ecke eines Mantels von kaiserlichem Purpur hielt.

Der ganze Zug bewegte sich bis zum Altar, der sich auf einem marmornen Podest mit Stufen erhob. Urbanus und Dafyd stellten sich vor den Altar und wandten sich zu Aurelius um, der vor ihnen auf den Stufen niederkniete.

Kaum hatte er seinen Platz eingenommen, als ein Chor von Mönchen, die rund um die Kirche standen, zu rufen begann:

GLORIA! GLORIA!

GLORIA IN EXCELSIS DEO! GLORIA IN EXCELSIS DEO!

»Ehre sei Gott in den Höhen!« riefen sie, und ihr Ruf wurde zum Gesang. Die Kirche hallte davon wider, und der Klang erhob die Herzen und wand sich auf und wieder weiter empor durch das nachtdunkle Firmament, an den ersten funkelnden Sternen vorbei bis zum Himmelsthron.

Als der Gesang seinen Höhepunkt erreicht hatte, trat Dafyd mit ausgebreiteten Armen vor, und es wurde sogleich still. »Es ist recht, dem Großen Gütigen Gott Ehre zu erweisen«, sprach er. Dann drehte er sich zum Altar um, kniete nieder und betete laut:

»Großmächtiger, Hochkönig des Himmels, wir ehren dich!

Sonnenlicht,
Mondesglanz,
Feuerschein.
Hurtiger Blitz,
Flinker Wind,
Tiefes Meer,
Unbeugsame Erde,
Fester Fels,
Legt Zeugnis ab:

Wir beten heute für Aurelius, unseren König;
Daß Gottes Kraft ihn stärke,
Gottes Auge ihn leite,
Gottes Ohr ihm lausche,
Gottes Zunge an seiner Statt spreche,
Gottes Hand ihn bewahre,
Gottes Schild ihn beschütze,
Gottes Heer ihn errette,
Vor den Listen der Teufel,
Vor der Versuchung der Laster,
Vor jedem, der ihm Böses will.

Wir rufen alle Mächte zwischen ihm und diesen Übeln an;
Gegen jede grausame Macht, die sich ihm widersetzt,
Gegen Einflüsterungen falscher Druiden,
Gegen die schwarzen Künste der Barbaren,
Gegen die Ränke von Götzenverehrern,
Gegen schwache und starke Zaubersprüche,
Gegen alles Übel, das Körper und Seele verdirbt.

Jesus sei mit ihm, vor ihm, hinter ihm,
Jesus sei in ihm, unter ihm, über ihm,
Jesus sei zu seiner Rechten und zu seiner Linken,
Jesus sei da, wenn er schläft und wenn er wacht,

Jesus sei im Herzen von allen, die an ihn denken,
Jesus sei im Munde aller, die von ihm sprechen,
Jesus sei in den Augen aller, die ihn sehen.

Wir erheben ihn heute, durch eine starke Macht,
Die Anrufung der Dreieinigkeit,
Durch den Glauben an Gott,
Durch das Zeugnis des Heiligen Geistes,
Durch das Vertrauen auf Christus,
Den Schöpfer aller Schöpfung.

So sei es.

Als Dafyd geendet hatte, wandte er sich an den Mönch mit dem Kreuz und hob das Wahrzeichen aus Holz vor Aurelius empor. »Aurelianus, Sohn des Constantin, welcher du Hochkönig sein möchtest über uns, erkennst du den Herrn Jesus als deinen Hochkönig an und schwörst ihm den Treueid?«

»Ich erkenne ihn an«, erwiderte Aurelius, »und schwöre den Treueid keinem anderen.«

»Und gelobst du, ihm in allem zu dienen, bis zum Ende deiner Kraft?«

»Ich gelobe, ihm in allem zu dienen, bis zum Ende meiner Kraft.«

»Und willst du Christus aus freien Stücken anbeten, ihn mit Freuden ehren, ihn voll Edelmut achten, ihm deinen wahrsten Glauben und deine größte Liebe zuteil werden lassen, alle Tage, die du lebst im Reich von dieser Welt?«

»Ich will Christus ganz aus freien Stücken anbeten, ihn ganz mit Freuden ehren, ihn ganz voll Edelmut achten und ihm meinen wahrsten Glauben und meine größte Liebe zuteil werden lassen, alle Tage, die ich lebe im Reich von dieser Welt.«

»Und willst du die Gerechtigkeit hochhalten, Gnade walten lassen und in allen Dingen nach Wahrheit streben, dein Volk voll Mitleid und Liebe behandeln, wie du von Gott behandelt wirst?«

»Ich will die Gerechtigkeit hochhalten, Gnade walten lassen und in allen Dingen nach Wahrheit streben, mein Volk voll Mitleid und Liebe behandeln, wie ich von Gott behandelt werde.«

All das fragte Dafyd, und Aurelius antwortete ohne Zögern und mit lauter Stimme, so daß es auch die Menge draußen vor der Tür hören konnte. Pelleas beugte sich zu mir und flüsterte: »Alle, die heute abend in dieser Kirche versammelt sind, Christen wie Heiden, werden wissen, was es heißt, den Allerhöchsten Gott anzubeten.«

»So sei es«, erwiderte ich. »Möge dieses Wissen wachsen.«

Urbanus trat mit einer Phiole heiligen Öls vor, tauchte seine Finger hinein und salbte Aurelius' Stirn mit dem Zeichen des Kreuzes. Dann nickte er den Mönchen zu, die den Mantel hielten, und diese hoben ihn hoch und legten ihn Aurelius um die Schultern. Urbanus schloß ihn mit einer silbernen Fibel.

Dafyd hatte sich zu Gwythelyn umgewandt, der das Band hielt. Er nahm nun den schmalen goldenen Reif und hielt ihn Aurelius über den Kopf. »Erhebe dich, Aurelius«, sprach er, »trage deine Krone.« Aurelius stand langsam auf, und gleichzeitig senkte Dafyd den Reif auf seine Stirn.

Der fromme Mann küßte Aurelius auf die Wange. Dann drehte er ihn um, damit das Volk sein Angesicht sah, und rief: »Britanniens Fürsten, hier ist euer Hochkönig! Ich gebe euch auf, ihn zu lieben, ihn zu ehren und ihm zu folgen. Leistet ihm den Eid, wie er dem Himmelskönig den Eid geleistet hat.«

Darauf brachen die versammelten Fürsten in lauten Jubel aus – eine einzige Beifallsstimme, ein einziger guter Wille, ein einziges liebendes Herz für ihren neuen König. Aurelius lächelte und breitete die Arme aus, als wollte er die ganze Welt umfangen. Und ich wußte, daß er es in jenem Augenblick tat – wie nur wenige Menschen es jemals tun.

Als der Jubel verebbte, kniete Aurelius sich wieder nieder, um den Segen der Bischöfe zu empfangen. Dafyd und Urbanus legten ihm gemeinsam die Hände auf und gaben ihm den Segen der Kirche: »Gehe hin in Frieden, Aurelianus, und diene Gott, dem Reich und deinem Volk; und führe es in Frömmigkeit und Rechtschaffenheit bis ans Ende deiner Kraft und deines Lebens!«

Als der König vorüberging, kniete das Volk nieder, doch keiner vermochte den Blick von ihm zu wenden. Er erreichte die Mitte der Kirche, da rief jemand aus: »Ave! Ave, Imperator!«

Und ein zweiter erwiderte: »Heil, Kaiser Aurelius!«

Und mit einemmal standen alle wieder aufrecht und erhoben abermals ein Geschrei: »Kaiser Aurelius! Ave, Imperator! Heil, Aurelius, Kaiser des Westens!«

Seit Maximus hatten die Briten keinen Kaiser mehr auf den Schild gehoben. Ihm hatten sie den Namen Macsen Weldig verliehen, um einen Briten aus ihm zu machen, doch er war mit den besten der britischen Krieger gen Rom marschiert und nie wiedergekehrt. Aurelius hatte zwar einen römischen Namen, aber ein britisches Herz. Er wußte nichts von Rom. Dieser Kaiser war Brite.

Sie riefen Aurelius zum Kaiser aus, und damit verkündeten sie, ohne es recht zu begreifen, ein neues Zeitalter für Ynys Prydein, die Insel der Mächtigen.

X

Aurelius verließ die Kirche, und die Menge drängte ihm nach und ergoß sich noch immer jubelnd in den Hof. Die Nacht wurde von Fackeln erhellt, und von irgendwoher ertönte über der wilden Feier ein Lied. Langsam, leise, gewann es an Kraft, als Männer und Frauen die Weise aufnahmen; das Lied, ein alter britischer Schlachtgesang, wurde zur Hymne für den neuen Hochkönig. Und umringt von seinen Fürsten stand Aurelius im Fackelschein; seine Krone funkelte wie vor Sternenlicht; er hielt die Arme ausgebreitet und drehte sich immer wieder im Kreis, während das Lied emporschwebte und sich wie Kringel in einem Teich ausbreitete:

Erhebt euch, kühne Recken,
  nehmt den Stahl in eure starken Hände,
  der Feind steht unten und schreit laut.
Stoßt ins Horn, greift zu Speer und Schild;
  der Tag ist hell zur Schlacht,
  und Ruhm steht's zu gewinnen.
Sitzt auf, tapfere Krieger, euer Führer fürchtet nichts;
  unerschrockener Feldherr, feuriger Sieger,
  erringt er sich Heldenglanz,
  und die Barden preisen seinen Namen im Gesang.

Die Stimmen hallten durch die engen Gassen, die Menschen folgten Aurelius bis zum Palast des Statthalters. Mit der Zeit hatte auch der Statthalter seine Meinung über Aurelius geändert. Denn bei seiner Rückkehr hatte Aurelius Melatus völlig verwandelten Sinnes angetroffen. Da der Statthalter fürchtete, einen so mächtigen Verbündeten zu kränken, hatte er Aurelius jegliche Art von Gastfreundschaft der Stadt erboten. Sie wurde auf eine schwere Probe gestellt, als es galt, für alle Könige und Herrn in Aurelius' Diensten Unterkunft zu finden. Also zog Aurelius nun mit seinen Fürsten zum Palast des Statthalters, um das Fest von Christi Geburt zu begehen.

In der Winternacht leuchtete der Palast hell vor Fackelbäumen und Feuern im Hof. So groß er auch war, paßten in jener Nacht doch nicht alle in des Statthalters Saal. Doch das spielte keine Rolle, denn die Tore standen weit offen, und das Fest erstreckte sich auf den Hof hinaus.

Ach, es war ein glücklicher Tag – ein Fest voller Liebe und Licht zur Wintersonnwende. Nur eines behagte mir nicht: Uther und Gorlas waren noch nicht da.

Was mochte sie aufhalten? Sie hätten längst bis Londinium gekommen sein sollen.

Aurelius schien ihr Fehlen nicht zu bemerken. Er war zu sehr damit beschäftigt, auf die Gesundheit seiner Fürsten anzustoßen und ihre Treueide zu empfangen. Doch mir fiel es auf. Und da das Festmahl begann und weiterging, lastete Uthers und Gorlas' Ausbleiben auf mir.

»Pelleas, bist du dir sicher, daß sie dir folgen?« nahm ich Pelleas beiseite.

»Gewiß, mein Herr.«

»Was kann sie nur aufhalten?«

Pelleas runzelte die Stirn. »Neue Scherereien, Herr?«

»Vielleicht.«

»Was soll ich tun, Herr?«

»Vorläufig nichts. Bleib hier. Ich entferne mich vielleicht kurz und sehe nach, was aus Uther geworden ist.« Damit ging ich aus dem Saal und durch den Hof fort. Die Bürger von Londinium scharten sich, von dem Lärm und dem Licht angezogen, um die Feier, und das Treiben im Hof quoll nun auf die Gassen hinaus. Es schlossen sich ihm immer mehr Menschen an.

Ich hegte keinerlei Hoffnung, zum Stall vordringen zu können, um mir ein Pferd zu nehmen. Ich schob mich durch die strömende Menge zum Westtor, das, wie ich erwartete, verschlossen und zur Nacht verriegelt war. Wie ich des weiteren erwartete, waren die Torwächter nirgends zu finden; zweifellos hatten sie ihre Pflicht bei der erstbesten Gelegenheit im Stich gelassen.

Ich gedachte, nur einen Blick auf die andere Seite der Mauer zu werfen und kletterte die Treppe hinauf, um an der Stadtmauer entlangzugehen. Als ich auf die Straße hinabblickte, stand dort zu meiner Überraschung Uther mit dem Schwert in der Hand vor Wut schäumend im Dunkeln und verfluchte das Tor. Er hatte mit dem Schwertknauf gegen das Holztor gehämmert, aber natürlich hatte niemand ihn gehört.

»Uther!« rief ich.

Er blickte empor, konnte mich aber nicht sehen. »Wer ist da? Öffnet sofort das Tor, sonst, bei meinem Leben, brenne ich es nieder.«

»Ich bin's, Myrddin«, entgegnete ich.

»Merlin!« Er trat auf mich zu. »Was tust du hier? Öffne das Tor.«

»Wo sind die übrigen?«

»Ich habe sie losgeschickt, um nach einem anderen Weg in die Stadt zu suchen. Gorlas wartet auf der Straße. Das ist peinlich, Merlin, laß uns ein.«

»Herzlich gern, wenn ich es könnte. Das Tor ist verriegelt, und die Wächter sind fort. Alle sind beim Fest im Palast des Statthalters.«

»Na, dann tu etwas. Es ist kalt, und wir sind müde.«

»Ich werde sehen, was ich tun kann. Geh und bring Gorlas hierher, und irgendwie sorge ich dafür, daß die Tore geöffnet werden.«

Während Uther aufsaß und zu Gorlas ritt, hastete ich wieder nach unten, holte mir eine Fackel von der Wand im Wachthaus und ging zum Tor. Der Holzbalken war mit einer quergelegten Eisenstange gesichert. Das Eisen ließ sich nicht entfernen, denn es war festgeschraubt und die Schraube mit einem Schloß versperrt. Es schien so auszusehen, als würde Uther das Tor doch niederbrennen müssen – es sei denn …

Ich hatte kaum mehr an das gedacht, was ich vor so vielen Jahren beim Bergvolk gelernt hatte, und hatte die Fertigkeiten dieser Menschen nur selten angewandt. Doch was ist ein Tor anderes als Eisen und Holz? Es war niemand in der Nähe. Darum zog ich mein Messer und kratzte in das Holz um das Schloß einen Kreis. Dann sagte ich den Spruch in der alten Sprache, erstaunt, daß ich sie nicht verlernt hatte.

Auf meine Berührung hin fiel das Schloß einfach ab, und der Holzbalken ließ sich locker beiseite schieben. Ich drückte mit einem Finger gegen das schwere Tor, und es flog ächzend auf.

Bald hörte ich auf der Straße Pferdegetrappel. Ich hob die

Fackel in die Höhe. Da tauchte Uther auf, nebem ihm Gorlas. Doch zwischen ihnen ritt noch jemand. Als sie in den Lichtkreis meiner Fackel kamen, erkannte ich, daß es eine Frau war. Jung, schön, bis zum Kinn in Pelze gehüllt, einen silbernen Reif um die Stirn. Gorlas' Königin?

»Ich wußte nicht, daß Gorlas sich ein Weib genommen hat«, flüsterte ich Uther zu, als König Gorlas und sein Gefolge durch das Tor zogen. Er saß im Sattel und blickte dem Fürsten und der Fürstin nach.

»Das ist seine Tochter Ygerna«, teilte Uther mir mit. »Eine seltene Blüte der Weiblichkeit, nicht wahr?«

Ich starrte zu dem Mann empor. Ein solches Gefühl hatte ich aus Uthers Mund bisher nicht vernommen. »Sie ist in der Tat schön«, räumte ich ein. »Aber Aurelius wartet. Was hat euch aufgehalten?«

Uther zuckte die Achseln und erwiderte, als würde das alles erklären: »Wir hatten eine Frau dabei.«

Eine Frau. Sie war kaum mehr als ein Mädchen. Und obzwar sie schön war, wirkte sie keineswegs zerbrechlich oder geschwächt. In der Tat, sie stand in der Blüte der Jugend und schien in meinen Augen die Beschwernisse der Reise bestens überstanden zu haben.

»Pelleas hat mir von dem Überfall berichtet.«

»Dem Überfall?« fragte Uther und nickte zerstreut. »Ach ja. Nicht der Rede wert.«

»Nun, Aurelius wartet. Du hast die Krönung verpaßt.«

Das nahm Uther gutmütig hin. »Ich wäre dabeigewesen, wenn ich es geschafft hätte. Ist er böse?«

»Um die Wahrheit zu sagen«, erwiderte ich, »ich glaube nicht, daß er deine Abwesenheit bemerkt hat. Wenn du dich beeilst, fällt sie ihm vielleicht gar nicht auf.«

»Dann sputen wir uns«, sagte Uther freundlich. »Aber, Merlin, hast du jemals eine so schöne Frau gesehen? Hast du jemals solche Augen gesehen?«

Die letzten von Gorlas' Leuten waren durchs Tor gekommen. »Fort mit dir, ich warte hier, bis deine Männer da sind.« Ich weiß nicht, ob Uther mich hörte, denn er wendete wortlos sein Pferd und trottete Gorlas hinterdrein.

Zum Glück brauchte ich nicht lang zu warten. Fast unmittelbar darauf näherte sich einer von Uthers Leuten dem Tor. Ich wies ihn an, auf die übrigen zu warten und das Tor wieder zu verriegeln, sobald alle durch wären.

Dann hastete ich durch die Gassen zurück zum Palast des Statthalters, wo die Festlichkeiten andauerten. Uther war dabei, den Stallburschen Befehle auszuteilen. Gorlas und Ygerna standen ein Stück abseits und sahen sich das Gewimmel um sich herum an. Die Feuer im Hof loderten hoch, und das Bier des Statthalters floß reichlich, um der glänzenden Laune und der freigebigen Gutwilligkeit des neuen Hochkönigs zu entsprechen.

Da Ygernas Antlitz vom Feuerschein erhellt wurde, hatte ich einen Augenblick Zeit, jene Schönheit zu betrachten, die Uther so bezaubert hatte. Sie war vielleicht fünfzehn Jahre alt. Hochgewachsen und schlank, trug sie den zierlichen Kopf anmutig auf ihrem liebreizenden Hals; die mädchenhafte Ungelenkigkeit ihres Alters fehlte ihr völlig, und sie wirkte wesentlich reifer. Auch trog der Anschein nicht: Als Gorlas' Gemahlin verschied, war Ygerna noch ein Säugling gewesen und von Kindheit an zur Fürstin über das Reich erzogen worden.

Das erfuhr ich später. Im Augenblick sah ich nur ein hübsches Mädchen mit sanftem braunem Haar und großen, dunklen Augen, in deren reizendem Lächeln ein Mann sich gern verlieren mochte.

»Möchtest du angekündigt werden?« fragte ich Gorlas.

»Werden wir denn nicht erwartet?« versetzte er hitzig. Dann drehte er sich zu mir um. »Ach, du bist es, Merlin ...« Er sprach meinen Namen wie einen Fluch aus. Er bewegte stumm die Lippen und preßte schließlich hervor: »Wie es dich am besten dünkt.«

Nein, Gorlas hatte nichts für mich übrig. Doch er achtete mich und fürchtete mich sicher ein wenig – wie jeder Fürst den Mann fürchtet, der dem Ohr seines Herrschers am nächsten steht. »Dann laßt uns hineingehen, denn ...«, fing ich an.

»Ich kümmere mich darum«, unterbrach Uther mich. Er drehte Gorlas am Arm um und führte ihn über den Hof davon. Ich sah den dreien nach, wie sie zwischen den hüpfenden Flammen zweier Feuer durchschritten und Ygerna leichtfüßig zwischen Gorlas und Uther ging. Vor mir erstarrte alles, alle Geräusche und Bewegungen hörten auf, mein Blick verengte sich, als in diesem Augenblick in mir eine tödliche Ahnung erwachte. Außer der entsetzlichen Vision vor meinen Augen gab es nichts:

Ygerna zwischen zwei Königen.

Hier erkannte ich die namenlose Gefahr, die ich schon am Morgen gespürt hatte, nur jetzt viel deutlicher. *Ygerna*! Oh, schöne Tochter, in deinen Händen liegt die Zukunft des Reiches. Heute nacht bist du des Schicksals Dienerin. Ist dir das klar?

Nein, natürlich konnte sie davon keine Ahnung haben. Ihr Auftreten kündete von Tugend und Edelmut. Ihre natürliche Unschuld hielt sie davon ab, ihre Schönheit einzusetzen, wie eine gewissenlosere Frau es getan hätte. Ein oder zwei Jahre älter, und ich hätte das Ende der Welt so leichtfüßig zwischen den Krönungsfeuern dahingleiten sehen können.

Betäubt stolperte ich ihnen nach und kam in den Saal, als sie gerade vor den Hochkönig traten. Uther drängte sich an die Seite seines Bruders. Aurelius hieß ihn willkommen, klopfte ihm auf den Rücken – ich glaube, bis zu diesem Augenblick hatte der Hochkönig keinen Gedanken an seinen Bruder verschwendet – und drückte ihm einen Becher in die Hand. Uther nahm den Becher, trank und reichte ihn an Gorlas weiter, der seine Treue gegenüber dem Hochkönigtum erklärte.

Dann fiel Aurelius' Blick auf Ygerna. Ich sah ihn lächeln. Ich sah die Veränderung in seinem Wesen, als er sie erblickte. Vielleicht lag es am Trubel der Feierlichkeiten oder dem Spiel des Lichts auf ihrem Antlitz oder daran, daß die Jugend nach Jugend rief, oder bloß an dem Wein, der kräftig durch Aurelius' Adern rann. Vielleicht war es auch mehr ... Aber ich sah, wie er bei diesem ersten kurzen Blick vor Liebe entbrannte.

Leider war ich nicht der einzige, der es sah!

Uther erstarrte. Sein Lächeln gefror auf seinem Gesicht, und das Licht in seinen Augen erstarb. Er schien sichtlich zu schrumpfen, als er dort im Schatten seines Bruders stand.

Selbstvergessen machte Aurelius eine freundliche Bemerkung. Ygerna schlug die Augen nieder und schüttelte lachend den Kopf. Gorlas legte seiner Tochter die Hand auf die Schulter und zog sie heran. Eine winzige Geste, die außer mir vielleicht niemand wahrnahm, aber ich sah sie und erkannte ihre Bedeutung genau. Ob er es wußte oder nicht – ich sage nicht, daß er es tat –, Gorlas bot seine Tochter dem Hochkönig dar.

Und Aurelius, der liebe blinde Aurelius, seines Bruders nicht gewahr, nahm sie von ganzem Herzen an. Er reichte Ygerna den Becher, und seine Finger blieben auf ihrer Hand liegen. Ygerna warf Uther einen sanftmütigen Blick zu.

Dieser Blick hätte viel zu sagen vermocht, doch Uther sah ihn nicht. Er starrte dumpf vor sich hin – ein Mann, dessen Haupt mit einem Streich vom Körper getrennt worden war, und der genau weiß, daß er sterben und fallen muß.

Dann beugte Aurelius sich näher und flüsterte Ygerna etwas zu. Sie lächelte schüchtern, und Aurelius zog den Kopf zurück und lachte. Das hielt Uther nicht aus; er machte kehrt und floh vor ihr, im Trubel untertauchend. Unsicher sah Ygerna ihm nach. Sie streckte die Hand dorthin aus, wo er gestanden war. Aber Uther war bereits fort, und Aurelius sprach wieder mit Gorlas. Er reckte seinen Becher hoch und strahlte vor Entzükken.

Mir war zumute, als hätte mein Pferd mir in den Magen getreten, als würde der Boden unter meinen Füßen schwanken, als hätte ich einen mächtigen Trunk zu mir genommen, der mir die Sinne verwirrte. Mit einemmal stand Pelleas neben mir. »Meister, was fehlt dir? Bist du krank?«

»Bring mich fort von hier«, flüsterte ich. »Ich bekomme keine Luft mehr.«

Einen Augenblick später standen wir draußen in der frischen, kalten Luft. Mein Kopf wurde wieder klar, ich kam wieder zur Besinnung, aber das Gefühl stärkster Bedrohung blieb. Was war schon verloren? Oder vielmehr: Was ließ sich noch retten?

Ich staunte, wie schnell alles vonstatten gegangen war. Wie hätte ich es vorhersehen sollen? Aber ich hätte es wissen müssen. Ich war gewarnt worden – draußen auf der Straße hatte ich die Gefahr gespürt, doch nach der Ursache dafür hatte ich nicht geforscht. Ja, auch in Celyddon war ich ausgiebig gewarnt worden. Dennoch war mein einziger Gedanke gewesen, zielstrebig die Krone für Aurelius' Haupt zu gewinnen. Weiter hatte ich nicht geblickt.

Merkwürdig, wie ein Mensch, der seine ganze Zeit damit

verbringt, gegen den einen Feind zu streiten, dabei den anderen, größeren übersieht. Jetzt kannte ich ihn, aber es war zu spät. Der Schaden war angerichtet. Die Sachsenschlachten des vergangenen Sommers würden im Gedächtnis der Menschen verblaßt sein, ehe ich das Unheil dieser Nacht wieder eingerenkt hätte.

Großes Licht, solchen Waffen bin ich unterlegen!

Pelleas hielt mich am Arm. »Herr und Meister, ist dir auch wohl?« Die Sorge in seiner Stimme rüttelte mich wach. »Was ist geschehen?«

Zittrig holte ich tief Luft. »Die Welt ist aus den Fugen geraten, Pelleas.«

Er starrte mich an – nicht ungläubig, sondern mitleidig. »Was kann man dagegen tun?«

»Das kann ich nicht sagen. Aber wir werden, fürchte ich, lange brauchen, um den Schaden wieder zu beheben.«

Er wandte den Kopf und blickte in den Festsaal zurück, wo der Hochkönig bei seinen Fürsten stand. Gorlas und Ygerna hatten sich ihre Plätze an der Tafel gesucht. Jetzt wurde das Mahl aufgetragen, und es wäre ein herrlicher Genuß gewesen, hätte ich auch nur einen Augenblick vergessen können, was geschehen war.

Doch so ist die Welt. Einmal ausgesprochen, läßt ein Wort sich nicht mehr zurücknehmen; einmal abgeschossen, kann ein Pfeil nicht zum Bogen zurückkehren. Was geschieht, ob gut oder böse, geschieht endgültig, und daran läßt sich nichts ändern.

Ich schlief schlecht und wachte mit einem Pochen im Kopf und einem bitteren Geschmack im Mund auf. An einem grauen, regnerischen Tag wurde es hell. Londinium lag seltsam still; die meisten seiner Bürger hatten wohl erst spät zur Ruhe gefunden und lagen noch zu Bett. Von der nahen Kirche her erklang eine Glocke. Die Mönche läuteten die erste Stunde ein und würden sich bald zum Gebet einfinden.

Ich stand auf, warf mir den Mantel um, schlüpfte unten aus dem stillen Haus und ging über den nassen Hof zur Kirche hinüber. Ich drückte die Tür auf und trat ein. Vor dem Altar knieten mehrere Mönche. Ich starrte sie an.

»Merlinus!« Das Geflüster hallte in dem Raum wider. Einige der Mönche wandten sich um. Ich blieb stehen, und Urbanus eilte auf mich zu; seine Sandalen klapperten auf dem Steinboden. »Ich hatte nicht geglaubt, dich hier anzutreffen. Ich wollte gerade nach dir schicken.«

Ich hörte den angestrengten Unterton in seiner Stimme. »Hier bin ich. Was gibt's?«

»Dafyd«, sagte er. »Komm mit; ich bringe dich zu ihm.«

Urbanus führte mich über den Innenhof zu den Zellen. Vor einer der Türen hatten sich Mönche versammelt. Als wir kamen, traten sie beiseite, und Urbanus schob mich hinein. In dem von einem Altarleuchter erhellten Raum lag auf einem Lager aus frischem Stroh Dafyd. Als ich eintrat, lächelte er und hob die Hand zum Gruß. Neben ihm kniete betend Gwythelyn. Als er sich zu mir umdrehte, begriff ich an seiner ernsten Miene, daß Dafyd im Sterben lag.

»Ach, Myrddin, du bist da. Das ist schön. Ich habe gehofft, dich hier zu sehen.«

Ich sank neben Gwythelyn nieder; das Herz in der Brust tat mir weh. »Dafyd ...«, fing ich an und stockte. Wo waren die Worte?

»Psst«, gebot Dafyd mir Schweigen. »Ich wollte dir danken.«

»Mir danken?« Ich schüttelte den Kopf.

»Daß du mich hast die Zukunft sehen lassen, Junge.« In seinen Gedanken waren wir abermals Lehrer und Schüler, endeten, wie wir angefangen hatten. »Letzte Nacht hatte ich einen wundersamen und schrecklichen Traum: Ich sah Aurelius heftig gegen einen schwarzen, tosenden Sturm kämpfen. Er wurde niedergestreckt und der Mantel ihm in Fetzen von den Schultern gerissen. Doch als es so aussah, als müßte er im Staub zermalmt werden, schloß seine Hand sich um ein Schwert. Er packte es, und es gab ihm Kraft. Da stand er auf und hielt das Schwert vor sich. Oh, es blitzte, und der Donner grollte. Doch Aurelius – ich erkannte ihn am goldenen Torques, der ihm am Hals schimmerte – reckte sein großes Schwert und ließ sich nicht verrücken.«

»Fürwahr, der Traum ist von höchster Bedeutung«, erwiderte ich ihm und ergriff seine Hand.

»O ja!« Dafyds Augen glänzten noch vor Staunen darüber. Er hatte keine Schmerzen und lag bequem. Doch ich spürte, wie das Leben von ihm wich. »Es war eine schöne Krönung, nicht wahr? Ich hätte sie um nichts versäumen mögen.«

»Ruhe jetzt«, drängte Gwythelyn, die Hand an einem kleinen Holzkreuz.

»Sohn«, erwiderte Dafyd leichthin, »ich habe geruht und muß bald zu meiner Reise von hier aufbrechen. Fürchtet nicht um mich und leidet auch nicht. Denn ich gehe zu meinem Herrn und nehme meinen Platz in seinem Gefolge ein. Seht! Hier kommt Michael selbst, um mich zu geleiten!« Er zeigte auf die Tür. Ich sah niemand, zweifelte aber nicht an seinen Worten. Sein Gesicht strahlte vom Glanz seiner Erscheinung.

Da traten mir Tränen in die Augen. Ich führte seine Hand an meine Lippen und küßte sie. »Leb wohl, Dafyd, mein edler Freund. Grüße mir Ganieda und auch Taliesin.«

»Das werde ich«, entgegnete er schwach flüsternd. »Leb wohl, Myrddin Bach. Leb wohl, Gwythelyn.« Mahnend hob er die Hand und sprach: »Werdet stark im Glauben und groß in der Liebe, meine Freunde. Seid beherzt in der Güte, denn die Engel stehen zu eurem Beistand bereit. Lebt wohl …«

Noch als er seine Seele aushauchte, verweilte das Lächeln auf seinem Antlitz. Er starb, wie er gelebt hatte: friedvoll, sanftmütig, liebevoll. Mir brach das Herz entzwei, und ich schluchzte auf – nicht aus Gram, sondern weil eine große Seele die Welt verlassen hatte und die Menschen sie nicht mehr erleben durften.

Gwythelyn senkte den Kopf und betete still; dann ergriff er Dafyds Hände und faltete sie über der reglosen Brust. »Ich werde ihn nun nach Hause bringen«, sagte er. »Er wollte neben seiner Kirche begraben werden.«

»Das wäre am besten«, entgegnete ich.

»Dich trifft keine Schuld, Myrddin«, sagte Gwythelyn unerwartet. Ich blickte auf. »Es war sein Wunsch, hierherzukommen. Er hat mir letzte Nacht gesagt, daß Aurelius' Krönung eine der wichtigsten Handlungen in seinem Leben war. Er war froh, daß du ihn darum gebeten hattest.«

Ich sah Dafyd ins Gesicht, das jetzt etwas von seinem einstigen jugendlichen Äußeren angenommen zu haben schien. Und ich erinnerte mich an den Tag, als er mir die Krone über das Haupt gehalten hatte. Es lebten nur noch wenige Menschen, die sich daran erinnern konnten, außer vielleicht als Geschichte, die sie von ihren Großeltern gehört hatten. Doch bei der Erinnerung beugte ich mich vor und küßte Dafyd auf die Wange.

»Leb wohl, guter Freund«, murmelte ich. Dann stand ich jäh auf und ging hinaus. Nicht aus Mangel an Gefühl oder Achtung, sondern weil Dafyd verschieden war und ich ihn verabschiedet hatte. Und nun mußte ich mich wieder um die Geschäfte der Welt kümmern, wenn ich etwas von der Verderbnis der vergangenen Nacht wiedergutmachen wollte.

XI

Sagt mir, was hätte ich tun können? Ihr, die ihr alle Dinge so klar seht, sagt es mir, ich bitte euch: Gebt mir euren unfehlbaren Rat. Ihr, die ihr euch in ewige Unwissenheit hüllt und diese als kostbaren Mantel ausstellt, die ihr euch mit der Blindheit vermählt und dies als Tugend betrachtet, deren Herzen vor Furcht ächzen und die ihr dies Vorsicht nennt, euch frage ich schlicht: Was hättet ihr getan?

Großes Licht, erlöse mich vom Gift kleinmütiger Menschen!

Der Feind ist die Unauffälligkeit selbst, hellhörig, wachsam, unermüdlich und unerschöpflich. Ach, aber das Böse übernimmt sich, und das reinweg Böse übernimmt sich reinweg. Und der Herr Jesus, der Hochkönig des Himmels, macht sich alle Zwecke untertan und müht sich, daß alles in dem Einen endet. Dessen muß man immer eingedenk bleiben.

Doch in dem dünnen, grauen Licht jenes freudlosen Morgens verzweifelte ich. Die kleinen Könige würden bald von dem Bruch zwischen den Brüdern erfahren. Es gibt immer Menschen, die zu den unwahrscheinlichsten Waffen greifen und diese höchst wirksam einsetzen. Und einige der Fürsten brauchten nicht lange aufgefordert zu werden. Sie würden Ygerna als Keil zwischen Aurelius und Uther benutzen, um sie auseinanderzubringen. Und dann würden sie sich gegen Aurelius erheben und Uther auf den Schild heben – nur, um Uther wieder zu verwerfen, sobald Aurelius am Boden liegen würde.

Dann würde das Königreich abermals in eine wilde Ansammlung zersplitterter, einander bekriegender, selbstsüchtiger Klans und Fürstentümer zerfallen. Und die Insel der Mächtigen würde in Finsternis versinken.

Nun, Aurelius liebte Ygerna und wollte sie haben. Da er nichts von Uthers Liebe wußte, umwarb er Ygerna leidenschaftlich. Gorlas billigte, ja ermutigte die Verbindung und tat alles zu ihrem Gedeihen. Seine Tochter, so kostbar sie ihm auch sein mochte, mit dem Hochkönig zu verheiraten, würde seinen eigenen Rang unermeßlich erhöhen. Jedenfalls hätte sich Gorlas mit Uther nicht einverstanden erklärt.

Und Uther, der zu eigensinnig war, gegenüber seinem Bruder ein Wort von seinem Verlangen verlauten zu lassen, und zu stolz, seinen Anspruch vorzubringen, ertrug seine Qual in bitterem Schweigen.

Da ich die Hoffnungslosigkeit von Uthers Lage erkannte, unterstützte ich Aurelius. Das nahm Uther mir übel, sprach mich aber nicht darauf an. Er liebte Ygerna zwar, seinen Bruder jedoch noch mehr. Von drei starken Banden gefesselt – Pflicht, Ehre und Blut – war er gezwungen, daneben zu stehen und zuzusehen, wie sein Bruder ihm das Licht aus dem Leben stahl.

Natürlich dachte keiner daran, Ygerna um ihre Meinung zu fragen. Sie würde ihrem Vater in jedem Falle gehorchen, und es war überdeutlich, wonach Gorlas der Sinn stand. Sobald er die günstige Gelegenheit erkannt hatte, verschwendete er keinen Augenblick, die Hochzeit herbeizuführen.

Dementsprechend wurden Aurelius und Ygerna miteinander verlobt und die Vermählungsfeierlichkeiten für Pfingsten anberaumt.

Ihre Hochzeit mag ich nicht schildern; darüber kann man von jedem durchs Land ziehenden Harfner hören, natürlich als reich ausgeschmückte und verzierte Geschichte. Doch so wollen die Menschen sich daran erinnern.

In Wahrheit wäre Aurelius beinahe gar nicht vermählt worden. Er hatte in den Monaten nach seiner Krönung viel zu tun: Er mußte die Verteidigung des Königreichs in Angriff nehmen; in Londinium, Eboracum und anderen Orten neue Anlagen bauen und alte ausbessern; Kirchen einrichten, wo welche fehlten. Kurzum, seine Fürsten auf hundertfache Weise an das Königtum binden.

Zu Führern der neuen Kirchen ernannte er neue Bischöfe – und als Ersatz für Dafyd in Llandaff erkor er Gwythelyn, und das zu Recht. Die anderen waren Dubricius in Caer Legionis und Samson in Eboracum. Alles gütige, fromme Männer.

Uther grübelte und brauste durch den nassen Spätwinter. Und auch der Frühling brachte ihm keine Freude. Er wurde hager und übellaunig – wie ein lange angeketteter Hund, dem die Annehmlichkeit von seines Herren Herd verweigert wird. Er knurrte alle an, die ihm nahe kamen, und trank zuviel, weil er die Wunde in seinem Herzen mit starkem Wein betäuben wollte – was sein Elend nur vergrößerte. Einen trübseligeren, unfreundlicheren Mann kann man sich kaum vorstellen.

Der Angriff auf Gorlas im Winter zuvor geriet nicht in Vergessenheit. Und als der Frühling das Land wieder öffnete, kam es zu weiteren Überfällen in den mittleren Königreichen und im Westen. Bald stellte sich heraus, daß Pascent, Vortigerns letzter lebender Sohn, dahinter stand. Von dem Gedanken entbrannt, die Blutschuld seines Vaters zu rächen, suchte und gewann er die Unterstützung Guilomars, eines unbedeutenden Irenkönigs, der darauf aus war, durch Plünderungen seinen Reichtum zu mehren.

Offensichtlich hatte Gorlas Pascent unterwegs überrascht, als der junge Mann gerade wieder auf die Insel zurückkehrte. Pascent, der mit einigen Getreuen auf Guilomars Kriegerschar wartete, griff an, weil er Angst hatte, sein Krieg könnte vorbei sein, ehe er angefangen hatte. Aurelius hielt Pascent für keine große Bedrohung – außer daß die aufrührerischen Fürsten es für vorteilhaft halten könnten, sich mit Vortigerns Sohn einzulassen. Daher war der Hochkönig darum besorgt, Pascent und Guilomar streng und ein für allemal zu schlagen, ehe sich ihnen jemand anschließen konnte.

Also bereitete sich Aurelius im Frühling auf die Hochzeit und auf den Krieg vor. Die Hochzeit konnte womöglich warten, der Krieg jedoch nicht. Da traf ich die Entscheidung, die mir so viel Verachtung und Zorn eingetragen hat, obwohl sie damals der einzig kluge Weg war.

Um Uthers Schmerz darüber zu lindern, daß sein Bruder die Frau heiratete, die er selbst liebte, schlug ich dem Hochkönig vor, daß Uther das Heer gegen Pascent und Guilomar führen sollte. Aurelius, der mit seinen vielen Aufgaben sehr beschäftigt war, stimmte bereitwillig zu und gab den Befehl dazu: »Geh mit ihm, Merlin, denn ich mache mir um ihn Sorgen. Er ist widerborstig und eigenbrötlerisch geworden. Ich fürchte, daß die langen Monate fern von Schwert und Sattel zu sehr auf ihm lasten.«

Und Uther, der um jede Ausrede froh war, aus Londinium fortzukommen, wo ihm das Leben so verhaßt geworden war, wurde zum Inbild eines tätigen Mannes. Nach hastigen Vorbereitungen verließen wir die Stadt ein paar Tage vor Aurelius' und Ygernas Vermählung. Sie hätte Uther nicht ertragen; aber er freute sich auch nicht gerade über meine Begleitung.

Obwohl er zu stolz war, es zu sagen, warf er mir vor, daß ich mich hinsichtlich Ygernas nicht auf seine Seite gestellt hatte, und vergaß darüber, daß seine Dame einen Vater hatte, der seine Tochter niemals an ihn verheiratet hätte. Solange Gorlas lebte, war Aurelius für seine Tochter als einziger gut genug.

Die Menschen werden erzählen, daß der Krieg gegen Pascent blutig und kurz war und daß Uther in seinem schwelenden Zorn alles vor sich niedermachte. Ich wünschte, es wäre so gewesen. Und wie ich das wünschte!

In Wirklichkeit war der Feldzug eine Hatz durch den größten Teil des Königreichs, die einen zur Verzweiflung bringen konnte. Und das nur, weil Pascent sich nicht zum Kampf stellen wollte. Statt dessen fiel der Feigling über jeden schutzlosen Weiler oder Bauernhof her, plünderte die Vorratskammern und Wertgegenstände, steckte die Gebäude in Brand und tötete alle, die mutig genug waren, sich ihm zu widersetzen. In dieser Hinsicht war er keinen Deut besser als die schlimmsten Sachsen. Im Grunde sogar schlimmer, denn wenigstens schlachteten die Barbaren nicht ihre Landsleute ab.

Doch sobald Uther auf den Plan trat, tauchte Pascent unter. Ach, der Halunke war gerissen und wußte sehr geschickt, seine Ziele zu wählen und dem offenen Kampf aus dem Weg zu gehen. Immer wieder erblickten wir am Horizont schwarze Rauchschwaden, trieben unsere Pferde zu einer wilden Jagd an ... und konnten, wenn wir hinkamen, nur noch feststellen, daß das Korn verbrannt, der Boden blutgetränkt und Pascent längst über alle Berge war.

Der Frühling verstrich und der Sommer legte sich in ganzer Pracht über das Land, und noch immer setzten wir Pascent hinterher, ohne ihm seit unserem Aufbruch aus Londinium einen Schritt näher gekommen zu sein.

»Warum sitzt du hier und tust nichts?« fragte der Herzog mich eines Abends. Wieder hatten wir an jenem Tag in den Hügeln von Gwynedd Pascents Fährte verloren, und Uther war in einer gefährlichen Stimmung. »Warum verweigerst du mir deine Hilfe?« Neben seinem Becher lag ein leerer Weinschlauch auf dem Tisch.

»Ich habe dir nie meine Hilfe verweigert, Uther.«

»Wo bleibt deine berühmte Sehergabe?« Er sprang auf und fing an, im Zelt auf und ab zu gehen und mit den Fäusten in die Luft zu schlagen. »Wo sind deine Erscheinungen und Stimmen, jetzt, da wir sie brauchen?«

»Das geht nicht so einfach, wie du dir denkst. Feuer, Wasser – die Elemente enthüllen, was sie wollen. Wie der *Awen* des Barden kommt die Sehergabe, wann sie will.«

»Beim Raben, wärest du ein wahrer Druide, du würdest mir helfen!« schrie er.

»Ich bin kein Druide, noch habe ich jemals behauptet, einer zu sein.«

»Pah! Kein Druide, kein Barde, kein König – nicht dies und jenes. Nun, was bist du dann, Merlin Ambrosius?«

»Ich bin ein Mensch und will als solcher behandelt werden. Wenn du mich hast rufen lassen, damit ich mir deine Beleidigungen anhöre, dann mußt du dir einen anderen suchen.« Ich stand auf und wollte gehen, aber er war noch lange nicht fertig.

»Ich will dir sagen, was du bist. Du bist, was du jeweils gerade sein willst – alles und nichts. Du kommst zu uns, glatt wie eine Schlange auf einem Felsen in der Sonne, sprichst deine feinsinnigen Worte, machst mir Aurelius abspenstig ... nimmst ihn gegen mich ein.« Uther bebte jetzt. Er hatte sich hineingesteigert und machte dem Grimm, der sich in ihm angestaut hatte, Luft. Vorwürfe gegen mich zu erheben war leichter, als nach der wahren Ursache seines Elends zu forschen.

Ich wandte mich um und ging aus dem Zelt, aber er folgte mir nach draußen und rief mir nach: »Ich sage dir, Merlin, ich weiß, was du bist: ein Ränkeschmied, Täuscher, Einflüsterer, falscher Freund!«

Da sprach seine Wut, und ich hörte nicht hin.

»Antworte mir! Warum gibst du mir keine Antwort?« Er packte mich grob am Arm und zerrte mich herum, daß ich ihm gegenüberstand. »Ha! Du hast Angst! Das ist es! Ich habe dir die Wahrheit gesagt, und jetzt hast du Angst vor mir!« Er roch stark nach Schweiß und schwankte auf seinen Füßen.

Einige seiner Krieger, die in der Nähe standen, drehten sich um und glotzten uns an. »Uther, nimm dich in acht«, fauchte ich. »Du bringst dich vor deinen Leuten in Verlegenheit.«

»Ich stelle einen Narren bloß!« höhnte er. Er grinste hämisch.

»Bitte, Uther, sprich nicht weiter. Der einzige Narr, den du bloßstellst, bist du selbst. Geh in dein Zelt zurück und schlafe.« Ich wollte mich wieder abwenden, er aber hielt mich fest.

»Ich fordere dich heraus!« kreischte er, das Gesicht dunkel vor trunkener Wut. »Ich fordere dich heraus, daß du dich vor uns allen beweist. Liefere mir eine Weissagung!«

Ich blickte ihn finster an. Wären wir beide allein gewesen, hätte ich ihm vielleicht keine Beachtung schenken oder ihn irgendwie beruhigen können. Aber nun sahen seine Männer zu – und nicht nur seine, denn da wir uns in Gwynedd befanden, hatte auch Ceredigawn uns Krieger zur Verfügung gestellt. Uther hatte die Sache zu weit getrieben; für ihn war es nun eine Frage der Ehre. »Na schön, Uther«, antwortete ich laut genug, daß alle es hören konnten. »Ich werde tun, was du verlangst.«

Er lächelte blöde triumphierend.

»Ich werde es tun«, fuhr ich fort, »doch für die Folgen stehe ich nicht ein. Ob im Guten oder Bösen, die Verantwortung liegt bei dir.«

Ich sagte dies nicht, weil ich fürchtete, was geschehen könnte, und den Folgen aus dem Weg zu gehen wünschte, sondern weil ich wollte, daß Uther es nicht für ein Kinderspiel oder einen Kniff hielte, um Ahnungslose zu beeindrucken.

»Was meinst du damit?« fragte er voller Argwohn.

Ich antwortete ihm geradeheraus. »Es ist nicht so, als würde man Gekritzel in einem Buch entziffern. Es ist etwas Seltsames und Verstörendes, voller Gefahren und Ungewißheiten. Ich habe es nicht mehr in meiner Gewalt als du den Wind, der dir durchs Haar weht, oder die Flammen deines Feuers.«

»Wenn du mich abschrecken willst, dann spare dir deinen Atem.« Einige seiner Männer murmelten zustimmend. Es gefiel ihnen nicht, daß ihr Herr irgendwo unterlegen war.

»Was ich tue, wird vor aller Augen geschehen, damit ihr alle die Wahrheit erfahren mögt«, sprach ich zu ihnen. »Ihr da«, zeigte ich auf die Männer am Feuer. »Schürt die Flammen hoch, legt mehr Scheite nach! Ich will lebendige Glut, keine kalte Asche.«

Das war wohl eigentlich nicht nötig, aber ich wollte Zeit gewinnen, um mich zu sammeln und Uther abkühlen zu lassen. Jedenfalls klappte es, denn Uther rief: »Na? Ihr habt ihn gehört. Tut, was er sagt, und zwar schnell.«

Während die Männer Eichenäste aufs Feuer häuften, begab ich mich in mein Zelt, um mir meinen Mantel und Stab zu holen. Sie waren zwar auch nicht notwendig, aber damit, dachte ich, würde ich größeren Eindruck und den Zuschauern den Ernst meines Tuns deutlich machen. Die Kunst sollte nie zu einfach wirken, sonst achten die Menschen sie nicht.

Pelleas gefiel das Ganze nicht. »Herr, was tust du?«

»Ich tue, was Uther von mir verlangt.«

»Aber, Herr Myrddin…«

»Er soll es erfahren!« fauchte ich dann und fügte freundlicher hinzu: »Du machst dir zu Recht Sorgen, Pelleas. Bete, mein Freund. Bete, daß wir auf die Welt keine Gefahr loslassen, die zu groß ist, als daß wir sie in Schranken halten könnten.«

Ein wenig später kam ein Diener zu mir und meldete, daß das Feuer bereit sei. Ich schlug meinen Mantel um mich und ergriff meinen Stab. Pelleas, der stumm betete, stand feierlich auf und schloß sich mir an. Als wir aus dem Zelt traten, lag die Nacht tief über dem Land. Wir gingen zum Feuer, das zu einem Haufen feuerdurchzuckter Kohlen herabgebrannt war, weiß, rot und gelb glühend. Um mit der Zukunft niederzukommen, ein Bett so gut wie jedes andere.

Der Mond schien fahl; sein Licht verfing sich in den Zweigen der Bäume, deren Stämme im Feuerschein erröteten. Die Krieger hatten sich versammelt und standen um die Grube, mit funkelnden Augen, schweigsam, beinahe ehrfürchtig, sobald ich näher gekommen war. Uther hatte seinen Feldstuhl nach draußen bringen lassen und saß vor seinem Zelt – das Inbild eines heimatlosen Königs, der in der Wildnis hofhält.

Als er mich erblickte, holte er Luft, um etwas zu sagen, besann sich aber eines Besseren, machte den Mund wieder zu und nickte nur in Richtung der Feuergrube, als wollte er sagen: »Dort, tu deine Pflicht!«

Ich hatte fast gehofft, er hätte sich so weit abgekühlt, daß er mich von meinem Versprechen entbinden würde. Aber wenn

Uther sich einmal in eine Sache verbissen hatte, dann ließ er nicht so leicht locker. Komme, was wolle, brachte er sie zu Ende.

Also schlug ich meinen Umhang um mich und fing an, in Richtung der Sonne im Kreis um das Feuer zu gehen. Dabei hielt ich meinen Stock hoch empor. In der alten Sprache, der Geheimsprache der Gelehrten Bruderschaft, gab ich die alten Machtworte von mir, welche den Schleier zwischen dieser und der Anderswelt aufhoben. Zugleich betete ich zu unserem Herrn Jesus, mir die Weisheit zu schenken, was ich sehen würde, richtig zu deuten.

Dann blieb ich stehen, wandte mich zum Feuer um und öffnete die Augen, um zwischen den glühenden Kohlen zu forschen. Ich sah die Hitze wabern, das heiße tiefe Karmesinrot … die Bilder:

Eine Frau steht auf der Brüstung einer Feste auf einem hohen Vorgebirge, ihr Haar flattert ihr in braunen Strähnen, als der Wind ihre ungebundenen Zöpfe hochwirbelt, und über ihr fliegen kreischend Möwen, während unter ihr das Meer rastlos brandet …

Ein milchweißes Pferd galoppiert durch eine Furt, reiterlos; der hohe, schwere Sattel ist leer, die Zügel baumeln herab …

Über einer staubigen Hügellandschaft senken sich gelbe Wolken hernieder – dort liegt ein Heer hingeschlachtet, die Speere ragen empor wie ein Hain junger Eschen, während sich die Raben am Fleisch der Toten gütlich tun …

Allein an einem schattigen Ort weint eine Braut …

Bischöfe und fromme Männer in eisernen Banden werden durch die Ruinen einer verlassenen Stadt geschleppt …

Ein riesengroßer Mann sitzt an einem mit Schilf umstandenen See in einem kleinen Boot, die Sonne funkelt in seinem goldenen Haar, er hält die Augen leicht geschlossen und die leeren Hände über den Knien gefaltet …

Eine sächsische Streitaxt hackt an den Wurzeln einer alten Eiche …

Männer mit Fackeln tragen eine Last zu einem großen Grabhügel hinauf, der in einem mächtigen Steinkreis steht …

Schwarze Jagdhunde bellen einen weißen Wintermond an …

Ausgehungerte Wölfe reißen im Schnee einen der Ihren in Stücke ...

Ein Mann im wollenen Mönchsgewand stiehlt sich eine verlassene Gasse entlang, blickt verstohlen über seine Schulter zurück, schwitzt vor Angst und umklammert mit den Händen eine Phiole, wie Priester sie zur Ölung bei sich tragen ...

Das Kreuz Christi brennt über einen blutverspritzten Altar ...

Ein Säugling liegt im langen Gras eines verborgenen Tals im Wald und schreit aus vollem Hals, während eine rote Schlange sich um sein Ärmchen windet.

Die Bilder drehten sich so schnell, daß sie sich verwirrten und auflösten. Ich schloß die Augen und hob den Kopf. Von Pascent hatte ich nichts gesehen und auch nichts, was Uther unmittelbar hätte dienen können. Doch als ich die Augen wieder aufschlug, sah ich etwas Merkwürdiges:

Ein neugeborener Stern, heller als alle seine Geschwister, schien wie ein himmlisches Leuchtfeuer am westlichen Himmel.

Im gleichen Augenblick kam mein *Awen* über mich. »Paß auf, Uther!« rief ich mit vor Macht lauter Stimme. »Blicke nach Westen und sieh ein Wunder: Heute nacht flammt ein neuer Stern an Gottes Himmel, der Herold furchtbarer und wundersamer Kunde. Gib acht, wenn du zu wissen begehrst, was diesem Reich widerfahren soll.«

Die Männer um mich riefen laut, als sie den Stern entdeckten. Einige beteten, andere fluchten und machten das Zeichen gegen das Böse. Aber ich betrachtete nur den Stern, der an Helligkeit zunahm, größer wurde und bald so gleißend leuchtete, als wollte er die Sonne selbst ausstechen. Er warf Schatten übers Land, und seine Strahlen erstreckten sich von Osten nach Westen, und mir kam er vor wie der feurige Schlund eines wilden, unbezähmbaren Drachens.

Uther erhob sich von seinem Stuhl, das Antlitz in übernatürlichem Licht gebadet. »Merlin!« rief er. »Was ist das? Was verheißt das?«

Bei seinen Worten fing mein Körper zu zittern und zu beben an. Schwindelnd wankte ich und stützte mich auf meinen Stab, von dem plötzlich anbrandenden Leid überflutet, das mir bis ins Herz drang. Denn ich begriff die Bedeutung dessen, was ich geschaut hatte. »Großes Licht, warum?« rief ich laut. »Warum bin ich zu solchem Leid geboren?« Damit sank ich auf die Knie und weinte.

Uther kam her und kniete neben mir nieder. Er legte mir eine Hand auf die Schulter und flüsterte sanft: »Merlin, Merlin, was ist geschehen? Was hast du gesehen? Sage es mir, ich will es ertragen.«

Als ich endlich wieder sprechen konnte, hob ich den Kopf und musterte sein sorgenvolles Gesicht. »Uther, bist du da? Uther, mach dich bereit«, schluchzte ich. »Gram und Weh über uns alle: Dein Bruder ist tot.«

Diese Offenbarung erregte Aufsehen. Die Männer schrien ungläubig und angstvoll auf. »Aurelius tot! Unmöglich! ... Habt ihr gehört, was er gesagt hat? ... Was? Der Hochkönig tot? Wie?«

Uther starrte vor ungläubigem Entsetzen. »Das kann nicht sein. Hörst du, Merlin? Es kann nicht sein.« Er wandte seinen Blick dem Stern zu. »Es muß eine andere Bedeutung haben. Schau noch einmal und sprich.«

Ich schüttelte den Kopf. »Groß ist der Gram in diesem Land heute nacht und in vielen künftigen Nächten. Aurelius ist von Vortigerns Sohn erschlagen worden. Während wir Pascent durchs Land jagten, hat er Verrat geübt und einen Verwandten ausgesandt, den Hochkönig in seinem eigenen Gemach mit Gift zu meucheln.«

Uther ächzte und stürzte nach vorn, daß er der Länge nach auf dem Boden zu liegen kam. Dort weinte er hemmungslos wie ein verwaistes Kind. Die Krieger sahen zu, und mehr als einer hatte Tränen in den Augen, denn es war kein einziger unter ihnen, der sein Leben nicht mit Freuden im Tausch für das des geliebten Aurelius hingegeben hätte.

Als Uther sich endlich erhob, sagte ich: »Uther, die Zeichen künden noch mehr. Du bist im ganzen Land ein Krieger ohnegleichen. In sieben Tagen wirst du zum König werden, und groß soll dein Ruhm unter den Briten sein. In aller Macht und Kraft wirst du herrschen.«

Uther nickte unglücklich, von meinen Worten kaum getröstet.

»Und auch das habe ich gesehen: Der Stern, der wie ein Feuerdrache scheint, bist du, Uther; und der Strahl, den er aus seinem Maule speit, ist ein Sohn, der aus deinem edlen Stamm entsprießt, ein mächtiger Fürst, der nach dir König sein wird. Ein größerer König wird nicht sein auf der Insel der Mächtigen bis zum Tag des Jüngsten Gerichts.

Darum rüste sogleich dein Heer und marschiere kühn im Licht des Sterns deinen Weg, denn morgen bei Sonnenaufgang wirst du an einem Ort, wo drei Hügel sich begegnen, Pascent und Guilomar ein Ende bereiten. Dann kehre nach Londinium zurück und nimm dort die Krone deines toten Bruders.«

Mein *Awen* wich von mir und ich fiel zurück, mit einemmal schwach vor Erschöpfung. Der Schlaf übermannte mich mit dunklen Wellen und ertränkte alle meine Sinne. Pelleas hob mich auf und führte mich in mein Zelt, wo ich sofort einschlief.

Nun, es war eine Nacht für Träume. Obzwar mein Körper schlummerte, war mein Geist mit rastlosen Bildern angefüllt, die in meinem fiebrigen Hirn stritten. Ich weiß, daß ich viel Blut und Feuer schaute, und Männer, deren Leben im Reich von dieser Welt noch nicht begonnen hatte. Ich sah die strömende Finsternis sich zum Krieg zusammenballen und das Land unter einem breiten, undurchdringlichen Schatten beben. Ich sah Kinder aufwachsen, die keinen Tag Frieden kannten. Ich sah Frauen, deren Leiber vor Angst unfruchtbar waren, und Männer, die kein anderes Handwerk kannten als die Schlacht. Ich sah Schiffe von den Küsten Britanniens fliehen und andere auf die Insel der Mächtigen zueilen. Ich sah Krankheit und Tod und Königreiche, die vom Krieg verwüstet wurden.

Und Schrecken aller Schrecken: Ich sah Morgian.

Ihr, die ich am meisten in Fleisch und Blut zu sehen fürchtete, begegnete ich im Traum. Und obwohl es mir das Mark in den Knochen schaudern läßt, davon zu erzählen, wirkte sie höchst erfreut, mich zu sehen. Sie hieß mich willkommen, als wäre ich ein Wanderer, der an ihrer Tür klopfte, und sprach: »Ach, Merlin, Herr der Feen, Königsmacher, wie freue ich mich, dich zu sehen. Fast hätte ich geglaubt, du seist tot.«

Sie war entsetzlich; sie war schön wie die Morgenröte und tödlich wie Gift. Morgian war der Haß in Menschengestalt, aber sie war kein Mensch mehr: Den Rest ihrer Menschlichkeit hatte sie dem Feind im Tausch gegen Macht überliefert. Und sie besaß Macht jenseits jeglicher Vorstellungskraft.

Doch sogar ihre Macht reichte nicht so weit, Menschen durch ihre Träume zu schaden. Sie mochte sie erschrecken, sie mochte sich ihnen nähern, sie mochte sie umschmeicheln, aber vernichten konnte sie sie nicht. »Warum sagst du nichts, mein Lieber? Lähmt dir die Angst die Zunge?«

In meinem Traum antwortete ich geradeheraus: »Du hast recht, wenn du von Angst sprichst, Morgian, denn ich fürchte dich fürwahr. Aber ich kenne deine Schwäche und habe die Stärke des Herrn erfahren, dem ich diene. Ich werde es erleben, daß du vernichtet wirst.«

Sie lachte bezaubernd, und um sie wallte Dunkelheit auf. »Lieber Neffe, was mußt du nur von mir halten? Habe ich dir je etwas zuleide getan? Komm, du hast keinen Grund, so mit mir zu sprechen. Doch da du eine Neugier für die Zukunft bekundest, möchte ich mit dir sprechen.«

»Wir haben einander nichts zu sagen.«

»Trotzdem will ich mit dir sprechen, und du wirst mir zuhören: Dein unbegründeter Haß auf die alten Sitten, auf deine eigene Vergangenheit kann so nicht weitergehen. Es wird nicht hingenommen werden, Merlin. Wenn du darauf beharrst, wirst du geopfert werden. Und das würde mich sehr bekümmern.«

»Wer hat dich geheißen, mir das zu sagen?« Ich wußte es bereits, wollte aber, daß sie es aussprach.

»Fürchte nicht den, der die Macht hat, den Körper zu vernichten, sondern fürchte den, der die Macht hat, die Seele zu vernichten – hat dies dich nicht der arme, blinde Dafyd gelehrt?«

»Nenne deinen Herrn beim Namen, Morgian!« forderte ich sie auf.

»Du bist gewarnt worden. Wäre ich nicht gewesen, wärest du schon lange tot, aber ich habe ein Wort für dich eingelegt. Siehst du, Merlin, du stehst in meiner Schuld. Begreifst du das? Wenn wir uns das nächste Mal begegnen, werde ich meinen Lohn fordern.«

»Ja, du sollst fürwahr deine Belohnung bekommen, Fürstin der Lügen«, versetzte ich kühn – viel kühner, als mir zumute war. »Jetzt laß mich in Ruhe.«

Diesmal lachte sie nicht, doch ihr eisiges Lächeln hätte einem das Herz im Leibe zum Stocken bringen können. »Leb wohl, Merlin. Ich erwarte dich in der Anderswelt.«

Während ich schlief, folgte Uther dem Rat, den ich ihm erteilt hatte. Er befahl dem Heer, sich zu rüsten, und als die Pferde gesattelt waren, zogen sie zu dem Platz, den ich ihnen bedeutet hatte. Penmachno, ein hohes Tal, wo drei Hügel aufeinanderstießen, das seit alten Zeiten als Versammlungsort bekannt war.

Sie ritten die ganze Nacht im Licht des seltsamen Sterns und erreichten Penmachno, als das dröge Morgengrauen im Osten den Himmel färbte. Dort hatten, ganz wie ich es vorhergesagt hatte, Pascent und Guilomar ihr Lager aufgeschlagen. Beim Anblick des trügerischen Feindes wich alle Müdigkeit von den Kriegern, und sie trieben ihre Pferde zur Eile an und fielen wie der lautlose Tod über den nichtsahnenden Gegner her.

Die Schlacht erwies sich als grausam und blutig. Guilomar führte, nackt von seinem Lager aufgesprungen, seine Krieger an und wurde vom ersten Speerstoß durchbohrt. Als die Iren in vorderster Reihe ihren Fürsten fallen sahen, stießen sie ein lautes Wehgeschrei aus und wollten ihn entschlossen rächen.

Pascent hatte hingegen nicht den Schneid zu einem offenen Kampf und versuchte sofort, so unauffällig wie möglich zu entkommen. Er zog sich einen alten Umhang über, schnappte sich ein Pferd am Zügel und galoppierte vom Schlachtfeld. Uther sah ihn fliehen und rief ihm nach: »Bleib, Pascent! Wir haben eine Schuld zu begleichen!«

Uther holte den Feigling ein und streckte ihn mit der flachen Schneide nieder. Pascent stürzte aus dem Sattel und lag rücklings am Boden, vor Angst quietschend und um sein Leben bettelnd.

»Da du deines Vaters Erbteil haben möchtest«, sagte Uther, als er aus dem Sattel stieg und das Schwert senkte, »komm, ich gebe dir, was du begehrst.« Damit stieß er Pascent das Schwert in den Mund, daß die Spitze tief ins Erdreich drang. Pascent starb, sich windend wie eine Schlange. »Da bleibe nun mit Guilomar, deinem vertrauten Gefährten, und teilt euch das Land.«

Führerlos und in der Unterzahl lieferten die Iren einen armseligen Kampf, als Uthers Krieger, von dem langen, vergeblichen Feldzug zermürbt, Rache für ihre toten Landsleute nahmen.

Bis Pelleas und ich die Walstatt erreichten, war das Gemetzel vorbei. Auf einem der Hügelkämme über dem Tal Penmachno saßen wir in der gelben Morgendämmerung im Sattel und erblickten, was ich in der Glut vorhergesehen hatte: Krieger, die tot an einem Hang lagen, mit Speeren im Leib wie ein Eschenhain. Aasvögel sammelten sich krächzend zu ihrem Todesschmaus und rissen mit ihren glänzenden schwarzen Schnäbeln das Fleisch in blutigen Fetzen aus den Leichen.

Uther gestattete dem Heer, das irische Lager zu plündern. Dann hieß er seine Männer wieder aufsitzen und kehrte nach Londinium zurück. Fünf Tage später kamen uns unterwegs einige von Fürst Morcants Hauptleuten entgegen. »Heil, Uther«, riefen sie. »Wir bringen dir schmerzliche Kunde von Statthalter Melatus. Der Hochkönig ist vergiftet worden, von einem, der Appas heißt, ein Verwandter von Vortigern.«

Uther nickte mit zusammengepreßten Lippen und blickte mich an. »Wie ging das vor sich?«

»Durch List und Tücke, Herr«, antwortete der vorderste Reiter. »Der Schurke kleidete sich wie einer von Urbanus' Mönchen und erschlich sich Aurelius' Vertrauen. So verschaffte er sich Zutritt zu des Hochkönigs Gemach und gab ihm einen Trunk, den er gebraut hatte – zur Feier von des Königs Hochzeit, sagte er.« Der Reiter hielt inne und verzog angewidert den Mund. »Der Hochkönig trank davon und schlief ein. In der Nacht erwachte er schreiend im Fieber und starb noch vor dem Morgen.«

»Was ist mit Ygerna?« fragte Uther, ohne daß seine Stimme eine Regung verraten hätte. »Hat sie auch davon gekostet?«

»Nein, Herr. Die Königin war mit ihrem Vater wegen der Aussteuer nach Tintagel zurückgekehrt und sollte den König in Uintan Caestir treffen.«

Uther wirkte nachdenklich. »Was ist mit diesem Appas?«

»Er war im Palast des Statthalters nicht zu finden. Und auch nicht in der ganzen Stadt, Herr.«

»Und doch sage ich, daß man ihn finden *wird*«, sprach Uther leise. Die kalte Drohung in seiner Stimme war schneidend wie eine Klinge aus Eis. »Alle Götter mögen dies bezeugen: Am Tage, an dem er entdeckt wird, soll er mit seinen Freunden den Lohn teilen, den er sich mit eigener Hand verdient hat.« Dann richtete er sich im Sattel auf und blickte sich um. »Wo haben sie meinen Bruder hingelegt?«

»Auf seinen eigenen Wunsch und auf Urbanus' Befehl wurde der Hochkönig am Ort der hängenden Steine bestattet, welcher

Riesenring genannt wird.« Der Reiter zögerte und meinte dann: »Er wünschte auch, daß du nach ihm die Herrschaft übernehmen solltest.«

»Nun gut, wir werden dort abbiegen und ihm unsere Ehre erweisen«, erwiderte Uther schlicht. »Dann laßt uns nach Caer Uintan reiten, wo ich mich zum König krönen lassen will. Um euch die Wahrheit zu sagen: Londinium ist mir verhaßt geworden, und solange ich atme, will ich diese abscheuliche Stadt nie wieder betreten.«

Diesen Schwur hielt Uther bis zum Ende seiner Tage.

XII

Als der treulose Fürst Dunaut von Aurelius' Hinscheiden erfuhr, rief er seine Ratgeber zusammen und ritt zu Fürst Gorlas' Burg in Tintagel, um mit ihm zu erörtern, wie aus dieser jähen und unerwarteten Wendung der Dinge der größte Vorteil zu ziehen sei. Er benachrichtigte auch Coledac, Morcant und Ceredigawn, daß sie hinzukommen sollten. Man brauchte nicht das Zweite Gesicht, um zu erkennen, worauf sie hinauswollten.

Gorlas muß man allerdings zugute halten, daß er Dunaut zwar willkommen hieß und ihm in seinem Saal und an seinem Herd Gastrecht gewährte, sich jedoch weigerte, an den Gesprächen über einen Aufruhr auch nur teilzunehmen. Sogar später noch, als Coledac und Morcant eintrafen, hielt Gorlas Aurelius die Treue, aus Achtung vor dem Hochkönigtum und seiner Tochter zuliebe.

»Aber Aurelius ist doch tot«, wandte Dunaut ein. »Dein Eid fällt nun wieder an dich zurück. Und bis du ihn abermals leistest, bist du ungebunden.«

»Du könntest selber Hochkönig werden«, warf Coledac ein, ohne daran zu glauben. »Dann würdest du überhaupt keinen Eid brechen.«

»Ich habe mehr Ehre im Leib!« schimpfte Gorlas. »Deine besteht aus nichts als gewitzten Worten und hat keinerlei Gehalt.«

»Für mich gibt das keinen Sinn«, jammerte Morcant. »Du sprichst in einem Atemzug von Gewitztheit und Ehre – als ob wir nicht alle nur ans Wohl des Reiches denken würden. Wir brauchen einen starken König, der das Land schützt. Aurelius ist tot, und da es von den Toten keine Wiederkehr gibt, müssen wir tun, was in unserer Macht steht, um ihn dadurch zu ehren, daß wir den Frieden im Land erhalten.«

»Ich werde ihn dadurch ehren, daß ich meinen Eid halte.« Gorlas ließ sich nicht beirren.

Obzwar er Aurelius liebte und ihn von ganzem Herzen zu

ehren wünschte, liebte er seine Tochter noch mehr. Und am Ende stürzte seine Liebe zu Ygerna ihn ins Verderben.

Uther konnte natürlich diese Kränkung des Königtums nicht hinnehmen, und es erboste ihn, daß er nicht einstimmig zum Hochkönig ausgerufen wurde – um so mehr, als Aurelius vor seinem Tod verfügt hatte, daß Uther ihm nachfolgen sollte, das Gute, das er begonnen hatte, zu vollenden. Außerdem war ihm die Aussicht zuwider, alle Schlachten noch einmal schlagen zu müssen, Schlachten, die er beim erstenmal persönlich gewonnen hatte.

Und nicht nur das allein wühlte in Uthers Herz.

Daher zögerte Uther keinen Augenblick, als Ceredigawn, dessen Land er durch seinen Sieg über Pascent und Guilomar gerettet hatte, ihn benachrichtigte, daß die Könige sich insgeheim auf Gorlas' Felsenfestung in den Westlanden trafen, sondern zog alle Krieger zusammen, über die er zu gebieten hatte und die ohne Verzug aufzubringen waren. Und fort ritten sie nach Tintagel.

Es war Hochsommer. Die Tage waren hell wie frisch polierte Klingen und die Nächte mild wie Honigmet. Und da unser Werk vollendet war, waren Pelleas und ich nach Ynys Avallach zurückgekehrt.

Mein Bund hatte Aurelius gegolten, nicht Uther. Und trotz allem, was ich für ihn getan hatte, machte mir Uther nach seiner Krönung überdeutlich klar, daß er meine Dienste als Ratgeber nicht verlangte. Mochte es so sein. Fürwahr, ich war froh um etwas Ruhe.

So erfuhr ich von den Vorkommnissen in Tintagel nur allmählich und erst spät. Inzwischen waren die Dinge geschehen und die Saat unwiderruflich ausgebracht.

Es ist ein merkwürdiges Ding, meine ich, daß ich, der ich so oft im Mittelpunkt weltverändernder Ereignisse stand, die ich nicht ändern konnte, so oft von denen fern war, an denen ich etwas hätte ändern können. Wenn ich an die Wunden denke, die ich hätte verhindern können, das Blutvergießen, das ich hätte ersparen können … ach, da schmerzt mir das Herz im Leibe.

Großes Licht, du machst es einem Menschen nicht leicht!

Doch hielt ich mich eine gute Weile beim Feenvolk auf und ließ die Heiterkeit von Avallachs herrlicher Insel meinen verwirrten Geist heilen. Ich hatte solche Hoffnungen für Aurelius genährt; er war so vielversprechend gewesen. Sein Tod war nicht leicht zu ertragen. Dennoch erinnerte ich mich an die Prophezeiung, die mir geschenkt worden war und die ich Uther gemacht hatte: daß aus seinem edlen Stamm ein Sohn geboren werden würde, der selbst noch Aurelius übertreffen sollte. Darin fand ich Trost, obwohl ich kaum ahnte oder wußte, wie oder wann dies geschehen sollte.

Wie ich gesagt habe, weht der Geist der Vorsehung wie der Wind, wo er will, und wirft ein Licht, das genauso oft verbirgt, wie es Aufklärung bringt.

Charis war froh, mich wieder bei sich zu haben. Sie hatte gelernt, unsere gemeinsamen Stunden wie einen Schatz zu hüten – ja, das tat sie stets –, ohne sich danach zu sehnen, daß sie mehr wären. Es gibt eine Liebe, die erstickt, wie es auch eine Liebe gibt, welche die Flamme, die ihr Licht und Leben verleiht, erdrückt. Derlei Liebe ist falsch, und Charis hatte schon vor langer Zeit den Unterschied zwischen wahrer und falscher Liebe erfahren.

Sie verbrachte ihre Tage jetzt mit der Heilkunst. Sie hatte viel über Arzneien und ihre Eigenschaften gelernt und wie man Wunden und Krankheiten kurierte. Sie tauschte ihr Wissen mit den Mönchen vom Heiligtum aus – wie auch mit denjenigen aus dem Feenvolk, mit denen sie nur selten in Berührung kam – und übte ihre Kunst in dem nahegelegenen Kloster aus, wo diejenigen, die an Krankheiten oder Verletzungen litten, kamen, um Hilfe zu finden.

Wir verbrachten viele glückliche Tage miteinander, und ich wäre unendlich lang zufrieden auf dem Schloßfelsen geblieben, hätte Uther mich nicht dringend zu sich rufen lassen. Eines Abends erschienen vor der Kirche unterhalb des Heiligtums zwei Reiter, die nach mir suchten. Die Mönche sagten ihnen, wo sie mich finden konnten, und obwohl das Licht des Tages noch hell genug am Himmel stand, warteten sie bis zum nächsten Tage, um zu mir zu kommen – denn sie hatten Angst, sich dem Felsen nach Sonnenuntergang zu nähern.

Doch als die Sonne am nächsten Morgen wieder aufging, überquerten sie den Damm und ritten den Felsen zu Avallachs Schloß hinan. »Wir suchen den Emrys«, verkündeten sie, nachdem man sie in den Hof eingelassen hatte.

»Und ihr habt ihn gefunden«, erwiderte ich. »Was begehrt ihr von mir?«

»Wir kommen vom Hochkönig und überbringen dir die Grüße unseres Herrn«, antwortete der Bote mit rauher Höflichkeit. »Er bittet dich, zu ihm nach Tintagel, der Festung von Fürst Gorlas, zu eilen. Wir haben schwören müssen, dich dorthin zu bringen.«

»Und wenn ich nicht mit euch gehen will?« Ich kannte die Männer nicht und sie offenbar mich nicht.

Der Mann zögerte keinen Moment. »Dann haben wir den Auftrag, dich an Händen und Füßen zu fesseln und hinzuzerren.«

Das war ganz Uther, nach Strich und Faden. »Glaubt ihr denn«, lachte ich, »daß mich jemand dorthin bringen könnte, wo ich nicht hingehen mag?«

Das beunruhigte sie. Die beiden blickten einander aufgeregt an. »Der Pendragon sagt ...«, hub der erste an.

»Der Pendragon?« grübelte ich. »Der Oberdrache – nennt Uther sich nun so?«

»Ja, Herr, seit der Nacht mit dem Drachenstern, in der er König wurde«, antwortete der Mann.

So, Uther, du hast also doch auf mich gehört. Ja, das paßte zu ihm: Uther Pendragon. Schön und gut, mein schwieriger Freund. Was hast du in jener Nacht noch gelernt?

Die beiden blickten sich ängstlich um. »Kommt, frühstückt mit mir«, lud ich sie ein. »Und dann könnt ihr mir von eurem Auftrag berichten.«

Die Boten beäugten mich argwöhnisch. »Ihr fürchtet euch vergebens«, schalt ich sie. »Seid so artig, die Gastfreundschaft anzunehmen, die euch geboten wird.«

»Nun, wir haben Hunger«, meinte einer der Männer.

»Dann kommt herein und stärkt euch.« Ich drehte mich um, und sie folgten mir widerstrebend in den Saal. Leute aus dem Feenvolk setzen andere Menschen immer wieder in Erstaunen, was auch sein Gutes hat. »Warum sucht er mich?« fragte ich, als wir zusammen Brot und Käse aßen.

»Das wissen wir nicht, Herr.«

»Ihr müßt doch etwas über die Angelegenheiten eures Herrn wissen. Warum hat er euch ausgeschickt?«

»Wir haben dich bloß finden sollen – es gibt noch viele andere, die nach dir suchen«, antwortete der Mann, als wäre das ein Beweis für die Wahrheit seiner Worte.

Ich sah den anderen Reiter an, der nichts gesagt hatte. »Was weißt du davon? Sage es mir rasch, denn ich gehe nicht mit euch, wenn ich keinen besseren Grund dafür erfahre als den, welchen ich bisher vernommen habe. Sprich!«

»Uther verlangt deine Hilfe bei seiner Hochzeit«, platzte der Mann heraus, von sich selber völlig überrascht. Es war ein Geheimnis, das er hatte bewahren wollen.

Ygerna natürlich! Doch was sollte ich dabei? Ygerna stand es frei, zu heiraten, und Uther bedurfte meiner Billigung nicht. Dennoch hätte Uther nicht nach mir gesandt, wenn er meinen Beistand nicht dringend benötigt hätte. Dessen konnte ich mir gewiß sein.

»Was ist daran so schwierig?« fragte ich meinen niedergeschlagenen Mitwisser. »Nur zu, sage es mir. Es schadet nichts, wenn du es mir erzählst – höchstens, wenn du etwas verschweigst.«

»Es geht um Gorlas und die anderen – Dunaut, Morcant und Coledac. Sie halten Wacht auf Tintagel. Uther hat sie überrascht und bedroht. Zwischen ihnen stand nur Gorlas' Kriegerschar. Wenn sie gegen Uther gekämpft hätten, hätten sie nur ihr eigenes Ende auf sich gezogen. Darum weigerten sie sich.«

»Sie warten oben in Gorlas' Festung«, warf der andere Bote ein. Da der Redefluß nun einmal zu tröpfeln angefangen hatte, mochte er gleich anschwellen. »Uther kann nicht zu ihnen hinein, und sie wollen nicht zu ihm hinaus.«

Da begriff ich die Sache. Uther hatte die Könige tatsächlich überrascht. Er war scharf geritten und war angekommen, während sie noch ihren Verrat ausheckten. Da die Könige keinen Angriff geplant hatten, hatten sie nur ein Geleit mitgebracht und wurden überrascht, ohne über genügend Krieger und Waffen zu verfügen, um sich Uther offen zu widersetzen.

Dieser unwillkommene Umstand brachte Gorlas in eine unmögliche Lage. Ein Mann von Gorlas' Prägung wurde nicht zum Verräter an seinen Freunden, indem er Uther unterstützte; jedenfalls konnte keine Macht auf Erden den sturen Fürsten aus den Westlanden dazu bringen, Schande auf seinen Namen zu bringen, indem er seine einmal gegebene Gastfreundschaft zurücknahm. Gleichzeitig jedoch bedeutete, den Rebellen Unterschlupf zu gewähren, dem Hochkönig zu trotzen, der seinen Treueid hatte.

Ich konnte mir gut vorstellen, daß Gorlas unter der Last dieses Dilemmas ächzte. Und Uther, der mit jedem Moment wütender wurde, würde Gorlas die Schuld geben.

Dennoch hielt etwas Uther davon ab, die Tore zu stürmen. Was mochte das sein? Ygerna. Auch seine geliebte Herrin war in dem Caer eingeschlossen. Er brachte es nicht über sich, dem Vater seiner künftigen Braut den Krieg zu erklären und damit Gefahr zu laufen, ihre Zuneigung einzubüßen. Noch konnte er sich zurückziehen und die Verräter straflos laufenlassen.

In dieser Lage wußte er sich nicht anders zu helfen, als mich herbeizurufen. Nun, Uther, mein starrsinniger junger Fürst, so hitzköpfig; sie nennen dich zu Recht Oberdrache.

Vermutlich hätte ich mich in gewisser Weise wieder ins Recht gesetzt fühlen sollen, als ich erfuhr, daß Uther ohne mich nicht auskam. Doch in Wirklichkeit fühlte ich mich nur müde. Denn ich hatte den Eindruck, daß meine ganze Arbeit für Aurelius vergebens gewesen war und daß die Zeit, die ich aufwenden würde, um Uther zu unterstützen, ebenfalls verschwendet sein würde.

Uther, so war mir vor langem klargeworden, hatte nicht das Zeug zum Hochkönig. Mit Sicherheit war er nicht der Herrscher, der das Sommerreich hätte schaffen können. Darum mußte ich mich anderweitig umsehen.

Wie dem auch sein mochte, er war Hochkönig und trotz allem, was machthungrige, engstirnige Gebieter wie Dunaut und Morcant denken mochten – wenn sie überhaupt dachten –, weder dumm noch unfähig. Er hatte einen scharfen kriegerischen Verstand und wußte, wie man Männer befehligt. Genau diese Eigenschaften hatte Britannien bitter nötig. Zumindest hätte man ihm die Würde seines Rangs zubilligen sollen.

Folglich sah ich für die Sache ein elendes Ende voraus. Ich mußte mich natürlich auf Uthers Seite stellen. Daran bestand keinen Augenblick lang ein Zweifel. Also würde ich versuchen zu retten, was zu retten war, obwohl ich meine Aussichten nicht hoch einschätzte.

Pelleas' Zweifel waren noch stärker als meine. »Warum läßt du Uther sie nicht in kleine Stücke zerfetzen, und Schluß damit?« fragte er, als wir hastig gen Tintagel zogen. Auch er hatte keinen Zweifel daran, wer am Ende Sieger bleiben würde. »Es sieht doch so aus, als hätten Dunaut und seine Kumpane sich das selbst eingebrockt. Laß sie ihren Verrat auslöffeln.«

»Du vergißt Ygerna«, erwiderte ich. »Und das wird Uther gewiß nicht tun.«

Nein, Uther vergaß Ygerna nicht. Vielmehr dachte er kaum an etwas anderes.

Als wir Uther erreichten, der in der engen Klamm unterhalb von Gorlas' Feste sein Lager aufgeschlagen hatte, zog er ein Gesicht, das knurrende Hunde eingeschüchtert hätte. Seine Ratgeber und Hauptleute hielten Abstand zu ihm. Keiner wagte sich ihm zu nähern – aus Angst vor der Peitsche oder Schlimmerem.

Bei meinem Auftauchen ging ein aufgeregtes Gemurmel durch die Reihen der Krieger, die, von dem Patt gelangweilt und das Mißvergnügen ihres Herrn fürchtend, meine Ankunft mit einiger Erleichterung aufnahmen. »Jetzt wird wenigstens etwas geschehen«, flüsterten sie. »Merlin ist da! Der Zauberer ist da!«

O ja, es würde eines starken Zaubers bedürfen, um diese Situation zu retten. Es würde eines Wunders bedürfen.

»Hier bin ich, Uther«, kündigte ich mich an, da sein Diener Angst hatte, zu ihm ins Zelt zu gehen. Er saß teilnahmslos auf seinem Feldstuhl, war unrasiert; das rote Haar stand ihm wild vom Kopf.

Er schaute auf. »Du hast ja recht lang gebraucht«, knurrte er. »Willst du an meinem Kadaver nagen?«

Ich überhörte das Kompliment und goß mir aus dem Krug etwas Wein in des Königs Becher. »Was bereitet dir Kummer?«

»Was nicht?« konterte er stumpf.

»Wenn du meine Hilfe haben willst, mußt du jetzt mit mir darüber reden. Ich bin in aller Eile bis hierhergeritten, aber ich verschwinde genauso schnell wieder, wenn du dich nicht aufrecht hinsetzt und wie ein Mann mit mir sprichst.«

»Dort oben stecken meine getreuen Fürsten.« Er zeigte ungeduldig zur Burg hinauf. »Sie hecken mein Verderben aus. Ist dir das genug Kummer?«

»Ja, aber ich hätte dich für durchaus in der Lage gehalten, mit solchen Schwierigkeiten fertig zu werden, Uther. Doch du sitzt hier im Dunkeln und wimmerst und stöhnst wie ein Mädchen, das sein liebstes Schmuckband verloren hat.«

»Ja, reib nur Salz in die Wunde. Fort mit dir, wenn das die Hilfe ist, die du mir bringst.« Er sprang von seinem Stuhl auf, als wäre ihm dieser plötzlich zum Sitzen zu heiß geworden. »Beim Raben, du bist keinen Deut besser als das Pack japsender Hunde da draußen. Geh doch zu ihnen. Soll ich euch allen einen Knochen hinwerfen?«

»Das ist deiner unwürdig, Uther«, sagte ich ihm freiheraus. »Du hast mir noch immer nicht gesagt, was dich quält.«

Er drehte sich um wie ein von Hunden verbellter Bär, der endlich gestellt ist. »Ich kann nicht angreifen, solange Ygerna da drin ist.«

Als er ihren Namen aussprach, veränderte sich seine Miene, und mein Ziel war erreicht. Nicht länger grimmig und der Vernunft unzugänglich, breitete Uther die Hände aus und lächelte verlegen. »Jetzt weißt du es, Merlin. Also, was soll ich tun?«

»Was kann ich dir sagen, was dir deine Ratgeber nicht schon gesagt haben?«

Er verdrehte die Augen und blies die Backen auf. »Bitte!«

»Deine Stimmung hat dich verblendet, Uther, sonst würdest du deinen Weg klar vor dir sehen.«

Er erwiderte nichts, sondern stand gesenkten Hauptes und mit baumelnden Armen da. »Ach, um Lleus Licht willen«, platzte ich heraus, »du bist nicht der erste Mann, der sich in eine Frau verliebt hat. Hör auf, dich wie ein waidwunder Bär zu benehmen, und laß uns überlegen, was wir unternehmen könnten.«

»Wir können die Burg nicht angreifen«, seufzte er. Dann warf er mir einen merkwürdigen Blick zu und fügte hinzu: »Wenigstens nicht, solange sie dort ist.«

»Nein«, entgegnete ich kopfschüttelnd. »Kein Gedanke daran.«

»Aber du, Merlin ... Du könntest hinaufgehen. Gorlas würde dich einlassen. Du könntest sie sprechen. Du könntest sie herausholen.«

»Vielleicht könnte ich das. Aber was dann?«

»Dann würde ich dieses Schlangennest ein für allemal ausräumen.«

»Ein kühner Plan, Uther. Und glaubst du, sie würde so einfach den Mann heiraten, der ihren Vater gemeuchelt hat?«

»Gemeuchelt?«

»So würde sie es sehen.«

»Aber ... aber ... das sind Verräter!«

»Nicht in Ygernas Augen.«

»Da! Siehst du? Es ist aussichtslos!« Er knallte die Faust auf den Tisch. »Wie ich es auch drehe und wende, ist es um mich geschehen.«

»Dann ziehe dich zurück.«

In seinen Augen flammte Zorn auf. »Niemals!«

Ich machte kehrt und schritt aus dem Zelt. Kurz darauf kam er mir nach und stellte sich neben mich auf den Felsenhügel, von wo aus ich auf die schwarzen, glänzenden Steinmauern von Gorlas' Burg emporblickte. Es war ein eindrucksvolles Bauwerk und vermutlich uneinnehmbar, denn es ruhte auf einem großen, hohen Felsvorsprung, der ins Meer hinausragte. Mit dem Festland war sie über einen denkbar schmalen Damm verbunden, der durch ein einziges, leicht zu haltendes Tor führte, dem einzigen Zugang vom Land her.

»Ich meine nicht, das Feld räumen. Aber von hier abziehen«, sagte ich freundlich.

»Zu welchem Zweck?«

»Solange du hier bist, kannst du nichts gegen sie unternehmen. Genausowenig wie sie gegen dich.« Ich zeigte mit der Hand auf die Feste, die schwarz und riesenhaft über uns drohte. »Beim Schachspiel heißt diese Situation Patt, und da kann keiner gewinnen. Da sie sich nicht bewegen können, mußt du es.«

»Das werde ich nicht«, grollte er mit zusammengebissenen Zähnen. »Bei allen Göttern des Himmels und der Erde, das werde ich nicht.«

»Schwöre keine Eide, Uther, ehe du mich nicht zu Ende angehört hast.«

Er pfiff durch die Zähne. »Also, dann sprich.«

»Ich sage nicht, daß du dich nach Caer Uintan zurückziehen sollst, sondern nur bis hinter den Hügelkamm im Osten. Das wird genügen. Dann warte dort, während ich mit ihnen spreche.« Er dachte darüber nach und nickte. »Na schön. Welche Bedingungen willst du ihnen anbieten?«

»Bedingungen?« Er strich sich über das Kinn. »An Bedingungen habe ich gar nicht gedacht.«

»Tja, was ist dir wichtiger: ihr Tod oder ihre Treue?«

Der Hochkönig zauderte, doch zeigte er dann, aus welchem Holz er geschnitzt war. »Ihre Treue – wenn das jetzt noch geht.«

»Es geht, wenn du sie zuläßt.«

»Ich sie zulasse? Ich wäre froh darum.«

»Dann werde ich schauen, ob sie der Vernunft zugänglich sind.«

»Bei dem Gott, zu dem du betest, Merlin, wenn du mir ihre Treuepflicht ohne unnötiges Blutvergießen zusichern und Ygerna retten kannst, werde ich dir alles geben, was du verlangst, und sei es die Hälfte meines Königreichs.«

Ich zuckte die Achseln. »Ich habe nie etwas für mich selbst verlangt und werde es auch nicht.«

Als ich dies sagte, hatte ich eine Erscheinung: Gorlas lag tot an einem Hang, und sein Blut verdunkelte den Erdboden. Und wie aus der Anderswelt hörte ich einen Säugling schreien, mitten unter dem Geheul von Wölfen in einer kalten Winternacht. Mir wurde das Herz in der Brust schwer, und auf meiner Zunge schmeckte ich Salz und sauren Schweiß.

Ungewollt traten mir Worte über die Lippen: »Doch mein Dienst erfordert einen Preis. Und eines Tages werde ich meinen Lohn verlangen, und ihn zu gewähren, wird dir bitter werden. Laß dir dies zum Trost gereichen: Was ich verlangen werde, soll zum Besten Britanniens sein. Erinnere dich daran am Tag der Abrechnung, Uther Pendragon. Und verweigere mir den Lohn auf deine Gefahr!«

Uther starrte mich an, nahm meine Verkündigung jedoch hin. »Es soll geschehen, wie du sagst, Merlin. Ich bin's zufrieden. Tu, was du willst.«

Obwohl es schon spät am Tag war, wurde der Befehl zum Abbrechen des Lagers und zum Abmarsch gegeben. Ich wußte, daß dies die Aufmerksamkeit der in der Burg Eingeschlossenen erregen würde. Darum kletterten Pelleas und ich in ein Fellboot und paddelten um die Landzunge, um nach einem anderen Zugang zur Festung zu suchen.

Den gab es natürlich, da war ich mir gewiß. Doch ließ er sich nur bei Ebbe benutzen, denn nur dann konnte man mit einem Boot auf dem harten Kies unterhalb der Burg anlanden. Zu jeder anderen Zeit war die Öffnung des Tunnels überflutet, und durch die Brandung um die verstreuten Felsen zu schiffen, war zu gefährlich.

Wenn ich mir nicht mitten in der Nacht Zugang verschaffen wollte, blieb der Damm vom Festland aus der beste Weg. Ich hegte keine große Hoffnung, daß Gorlas mich wie einen Bruder willkommen heißen würde, doch er würde mich empfangen und meine Gegenwart zumindest so lange ertragen, wie ich brauchte, um zu sagen, was mir vorschwebte. So viel Achtung hatte er wohl vor mir, dachte ich. So viel schuldete er mir seit dem Tag, an dem wir Hengist im Feld geschlagen hatten.

Bis Sonnenuntergang hatte Uther sein Lager abgebrochen und sich hinter die Hügel zurückgezogen. Nachdem Pelleas und ich unsere Begutachtung der Landzunge abgeschlossen hatten, stiegen wir auf unsere Ponys und ritten den schmalen, mit Schiefer gepflasterten Damm hinauf zu der großen Felskuppel, auf der Gorlas seine Festung erbaut hatte. Auf der einen Seite brandete unablässig das Meer, und auf der anderen stürzte ein Wasserfall hinab – auf beiden Seiten also ein jäher Fall in die Tiefe und der sichere Tod.

Wir warteten vor dem Holztor, während die Wachen ihren Herrn holten, der gleich darauf erschien. »Was suchst du hier, Emrys?« fragte Gorlas drohend.

»Ich will mit dir reden, Gorlas.«

»Ich habe mit Uther nichts zu schaffen.«

»Das mag sein«, räumte ich ein, »aber er mit dir, oder besser gesagt: mit denen, die unter deinem Dach Zuflucht gesucht haben und deine Gastfreundschaft in Anspruch nehmen.«

»Was ist dabei?« schalt der Fürst der Cornovier. »Ich verweigere niemandem die Gastfreundschaft, der darum bittet. Diejenigen, die du suchst, sind hier so lange willkommen, wie sie zu bleiben wünschen.«

»Wenn das so ist«, erwiderte ich fröhlich, »dann beanspruche ich für mich und meinen Knappen die gleiche Gastfreundschaft. Es wird dunkel, und die Nacht bricht über uns herein. Wir können sonst nirgendwo hin.«

Daß er durch seine eigenen Worte in der Falle saß, erzürnte Gorlas. Und daß es so leicht vonstatten gegangen war, verbesserte seine Laune keineswegs. Ich wollte schon glauben, daß er uns doch nicht einlassen würde, doch Gorlas' Ehre wog schwer für ihn, und er gab widerwillig nach.

Er entriegelte das Tor und öffnete es selbst; sein Gesicht war zu einer Grimasse aus Wut und Demütigung erstarrt. »Tretet ein, Freunde«, murmelte er mit zusammengebissenen Zähnen, daß jedes Wort zu einem Fluch wurde, »seid willkommen.«

»Wir danken dir, Gorlas«, erwiderte ich aufrichtig, mein Pony durchs Tor führend. »Du schadest dir nicht.«

»Das bleibt noch abzuwarten«, fauchte er und befahl, das Tor sofort wieder zu schließen, falls auch noch Uther auftauchen sollte, um seine Gastfreundschaft in Anspruch zu nehmen.

Der Fels von Tintagel bildete das mächtige Fundament zu einer ausgedehnten Burganlage aus Holz und Stein – vorwiegend aus Stein, denn der schwarze Fels der Gegend lag griffbereit, während das Holz in weit entfernt gelegenen Wäldern gefällt und herbeigeschafft werden mußte. Das verlieh der Festung ein kaltes, hartes Aussehen. Die feste Burg eines harten Mannes, der nicht einmal kleine Annehmlichkeiten gewohnt war, einen starken Willen und Prinzipien hatte und sich nicht leicht beugen ließ.

Tintagel konnte ein Zufluchtsort oder ein Gefängnis sein – sein Tor hielt die Menschen ebenso drinnen wie draußen. Ich fragte mich, ob Uther das begriffen hatte.

Der hohe Saal erhob sich inmitten eines planlosen Haufens kleinerer Gebäude: Küchen, Kornspeicher, Vorrats- und Speisekammern unterschiedlichster Art, kleinere Schlafräume und Rundhäuser aus Stein. Zwischen all diesen Gebäuden war ein schmaler Pfad aus zugeschnittenem Stein gepflastert worden, damit die Menschen und Tiere bei feuchtem Wetter – das so nah am Meer beständig herrschte – nicht im Morast versanken.

Alles in allem stellte Tintagel sich als einfache, aber eindrucksvolle Anlage heraus: ein angemessener Sitz für den König der Cornovier. Ich war auch nicht der erste, der dieser Ansicht war, denn die Siedlung bestand seit vielen Generationen und würde, daran zweifelte ich nicht, noch vielen weiteren dienen.

»Das Mahl wird bald aufgetragen.« Schnaubend kam Gorlas hinter uns her, als wir abstiegen. »Für eure Pferde wird gesorgt.«

Er führte uns in einen Saal, der von Fackeln hell erleuchtet war und in dessen Herd ein riesiges Feuer brannte. In den Ecken spielten Hunde und Kinder, und am anderen Ende des Saals saß eine Gruppe von Frauen zusammen und unterhielt sich leise mit zusammengesteckten Köpfen. Ygerna sah ich unter ihnen nicht. An Gorlas' Tafel lümmelten achtlos Morcant, Dunaut, Coledac und ihr Gefolge. Als wir eintraten, wandten alle den Kopf, und das Lachen verstummte.

Dann stand Morcant auf. »Seht, meine Freunde, hier ist der Schoßhund dieses Schurken Uther! Na, Merlin Emrys, bist du hierhergekommen, um uns nachzuschnüffeln und mit dem Ergebnis zu deinem Herrn zurückzuspringen?«

»Die Kränkung ist unter deiner Würde, Herr Morcant. Ich verlange von dir keine Achtung, aber du solltest dich wenigstens nicht länger der Gefahr aussetzen, schlecht vom Hochkönig zu sprechen.«

»Hochkönig?« höhnte Morcant. »Hochfeigling wohl eher.« Darüber lachten Dunaut und Coledac laut.

»Ihr nennt ihn einen Feigling, weil er über euren Verrat hinwegsieht und euch die Hand in Freundschaft reicht?«

»Uns die Hand in Furcht reicht!« schnaubte Coledac, der sich vor Lachen schüttelte. Gorlas rief, von der Grobheit seiner Gäste in Verlegenheit gebracht, laut nach dem Mahl. Auf seinen scharfen Befehl hin wuselten die Diener herbei, und gleich darauf wurden Körbe und Platten mit Essen hereingetragen.

Die drei Fürsten hatten Gorlas' Met geschlürft und nicht die Absicht, damit aufzuhören. Zweifellos hatte die Erleichterung über Uthers Rückzug sie in Feierlaune versetzt, und sie waren durchs Trinken erkühnt. Doch es war der Mut von Toren.

»Bald gibt's Scherereien«, warnte Pelleas, als wir unsere Plätze an der Tafel einnahmen. »Das Trinken wird ihnen üble Laune machen, und sie werden Streit suchen!«

»Wenn es so weit kommt, dann werden wir sie enttäuschen«, erwiderte ich. »Sie müssen Achtung vor ihrem König lernen. Sie darüber jetzt zu belehren ist nicht schlechter als später.«

»Ich glaube, ich könnte mir einen besseren Zeitpunkt vorstellen.« Pelleas ließ seinen Blick durch den Saal schweifen, der nun größtenteils mit den Gefolgen der Fürsten gefüllt war – und jeder Mann trug einen Dolch im Gürtel und ein Schwert an der

Seite. »Wenn sie anfangen, könnte wohl nicht einmal Gorlas sie zurückhalten.«

Das Mahl ging ereignislos vonstatten. Sobald die drei sich ihrem Fleisch zugewandt hatten, vergaßen sie uns auch gleich. Wir aßen in Frieden und waren beinahe fertig, als die Haut, die vor der inneren Tür zum Saal hing, beiseite geschoben wurde und Ygerna mit einigen ihrer Mägde hereinkam.

Sie sah uns nicht an, sondern hielt ihren Blick von uns abgewandt, obzwar sie wissen mußte, daß wir da waren. Ich glaube, sie wünschte mich nicht zu bemerken, weil sie Angst hatte, ihr Geheimnis könnte entdeckt werden. Doch mir verriet ihr Verhalten einiges.

Mein Herz forschte nach ihr. Eine reizende junge Frau – eigentlich noch eine Braut; als Witwe konnte ich sie nicht betrachten, obwohl sie das war –, ließ sich die edle Abkunft jeder Linie ihres Körpers ansehen. Wie der rauhe Gorlas zu einer so artigen und königlichen Tochter kam, war mir schleierhaft.

Das Mahl ging zu Ende, und Gorlas, dem es darauf ankam, Ärger zu vermeiden, rief nach seinem Harfner. Mit einer abgewetzten Harfe trat ein alter Mann vor und fing an, ein langes, aber alles andere als verständliches Lied über den Wechsel der Jahreszeiten und dergleichen vorzutragen. Er tat mir leid. Noch mehr taten mir seine Zuhörer leid, die vermutlich niemals einem wahren Barden gelauscht hatten und es auch niemals würden.

Auf Bitten seines Herrn stimmte der Harfner ein anderes Lied an, und als aller Aufmerksamkeit auf ihn gerichtet war, ergriff ich die Gelegenheit, um mit Ygerna zu sprechen. Sie erschrak, daß ich mich ihr näherte, doch dann überlegte sie schnell, sprang auf und zog mich in eine dunkle Ecke.

»Bitte, Herr Emrys«, mahnte sie mich, »wenn mein Vater...«

»Er wird uns nicht sehen«, beruhigte ich sie und fragte dann: »Aber warum denn? Fürchtest du ihn?«

Sie biß sich auf die Unterlippe und senkte schüchtern den Kopf. Eine ausgesprochen weibliche Geste der Unsicherheit und Unschuld. Darob liebte ich sie, denn sie erinnerte mich an ein anderes Mädchen vor langer Zeit. »Nein, nein...«, hub sie an, zögerte und sagte dann: »Aber er wacht so streng über mich... Bitte, mehr kann ich nicht sagen.«

»Du warst eine verheiratete Frau«, erinnerte ich sie. »Du brauchst nicht länger unter deines Vaters Dach zu bleiben.«

»Der Hochkönig ist tot. Wo soll ich hin?« Sie sprach ohne Arglist und ohne Gram. Sie trauerte nicht um Aurelius und tat auch nicht so. Sie hatte ihn nicht geliebt. Fürwahr, sie hatte ihn kaum gekannt! Sie hatte ihn nur ihrem Vater zu Gefallen geheiratet.

»Es gibt einen, glaube ich, der sich überreden ließe, dich aufzunehmen.«

Sie wußte ganz genau, wen ich meinte, denn sie hatte selbst daran gedacht – oft und voller Angst. »Aber das wage ich nicht!« stöhnte sie.

»Warum?«

»Das würde mein Vater niemals zulassen. Nein, bitte, ich muß fort.« Aber sie rührte sich nicht von der Stelle. Statt dessen wandte sie ihren Blick dorthin, wo ihr Vater mit den übrigen Fürsten saß und dem Gedröhne des Harfners lauschte.

»Würdest du zu Uther gehen, wenn du frei deiner Wege ziehen dürftest?« fragte ich sie geradeheraus, denn das mußte ich wissen, und die Zeit wurde knapp.

Sie ließ wieder den Kopf sinken, blickte scheu auf und murmelte: »Wenn er mich nehmen würde.«

»Würde und wird«, antwortete ich. »Ich weiß, daß er das Tor längst in Brand gesteckt hätte, wäre es nicht um deinetwillen, Ygerna.« Sie sagte nichts, nickte aber schwach. »Also. Das hast du dir schon gedacht. Na schön, ich will sehen, was sich tun läßt. Wenn ich dich holen komme, wirst du dann mitgehen?«

Sie riß die Augen weit auf, antwortete aber mit fester Stimme. »Wenn es nur so geht, dann ja. Ich gehe mit dir.«

»Gut, dann packe deine Sachen und warte. Pelleas oder ich werden heute nacht zu dir kommen.«

Rasch warf sie einen Blick zurück in den Saal – wie jemand, der zum letzten Mal auf einen Ort zurücksieht, an dem nur unliebsame Erinnerungen hausen. Sie legte mir eine Hand auf den Arm und drückte ihn. Darauf verschwand sie geschwind im Schatten.

Warum habe ich das getan? Warum war es so wichtig, Uther und Ygerna zusammenzubringen?

Vielleicht Uther zuliebe: um das Unrecht wiedergutzumachen, das er erlitten hatte. Jedenfalls stand fest, daß er ohne sie nicht König werden konnte. Vielleicht Ygerna zuliebe: Sie sah an diesem kalten Ort so unglücklich aus. Vielleicht war es der Geist des Herrn, der darauf hinarbeitete, die Zeit zu erlösen. Fürwahr, ich kann es nicht sagen.

Doch in jener Nacht ließ ich mich von den Ereignissen leiten. So geschieht es manchmal – und alle Pläne, alle Gründe, alle Wünsche und Möglichkeiten verblassen zum Nichts. Und alles, was bleibt, ist eine einzige ungewollte Tat.

Was habe ich getan? fragte ich mich entsetzt, als ich mich unbemerkt wieder auf meinen Platz schlich. Was ist durch mich geschehen?

Selbst jetzt frage ich mich das noch.

XIII

In der Zeit zwischen den Zeiten, wenn die Welt auf das sich erneuernde Tageslicht wartet, wird bisweilen für ein Leben ein Leben gefordert. Das glaubten und lehrten die weisen Männer der Eiche, die Druiden eines anderen Zeitalters.

Ygerna führte mich durch den Geheimgang hinunter zu dem Felsstrand unterhalb von Tintagel. Sie kannte den Weg gut: Oft hatte sie auf dem spröden, kleinen Strand Zuflucht vor den Augen ihres Vaters gesucht. Draußen auf dem Meer zuckten Blitze, und weit weg polterte Donner. Der Wind blies heftig, peitschte das Wasser, und wir lauschten dem hohlen Dröhnen der Wellen, die sich an den Felswurzeln der Landzunge brachen, während wir die schmale Treppe hinunterstiegen, die von der Gischt des Meeres glitschig war. Ein falscher Tritt, und wir wären in unsere Gräber gepurzelt.

»Im Fels unterhalb des Caers gibt es eine Höhle«, verriet sie mir, während der Wind ihr die Worte von den Lippen riß. »Dort können wir warten, bis das Boot kommt. Sie wird, fürchte ich, nicht trocken sein.«

»Wir werden nicht lang zu warten brauchen«, beruhigte ich sie, in die Dunkelheit spähend. Durch Wind und Wasser war alles zum Ausrutschen glatt: Der vom Meer aufgetriebene Schaum spritzte uns ins Gesicht und durchnäßte unsere Mäntel.

Der Mond war untergegangen, und es herrschte der dunkelste Teil der Nacht. Die wenigen Sterne, die durch die fliegenden Wolkenfetzen schienen, gaben nur ein flackerndes, ganz trübes Licht ab. Es war ein dummer Plan, und ich schalt mich, ihn vorgeschlagen zu haben.

Doch – und das muß man verstehen – wenn die Unsichtbare Hand einen führt, folgt man. Oder man macht kehrt und lebt mit ewiger Reue.

Ihr zu folgen bietet natürlich auch keine Gewißheit. Das macht den Glauben aus. Ihr folgen oder kehrtmachen – einen Mittelweg gibt es nicht.

In jener Nacht entschied ich mich, ihr zu folgen. Es war mein Beschluß; ich entschied mich aus freien Stücken. Und ich trage die Verantwortung für die Folgen. Das ist der Preis der Freiheit. Aber ich fühlte mich lebendig in jener sturmdurchtosten Nacht, das Poltern der Wellen und den Donner im Ohr, das beißende Salz in den Augen und den Geruch nach Tang und nassen Felsen in der Nase. Und dann das aufrichtige, vertrauensvolle Mädchen an meiner Seite. Ich lebte und labte mich daran.

Ygerna bewies überraschend viel Stärke. Sie wurde von der Liebe getragen. Ich weiß nicht, was sie genau empfand oder ob sie begriff, was ihre Entscheidung für eine Bedeutung hatte. Sie war auf dem Weg zu ihrem Geliebten; mehr wußte sie nicht. Was das übrige anging, vertraute sie auf mich.

Und ich vertraute auf Pelleas. Unser Leben lag in seinen Händen; er mußte die Stelle erreichen, wo wir das Boot gelassen hatten und es dann um die Landspitze ans Ufer bringen, wo wir warteten – ehe die Flut wieder hereinströmte, den Kies überschwemmte und die Höhle ausfüllte.

Also warteten wir: In der klammen Kälte zitternd, wagten wir kaum an das zu denken, was wir taten. Wir warteten, ohne zu wissen, ob Pelleas überhaupt die Burg hatte verlassen können. Es war eine recht zerbrechliche List, der wir unser Leben anvertrauten: Er sollte unbeobachtet aus dem Saal schleichen und dem Torhüter sagen, daß ich ein wichtiges Zeichen von Uther brauchte, das er zu holen ausgeschickt sei. Sobald er die Mauern hinter sich gelassen hätte, sollte er auf dem schnellsten Weg zum Boot eilen und hierherfahren – bei heftigem Sturm und schwerem Seegang! –, um uns vor den steigenden Fluten zu retten.

Ich habe gar viele Male darüber nachgedacht, was ich hätte tun können, wenn ich in Tintagel geblieben wäre, um meine Aufgabe durchzustehen. Wie anders hätten die Dinge da verlaufen können?

Doch glaube ich jetzt nicht, daß ich die Dinge hätte erreichen können, die ich mir ursprünglich vorgenommen hatte – obschon ich es damals dachte, denn ich hielt die meisten Menschen für vernünftig im Angesicht der Vernunft. Das, so habe ich seitdem erfahren, ist reine Torheit. Unvernünftige Menschen bleiben stets unvernünftig und werden es nur um so mehr, wenn man sie bedroht. Die Wahrheit stellt für die Treulosen immer eine Bedrohung dar.

Die aufsässigen Könige wollten keine Versöhnung; sie hätten ihre Verfehlungen geleugnet und allen Versuchen, Frieden zu schmieden, widerstanden; sie hätten jedes Angebot von Milde zuschanden geredet, sie hätten den Friedensschluß als Schwäche verachtet.

Nun, und es wäre trotzdem zum Kampf gekommen. Viele tüchtige Männer wären ums Leben gekommen, das steht fest. Doch würde Gorlas vielleicht noch leben.

Welche Ironie, daß ausgerechnet derjenige, der treu zum Hochkönig zu stehen versuchte, die Untreue der anderen büßen sollte. Doch Gorlas suchte sich seinen Weg selbst aus, wie jeder Mensch es muß; keiner drückte ihm das Schwert in die Hand.

Meine Gedanken sind, wie ich sehe, ebenso wirr wie die Ereignisse in jener stürmischen Nacht. Ich will einmal ein wenig Ordnung schaffen und es so sagen:

Ygerna und ich warteten an dem Kiesstrand auf Pelleas. Gorlas entdeckte das Fehlen seiner Tochter, dann das meine und alarmierte ergrimmt seine Krieger. Er eilte zu unserer Verfolgung aus der Burg und raste seinen Gefolgsleuten voraus. Auf einem Hügel sah er ein Licht und ritt darauf los. Da er dachte, mich gefunden zu haben, griff er an. Tatsächlich traf er auf zwei von Uthers Wachen. Es kam zum Gefecht. Gorlas fiel, ehe seine Mannen zu ihm stießen.

So geschah es. Nichts Rühmliches ist daran, denn das Töten hat nichts Ehrenvolles. Wahnsinnige Vergeudung.

Als im Osten der Morgen am schiefergrauen Himmel dämmerte, tauchte Pelleas auf – und zwar kein bißchen zu früh, denn das Meerwasser stand uns schon bis zu den Knien, und wir klammerten uns schlotternd aneinander. Ygerna und ich krabbelten in das Boot, und Pelleas zog, uns um Verzeihung bittend, die Ruder durch und fuhr uns von dem Felsen weg aufs Meer hinaus.

Alle waren wir zu erschöpft, um zu reden, und auch zu entmutigt. Unser Plan, so herrlich wie ein Traum in der Nacht, stellte sich im schmutzigen Licht des Tages als abgeschmackt und verächtlich heraus. Ich war von mir selbst angewidert – und doch ... und doch ...

In der Zeit zwischen den Zeiten, wenn die Welt auf das sich erneuernde Tageslicht wartet, wird bisweilen für ein Leben ein Leben gefordert.

Als wir einige Zeit später auf dem Hügel eintrafen, waren noch immer dort versammelt: Gorlas' Geleit und Uthers Männer; beschämt standen sie im Dämmerlicht. Uther selbst war eben erst dazugekommen und gab den Befehl, daß der Leichnam auf die Burg zurückgebracht werde. Erst sah er Ygerna nicht, und sie sah ihn nicht. Sie sah nur den Leichnam ihres Vaters, der mit dem Gesicht nach unten auf der Heide lag.

Merkwürdigerweise zeigte sie sich keineswegs überrascht. Sie kreischte und wimmerte nicht, sondern kniete sich einfach hin, legte ihrem Vater die Hand auf den Kopf und strich ihm das Haar aus der Stirn. Dann zog sie seinen Mantel gerade, so daß der häßliche Riß in seiner Seite zugedeckt war. Die einzigen Laute kamen von der Seebrise, die durch den Ginster und das Heidekraut wehte, und von einer Lerche irgendwo hoch droben, die eine einsame Hymne an den neuen Tag sang.

Noch standen ihr Tränen in den Augen, als sie sich kurz darauf erhob und, Uther fest anstarrend, um den Körper herum ging und sich neben ihn stellte. Uther legte ihr den Arm um die Schultern und zog sie an sich. Sie wandten sich einander zu und gingen zusammen den Pfad hinunter ins Lager des Hochkönigs. Zwischen ihnen war kein einziges Wort gefallen.

Uther kehrte nicht nach Caer Uintan zurück, sondern besetzte die Burg und blieb den Sommer über auf Tintagel. Warum auch nicht? Es war eine schöne Festung, von wo aus er gut ein Auge auf seine aufsässigen Fürsten haben konnte.

Von Gorlas' Tod entsetzt, verzichteten sie auf ihren Verrat und nahmen schließlich Uthers Bedingungen an; sie zahlten dem Hochkönig Tribut und stellten ihm ihre besten Krieger als Leibbürgen, welche dieser sofort in sein Heer eingliederte.

Da ich nicht länger gebraucht wurde – in der Tat, denn dem Hochkönig war es peinlich, mich in seiner Nähe zu haben, da Gerüchte umgingen, er habe von Anfang an Gorlas' Tod geplant und mich dazu ausgeschickt –, kehrte ich nach Ynys Avallach zurück. Gorlas wurde bestattet und Uther noch am selben Tag vermählt, wie ich erfuhr.

Doch die Menschen erzählen ja viele Geschichten über die Sache. Ich habe sogar sagen hören, Ygerna sei Gorlas' Gemahlin gewesen – man stelle sich das vor! –, und ich hätte durch einen großen Zauber Uther Gorlas ähnlich gemacht und ihn an ihr Bett geführt. Oder ich hätte Ygerna einen Trank eingeflößt, der sie Uther für Aurelius halten ließ, ihren aus dem Grab wiedergekehrten Gatten. Oder noch merkwürdiger, Aurelius sei tatsächlich aus der Anderswelt zurückgekommen, um neben ihr zu liegen.

Die Menschen glauben ja alles!

XIV

Wäre es nicht um des Kindes willen gewesen, ich hätte Uther nicht mehr bei Lebzeiten gesehen. Ich wäre wahrhaftig beinahe nicht hingegangen: Pelleas und ich waren gerade nach Ynys Avallach zurückgekommen; wir hatten im Reich einfache Weiler und Befestigungen besucht, wo die Menschen geradeheraus sagen, was ihnen am Herzen liegt. Danach hatte ich Pelleas nach Llyonesse geschickt, damit er sich erkundigte, wie die Dinge dort standen. Ich wollte dringend wissen, wie Morgians Einfluß, der dort stärker zu sein schien, auf Belyns Hof wirkte. Das letzte, was ich mir wünschte, war, allein den langen Ritt nach Tintagel zu unternehmen.

Doch Uther mußte von seinem häßlichen Vorhaben abgehalten werden, und außer mir konnte das keiner. Außer mir wußte keiner davon.

Ich sah es alles in einer Vision.

Ermüdet von einem Tag mit Avallach und Charis beim Fischen und Reiten, hatte ich mit ihnen ein schlichtes Mahl aus Eintopf und Brot geteilt. Bald war ich auf meinem Stuhl am Feuer eingeschlummert. Ein Geräusch – Hundegebell von draußen, glaube ich – weckte mich auf. Ich rührte mich und schlug die Augen auf. Das Feuer im Herd vor mir war niedergebrannt, und in der glimmenden Glut erblickte ich einen Säugling, einen Knaben, der von jemandem an den Fersen hochgehalten wurde. Und dieser Jemand drückte ihm den kalten Stahl eines Schwertes ans rosige Fleisch. Im Schatten stand eine entsetzte Frau, die weißen Hände vors Gesicht geschlagen.

Die Schneide erkannte ich: Uthers große Kriegswaffe, Maximus' kaiserliches Schwert.

»Was ist denn, mein Falke?« fragte Charis. Eine Buchrolle im Schoß, spähte sie mir von ihrem Stuhl gegenüber wachsam ins Gesicht. Ihre Tätigkeit als Heilerin hatte sie auf der Suche nach Arzneien und Verfahren wieder zu den alten Büchern geführt, und oft verbrachte sie die Abende damit, in den ehrwürdigen

Schriften zu lesen, die sie aus Atlantis gerettet hatte. »Du machst ein Gesicht, als hättest du deinen Tod geschaut.«

Bedächtig schüttelte ich den Kopf; mir war übel vor Furcht. »Nicht meinen«, entgegnete ich. »Den eines anderen.«

»Oh, Merlin … ich wollte nicht …«

»Nein«, versuchte ich zu lächeln. »Noch ist nichts geschehen. Vielleicht kann ich ihn noch abwenden.«

»Dann mußt du es versuchen«, erwiderte sie.

Ach, daran bestand nie ein Zweifel. Wenn nicht um des Kindes, dann um Uthers willen, um ihn von einem ernsthaften Fehler abzuhalten. Dennoch brach ich nur widerwillig zurück nach Tintagel auf – als schlichter Wanderharfner gekleidet, denn ich wollte nicht unnötig Aufmerksamkeit auf mich ziehen. Meine Angelegenheiten wurden vom einen Ende der Insel zum anderen allmählich allgemein bekannt; da es genug Augen gab, die jede meiner Bewegungen ausspähten, brauchte ich nicht auch noch Spekulationen über diesen Besuch. Je weniger Menschen von dieser düsteren Sache wußten, um so besser für alle.

Die Insel der Mächtigen im Spätsommer – welcher Ort auf Erden kann sich damit messen? Die Hügel flammen vor Heidekraut und kupferfarbenem Farn; die Täler schimmern golden vor Korn; alle Früchte des Jahres Mühen reifen zu Wohlstand heran – unter einem leuchtenden Himmel, der so hoch, rein und blau ist, die Tage sind noch warm, und die Nächte mild und voller Licht. In solch einer Zeit freut es einen Menschen, zu leben.

Es ist die Zeit von Lugnasadh, dem Tag des ersten Grummets, wenn die Ernte beginnt. Ein uralter und frommer Feiertag, gewiß, und einer, den sogar die Kirche einhält, denn er ist ein hoher und heiliger Tag des Danks an den Spendergott für seine Freigebigkeit. Auf jedem Hügel flackern Feuer, und jeder Steinring wird wieder zu einem heiligen Kreis: ein Ort der Macht, wo in jener Nacht der Schleier zwischen der Anderswelt und unserer Welt dünn wird und es den Eingeweihten gestattet, einen Blick auf die Vergangenheit oder Zukunft zu tun.

Und nun, da die alten Römerstädte verfallen und die Menschen wieder aufs Land ziehen, gibt es, glaube ich, mehr Feiern zu Lugnasadh denn jemals zuvor. Die Menschen blicken dieser Tage wieder häufiger auf die alten Bräuche zurück und suchen in den Glaubenslehren einer einfacheren Zeit nach Trost.

Ich reiste unbeschwert, unbelästigt vom Wetter, und erreichte Tintagel ein paar Tage nach Lugnasadh. Der Torhüter warf einen Blick auf meine Harfe und öffnete das Tor weit. Wenigstens einen erfreute meine Ankunft, wenn sie Uther auch nicht gerade zu den Höhen eines Liedes erhob.

Von Anfang an war er argwöhnisch und verschlossen, und ich sah, daß es ein schwerer Gang werden würde. Am Ende blieb mir nichts anderes übrig, als ihn geradeheraus darauf anzusprechen.

»Wir sind Freunde, du und ich«, fing ich an – dieser Erinnerung bedurfte er –, »und ich kenne dich, Uther. Es hat keinen Zweck zu leugnen, daß ein Kind erwartet wird und daß du vorhast, es zu töten, sobald es geboren ist.« Ich erwartete nicht, daß er es mir zugeben würde, aber ich wollte ihn wissen lassen, daß mich anzulügen zwecklos war.

Ygerna stand ein Stück weit weg, beobachtete mich, verknotete unruhig ihr Gewand, mit einem Ausdruck voll Erleichterung und Besorgnis. Ich glaube, insgeheim hatte sie gehofft, daß so etwas geschehen und Uther von seinem Plan abgebracht würde.

»Hältst du mich für irrsinnig?« schrie er – abwehrend, wie mir schien. »Das Kind könnte ein Knabe sein. Es könnte sehr wohl mein Erbe sein, über den wir hier reden!«

Durch seinen eigenen Mund verurteilt. Noch merkte er nicht, was er gesagt hatte. Denn wenn er auch nur den geringsten Verdacht gehabt hätte, daß das Kind seines war, hätte all das nicht stattgefunden. Nein, der Same, der in Ygernas Leib heranreifte, stammte von Aurelius, und er wußte es. Uther hatte bezeichnenderweise von dem gesprochen, was ihm am nächsten lag: seinem Erben.

»Zweifellos ist das Kind dein Erbe«, versetzte ich. Ob Uthers oder Aurelius' Kind, würde der Säugling auf jeden Fall als rechtmäßiger Nachfolger des Hochkönigs anerkannt werden. Ob er tatsächlich König werden würde, stand auf einem anderen Blatt.

»Du weißt, was ich meine, Mauschler.« Uther schob meine Bemerkung mit einer ungeduldigen Geste beiseite. »Jedenfalls bin ich kein Mörder – trotz allem, was die Leute über mich reden.«

Das war eine Anspielung auf die grundlosen Gerüchte, er habe

Gorlas schlicht getötet, um Ygerna heiraten zu können. »Ich bin nicht hierhergekommen, um dich Mörder zu schimpfen«, besänftigte ich ihn. »Meine Sorge gilt allein dem Kind.«

»Dann sind wir uns wenigstens in einer Sache einig«, sagte er, während sein Blick zu Ygerna schnellte und dann zu mir zurück. »Was schlägst du vor?«

»Muß ich etwas vorschlagen?«

»Willst du etwa sagen, du hast den weiten Weg nur gemacht, um zu sehen, ob ich vorhatte, das Kind zu töten?« Er lachte schuldbewußt; einen freudloseren Klang konnte ich mir nicht vorstellen.

»Es wäre nicht das erste Mal, daß ein König beschlösse, eine unsaubere Angelegenheit mit der scharfen Klinge seines Schwertes zu bereinigen. Aber es freut mich zu hören, daß meine Befürchtungen gegenstandslos waren.«

»Nicht ganz, möchte ich meinen.« Er verdrehte das rotgoldene Band an seinem Arm – ein Drachen, sein künftiges Emblem. »Es gibt, glaube ich«, sagte er langsam und leise, als würde er fürchten, jemand könnte ihn belauschen, »eine Reihe von Menschen, die viel dafür geben würden, damit dieses Kind beiseite geschafft würde.«

Ygerna schrie leise auf.

»Wie wahr«, erwiderte ich. »Aber ein König kann die Seinen immer schützen. Im übrigen kommt es so selten vor, daß ...«

»Nicht so selten, wie du meinst«, beharrte Uther. »Hast du vergessen, was Aurelius zugestoßen ist? Wir leben in gefahrvollen Zeiten.« Er gestattete sich ein verschlagenes Lächeln. »Es wimmelt von gefährlichen Männern.«

»Komm zur Sache. Worauf willst du hinaus?«

»Das Kind wäre nicht sicher, wenn es hier bliebe.«

»Wo wäre es sicherer?«

»Das mußt du doch wissen, Merlin. Du könntest einen Ort für es finden.«

Ich will ihm Recht widerfahren lassen. Wenn Uther in Bedrängnis war, konnte er es mit den Besten aufnehmen. Ygerna erkannte, wohin des Königs Gedanken führten, und trat vor. »Er hat recht, Myrddin Emrys, du könntest einen Ort finden.«

Darüber wunderte ich mich, aber in gewisser Weise war es wohl nur natürlich. Sie dachte, wenn Uther das Kind nicht tötete, würde ein anderer es besorgen. Und selbst wenn sich dies vermeiden ließe, würde das Kind mit Sicherheit zwischen ihr und ihrem Gatten stehen – was noch schlimmer war. Sie entschied sich lediglich für die beste von mehreren schlechten Möglichkeiten.

Lieber das Kind sicherer Verborgenheit ausliefern, als es bei sich behalten und in beständiger Furcht um sein Leben bangen und ihm sein Leben übelnehmen.

Auch Uther hatte recht. Wenn Aurelius so leicht zu meucheln gewesen war, wie viel leichter ließe sich dann ein wehrloses Kind morden? Stimmte es zwar, daß das Kind sich in beständiger Gefahr vor ehrgeizigen, stolzen und machthungrigen Toren wie Dunaut, Morcant und Coledac befinden würde – und es würde immer ihresgleichen geben, der Himmel hilf! –, dachte Uther jedoch auch noch: *Soll dieses Kind doch zugunsten meines eigenen Sohnes beiseite geschoben werden.*

Ich erkannte an dem Plan Gutes; wenngleich aus einem anderen Grund. Denn wenn es geschehen und Uther aus irgendeinem Grund keinen Erben bekommen sollte, würde Aurelius' Sohn noch immer leben und seinen Anspruch anmelden können. Das erwähnte ich jedoch nicht.

Ygerna trat neben mich und legte mir eine Hand auf den Arm. »Bitte, Myrddin Emrys, finde meinem Kind einen guten Ort. Ich brächte es nicht über mich, wärest nicht du es, der uns hilft.«

Sie sah mich mit ihren großen, dunklen Augen an, die so voller Hoffnung und Besorgnis waren – es wäre grausam gewesen, ihr die Bitte abzuschlagen. Es war in jedem Fall das Beste. »Ich werde tun, was ich vermag, Herrin. Doch«, hob ich warnend meinen Finger, »es muß geschehen, wie ich es sage. Und wenn wir uns einmal geeinigt haben, gibt es kein Zurück. Denke darüber nach; es hat noch Zeit, du brauchst dich noch nicht zu entscheiden.«

»Nein«, versetzte sie, »es muß jetzt sein. Ich habe mich bereits entschieden. Ich werde dir vertrauen, Myrddin Emrys. Tu, was getan werden muß.«

Uther konnte recht großherzig sein, wenn er wollte. Warum auch nicht? Er hatte, so dachte er, sein Problem gelöst und mit dem gleichen, glänzenden Zug seinen Namen gewahrt. Er war entzückt und stolz auf sich. Schließlich würden weitere Söhne kommen. Und da er sich einmal entschlossen hatte, würde er auch dabei bleiben.

Wir unterhielten uns noch ein wenig, und es wurde vereinbart, daß ich das Kind bei seiner Geburt in Empfang nehmen sollte – Ygerna glaubte nicht, sich auf andere Weise von ihm trennen zu können –, um es dann an einen Ort zu bringen, den nur ich kannte.

Das war nur gerecht. Doch was damals recht einfach wirkte – das Aufziehen eines ungewollten Kindes –, entwickelte sich für alle Beteiligten bald zu einer wirren, dornigen Geschichte. Denn es handelte sich um kein gewöhnliches Kind.

Darauf kehrte ich nach Ynys Avallach zurück, um die Geburt abzuwarten. Pelleas war wieder von Llyonesse zurück und hatte betrübliche Nachrichten mitgebracht: Belyn war todkrank und würde den Winter nicht überleben. Nach seinem Tod würde natürlich ein neuer König gewählt werden, aber da Belyn keine rechtmäßigen Erben hinterließ, würde das Königtum an Avallachs Linie fallen: die Söhne von Charis oder Morgian. Und da Charis in unmittelbarer Erbfolge von Avallach stand, war es wahrscheinlicher, daß die Wahl die ersten von Morgians Söhnen treffen würde.

Der alte atlantische Erbbrauch, der über zahllose Jahrhunderte entwickelt und verfeinert worden war und durch Herkommen als verbindlich galt, war von den geradlinigen, schlichten Sitten der Briten so weit entfernt wie die Insel der Immerlebenden von der Insel der Mächtigen. Aber Avallach bestätigte voll Ernst Pelleas' Vermutung, daß bald einer von Morgians Sprößlingen an die Macht kommen würde.

»Daß mein Bruder sterben wird, stimmt mich sehr traurig«, sagte der Fischerkönig, »aber daß Morgian und ihre Abkömmlinge davon den Nutzen haben, bekümmert mich noch mehr.« Sonst sagte er nichts dazu, sondern brütete schweigend zwei Tage lang, ehe er verkündete: »Ich will nach Llyonesse gehen und die Brüder vom Schrein bitten, daß sie mich begleiten. Wenn wir seine Leiden auf dieser Welt vielleicht auch nicht lindern können, so können wir es vielleicht für das Leben, das vor ihm liegt.«

Wie auch ich, erbot Charis sich, mit ihm zu reisen, aber er

erwiderte: »Es ist besser, ich gehe allein. Es steht vieles zwischen uns, das gesagt werden muß – nein, ich weiß, ihr würdet euch nicht einmischen –, aber wir können offener reden, wenn wir uns allein überlassen sind. Die Mönche werden sich um alles kümmern, was wir brauchen.«

Er sprach nicht von der Furcht, die ihn am meisten beschäftigte: daß Morgian auftauchen könnte, solange er dort war. Sollte das der Fall sein, hatte er vor, ihr gegenüberzutreten, und wenn das geschah, wollte er weder Charis noch mich dabeihaben.

Der Fischerkönig verließ den Schloßfelsen, sobald alles vorbereitet und Vorräte eingepackt waren. Er nahm nur zwei Diener für seine Bedürfnisse mit sowie sechs Brüder aus dem Kloster unterhalb des Heiligtums – wenngleich die guten Mönche im Schwertkampf und Speerschleudern ebenso ausgebildet waren, wie sie Latein und die Evangelien beherrschten. In der Tat hatten nicht wenige Mönche im ganzen Land die Rüstung getragen, ehe sie die ungefärbte Wolle anlegten, und das galt nicht im geringsten als Schande.

Die Tage wurden kühl. Pelleas und ich gingen für die Wintertafel auf Jagd und ritten an Tagen, die knackig wie frische Äpfel waren, durch die Hügel und waldigen Täler um die Burg. Wir lauerten und warteten, suchten nach Zeichen, die uns sagen sollten, wie es Avallach erging. Doch es gab keine, und auch keine Botschaft von Uther.

Darum wandten wir uns unseren eigenen Angelegenheiten zu: einen Ort zu finden, wo Uthers Sohn aufwachsen konnte. Wir waren entschlossen, ihm eine möglichst sichere Heimstatt zu finden, doch die Möglichkeiten schmolzen schließlich zu folgenden drei zusammen: Tewdrig in Dyfed, Custennin in Goddeu und Hoel in Armorica.

Den Gedanken, das Kind in Ynys Avallach aufzuziehen, verfolgte ich nicht ernsthaft, obwohl er mir in den Sinn kam. Der Knabe würde von einer Erziehung nichts haben, die ihn nicht auf die Welt vorbereitete, in der er würde leben müssen. »Das Leben auf dem Schloßfelsen hat«, meinte Pelleas, »mehr Gemeinsamkeiten mit dem Leben in der Anderswelt als mit dem Leben in der Menschenwelt.«

»Mir hat es nicht geschadet«, erwiderte ich.

»Gewiß, aber für einen anderen wäre es, glaube ich, nicht das Richtige.« Pelleas bestätigte nur meine eigenen Einwände.

»Also müssen wir uns einen von den dreien aussuchen«, überlegte ich.

»Zweien«, versetzte Pelleas. »Hoel wäre zwar willens, und obschon er alt wird, ist er ein starker und fähiger Herrscher. Aber er lebt zu weit weg.«

»Die Entfernung birgt Sicherheit«, bemerkte ich.

»Sicherheit vor einem zufälligen Mörder vielleicht«, gab Pelleas mir recht, »aber nicht vor einem entschlossenen. Im übrigen würde jeder, der auf Mord aus ist, zuerst an Hoel denken, weil dieser Aurelius und Uther aufgezogen hat.«

»Damit bleiben nur Tewdrig und Custennin übrig«, meinte ich. »Tewdrig ist stark und treu genug, aber Dyfed ist von neugierigen Augen umgeben. Morcant und Dunaut sind nicht weit und werden bestimmt entdecken, daß das Kind in Tewdrigs Obhut als Uthers Erbe erzogen wird.

Während Custennins Festung im Norden weit genug weg ist, um von Spitzeln frei zu bleiben, liegt sie aus dem gleichen Grund jedoch zu weit im Norden, als daß es so sicher wäre wie bei Tewdrig.« Ich hob die Hände flach hoch, um anzuzeigen, daß die beiden Möglichkeiten gleichwertig waren. »Welche würdest du also wählen?«

Pelleas zog nachdenklich die Brauen zusammen. »Warum müssen wir überhaupt zwischen ihnen wählen?« Bei seinem Geistesblitz hellte sein Gesicht sich auf. »Warum wollen wir das Kind nicht an beiden Orten aufwachsen lassen, je nachdem, wie Zeit und Umstände es gebieten?«

»Warum eigentlich nicht?«

Ein guter Einfall. Das Kind sollte in den Genuß beider Häuser kommen; es sollte bei den zwei verschiedenen Herren und Königen lernen. Ich war Feuer und Flamme.

Als die Sache so weit entschieden war, schob ich sie von mir. Bis zur Geburt gab es nichts weiter zu tun. Ich wollte es nicht wagen, zu einem der Könige einen Boten zu schicken; und selbst konnte ich jetzt nicht gehen, damit nicht irgendwann in der Zukunft mein Besuch als das erinnert würde, was er war: Der Ratgeber des Hochkönigs sorgte für die Erziehung des Thronerben vor.

Denn ich hatte keine Hoffnung, daß es Uther gelingen könnte, die Geburt geheimzuhalten. Früher oder später würde die Kunde davon wie Wasser aus einem eichenen Eimer tröpfeln. Und überall im Land würden ehrgeizige Männer nach dem Kind forschen.

Zufrieden mit meinem Vorhaben, dachte ich dennoch, daß ich keine weiteren Schritte zu unternehmen brauchte – bis die Geburt des Kindes mich mitten im Winter auf den Plan rufen würde. Also beschäftigte ich mich mit anderen Aufgaben.

Um die Wahrheit zu sagen: Damals betrachtete ich das Kind als nichts Besonderes. Trotz der Hinweise, die mir zuteil geworden waren – oder Warnungen, wie man sagen könnte –, war es lediglich ein schutzbedürftiger Säugling. Es war zwar der Sohn meines treuen Freundes, doch das war auch alles. Andere Dinge waren dringlicher oder schienen es.

Diesen wandte ich mich zu und dachte prompt nicht mehr an das Kind.

XV

Im schwarzen Monat, im düsteren Monat, wenn kalte Winde aus dem eisigen Norden Schnee herunterwehen, im Monat der Entbehrung und des Todes, in dem der Winter selbst an Weihnachten stirbt, wurde das Kind geboren. Geburt aus dem Tod: so ist es der alte, heilige Brauch der Erde. Ich befragte die Eichenschale und blieb fünf Nächte lang hintereinander wach, um das winterklare Firmament zu beobachten. Auf diese Weise erfuhr ich, daß die Zeit nahe war.

Pelleas und ich reisten nach Tintagel und warteten ein Stück davor in einem tiefen Tal im Wald die Geburt ab. Ich wollte nicht in die Burg hinauf, denn mein Kommen wäre bemerkt und besprochen worden.

Drei Tage lang saßen wir in unsere Mäntel und Pelze gehüllt vor unserem kleinen Feuer aus Eichenzweigen und Kiefernzapfen und warteten. Um die Mitternacht der dritten Nacht geschah etwas Merkwürdiges: Ein riesiger, schwarzer Bär kam aus dem Wald, tapste freundlich um das Feuer, schnüffelte wachsam nach uns und hoppelte den Pfad zur Burg hinan.

»Folgen wir ihm«, flüsterte ich. »Vielleicht weiß der Bursche etwas, das auch wir erfahren sollten.«

Wir gingen dem Bären nach und fanden ihn auf den Hinterpfoten am Waldrand sitzen; in seiner Schwärze zeichnete er sich scharf vor dem mondhellen Schnee ab. Das Tier schnupperte den Meereswind und schwenkte den großen Kopf zu uns herum, als wir näher kamen, rührte sich jedoch nicht weiter. So blieb der Bär eine Zeitlang dort sitzen und starrte zu Uthers Caer hinauf und trollte sich dann, als hätte er es sich anders überlegt.

»Der Hunger hat ihn aus seiner Höhle getrieben«, meinte Pelleas. »Er ist auf Futtersuche.«

»Nein, Pelleas, er will eine Geburt anzeigen.« Ich weiß noch, welchen Blick mir Pelleas zuwarf, vom Mondschein bleich. »Komm, es ist an der Zeit.«

Bis wir zum Tor gekommen waren, hatte der große Bär sich

auf irgendeine Weise – tierische Kraft vielleicht – Zugang zur Burg verschafft. Der Torhüter, der sicher geschlafen hatte, als das Tier sich näherte, war davongelaufen, um Alarm zu schlagen, und hatte das Tor unbeaufsichtigt gelassen. In einem Durcheinander flitzten hier und dort Männer mit Fackeln umher, während die Hunde an ihren Leinen wild kläfften und sich in eine Mordswut hineinsteigerten.

Keiner sah uns durchs Tor schlüpfen, und wir gingen geradewegs durch den Saal in des Königs Gemach. Ygerna lag in der Kemenate darüber und hatte ihre Hebamme und zwei ihrer Mägde bei sich. Uther war allein unten geblieben, der Geburt harrend.

Auf seinen Knien lag nackt Maximus' Schwert.

Als wir eintraten, blickte Uther auf: Für alle sichtbar stand Schuld über sein breites Gesicht geschrieben. Ich hatte ihn ertappt, und er wußte es.

»Ach, Merlin, da bist du ja. Das habe ich mir gedacht.« Er bemühte sich, erleichtert zu klingen. Mit uns war der Lärm des Durcheinanders von draußen hereingelangt. Danach griff Uther wie nach einem Strohhalm. »Beim Raben, was soll der Radau?«

»Ein Bär ist in deine Festung eingedrungen, Uther«, ließ ich ihn wissen.

»Ein Bär.« Darüber schien er nachzugrübeln, als hätte die Sache für ihn eine große Bedeutung. »Meine Gattin ist noch nicht niedergekommen«, sagte er dann. »Ihr könnt euch ruhig setzen – es wird wohl noch dauern.«

Ich schickte Pelleas los, uns etwas zum Essen und Trinken zu holen, und er verschwand durch die herabhängenden Häute in den Saal. Ich setzte mich auf Gorlas' großen Stuhl – Uther saß sogar in seinem Gemach lieber auf seinem Feldstuhl – und musterte den Hochkönig vor mir.

»Ich bin enttäuscht, Uther«, sagte ich ihm ins Gesicht. »Warum hast du dein Wort zurückgenommen?«

»Wann habe ich dir jemals etwas versprochen?« versetzte er ergrimmt. »Du beschuldigst mich zu Unrecht.«

»Dann sage mir also, daß ich mich irre. Sage mir, daß das Schwert auf deinem Schoß nicht dem Kind gilt. Sage mir, daß du nicht vorhattest, es umzubringen.«

Uther runzelte die Stirn und schaute weg. »Bei Gott, Merlin, du kannst einen Mann ganz schön in die Enge treiben!«

»Nun? Meine Entschuldigung hängt nur von deinem Nein ab.«

»Ich habe nichts abzustreiten! Ich antworte dir nicht, Mauschler.«

»Weiß Ygerna, was du vorhast?«

»Was soll ich denn deiner Meinung nach tun?« Er sprang auf und warf das Schwert auf den Tisch.

»Unsere Vereinbarung einhalten«, erwiderte ich, obwohl mir vieles andere einfiel, was ich hätte sagen können. Ich wollte ihm die Sache erleichtern.

Doch noch leistete der Hochkönig Widerstand. Wie ich bereits gesagt habe: Wenn Uther sich einmal etwas in den Kopf gesetzt hatte, gab er es nicht gern auf. Und er hatte lange Zeit gehabt, sich dazu durchzuringen. Er stolzierte im Zimmer auf und ab, glotzte mich an. »Ich habe in nichts eingewilligt. Es war alles deine Idee – ich habe nie meine Zustimmung gegeben.«

»Das stimmt nicht, Uther. Es war deine Idee, daß ich das Kind nehmen sollte.«

»Nun, dann habe ich es mir eben anders überlegt«, knurrte er. »Was geht es dich überhaupt an? Was hast du damit zu schaffen?«

»Nur das eine: daß ein Sohn von Aurelius und Abkömmling von Constantin nicht den Tod erleiden sollte, ehe er vom Leben gekostet hat. Uther«, meinte ich sanft, »er ist mit dir verwandt. Bei allen Gesetzen des Himmels und der Erde, es wäre ein Verbrechen, das Kind zu töten. Die Tat ist deiner nicht würdig, Uther – dir, der du Octa, den Sohn deines Feindes, leben ließest. Wie kannst du es da rechtfertigen, den Sohn deines Bruders zu töten, den du so liebtest?«

Uther fauchte. »Du verdrehst die Dinge!«

»Ich sage nur, wie es ist, Uther. Gib's auf! Wenn nicht um des Kindes willen, dann um deinetwillen. Glaube nicht, daß du den Frieden Gottes finden wirst, wenn du diese schwarze Tat auf dem Gewissen hast.«

Der Hochkönig stand ungerührt da, mit gespreizten Beinen, stierem Blick, zusammengepreßten Lippen. Ach, er konnte schwierig sein.

»Wozu, Uther? Was gewinnst du dabei?«

Darauf hatte er keine Antwort, aber er gab nicht nach.

»Na schön«, seufzte ich. »Ich hatte dich zu überzeugen gehofft, aber du läßt mir keine Wahl.«

»Was hast du vor?«

»Ich fordere das Versprechen ein, das du mir einst gabst, Uther. Und ich binde dich mit deiner Ehre daran, es zu halten.«

»Was für ein Versprechen?« fragte er argwöhnisch.

»In der Nacht, in der ich dir Ygerna aus der Festung holte, versprachst du mir alles, was ich verlangte. ›Sogar die Hälfte meines Königreichs‹, hast du gesagt, wenn ich sie dir brächte. Ich habe meinen Teil des Handels erfüllt und damals nichts für mich verlangt. Nun, ich stelle meine Forderung jetzt.«

»Das Kind?« Uther mochte es nicht glauben. Bis zu diesem Augenblick hatte er nicht mehr an das Versprechen gedacht. Jetzt erinnerte er sich nur zu gut daran.

»Das Kind, ja. Ich fordere das Kind zum Lohn.«

Uther war geschlagen und wußte es. Aber so leicht wollte er nicht nachgeben. »Du bist ein gerissener Hund«, sagte er mir ins Gesicht. »Und wenn ich mich weigere?«

»Weigere dich jetzt, und du wirst jegliche Ehre und Selbstachtung verlieren. Dein Name wird zu einem Fluch werden. Du wirst nie wieder mit Macht Befehle erteilen können. Überlege, Uther, und antworte mir: Ist das Töten eines hilflosen Kindes dies alles wert?«

»Na gut!« Er platzte fast vor Empörung. »Nimm es! Nimm das Kind, und nichts mehr davon!«

In diesem Moment kam Pelleas mit einem Krug Met, Bechern, Brot und Käse zurück. Er stellte die Sachen auf den Tisch und fing an, einzuschenken. »Fleisch habe ich keines finden können«, sagte er. »Die Küchen waren leer.«

»Das genügt, Pelleas, danke.« Ich reichte Uther einen Becher. »Ich nehme meinen Lohn an, Uther«, sagte ich freundlich. »Laß uns als Freunde auseinandergehen.«

Der Hochkönig erwiderte nichts, nahm den Becher jedoch an und mit der anderen Hand ein Stück Brot. Wir tranken und aßen gemeinsam, und Uther beruhigte sich ein wenig. Doch als seine Schuld und Wut verebbt waren, blieb die Scham zurück. Er lümmelte auf seinem Stuhl und wurde schwermütig.

Um seine Aufmerksamkeit auf etwas anderes zu lenken, sagte ich: »Was wohl aus dem Bären geworden ist? Vielleicht sollten wir nach ihm sehen.«

Wir gingen durch den leeren Saal hinauf. Die Hunde hatten zu bellen aufgehört, und darum dachte ich, der Bär sei erlegt. Doch nein; er lebte. Die Männer hatten ihn an eine Burgmauer getrieben, wo er von Fackeln und Speeren umringt auf den Hinterpfoten aufgerichtet stand; seine Vorderpfoten hielt er ausgebreitet, sein Pelz sträubte sich, er streckte die Krallen aus und bleckte die Fänge. Im Hof war es merkwürdig still.

Ein herrliches Tier, glänzten seine dunklen Augen im rötlichen Fackelschein. Es war in die Enge getrieben, aber unbesiegt.

Uther sah sich den Bären an, und seine Miene veränderte sich. Er blieb stehen und starrte. Was er erblickte, vermag ich nicht zu sagen. Doch als er sich wieder regte, benahm er sich wie jemand in einem Traum: Leichtfüßig, schleppend, schritt er auf den Ring aus Männern zu und trat zwischen ihnen hindurch zu dem Bären hin.

»Herr König! Nein! Bleib zurück!« rief einer von seinen Hauptleuten. Er warf seinen Speer weg und wollte den Hochkönig festhalten und zurückziehen.

»Still!« zischte ich. »Laß ihn gehen!«

Meine Sinne spürten erregt die Anwesenheit der Anderswelt. Ich sah alles mit scharfen Umrissen: den aufgegangenen Mond, den Bären, die Männer mit den Fackeln, Uther, die gleißenden Speerspitzen, die Sterne, Pelleas, die dunkle Festigkeit der Mauer, die Steine unter meinen Füßen, die verstummten Hunde…

Es war ein Traum und mehr als ein Traum. Der Traum war Wirklichkeit geworden – oder die Wirklichkeit ein Traum. Solche Momente sind rar; wer vermag zu entscheiden, was wahr ist? Danach schütteln erstaunt die Menschen die Köpfe und ertragen den Spott derer, die nicht dabei waren. Denn erklären läßt es sich nicht, nur erfahren. Doch folgendes geschah:

Beherzt ging Uther auf das Tier zu, und dieses senkte den Kopf und ließ sich auf seine Vorderpfoten fallen. Der Hochkönig streckte dem Bären die Hand hin, und der Bär schob wie ein Hund, der seinen Herrn erkennt, seine Schnauze auf die Hand des Königs. Mit seiner anderen Hand streichelte Uther dem Bären den riesigen Kopf.

Verblüfft starrten die Männer hin: Ihr Herr und ein Bär begrüßten einander wie alte Freunde. Auf unerklärliche Weise waren sie das vielleicht ja.

Ich werde nie erfahren, was Uther zu tun glaubte, denn er konnte sich nicht genau daran erinnern. Doch die beiden standen so ein paar Augenblicke lang da, dann ließ Uther die Hand sinken und wandte sich ab. Einer der Hunde knurrte und sprang vor; dabei riß er seinem Führer die Leine aus der Hand. Der Bär richtete sich auf, als der Hund einen Satz machte, und versetzte ihm einen Schlag mit seiner großen Pfote. Der Hund purzelte fort, vor Schmerzen aufheulend und mit gebrochenem Rückgrat.

Der Traum endete mit dem Gekläff des verendenden Hundes. Im Nu fielen die anderen Hunde über den Bären her. Der Hauptmann packte Uther am Arm und zog ihn in Sicherheit. Dann ließen die Krieger ihre Speere sausen.

Der Bär fauchte, schlug mit seinen Klauen in die Luft und zerbrach die Speerschäfte, als wären sie aus Schilf. Doch er empfing Wunden, und schon floß Blut. Vor Schmerz und Wut brüllend, stürzte das große Tier, und die Hunde rissen ihm die Kehle heraus.

»Nehmt sie fort!« schrie Uther. »Nehmt die Hunde fort!«

Die Hunde wurden weggezerrt, und abermals herrschte Stille. Der Bär war tot, sein Blut sammelte sich schwarz und zähflüssig auf den Steinen unter seinem riesenhaften Körper. Die diesseitige Welt hatte ihr Recht behauptet – wie immer mit nackter, unbarmherziger Gewalt.

Doch einen Augenblick lang – und wenn er auch noch so kurz gewesen war – erfuhren diejenigen, die im Hof standen, etwas von der Anmut und dem Frieden der Anderswelt.

Es gibt Leute, die behaupten, es sei Gorlas gewesen, der in jener Nacht der Geburt seines Enkels die Ehre habe erweisen wollen. Oder der Geist des großen Bären, dessen Blut in jener Nacht zum Opfer auf den Steinen vergossen worden sei, habe den Weg zu dem Kind gefunden, das in jener Nacht geboren wurde.

Denn als wir wieder die Tür zum Saal erreichten, hörten wir das Kind, das freudig aus vollem Halse schrie. Ein herzhafter Schrei im Augenblick der Geburt ist ein gutes Zeichen. Uther schüttelte sich wie einer, der aufwacht, und sagte zu mir: »Es ist … ein Knabe.«

»Ein Sohn«, hätte er fast gesagt.

»Warte hier. Ich lasse dir das Kind herausbringen. Es ist besser, wenn Ygerna dich nicht sieht.«

»Wie du wünschst, Uther.« Ich machte Pelleas ein Zeichen, zurück in den Wald zu gehen und unsere Pferde zu holen.

Er eilte den Pfad hinab, und ich wartete an der Tür. Die Leute, die von dem Lärm im Hof aufgeschreckt worden waren, kamen vorbei, um sich den Bären anzusehen, den die Männer dort, wo er lag, bereits abzogen. Ja, es war ein Riese unter den Bären.

Pelleas brachte die Pferde. Wir hatten vorgehabt, das Kind unbemerkt mitzunehmen. Doch der Bär hatte das vereitelt. Die Leute wußten nun, daß wir da waren, und würden erfahren, daß wir das Kind mitgenommen hatten. Daran ließ sich nun nichts mehr ändern; wir würden auf die Hand des Herrn vertrauen müssen und kühn unseren Weg gehen.

Beim Warten sahen wir den Männern zu, die sich an dem Bären zu schaffen machten. Als das Fell abgezogen war, zerlegten sie das Tier und verfütterten Herz und Leber an die Hunde. Das übrige Fleisch würde für das Fest gebraten oder gekocht werden.

Ja, ich hatte es vergessen: Weihnachten. Ich drehte mich um und sah im Osten, daß der Morgen nicht mehr fern war. Schon erhellte sich der Himmel am Horizont; er war erst grau, dann rosig, dann rostfarben. Ich hörte Schritte hinter mir. Uther kam mit einem in Pelz gehüllten Bündel an. Er verzog keine Miene. Hinter ihm ging eine Frau.

»Hier«, sagte er knapp. »Nimm es.« Dann hob er plötzlich sanft – vermutlich war es das einzige Mal, daß ich Uther Pendragon sanft erlebt habe – eine Ecke des Pelzes hoch und strich mit den Lippen über das winzige Köpfchen. »Leb wohl, Neffe«, sagte er und blickte dann zu mir auf. Ich dachte, er würde mich fragen, wohin ich das Kind bringen wollte, denn er dachte sicher daran, aber er schlug lediglich das Fell wieder zu und sagte: »Geh jetzt.«

»Für das Kind wird gesorgt werden, Uther. Keine Sorge.«

»Ygerna schläft«, sagte er. »Ich will bei ihr wachen.« Er drehte sich um, sah die Frau hinter sich stehen und erinnerte sich. »Ich schicke dir diese Frau mit; sie wird das Kind stillen. Gleich steht ein Pferd für sie bereit.« Er wandte sich zum Gehen, doch hielt ihn etwas zurück. Er zauderte, während sein Blick auf dem Bündel in meinen Armen ruhen blieb. »Verlangst du sonst noch etwas?«

Die Männer kamen auf uns zu und trugen das Bärenfell in den Saal. »Ja, Uther«, antwortete ich, »das Bärenfell.«

Er sah mich neugierig an, befahl aber, daß das rohe Fell zusammengerollt und hinten an meinem Sattel festgebunden wurde. Währenddessen führte ein Stallbursche ein Pferd für die Frau herbei. Als sie aufgestiegen war, reichte ich ihr das Kind. Dann nahm ich die Zügel ihres Pferdes in die Hand und führte es zusammen mit meinem durch das Tor den schmalen Pfad hinab. Vor der Burgmauer sahen uns mehrere Bewohner des Caers nach, doch keiner sagte etwas oder folgte uns.

Während das Tageslicht sich hochkämpfte und die Wolken im Osten sowie die schneebedeckten Hügel golden und rot färbte, ritten wir durch das zerklüftete Tal zurück auf die sanften, öden Hügel jenseits von Tintagel. Über uns in der kalten Winterluft flatterten kreischend Seemöwen.

Der Gedanke an eine Seereise im Winter gefiel mir nicht. Doch wir mußten so rasch wie möglich nach Dyfed kommen. Die Straße ist für ein Neugeborenes kein Ort, und im Winter bleiben sogar diejenigen drinnen, die sonst auf ihr zu Hause sind. Die Überfahrt über das Mor Hafren war unumgänglich, wenngleich die Aussicht darauf alles andere als willkommen war. So viele Menschen verlieren im Winter auf See ihr Leben, daß die meisten Schiffer sich in der trügerischen Jahreszeit jedem Handel verweigern.

Wie dem auch sei, es gibt immer welche, die sich kaufen lassen. Etwas glänzendes Gold, und sie handeln wider jedes natürliche Empfinden und riskieren Leib und Leben für ein Unterfangen, das sie sonst nicht in Betracht ziehen würden. Folglich fiel es uns nicht schwer, ein Boot zum Übersetzen zu finden. Trotz alledem warteten wir vier Tage lang auf ruhiges Wetter.

Mir war die ganze Zeit über unbehaglich. Doch wenn jemand unser Vorbeikommen bemerkt hatte, erfuhren wir nichts davon, denn wir begegneten auf der Straße keinem Menschen, noch nahm der Seemann sonderliches Interesse an uns. Sobald wir uns auf den Preis geeinigt hatten, stellte er keine Fragen mehr und ging still und tüchtig seiner Beschäftigung nach.

Wenn er sich etwas dachte, dann vermutete er in der Frau sicher meine Gattin und in Pelleas meinen Diener. So gut es ging, half ich diesem Eindruck nach, stellte mich schützend vor die Frau und das Kind, kümmerte mich um ihre Bequemlichkeit. Die Frau, eine Unglückliche, deren Gatte umgekommen war, als sein Pferd auf Tintagels mörderischem Pfad gestürzt war und deren eigenes Kind erst einige Tage zuvor von der Auszehrung hingerafft worden war, war nicht so alt, wie ich zuerst gedacht hatte.

Im Verlauf der Reise kehrte ihre von Kummer und Sorge verheerte Schönheit allmählich wieder zurück. Sie lächelte häufiger, wenn sie das Kind hielt, und dankte Pelleas und mir für kleine Aufmerksamkeiten. Die Frau, die Enid hieß, säugte das Kind bereitwillig und wiegte es so liebevoll, als wäre sie seine richtige Mutter. Und ich vermutete, daß die Nähe des Säuglings, seine Hilflosigkeit und Abhängigkeit die Wunde in ihrem Herzen zu heilen begonnen hatte.

Endlich kam der Tag der Überfahrt. Es war naß und kalt – die Art von Naßkälte, die einem bis ins Mark dringt und dort bleibt –, der Wind war böig und messerscharf. Doch er brachte die See nicht gegen uns auf. Daher kamen wir rasch voran und landeten sicher. Ich zahlte dem Schiffer den doppelten Preis und tat es mit Freuden.

Sobald wir das Mor Hafren hinter uns hatten, kamen wir schnell in Tewdrigs Reich und suchten in der ersten Nacht in der kleinen Abtei am Meer bei Llateilo Zuflucht, wo der berühmte Bischof Teilo Kirche und Kloster errichtet hatte. Am nächsten Tag, der frostig war, mit einem klaren, hohen und flammendhellen Himmel, ritten wir den restlichen Weg bis Caer Myrddin.

In dieser Jahreszeit geht die Sonne früh unter. Die Dämmerung hielt noch vor, doch die ersten Wintersterne standen bereits am Himmel, als wir Tewdrigs Festung erreichten. Die Marktstadt war nur noch ein trauriges Mahnmal an vergangene Zeiten und lag nun verlassen – vielleicht für immer.

Wir trieben unsere Pferde durch die Ruinen und schlugen den Hügelpfad zur Burg ein. Von vielen Herdfeuern stieg in die stille

Nachtluft silberner Rauch auf, und als wir näher kamen, schwebte uns der Duft gebratenen Fleisches entgegen. Man hatte uns natürlich kommen sehen, so daß wir am Tor von einem jungen Mann mit einem spärlichen braunen Bart empfangen wurden. »Seid gegrüßt, Freunde«, rief er uns zu, während er sich uns in den Weg stellte. »Welche Angelegenheiten führen euch in dieser kalten Winternacht an Tewdrigs Herd?«

»Sei gegrüßt, Meurig«, erwiderte ich, denn uns stand Tewdrigs ältester Sohn gegenüber. Es kamen noch mehr Leute herbeigelaufen und betrachteten uns mit höflicher, aber unverhohlener Neugier. »Aus dir ist ein Mann geworden, wie ich sehe.«

Als er aus meinem Mund seinen Namen vernahm, trat er näher. »Dir zu Diensten, Herr. Woher kennst du mich?«

»Wie könnte ich den Sohn meines Freundes König Tewdrig nicht kennen?«

Er legte den Kopf schräg. Ich glaube, meine Begleitung, eine Frau mit einem Säugling im Arm, verwirrte ihn. Doch einer der Umstehenden erkannte mich, denn es flüsterte jemand: »Der Emrys ist da!«

Den Namen hörte Meurig. Sein Kopf schnellte hoch, und er legte mir eine Hand aufs Zaumzeug. »Vergib mir, Herr Emrys«, sprach er, »ich habe nicht gewußt, daß du es bist...«

Ich schnitt seine Entschuldigung mit einer Geste ab. »Da gibt es nichts zu vergeben. Doch wenn wir jetzt hinein dürften – es wird allmählich dunkel, und das Kind wird frieren.«

»Sogleich, Herr.« Er winkte einigen Leuten, sich unserer Pferde anzunehmen, und wir saßen ab. Einer rannte zum Saal, um unsere Ankunft zu verkünden, so daß uns Tewdrig persönlich entgegenkam, als wir über den Hof gingen.

»Aus deinem Sohn ist ein stattlicher Mann geworden«, sagte ich zu Tewdrig, nachdem wir einander begrüßt hatten und für Enid und das Kind gesorgt war. Wir saßen mit einer dampfenden Schale Glühwein am Herd. »Ich erinnere mich nicht, daß er so gut gewachsen war.«

»O ja, er ist wahrhaftig gewachsen, der Bursche.« Er lächelte, über das Kompliment erfreut. »Er hat vor einem Jahr geheiratet und wird noch vor dem Frühjahr ein Kind haben.« Plötzlich lachte er. »Aber ich wußte gar nicht, daß du dir ein Weib genommen hast.«

»Leider war ich zu beschäftigt.«

»Das kann ich mir gut vorstellen. Also sage mir, was geschieht auf der Insel der Mächtigen, von dem ich wissen sollte?«

»Von Gorlas' Tod wirst du gehört haben«, erwiderte ich.

»Eine schlimme Sache, ganz schlimm. Es hat mir leid getan. Er war ein guter Feldherr.«

»Dann weißt du auch von der Heirat des Hochkönigs. Und was das übrige angeht, wirst du besser Bescheid wissen als ich, denn ich war die ganzen Monate auf Ynys Avallach.«

»Nicht beim Pendragon?« Darob runzelte Tewdrig die Stirn.

»Uther hat seine eigenen Ratgeber«, erwiderte ich schlicht.

»Das mag sein, aber du ...«

»Es ist besser so. Ich habe Uthers Gehör, wenn es nötig ist, und er meines. Ich bin's zufrieden.«

Wir nippten einen Moment an unserem süßen Wein und spürten, wie der warme Trank die Kälte in uns wegtaute. Und Tewdrig wartete, daß ich ihm mitteilte, warum ich gekommen war. »Wie es der Zufall will«, hub ich an und stellte meinen Becher beiseite, »bin ich für den Hochkönig hier.«

Tewdrig beugte sich vor. »So?«

»In einer nicht unwichtigen Angelegenheit, Fürst Tewdrig. Deine Vertraulichkeit ist vonnöten.«

»Was ich tun kann, will ich tun. Für dich, Emrys Myrddin, wie auch für den Hochkönig. Dessen sei dir sicher.«

»Hab Dank, mein Freund. Doch um was ich dich bitten möchte, läßt sich nicht so leicht gewähren, und ich möchte, daß du es dir sorgfältig überlegst – vielleicht mit deinen Ratgebern darüber sprichst, ehe du dich darauf einläßt.«

»Wenn du es wünschst. Doch wenn du es für angebracht hältst, zu mir zu kommen, dann kann ich dir versichern, daß ich dir keine Bitte abschlagen werde. Denn ich denke, wenn ich dir nicht helfen könnte, wärest du nicht zu mir gekommen.«

Hatte er bereits erraten, warum ich hier war? Tewdrig war verschlagen. Seine nächsten Worte bestätigten meinen Verdacht.

»Es geht um das Kind, ja?«

Ich nickte. »So ist es.«

»Wessen Kind ist es?«

»Das von Aurelius und Ygerna.«

»Das habe ich mir gedacht«, meinte Tewdrig nachdenklich.

»Zwar nicht Uthers Fleisch, doch vom selben edlen Blut. Der Pendragon legte also keinen Wert darauf, das arme Ding in seinem Haus zu haben, um daran erinnert zu werden, daß seine eigenen Sprößlinge dem Thron nicht näher stehen.«

»Ins Schwarze getroffen«, stimmte ich zu. »Doch das Kind muß in Sicherheit leben, denn...«

Tewdrig nickte ernst. »Denn es wird sicherlich zum nächsten Pendragon von Britannien!«

Ich versichere, daß ich so blind wie jedermann sein kann. Und das ist der Beweis dafür: Bis Tewdrig dies gesagt hatte, hatte ich dergleichen nie ernstlich erwogen. Und selbst damals glaubte ich noch nicht daran. Für mich war das Kind nur ein Säugling, den es vor dem maßlosen Ehrgeiz anderer zu schützen galt, nicht der künftige König. Meine Blindheit war vollkommen.

Die Taten und Geschehnisse in der damaligen Gegenwart, muß ich gestehen, beschäftigten mich mehr als dieses eine kleine Leben. Weiter blickte ich nicht. Das ist die schlichte Wahrheit, und sie zuzugeben ist keine Freude.

Tewdrig fuhr fort: »Ach, ich erkenne die Schwierigkeit. Sobald Morcant oder einer von dieser Sorte erführe, daß Aurelius einen Erben hat, wäre das Leben des Kleinen keinen Heller wert.«

»Er wird sich gewiß selbst eine Gefahr sein – und vielleicht auch denen, die um ihn sind.«

»Pah! Sollen sie versuchen, dem Kind etwas zuleide zu tun! Sollen sie es nur versuchen, und sie werden sich bald vor gerechtem Zorn fürchten lernen.«

Es war keine eitle Prahlerei, denn Tewdrig war kein Aufschneider. Doch ich brauchte mehr als seine treue Entrüstung. »Ich weiß, daß ich darum keine Sorge zu haben brauche, Tewdrig. Deine Stärke und Klugheit und die deines Volkes werden von höchster Wichtigkeit sein. Denn das Kind muß nicht nur geschützt, sondern auch aufgezogen und unterwiesen werden.«

»Gwythelyn wohnt nicht weit in Llandaff. Der Knabe wird gut unterrichtet werden, keine Sorge.« Tewdrig schlürfte seinen Wein und lächelte breit. »Aurelius' Sohn in meinem Haus. Das ist eine Ehre.«

»Es ist eine Ehre, die verborgen bleiben muß. Er darf nicht

länger Aurelius' Sohn sein. Von diesem Tag an ist er bloß ein Kind, das an deinem Herd aufgezogen wird.«

»Ich verstehe. Dein Geheimnis ist bei mir sicher aufgehoben, Myrddin Emrys.«

»Es ist jetzt unser Geheimnis, Tewdrig«, gemahnte ich ihn. »Und wir wollen nicht mehr davon sprechen.«

»Nicht mehr«, stimmte Tewdrig ein. »Außer, um mir mitzuteilen, wie das Kind heißt? Wie soll es gerufen werden?«

Ich schäme mich, es zuzugeben, aber an einen Namen für das Kind hatte ich nicht gedacht. Noch hatten Uther und Ygerna ihm einen Namen gegeben. Ich war einfach zu sehr mit seiner Sicherheit beschäftigt gewesen, um darüber nachzudenken. Doch einen Namen mußte der Knabe bekommen...

Wenn ein Wort gebraucht wird, wird es einem auch geschenkt. Und auch damals kam mir wie so oft der Name ungewollt über die Lippen: »Artus.«

Gleich nachdem ich das Wort ausgesprochen hatte, hörte ich wieder die Stimmen meiner Erscheinung: das Geschrei der Menge in Londinium: »Artus! Artus! Heil, Artus!«

Tewdrig beobachtete mich genau, die Brauen besorgt zusammengezogen. »Fehlt dir etwas?«

»Nein«, beruhigte ich ihn. »Das Kind – soll Artus heißen.«

Tewdrig probierte den Namen. »Artus ... na schön. Ein ungewöhnlicher Name, fürwahr. Was bedeutet er?«

»Ich glaube, er wird sich seine Bedeutung selbst schaffen müssen.«

»Dann müssen wir dafür sorgen, daß er dazu lang genug lebt«, erwiderte Tewdrig. Er griff wieder zu seinem Becher und hob ihn hoch: »Auf Artus! Gesundheit und langes Leben, Klugheit und Kraft! Möge er sich den Heldenanteil am Erbe seiner Väter erringen!«

XVI

Wir blieben eine Weile in Caer Myrddin und wären gern noch länger geblieben, als das Wetter besser wurde und ich mit Pelleas nach Ynys Avallach zurückkehrte. Unterwegs begegneten wir niemandem. Doch einen Tagesritt von Dyfed entfernt überkam mich große Schwermut. Eine namenlose Sehnsucht, scharf und stechend wie ein Gram.

Mir kamen alle Verluste in den Sinn, die ich erlitten hatte. Und nacheinander erblickte ich die Gestalten und Gesichter derer, die durch mein Leben gegangen waren und nun im Staub der Erde lagen:

Ganieda, schönste Tochter, Gattin und Geliebte; ihr klarer Blick und ihr schallendes Lachen; ihr schimmerndes, langes und dunkles Haar; ihr schlaues Lächeln, wenn sie ein Geheimnis hatte; die Süße ihrer Lippen, wenn wir uns küßten…

Hafgan, der Oberdruide, der die Welt von der luftigen Höhe seiner großen Weisheit beobachtete; der die Neugier eines Kindes willkommen hieß; der die einfachste Bewegung mit Würde erfüllte; der standhaft für das Licht eintrat…

Dafyd, die verkörperte Güte, die beseelte Freundlichkeit; eifriger Forscher, Verteidiger und Krieger der Wahrheit; bereitwilliger Gläubiger, der den Unglauben der anderen nicht verurteilte; Sämann der Guten Saat im Acker der Menschenherzen…

Gwendolau, unerschütterlicher Gefährte; kühn in der Schlacht und in der Freundschaft; der erste, der den Becher hob, und der letzte, der ihn wegstellte; der tief vom Quell des Lebens trank; einem Kampfgefährten zuliebe weder Schmerz noch Entbehrung kannte…

Blaise, der letzte wahre Barde; scharf an Wahrnehmung und Verstand; von unverrückbarer Hingabe, fester Tugend; ein Feuerbrand am trockenen Zunder der alten Bräuche…

Und andere: Elphin… Rhonwyn… Maelwys… Cuall… Aurelius…

Diese Niedergeschlagenheit hielt den Frühling und Sommer über an. Ich wandte mich immer stärker meinem Vater zu und fragte mich, welche Art Mensch Taliesin gewesen war. Ich bedauerte, ihn nie gekannt zu haben, und weinte um den Klang seiner Stimme beim Gesang. Mein Gram, der erst nur reiner Kummer war, wuchs zu schwarzem Haß auf Morgian, die an seinem Tod schuld war.

Daß sie lebte und die Luft der Erde atmete, während Taliesin und so viele andere gute Menschen hatten verderben müssen, erzürnte mich.

Mir kam in den Sinn, sie zu töten.

Ich sann sogar, wie sich die Tat bewerkstelligen ließe. Und ehe der Frühling vorüber war, hatte ich mir jede Einzelheit für ihren Tod ausgedacht – ja, in meinem Herzen hatte ich sie mehrfach umgebracht.

Ich fürchtete mich auch nicht, meinen Plan in die Tat umzusetzen. Ich glaube, wenn ich mir selbst überlassen geblieben wäre, hätte ich sie gesucht und erschlagen. Doch bleiben wir nur selten uns selbst überlassen. Jesus, der über das Tun der Menschen wacht, ist es nicht zufrieden, daß einer aus seiner Herde ausscheidet oder lange ohne ihn bleibt. Wäre es anders, dann, so bin ich mir sicher, hätte ich mich zu Morgian in den versinkenden Höllenschlund gesellt.

Es begab sich folgendes:

Eine Frau mit einem Knochenleiden, das dazu führte, daß diese spröde wie Stecken wurden, rasch brachen und nur langsam wieder heilten, kam zum Schreinhügel. Der kleinste Schlag verursachte ihr eine schmerzhafte Schwellung, die tagelang anhielt. Sie hatte lange unter diesem Übel gelitten, stets die schlimmsten Qualen erduldet, hatte mit dem Arm in einer Schlinge gearbeitet, war auf einer Krücke umhergehumpelt – so leicht brachen die kleinen Knochen an ihren Händen und Füßen.

Doch sie brachte einige Verwandte dazu, sie zum Schrein zu schaffen, denn sie hatte von der Heilkunst gehört, welche die Brüder dort ausübten. In Wirklichkeit hatte sie von den Wundern vernommen, die Charis mit ihrem Können vollbrachte. Daher kam sie in dem schlichten Glauben, geheilt zu werden.

Entsetzt, vermute ich, hatte Charis meine wachsende Bitternis und Betrübtheit bemerkt. Sie hatte mich darauf angesprochen, aber ich war nicht in der Lage, ihr zuzuhören. Darum nahm sie mich an dem Tag, an dem sie sich um die Frau kümmern wollte, mit. Für mich war es ein Tag voll Finsternis, und da es mir gleichgültig war, wo ich war und was ich tat, begleitete ich sie zum Schrein.

Die Frau, die weder jung noch alt war, trug ein geflicktes grünes Kleid, das an den Ärmeln und am Saum zerschlissen war, jedoch so sauber, wie sie es hatte bekommen können. Sie lächelte, als Charis in den Raum trat, den die Brüder zur Behandlung Kranker eingerichtet hatten. Es befanden sich noch mehr Leute dort – andere Kranke, einige Brüder in ihren grauen Gewändern. Wie süßer Regen kam von dem Heiligtum auf dem Hügel der Klang von Psalmengesängen zu uns herab.

»Wie heißt du?« fragte Charis freundlich, als sie sich auf einem Hocker neben dem Lager der Frau niederließ.

»Uisna«, erwiderte sie mit vor Schmerz verzerrtem Lächeln.

»Darf ich deine Hände sehen, Uisna?« Charis ergriff die Hände der Frau. Sie waren zart und hatten schöne lange Finger; doch wurden sie von häßlichen blauen und braunen Flecken entstellt. Die Frau wimmerte schwach, als Charis ganz, ganz sacht die blauen Flecken betastete. Ich sah, daß allein die Berührung ihr weh tat.

Mit ihren Füßen und Beinen verhielt es sich ebenso: Ihre Schönheit war von der Erbarmungslosigkeit ihrer Krankheit entstellt. Ein Bein war früher einmal gebrochen und schlecht geschient worden; es war krumm und verunstaltet. Ich mußte wegsehen.

»Kannst du mir helfen?« fragte Uisna leise. Es war ein Flehen, ein Gebet. »Es tut sehr weh.«

Zu meinem Erstaunen antwortete Charis: »Ja, ich kann dir helfen.«

Wie war das möglich? Wenn ich meine Mutter nicht genau gekannt hätte, hätte ich sie für verschlagen oder gedankenlos gehalten, etwas so Unmögliches zu versprechen. Aber sie fuhr fort: »Der Gott dieses Ortes hilft allen, die seinen Namen anrufen.«

»Dann nenne mir bitte seinen Namen, damit ich ihn anrufen kann.«

Charis blickte der Frau geradewegs in die schmerzerfüllten

Augen und erwiderte: »Sein Name lautet Jesus, König der Liebe und des Lichts, Allmächtiger, Herr des Himmels. Er ist der Sohn des Gütigen Gottes, des Ewigen.«

Keiner hatte erwartet, was darauf geschah. Denn kaum hatte Charis den Namen ausgesprochen, fiel der Kopf der Frau nach hinten und ein entsetzlicher Schmerzensschrei entrang sich ihrer Kehle. Ihr Körper wurde stocksteif, die Sehnen an ihrem Hals und ihren Armen traten hervor. Sie fiel auf ihr Lager zurück und wand sich.

Charis sprang auf, und ich eilte näher. Sie streckte ihre Hand aus, um mich abzuhalten: »Nein, komm nicht näher. In ihr steckt ein böser Geist.«

Der Körper, der sich auf dem Lager hin und her warf, fing zu lachen an – ein Übelkeit bereitendes, widerwärtiges Geräusch. »Du kannst dieser Hure nicht helfen!« schrie die Frau mit rauher, heiserer Stimme. »Sie gehört mir! Ich bringe sie um, wenn du sie anrührst.«

Die Brüder stürmten an Charis' Seite und besprachen sich rasch. Einer von ihnen rannte aus dem Raum und kam einige Momente später mit einem Holzkreuz und einer Phiole voll Salböl wieder. Inzwischen zuckten die Glieder der armen Frau so heftig, daß ich fürchtete, sie würden zerbrechen. Dabei gellte ohne Unterlaß das grauenhafte, irrsinnige Lachen.

Der Mönch trat mit dem Kreuz und dem Öl näher, aber Charis meinte zu ihm: »Laß es mich tun, aber ich brauche Hilfe. Geh zu den Brüdern im Heiligtum und sage ihnen, sie sollen uns durch ihr Gebet stärken.«

Der Mann eilte wieder davon, und Charis nickte mehreren anderen Brüdern zu, die dabeistanden. »Haltet sie, damit sie sich nicht verletzt«, sagte sie. Die Mönche knieten neben dem Lager nieder und ergriffen sanft, aber fest die schaudernden Gliedmaßen der Frau. Auch Charis, die das Kreuz und die Phiole in Händen hielt, kniete am Lager nieder.

»Im Namen Jesu Christi, des lebendigen Gottessohns, beschwöre ich dich unreinen Geist und verlange, daß du von dieser Frau weichst.«

Die arme Frau wurde sofort von heftigem Zittern befallen, Krämpfen, die jeden Teil ihres Körpers erfaßten, sie immer wieder auf das Strohlager zurückwarfen, sosehr die Brüder sich auch mühten. Gleichzeitig brach sich das abscheuliche Gelächter Bahn und gluckerte wie aus großer Ferne aus ihrer Kehle.

»JEE-E-E-U-U-S-S!« zischte sie voll bösem Entzücken und stieß einen unwiederholbaren Fluch gegen den heiligen Namen aus.

Die Mönche wichen fassungslos zurück. Doch Charis zuckte mit keiner Wimper. Sie streckte das Kreuz in ihrer Hand aus. »Schweig!« befahl sie. »Du sollst den heiligen Namen nicht lästern!«

Der Geist verzerrte das Gesicht der Frau zu einem grausigen Grinsen. »Oh, oh, bitte zürne mir nicht«, jammerte das Ding. »Bitte, edle Dame, zürne mir nicht.«

»In Jesu Namen, ich befehle dir zu schweigen«, beharrte Charis.

Die Frau zuckte, ihr Bauch schwoll an und ihren Eingeweiden entwichen ekle Dünste. Sie spuckte, und der Speichel war gelb vor Eiter. Sie lachte und machte die entstellten Beine breit, während sie ihre stinkenden Winde abließ.

Da tauchte Abt Elfodd auf, bekreuzigte sich und betrat den Raum. »Bruder Birinus hat mir gesagt, ich solle sofort kommen«, flüsterte er und stellte sich hinter Charis. »Was soll man tun?«

»Ich habe ihm Schweigen geboten«, erwiderte Charis. »Aber es ist ein eigensinniges Ding. Es auszutreiben wird schwierig werden.«

»Ich werde mich seiner annehmen, Schwester«, erbot Elfodd sich.

»Nein«, lächelte Charis und ergriff seine Hand, »ich habe es angefangen, ich will es zu Ende führen. Sie befindet sich unter meiner Obhut.«

»Nun gut. Doch ich will dir beistehen.« Er nickte den Mönchen zu, sich im Raum zu verteilen. Sie knieten nieder und begannen, ein Gebet zu singen.

Die Frau lag reglos da und hechelte wie ein atemloser Hund. Als sie den Abt erblickte, machte sie große Augen, sie kreischte und spuckte noch mehr von dem widerlichen Gift. Ihre Hände verwandelten sich in Klauen, und sie streckte sie nach ihm aus, um ihn zu kratzen. Dabei stieß sie die ganze Zeit schamlose Worte aus.

Charis kniete wieder nieder und hielt das Kreuz vor sich. Ich staunte über ihre Haltung: Sie war so ruhig, so selbstsicher. »Uisna«, sagte sie freundlich, »ich werde dir jetzt helfen.« Sie lächelte mild, ein Lächeln so voll Schönheit und Hoffnung, daß ich glaube, ihr Lächeln allein hätte jegliche Krankheit zu heilen vermocht. »Freue dich! Es ist Gottes Freude, dich heute zu heilen, Tochter.«

Die arme Uisna verdrehte die Augen im Kopf und spie noch mehr Eiter und Galle aus, dann begann sie daran zu würgen.

Der Abt beugte sich über sie und hob ihr den Kopf hoch. Da schnellte ihr Arm hoch und traf Elfodd mit solcher Wucht im Gesicht, daß er gegen die Wand geschleudert wurde. Die Mönche beteten lauter.

»Ich bin unversehrt«, sagte Elfodd, sich das Kinn reibend. Er kehrte an seinen Platz zurück. »Fahre fort.«

»Im Namen des Allerhöchsten, des Herrn und Schöpfers von allem, was ist, sichtbar und unsichtbar, im Namen seines heiligen Sohnes, Jesus, des geliebten Freundes und Erlösers der Menschheit, klage ich dich an, böser Geist. Ich befehle dir, von dieser Frau zu weichen und sie in Frieden zu lassen.« Charis hielt der Frau das Kreuz vors Gesicht. Uisna zuckte vor ihm zurück, während ein Ausdruck aus Schrecken und Triumph über ihre Züge glitt.

»Im Namen Jesu Christi, weiche!« rief Charis.

Sogleich stieß die Frau einen qualvollen Schrei aus. Es war, als würde sich die Sonne verdunkeln und ein tosender Wind den Raum erfüllen, daß es kalt wurde. Der unsichtbare Sturm fuhr einmal herein, zweimal, noch einmal; dann hob er das Ried vom Dach und flog in den klaren blauen Himmel hinaus.

Wie eine Tote lag Uisna da: schlaff, mit aschfahlem Gesicht, ohne einen Atemzug im Leib. Doch Charis legte ihr das Holzkreuz auf den Busen, nahm die entstellten Hände der Frau in ihre eigenen und begann sie sanft zu reiben. Abt Elfodd hob die Ölphiole empor, sprach einen Segen und salbte Uisnas Haupt.

Dann beteten Charis und Elfodd gemeinsam für die Frau; sie baten Jesus, ihr ihre Sünden zu vergeben, sie an Körper und Seele gesund zu machen und in seinem Königreich zu empfangen. Alles geschah in großer Schlichtheit, und als sie geendet hatten, sagte Elfodd: »Wache auf, teure Schwester, du bist geheilt.«

Blinzelnd schlug Uisna die Augen auf. Verwirrt sah sie die beiden über sich an. »Bin ich…? Was ist geschehen?«

»Du bist gerettet«, erwiderte Abt Elfodd. »Du bist geheilt.«

Langsam setzte Uisna sich auf. Sie hob die Hände empor und sperrte vor Staunen den Mund auf. Die gräßlichen Flecken waren verschwunden, und ihr Fleisch war weiß und glatt. Sie hob den Saum ihres Kleides an, und ihre Füße und Beine waren nicht mehr verunstaltet; das Fleisch war fest und gesund, das einst gebrochene Bein wieder gerade.

»Oh!… Oh!« rief Uisna und schlang die Arme um Charis. Tränen strömten ihr übers Gesicht.

Laut priesen die Mönche Gott. Abt Elfodd umarmte die Frau, und als könnten sie nicht länger schweigen, fingen die Glocken des Heiligtums kräftig zu läuten an. Kurz darauf quollen die Mönche in den Raum, um an der Freude ob des Wunders teilzuhaben.

»Du mußt im Glauben fortfahren, Schwester«, ermahnte Elfodd sie sanft. »Schwöre der Sünde ab, Uisna, erwähle dir Jesus zum Erlöser und vertraue allein auf ihn. Bleibe erfüllt von Gott und seinem Heiligen Geist, damit der böse Dämon nicht wiederkommen kann – andernfalls kehrt er siebenfach zurück.«

Und mir – mir war plötzlich so, als würde der Raum sich um mich zusammenziehen, mich ersticken. Ich hielt es nicht länger dort aus. Den Klang der Dankgebete und Preislieder in den Ohren, floh ich den Ort, in kurzen Stößen atmend.

Später fand Charis mich im Schilfrohr unterhalb des Schloßfelsens mit den Füßen im Wasser sitzen. Die Sonne neigte sich am Nachmittagshimmel. Charis setzte sich still neben mich ans Ufer und legte mir eine Hand auf die Schulter.

»Ich habe dich aus dem Krankenzimmer laufen sehen«, sprach sie leise.

Bekümmert schüttelte ich den Kopf. »Es tut mir leid, Mutter, doch ich konnte es nicht mehr ertragen – ich mußte fort von dort.«

»Was fehlt dir, mein Falke?«

Durch einen Schleier aus Tränen blickte ich zu ihr auf. »Ich hatte Angst«, seufzte ich und ließ den Tränen freien Lauf. »Ich hatte Angst… und ach, ach, Mutter, ich habe versagt… ich habe versagt…«

Zärtlich schloß Charis mich in ihre Arme. So hielt sie mich lange und wiegte mich behutsam und sanft. »Erzähle mir, mein Sohn, warum hast du versagt?« sprach sie schließlich.

»So vieles«, antwortete ich nach einer Weile, »so vieles wollte ich vollbringen. Und nichts habe ich erreicht. Ich bin zum Verräter an meinem Geburtsrecht geworden. Ich bin umhergeschweift; ich bin weit umhergestreift, Mutter; und ich habe mich an eitle Dinge vergeudet – weil ich Angst hatte.«

»Wovor hast du dich gefürchtet?«

Ich brachte es kaum über mich, das Wort auszusprechen. Doch ich drückte die Augen fest zu und zwang mich dazu: »Morgian.«

Charis erwiderte lange nichts. Sie war so lange still, daß ich sie ansah und bemerkte, daß sie ihre Augen geschlossen hielt und unter den Lidern stumme Tränen vergoß.

»Mutter?«

Sie lächelte tapfer. »Ich hatte geglaubt, ich sei von ihr frei. Jetzt weiß ich, daß ich es niemals sein werde. Doch ihre Macht gehört dieser Welt an.«

»Das weiß ich – zumindest wurde ich heute daran erinnert... Diese arme Frau...«

»Uisna ist geheilt, Merlin. Gott hat sie wiederhergestellt.«

»Gibt es viele wie sie?«

»Ja«, seufzte Charis und blickte über den See zum Palast hinüber, »und es werden ihrer immer mehr. Sie ist seit dem Winter die dritte. Abt Elfodd hat mir berichtet, daß es andernorts dasselbe ist. Er hat mit dem Bischof darüber gesprochen – es ist von einer Seuche die Rede.«

Ich verzog das Gesicht. »Eine Seuche böser Geister?«

»Bischof Teilo meint, es sei eine zu erwarten. Denn wenn das Reich Gottes wachse, gerate Satan in Zorn. Der Böse suche uns stets vom Wissen von Gott fernzuhalten, denn dann seien wir ihm wehrlos ausgeliefert.« Sie lächelte wieder. »Doch wie du heute gesehen hast, sind wir alles andere als wehrlos.«

Ich erinnerte mich jenes Tages auf dem Berg in Celyddon und schauderte. Eine Seuche böser Geister – ein gräßlicher Gedanke. Ja, fürwahr, unser Herr war in seiner schlichten Güte mächtiger als der böse Feind mit all seinem Übel.

Das hatte ich an jenem Tag am Schrein erlebt, und ich war

gewarnt, ja gescholten und streng daran gemahnt worden, daß ich mich grundlos fürchtete. Morgian durfte man ins Antlitz sehen, Morgian war zu schlagen. Wie so vieles war diese Wahrheit bitter für mich, denn sie zwang mich unter dem Gewicht all meines Versagens in die Knie.

O ja. So oft war ich gescheitert, so viel Zeit und Mühe hatte ich verschwendet. Die Barbaren drohten noch immer, die engstirnigen Könige rangen noch immer miteinander um die Macht, die Segnungen der Zivilisation entschwanden dem Gedächtnis der Menschheit... Das Sommerreich war der Wirklichkeit kein Stück näher gerückt.

Ließ sich dafür Morgian die Schuld geben?

Nur zum Teil.

Es lag an Morgian und dem Herrn, der ihr gebot. Es lag an meiner eigenen Kurzsichtigkeit – oder an meinem mangelnden Glauben; das kam auf dasselbe heraus. Immer wieder hatte ich Gelegenheiten bekommen und nichts aus ihnen gemacht. Immer wieder hatte ich mich zurückgehalten, wenn ich geschwinder, machtvoller hätte handeln können. Warum? Warum nur?

Das Herz eines Menschen bleibt seinen Überlegungen stets ein Geheimnis. Und weiter? Ich brauchte nicht in meiner Unwissenheit und meiner Schande zu verharren. Ich konnte mich ändern. Da mir der Unterschied bewußt war, konnte ich den besseren Weg wählen.

»An was denkst du, Merlin?« frage Charis nach einer Weile.

»Ich denke, daß dies meine Schlacht ist. Ich bin lange genug vor ihr weggelaufen.«

»Was hast du vor?«

Ich schüttelte den Kopf. »Das weiß ich noch nicht. Aber es wird sich schon bald zeigen. Und beim Warten werde ich mich rüsten. Ich werde in Ynys Avallach bleiben und mich mit Gebeten und tiefem Nachdenken über Jesus Christus stärken.«

Da umarmte Charis mich wieder und küßte mich auf die Stirn. »Mein Falke, vergib dir, wie dir vergeben wurde. Mit deinem Scheitern stehst du nicht allein.«

Mehr sagte sie nicht. Bald darauf ließ sie mich allein. Aber ich hatte das Gefühl, mir sei vergeben worden. Ich betete: »Großes Licht, Dank sei dir, daß du mich aus meinem selbstischen Schlaf erweckt hast. Leite mich, mein König. Ich will dir folgen.«

Am übernächsten Tag kehrte Avallach aus Llyonesse heim. Er brachte gemischte Botschaft. Belyn ging es wieder besser, obwohl er sich nicht erholen würde und Samhain nicht zu erleben hoffte. Dennoch schien er zufrieden und hatte Avallachs Besuch begrüßt. Folglich hatten die beiden Brüder sich ausgesöhnt. Und Avallach hatte aus Belyn über Morgian in Erfahrung gebracht, was er vermochte.

»Es gibt nur wenig zu berichten«, teilte er mir mit. »Doch das wenige ist beunruhigend. König Loth ist tot, und Morgian hat die Orkaden verlassen. Wohin sie gegangen ist, weiß man nicht. Belyn erwartete, daß sie im Frühjahr nach Llyonesse zurückkommen würde, aber es ist weder ein Zeichen noch eine Nachricht von ihr eingetroffen.«

»Loth ist tot?« grübelte ich. »Dann fallen ihr jetzt zwei Throne zu.«

Der von Belyn und der von Loth: Beide würden von einem Abkömmling Morgians bestiegen werden. Zwei Königreiche waren der Königin der Luft und der Finsternis anheimgefallen – so wurde sie von den Menschen von Ynysoedd Erch genannt, den Eilanden der Furcht. Zwei Königreiche, eines im Norden und eines im Süden, standen unter ihrer Macht. Doch Morgians Einfluß erstreckte sich noch viel weiter – wie ich bald erfahren sollte.

Drei Tage später erreichte die Nachricht Ynys Avallach, daß Uther tot war.

XVII

Es ist merkwürdig, aber es waren zwei Jahre im Reich des Fischerkönigs an mir vorübergegangen. So sehr war ich dem Haß und der Verzweiflung verfallen, daß ich von der Welt draußen nichts wahrgenommen hatte – dem langsamen Verlauf der Jahreszeiten, dem langen, bedächtigen Sichdrehen der Erde auf ihrer gemessenen Bahn.

Jetzt war Uther tot.

Ich dachte darüber nach. Der kaiserlichen Linie Constantins war es nie zu blühen vergönnt. Beide edlen Söhne Constantins waren König geworden, und beide waren sie gleich ihrem edlen Vater nacheinander vor der Zeit gefällt worden.

Gift, hieß es abermals: einer von Gorlas' getreuen Dienern, der Uther die Schuld am Tod seines Herrn gegeben und die Blutschuld zu rächen gesucht habe. Das glaubten viele, obschon auch die Rede von einer rätselhaften Krankheit ging; anscheinend hatte Uther den Winter über an einem beharrlichen Siechtum gelitten. Ich packte meine Sachen zusammen und machte mich zum Aufbruch vom Schloßfelsen bereit.

»Leb wohl, mein Falke!« winkte Charis mir nach. »Wir werden dich im Kampf stärken.«

Sie hatte natürlich recht. Mein so lange gemiedener Kampf konnte endlich beginnen.

Ich schickte Pelleas nach Londinium voraus und reiste in größter Hast nach Tintagel, in der Hoffnung, nicht zu spät zu kommen. Doch nicht Uther galt nun meine Sorge. Ich wollte Ygerna treffen und mir Uthers Schwert holen. Denn es hatte sich die Nachricht verbreitet: Die Könige Britanniens versammelten sich in Londinium, um aus ihren Reihen einen neuen Hochkönig zu küren. Bei diesem Ereignis durfte ich nicht fehlen.

Ygerna empfing mich mit Freuden. Tapfer trug sie ihren Verlust, aber sie war müde und wollte ihren Kummer mit jemandem teilen. In der Tat herrschte um Uther keine große Trauer. Er war kein Hochkönig gewesen, der beim Volk auf Liebe und Zuneigung gestoßen war. Was er für Britannien geleistet hatte – seine kühnen Schlachten, seine glänzenden Siege –, war bereits in Vergessenheit geraten. Das einzige, woran das Volk sich noch erinnerte, war, daß er Gorlas getötet und Ygerna geheiratet hatte. Mehr wußte es nicht mehr, und das wenige war eine Lüge.

Ich traf die zwiefach verwitwete Königin an, als sie auf dem Wall stand und auf die See hinausblickte; ihr Haar flatterte im Meereswind. Im schwächer werdenden Licht wirkte sie zerbrechlich und zugleich wundersam stark – zerbrechlich wie der Kummer, stark wie die Liebe. Als ich näher trat, drehte sie sich flink um, lächelte und streckte mir die Hände entgegen. »Myrddin, da bist du. Willkommen, teurer Freund.«

»Ich bin sofort aufgebrochen, als die Nachricht mich erreichte, meine Königin«, erwiderte ich und faßte sie an den Händen. Ihre Finger waren kalt, obschon die Nachmittagssonne warm auf der Mauer lag. Dann kam sie zaudernd näher, umarmte mich keusch und streifte mir mit ihren kalten Lippen über die Wange. Ich hielt sie lange an mich gedrückt, denn mir war bewußt, daß sie eine junge Frau war, die des Trostes einer besänftigenden Berührung bedurfte.

»Möchtest du dich ein wenig zu mir setzen?« fragte sie mich und trat zurück, wieder ganz Königin.

»Wenn du es wünschst.« Wir gingen die Mauer entlang zu einem grauen Steinblock, der aus dem Wall ragte. Sie ließ sich darauf nieder und bot mir den Platz neben ihr an.

»Es ist alles so rasch gegangen«, sagte sie unvermittelt mit trauriger, leiser Stimme. »Er war auf der Jagd und kam mit einem Unwohlsein zurück – es war für ihn ein schlechtes Frühjahr gewesen, darum sprach er gar nicht von seiner Übelkeit. Er ging zu Bett und wachte nachts mit Fieber auf. Er blieb den ganzen nächsten Tag liegen, was ihm gar nicht ähnlich sah. Ich sah zweimal nach ihm, doch er beklagte sich nicht. Ich erwartete ihn des Abends zum Mahl und begab mich, als er nicht erschien, in sein Gemach.«

Sie drückte mir fest die Hand. »Ach, Myrddin, er saß auf seinem Stuhl... sein Körper war kalt, und er war tot...«

»Es tut mir so leid, Ygerna.«

Sie schien mich nicht zu hören. »Das Merkwürdige war: Er hatte seinen Schild neben sich, und sein Feldzeichen; er trug seinen ledernen Brustharnisch. Sein Schwert lag in seinem Schoß. Es sah aus, als würde er gegen einen Feind ziehen wollen.« Die Königin senkte den Kopf und seufzte. »Ich habe nicht mehr mit ihm gesprochen. Ich habe ihm nicht gesagt, daß ich ihn liebe – ich wollte es ihm so gern sagen, und dann war es zu spät. Myrddin, warum kommt immer alles zu spät?«

Das Branden der See am Fuße der Landzunge und das Kreischen der schwebenden Seemöwen erfüllten mich mit unaussprechlicher Traurigkeit. Ich legte meinen Arm um Ygerna, und wir saßen gemeinsam in der Sonne, lauschten den Möwen und den Wellen, empfanden den Trost zweier weinender Herzen.

Die Sonne verschwand hinter einer Wolke, und der Tag wurde plötzlich kalt. »Wo liegt er begraben?« fragte ich auf dem Weg nach drinnen.

Sie antwortete mir nicht gleich. Doch dann lag Triumph in ihrer Stimme: »Neben Aurelius.«

Jesus segne sie, sie hatte für Uthers Andenken getan, was sie konnte. Es war auf jeden Fall richtig, daß die beiden nebeneinander begraben lagen, doch Ygerna wollte, daß ihre Namen im Nachruhm und in der Wertschätzung des Volkes verbunden blieben. Sie hatte den Gatten, den sie liebte, neben dem, den das Volk liebte, bestattet.

Als wir uns dem Saal näherten, legte sie mir eine Hand auf den Arm und sagte: »Ich trage Uthers Kind.«

»Weiß das jemand?«

»Meine Aufwärterin. Sie hat Schweigen gelobt.«

»Sieh zu, daß sie ihr Versprechen hält.«

Ygerna nickte. Sie hatte verstanden. »Wird es zum Kampf kommen?«

»Möglicherweise. Ja, vermutlich.«

»Ich verstehe«, erwiderte sie geistesabwesend. Da beschäftigte sie noch etwas, das sah ich. Sie wog ihre Worte sorgsam ab. Ich wartete, bis sie selbst damit herauskam.

Unter uns grollte das Meer, ruhelos wie Ygernas Herz. Ich spürte ihr Unbehagen. Dennoch wartete ich.

»Myrddin«, sprach sie schließlich mit erstickter Stimme. »Da Uther nun tot ist...« Ihr fehlten die Worte. Sie vermochte nicht auszudrücken, was sie empfand. »Da der König nun verschieden ist, wäre es vielleicht nicht...«

»Ja?«

Sie drückte mir die Hand und blickte mich ernsthaft an: Ich hatte die Macht, ihr ihren Herzenswunsch zu gewähren oder zu verweigern. »Mein Kind – mein Sohn. Bitte, Myrddin, wo ist er? Ist er in Sicherheit? Darf ich nach ihm schicken?«

»Es geht nicht, Ygerna.«

»Doch jetzt... jetzt, da Uther...«

Sacht schüttelte ich den Kopf. »Die Gefahr ist darob nicht geringer. Im Gegenteil. Mit Uthers Tod ist sie gewachsen. Bis du Uthers Kind zur Welt gebracht hast, bleibt Aurelius' Sohn der einzige Erbe.«

Ygerna ließ ihren Kopf sinken. Das Kind hatte ihr Gemüt und ihre Gedanken sehr beschäftigt, wie es bei jeder Mutter der Fall gewesen wäre. »Darf ich zu ihm?«

»Das wäre, fürchte ich, nicht klug«, erwiderte ich. »Es tut mir leid, ich wünschte, es wäre anders.«

»Bitte, ich möchte ihn nur sehen...«

»Na schön«, lenkte ich ein, »das läßt sich einrichten. Aber es braucht Zeit. Artus muß...«

»*Artus*...«, flüsterte sie, »so hast du ihn also genannt.«

»Ja. Bitte verstehe doch. Ich hätte mich anders verhalten, doch Uther hatte mir keinen Namen gegeben. Ich hoffe, du bist damit einverstanden.«

»Es ist ein schöner Name. Ein starker Name, glaube ich.« Sie lächelte wehmütig und wiederholte sich den Namen. »Das hast du gut gemacht. Ich danke dir.«

»Ich habe dir das Kind weggenommen, Herrin, und du dankst mir. Fürwahr, du bist eine bemerkenswerte Frau, Ygerna.«

Sie forschte mit ihrem Blick in meiner Miene und fand offenbar, was sie gesucht hatte. »Du bist gut, Myrddin. Du hast mich vor allen anderen Menschen wie deinesgleichen behandelt. Ich will tun, was immer du sagst.«

»Im Augenblick brauchst du nichts zu tun. Später, wenn über das Hochkönigtum entschieden ist – nun, überlassen wir die Sorgen von morgen dem Morgen.«

Ihrem Lächeln war die Erleichterung anzusehen. Wir traten in den Saal und plauderten über andere Dinge. Wir speisten angenehm zu Abend und zogen uns früh zurück. Am nächsten Morgen bat ich sie um das Schwert und eine der Drachenstandarten, die Uther als Zeichen des Hochkönigtums ersonnen hatte.

Ygerna gab mir die Dinge und meinte: »Dunaut war hier und wollte das Schwert. Ich wollte es ihm nicht geben. Ich habe ihm gesagt, Uther sei damit begraben worden.« Sie hielt inne und lächelte schuldbewußt. »Es tut mir nicht leid, gelogen zu haben.«

»Du hast gut daran getan, ihm das Schwert nicht zu geben«, erwiderte ich. »Es wäre uns wohl schwergefallen, es von ihm wiederzubekommen. Fürwahr, es wird uns noch schwer genug werden, daß er seine Finger davon läßt.«

»Leb wohl, Myrddin Emrys. Laß von dir hören, wenn du an mich denkst... Ich würde gerne wissen, was bei der Königskür geschieht.«

»Leb wohl, Ygerna. Ich werde dir selbst davon berichten, falls ich kann, wenn alles vorbei ist.«

Ein paar Tage darauf wich ich auf der Ebene oberhalb von Sorviodunum und dem Riesentanz vom Weg ab: an dem großen, alten Steinring, den die Leute in der Gegend die Hängenden Steine nennen, weil die riesigen Felsplatten bei bestimmtem Tageslicht über dem Boden zu schweben scheinen.

Der Ring stand allein auf der Kuppe eines breiten, sanften Hügels. Es war niemand in der Nähe, und ich hatte auch keinen Menschen erwartet. Kalt, ungeheuer groß, geheimnisvoll, mieden die Menschen die meiste Zeit den Kreis. Er erinnerte sie daran, daß es in der Erde Geheimnisse gab, von denen sie nie erfahren würden, daß die Wunder eines früheren Zeitalters ihrer Kenntnis auf immer entzogen waren, daß ein klügeres Volk als sie hier gelebt hatte und daß auch sie eines Tages vergehen würden wie die Ring- und Grabhügelbauer vor ihnen, daß das Leben auf dieser Welt flüchtig und kurz ist.

In der Nähe graste eine kleine Viehherde, und in dem Graben um die Steine streiften blökend ein paar Schafe umher. Ich ritt zwischen die stehenden Steine bis zum inneren Ring und saß ab. Die beiden Zwillingsgrabhügel – ein neuer und ein mit kurzem Gras überwachsener – lagen still nebeneinander.

Zwischen den Hängenden Steinen ächzte der Wind, und die blökenden Schafe hörten sich an wie die körperlosen Stimmen jener, die ein Stück weit von dem großen Kreis in ihren irdenen

Kammern begraben lagen. Oben am weißen, leeren Himmel segelten auf lautlosen Schwingen schwarze Krähen. Und es hatte den Anschein, wie das Bergvolk glaubte, daß dieser Ring die Stelle bezeichnete, wo zwei Welten aufeinanderstießen.

Es war geziemend, daß die beiden Bruderkönige dort lagen, wo die Welten sich trafen: auf ewig vereint. Uther würde nie von der Seite seines Bruders zu weichen brauchen, und Aurelius würde die Fürsorge seines Bruders niemals missen. Keiner würde mehr vom anderen getrennt werden.

Beim Anblick des kahlen Erdhügels sank ich auf die Knie und sang:

Ich verbrachte die Zeit im Morgengrauen, ich schlief in
einem purpurnen Schatten;
Ich war ein Wall unter kühnen Kaisern,
Ein Mantel um die Schultern zweier Könige,
Der schimmernde Bogen zweier fröhlicher Speere vom
Himmel.
In Annwfn werden sie die Schlacht vorantreiben,
Mit goldenen Taten werden sie den immerwährenden Feind
aufspüren,
Sieben mal Hundert haben sich im Tod vor ihnen gebeugt,
Sieben mal Tausend werden sie siegreich preisen.
Tapfere und wahrhafte Könige, ihr Blut ist kalt,
Ihr Lied hat geendet.

O Uther, wie tief bedauere ich deinen Tod. Wir waren argwöhnische Freunde, doch wir verstanden einander. Möge es dir wohl ergehen, mein König, auf deiner Reise in die Anderswelt. Allmächtiger, nimm diese schweifende Seele in deine Schar auf, einen treueren Gefolgsmann wirst du nicht finden. Denn ich erkläre dir höchst feierlich, König des Himmels, daß Uther nach dem Licht lebte, das in ihm war.

Mögen alle Menschen auf Erden solches von sich behaupten können.

Bis ich nach Londinium kam, war die Hatz schon im vollen Gange – das heißt, die nach der Krone lechzenden Hunde hatten bereits die Witterung des Hochkönigtums aufgenommen und waren ihm heiß auf der Fährte. Das Rudel wurde natürlich von Dunaut und seinen Freunden Morcant und Coledac angeführt. Doch ihnen dicht auf den Fersen folgten weitere: Ceredigawn mit der Unterstützung seines Vetters Rhain aus Gwynedd, Morganwg aus Dumnonien und seine Söhne, Antorius und Regelus von den Cantiern im Süden sowie Orgyvan aus Dollgellau.

Es wären noch mehr gewesen, ja es würden noch mehr werden, sobald diejenigen einträfen, deren Reiche weiter entfernt lagen. Bisher war alles nur Prahlen und Stolzieren, das Großtun der Kämpfer vor dem Wettbewerb. Das eigentliche Ringen hatte noch nicht begonnen.

Bischof Urbanus, der vor Unentschlossenheit außer sich war, begrüßte mich zerstreut. »Merlinus, ich bin froh, daß du gekommen bist. Um dir die Wahrheit zu sagen: Beim Friedenhalten zwischen den Herren bin ich mit meinem Latein am Ende. Was sie zueinander sagen«, jammerte er und setzte eine erschrockene Miene auf, »und das in einer Kirche!«

»Es wird noch schlimmer kommen, ehe es besser wird!« warnte ich ihn.

»Dann weiß ich nicht, wie die Sache ohne Blutvergießen abgehen soll.« Ernst schüttelte er den Kopf. »Trotzdem halte ich es für recht, eine so wichtige Angelegenheit auf geweihtem Boden zu regeln.«

Urbanus war gar nicht so beunruhigt, wie er tat. Im Grunde seines Herzens entzückte es ihn, bei der Königswahl seine Hand im Spiel zu haben – und wenn er nur das Dach stellte, unter der sie stattfand. Man täusche sich nicht: Daß die Königskür in einer Kirche stattfinden sollte, war nichts Geringes. Denn es bedeutete, daß die Fürsten Aurelius' Beispiel aufnahmen. Sie fühlten sich bei der Kirche wohl und ließen sich gern in ihren Angelegenheiten von ihr beistehen.

Dennoch gab ich mich keinen Illusionen hin, daß diejenigen, die unter Urbanus' Dach weilten, sich nicht ebensogut in einem Stall oder einer Lehmhütte versammelt hätten, wenn sie ihnen angeboten worden wären. Ihre Augen waren auf die Krone, nicht auf das Kreuz gerichtet.

»Und ich scheue mich nicht, dir zu sagen«, fuhr Bischof Urbanus fort, »daß dies alles zum ungelegensten Zeitpunkt geschieht. Falls du es nicht schon erraten hast – wir erweitern das

Gebäude. Wenn die Maurer fertig sind, werden wir im Anschluß an die Basilika über eine Apsis und ein großes Längsschiff verfügen. Und auch einen richtigen Narthex mit einem Eingangsbogen werden wir haben, wie die größeren Kirchen in Gallien.«

Mir waren die Bauarbeiten natürlich nicht entgangen. Um die Kirche herum lagen Haufen von Bauschutt; auf Holzgerüsten arbeiteten Maurer, und Steinmetzen schnitten die großen Blöcke im Hof zurecht. Ich nahm an, daß die Arbeiten von Aurelius bezahlt worden waren – ganz gewiß, denn Uther hätte für ein solches Unterfangen niemals Geld gegeben.

Urbanus' Stern war eindeutig am Steigen, und er ergötzte sich daran. Na schön, sollte er seine große Kirche haben; es konnte nichts schaden – solange er im Herzen aufrichtig und im Geist demütig blieb.

Die Könige waren nicht die einzigen, die sich für das Hochkönigtum interessierten. Statthalter Melatus hatte auch einige der mächtigsten Beamten zusammengerufen. Was sie vorhatten, vermag ich nicht zu sagen. Zweifellos sahen sie in der Versammlung der Könige eine Gelegenheit, einen geringen Teil ihrer schwindenden Macht zurückzufordern. Die römische Herrschaft lebte, wenn überhaupt, nur noch im Gedächtnis von Greisen und in den lateinischen Titeln, die sie trugen.

Pelleas fand für uns eine Bleibe – das Haus eines reichen Kaufmanns namens Gradlon, der unter anderem mit Wein, Salz und Blei handelte und dem die Schiffe gehörten, die seine Waren beförderten. Gradlon war mit Statthalter Melatus befreundet und besaß in Londinium großen Einfluß. Ich vermute, daß Melatus von seinen Freunden verlangt hatte, ihre Häuser allen zu öffnen, die an der Königswahl beteiligt waren, damit er über die Ereignisse auf dem laufenden blieb.

Gradlon war jedoch ein ehrlicher Gastgeber und machte aus seinen Verbindungen kein Geheimnis: »Ein Kaufmann zollt demjenigen Tribut, der sein Geschäft gesund hält. Ist es ein König, beuge ich das Knie; ist es ein Kaiser, küsse ich ihm den Saum. Steuern zahle ich so oder so.« Nachdrücklich streckte er seinen dicken Zeigefinger hoch. »Doch die zahle ich gern, solange die Straßen und Seewege offenbleiben.«

Der Statthalter hielt mit den Beamten in seinem Palast Rat. Sie wollten ein Ultimatum aufsetzen und es Kaiser Aetius vorlegen:

Entweder sollte er Truppen schicken, oder er würde Britanniens Gutwilligkeit einbüßen.

Britanniens Erhalt war, ob gut- oder böswillig, dem Kaiser nie viel Schweiß wert gewesen. Nun ja, ein paar Generationen lang war dem Kaiser vermutlich ein wenig an dem Zinn, dem Blei und dem Korn gelegen, das die Briten ablieferten. Doch diese kleine Insel hatte die Römer weit mehr gekostet, als sie jemals einbrachte.

Als nun der Rest des Kaiserreichs unter den erbarmungslosen Schlägen der Barbarenaxt blutete, waren die Sorgen des kleinen Britanniens dem Kaiser kein Kopfzerbrechen mehr wert. Die unbedeutenden Krämpfe eines von Bremsen geplagten Hundes in seinen Stallungen entlockten ihm womöglich mehr Mitgefühl.

Daß sie dies nicht merkten, darum taten mir der Statthalter und die Beamten leid.

Eine Zukunft gab es für uns nur als Britannien, nicht als römische Provinz Britannia. Sich etwas anderes einzubilden war Torheit. Die Wirklichkeit kann sehr streng sein; sie bestraft diejenigen, die sie zu lange übersehen.

Die Könige waren andererseits kaum besser. Sie glaubten anscheinend, daß die Bedrohung durch die Barbaren sich mit persönlicher Machtsteigerung auffangen ließe: je größer der König, um so mehr würden die Sachsen erzittern.

Was ich von solchen Annahmen halte, brauche ich wohl nicht zu sagen.

Nun, und so begann die Ratsversammlung der Könige: uneins in der Frage, wer dazu geeignet sei, zwischen denen zu entscheiden, die Macsen Wledigs Schwert schwingen wollten. Die Frage, wie dieses Problem zu klären sei, vergrößerte die Feindseligkeiten unter den Fürsten nur noch.

Die einzig vernünftigen Stimmen waren die von Tewdrig und Custennin. Doch bis sie eintrafen, hatten sich die übrigen schon zu hoch hinter den Mauern ihrer unhaltbaren Positionen verschanzt, um ihnen noch zuzuhören. In solchen Situationen obsiegt, wie ich bereits sagte, die Vernunft ja nie.

Jeden Tag, wenn die Könige in der Kirche zusammenkamen, um ihre Erörterungen zu beginnen, begleitete ich sie. Doch ich wartete meine Stunde ab. Ich sagte nichts, und keiner fragte mich. Ich geduldete mich, denn ich war mir sicher, daß ich eine

Gelegenheit bekommen würde, um einzuspringen. Mehr konnte ich gewiß nicht erwarten. Nur einen günstigen Augenblick. Den mußte ich nutzen.

Währenddessen saß ich auf meinem Platz und beobachtete alles. Ich forschte unter ihnen, sah mir jeden einzelnen genau an – den Tonfall, das Auftreten, Klugheit, Durchhaltevermögen. Ich wog sie alle, und keiner konnte Aurelius oder Uther das Wasser reichen. Herr, steh uns bei, ich wäre sogar um einen Vortigern froh gewesen!

Der fähigste unter ihnen war Custennin. Doch sein Königreich war nicht groß und lag im Norden. Das heißt, er verfügte nicht über den beinahe unerschöpflichen Reichtum der Könige im Süden, den er aber vermutlich brauchte, um zwei oder drei Höfe und eine Kriegerschar zu unterhalten, die groß genug war, um im Land die Ordnung zu bewahren. Und im übrigen machte seine nördliche Herkunft ihn im Süden verdächtig. Die Menschen im Norden wurden weitgehend für ungezähmte Wilde gehalten, denen jegliche Feinheit und Höflichkeit fehlte. Die Leute würden niemals einem König folgen, den sie kaum höher als einen Barbaren einschätzten.

Tewdrig, dachte ich, hätte größere Aussichten. Er war reich genug, um die Achtung der Könige des Südens zu gewinnen. Während die Demeten und Siluren zu den ältesten Stämmen der Briten zählten, waren sie jedoch auch die unabhängigsten. Es stand zu bezweifeln, daß die anderen Könige Tewdrig Gefolgschaft leisten würden, wenn sie sich schon über die Gleichgültigkeit und das Einzelgängertum von Dyfed beklagten. Im übrigen hatte ich den Verdacht, daß die Hochkönigswürde Tewdrig wenig bedeutete; seinen Sohn hätte sie vielleicht stärker gereizt, doch der hatte seine Führungskraft noch nicht unter Beweis gestellt.

Unter den anderen war Ceredigawn einigermaßen vielversprechend. Daß sein Großvater Ire gewesen war, ließ sich vielleicht hinnehmen, denn Ceredigawn war ein starker und aufrechter Herrscher. Doch der Umstand, daß seine Familie ihr Reich durch den unliebsamen römischen Brauch erworben hatte, gegen den Widerstand der einheimischen Bevölkerung in unruhigen Gebieten starke Herrscher einzusetzen, war ein dauerhaftes Hindernis. Folglich hatte seine Familie selbst nie den

Versuch unternommen, sich mit anderen Herrscherhäusern zu verbinden. Und darum war Ceredigawn, so fähig er auch sein mochte, nicht besonders beliebt.

Während die Tage sich voller widersinnigem Gehabe, lächerlichen Drohungen und atemberaubendem Hochmut hinschleppten, wurde mir klar, daß zwischen den Königen keine Einigung zu erzielen war. Fürst Dunaut, dem Herrn der wohlhabenden Briganten, gelang es, jede vernünftige Erörterung durch die haarsträubende Forderung zu hintertreiben, daß der künftige Hochkönig für das Heer zur Gänze aus seinem Privatvermögen aufkommen sollte.

Dunaut und seine Freunde bestanden darauf, daß das britische Heer nicht aus einer gemeinsamen Kriegstruhe bezahlt werden sollte, sondern daß die Freiheit Britanniens von der Freiheit des Hochkönigs abhänge, über das Heer zu gebieten. Und die kleinen Könige sollten ihm keine Steine in den Weg werfen können. Ansonsten würden diese der Versuchung erliegen, die Dinge dadurch zu beeinflussen, daß sie ihren Anteil an der Kriegskasse zurückhielten. »Der Hochkönig ist nur dann frei«, erklärte Dunaut, »wenn er aus seinem eigenen Vermögen herrscht.«

Das erzürnte Männer wie Eldof, Orgyvan und Ceredigawn, die zwar fähige Führer waren, aber schon genug zu kämpfen hatten, um ihre eigenen bescheidenen Heere zu unterhalten, weil ihre Länder einfach nicht so gut zum Anbau von Korn geeignet und ihre Minen nicht so voller Silber und Gold waren.

Während diese Forderung die Eitelkeit von Männern wie Morganwg von Dumnonien ansprach, der ebenfalls sehr reich und stolz war und in ihr den Kaiserpurpur aufblitzen sah, kam sie bei anderen nicht so gut an, die sich vielleicht hätten überreden lassen, aber Dunauts dünkelhaften Ehrgeiz durchschauten. Sie waren der Meinung, daß es unerträglich wäre, wenn Dunaut als Hochkönig über sie herrschte und nach seinem Belieben schalten und walten könnte; und schon gar nicht wollten sie ihn dabei ernstlich unterstützen.

Immer wieder stockte das Gespräch ob dieser Forderung; und solange sie nicht geregelt war, ließen Dunaut und seine Anhänger kein neues Thema zu. Andere Stimmen, andere Fragen wurden auf hunderterlei Weisen niedergeschlagen, überhört, entmutigt und fielen unter den Tisch.

Die Spannung wuchs; Gereiztheit machte sich breit; Feindseligkeit blühte auf. Allmählich bekam es den Anschein, als würden Bischof Urbanus' schlimmste Befürchtungen blutige Früchte zeitigen: Der nächste Hochkönig der Briten würde nur durch die scharfe Schneide des Schwertes gekürt werden.

Dann ereignete sich etwas Unvorhergesehenes. Zwei unerwartete Verbündete schienen dem drohenden Blutvergießen zuvorzukommen: Ygerna und Lot von Orkadien; ihr plötzliches, unerwartetes Auftreten erschreckte die Versammlung bis in die Knochen, denn diese hielt sich für den Mittelpunkt aller Schöpfung.

Lot ap Loth von der winzigen Inselgruppe der Orkaden im hohen Norden wirkte mit seinen schwarzen, geflochtenen Lokken und seinen Armreifen aus eingelegtem Gold, den Klanzeichen von blauem Waid auf den Wangen und seinem rotschwarz karierten Umhang wie ein Besucher aus der Anderswelt. Er traf mit dem Frost des nordischen Winters ein und kümmerte sich nicht um den Aufruhr, den sein Eintreffen verursachte: jung, hochfliegend, doch so ruhig auftretend, daß sein Blick Könige in Unruhe versetzte, die doppelt so alt waren wie er.

Die Ratsversammlung hatte sich gerade mit Lots Dasein abgefunden, als Ygerna auf den Plan trat. Mit einem Geleit aus Uthers Hauptleuten – soweit sie noch zu ihr hielten – schritt sie zielstrebig in die Kirche; sie wirkte streng, stark und schön. Königlich und zugleich schlicht gekleidet, trug Ygerna über einem weißen, in Silber gesäumten Kleid einen taubenblauen Umhang; ihren Hals umschloß ein schmaler Goldtorques. Jede Linie ihres Körpers kündete beredt von Macht und Vornehmheit. Ihre Anmut und ihr Auftreten waren ein Vorwurf an das aufgeblasene Gehabe der engstirnigen Könige.

Daß diese beiden so unvermittelt auftauchten, und zwar einander auf den Fersen, war vielleicht mehr als nur Zufall. Jedenfalls war die Wirkung auf die Versammlung unheimlich. Denn mit einemmal schlug die Stimmung um, während die Fürsten die Neuankömmlinge einschätzten und rechneten, wie sie diese unbekannten Größen am besten würden nutzen können. Keiner, davon bin ich überzeugt, hatte auch nur an die beiden gedacht oder überlegt, sie an dem Vorgang teilhaben zu lassen.

In der Tat hatte ich selbst völlig übersehen, daß Ygerna Uthers

Witwe war und als solche das Recht hatte, in der Ratsversammlung zu sitzen. Und nachdem sie nun da war, hegte ich einen Augenblick lang die Befürchtung, daß ihre Gegenwart die Könige noch an etwas anderes erinnern würde: Aurelius' Sohn.

Doch offenbar wußte keiner etwas davon, denn die Rede kam nicht darauf. Vielleicht war das Geheimnis ja doch gewahrt.

Und da Lot am Rande der Welt lebte, hatte anscheinend jeder angenommen, er habe kein Interesse an den Angelegenheiten des übrigen Reiches. Aber er hatte davon gehört und war gekommen.

Ich gestehe, daß mir sein Eintreffen nicht willkommen war – doch aus anderen Gründen als dem, daß er womöglich eine Bedrohung für das Hochkönigtum darstellen könnte. Nein, seine Abstammung beunruhigte mich. Lot war natürlich Loths Sohn; und Loth war Morgians Gatte gewesen.

Daß Morgians Sohn aus den Nebelschwaden der Nordeilande auftauchte, beunruhigte mich aufs höchste. Was hatte das zu bedeuten? Steckte Morgian dahinter? War das überhaupt eine Frage?

Zweifellos erachtete Morgian die Königswahl als eine Gelegenheit, eine andere Art von Macht zu erringen, als sie schon besaß. Doch warum sandte sie den Knaben? Warum kam sie nicht selbst? Wo war Lots Vater?

Während ich Lot auf der anderen Seite des Ratskreises betrachtete, versuchte ich zu erkennen, was für eine Art Mensch er war. Doch außer dem Umstand, daß er wie so viele im Norden bunte Farben und ein auffälliges Benehmen liebte, konnte ich nichts ausmachen.

Einmal überraschte Lot mich dabei, daß ich ihn beobachtete. Seine Reaktion verwirrte mich: Er starrte einen Moment lang zurück, lächelte dann langsam und legte sich den Handrücken an die Stirn – das alte Zeichen der Unterwerfung unter einen Herrn. Und als würde er den Gedanken an mich wegschieben, wandte er dann seine Aufmerksamkeit wieder der Versammlung zu.

Als spät am Tage die Versammlung auseinanderging, wartete ich draußen im Hof auf Ygerna. Ich sah den Maurern zu: Sie nutzten das letzte Licht des Tages, um den riesigen Schlußstein des großen Torbogens einzusetzen. Die Seile, die sie dafür gebrauchten, waren zu schwach und ihre Hebel zu kurz. Trotz aller Anstrengungen und kräftigen Flüche konnten sie den mächtigen Stein nur ein paar Schritt verrücken.

Sobald Ygerna in den Hof trat, erblickte sie mich und eilte auf mich zu. Zwei ihrer Hauptleute folgten ihr in respektvoller Entfernung. »Sei mir nicht böse, Myrddin«, fing sie gleich an. »Ich weiß, was du denkst.«

»Tatsächlich?«

»Du denkst, daß ich hier nichts zu suchen habe, daß ich hätte in Tintagel bleiben sollen, daß ich durch mein Hiersein alles nur noch schlimmer mache.«

Ich lächelte vor Vergnügen; sie war gar nicht so zielstrebig und selbstsicher, wie sie wirkte. »Ygerna, ich bin froh, daß du gekommen bist. Du bist mit ebenso großem Recht hier wie die übrigen. Und du könntest nichts schlimmer machen, als es schon steht, auch wenn dir daran gelegen wäre. Du hast also keinen Grund, dich hier ungelitten zu fühlen.«

Sie lächelte mit den Mundwinkeln nach unten. »Nun, du denkst vielleicht anders, wenn ich dir die Frage stelle, die ich im Sinn habe.«

»Dann stelle sie, aber glaube nicht, daß irgend etwas mich umstimmen kann.«

Sie blickte sich rasch um – wie eine Küchenmagd, die ein schuldhaftes Geheimnis ausplaudern will – und sagte leise: »Ich muß dich bitten, mir Uthers Schwert zurückzugeben.«

Ich dachte kurz darüber nach.

»Siehst du?« meinte die Königin schmollend. »Nun bist du mir böse.«

»Bitte. Ich bin dir nicht böse. Aber was willst du mit dem Schwert?«

»Ich habe gesehen, was sich hier tut. Sie behandeln mich zwar nicht schlecht, aber sie übersehen mich. Wenn sie mich nicht anerkennen, dann vielleicht das Schwert.«

Nicht zum ersten Male erriet das Herz einer Frau den Stand der Dinge aufs wahrhaftigste, und das viel schneller, als jeder Mann es vermocht hätte. Nach nur einem Tag in der Versammlung hatte sie die Krux der Sache erkannt: Ohne eigene Macht würde ihr die Achtung verweigert – auf höfliche Weise zwar, aber doch verweigert.

»Nun? Kann ich es zurückbekommen?«

»Natürlich, Herrin. Doch was hast du damit vor?«

Sie schüttelte den Kopf. »Das fällt mir ein, wenn es soweit ist. Ich werde Kadan noch heute abend losschicken, es zu holen.«

»Es liegt für ihn bereit.«

Als die Sache geklärt war, wandte sie sich dem Plaudern zu. »Es war eine sehr angenehme Reise – nicht wie beim letztenmal …« Sie hielt inne und erinnerte sich daran, wie sie mit Gorlas und Uther gekommen war. »Und doch werde ich jene Reise nie vergessen. Damals sah ich Uther zum erstenmal – es war das erstemal von so vielem.«

Gemeinsam gingen wir durch die schmale Gasse zu dem nahegelegenen Hause, wo sie untergekommen war. »Speise heute abend mit mir, Myrddin«, lud sie mich ein. »Es sei denn, du hast etwas Besseres vor.«

»Ich habe nichts Besseres vor«, erwiderte ich. »Es wäre mir eine Ehre, mit dir zu speisen, Ygerna. Und ich werde das Schwert mitbringen.«

Sie lächelte gewinnend. »Bist du mir wirklich nicht böse?«

»Wie käme ich dazu?«

Sie zuckte die Achseln. »Ich habe nur so gedacht.«

Ich kehrte zu Gradlons Haus zurück, wo Pelleas mich vor der Tür erwartete. »Er kam mit seinen Männern hierher. Ich konnte nichts ausrichten.«

Ich bemerkte fünf dralle, stämmige Pferde, die an den Ringen der Außenwand festgebunden waren. »Wer denn, Pelleas?«

»Lot.« Unglücklich zog er die Stirn kraus. »Er will mit dir sprechen.«

Nun, es blieb mir nichts anderes übrig, als ihn zu treffen. Ich ging ins Haus und fand es voller Fremder aus den Nordlanden. Lot stand an Gradlons Herd, mit dem Rücken zur Tür, einen Fuß auf dem Kaminbock, die Hände auf der Eisenkette, die dort hing.

Als ich eintrat, verstummten die Männer. Lot drehte sich um. Seine Augen waren wie der Schatten des Schnees – graublau und kalt wie Wintereis. Ich blieb in der Tür stehen, und er betrachtete mich obenhin, vertraulich.

Einen kurzen Augenblick hielt ich inne, dann trat ich in den Raum, in dem es vor versteckten Dolchen und unsichtbaren Speeren wimmelte.

XVIII

»Nun, Merlin Ambrosius – Myrddin Emrys«, sprach Lot schließlich. »Es ist mir eine Ehre.«

»Fürst Lot, ich habe dich nicht erwartet.«

»Nein, das denke ich mir. Anscheinend hat niemand in Londinium mich erwartet.« Er lächelte plötzlich verschlagen. »Doch es ist mir auch lieber so.«

Das unbehagliche Schweigen im Raum dauerte an. Ich brach es endlich: »Kann ich dir etwas anbieten? Gradlons Wein ist ausgezeichnet.«

»Ich trinke keinen Wein«, erwiderte er kühl. »Solchen Luxus gestatten wir uns in Orkadien nicht. Und an den Lastern des Südens habe ich nie Geschmack gefunden.«

»Met?« fragte ich. »Unser Gastgeber hat sicher nichts dagegen.«

»Bier«, sagte er und spreizte die Hände aus, als wollte er sagen: Da ist nichts zu machen. »Wie du siehst, ich bin ein Mann schlichter Freuden.«

Der spöttische Unterton, den er seinen Worten verlieh, deutete auf gefräßige Gier und rief mir Bilder unaussprechlicher Verkommenheit vor Augen. Doch er lächelte, als läge seine Ehre darin. Kein Zweifel: Er war seiner Mutter Sohn. Ich widerstand der Regung, aus dem Zimmer zu fliehen. Der einzige Grund, warum ich ihn überhaupt ertrug, bestand darin, daß ich wissen wollte, warum er angereist war.

Ich gab Pelleas, der schützend neben mir stand, einen Wink, daß er Bier holen sollte. Stumm machte Lot einem seiner Leute ein Zeichen, daß er Pelleas hinausfolgte. Ich sah keinen Zweck darin, weiterhin unnütz zu schwatzen. »Warum bist du gekommen?« fragte ich. Meine Unverblümtheit belustigte ihn.

»Und das Bier schäumt noch nicht einmal in den Bechern«, schalt er gutmütig. »Nun, Vetter, da du fragst, will ich es dir sagen. Es gibt nur einen Grund, von den wohltuenden Grenzen meines sonnenverwöhnten Reichs so weit nach Süden zu ziehen. Den kannst du dir gewiß denken.«

»Die anderen sind hier, um das Hochkönigtum zu erringen, aber ich kann nicht glauben, daß du es dir gewinnen möchtest.«

»Hältst du mich seiner für unwürdig?«

»Ich halte dich für unbekannt.«

»Dein Taktgefühl ist berühmt.« Lot warf den Kopf zurück und lachte. Düster kam Pelleas mit den Bechern herein. Er bot Lot den Gastbecher dar, der ihn annahm und ein paar Tropfen für den Gott des Herdes über den Rand verschüttete. Dann nahm er einen tiefen, gierigen Schluck.

Anschließend reichte er dem ersten seiner Männer den Becher und wischte sich mit den Fingerspitzen über den Mund. Er blickte mich scharf an. »Meine Mutter hat mich gewarnt, daß du schwierig sein würdest. Ich hatte mich schon gefragt, ob du die Klingen nicht mehr kreuzen wolltest.«

»Du hast meine Frage nicht beantwortet, Lot.«

Er zuckte die Achseln. »Mein ganzes Leben lang habe ich von Londinium gehört. Da habe ich mir eine Seereise eingebildet und zu meinen Führern gesagt: ›Gehen wir hin und sehen uns die Wunder selbst an. Wenn es uns dort gefällt, bleiben wir vielleicht.‹ Stell dir vor, wie überrascht wir waren, daß eine Königskür im Gange ist.«

Sein ganzes Benehmen bestand nur aus Spott. Doch in seiner Antwort entdeckte ich eine Spur von Wahrheit: Als er von Orkadien ausgesandt worden war, hatte er von der Königswahl nichts gewußt. Er war aus einem völlig anderen Grund aufgebrochen und hatte irgendwo unterwegs von der Ratsversammlung erfahren – vielleicht, wie er behauptete, erst bei seiner Ankunft. Dennoch hatte er meine Frage noch immer nicht beantwortet.

Ich schlürfte aus meinem Becher und reichte ihn weiter. »Da du nun einmal hier bist – was hast du vor?«

»Das hängt, wenn ich mich nicht täusche, davon ab, wie man mich behandelt.«

»Ich meine, daß ich für gewöhnlich so behandelt werde, wie ich die anderen behandle.«

»Ach, aber für einige von uns ist es nicht ganz so einfach, teurer Vetter. Wenn es nur das wäre.« Er schniefte unglücklich. »Nun ja, du wirst kaum etwas von den Widrigkeiten wissen, die geringere Sterbliche zu ertragen haben.«

Wollte er mich reizen? Das hielt ich für nicht unwahrscheinlich, obwohl ich keinen Grund dafür sah. »Ist dir das Leben so mühselig?« fragte ich, ohne ein bestimmte Reaktion zu erwarten. Doch als hätte ich an einer offen, schmerzlichen Wunde gerührt, verzog Lot das Gesicht. Seine Augen wurden schmaler und sein Lächeln wirkte angespannt.

»Mühselig, so würde ich nicht dazu sagen«, erwiderte er steif. »Wo ist der Becher?« Er griff danach, nahm ihn einem seiner Männer ab und trank den Rest aus. »So schnell leer? Dann müssen wir gehen«, sagte er und begab sich zur Tür.

Dort hielt er inne und sprach: »Weißt du, Myrddin, ich hatte gehofft, unsere erste Begegnung würde anders verlaufen.« Abrupt wandte er sich zum Gehen.

Wenn ich will, kann ich mein Wort beinahe unwiderstehlich werden lassen. »Geh nicht!« rief ich ihm nach. Lot blieb stehen. Nach einem Moment drehte er sich langsam um, als würde er eine Schwertspitze an seiner Kehle gewärtigen.

Die Unsicherheit dieser Bewegung sprach für ihn. Er war ein unerfahrener Knabe, der tapfer König spielte, und ich bekam Mitleid mit ihm. »So sollten wir nicht auseinandergehen.«

Seine graublauen Augen suchten in meinen nach einer Spur von Trug – in dessen Aufspüren er, glaube ich, ein Meister war –, entdeckte in mir jedoch nichts dergleichen. »Wie sollen wir denn auseinandergehen?« fragte er argwöhnisch, tastend.

»Als Freunde.«

»Ich habe hier keine Freunde«, entgegnete er unbedacht. Trotzdem war er sicherlich diesen Glaubens.

»Daran kannst du festhalten«, versetzte ich, »oder meine Freundschaft annehmen und sehen, daß du dich täuschst.«

»Ich täusche mich selten, Emrys. Leb wohl.« Seine Männer folgten ihm, und einen Augenblick später hörte ich auf der Gasse Hufgepolter. Fort waren sie.

Pelleas schloß die Tür und meinte dann zu mir: »Er ist ein gefährlicher Mensch, Herr Myrddin. Um so mehr, als er verwirrt ist.«

Ich wußte, daß Pelleas das Wesen eines Menschen bestens einzuschätzen vermochte. »Verwirrt ist er zweifellos. Doch glaube ich nicht, daß er mir übelwill. Ich bin mir nicht sicher, daß er weiß, was er will.«

Mein Gefährte schüttelte bedächtig den Kopf. »Wer sein Herz nicht kennt, den muß man fürchten. Halte dich von ihm fern, Herr.« Damit verlieh er meinen eigenen Ahnungen Ausdruck. »Wer weiß, wie Morgian den Jungen verbogen hat?«

War meine Begegnung mit Lot beunruhigend gewesen, so war das Mahl mit Ygerna ein Vergnügen. Sie hatte ihre feinsten Gewänder angelegt und wirkte in dem funkelnden, goldenen Schein Hunderter Kerzen – ein Licht, das von Ygerna selbst auszugehen schien – lieblicher denn je.

Als ich in das Zimmer trat, wo die Tafel aufgestellt worden war, küßte sie mich, faßte mich an den Händen und führte mich zu einem Stuhl. »Myrddin, ich hatte schon Angst, du würdest nicht kommen. Da wäre ich enttäuscht gewesen.«

»Warum denn, Herrin? Wer so viele Mahlzeiten kalt am einsamen Wegesrand gegessen hat wie ich, läßt sich keine Gelegenheit entgehen, in aller Bequemlichkeit zu speisen. Und wärest du ein Mann, würdest du niemals eine Dame enttäuschen, die so schön ist wie diejenige, die vor mir steht, meine Königin.«

Sie errötete mit dem Stolz eines unschuldigen Mädchens. »Teurer Myrddin«, murmelte sie und stutzte plötzlich. »Du hast das Schwert nicht mitgebracht?« Ygerna sah auf meine Hände, als würde sie es dort zu erblicken hoffen.

»Ich habe es nicht vergessen«, erwiderte ich. »Pelleas wird es nachher bringen. Ich habe für besser gehalten, es nicht mit mir herumzutragen. Es hätte jemandem auffallen können.«

»Ein kluger Gedanke.« Sie drehte sich zum Tisch um und goß Wein in zwei Silberbecher. Dann kniete sie neben meinem Stuhl und bot mir einen davon an. Es war die förmliche Geste eines Untertanen gegenüber seinem Herrn. Ich wollte etwas einwenden, aber sie streckte mir den Becher hin und sprach: »Gestatte mir, dich heute abend zu bedienen. Bitte, für all die Freundlichkeit, die du mir erwiesen hast, ist es nur ein geringes Entgelt.«

Sanft schüttelte ich den Kopf. »Alles, was ich dir erwiesen habe? Herrin, das ist der Ehre zuviel für mich. Ich habe nichts getan, um solche Zuneigung zu verdienen.«

»Wirklich nicht? Dann will ich es dir sagen: Als alle mich für ein törichtes Mädchen hielten, hast du mich wie eine Frau behandelt, die jedem Manne gleich ist. Du warst mir sogar ein wahrer

Freund, Myrddin. Und für eine Frau ist es auf dieser Welt schwierig, wahrer Freundschaft zu begegnen.« Sie drückte mir mit ihren kühlen Fingern den Becher in die Hand. »Trinken wir in Freundschaft.«

Wir tranken. Dann stand sie auf und richtete das Mahl auf dem Tisch. Ich ließ sie gewähren, und das machte sie glücklich. Jetzt stimmte es mich traurig, daß ich ihr die Freundlichkeit, von der sie sprach, nicht erwiesen hatte, weil sie Ygerna war und solcher Aufmerksamkeit wert gewesen wäre, sondern weil sie Aurelius' Braut und Uthers Gemahlin gewesen war. Fürwahr, ich hatte ihr als Mensch keine besondere Beachtung geschenkt. Doch ihr Leben auf dem Felsen am Meer war so öde, daß meine belanglosen Höflichkeiten ihr groß erschienen. Als ich daran dachte, überwältigte mich die Scham.

Großes Licht, wir sind alle blinde Menschen. Erschlage uns und laß es gut sein damit!

Ach, Ygerna, vertrauensvolles Herz, wenn du es nur geahnt hättest. Daß sie liebte, wo sie zu Recht hätte hassen sollen, darin lag ihre Größe. Obwohl Ygerna vermutlich selbst noch nichts davon wußte, handelte sie, glaube ich, aus reinem Herzen und keinem anderen Grund.

Pelleas irrte sich; wer nicht wußte, was er vorhatte, ließ sich ebenso leicht zum Licht wie zur Finsternis bekehren. Das Gute ist stets möglich, und die Erlösung liegt nie ferner als der nächste Atemzug. In gewisser Weise gemahnte Ygerna mich daran.

Wie dem auch sei: Als Pelleas mit dem Schwert kam, wurde mir klar, wie rasch der Abend verstrichen war. Ich wünschte Ygerna eine gute Nacht und trat in die sternklare Nacht hinaus, ohne den geringsten Verdacht zu hegen, was am folgenden Tag geschehen sollte.

Am nächsten Morgen versammelten die Könige sich abermals in der Kirche. Und abermals – wie alle anderen Male zuvor – wirkten Dunaut und Morcant darauf hin, den Vorgang mit beleidigenden und empörenden Forderungen aufzuhalten. Wenn sie ihren Ehrgeiz schon nicht in der Ratsversammlung durchzusetzen vermochten, hofften sie wenigstens, die anderen zu den Waffen zu reizen und auf diese Weise zu obsiegen.

Doch an jenem Tag nahmen die Dinge von Anfang an eine

andere Wendung. Ygerna und Lot waren anwesend und zwangen die anderen, sie zur Kenntnis zu nehmen. Während Dunaut sich zu einer langen Rede erhitzte, erhob Ygerna sich einfach von dem Stuhl, der für sie zu dem Kreis hinzugestellt worden war, und stand da.

Sie stand da, bis Dunaut, von ihrer stummen Anwesenheit abgelenkt, innehielt und sie ansah. »Meine Herren«, höhnte er, »es sieht so aus, als wünschte Königin Ygerna zu sprechen. Vielleicht weiß sie nicht zu beobachten, was sich in dieser Versammlung geziemt.«

»Oh, fürwahr«, erwiderte sie. »Ich habe in der kurzen Zeit, in der ich zu dieser edlen Runde gestoßen bin, sehr vieles beobachtet. Mir scheint, der einzige Weg, sich Gehör zu verschaffen, besteht darin, aus Leibeskräften zu schreien und die hier Anwesenden anzufechten. Das würde sich für mich kaum schicken, daher stehe ich und warte, bis man mir Aufmerksamkeit bezeugt.«

»Herrin«, sagte Dunaut entrüstet, »ich weiche dir.«

Kühl, aber höflich entließ sie ihn. »Danke, Fürst Dunaut.«

Es mußte sie ihre ganze Willenskraft kosten, so ruhig und beherrscht zu erscheinen. Doch ihre Haltung verriet keine Spur von Furcht oder Zaudern. Fürwahr, jeder hätte geglaubt, sie habe seit jeher mit machtlüsternen Königen zu tun. »Ich bin Uthers Witwe«, fing sie an – sie sprach langsam und mit Nachdruck –, »und davor war ich Aurelius' Witwe. Keine andere Frau hat, glaube ich, mit zwei Hochkönigen Tisch und Bett geteilt.«

Einige der Könige lachten unruhig. Doch obwohl Ygerna lächelte, ließ sie sich nicht zum Gespött machen, denn sie fuhr fort: »Keine andere Frau kann von sich behaupten, zweifach Hochkönigin von Britannien zu sein ... und keine andere Frau weiß, was ich weiß.«

Das brachte die Fürsten zum Schweigen. Sie hatten nicht daran gedacht, daß Aurelius und Uther ihr Geheimnisse anvertraut haben könnten. Doch jetzt dachten sie es bestimmt; ich konnte sie beinahe ächzen hören, als sie überlegten, was diese Frau wohl wissen mochte.

»Wir stehen im Krieg, meine Herren. Wir fechten hier gegeneinander, während die Sachsen zum Feldzug rüsten.« Diese Enthüllung, ausgesprochen von einer so schönen und selbstsicheren Frau, ernüchterte sie. »O ja, es stimmt. Oder glaubt ihr vielleicht, daß sie, als die Nachricht von Uthers Tod sie erreichte, die Waffen streckten und weinten?

Ich sage, sie weinen vor Freude darob. Sie sammeln ihr Heer und werden bald kommen.« Sie hielt inne und zog aller Augen auf sich. »Doch das wißt ihr bereits, meine Herren. Ich bin nicht hierhergekommen, um euch zu sagen, was ihr schon wißt.«

Gutes Mädchen, sie hatte sie wie in einem Fischernetz. Was würde sie als nächstes sagen?

Sie hob eine Hand hoch, und ihr Ratgeber Kadan kam mit einem in Tuch geschlagenen Bündel zu ihr. Er übergab es ihr und stellte sich dann neben sie. Ygerna trat in die Mitte des Raums und hielt das Bündel hoch, daß alle es sehen konnten. Dann fing sie an, das Tuch abzuwickeln.

Darunter blitzte es silbern und golden, und mit einemmal fiel das Tuch herab und enthüllte, was ich dort verborgen wußte: Britanniens Schwert.

»Dies«, sagte sie, es emporstreckend, »war Uthers Schwert, wie es vorher Aurelius gehörte. Doch einst, vor aller Zeit, befand es sich im Besitz des ersten Hochkönigs auf der Insel der Mächtigen. Und seither haben alle Hochkönige bis auf einen« – damit meinte sie natürlich Vortigern – »es besessen, denn es ist das Schwert Maximus' des Großen, des Kaisers über Britannien und Gallien.«

Sie drehte sich langsam im Kreis, damit alle genau sehen konnten, daß es über jeden Zweifel des Kaisers berühmte Schneide war. Durch die schmalen, hohen Fenster fielen lange, schräge Lichtstrahlen: Sie spiegelten sich in dem Stahl und entzündeten den großen Amethyst in Adlergestalt.

O ja, sie erkannten es. Die Gier, die heftig aus ihren Blicken funkelte, verriet alles. Dunauts rechte Hand spielte sogar an dem Heft an seiner Seite, als er sich vorstellte, wie es wohl sein mochte, die kaiserliche Waffe selbst zu tragen. Auch die Hände von anderen zuckten, während sie die Augen zusammenkniffen, um das Licht auf dem kalten, spitz zulaufenden, glatten Stahl spielen zu sehen.

Als Ygerna das Schwert mit beiden Händen über ihren Kopf hob, wurde es in dem Heiligtum still. »Meine Herren, dies ist

Britanniens Schwert, und es ist schändlich, darum zu streiten wie Hunde um einen alten Knochen!«

Dann senkte sie das Schwert mit der Spitze voran zur Erde, faltete die Hände über dem Heft, kniete langsam nieder und senkte ihr Haupt.

Ich weiß nicht, was sie betete. Das weiß niemand. Doch wie die Worte auch gelautet haben mögen, in dieser Kirche wurden wohl weder vorher noch nachher viele so von Herzen kommende Gebete gesprochen.

Ich sehe sie noch vor mir, wie sie in dem Kreis von Königen kniete. Ihr blauer Umhang liegt ihr über den Schultern; ihr Torques glänzt an ihrem schlanken Hals; ihre zarten Finger sind um das goldene Heft gefaltet; der große Juwel berührt ihre schöne Stirn. Das Licht, das auf sie niederströmt, umfängt sie wie in einer frommen Umarmung.

Wenn die Könige von ihren Worten in Verlegenheit gebracht worden waren, so waren sie ob ihres Vorbilds zu Tode beschämt. Herzlos fürwahr war der Mann unter ihnen, der dieses unschuldige Bild betrachten konnte, ohne Reue und Scham zu empfinden. Die Schuld ließ sie erstarren.

Als sie ihr Gebet schließlich beendet hatte, erhob sie sich, hielt das Schwert vor sich und ging langsam im Kreis.

»Ihr Fürsten von Britannien«, rief sie mit lauter, fester Stimme, »dieses Schwert gebührt dem, der nie versucht hat, sich über einen anderen zu stellen, dem, vor dessen innerem Auge unser Reich am hellsten erstrahlt, dessen Weisheit von Hoch und Nieder geschätzt wird, dessen Stärke als Feldherr und dessen Kühnheit in der Schlacht in den Sälen aus Holz und den Hütten aus Lehm gepriesen wird, von einem Ende dieses Reichs zum anderen ...« Ygerna war vor mir stehengeblieben. »Meine Herren, ich lege es nun in seine Hand. Laßt die unter euch, die es ergreifen wollen, es ihm entwinden!«

Damit legte sie mir das Schwert in die Hand und hielt es dort mit ihren beiden Händen fest. »Hier«, flüsterte sie, »sollen sie sehen, wie sie das ungeschehen machen!«

»Warum?« Meine Stimme war heiser vor Erstaunen.

»Du hättest niemals für dich selbst gesprochen.«

Sie drehte sich zu der Versammlung um und rief: »Wer will mit mir unserem Hochkönig Treue schwören?«

Ygerna kniete nieder und streckte die Hände aus, um nach alter Sitte meine Füße zu berühren. Die Fürsten sahen zu, rührten sich jedoch nicht.

Die Zeit verstrich, und es schien, als würde Ygernas edle Geste zuschanden kommen. Stehend oder sitzend, blieben die anderen stur auf ihren Plätzen. Das Schweigen wurde vor Trotz zu Stein.

Die arme Ygerna, zur Törin gemacht von der hochmütigen Weigerung der Könige, mich anzuerkennen. Ich hätte ob der flüchtigen Schönheit des Augenblicks weinen mögen.

Doch dann, als es so aussah, als müßte sie den Rückzug antreten, regte sich jemand. Ich blickte auf. Langsam erhob Lot sich. Er blieb einen Moment stehen und schritt dann, mir in die Augen blickend, auf mich zu. »Ich will dir Gefolgschaft geloben«, verkündete er, und seine Stimme hallte im Gewölbe wider. Er sank neben Ygerna auf die Knie.

Lots Beispiel verwunderte die Könige noch mehr als das Ygernas. Ungläubig starrten sie – ebenso wie ich. Zwei gegen den Rest sind jedoch noch nicht genug, um einen Hochkönig zu küren.

Doch auch Custennin war vorgetreten. »Ich gelobe ihm Gefolgschaft«, rief er mit lauter Stimme. Und als nächste brach Tewdrigs Stimme die Stille. Beide Männer knieten vor mir nieder, und ihre Hauptleute schlossen sich ihnen an. Danach kamen mit ihren Ratgebern Eldof von Eboracum und Rhain von Gwynedd, und alle gelobten sie Gefolgschaft und knieten nieder. Ebenso hielten es Ceredigawn und seine Männer.

Wären die Zeiten andere und wäre an meiner Stelle ein anderer gewesen, die Sache hätte anders ausgehen können. Doch so glaube ich, daß das, was an jenem hellen Morgen verfügt wurde, von Beginn an vorbestimmt war.

Dunaut und Morcant sowie ihre selbstgefälligen Anhänger hätten vor mir nie das Knie gebeugt, das wußte ich. Sie waren stark. Und so waren die Könige gespalten und mehr von ihnen gegen als für mich.

Ich konnte nicht Hochkönig werden. Und nein, nein, ich begehrte es nicht. Dennoch besaß ich die Unterstützung guter Männer. Jetzt hatte ich zumindest die Erlaubnis, zu handeln.

»Fürsten und Könige von Britannien«, sagte ich und ergriff

das Schwert. »Viele von euch haben mich zum Hochkönig gekürt …«

»Viele andere nicht!« schrie Dunaut. »Jeder weiß, daß du seit Jahren nicht einmal einen Dolch gezückt hast.«

Ich beachtete ihn nicht. »Und obschon ich darauf beharren könnte, meinen Anspruch durchzusetzen, werde ich es nicht.«

Das erstaunte fast alle und ermutigte Dunaut, der rief: »Ich sage doch, wir müssen jemanden wählen, der keine Angst hat, das Schwert in der Schlacht zu führen.«

Das ließ ich ihm nicht durchgehen. »Glaubst du vielleicht, ich habe Angst? Glaubt irgend jemand, Myrddin Emrys hat Angst, diese Waffe zu ihrem ursprünglichen Zweck zu gebrauchen? Dann tretet vor, und wir wollen euren Glauben auf die Probe stellen!«

Keiner war so töricht, meine Herausforderung anzunehmen.

»Also ist es, wie ich es mir gedacht habe«, sagte ich. »Ihr glaubt es nicht. Ihr wißt, daß ich nicht aus Furcht Abstand genommen habe, zum Schwert zu greifen, sondern weil ich die Lektionen der Schlacht vor langer Zeit gelernt habe: Ein Mann kann soundso viele Feinde töten – soundso viele Sachsen, Pikten, Iren.

Und dann kommen noch mehr Sachsen, mehr Pikten, mehr Iren, und ich sage euch: Obwohl die Flüsse rot sind vom Blut der Feinde und die Himmel schwarz vom Rauch ihrer brennenden Leichen, lassen sie sich nicht alle umbringen.«

Ich fühlte, wie etwas in meinem Busen sich rührte. Die Worte begannen mir im Blut zu brennen.

»Dieses Schwert ist Britannien«, verkündete ich, es hochhaltend. »Mein Anspruch ist nicht weniger berechtigt als der jedes anderen Fürsten, und würdiger als der mancher. Dennoch bin ich nicht der Mann, es zu führen. Wer dieses Schwert führt, wird Britannien führen, und er muß es mit festem, unerschütterlichem Griff führen.

Darum werde ich das Schwert von heute an wegstecken, um dem, der es schwingen muß, zu dienen und ihn zu stärken.

Doch ich sage euch die Wahrheit: Dieses Schwert wird nicht durch Eitelkeit gewonnen. Und es wird nicht errungen durch Hochmut oder dünkelhaften Stolz. Und es wird nicht erobert von einem, der über den Leichen seiner Freunde aufsteigt.

Britanniens kaiserliches Schwert wird von demjenigen unter euch errungen, der sich beugt, um andere zu erheben; es wird von dem König gewonnen, der Stolz und Hoffart sein läßt, der Eitelkeit und aufgeblasenen Ehrgeiz fahrenläßt und sich die Demut des niedersten Stallknechtes zu eigen macht; es wird von dem erreicht, der Herr über sich selbst und Diener aller ist.«

Diese Worte stammten nicht von mir. Der *Awen* des Barden war über mich gekommen und goß nun gleich einem Quell ungebeten seine Gaben aus; meine Zunge sprach aus eigenem Antrieb. Ich redete, und meine Stimme hallte wie gellender Stahl, wie eine Harfe, die von unsichtbarer Hand geschlagen wird.

»Seid Zeugen, ihr Könige, daß dies die Merkmale des Mannes sein sollen, der sich das Schwert zu eigen machen wird:

Er wird ein Mann sein, für den andere sterben wollen, er wird die Gerechtigkeit lieben, Redlichkeit üben, Gnade walten lassen. Den Hochfahrenden wird er kühn entgegentreten, doch den Bescheidenen und Genügsamen sanftmütig. Er wird ein König sein, wie ihn diese Welt noch nicht gesehen hat: Der geringste seiner Knechte im Feldlager soll ein Herr sein und seine Führer Könige von großem Ruhm. Oberster Drache über Britannien, soll er an Freundlichkeit wie an Tapferkeit hoch über den Herrschern dieser Welt stehen, an Mitleid wie an Unerschrockenheit. Denn er wird das Wahre Licht Gottes im Herzen tragen.

Aus seinen Augen werden feurige Kohlen stieben; jeder Finger seiner Hand wird so stark wie ein Stahlreif sein, und das Urteil seines Schwertarms wie der Blitz. Alle Menschen auf der Insel der Mächtigen werden vor ihm das Knie beugen. Die Barden werden seine Taten preisen, von seiner Tugend trunken sein und endlose Loblieder singen, damit die Kunde von seiner Herrschaft in alle Länder dringt.

Solange Himmel und Erde bestehen, wird sein Ruhm auf den Lippen aller Menschen sein, die Ehre, Frieden und Güte lieben. Und solange diese Welt dauert, wird sein Name dauern, und sein Geist wird bestehen in alle Ewigkeit.

Ich, Myrddin Emrys, sage dies voraus.«

Ein Dutzend Herzschläge lang wagte keiner, etwas gegen mich zu sagen. Doch der Augenblick ging vorüber; der *Awen* verschwand. Ein Ruf zerriß die Stille.

»Hohle Worte!« brüllte Dunaut. »Ich verlange ein Zeichen!«

Coledac und andere schlossen sich ihm an: »Woran sollen wir den König erkennen? Wir brauchen ein Zeichen.«

Da griffen wohl nur Ertrinkende nach einem Strohhalm. Aber es erzürnte mich. Ich konnte sie keinen Moment länger ertragen. Ohne etwas zu sehen, ohne etwas zu kennen als blutrote Wut, floh ich aus der Kirche, das Schwert in der Hand. Sie rannten mir alle nach, ihre Stimmen gellten in meinen Ohren. Ich hörte nicht auf sie und drehte mich nicht um.

Dort im Hof vor der Tür, wo die Maurer an ihrem Bogen arbeiteten, lag der riesige Schlußstein. Ich nahm das Heft in meine Hand und hob das Schwert hoch über meinen Kopf empor –

»Nein!« kreischte Dunaut wild. »Haltet ihn!«

Doch keiner vermochte mich aufzuhalten. Ich stieß das Schwert auf den unnachgiebigen Stein …

Das Erstaunen auf den Gesichtern ließ mich ebenfalls hinsehen. Das Schwert war nicht zerbrochen: Aufrecht, zitternd stak es fast bis zum Heft fest begraben in dem Stein.

Epilog

Einige behaupten, es sei eine Hand erschienen und habe den nackten Stahl ergriffen, um ihn in den Stein zu führen; andere sagen, ein Blitz habe sie einen Augenblick lang geblendet, und als sie wieder sehen konnten, habe das Schwert im Stein gesteckt. Wie es auch war, alle sind sich einig, daß der beißende Gestank brennenden Steins die Luft erfüllte und allen in den Augen brannte.

»Ihr verlangt ein Zeichen«, rief ich. »Hier ist es: Wer immer das Schwert aus diesem Stein zu ziehen vermag, soll der wahre König aller Briten sein. Bis zu diesem Tage wird das Land solchen Zwist erleben, wie er bisher auf der Insel der Mächtigen nicht gekannt ward, und Britannien keinen König haben.«

Damit drehte ich mich um und bahnte mir einen Weg durch die vor Schrecken stumme Menge. Diesmal rief keiner mir nach. Ich kehrte zu Gradlons Haus zurück und packte meine Sachen zusammen, während Pelleas die Pferde sattelte.

Nur kurze Zeit darauf ritten Pelleas und ich durch die engen Gassen Londiniums. Wir erreichten das Tor, durchquerten die Stadtmauer und machten uns auf den Weg.

Der Tag war schon weit fortgeschritten; am verblassenden Himmel brannte goldgelb die Sonne. Auf einer Kuppe blieben wir stehen und sahen, daß unsere Schatten sich lang hinter uns zur Stadt hin erstreckten. Doch ich wollte nicht zurück. Nein, sollten sie tun, was sie wollten; die Zukunft, unsere Errettung, lag woanders.

Also richtete ich den Blick gen Westen und ritt hinaus zu Artus.